열하일기는 소설이다

2부

잃어버린 낙원을 찾아서

열하일기는 소설이다 2부 잃어버린 낙원을 찾아서

초판 1쇄 인쇄   2013년 05월 15일
초판 1쇄 발행   2013년 05월 22일

지은이   오 순 정
펴낸이   손 형 국
펴낸곳   (주)북랩
출판등록   2004. 12. 1(제2012-000051호)
주소   153-786 서울시 금천구 가산디지털 1로 168,
우림라이온스밸리 B동 B113, 114호
홈페이지   www.book.co.kr
전화번호   (02)2026-5777
팩스   (02)2026-5747

ISBN 978-89-98666-37-8 94810
ISBN 978-89-98666-35-4 94810 (set)

이 도서의 국립중앙도서관 출판시도서목록(CIP)은 서지정보유통지원시스템 홈페이지(http://seoji.nl.go.kr)와
국가자료공동목록시스템(http://www.nl.go.kr/kolisnet)에서 이용하실 수 있습니다.
(CIP제어번호 : 2013005918)

열하일기는 소설이다

2부 잃어버린 낙원을 찾아서

박지원 원작 소설 | 오순정 번역 해설

book Lab

너희가 사랑을 아느냐!

큰 누님에게 올리는 정부인貞夫人 박씨 묘지명.

유인孺人의 휘諱는 아무개요 반남 박씨다. 그 아우 지원趾源 중미仲美가 다음과 같이 고한다.

유인은 16세에 덕수德水 이씨 택모宅模 백규伯揆에게 출가하여 1녀 2남을 두었으며 신묘년(1771) 9월 초하룻날에 돌아갔으니, 향년은 43세다. 지아비의 선산이 아곡鴉谷에 있었으므로 장차 그곳 경좌庚坐 묘역에 장사지낼 것이다.

백규가 어진 아내를 잃고 난 뒤 가난하여 살아갈 방도가 없어서 그 어린것들과 여종 하나와 더불어 크고 작은 솥과 상자 등속을 꾸려 배를 타고 협곡으로 들어가려고 상여와 함께 출발하는데, 중미는 새벽에 두포斗浦에 나가 배 위에서 송별하고 통곡한 뒤 돌아왔다.

아, 슬프다! 누님이 갓 시집가서 새벽에 단장하던 일이 마치 엊그제 같구나. 나는 그때 여덟 살 개구쟁이였는데 말처럼 뒹굴면서 신랑 흉내를 내며 어른스럽게 말을 했더니, 누님은 그만 부끄러워서 내 이마 위에 빗을 떨어뜨렸다. 나는 성을 내어 울며 먹물을 분가루에 섞고 거울에 침을 뱉으며 심술을 부리자 누님은 옥압玉鴨과 금봉金蜂을 꺼내 주며 달랬는데, 그 이후 어언 스물여덟 해가 지났구나!

강가에 말을 멈추고 멀리 바라보니 붉은 명정이 휘날리고 돛 그림자가 너울거리며 기슭을 돌아가다가 나무에 가리어 영영 보이지 않는데, 강가의 먼 산들은 검푸른 것이 누님의 쪽머리 같고 강물 빛은 거울 같고 새벽달은 고운 눈썹을 닮았다. 눈물을 흘리며 누님이 빗을 떨어뜨리던 옛일을 생각하매, 유독 어릴 적 추억이 선명하게 떠오르는데 즐거움도 많고 유유자적했던 세월이었다. 그러나 중년에 들어서는 노상 우환에 시달리고 가난을 걱정하다가 꿈속처럼 훌쩍 지나가버렸으니 남매로 지냈던 덧없는 세월이 야속하도다!

去者丁寧留後期	떠나는 자 정녕 훗날을 기약하건만
猶令送者淚沾衣	보내는 자 눈물로 옷깃을 적시네.
扁舟從此何時返	조각배 이제 가면 언제 돌아오나
送者徒然岸上歸	보내는 자 헛되이 언덕 위로 돌아오네.

중존仲存 이재성의 촌평.

인정人情을 따른 것이 지극한 예禮가 되었고, 눈앞의 광경을 묘사한 것이 참문장이 되었다. 문장에 어찌 일정한 법이 있었던가? 이 글을 옛사람의 문장을 기준으로 읽는다면 당연히 이의가 없겠지만, 지금 사람의 문장을 기준으로 읽으면 의아할 수밖에 없을 것이다. 상자 속에 감추어 두기 바란다.

伯 贈貞夫人朴氏墓誌銘

孺人諱某 潘南朴氏 其弟趾源仲美誌之日 孺人十六 歸德水李宅模伯揆 有一女二男 辛卯九月

一日歿 得年四十三 夫之先山曰 谷 將葬于庚坐之兆 伯揆旣喪其賢室 貧無以爲生 其穉弱婢

指十 鼎 箱 浮江入峽 與喪俱發 仲美曉送之斗浦 舟中慟哭而返

嗟乎 氏新嫁 曉粧如昨日 余時方八歲 嬌臥馬驪效 語 口吃鄭重 氏羞 墮梳觸額 余怒啼 以墨

和粉 以唾漫鏡 氏出玉鴨金蜂 賂我止啼 至今二十八年矣 立馬江上 遙見丹 翩然檣影 至岸

轉樹隱不可復見 而江上遙山 黛綠如 江光如鏡 曉月如眉 泣念墮梳 獨幼時事 歷歷又多 歡
樂歲月長中間 常苦離患憂貧困 忽忽如夢中 爲兄弟之日 又何甚促也
去者丁寧留後期 猶令送者淚沾衣 扁舟從此何時返 送者徒然岸上歸
仲存의 촌평.
緣情爲至禮 寫境爲眞文 文何 有定法哉 此篇以古人之文讀之 則當無異辭 而以今人之文讀
之 故不能無疑 願秘之巾衍

턱없이 부족한 해석이다. 그럼에도 불구하고 누님의 죽음에 대한 연암의 회한을
헤아려보자.

"去者丁寧留後期 떠나는 자 정녕 훗날을 기약하건만"

거자去者는 망인인 누님일 것이다. 그러나 누님은 죽음에 임하여 훗날을 기약하
지 아니하였으리라. 그러므로 이것은 시집가는 누님이 남긴 눈물의 기약인지도 모
른다.

"猶令送者淚沾衣 보내는 자 눈물로 옷깃을 적시네."

그러나 그냥 송자送者가 아니라 유영송자猶令送者다.

떠나는 사람은 정녕 돌아오겠다는데, 보내는 사람(送者)은 오히려[猶] 떠밀어
[令] 보낸다.

무슨 말인가?

억지로 시집가는 이 땅의 여인들, 사랑하는 딸과 누이를 억지로 시집을 보내는
이 땅의 아빠들과 오라비들의 아픔이다.

"扁舟從此何時返 조각 배 이제 가면 언제 돌아오나"

편주片舟가 아니라 편주扁舟다. 편주扁舟 역시 '조각배'라는 뜻이지만, 여기서 '편주
扁舟'는 편견偏見의 배. 그러므로 '우리가 타고 있는 편견의 배(이 세상)는 언제나 원
상을 회복할 것인가.'라는 말이다.

"送者徒然岸上歸 보내는 자 헛되이 언덕 위로 돌아오네."

여인을 억압하는 나쁜 사회를 개혁하지 못하고 지금[岸上]에 안주하는[歸] 무기력한 아빠와 오라비들의 회한이다.

「햄릿」을 읽어도 우리는 사랑하는 법을 제대로 배우지 못한다. 그러기에 셰익스피어는 다시 「오셀로」를 써서 딸을 사랑하는 법, 아내를 사랑하는 법을 일깨워주었지 않은가. 화냥년을 사랑하라. 딸을 사랑하라. 누이와 어머니를 사랑하라. 바람난 아내를 사랑하라. 그렇게 자꾸만 변환하고 환원하면서, 고뇌하고 번민해야만 우리는 겨우 사랑에 눈을 뜰 수 있기에.

『열하일기』 2부에서도 〈호질〉의 사랑학學은 계속된다. 금쪽같은 딸, 누이와 어머니에 대한 사랑을 기억해내면서 우리는 너와 나, 그리고 우리를 사랑하는 진정한 도道의 경지를 향하여 성찰의 길을 걸어갈 것이다.

잃어버린 낙원을 찾아서

1부
나는 조선의 광대다

1. 본서는 박영철본 '연암집'을 대본으로 하여 번역하였다. 다만 '열하일기 서序' 및 옥갑야화 후
   지 등 일부는 다른 판본을 참고하여 덧붙였다.또한 제12장 '태학유관록'에 삽입한 '반선시말'
   과 '찰십륜포'는 한국고전번역원 고전번역총서를 다소 수정하여 인용한 것이다.

2. 본서의 편제는 충남대학교소장 '수택본'을 기준으로 제1권에서 제10권 까지를 골자로 하였
   다. 다만 별도의 글 중 제17권 제19권을 태학유관록에 제24권에 들어있는 야출고북구기 일
   야구도하기 만국진공기를 막북행정록에 각각 삽입하였다.

날짜별 일기	별도의 글
1권 도강록　　　渡江錄 2권 성경잡지　　　盛京雜識 3권 일신수필　　　馹汛隨筆 4권 관내정사　　　關內程史 5권 막북행정록　　漠北行程錄 6권 태학유관록　　太學留館錄 7권 구외이문　　　口外異聞 8권 환연도중록　　還燕道中錄 9권 금료소초　　　金蓼小抄 10권 옥갑야화　　　玉匣夜話 ※7권과 9권은 '별도의 글'이다. 　10권은 가상의 시간을 배경으로 　하는 판타지로서 소설의 결말이다.	11권 황도기략　黃圖記略 12권 알성퇴술　謁聖退述 13권 앙엽기　　盎葉記 14권 경개록　　傾蓋錄 15권 황교문답　黃教問答 16권 행재잡록　行在雜錄 17권 반선시말　班禪始末 18권 희본명목　戲本名目 19권 찰십륜포　札什倫布 20권 망양록　　忘羊錄 21권 심세편　　審勢編 22권 곡정필담　鵠汀筆談 23권 동란섭필　銅蘭涉筆 24권 산장잡기　山莊雜記 25권 환희기　　幻戲記 26권 피서록　　避暑錄

3. 역자 해설은 가능한 한 좌우 주석란을 활용하였으며, 부득이 한 경우 각 일기의 말미에 해설
   란을 두었다.

關
內
程
史
3

제10장

관내정사3
다시 살아난 중화의 밥상에서

너희가 계주의 술맛을 아느냐

7월 29일 을사乙巳.

개다.

옥전현에서 새벽에 떠나 서팔리보西八里堡까지 8리, 오리둔五里屯 7리, 채정교采亭橋 5리, 대고수점大枯樹店 10리, 소고수점小枯樹店 2리, 봉산점蠭山店 3리, 별산점鱉山店 12리, 지나는 길에 송가장宋家庄을 두루 구경하고 모두 47리를 가서 점심을 먹었다. 또 별산점에서 이리점二里店까지 2리, 현교現橋 5리, 삼가방三家坊 2리, 동오리교東五里橋 16리[일명 용지하龍池河의 어양교漁陽橋라 한다.] 계주성薊州城 5리, 서오리교西五里橋 5리, 방균점邦困店 15리, 모두 50리이다. 이날 97리를 가서 방균점에서 묵었다.

산 오목한 곳에 큰 나무가 있는데, 몇 백 년 동안 잎이 돋아나지 않았음에도 가지와 줄기가 썩지 않아서 '고수枯樹'라고 전해진다.[01]

송가장宋家庄의 성 둘레는 2리인데, 명나라 천계天啓 연간에 송씨 일족이 쌓은 것이다. 이른 바 외랑外郞이란 서리胥吏의 별칭인데, 송씨가 이 지방의 번성한 성씨로써 그 일족이 수백 명이나 되며 살림이 모두 부유하고 넉넉하여 명·청 교체기에 이 사성私城을

01
고수枯樹는 무성한 잎을 드리워 녹음을 제공하지도 않으면서 자신만은 꿋꿋하게 살아있다. 끈질기게 살아남아 있는 중화의 망령이리라.

관내정사3 | 다시 살아난 중화의 밥상에서

쌓아서 일족들이 힘을 합하여 지켰다. 성 가운데에는 세 개의 대臺를 세웠는데 높이가 각각 10여 길이나 되며, 성문 위에는 누각樓閣을 세웠다. 집 뒤에는 4층짜리 높은 누각樓閣이 있는데, 맨 꼭대기에는 금부처를 모셨다. 난간에 기대어 멀리 바라보니 눈앞이 확 트였다. 청나라 군대가 처음 이곳을 들어올 때 온 일족을 모아서 성을 사수하였고, 천하의 대세가 정해진 뒤에도 곧바로 나가 항복하지 않았다. 청나라 사람들은 이를 미워하여 해마다 은 1천 냥의 벌금을 부과하다가, 강희 말년에 이르러서는 말먹이 풀 1천단으로 벌금을 대신하였다. 성안에 있는 10여개 큰 집은 송씨들의 집인데, 아직도 노비들이 오륙백 명이나 된다고 한다.⁰²

계주薊州 성읍은 사람이 많고 문물이 번화한 것이 과연 관동의 큰 고을이라 할 만 하다. 산 위에는 안녹산安祿山의 사당이 있고 성안에는 석조 패루 3좌가 있는데, 그 중 하나는 금자金字로 대사성大司成이라 새기고, 그 하단에 열서列書로 국자좨주國子祭酒 삼대를 고증誥贈하였다.⁰³

계주의 술맛은 관동에서 으뜸이라 하기에 한 주루酒樓에 들어가 여러 사람들과 흉금을 터놓고 하나가 되어 취하였다.⁰⁴

독락사獨樂寺에 들어갔더니, 정전 편액에는 자비사慈悲寺라고 적혀있다. 정전 뒤에 이층 누사가 있고, 중산에 높이가 아홉 길이나 되는 금부처가 있는데, 머리 위에는 수십 개의 작은 금부처를 앉혔다. 누각 아래에는 와불臥佛이 있는데, 비단 이불을 덮었으며, 누각의 편액에는 관음지각觀音之閣이라고 적혀있다. 편액의 왼쪽 밑에는 작은 글씨로 '태백太白'이라고 적혀있다. 누군가 말했다.

"이불을 덮고 누워 있는 것은 부처가 아니다. 시인 이태백이 취

02
명청전쟁에서 꿋꿋이 살아남은 송가宋家의 처신이 대단하다. 그러나 속재필담에서 보았듯이 송宋은 상商의 후예로써 상(은나라)이 멸망한 후 주나라에 제사 지내러 간다. 송가宋家는 청나라 제삿집으로 고기를 들고 날아가는 명나라의 후예들을 상징한다.

03
일신수필에서 조가패루는 명나라 우상의 부활' 이었다. 그러면 천하의 역적 안녹산의 찬란한 패루는 무엇을 의미하는가?

04
여러 사람들과 함께 하는 것이 계주주의 진정한 맛이라면 얼마나 좋겠는가.

05
6월 10일자 '월하독작'에 비추
어본다면, 시인은 이렇게 말하고
있으리라.
'너희가 계주의 술맛을 아느냐.'

06
연암은 행궁(숨겨진 청나라의 얼
굴)을 보지 못했다. 계주의 술맛
을 모른다.

07
우언이다.
서책·서화·골동품 등의 우상들.
사기꾼들은 곰 뱀 범 앵무새를
놀리며 우상을 창조한다.
일기의 흐름을 보라.
고수枯樹─송가장─안녹산─계
주주─우언. 결국 고수枯樹란 저
하·은·주 3대로부터 끈질기게
이어져오는 중화주의의 나무. 송
가 이태백 등과 함께 역적 안녹
산이 중화주의의 주인공으로 거
듭나는 점이 특이하다.

해서 잠든 상像이다." 05

행궁行宮이 있는데, 굳게 문을 잠그고 구경을 허락하지 않았
다.06

객관에 돌아왔다. 문밖엔 장사치들이 구름처럼 모여들었다. 말
과 나귀에는 서책·서화·골동품 등을 실었고, 곰을 놀리는 등 여
러 가지 재주를 부렸다. 그러나 뱀 놀리는 자, 범 놀리는 자는 벌
써 파하여 돌아간 다음이라 미처 보지 못한 것이 가히 한탄할 일
이다. 앵무새를 파는 자가 있으나 날이 저물어서 그 털빛[毛色]을
상세히 볼 수 없어서 막 등불을 찾아들고 오는 동안에 그 자가 그
만 가버려서 더욱 유감이었다.07

18세 처녀(공리)가 나귀 한 마리에 팔려 술도가 노인에게 시집간다. 가마꾼 남자는 흔들거리는 가마 문틈으로 신부의 '발'을 응시한다. 며칠 후 신행 가는 날, 남자는 수수밭에서 신부를 끌어안았다. 누군가 노인을 죽이고, 신부는 술도가 주인이 된다. 남자는 술도가 주변을 맴돈다. 새로 빚은 고량주에 오줌을 갈기는가하면, 보란 듯이 과부를 안아들고 안방 문을 넘어선다. 남자의 오줌이 섞인 고량주는 최고의 브랜드(18리고량주)로 탄생한다. 마을에 일본제국주의 군대가 들어온다. 여자는 일꾼들과 함께 고량주폭탄으로 대항한다. ……

영화 〈붉은 수수밭(1989년)〉이다. 영화의 원작은 2012 노벨문학상에 빛나는 모옌의 〈홍까오량 가족〉. '술도가'로 그려진 중국은 두 개의 억압과 투쟁한다. 하나는 수천 년이나 중화세계를 지배해온 전통의 굴레, 다른 하나는 제국주의라는 새로운 위협이다. 수천 년 묵은 전통의 경계를 넘는 것은 천방지축 가마꾼 남자다. 고량주에 오줌을 갈기고 뻔뻔스럽게 여인의 안방을 넘어선다. 비로소 전통의 굴레를 벗고 인간을 회복한 여인은 바야흐로 밀려드는 제국주의와 싸운다.

영화는 오랫동안 잠들어있던 제국의 거대한 포효였다. 그러나 그 '오랫농안'이 얼마인가? 자그마치 21대 왕조 3천년이다. 3천년을 지배해온 '술도가 노인'은 명청전쟁에서 이미 죽었어야 할 고수枯樹다. 그러나 노인은 되살아났고, 지금까지 중화세계를 지배하고 있다.

마케팅을 알면 공자가 보인다

7월 30일 병오丙午.

맑다.

방균점邦囷店에서 별산장別山庄까지 2리, 곡가장曲家庄 2리, 용만 자龍灣子 4리, 일류하一柳河 2리, 현곡자現曲子 2리, 호리장胡李庄 10 리, 백간점白幹店 2리, 단가점段家店 2리, 호타하滹沱河 5리, 삼하현三 河縣 5리, 동서조림東西棗林 5리, 모두 46리를 가서 점심을 먹었다. 조림에서 백부도장白浮屠庄까지 6리, 신점新店 6리, 황친점皇親店 6 리, 하점夏店 6리, 유하점柳河店 5리, 마이핍馬己乏 6리, 연교보烟橋堡 7리, 모두 41리이다. 이날 84리를 가서 연교보에서 묵었다.

1 계주는 옛날 어양漁陽이다. 그 북쪽에 반산盤山이 있는데 위 태로이 솟은 봉우리들이 깎아지른 듯 서 있는데, 봉우리마다 위 가 퍼지고 아래가 홀쭉한 모양이 밥사발 같아서 '반산盤山'이란 이 름이 붙었다. 일명 '오룡산五龍山'이라고도 한다. 예전에 원중랑袁 中郞의 「반산기盤山記」를 읽다가 기묘한 절경이 많음을 알고 있 던 터라, 기어코 한번 올라가 보려 했지만 함께 갈 사람이 없으 니 어찌할 것인가. 반산은 그 산세가 매우 가파르고 수백 리에 걸

쳐 웅장하게 뻗어있다. 겉은 바위로 덮여 있지만 속은 기름진 흙이어서 과실나무들이 엄청 많은데, 황성에서 날마다 소비되는 대추·밤·감·배 등등이 모두 반산에서 나는 것이다.08

2 행렬이 어양교漁陽橋에 이르자 길 왼편에 양귀비 사당이 있어서 산꼭대기에 있는 안녹산 사당과 서로 마주 보고 서 있다. 천하에 돈 있는 자가 아무리 많다 한들, 하필이면 이런 음란하고 더러운 자들의 사당을 지어서 명복을 빈단 말인가. 『시경詩經』에 이르기를 '군자는 복을 구할 때도 도리를 굽히지 않는다[求福不回]' 하였으니, 이 따위 사당이야말로 돈만 낭비하였다고 할 것이다.

누군가는 이렇게 말한다.

"성인이 경전을 정리하면서 정나라와 위나라의 음란한 시詩를 빼버리지 않은 까닭은 그것을 감계鑑誡(반면교사)로 삼아 후세 사람들을 경계하고자 함이다. 계주 금병산 석벽에도 『수호지』의 양웅이 애인 반교운의 부정한 행실을 원망하며 죽이는 형상도 새겨져 있다." 09

3 백간점白榦店에 이르자 구경하러 온 수재들이 자기들끼리 호로胡虜새끼들처럼 말한다.

"안녹산이야말로 진정한 명사名士였지. 그는 앵두를 두고 이런 시를 읊었다네.

櫻桃一籃子	앵두 알 한 바구니
半靑一半黃	절반은 푸르고 절반은 누렇구나.
一半寄懷王	절반은 회왕(아들)에게 주고
一半寄周摯	절반은 주지(스승)에 줘야지.

08
거짓말이다. 기만의 밥상을 암시하는 복선이다.

09
구복불회求福不回는 일기의 키워드이자 본 장의 주제다.
연암은 모르는 것은 무엇인가?
1. 더러운 자들의 사당을 지은 것이 청나라 황실이다.
2. 『시경詩經』의 전략은 반면교사가 아니라 유행 만들기다.
3. 청나라의 전략은 『시경』과 같은 유행 만들기다.

어떤 사람이 이 시를 보고 안녹산에게 청하였지.

'주지周贄와 회왕懷王을 바꾸면 운이 맞지 않겠소이까?'

그러자 안녹산은 크게 노하여 꾸짖었다네.

'어찌 주지로 하여금 내 아들 위에 올라타게 하라 하는가!' [肯使周贄壓我兒耶] [10]

안녹산이 이 정도로 탁월한 시인인데 어찌 사당이 없을 수 있겠는가."

수재들은 서로 쳐다보면서 크게 웃었다.

4 지나는 길에 향림寺林寺에 들렀다. 불전佛殿에는 '향림암香林菴'이라 씌어 있고, 전殿 위에는 금빛 글씨로 '향림법계香林法界'라 씌었으니, 이것들은 강희 황제의 글씨다. 순치제順治帝의 누이가 일찍 과부가 되었는데, 여승이 되어 이 암자에서 살다가 나이 90이 넘어서 죽었다 한다. 이 암자에 사는 사람은 모두 비구니다. 뜰 가운데에는 백간송白幹松(줄기가 흰 소나무) 두 그루가 있는데, 높이는 수십 길이며 물고기 비늘 같은 나무껍질 색깔은 창백蒼白하다. 암자 동쪽에는 작은 부도浮圖 다섯 좌가 있는데, 그 좌우에도 백간송 세 그루가 있어서 푸른빛이 뜰에 가득 차고, 바람 소리가 물결처럼 서늘하다. 그리고 보면 '백간점白幹店'이라는 이름은 아마 백간송白幹松에서 유래한 듯싶다.[11]

5 차츰 연경이 가까워지자 수레바퀴 소리가 맑은 하늘에 천둥 치듯 요란하다. 길 양편에는 부귀가富貴家의 무덤들이 있는데, 담장을 연결해 나간 것이 마치 여염집들이 즐비하게 늘어선 모습이다. 담장 밖에는 강물을 끌어들여 해자를 만들었고, 문 앞 돌다리는 모두 무지개 모양으로 공중에 떠 있고, 왕왕往往 석조패루를 세

10

안녹산은 한 바구니 앵두(교육) 중에서 푸른 앵두(좋은 것)만 아들에게 주고 나머지는 스승에게 돌려준다. 자식을 위한 최선의 선택이다. 그러나 안녹산은 스승을 거역함으로써 '구복불회'를 팽개쳤다. 군사부일체. 스승에 대한 안녹산의 태도는 곧 군주에 대한 태도. 안녹산은 현종황제에게 죽도록 충성하였다. 그러나 양귀비의 치마폭에 빠진 황제가 자기를 버리려 하자 반란을 일으켰다. 안녹산이 거부한 누런 앵두는 '人不知而慍 不亦君子'. 왕이 나를 배반하면 나 또한 배반하겠다는 것이다.
그러면 청나라가 안녹산의 사당을 세운 이유는 무엇인가?
충신을 배반하지 않겠다는 약속이다. 양귀비도 마찬가지다. 양귀비는 현종황제에게 모든 것을 바쳤는데, 현종은 양귀비를 죽였다. 청나라는 그러지 않겠다는 선언이다. 안녹산을 충신의 반열에, 양귀비를 열녀의 반열에 올림으로써 청나라는 춘추대의의 새로운 지평을 연 것이다.

11

도강록 '광우사기'에서, 강희제의 할머니인 태황태후는 황제(홍타이지)가 죽은 후 무려 40여년을 독수공방하였다고 한다. 강희제는 무엇을 위하여 고모와 할머니를 수십 년이나 쓸쓸한 절에 가두었을까?

운 분모도 있다. 해자 가의 갈대숲에는 이따금 콩깍지만큼 작은 배[小艇]들이 묶여 있고, 무지개다리 아래 곳곳에 물고기 그물이 드리워져 있다. 담장 안에는 수목이 울창한데, 나뭇가지 사이로 이따금씩 기와집 추녀가 보이고 지붕 꼭대기의 호리병 장식이 드러난다.[12]

12
우언이다. 강물을 끌어들여 해자를 만들고, 사람 잡는 배[小艇]를 띄우고 그물을 드리웠다.
물은 법도다. 법도라는 물은 무덤과 무덤을 연결한다. 충신의 무덤과 열녀의 무덤과 효자의 무덤을 연결하는 유가의 '억지로 연결하기' 전략이다.

6 한 점포에서 잠깐 쉬노라니 울타리 밖에 예쁜 동녀童女 수십 명이 떼를 지어 노래하며 지나간다. 비단저고리에 수놓은 바지를 입고 옥같이 맑은 얼굴에 살결이 눈처럼 희다. 어떤 동녀는 박자판을 치고, 어떤 동녀는 피리를 불며, 어떤 동녀는 비파를 뜯으며 나란히 서서 천천히 노래한다. 모두들 곱고도 아름다운 치장이다. 이들은 모두 연경의 거지들로서 거리를 돌아다니며, 간혹 멀리서 온 장사치들에게 하룻밤 베개를 같이하고 수백 냥의 돈을 받는 일도 있다고 한다.[13]

13
동녀들의 마케팅전략.
비단옷과 음악으로 몸값을 올린다.

7 길가에 삿자리를 연달아 쳐서 햇빛을 가리고 군데군데 연극 마당을 만들었다. 어떤 자는 「삼국지」를 연기하고 어떤 자는 「수호전」을 연기하고 또 다른 이는 「서상기」를 연기하는데, 모두 높은 음으로 노래를 부르며 악기로 반주한다. 그 옆에는 온갖 장난감들을 벌여놓고 판다. 모두들 어린이들이 잠시 가지고 노는 장난감이지만, 그 재료가 귀한 것일 뿐 아니라 만든 솜씨가 정교하므로, 손만 대면 깨질 물건인데도 그 값은 몇 냥을 넘는다.

은으로 무늬를 새겨 넣은 탁자 위에는 관우의 상을 무수히 늘어놓았다. 칼을 비껴 차고 말을 탄 모습으로 크기는 두어 치 정도였는데, 모두 종이로 만들어 그 솜씨가 신비롭기 그지없다. 아이들 장난감이 이런 정도이니, 다른 것들은 짐작하고도 남는다. 얼

마나 황홀하고 현란한지 심신이 피곤할 지경이었다.[14]

8 배로 호타하渡沱河를 건너서 삼하현三河縣 성중城中으로 들어가 용주蓉洲 손유의孫有義 댁을 찾아갔는데, 용주는 달포 전에 산서에 가서 아직 돌아오지 않았다. 그 집은 성 동쪽 관제묘 곁에 있는 대여섯 칸 초가집이니 그의 빈한貧寒을 짐작할 수 있겠다. 심부름하는 아이도 없어서 주렴 너머로 부인의 목소리가 들려오는데, 거의 죽어가는 목소리여서 무슨 말인지 명료하지 않았다. 그녀의 말을 대강 짜맞추어보면 이런 말이다.

"저희 집 어른은 어떤 위인의 관사館師로 초빙되어 산서에 가서서, 저 혼자 딸년 하나를 데리고 사는 형편이옵니다. 고려 노야老爺께서 누추한 곳까지 왕림하셨는데 공손히 모시지 못하여 결례를……."

또 누군가를 부르는 목소리가 들리기에 나는 담헌湛軒 홍대용의 편지와 폐幣를 꺼내어 주렴 앞에 놓고 나왔다. 허물어져가는 담장 사이에 한 여자가 서 있었다. 나이는 열대여섯 쯤으로 보이며 흰 얼굴에 뽀얀 목덜미, 필시 용주의 따님일 것이다.[15]

삼하현三河懸은 옛 임구臨朐다.

15
손유의는 구복불회의 맹신자. 동
녀들과 상인들이 아는 공자님의
구복불회전략을 순진한 선비만
모르고 있다. 연암은 처녀의 뽀얀
목덜미가 삼삼하게 눈에 밟히고
있으리라.

莫莫葛藟施于條枚　　무성한 칡덩굴 줄기랑 가지랑 뒤엉켰는데
愷悌君子求福不回　　호방한 저 군자는 복을 구하되 굽히질 않네.

―『시경詩經』대아大雅편―

독자들은 고려가 망하고 조선이 건국되는 역사에서 이방원과 정몽주가 주고받았던 하여가何如歌와 단심가丹心歌로 '구복불회求福不回'를 잘 이해할 것이다.[16] 구복불회란 뜻을 굽히지 않는 것이다. 바꾸어 말하면 지조를 지키는 것이다.

그런데 공자님은 어떤가?

부위자강父爲子綱―부위부강夫爲婦綱―군위신강君爲臣綱.

아버지에게 효도하는 것이 자식의 구복불회다. 하나의 지아비만 섬기는 것이 여인의 구복불회다. 무엇을 위해 부위자강父爲子綱 부위부강夫爲婦綱을 가르치는가? 다름 아닌 군위신강君爲臣綱이다. 개 같은 충신을 만들기 위해서 군이 가르쳐주지 않아도 될 효孝를 가르치고, 숱한 여인들을 독수공방에 가두어버린다.

이른 바 결합마케팅이다. 고급 자동차를 광고할 때, 골프채를 든 유한마담을 등장시키는 전략이다. 골프라는 고급문화를 즐기는 공작새족들에게 어울리는 자동차. 이것이 수천 년을 이어온 유가의 마케팅컨셉이다.

청나라 역시 공자님의 비법을 포기하지 못한다. 강희황제는 고모와 함머니의 일생을 망쳐가면서 '열녀'를 창조한다. 그 열녀를 충신 옆에 갖다 붙인다. 열녀처럼 아름다운 충신이 되라고.

그러한 비법을 재빨리 간파한 것은 역시 상인들이다.

몸을 파는 동녀들은 예술의 이미지를 결합함으로써 상품의 가

16
하여가何如歌
이런들 어떠하리 저런들 어떠하리/만수산 드렁 칡이 얽혀진들 어떠하리/우리도 그렇게 얽혀서 천년만년 살아가리.
단심가丹心歌
이 몸이 죽고 죽어 일백 번 고쳐 죽어/백골이 진토 되어 넋이라도 있고 없고/임 향한 일편단심이야 가실 줄이 있으랴.

치를 높인다.(6문단) 장난감 상인들 역시 삼국지 수호지 서상기 음악 미술 등과의 결합으로 장난감의 가치를 높인다.(7문단)

상인들은 잘 먹고 잘 살 것이다.

그러나 최후의 승자는 누구인가?

상인들의 비법은 '결합'마케팅이다. 그러므로 자신의 상품만 선전하는 게 아니라, 예술을 선전한다. 누구의 예술인가? 삼국지 수호지 서상기 노래 등을 창조하고 유포하는 주체는 다름 아닌 성인과 제왕들이다. 『시경』의 음란한 노래들의 존재이유가 바로 여기에 있다. 상인들이 문화예술을 이용하여 열심히 광고하고 있을 때, 효자와 열녀와 군자의 노래가 마구 유포된다. 그리하여 선남선녀들이 효자 열녀 군자라는 아름다운 깃털을 꿈꾸며 열심히 구복불회求福不回의 길을 달려가고 있을 때, 성인과 제왕들은 그 멍청이들 사이를 멋지게 우회迂回하여 달린다. 꿀맛 같은 그들만의 낙원으로.

2% 부족한 중화문명론

8월 1일 정미丁未.

아침엔 맑고 찌는 듯 덥다가 오후에는 비가 오다 멎다 하였다. 밤엔 천둥번개와 함께 큰비가 내렸다.

연교보에서 새벽에 떠나서 사고장까지 5리, 등가장 3리, 호가장 4리, 습가장 3리, 노하 4리, 통주 2리, 영통교 8리, 양가갑 3리, 관가장 3리, 모두 35리를 가서 점심을 먹었다. 거기에서 다시 삼간방까지 3리, 정부장 3리, 대왕장 3리, 태평장 3리, 홍문 3리, 시리보 3리, 파리보 2리, 신교 6리, 동악묘 1리, 조양문 1리, 서관西館에 도착하기까지 모두 27리이다. 이날 모두 62리를 걸었다. 압록강으로부터 연경까지 모두 33참站 2천 30리였다.[17]

■ 새벽에 연교보를 떠나 변 주부, 정 진사 등과 먼서 출발했다. 몇 리를 가지 않아서 날이 벌써 밝아오는데 홀연 천둥소리가 우렁차게 허공을 울린다. 노하潞河의 배에서 나는 포성砲聲이라 한다. 아침이슬이 축축하게 깔렸는데, 멀리 바라보니 돛대들이 갈대처럼 총총히 늘어서 있다. 버드나무 가지에는 물에 떠내려 온 나무와 풀뿌리 따위가 어지러이 걸려 있다. 한 열흘 전에 황성에 큰비가 내려

17
연암이 걸어온 여정은 21대 왕조 3천년 중화의 역사. 오늘은 3천년 역사를 결산하는 날이다. 어제(7월30일)일기의 서두를 보라. 거리 계산이 틀렸다. 오늘 역사 결산의 오류를 암시하는 복선이다.

노하의 물이 넘쳐흘러 민가 몇 만 호를 쓸어가고, 물에 휩쓸린 사람과 짐승이 이루 헤아릴 수 없었다고 한다. 지금 말 위에서 담뱃대를 쥔 채 팔을 뻗어서 버드나무 위의 물 찬 흔적을 가늠해 본즉, 홍수 때 물의 높이는 땅에서 가히 몇 길[數丈]은 됨직하다.[18]

18
그런 식으로 높이를 가늠할 수 있겠는가. 인식의 한계를 암시하는 복선이다.

　물가에 다다르니 넓고 맑은 강물 위에 빽빽이 들어선 배들의 위용이 가히 만리장성의 웅대함과 견줄 만하다. 큰 배 십만 척에는 모두 용龍이 그려져 있는데, 호북湖北의 전운사轉運使가 어제 호북의 곡식 3백만 석을 싣고 왔다 한다. 어떤 배에 올라가서 그 대략의 제도를 살펴보니, 배 길이는 모두 여남은 발이나 되고 쇠못으로 장치하였다. 배 위에는 널빤지를 깔아서 층 집을 세웠으며 곡물들은 모두 선창에 그냥 쏟아 부었다. 집은 모두 무늬를 아로새긴 난간, 그림이 있는 기둥, 아롱진 들창, 수놓은 지게문으로 꾸며 그 제도가 뭍의 건물과 다름없다. 배의 밑 부분은 창고이고 위는 누각인데, 그 패액牌額·주련柱聯·장유帳帷·서화書畫 모든 것들이 가히 신선의 경지였다. 지붕에는 쌍돛을 높이 세웠는데 돛은 가는 등藤나무로 엮어서 몇 폭이나 된다. 온 배에 연분鉛粉을 기름에 타서 두껍게 바르고 그 위에 다시 황칠黃漆을 입혀서 한 방울의 물도 스며들지 않으므로 비가 내려도 아무런 걱정이 없다. 배의 깃발에는 '절강浙江'이니 '산동山東'이니 하는 배 이름들이 크게 씌어 있다. 물을 따라 1백 리를 거슬러온 배들이 마치 대밭처럼 빽빽하게 들어섰는데, 남으로 직고해直沽海를 지나 천진위天津衛를 거쳐 장가만張家灣에 모이게 된다. 그리하여 천하의 선박들이 모두 통주通州에 모여들었으니, 만일 노하의 선박들을 구경하지 못한다면 제도帝都(황제의 도성)의 장관壯觀을 알지 못할 것이다.[19]

19
배들은 대부분 곡물을 실은 화물선임에도 패액·주련·장유·서화 등의 고상한 물건들로 잔뜩 치장하고 있다. 그러나 웅장함과 고상함에 매료된 연암은 그 너머를 바라보지 못한다.

2 삼사三使와 함께 어떤 배에 올랐다. 배 양쪽에 채색 난간을 두르고 앞에는 휘장을 드리우고 창을 세워서 문을 만들어 가히 집이라 하기에도 부족함이 없었다. 좌우에는 온갖 의례용 물건들─깃발, 칼, 창, 검, 날창 등─을 세워두었는데 모두 나무로 만들었다. 방 안에 관棺 하나가 모셔져 있고, 그 앞에는 교의와 탁자 그리고 온갖 제기祭器들을 벌여 놓았다. 상주는 푸른 비단 들창 아래에 걸터앉았는데 몸에는 무명옷을 입었고 머리는 깎지 않아서 두어 치나 자란 것이 마치 중과 같은 모습이다.

상주는 남과 수작을 즐기지 않으려는 듯 다소곳이 앉아 있는데, 앞에는 「의례儀禮」 한 권이 놓여있다. 부사가 다가서서 절을 하자 상주 역시 답례하느라 이마를 조아리며 일어났다 엎드렸다 하다가 다시 교의에 앉는다. 부사가 나더러 필담이나 해보라기에 나는 그제야 부사의 성명과 직함을 써 보였더니, 상주 역시 머리를 조아리며 필설로 화답하였다.

"저는 성이 진秦이고 이름은 경璟이며, 집은 호북湖北입니다. 선친께서 북경에서 벼슬하여 한림원 수찬修撰을 지내시다가 금년 7월 9일에 작고하시자, 황상께서 토지와 돌아갈 배를 내려주셔서 유해를 모시고 고향으로 돌아가는 길입니다. 상복을 입은 몸이라 손님께 예를 갖추지 못하여 죄송합니다."

부사가 글을 써서 그의 나이를 물었으나 진경은 대답하지 않았다. 부사는 다른 질문을 던졌다.

"중국서는 모두들 삼년상을 치르시는지요?"

"성인께옵서 정情에 따라 예법을 정하셨던 바, 저같이 불초한 자도 따르고자 애쓰고 있습지요."

"상제喪制는 모두들 주자朱子의 예법을 따르는가요?"

"그렇습니다. 모두 주문공을 따르지요."

창 밖에 아롱진 대나무로 만든 난간이 비단창문에 영롱하게 비치고, 옆 배에서 흘러나오는 풍악 소리가 떠들썩하다. 물 위를 떠다니는 갈매기와 구름, 아름다운 누대, 드넓은 모래사장. 이렇게 유유자적한 풍경 덕택에 이 배는 물 위에 떠 있는 배라기보다는 저 번화한 도시 한복판의 화려한 저택에 몸을 담고서, 강호의 아름다운 풍경을 겸하여 줄길 수 있는 곳이었다. 부사가 몸을 돌려 미소를 지으며 말했다.

"저자야말로 가히 월파정月波亭 상주라고 하겠군." [20]

나 역시 은밀한 미소를 지었다. 정사가 사람을 보내어 볼만한 구경거리가 있으니 얼른 오라고 부른다. 부사와 함께 일어나는데 등 뒤에 툭 하는 소리가 나서 뒤돌아보니 부사의 비장 이서구가 넘어져서 겸연쩍은 듯이 웃고 있다. 배 위에 깐 널빤지가 얼음처럼 미끄러웠던 모양이다.

휘장 안을 들여다보았더니 네 사람이 한창 투전을 하고 있다. 골패 글씨가 만주 글자여서 도무지 무슨 투전인지 알 수 없는데, 누군가 일러주었다.

"저 노름은 마조馬弔라고 합니다." [21]

다시 문 하나를 통과하자 정사와 서장관이 나무판자를 붙잡고 선창 속을 들여다보고 있다. 그 안은 주방廚房인데, 흰 베로 머리를 두른 노부인 두 사람이 가마솥에 녹두나물, 무우, 미나리 등을 삶아서 찬물에 헹구고 있다. 한쪽에는 처녀 하나가 있는데, 나이는 이팔청춘인 듯하며 자태는 가히 가려무쌍佳麗無雙(세상에 둘도 없

20

선비들은 '상주'를 비판한다. 그러나 〈호질〉을 돌이켜보자. '화냥년에게 돌을 던질 것인가? 법도를 통탄할 것인가?' 상주는 화냥년과 반대편에 있다. 화냥년이 법도에 희생된 피해자라면 월파정 상주는 수혜자다.

21

오늘날 마작麻雀의 원형으로 원나라 때 시작되었다는 설이 있다. 마조馬弔는 초상집에서 시간 때우라고 만들어낸 노름. 성대한 초상풍속을 만들기 위하여 성인들이 심혈을 기울인 작품이다.

을 정도로 아름다운 자태)이라 할 정도였다. 조금도 부끄럽거나 껄끄러운 기색이 없이 요조숙녀처럼 그윽하고 한가하게 자기가 할 일을 천연덕스럽게 하는데, 주름진 비단옷은 안개처럼 어른어른하고 하얀 팔목은 연뿌리인 양 미끈하다. 아마 진가秦家의 차환叉鬟으로 아침상을 차리고 있는 모양이다.[22]

배 양편에는 파초 모양의 부채를 두루 꽂았는데, 부채에 적힌 '한림翰林' '지주知州' '정당正堂' '포정사布政使' 등은 망자의 이력들이다.

강 가운데에는 여기저기 뱃놀이[船遊]가 한창이다. 소정小艇에다가 혹은 붉은 일산을 펴고, 혹은 푸른 휘장을 두르고는 삼삼오오 서로 짝을 지어 제각기 다리 짧은 의자에 걸터앉거나, 혹은 등자凳子에 앉아 있다. 평상 위에는 서권書卷 화축畵軸 향정香鼎 다창茶鎗 등을 벌여 놓았다. 어떤 이들은 봉생鳳笙이나 용관龍管을 불고, 어떤 이들은 평상에 의지하여 서화書畵를 짓고, 어떤 이들은 술을 마시며 부賦나 시詩를 읊는다. 그들이 전부 고인高人·운사韻士는 아니겠지만 그윽한 아취가 있어 보인다.[23]

3 배에서 내려 뭍에 오르자 수레와 말들이 길을 막아서 다닐 수가 없다. 동문에서 서문까지 줄곧 5리 사이에 외바퀴 수레 몇만 채가 꽉 차서 발 디딜 틈이 없다. 말에서 내려 한 점방으로 들어가니 신기하고 화려하고 번창함이 벌써 심양이나 산해관 따위에는 비길 바가 아니었다. 북적이는 길을 간신히 조금씩 나아가 보니, 저자로 들어가는 대문 현판에 '만수운집萬艘雲集', 한길 이층 높은 누각에는 '성문구천聲聞九天'이라는 글씨가 씌어 있다. 성 밖에는 창고 셋이 있는데 그 제도는 성곽과 다름없었다. 지붕은 기와로 이고 그 위에는 공기창을 내어서 탁한 공기를 내보내고, 벽에도

22
차환은 머리를 얹은 몸종. 작가는 여러 가지 의문을 던지고 있다.
1. 머리를 얹은 남자는 누구일까?
2. 몸종은 어떻게 최고급 옷(주름진 비단 옷)을 입었을까?
3. 몸종은 왜 그렇게 미인일까?
'비단 옷'을 사 준 사람은 '상주'이리라. 머리를 얹은 사람이 여인은 같은 노비라면, 상주는 남의 아내를 대동하여 노리개로 삼은 것이다. 머리를 얹은 남자가 상주라는 것은 비현실적인 가정이다.
'연뿌리인 양 미끈한' 팔목은 '혹 자랑하는 처녀'나 어제 일기의 손용주처럼 몰락한 선비의 딸임을 짐작케 한다.

23
우언이다.
소정小艇은 역시 사람 잡는 낚시꾼들의 배. 그들은 봉생을 불고 서화를 지어 법도를 만들어내고 있다. 그렇게 탄생한 예법이 '월파정 상주'를 만들고, 가련한 여인의 '사랑할 권리'를 빼앗아간다.
허균의 〈장생전〉을 보자. 어느 날 차환叉鬟이 봉미鳳尾를 젊은 서생에게 날치기 당한다. 장생은 차환을 데리고 경복궁 담장을 넘어간다. 잃어버린 봉미는 온갖 금은보화와 함께 경회루 대들보에 있었다. 봉미는 여인의 '사랑할 권리'다. 〈호질〉이 과부의 '사랑할 권리'라면, 〈장생전〉은 몸종의 '사랑할 권리' 이야기다. 〈장생전〉에서 차환의 '사랑할 권리'를 빼앗아가는 법도는 경회루의 풍류에서 탄생한다. 연암은 경회루의 풍류를 강가의 뱃놀이로 그려내었다.

곁 구멍을 뚫어서 습기를 방지하였다. 강물을 끌어들여 창고를 돌아가며 해자를 만들어 놓았다.

영통교永通橋에 이르렀다. 이 다리는 일명 팔리교八里橋라 한다. 길이는 수백 발, 너비는 여남은 발이요, 홍예(무지개문)의 높이도 여남은 발이나 된다. 통로 좌우에 난간을 세우고 난간 위에 산예狻猊 수백 좌를 앉혔는데, 그 조각의 정교함이 마치 도장 꼭지의 정교한 무늬와 같았다. 다리 밑에 도달한 선박들은 곧바로 조양문朝陽門 밖에 닿아서 다시 작은 배를 이용하여 갑문을 통과하여 태창太倉까지 들어간다고 한다.

통주에서 연경까지 40리 사이는 돌을 깎아서 길에 깔았는데, 쇠수레바퀴와 부딪치는 굉음이 사람의 심신을 뒤흔들어 정신이 어지럽다. 길가 양편에는 모두 무덤인데 담이 이어지고 나무가 울창하여 봉분은 잘 보이지 않는다. 대왕장大王庄에 이르러서 잠깐 쉬고 곧 떠났다. 길 왼편에 석조패루 세 칸이 있기에 말에서 내려 살펴보니, 이는 곧 퉁국유佟國維의 무덤이었다. 패루에는 그의 벼슬들을 나란히 새기고, 위층에는 여러 가지 조칙을 새겼다. 곧 다리를 건너 문 안에 들어가는데, 정문 좌우에 팔각형 화표주華表柱를 세우고 그 위에는 돌사자를 새겼다. 정문을 들어서자 가운데에는 성담을 쌓았는데 층대 높이가 한 발이나 되며, 좌우에는 늙은 소나무 수십 그루가 서 있다. 돌로 3층 축대를 쌓고 그 위에 큰 비석 열셋을 세웠는데, 모두 퉁씨 삼대의 공훈을 표창한 조칙들이다. 퉁국유는 일명 융과다隆科多라고도 하며 그 아내는 하사례씨何奢禮氏이다. 북쪽 담 밑에 봉분 여섯이 나란히 있는데, 잔디를 입히지 않고 밑은 둥글고 위는 뾰족하게 석회로 번질번질하게 발랐다. 누런

관내정사3 | 다시 살아난 중화의 밥상에서

기와로 이은 집이 수십 칸인데 단청은 이미 우중충하게 빛이 바랬고, 층계는 무너지고 채색한 주렴은 해졌는데, 집 안에는 박쥐 똥만 가득할 뿐 지키는 자 하나 없이 텅 빈 것이 마치 깊은 산중의 낡은 절과 같다. 괴이한 일이다. 아마도 공훈이 혁혁하였던 집안이었으나 이제는 자손이 끊어져 그런 것이리라.[24]

4 동악묘東嶽廟에 이르자 삼사는 옷을 갈아입고 반열을 정비하는데, 심양에 들어갈 때와 같이 하였다. 통역관 오림포烏林哺 서종현徐宗顯 박보수朴寶秀 등이 벌써 도착해서 기다리고 있었다. 그들은 모두 망포수보蟒袍繡補(청 관리의 예복)를 입고 목에는 조주朝珠를 걸고, 말을 타고 앞을 인도하였다. 조양문에 이르러 그 제도를 보니 산해관과 다름없으나 검은 먼지가 공중에 자욱하여 상세히 볼 수는 없었다. 수레가 물통을 싣고 다니며 곳곳마다 길바닥에 물을 뿌린다. 사신은 곧장 표자문表咨文을 바치러 예부禮部를 찾아가고 나는 조명회와 함께 먼저 사관으로 갔다.

순치順治 초년에 조선 사신의 사관을 옥하玉河 서쪽 기슭에다 세우고 옥하관玉河館이라 일컬었는데, 그 뒤에 아라사鄂羅斯가 차지하였다. 아라사는 이른바 대비달자大鼻獺子(코쟁이)인데 가장 흉악하고 사납다. 청인들은 그들을 제어하지 못하여 조선사신 숙소로 회동관會同館을 건어호농乾魚衚衕에다 세웠다. 그 터는 본래 도통都統 만비滿조의 저택이었는데, 만비가 도륙당할 때 집안사람들이 많이 자결하여 그 집에 귀신이 많았다고 한다.[25] 어쩌다 우리나라 별사別使(임시사행)와 동지사가 한 번에 닥치면 서관西館에 나누어 들게 하였다. 연전에 별사가 먼저 건어호동에 들어서 마침 동지사로 온 금성위錦城尉가 서관에 머문 일도 있었다. 지난해에 건어호

24

융과다(또는 통국유)이야기. 융과다의 누이는 강희제의 아내로서 옹정제의 어머니다. 「동란섭필」에 실린 역사를 보자. 강희제는 62년간 재위하면서 35명의 아들과 20명의 딸을 낳았다. 1676년 황제는 둘째 아들이자 적자인 윤잉允礽을 황태자로 세웠다. 그러나 30여년 후 태자가 폐출되고 치열한 황권다툼이 벌어진다. 유력후보는 서자인 첫 번째 황자 윤제胤禔와 8자 윤사胤禩, 14자 윤정胤禎이었다. 그러나 강희제가 갑자기 사망하고 4자 윤진胤禛(옹정제)을 후계자로 지명한 유서가 남겨졌다. 융과다가 자기 조카를 옹립하기 위하여 유서를 날조하였다고 한다.
그러면 융과다는 행복하였을까? 옹정제는 너무나 큰 비밀을 알고 있는 삼촌의 입을 틀어막고자 누명을 씌워 평생 감금하였다.

25

'코쟁이' 라고 무서워서 사신관을 내줄 황제는 없을 것이다. 옥하관에서 만비의 집으로 조선사신관을 옮긴 것은 선전포고다. 여차하면 만비처럼 도륙내고 말겠다는.

동에 있는 회동관이 불타 버려서 여태까지 새로 짓지 못하여 이번 우리 사행도 서관西館에 들게 되었다.

5 아아! 옛 역사책에 이르기를, "문자가 생기기 이전의 연대年代와 나라의 도읍지는 파악할 수 없다."하였다. 그러면 문자가 생긴 이후 21개 왕조 3천여 년 동안은 과연 어떠한 술법으로 천하를 다스렸을까? 이른바 유정유일惟精惟—이란 심법心法으로 다스렸지 않겠는가. 그러므로 천하를 잘 다스린 임금으로 요순堯舜씨가 있음을 나는 알고 있다. 홍수를 다스린 임금으로 하우夏禹씨가 있음을 나는 알고 있다. 정전井田제도를 마련한 주공씨周公氏가 있음을 나는 알고 있다. 학문을 잘 한 공자씨孔子氏가 있음을 나는 알고 있다. 재정과 세금제도를 정착한 관중씨管仲氏가 있음을 나는 알고 있다.

그러나 나는 모른다. 문자가 생기기 이전부터 21개 왕조 3천 여 년에 이르기까지 그 밖에 또 다시 얼마나 많은 성인들이 머리를 짜내고 심력을 기울였는지, 또 얼마나 많은 성인들이 목력目力을 소진하였는지, 얼마나 많은 성인들이 귀를 기울였는지, 또 얼마나 많은 성인들이 법도를 기초하였는지, 얼마나 많은 성인들이 윤색하였는지, 얼마나 많은 성인들이 수식하였는지. 생각하건대, 이러한 여러 성인들이 그 심력과 그 총기를 다 기울여서 법도를 기초하고 윤색하고 수식한 것은, 장차 이것으로써 자기의 사리私利를 취하려 함이었겠는가, 욕심을 누르고 만세에 걸쳐 모든 백성들과 그 복을 함께 누리고자 함이다.[26]

6 제왕들이 하나라도 그 심술心術이 같지 않거나(유정유일이 아니거나) 추진하는 사업事業이 유별나게 다르면 곧 '우인愚人'으로 지목

26
5문단. 성인론
1. 문자 이후의 성인들(요순씨, 하우씨, 주공씨, 공자씨, 관중씨)은 유정유일의 심법으로 다스렸으리라.
2. 문자 이전 이후의 성인들은 심력을 기울이는 한편 법도를 기초·윤색·가공·수식하여 왔다. 다만 그 동기는 사리사욕이 아니라 천하인민을 위해서다.

하여 유례없는 패도라고 지탄하지 않은 적이 없었다. 그러나 그들이 쏟아 부은 심사心思의 음탕함과 이목耳目의 교묘함은 도리어 성인을 능가했던 즉, 더욱 후세의 환영을 받았다. 겉으로는 그 인물을 배격하면서도 암암리에 그의 공功을 받아들이고, 또 양으로는 그 사람을 욕하면서도 음으로는 그 이利를 향수하였으니, 천하의 온갖 기이한 술책과 음탕한 기교가 날로 늘어나게 되었다.

보라, 저 궁궐을 옥으로 꾸미고 저 누대를 구슬로 꾸민 자는 이른바 폭군이라는 걸桀 임금과 주紂 임금이 아니었던가. 산을 허물어 골을 메우고 만리장성을 쌓은 자는 이른바 몽염蒙恬이 아니었던가. 천하에 곧은 도로를 닦은 자는 이른바 진시황이 아니었던가. 천하의 일이 법法이 아니면 아니 된다 하여 온갖 제도를 통일시킨 자는 이른바 상앙商鞅이 아니었던가. 이 네댓 사람들은 그의 역량과 재능과 지혜와 정신과 기백과 배포와 시설을 추진하는 능력은 족히 진천동지震天動地할 만하지만, 불욕不欲에서 비롯하지 아니함은 여러 성인들과 머리를 맞대어 우주지간宇宙之間에 나란히 서 있다.[27]

불행히도 문자가 이미 이룩된 후에 태어났기 때문에 그들의 공리功利는 오직 후세 사람들에게 돌아가고, 정작 자기 자신은 재앙의 수괴로 인식되어 길이 몽매한 우부愚夫의 이름을 듣게 되었으니, 어찌 슬픈 일이 아니겠는가.

7 나는 또 알지 못하겠다. 저 21개 왕조 3천여 년 사이에 몇 명의 걸桀주紂와 몇 명의 몽염과 몇 명의 진시황과 몇 명의 상앙이 있어서 문자가 탄생한 초기시대보다 더욱 효과[效]를 높였는지를. 문자 이후의 시대가 그러하다면, 문자 이전의 시대로부터 그들이

27
6문단. 제왕론1.
1. 유별난 사업을 추진한 5대 폭군들(걸왕, 주왕, 몽염, 진시황, 상앙)의 음탕함과 교묘함은 성인을 뺨칠 정도다.
2. 폭군들의 역량과 추진력은 진천동지할 만하다. 그러나 그들의 탐욕은 성인들과 우주지간에 나란히 세울만하다.
결국 성인에 대한 5문단의 평가는 번복되었다. 성인들은 수완 측면에서 폭군들 다음으로 음탕하고 교묘하다. 심사면에서 폭군과 똑 같이 탐욕적이다.

초래한 손익損益은 가히 알 수 있겠다. 어찌하여 그것을 아느냐고?

옛날에 진시황이 육국六國의 것을 본떠서 아방궁阿房宮의 전전前殿을 크게 지었으니, 본뜬다는 것은 저 환쟁이들의 이른바 모사摹寫가 곧 그것이다. 육국의 선비들이 그들의 임금을 유세할 때에는 모두 걸·주를 욕하지 않은 이가 없었다. 그러나 이른바 옥과 구슬로 꾸민 궁궐과 누대는 마침내 저 장화대章華臺와 황금대黃金臺의 본보기가 되었은 즉, 장화대·황금대 역시 아방궁과 같은 밑그림에서 비롯된 것이다. 항우項羽가 한번 불을 질러서 아방궁은 한줌의 재로 사라지고 말았으니, 이는 족히 뒷세상의 토목공사만을 일삼는 사람들에게 큰 거울이 되었음직하다. 그러나 항우의 본심은 장차 다른 사람이 차지할 것을 우려하여 저지른 행동일 뿐이었으니, 저 팽성彭城의 도읍도 또 하나의 아방궁이 될 것이었으나, 다만 미처 짓지 못하였을 따름이다. 소하蕭何가 미앙궁未央宮을 크게 공사할 때에, 한고제漢高帝는 귀와 눈이 없지는 않았건만 짐짓 모르는 체하다가 궁궐이 다 완성된 다음에야 소하를 꾸짖었으니, 그 꾸짖음이 진정이라면 어째서 소하를 당장 죽여 저자에 조리돌리지 않았으며, 또 궁궐을 불 질러 태워 버리지 아니하였던가. 이로써 미루어 볼 것 같으면, 앞서 육국의 것을 본떠서 아방궁의 전전을 지은 것은 곧 미앙궁을 위하여 터를 닦은 것에 지나지 않은 셈이었다.[28]

8 내 이제 조양문을 들어와서 눈에 띄는 것들을 보건대, 저 요·순의 유정유일의 마음씨가 여차如此하고, 하우씨의 치수治水가 여차하고, 주공의 정전井田이 여차하고, 공자의 학문이 여차하고, 관중의 이재理財가 여차하였음을 알겠다. 걸·주가 옥과 구슬로 궁

28
7문단, 제왕론2.
1. 5대폭군 이후에 5대폭군의 업적을 발전시킨 제왕들의 숫자는 모른다.
2. 걸왕 주왕의 궁전→(육국)장화대·황금대→(진시황)아방궁→(한나라)미앙궁.
결국 주지육림酒池肉林으로 일컬어지는 걸桀왕 주紂왕의 전통이 진-한-당-송-원-명으로 이어져 내려왔다.

궐을 세운 것도 이 법에 불과하고, 몽염이 산을 허물어서 골을 메운 것 역시 이 법에 불과하고, 진시황이 길을 닦은 것도 이 법에 불과하고, 상앙이 제도를 통일시킨 것도 이 방법에 불과함을 깨달았다.[29]

어떻게 알았냐고?

성인聖人(요순씨)이 일찍이 율律·도度·양量·형衡 등을 하나로 통일시켜서 둥근 것은 규規(그림쇠)에 맞추고 네모난 것은 구矩(곱자)에 맞추고 곧은 것은 승繩(먹줄)을 따르도록 하였으니, 사해四海에 퍼뜨리자 사해四海가 이를 따랐으며, 걸·주에게 전하니 걸·주 역시 받아들였다.[30]

聖人嘗同其律度量衡矣 圓者欲其中規 方者欲其中矩 直者欲其從繩 則放諸四海而四海準 放諸桀紂而桀紂準

성인聖人(하우씨)이 일찍이 산을 품고 언덕을 돕는 물을 다스렸다. 거리에 동원된 분삽畚鍤의 수량, 도끼로 파헤치는 이利, 기술자의 교묘한 솜씨, 역부役夫들의 노력이 어찌 뫼를 깎고 골을 메워 만리장성을 쌓는 것에 그치겠는가.[31]

聖人嘗治懷山襄陵之水矣 其畚鍤之多 斧鑿之利 工倕之巧 役夫之衆 豈特塹山塡谷築城萬里而止哉

성인聖人(주공씨)이 일찍이 천하의 밭이란 밭은 죄다 금을 그어 백 이랑 밭으로 제도화하면서, 떨어뜨린 밭도랑과 밭도랑 사이가 이른바 수레 몇 채가 나란히 달릴 수 있을 정도인즉, 그 구矩와 승繩이 네모반듯한 땅이 어찌 천리에 곧은 길을 내면서 빼앗은 것만 못하였으랴.[32]

聖人嘗畫天下之田 而至勻百畝之制矣 其溝澮畎隥之間 所謂行車幾乘 則其矩方繩正 豈特除道千里之直哉

29
8문단, 성인제왕론1.
1. 오늘날 북경을 눈으로 보건대, 5문단 성인들(요순씨, 하우씨, 주공씨, 공자씨, 관중씨)의 자취가 역력하다.

30
2. (요순씨의 자취)
'도량형'을 남겨 획일적 '법도'의 기초를 제공하였다. 그리스신화 프로크라테스 침대처럼 인간을 획일화 한 것이 요순씨의 업적이다.

31
3. (하우씨의 자취)
물水이란 법도를, 산과 언덕은 인간세상이다. 하우씨의 치수는 인간세상을 두 개로 나누는 존화양이尊華攘夷 만들기에 만리장성 이상으로 기여하였다.

32
4. (주공씨의 자취)
주공씨의 정전제는 훌륭한 착취의 기술이다.

성인聖人(공자씨)이 일찍이 나라를 다스리는 법을 묻는 제자의 물음에 답하였으나, 이는 다만 말로만 하는 대답일 뿐 몸소 실천하지는 못하였다. 그러나 후세의 계천입극繼天立極한 제왕들은 그 학문이 성인에 미치지는 못하였지만, 하루아침에 능히 성인의 학문을 받들어 실천할 수 있었다. 더구나 어찌 중화中華 민족만이 그리하였겠는가. 오랑캐 출신으로서 중원의 주인이 된 자들도 미상불 성인의 도道를 이어받지 않는 이가 없었다.[33]

의식衣食이 넉넉한 뒤에야 예절禮節을 지킬 수 있다 하였은즉, 후세에 임금들은 각박하고 인정머리 없다는 오명을 뒤집어쓸지언정 부국강병을 꾀하였으니, 어찌 사리사욕을 채우기 위하여 그러한 처신을 하였겠는가.

심술心術이 위미지제危微之際에 있었는지를 논하고 사업의 공사지간公私之間을 따져본다면, 역대제왕들의 사업은 정일지법精一之法이 아니라 할 것이다. 그러나 공리功利의 향수享受라는 측면에서 본다면, 비록 그 법이 오랑캐에서 나왔다 할지라도 여러 가지 좋은 점을 집대성하였으니 그들이 정일지법精一之法을 스승으로 삼았다고 아니할 수 없다.[34]

그러므로 앞서 언급한 걸桀 주紂 몽염과 진시황과 상앙 등 재주[才]와 지혜[智]와 역량力量이 진천동지震天動地하였다는 자들이 중국의 위대함을 이룩한 것인 바, 21개의 왕조 3천여 년 동안 이루어 놓은 모든 제도는 바로 오랑캐(청나라)를 살핌으로써 상고할 수 있는 것이다.

9 이제 그들은 나라를 세워 이름을 청淸이라 하고, 수도를 순천부順天府라 하였다. 천문으로 보면 기箕·미尾 두 별의 사이이고, 지

33
5. (공자씨의 자취)
공자의 춘추대의는 21대 3천년 역사에 통치의 근간이 되었다.

34
6.(역대제왕들에 대한 평가)
一.심술측면: 정일지법이 아니다.
一.공리측면: 정일지법이다.
연암의 오류는 무엇인가?
1. 대상의 오류.
"의식衣食이 넉넉한 뒤에야 예절을 …… 부국강병을 꾀하였으니" 예절을 앞세워 의식衣食을 착취한 점을 간과하였다.
2. 잣대의 오류.
평가기준은 서경 대우모편(인심유위人心惟危 도심유미道心惟微 유정유일惟精惟惟 윤집궐중允執厥中). 중화주의의 잣대로 중화주의를 평가한 것이다. 그 잣대란 티끌만큼의 허점도 없어야 한다는 것. 그 엉터리 잣대 때문에 간과한 것은 '방향(목적)'이다.
결국 위 7문단까지 날카로운 비판들이 있었지만, 서경의 프레임을 극복하지 못하여 연암의 중화문명론은 물거품이 되고 말았다.

리지로 말한다면 우공禹貢의 기주冀州의 터전이다. 고양씨高陽氏는 유릉幽陵이라 하였고, 도당씨陶唐氏는 유도幽都, 우虞는 유주幽州, 하夏와 은殷은 기주冀州, 진秦은 상곡上谷·어양漁陽이라 하였다. 한漢 초기엔 연국燕國이라 하였다가 후에 나누어서 탁군涿郡이라 했다가 다시 광양廣陽이라 고쳤다. 진晉·당唐에서는 범양范陽이라 하였고, 요遼는 남경이라 하였다가 후에 석진부析津府로 고쳤다. 송宋은 연산부燕山府라 하였고, 금金은 연경燕京이라 했다가 곧 중도中都로 고쳤으며, 원元은 대도大都라 하였고, 명明의 초년엔 북평부北平府라 하였다가, 태종황제太宗皇帝가 여기로 수도를 옮기고 순천부順天府 라 칭하였으니, 지금 청淸은 이내 이곳을 수도로 정하였다.

성 둘레는 40리, 왼쪽에 창해滄海가 두르고, 오른편에는 태항산 太行山을 끼고, 북으로 거용관居庸關을 베고, 남으로는 하수河水·제 수濟水가 옷깃처럼 스친다. 성문의 정남쪽은 정양正陽, 오른편은 숭문崇文, 왼편은 선무宣武, 동남은 제화齊化, 동북은 조양朝陽, 서 남은 평택平澤, 서북은 서직西直, 북동은 덕승德勝, 북서는 안정安定 이다. 외성外城에는 일곱 문이 있으며, 자금성紫禁城에는 문이 셋 있다. 궁성宮城은 17리인데 문이 넷이며, 그 전전前殿을 태화太和라 하여 오로지 한 사람만이 살고 있으니, 그 자의 성姓은 애신각라愛 新覺羅요, 그 종족은 여진女眞 만주부이다. 그 직위는 천자天子요, 그 호號는 황제皇帝이고, 그 직책은 하늘을 대신하여 만물을 다스 리는 일이며, 그가 자신을 일컬을 때는 '짐朕'이라 하고, 세계의 여 러 나라들이 그를 높여서 '폐하陛下'라 하며, 말씀을 내면 '조詔'라 하고, 명령을 내리면 '칙敕'이라 한다. 그들의 모자는 홍모紅帽이고, 옷은 마제수馬蹄袖이다. 그들이 국통國統을 이은 지 벌써 4대째. 연

35

청나라를 살림으로써 중화주의를 평가하겠다던 연암은 민생을 은폐하고 껍데기만 살피고 있다.

36

"조선의 박지원이다."
"건륭 45년이다."
조선의 박지원인지 중국의 박지원인지 모르는 연암에게 작가는 '실존의 상실'을 지적한다.
'너 자신을 알라.'

호年號를 세워 건륭乾隆이라 하였다.[35]

이 글을 쓴 자는 누구인가?

조선의 박지원朴趾源이다.

쓴 때는 언제인가?

건륭 45년 가을 8월 초하루이다.[36]

청나라에 차려진 명나라의 밥상

8월 2일 무신戊申.

개다.

간밤에 천둥번개가 치며 큰 비가 내렸다. 아직 수리하지 않은 객관의 창호지가 떨어져, 새벽 찬바람에 감기가 들어 음식을 먹을 수가 없었다.

아침 일찍 사람들이 아문衙門에 모여들었는데, 이들은 예부와 호부의 관원들이다. 쌀과 팥 대여섯 수레와 돼지·양·닭·거위·채소 등속이 바깥뜰에 가득하다. 청나라 관원들이 의자를 깔고 나란히 앉았는데, 감히 시끄럽게 지껄이는 자가 없었다.

정사에게는 날마다 관館의 찬으로 거위 한 쌍, 닭 세 마리, 돼지고기 다섯 근, 생선 세 마리, 우유 한 병, 두부 세 근, 백면白麴 두 근, 황주黃酒 여섯 병, 엄채醃菜(김치) 세 근, 다엽茶葉 넉 냥, 오이지 넉 냥, 소금 두 냥, 청장淸醬 여섯 냥, 감장甘醬 여덟 냥, 식초醋 열 냥, 향유香油 한 냥, 화초花椒(산초) 1전, 등유燈油 세 병, 납초 세 자루, 내수유奶酥油(우유가공품) 석 냥, 세분細粉 근 반, 생강 닷 냥, 마늘 열 뿌리, 빈과蘋果 열다섯 개, 배 열다섯 개, 감 열다섯 개, 말린 대추 한 근, 포도 한 근, 사과 열다섯 개, 소주 한 병, 쌀 두 되, 나무 서른 근을 내린다. 또 사흘마다 몽고 양羊 한 마리씩을 내린다.

부사와 서장관에게는 날마다 두 사람 몫으로 양羊 한 마리를 우유 한 병과 고기 세 근을 내린다. 각자의 몫으로 거위, 닭, 생선 각각 한 마리, 백면 두 근, 두부 두 근, 엄채 세 근, 화초 한 돈, 다엽 한 냥, 소금 한 냥, 청장 여섯 냥, 감장 여섯 냥, 식초 열 냥, 황주 여섯 병, 오이지 넉 냥, 향유 한 냥, 등유 한 종지, 쌀 두 되를 내린다. 과일은 두 사람 몫으로 빈과 열다섯 개, 사과 열다섯 개, 배 열다섯 개, 포도 닷 근, 말린 대추 닷 근을 내린다. 그 밖의 과실은 닷새 만에 한 번씩 준다. 부사에게는 날마다 나무 열일곱 근, 서장관에게는 열 닷 근씩을 준다.

대통관大通官 3명과 압물관押物官 24명에게는 날마다 각기 닭 한 마리, 고기 두 근, 백면 한 근, 엄채 한 근, 두부 한 근, 황주 두 항아리, 화초花椒 닷 푼, 다엽 닷 돈, 청장 두 냥, 감장 넉 냥, 향유 너 돈, 등유 한 종지, 소금 한 냥, 쌀 한 되, 나무 한 근씩을 준다.

상賞을 탄 하인들 30명에게는 날마다 각기 고기 근 반, 백면 반 근, 엄채 두 냥, 소금 한 냥, 등유 어울러 여섯 종지, 황주 어울러 여섯 항아리, 쌀 한 되, 나무 너 근씩을 준다.

상을 못 탄 하인 2백 21명에게는 날마다 각기 고기 반 근, 엄채 넉 냥, 초 두 냥, 소금 한 냥, 쌀 한 되, 나무 네 근씩을 준다.[37]

37
이솝우화 '여우와 두루미' 이야기에서 여우에게 푸대접을 당한 두루미는 밥상을 바꾼다. 그러나 청나라는 명나라의 밥상(사농공상의 위계질서)을 그대로 계승했다. 정권은 바뀌어도 밥상은 바뀌지 않는 것. 그것이 중화주의 3천 년의 역사다.

노마님의 '공작새 죽이기'

8월 3일 기유己酉.

개다.

해 뜬 뒤에야 비로소 서관의 문을 연다. 나는 곧 시대·장복과 함께 서관을 나와 첨운패루瞻雲牌樓까지 걸어갔다. 태평거 하나를 세내었는데, 나귀 한 마리가 끌고 간다. 태평거를 빌리기 전에 주방廚房에서 지급받은 하루치 식자재를 시대에게 환전해 오라 했더니, 은銀 두 냥 엽전으로 2천 2백 닢이었다.[38]

시대를 태평차 오른쪽에 장복을 뒤에 태우고 선무문에 이르니, 그 제도가 조양문과 다름없다. 왼편은 상방象房이요, 오른편은 천주당이다. 조양문을 나와 오른편으로 돌아 유리창琉璃廠에 들어갔다. 첫 번째 거리에 오류거五柳居라는 세 글자 간판이 붙었는데 이는 도옥屠鈺의 서점이다. 지난해에 무관배懋官輩들이 이 서점에서 책을 많이 사고 돌아와 오류거 이야기를 흥미진진하게 하였는데, 이제 이곳을 지나가자니 마치 옛 친구를 만난 듯싶다. 무관懋官이덕무의 회은 나를 송별하면서 이렇게 당부하였다.

"원항鴛港 당낙우唐樂宇의 집을 찾으려면 먼저 선월루先月樓에 가

38
어제 일기에서 자제군관 자격으로 간 연암 몫의 식자재는 없었다. 주방에서는 누구 몫을 떼어주었을까?

39
유세기는 원래 복건 사람인데, 섬서성 병비도兵備道인 진정학의 자형이다. 금년 2월에 상처를 하고, 네 살 난 젖먹이 딸을 그의 처가에 맡겨두고 자기 혼자 심부름하는 어린애 하나를 데리고 이 절에 붙어 있었다.
- 「앙엽기」 석조사夕照寺-
유세기는 아름다운 깃털을 사랑하다가 아내를 잃고 젖먹이 딸까지 저버린 '오셀로' 형 인간이다. 연암의 '큰 누님에게 바치는 묘지명'에 나타나는 매형 '백규'가 '오셀로' 형 인간이며, 그것은 조선의 선비들의 전형이었다. 연암이라는 선비는 무엇을 버릴 것인가?

서 남쪽으로 돌아서 조그만 골목으로 들어가십시오. 두 번째 대문이 바로 당낙우의 댁입니다."

수레를 몰아 양매서가楊梅書街에 이르러 우연히 육일루六一樓에 올랐다가 황포黃圃 유세기俞世琦를 만나 잠시 이야기를 나누었다.[39] 문포文圃 서황徐璜 입재立齋 진정훈陳庭訓 등이 자리를 함께 했는데, 모두 아름다운 선비들이어서 훗날 날을 정하여 여기서 다시 만나자고 약속하였다.

다시 수레를 돌려 북쪽 골목으로 들어가니, 길가에 '선월루先月樓'라는 금빛 글씨가 별안간 눈부시게 빛나는데, 이 역시 서점이다. 수레에서 내려 두 종놈들과 걸어서 당씨唐氏 집을 찾아가는데, 마치 잘 아는 집을 찾아가는 것 같았다. 대문 앞에 세 명의 하인이 있었다.

"노야老爺께선 묘시卯時에 관아에 출근하셨답니다."

"그럼, 언제쯤 돌아오시겠는가?"

"묘시卯時에 나가셔서 유시酉時면 돌아오십니다. 잠깐 행랑[外館]에 앉아서 땀이나 식히시지요."

하인을 따라 행랑[外館]으로 들어가니 웬 엉성하고 옹졸하게 생긴 훈장 한 사람이 나와 맞이한다. 그의 성은 주周인데 이름은 잊어버렸다. 전에 들은 바로는, 원항은 오자五子를 두었는데 모두가 기린아麒麟兒라고 한다. 방금 두 아이가 방에서 나와 공손히 읍하는데 물어보나마나 원항의 아들임을 알겠다. 두 아이의 나이를 물었더니 각각 열세 살, 열한 살이라 한다.

"형은 장우張友, 동생 이름은 장요張瑤가 맞지?"

"예, 그렇습니다. 어른께선 어찌 아시옵니까?"

"너희들이 글 잘 읽는다 하여 이름이 해외海外에까지 알려졌느니라."

잠시 후 그 집 하인이 파초잎 모양의 주석 차판을 들고 나와 조심스럽게 다가온다. 음식은 뜨거운 차 한 잔 빈과蘋果 3개, 양매탕楊梅湯 한 그릇이었다. 하인은 차판을 건네며 노마님-당낙우의 모친-의 말씀을 전하였다.

"지난해 조선 어른 두 분이 가끔 제 집에 놀러 오셨는데, 지금도 무탈하신지요? 만일 청심환 가지고 오신 게 있으시면 한두 개만 원하옵니다."

나는 하인에게 대답을 전했다.

"지금은 지니고 온 것이 없으니, 훗날 다시 올 때 갖다 드리겠다고 아뢰어라."

전에 들은 바로는, 노마님은 항상 동락산방東絡山房에 기거하며 나이가 여든이 넘어도 근력이 오히려 좋다고 한다. 하인이 손으로 저쪽을 가리키면서 말했다.

"노마님께서 방금 중문에 나오셔서, 귀국 종자從者들의 의복을 구경하시고 계십니다."

나는 바로 보기가 민망하여 못 본 체하고는, 붉은 종이로 만든 승두선僧頭扇 두 자루와 여러 가지 빛깔의 시전지詩箋紙를 내어 장우와 장요에게 나눠 주고, 열흘 안으로 다시 오라 약속하였다. 말을 마치고 일어나 문을 나서면서 돌아보았다. 노마님은 아직도 중문에 서 있는데, 두 아환丫鬟이 옆에서 부축하고 있다. 멀리서 바라보니 하얀 머리카락이 이마를 덮었으나 체구는 웅건하다. 아직도 얼굴에 바르는 연분鉛粉과 주취珠翠(푸른 진주 악세서리)를 폐하지 않았다. 시대와 장복이 고한다.

"아까 당씨 댁 여러 하인들이 우리들을 좌우에서 붙들더니 뜰 한가운데 세워 놓았습니다. 노마님이 우리 옷을 벗겨서 그 제도를 보겠다고 것이었습니다. 소인들은 황공하여 감히 바로 쳐다보지도 못하고 말씀드렸습니다. 더위가 혹심하여 몸에 걸친 것이라곤 오직 이 단삼單衫(윗도리에 입는 홑옷) 뿐이라고. 그러자 저들은 우리를 돌려 세우고 모로 세우며 이리저리 살피시다가 다시 하인들에게 명하여 옷자락을 다 헤집어 보고는 술과 먹을 것을 내어다 먹입디다. 소인들의 의복이 이렇게 찢어지고 떨어졌으니, 수치羞恥스러워 죽을 지경이었습니다." 40

돌아오는 길에 회자관回子館 41에 들러 구경하였다.

너 자신을 알라!

8월 4일 경술庚戌.

개다.

더위가 심하여 삼복三伏이나 다름없었다.

수레를 몰아 정양문을 나와서 유리창琉璃廠을 지나갔다. 어떤 사람에게 '유리창'은 몇 칸이나 되느냐고 물었더니 모두 27만 칸이라고 한다. 대저 정양문에서부터 가로질러 선무문에 이르기까지의 다섯 거리가 전부 유리창인데, 국내외 보물들이 전부 여기에 쌓여 있다.

나는 한 누각에 올라 난간에 기대어 탄식하였다.

이 세상에 태어나 진정한 지기知己 한 사람만 얻는다면 한이 없을 것이다. 아아, 인간이란 언제나 스스로 자기 자신을 보고자 하지만, 결국 보지 못하고 때때로 바보천치가 되어 미친 듯이 날뛰지 않던가. 만일 비아관아非我觀我[42]의 경지에 이른다면 '나'는 비로소 만물들과 차이가 없어져 몸이 자유로워지고 한없이 여유로운 경지에 이를 것이다. 성인들은 이 도道를 썼으므로 세상을 등지고 살아도 아무런 번민이 없고, 외로이 서 있어도 아무런 두려움이

42
비아非我(나를 초월한 경지)의 눈으로 나를 관조함.

없었다.

　일찍이 공자는 '남이 나를 알아주지 않는다 하더라도 노여워하지 않는다면 어찌 군자君子가 아니겠는가.[人不知而不慍 不亦君子乎]' 하였다. 노자老子 역시 '나를 알아주는 이가 드물다면 나는 그만큼 고귀한 존재다.[知我者希 我其貴矣]'라고 하였다.[43]

　그들이 남이 자기를 알아주기를 바라지 않는 것은 여차하다. 어떤 사람은 옷을 바꿔 입어 변장을 하기도 하고, 어떤 사람은 얼굴을 못 알아보게 하고, 어떤 사람은 이름을 바꾸어 버리기도 하였다. 이것이 곧 성聖·불佛·현賢·호豪 등이 세상을 하나의 노리개로 보아서, 비록 천자의 자리를 준다 하더라도 성인이 되는 즐거움과 바꾸지 않는 까닭이다. 이러한 때에 천하에 혹시 한 사람이라도 저를 알아보는 이가 있다면, 그의 노력은 물거품이 되고 말 것이다.[44]

　그러나 그 속내를 들여다보면, 천하에 단 한 사람만이라도 자신을 알아주기를 기대하지 않았을까? 그기에 요堯임금이 남루한 복장으로 거리에서 놀았으나 격양가를 부르는 늙은이가 나타났고, 석가가 얼굴을 변장하였으나 아난阿難이 그를 알았고, 태백太伯은 몸에 문신을 새겨서 놓아 남만南蠻으로 도피하였으나 중옹仲雍이 뒤를 따랐고, 전국시대 예양豫讓은 몸에 옻칠을 하여 문둥이로 변장하였으나 그 벗이 알아보았다. 초나라 굴원은 모함으로 쫓겨나 얼굴이 파리해졌으나 어부漁夫가 알아보았고, 월나라 범려范蠡는 치이자鴟夷子로 이름을 바꾸었으나 서시西施가 따랐다. 진나라 범저范雎는 이름을 바꾸어 여관에 숨어 있었으나 수가須賈가 알아보았고, 장자방張子房은 진시황에게 자객을 보내고 이교圯橋에 숨

43
도덕경 제70장 '知我者希 則我者貴'라는 구절을 주인공은 통론을 따라 해석하고 있다. 그러나 작가의 해석을 보라. "자기 자신을 아는 자도 드물고, 자기를 따르는 자도 귀하다." 노자는 인간의 자아상실을 한탄한 것이다. 후술한다.

44
노자의 '知我者希 則我者貴'를 왜곡한 것은 유가의 선비들이다. 그리하여 만들어낸 것이 '人不知而不慍'이다. 공자의 가르침에 매몰된 연암은 깨어날 듯 깨어날 듯 하면서도 깨어나지 못하고 있다.

어 있었으나 황석공黃石公이 알아보았다.[45]

지금 나는 이 유리창에 홀로 서 있으니, 중국인들은 내 의관을 알지 못하며, 내 얼굴을 모르며, '반남 박朴'이라는 성씨를 알 까닭이 없다. 그러므로 이제 나는 성聖도 되고, 불佛도 되고, 현賢도 되고, 호豪라고도 할 수 있을 것이니 거짓 미친 체 했던 기자箕子나 접여接輿의 경지에 이르렀을 것이다. 그런데 이 천하의 지락至樂을 누구와 함께 할 수 있단 말인가.[46]

어떤 이가 물었다.

"공자께서 송나라를 지나다가 습격을 받아 위험에 빠졌을 때 어떤 옷을 입고 어떤 모자를 쓰고 계셨을까요?"

나는 큰 소리로 껄껄 웃으며 대답했다.

"아마 우물과 창고와 평상과 거문고가 벌여 있는데, 앞에 있었던 것이 홀연 뒤에 있는 것 같았을 것이며, 또 '물고기 가죽이나 표범 무늬'처럼 별의별 변신을 하였을 텐데, 누가 그 연고를 제대로 바라볼 수 있겠는가."

그렇게 위기를 넘긴 공자가 안회顏回를 기다리며 걱정하고 있었는데, 뒤따라온 안회는 짐짓 "선생님께서 살아계신데 회回가 감히 죽을 수 있겠습니까."라고 하였으니, 공자가 천하의 지기知己를 논한다면 오직 안자顏子 한 사람 뿐일 것이다.[47]

45
'유붕자원방래有朋自遠方來' 와 '人不知而不慍' 은 자가당착이다. 그럼에도 연암은 두 가지를 양립시키기 위해서 애를 쓰고 있다.

46
연암은 '有朋自遠方來' 와 '人不知而不慍' 의 자가당착을 깨닫고 있다. 알아주기를 바라는 것이 인간존재임을 알았다면, 노자의 진실을 개달아야 할 텐데.
더불어 이 지점에서 깃털의 반전이 시작되고 있다. 깃털은 허위로써 타도의 대상이지만, 알아주기를 바라는 것은 인간의 욕망이며 소중한 자산일 것이다.

47
공자는 구복불회를 가르친다. 그러나 공자의 비결은 '회回' 다. 그 비밀을 아는 사람은 오직 안회 한 사람이다. 연암은 공자의 모순을 포착하기 시작하였다. 그러나 노자의 진실을 모른다.

吾言甚易知	내 말은 알기도 매우 쉽고,
甚易行	행하기도 매우 쉽다.
天下莫能知	그러나 세상에는 내 말을 아는 자도 없고
莫能行	행하는 자도 없다.
言有宗	말에는 근원(으뜸)이 있고,
事有君	일에는 주재자(주체)가 있다.
夫唯無知	사람들은 그것을 모른다.
是以不我知	그러므로 자기를 모른다.
知我者希	자기 자신을 아는 자도 드물고
則我者貴	자기 자신을 따르는 자도 귀하다. 48
是以聖人	그런 까닭에 성인은
被褐懷玉	갈옷을 입고 구슬을 감추고 있다.

—도덕경 제70장—

48
문제의 구절은 8~10행이다. 통론
의 해석은 다음과 같다.
"是以不我知 그러므로 나(노자)
를 모른다./知我者希 나(노자)를
아는 자가 드물다면/則我者貴
나(노자)는 귀한 존재다."

해석의 차이는 오吾와 아我에 있다. 오吾는 노자를 말한다. 아我는 '자기'를 말한다. 노자의 사유구조를 보라.

행	원문	자각	행동
1~2행	吾言甚易知 甚易行	甚易知	甚易行
3~4행	天下莫能知 莫能行	莫能知	莫能行
5~6행	言有宗 事有君	言有宗	事有君
7~8행	夫唯無知 是以不我知		
9~10행	知我者希 則我者貴	知我者希	則我者貴
11~12행	是以聖人 被褐懷玉		

너 자신을 알라!

자기 자신을 자각하는 것이 첫 번째라면, 그 다음 문제는 자기

◇◇◇

를 주체적으로 결정하는 일이다. 그러지 못하면 일신수필 7월 16일자 일기처럼 손님이 스스로 술을 사마시는 것이 아니라 술집 주인의 강요에 의해서 억지로 술을 마실 수밖에 없다.

이렇게 주옥같은 노자의 가르침은 어떻게 왜곡되었나?

"나(노자)를 알아주는 자가 드물다면, 그만큼 나(노자)는 귀한 존재다."

이렇게 어처구니없는 왜곡의 기술자들은 '도사의 옷을 입은 선비'들이다. 그렇게 노자의 철학을 파묻어버린 공자는 말한다.

"人不知而不慍 不亦君子乎"

남이 나를 알아주지 않아도 화내지 않으면, 이 또한 군자가 아니겠는가.

이렇게 황당한 이야기가 통하는 이유는 무엇인가?

지식을 자랑하는 선비들 때문이다. 선비들은 어려운 용어들을 동원해가며 성인의 '깊은 뜻'을 선전한다.

공자가 숨긴 것은 무엇인가?

인간의 욕망(생리적 욕구와 사회적 욕구)을 숨겨버렸다. 인간을 성찰하지 못하도록 차단하고는, 우리를 남(왕)이 알아주지 않더라도 죽도록 충성하는 똥개로 만들어버린 것이다.

熱河日記

莫北行程錄

제11장

막북행정록
만리장성 너머로 행군하라

서: 황금양털을 찾아서

서序.

열하는 황제의 행재소行在所가 있는 곳이다. 옹정제 때에 승덕주承德州를 두었는데, 지금의 건륭제가 주州를 승격시켜 부府로 삼았으니 황성에서 동북방면으로 4백 20리 만리장성에서는 2백여 리에 위치한 곳이다. '지志'를 살펴보면, 한나라 시대에 요양·백단의 두 현縣으로 어양군漁陽郡에 속하였고, 원元과 위魏 때에는 밀운·안락 두 군郡의 변경으로 되었고, 당唐 때에는 해족奚族의 땅이 되었으며, 요遼는 흥화군興化軍이라 하여 중경에 소속시켰고, 금金은 영삭군寧朔軍으로 고쳐서 북경에 소속시켰으며, 원元에서는 상도로上都路에 편입하였다가 명明에 이르러 타안위朶顔衛의 땅이 되었다. 이것이 곧 열하의 연혁이다.

이제 청淸이 천하를 통일하고는 비로소 열하熱河라 이름 하였으니 실로 장성 밖의 요해要害의 땅이라 할 것이다. 강희 황제 때로부터 늘 여름이면 이곳에 거둥하여 더위를 피하였다. 궁전들을 채색하거나 무늬를 그리지 않고 피서산장避暑山莊이라 하였으니 황제가 머물면서 독서를 즐기고 숲과 연못을 거닐며 천하의 일을 다 잊고 소박한 인간으로 돌아가 지내보겠다는 뜻이다.

그러나 실상 이곳은 험준한 요지에 자리하여 몽고의 목구멍을 누르는 새북塞北의 깊숙한 지역이라 비록 명색은 피서라지만 황제가 몸소 이곳에 옴으로써 오랑캐를 막겠다는 심산이었다. 이는 마치 원대에 '해마다 풀이 푸르면 수도를 떠났다가 풀이 시들면 남으로 돌아온다.'는 격으로, 천자가 북쪽에 머무르며 자주 거둥을 하면 북방 오랑캐들이 함부로 남으로 내려와서 말을 놓아먹이지 못할 것이다. 천자가 열하행궁을 오가는 시기는 늘 풀의 푸름과 시듦을 기준으로 정하였으니, 피서라는 이름도 그 때문이다. 올 봄에도 황제가 남방을 순행하였다가 바로 북쪽 열하로 왔다.

열하의 성과 연못과 궁전은 해가 가고 달이 바뀌면서 점점 커져서 사치와 화려하고 웅장함이 저 창춘원暢春苑이나 서산원西山苑보다도 더하다. 게다가 산수의 경치도 오히려 연경보다 나으므로 해마다 이곳에 와서 머물게 되었으니, 애당초 오랑캐를 막기 위하여 세워진 궁전은 도리어 방탕한 향락의 장소로 변질되었다.[01]

우리는 황제의 명을 받고 밤낮 없이 달려 닷새 만에 겨우 도착하였는데, 그 노정을 짐작하건대 4백여 리를 훌쩍 넘을 것이다. 열하에 와서 산동도사 학성郝成에게 물어보았더니, 그 역시 열하가 초행이라며 이렇게 말했다.

"구외口外는 대략 북경으로부터 7백여 리이나, 강희제 이후로 해마다 이곳에 피서하여 석왕碩王(황제의 아들)·액부額駙와 각부 대신들이 닷새마다 한 번씩 조회하게 하였는데, 오가는 길에 빠른 여울과 사나운 물, 높은 고개와 험한 언덕이 많아서 모두들 왕래하기를 꺼리므로 강희제가 일부러 역참을 줄여 4백여 리를 만든 것

01
서문의 첫 번째 이슈는 열하행궁의 '대 몽고전략'이다.
열하에 행궁을 둔 목적은 몽고의 목구멍을 누르기 위해서. 그러나 사치와 방탕한 향락으로 취지는 무색해지는 듯하다. 그러나 그것이 전략이다. 이름 하여 '사치방탕전략'이다.

02

주역 계사편에 나오는 '안불망위 安不忘危'는 대한민국 독재정권들이 좋아하는 안보논리. 서문의 두 번째 이슈인 열하행궁의 '대내전략'이다.

이지 실은 7백 리나 됩니다. 그러나 모든 신하들이 늘 말을 달려와서 국사를 처리하느라 막북을 문 앞처럼 여기고 몸이 안장 위에 떠날 겨를이 없으니, 이는 곧 '편안할 때 위태로움을 잊지 말라_{安不忘危} 02 라는 성인_{聖人}의 뜻이라 할 것입니다."

학성의 말이 일리가 있다. 고염무_{顧炎武}의 〈창평산수기_{昌平山水記}〉에는 이렇게 적혀있다.

"고북구역에서 북으로 56리를 가면 청송_{靑松}이란 곳이 한 참_站이고, 다시 50리를 가서 고성_{古城}이라 하는 곳이 한 참이며, 다시 60리를 가서 회령_{灰嶺}이란 곳이 한 참이고, 다시 50리를 가서 난하_{灤河}가 한 참이다."

난하를 건너 열하까지 40리인즉 고북구에서 여기까지는 2백 56리이니, 이것만도 벌써 56리나 '지_志'의 기록을 초과한다. 구외의 노정이 이렇듯 차이가 나니 장성 안의 차이는 미루어 추정할 수 있을 것이다.

이번 열하행은 조선 사람으로는 처음일뿐더러 마치 장님이 길을 걷듯 꿈결에 지나치듯 밤낮을 헤아리지 않고 달려오느라 일행 중에 아무도 자세히 역참이며 돈대를 본 자가 없었다. 그러니 '지_志'에 420리라 하였은즉, 03 이 일기는 그것을 따른다.

03

열하까지 거리는 얼마인가? '지志'는 420리라 한다. 연암은 420리를 훌쩍 넘을 것이라 한다. 그것은 학성의 700리와 〈창평산수기〉가 뒷받침한다. 그러나 학성의 말은 거짓이다. 사신단이 5일 밤낮을 달려야 가는 길을 닷새마다 왕복하는 것은 불가능하다. 그러면 '지志'의 420리가 맞는가? 아니다. 학성의 말을 신뢰하지 않더라도 저자가 명시된 '창평산수기'를 부정하고 책이름조차 불문명한 '지志'를 신뢰할 이유는 없다. '불과 400리 밖에서 오랑캐들이 호시탐탐 중원을 노리고 있다.'라고 선전하기 위하여 700리를 420리로 줄였을 것이다.

그리스신화 '이아손과 메디아'이야기를 보자.

이아손은 잃어버린 왕국을 되찾기 위하여 황금양털과 프릭소스의 영혼을 찾아 동방원정길에 오른다. 이아손은 50명의 영웅들과 함께 아르고호를 타고 콜키스왕국에 도착한다. 이아손을 보고 '사랑에 빠진 메디아'가 무시무시한 용이 지키는 황금양털을 훔치고, 아르고원정대는 메디아와 황금양털을 싣고 그리스로 돌아온다. 그러나 이아손은 사랑의 맹세를 배반하여 코린트왕국의 공주와 결혼하고, 메디아는 자신이 낳은 배신자의 아들 3명을 죽이는 처절한 복수극을 펼친다.

왕국을 되찾기 위해서 필요한 것은 황금양털과 영혼이다. 영혼은 곧 인간이며, 수단이 아니라 목적으로서의 인간이다.

연암은 왜 열하로 가는가?

청나라황제의 황금양털을 찾아서일 것이다. 그러나 서문에 나타나는 두 개의 전략에는 이미 어두운 그림자가 드리워져 있다. 대외전략은 사치방탕전략으로서 짓털전략이다. 대내전략은 안보논리전략으로서 '인간을 위협'하는 전략이다. 결국 그것들은 인간의 양대 욕망을 볼모로 하는 전략으로서 '영혼'이 없는 황금양털에 불과하다. 그러므로 청나라황제의 전략은 조선을 되찾을 수 있는 황금양털이 아니다.

연암이 찾는 황금양털과 영혼은 어디에 있을까?

황제의 전략 이면에 있을 것이다. 대내전략과 대외전략의 불모로 잡혀있는 인간들의 행동과학에.

한恨의 노래로 연출한 북벌극장

작가는 사신의 정식명칭으로 두 가지 임무를 환기한다. 사은謝恩과 생일축하라는 임무를 짊어진 사신들의 태도를 보라.

가을 8월 5일 신해辛亥.

개고 덥다.

아침 사시巳時에 '사은겸진하정사謝恩兼進賀正使'[04]를 따라 북경을 떠나 열하로 출발하였다. 부사 서장관과 역관 세 사람, 비장 네 사람, 그리고 하인들, 모두 78명이고 말이 모두 55필이다. 그 나머지는 모두 북경에 남아서 서관西館에 머물게 되었다.

처음 책문에 들어선 이후 자주 비를 만나 강물이 넘치는 바람에 통원보에서 무려 1주일가량을 눌러앉아 허비한 탓으로 정사는 밤낮으로 걱정을 하였다. 때때로 나는 정사와 마주한 방을 썼기 때문에 매일 밤 빗소리를 들으며 촛불을 켠 채 밤을 지새웠는데, 휘장을 사이에 두고 정사의 한탄을 들어야 하였다.

"세상일은 알 수 없는 것이네. 만에 하나라도 황제가 우리 사신에게 황제의 생일 전에 열하熱河로 오라는 명령을 내린다면 날짜가 턱없이 부족할 것인데, 장차 이 일을 어찌할 것인가? 설령 그렇지 않더라도 만수절까지 북경까지는 가야 하는데, 심양과 요양 사이에서 또 비를 만난다면 큰일이지."

그러다가 날이 밝으면 백방으로 물 건널 계책을 세우는데, 다른 사람들이 위험하다고 도강을 말리면 정사는 으레 이렇게 말했다.

"나는 나랏님의 일을 위하여 왔으니 물에 빠져 죽는다 하더라도 그것 또한 내 직분인데, 어찌하겠는가." 05

이 말을 듣고는 누구 하나 감히 물이 무서워서 건너지 못하겠다는 소리를 입 밖에 내는 자가 없었다. 때마침 더위가 기승을 부리기 시작하고, 비가 오지 않은 날에도 마른 땅이 갑자기 물바다를 이루는 일이 일쑤였다. 저 천리 밖에서 폭우가 쏟아졌기 때문이다.06

물을 건널 때면 모두 몸이 떨리고 눈앞이 캄캄해지며 새파랗게 질린 얼굴이었으며, 하늘을 우러러 '살려 주소서.' 기도하는 자들이 상당하였다. 그리하여 저쪽 편에 도달하면 비로소 서로 얼굴을 돌아보며 위로와 축하의 말들을 나누는데, 마치 죽었다 살아난 사람이나 만난 듯이 기뻐한다. 그러나 곧 앞에 닥친 물이 건너온 물보다 더 험하다는 말을 듣고는 아연실색하여 서로 얼굴만 멍하니 쳐다볼 뿐이다. 그러면 정사는 담담하게 말한다.

"제군들은 걱정할 것 없네. 이번에도 역시 왕령王靈이 도울 것이야."

불과 몇 리도 못 가서 다시 물을 건너게 되고, 어떤 날은 일고여덟 번이나 건너기도 하였으니, 쉴 참을 쉬지 못하고 쉴 새 없이 달리다가 더위에 지친 말이 쓰러져 죽고 사람들 역시 먹은 것을 토하고 싸고 하다보면, 문득 사신을 향한 푸념들이 쏟아졌다.

"열하로 오라는 명령이야 만무한 일인데, 이런 무더위에 쉴 참을 건너뛰는 것은 전례가 없는 일입니다."

05
정사의 대의명분이 가상하다. 그러나 언어도단이다. 무리하게 강을 건너다가 죽는 것은 애꿎은 백성들이니.

06
연암은 천리 밖을 내다본다. 그러나 한 길 사람 속을 보지 못한다.

07
자신들의 안위를 걱정해야 할 아 랫것들이 '정사의 안녕'을 명분 으로 내세우고 있다. 정사처럼.

"나랏일이 아무리 중하다 하나 정사께선 늙고 쇠약하신 몸으로 이렇게 무리를 하시다가 만일 덧나시기라도 하면 도리어 일을 그 르칠 것입니다." 07

"지나치게 서두르면 도리어 더딘 법이라오."

"예전에 장계군長溪君이 진향사進香使로 왔을 때 책문 밖에서 물 이 막혀 침상을 쪼개어 밥 지어 먹으며 17일을 묵었어도 쉴 참을 건너뛰는 일은 없었답니다."

그렇게 죽자 살자 달려서 8월 초하룻날 연경에 닿았다. 사신은 곧 예부禮部에 가서 표자문을 바치고 서관에서 나흘을 묵었지만 별다른 지시가 없으므로 일행들은 이렇게 빈정거렸다.

"이럴 줄 알았지. 사신은 항상 우리말을 곧이 안 들으시더니 결 국 이리 될 것을. 아무튼 사행 일이야 우리가 더 빠삭하지. 참에 서 쉬면서 왔어도 열 사흗날 만수절까지야 넉넉히 도착할 것을."

그 이후 더욱 열하는 생각지 않게 되었고, 사신도 차츰 열하로 갈 걱정을 놓기 시작하였다.

그런데 초나흗날이었다, 나는 구경 나갔다가 저녁 때 취하여 돌 아와서 이내 곤히 잠들어서 밤중에야 잠깐 깨었다. 남들은 벌써 깊이 잠들었고 목이 몹시 마르기에 상방上房에 가서 물을 찾았다. 방안에는 촛불을 환히 밝혔는데, 정사가 인기척을 듣고는 나를 불 렀다.

"아까 잠깐 졸았는데 꿈결에 열하로 길을 떠났지 뭔가. 지금도 가던 모습이 역력하네그려."

"길 떠난 이후로 늘 열하 가는 일을 걱정하다보니 이제 걱정이 없는데도 꿈에까지 오르는가 보지요." 08

08
7월 4일자 일기에서 하루 것도 안 하는 태평함 속에 타들어가는 정 사의 속내가 드러나고 있다. 더불 어 황제생일에 앞서 일찌감치 북 경에 도착한 정사의 '은밀한 이 유'도 어슴푸레 드러나고 있다.

그렇게 대답하고는 물을 마시고 돌아와 이불에 들어 곧 코를 골았다. 꿈결에 별안간 사람들이 벽돌 밟는 발자국 소리가 마치 담이 허물어지고 집이 무너질 듯 요란스레 들리기에 깜짝 놀라서 벌떡 일어나 앉았다. 머리가 어지럽고 가슴이 두근거린다. 이번 여행길에서 나는 하루 종일 돌아다니다가 밤에 돌아와 누우면 매양 관문館門이 굳게 잠긴 것을 생각하며 마음이 울적하여 여러 가지 망상에 사로잡히곤 하였다. 옛날 원나라 순제順帝가 북으로 도망갈 때 그제야 고려의 사신을 본국으로 돌아가게 하였는데, 사신은 관을 나서서야 비로소 명나라의 군대가 온 천하를 점령한 줄 알았다지 않는가. 명나라 가정嘉靖 연간에는 달단韃靼의 추장 엄답俺答이 갑자기 수도를 에워싼 일이 있다고 한다. 어젯밤 나는 변계함·박내원과 웃으면서 이야기를 나누었거늘, 이제 저렇듯 요란스러운 발자국 소리가 무슨 영문인지는 모르겠으나 큰 변고가 일어난 것만은 틀림없는 듯싶다. 급히 옷을 주워 입는데 시대가 달려와서 아뢰었다.

"이제 곧 열하로 떠나게 되었답니다."

그제야 내원과 변군도 놀라 깨어나 엉뚱한 소리를 한다.

"관에 불이 났소?"

순간 나는 장난기가 발동하였다.

"황제가 열하에 거둥하여 연경이 비어서 몽고 기병 십만 명이 쳐들어 왔다오."

내원과 변군이 내 말을 곧이듣고 놀라 자빠진다.,

"아이고. 이젠 죽었구나!"

서둘러 상방으로 가보았더니, 온 관이 물 끓듯 한다. 통관通官 오림포·박보수·서종현 등이 황급히 달려오는데, 모두 망연자실하여 제 가슴을 두드리고 제 뺨을 치고 제 목을 끊는 시늉을 하며 울부짖는다.

"이젠 카이카이[開開]요."

'카이카이'는 목이 달아난다는 말이다. 그러고는 다시 펄펄 뛰면서 "아까운 목숨 달아났네."한다. 아무도 그 까닭을 묻지 못하나 그 하는 짓거리는 몹시 망측하고 호들갑스러웠다.

사연인즉 이러하였다. 황제가 날마다 조선 사신을 기다리다가 급기야 우리 사신이 도착하자 예부의 주문奏文을 받아 보았는데, 조선 사신을 열하로 보낼 것인지 아닌지를 여쭙지 않고 달랑 표문만 올려 보낸 점에 노하여 감봉처분을 내렸다.[09] 그러자 상서尙書 이하 연경에 있는 예부의 관원들은 어쩔 줄을 모르고 사신에게 얼른 짐을 꾸리고 인원을 줄여서 빨리 떠나도록 재촉할 따름이었다.

부사와 서장관은 모두 상방에 모여서 데리고 갈 비장을 뽑았다. 정사는 주부 주명신을 부사는 진사 정창후와 낭청郎廳 이서귀를, 서장관은 낭청 조시학을 지명하였고, 수역 홍명복과 판사 조달동과 윤갑종이 수행하기로 하였다. 나는 함께 가고 싶은 마음은 간절하였지만, 망설이지 않을 수 없었다. 첫째 먼 길을 겨우 쫓아 와서 안장을 푼 지 얼마 되지 않아서 피곤이 가시지 않은데다가 다시 먼 길을 떠남은 실로 견디기 어려운 일이기 때문이다. 둘째는 만일 열하에서 바로 본국으로 돌아가게 된다면 황성 구경을 망치고 말 것이기 때문이다. 전례에 황제가 우리나라 사행을 각별히 생각하여 빨리 돌아가도록 특별히 은전을 내린 사례가 있는데, 이번에도 십중팔구 그런 상황이다. 그런저런 생각으로 주저하던 차에,

09
황제가 열 받은 것은 예부관리들 때문이 아니라 북경에서 앉아서 버티려는 사신의 태도 때문이다. 그러나 사신 역시 황제가 없는 북경에 앉아서 생일을 축하할 생각은 아니었으리라.

정사가 부추겼다.

"자네가 만 리 길을 멀다 않고 여기까지 온 것은 널리 구경하고자 함이거늘, 무엇을 주저한단 말인가![10] 이제 열하는 앞서 온 사람들의 보지 못한 곳일 뿐더러 돌아간 뒤에 열하가 어떻더냐고 물으면 무어라 대답할 것인가. 그리고 연경은 사행을 다녀온 사람이라면 누구나 구경한 곳이지만, 열하야말로 좀처럼 얻기 어려운 기회이니 꼭 가야 하지 않겠는가."

그리하여 나는 가기로 결정하였다. 정사 이하 가는 사람들의 직함과 성명을 적어서 예부로 보내어 역말 편에 먼저 황제에게 알리는데, 내 성명은 명단에 넣지 않았다. 행여나 황제가 내리는 별상別賞을 받게 되면 어쩌나 하는 우려 때문이다.[11] 인마를 점고할 때 보니, 사람들은 모두 발이 부르트고 말은 여위고 병들어서 도무지 제대로 도착할 성 싶지 않았다. 이에 일행이 모두 마두를 빼고 견마잡이[控卒]만 데리고 가기로 하여 나도 하는 수 없이 장복을 떨어뜨리고 창대만 데리고 가기로 했다.

변군과 노 참봉, 정 진사, 조학동 등과 사관 문 밖에서 손잡고 서로 작별하였다. 여러 역관들도 다투어 와서 손을 잡으며 무사히 다녀오기를 빌었다. 누구는 남고 누구는 떠나고 하는 마당이라 자못 처연한 심정을 금할 수 없었다. 멀리 이국땅에 함께 와서 또다시 이별하게 된 마당에 어찌 인정이 그렇지 않으리오. 마두배들이 다투어 사과와 배를 사다가 바치기에 각기 한 개씩 받았다. 그들은 모두 첨운패루瞻雲牌樓 앞까지 따라와 말 머리에서 절하며 "귀하신 몸 조심하소서."라고 작별을 고하는데 눈물을 짓지 않는 이가 없었다.

10
연암의 목적을 잘 아는 정사는 사은과 축하라는 사신의 목적도 잘 알고 있을 것이다. 그렇다면 사신은 왜 자진해서 열하로 달려가지 않았을까?

11
황제로부터 상을 받으면 백하 윤순처럼 탄핵될지도 모른다. 이것이 연암이 자진해서 열하로 가지 못하고 정사가 떠밀어야 가는 이유다. 그것은 또한 정사의 딜레마다. 스스로 열하까지 달려가서 황제에게 감사와 축하를 올리면 역적으로 몰릴 수도 있기 때문이다.

지안문地安門에 들어서자 지붕은 황금빛 유리기와를 이었고 좌우에는 시전이 즐비하여 이른바 "수레바퀴가 서로 부딪치고 사람 어깨가 서로 스친다."는 말을 절감케 한다. 문을 나서서 다시 북으로 말머리를 돌려 자금성을 끼고 7~8리를 갔다. 자금성은 높이가 두 길이며 석재 바닥 위에 벽돌로 벽을 쌓아 올리고 황금빛 기와를 덮었는데, 주홍빛 석회를 칠한 벽은 마치 대패로 민 듯하고 반들반들 윤기가 흐르는 것이 왜칠倭漆을 한 것 같다. 길 가운데 대여섯 발이나 되는 높은 누대가 있는데, 3층으로 된 누대는 정양문 누대보다도 더 낮다. 누대 밑에는 붉은 난간을 둘렀으며 문이 있으나 모두 잠겨 있고 병졸들이 지키고 서 있다. 누군가 말했다. "이것이 종루鍾樓다."

거기에서 3~4리를 가서 동직문東直門을 나서는데, 박내원이 거기까지 따라와 침울하게 작별을 고하고 돌아갔다. 장복은 등자鐙子를 붙잡고 흐느껴 울며 차마 손을 놓지 못한다. 내가 돌아가라 타이르자 이번에는 창대의 손목을 잡고 서로 슬피 우는데 마치 비 오듯 눈물이 쏟아진다. 처음 고향에서부터 작반作伴하여 함께 왔는데 한 사람은 가고 한 사람은 떨어지게 되었으니, 사람의 정情이 마땅히 그래야 하지 않겠는가[情所固然].[12] 나는 말 등에서 상념에 빠져들었다.

1 인간의 가장 괴로운 일 중에서 이별보다 더 괴로운 일은 없을 것이다. 이별의 괴로움 중에서도 생이별보다 괴로운 것은 없을 것이다. 한 사람은 살고 또 한 사람은 죽고 하는 결별訣別이야 구태여 괴로움이라 말할 것도 없다. 예로부터 자부慈父와 효자孝子

12
호곡장론에서의 "지극한 정情에서 터져 나와 능히 이理를 뚫는 것"과 같은 이기론의 표현이다. 율곡의 所以然(≒理)은 所當然→所必然→所自然→所固然으로 진화되었다. 결국 연암은 장복의 눈물에 자신의 철학(사단칠정론)을 투사(projection)하고 있다.

신남信男과 의부宜婦 의주義主와 충신忠臣 혈붕血朋과 심우心友 지간에 어느 한 쪽의 임종에 임하여 마지막 유언을 받들 때, 서로 손을 잡고 눈물지으며 뒷일을 간곡히 당부함은 이 천하의 부자·부부·군신·붕우들이 공통적으로 겪는 일이요, 자효慈孝 의신宜信 의충義忠 혈심血心은 한 결 같이 솟는 정이다. 이것이 사람마다 겪고 한 결 같이 솟는 정이라면, 그것은 곧 천하의 순리일 것이다. 순리를 따르는 일이란 고작 (죽는 자가)삼년무개三年無改를 당부하거나 (살아남는 자가)구원가작九原可作을 축원하는 정도에 불과하다.[13]

살아남은 자의 괴로움으로 말하자면, 부모를 따라서 죽으려 했던 이, 아들을 잃고 눈이 멀었던 사람[공자의 제자인 자하], 항아리[盆]를 두들기며 노래 부른 사람[장자], 거문고 줄을 끊은 사람[백아], 임금의 원수를 갚으려고 숯을 머금고 벙어리가 된 사람[예양], 슬피 울어 성城을 무너뜨린 사람[기량의 처] 등이 있으며, 심지어 나랏일을 위해서라면 몸이 망가져 죽은 뒤에야 그만두겠다는 사람[제갈공명]도 있었다. 그러나 이런 일들은 모두 죽은 자와는 아무런 관계가 없는 일인즉, 그렇다면 죽는 자에게도 괴로움이라고는 없을 것이다.[14]

천고에 전해 내려오는 말에, 임금과 신하의 표상으로 부견符堅(전진의 임금)과 왕경략王景略(부견의 승상) 당태종과 위문정魏文貞(당태종의 직신)을 일컬었으나, 나는 아직 경략을 위하여 눈이 멀었다거나 문정을 위하여 거문고 줄을 끊었다는 말을 들어보지 못하였노라.[15] 오히려 무덤의 풀이 어우러지기도 전에 그 채찍을 던지고 그 비碑를 넘어뜨려 구원九原의 축원을 저버렸은즉, 이와 같은 사례를 보면 살아남는 자에게도 족히 괴로움이라 말할 게 없을 것이다.[16]

13
三年無改: [논어]아버지가 돌아가신 후 3년 동안은 아버지의 도를 고치지 않는다. 변혁을 차단하려는 공자의 전략이다.
九原可作: 죽은 사람이 다시 살아남. 환생.

14
호곡장론과 같은 거짓말이다. 갓난아기의 마음을 모르듯이 죽는 자의 심정도 알 길이 없는 것이다.

15
'인부지이불온 불역군자호'에 내포된 군신관계의 일방성을 지적하고 있다.

16
망자가 죽은 후 망자의 소원을 저버렸다 하여 죽을 당시의 슬픔까지 거짓인 것은 아니다.

사리분별이 있는 사람들은 흔히들 생사의 갈림길에서 "순리順理를 따라 마음을 달래라." 라고 하면서 너그럽게 위안한다. 순리를 따른다는 말은 곧 이치를 따르라는 말이다. 그러나 그 이치를 따를 줄 안다면 이 세상에는 애당초 괴로움이란 없을 것이다. 이런 까닭에 나는 "한 사람은 살고 또 한 사람은 죽는 그 순간의 이별이야 구태여 괴로움이라 할 것이 못 된다."라고 하는 것이다. 그러므로 이별의 괴로움으로 말하자면, 하나는 가고 하나는 떨어지는 생이별보다 더한 괴로움은 없을 것이다.[17]

2 그러한 이별에 있어서는 장소가 그 괴로움과 어울리는 법이니, 그 장소란 정자도 아니며, 누각도 아니며, 산도 아니며 들판도 아니요, 다만 물을 만나는 땅이다. 그 물이란 반드시 큰 강과 바다이거나 또는 작은 도랑과 개천이어야 되는 것은 아니고, 그저 흘러가는 물이라면 족한 것이다. 그러므로 천고에 이별하는 자 무한히 많건만 유독 저 하량河梁을 일컫는 것은 무슨 까닭일까. 결코 소무蘇武와 이릉李陵만이 천하의 유정有情한 사람이 아니건만 특별히 그 하량이란 곳이 이별의 장소로 적당했던 것이며, 그들(소무와 이릉)의 이별이 그 장소를 얻었으니 괴로움이 가장 심했던 것이다. 저 하량이란 곳은 내가 아노니, 아마 얕지도 않고 깊지도 않으며, 잔잔하지도 않고 거세지도 않은 그 물결이 돌을 이끌어 안고 흐느껴 우는 듯하며, 바람도 불지 않는, 비도 내리지 않는, 음산하지도 않는, 볕도 쪼이지 않는, 그 햇볕이 땅을 감돌아 어슴푸레 해미 끼고 하수 위의 다리는 오랜 세월에 곧장 허물어지려 하고, 물가의 나무는 늙어서 가지 없이 고목이 되려 하고, 물 언덕 모래톱은 앉았다 일어섰다 하고, 물에는 물새들이 떴다 잠겼다 노닐었으리라.

바로 그곳에 사람은 넷도 아니요 셋도 아니요, 오직 두 사람이 서로 묵묵히 말없이 발길을 돌려야 했으리니, 이런 이별이야말로 천하의 가장 큰 괴로움이 아닐 수 없으리라. 그러니 별부別賦에 이르기를 "말없이 애만 태우며 헤어질 따름이라[黯然銷魂 唯別而已]" 하였으니, 어쩌면 그 표현이 이렇게도 멋대가리가 없는 것일까? 천하의 이별치고 어디에 말없지 않는 이가 있으며, 애를 태우지 않는 이가 있으리오. 이것은 고작 하나의 별別 자에 대한 전주箋注에 불과한 말이니, 구태여 괴로움이라 할 것도 없었을 것이다.

특별히 이별할 일도 없었지만 이별하는 마음을 알았던 자는 천고에 오직 시남료市南僚 한 사람이 있었을 뿐이니, 시남료의 "그대를 보내는 이들이 강나루를 돌아서니 그대 모습은 아득히 멀어지네.[送君者自崖而返 君自此遠矣]"라는 구절이야말로 천고에 남을 애 끊는 소리다.[18] 왜냐하면 물가에 이르러서 돌아섰으니, 그야말로 최적의 이별의 장소를 얻은 까닭이다.

옛날 유우석劉禹錫이 상수湘水 가에서 유종원柳宗元과 헤어졌는데, 그 뒤 5년 만에 우석이 옛길을 따라 계령桂嶺을 지나 옛날 이별했던 곳에 이르러 유종원과의 처연한 이별을 이렇게 노래하였다.

> 내가 탄 말은 숲에 가린 채 구슬피 울고
> 님을 실은 배는 산굽이를 돌아 사라지네.
> 我馬暎林嘶 君帆轉山滅

천고에 귀양살이를 한 사람이 무한히 많건만, 이것이 가장 괴롭게 여겨짐은 오로지 물가에서 이별한 까닭이리라.[19]

18
장자 외편 제20장 "送君者皆自崖而反 君自此遠矣"는 시남료가 노나라 제후에게 하는 말. "그대를 보내는 사람들이 강 언덕을 돌아서면, 그대는 한없이 자유로운 경지로 가게 될 것입니다." 당신(임금)이 떠나면 당신도 백성들도 모두 자유로워질 것이라는 말이다. 이와 같은 장자의 해방철학을 연암은 임금과 백성의 슬픈 이별로 왜곡하고 있다.

19
역시 터무니없는 왜곡이다. 유종원은 당송8대가의 한 사람으로 한유 유우석 등과 교유하였던 개혁사상가. '님을 실은 배'는 유종원이 유우석 등과 함께 추진하다 좌초한 변혁의 배. 그러나 연암은 뜻을 이루지 못한 혁명가들의 분노와 슬픔을 고작 물가의 이별노래로 치부하고 있다. 2문단은 이별장론. 호곡장론과 같은 장소프레임이며, 역시 이기론의 기만성을 암시하는 작가의 표지다.

3 그런데 우리나라는 땅이 좁은 곳이라 살아서 멀리 이별하는 일이 없으므로 그리 심한 괴로움을 겪는 일은 없으나, 다만 뱃길로 중국에 들어갈 때가 가장 가슴 아픈 이별의 정경이었던 것이다. 그러므로 우리나라 대악부大樂府 중에 이른바 배따라기排打羅其라는 노래가 있으니, 우리 시골말로는 '배가 떠난다'는 뜻이다. 그 곡조가 몹시 구슬퍼서 애끊는 듯하다.

마당에 그림 같은 배를 놓고 어린 동자와 기생 한 쌍을 뽑아서 장교차림으로 분장한다. 붉은 관복, 붉은 모자, 자개 갓끈에 호랑이 수염, 흰 깃을 단 화살. 그렇게 분장한 동자가 왼손엔 활시위를 잡고, 오른손엔 채찍을 쥐고, 먼저 군례軍禮로 첫 곡조를 부른다. 그 다음에는 뜰 가운데에서 북과 나팔이 울리고, 배 좌우의 여러 기생들이 채색 비단에 수놓은 치마를 입은 채 일제히 어부사魚父辭를 부르며 음악이 반주된다. 이어서 둘째 곡조, 셋째 곡조를 부르되, 처음 격식과 같이 한 뒤에 또 소교로 분장한 동자가 배 위에 서서 '배 떠나는 포'(뱃고동과 같은 대포소리)를 놓으라고 창한다. 이내 닻을 거두고 돛을 올리는데 여러 기생들이 일제히 축원의 노래를 부른다.

碇擧兮船離	닻 감아라, 배 떠난다.
此時去兮何時來	이제 가면 언제 오나
萬頃蒼波去似回	만경창파에 가시는 듯 돌아오소서.

이는 우리나라에서는 가장 눈물 나오는 때이다.[20]

4 지금 이별하는 장복은 어버이와 아들의 친親도 아니요, 임금과 신하의 의義도 아니요, 남편과 아내의 정情도 아니요, 동창과 친

20
'배따라기'는 민중의 한恨이 담긴 노래다. 그런데 동자와 기생들이 벌이는 연극을 보라. 청나라에 끌려가는 조선여인들의 이야기가 아닌가. 민중의 한恨의 노래와 조선여인을 동원하여 거대한 북벌론 쇼show가 펼쳐지고 있다. 민중의 정서(배따라기)를 겁탈하여 북벌론의 우상을 창조하는 북벌극장이다.
앞서 장복의 눈물로 이기론을 설명한 것이 연암의 투사(projection)라면, 이것은 북벌론자들의 투사(projection)다.
"가장 눈물 나오는 때다."
이제 호곡장론 이별장론 등 장소프레임에서 시간프레임으로 바뀌었다.

구의 사귐도 아니다. 그럼에도 그 생이별의 괴로움이 이러한 즉, 어찌 유독 강이나 바다, 또는 저 하수의 다리만을 이별의 장소라 할 것인가. 이국 땅 타향 땅 치고 이별에 적당하지 않은 땅이란 없는 것이다.

오호통재嗚呼痛哉라. 소현세자께서 심양에 계실 적, 당시 신료들이 머물다 떠날 때나 사신의 오가는 때, 세자의 심회가 어떠하였겠는가. 임금이 욕을 보는 마당에 신하된 자는 마땅히 죽어야 한다는 것도 오히려 인사치레에 불과할지니, 남는 자 어떻게 참고 보냈을 것이며, 떠나는 자는 어떻게 참고 돌아서셨겠는가. 이때야말로 우리나라 사람이 가장 '통곡할 만한 때'였던 것이다.[21]

오호통재라. 이나 벼룩 같은 미천한 신하가 백 년이 지난 오늘에 시험 삼아 한번 생각해 볼 때에도 정신이 아찔하고 뼈가 저리어 부러질 것 같거늘, 하물며 그 당시 자리에 일어서서 절하고 하직할 즈음에서랴.

하물며 당시는 두려움에 감추어야 하는 게 무궁하여, 눈물을 참고 소리를 삼켜야 하고, 얼굴에 슬픈 표정을 숨기고 참혹한 심경을 가슴에 파묻어할 때가 아니었던가.[22]

而况當時畏約無窮 嫌疑旣深 忍淚吞聲 貌藏慘沮者乎

하물며 당시 머무르게 된 여러 신하가 아득히 떠나가는 이들의 뒷모습을 바라보매, 저 요동 들판에 우거진 나무들은 아득히 펼쳐졌는데, 사람은 팥알처럼 작아지고 말은 지푸라기처럼 가늘어지는 모습은, 시력이 다하는 곳-땅과 물이 하늘에 닿는 아련한 지경에까지 가물가물 이어졌을 것이니, 해가 저물어 관문을 닫을 때에 (홀로 남은 세자의)그 애간장이 어떠하였겠는가.

21
청나라에 붙잡혀간 소현세자와 이별할 때가 가장 통곡할 때였다. 우리는 무엇을 통곡해야 하는가? 오랑캐들로부터의 수난인가? 아니면 소현세자가 죽고 효종이 등극하여 길을 잃어버린 역사인가?

22
누가 두렵다는 것인가? 청나라라면 두려울망정 두려움을 감출 이유는 없을 것이다.

이런 이별일진대 어찌 반드시 물가만이 적당한 땅이 되리오. 정자도 좋고, 누각도 좋고, 산도 좋고, 들판도 좋을지니, 어찌 반드시저 흐느껴 우는 물결과 어슴푸레 해미 낀 햇볕만이 우리의 괴로운 심정을 자아내랴. 또 하필이면 저 금방이라도 무너질 것 같은다리, 우뚝 솟은 망가진 고목만이 이별의 마당이 될 것인가. 이런지경이라면 비록 저 그림 같은 기둥에 현란한 문지방과 화창한 봄날 밝은 대낮이라도 어디나 애끓는 이별의 장소라 할 것이고, 가슴치고 '통곡할 만한 때'라 할 것이다.

이럴 때를 당해서는 비록 돌부처라도 고개를 돌릴 것이요, 무쇠로 된 간장肝臟일지라도 다 녹아내리고 말 것이니, 이때야말로 우리 조선 사람이 가장 정사情死할 때이리라.[23]

[于斯時也 雖有石人回頭 鐵腸盡銷 此吾東第一情死時也]

이런저런 생각에 잠겨서 나도 모르게 20여 리를 갔다. 성문 밖은 꽤 쓸쓸한 편이어서 산천이 눈에 드는 것이 없다. 해는 이미 저물었는데 길을 잘못 들어서 수레바퀴 자국을 쫓아간다는 것이 서인西人 쪽으로 너무 치우쳐서 이미 수십 리나 우회하였다.[24]

[日旣暮 迷失道 誤追車跡 迤西益行 已迂數十里矣]

좌우左右에 접시꽃과 기장이 하늘에 닿을 듯 높이 솟아 하늘을가리고, 길은 마치 상자 속 같아서 웅덩이에 고인 물에 무릎이 빠진다. 물은 왕왕 휘돌아 스며들어 길가에 구멍을 뚫리고 웅덩이가파이고, 그 위로 물길이 뒤덮으니 길이 보이지 않았다. 마음을 물웅덩이와 골짜기에 집중하여 땅을 더듬으며 소경처럼 앞으로 나아가는데, 밤은 벌써 깊었다.[25]

23
"돌부처라도 고개를 돌릴 것"
그렇게도 야속한 것은 북벌론으
로 무장한 서인세력이다.

24
우회1.
서인집권 이후 엉뚱한 곳으로 달
려온 역사를 지적한다. 원인은 전
철前轍을 밟았기 때문이다.

25
빗물에 뒤덮여 길은 이미 자취를
찾기 어렵다. 불편하지만 다행스
러운 일이 아닌가. 잘못된 전철을
밟지는 않을 테니.

손가장에서 저녁을 먹고 묵었다.

동직문에서 지름길이 있었는데, 오히려 수십 리 길을 우회하였
다.[26]

26

우회2.
'호곡장론'에서부터 연암이 걸
어온 시행착오를 말한다. 그러나
아직 시행착오는 끝나지 않았으
리라.
우회1과 우회2를 병렬함으로써
작가는 조선의 정치와 학문의 모
순을 나란히 제기하고 있다.

일기의 이야기들을 짚어보자.

1. 열하로 오라는 황제의 명령 Vs 함께 가자는 정사의 권고.

정사는 자진해서 황제가 있는 열하로 떠나지 못한다. 오랑캐를 좋아하는 역적으로 몰릴 수 있기 때문이다. 급기야 황제가 노발대발 열하로 오라는 명령을 내렸다.

연암은 자진해서 열하여행에 나서지 못한다. 오랑캐를 좋아하는 역적으로 몰릴 수 있기 때문이다. 급기야 정사가 여행이라는 목적을 환기하며 재촉한다.

정사와 연암의 속내는 서로에게 투영(reflection)되고 있다. 마치 「도강록」의 '혹 자랑하는 선비 책 자랑하는 아빠'처럼.

그러므로 연암은 정사의 마음을 들여다봄으로써 자신의 모습을 성찰할 수 있을 것이다.

2. 장복의 눈물 Vs 연암의 이기론

"장복이 이번에는 창대의 손목을 잡고 서로 슬피 우는데 …한 사람은 가고 한 사람은 떨어지게 되었으니, 사람의 정情이 마땅히 그래야 하지 않겠는가[情所固然]."

여기서 연암은 장복의 눈물에 자신의 철학(사단칠정론)을 투사(projection)하고 있다.

3. 배따라기 Vs 북벌극장

북벌론자들은 민중의 한恨이 담긴 배따라기를 가지고 북벌극장을 연출한다. 민중의 정서에 북벌론을 투사(projection)한 것이다. 다

시 말하면 민중의 정서를 겁탈하여 북벌론이라는 몹쓸 가치(우상)
를 창조하고 있다.

이제 2와 3을 비교해보자.

전자는 북학파의 투사(projection)이며, 후자는 북벌론의 투사
(projection). 이제 그 두 개의 투사를 연결하는 투영(reflection)이 필
요하다. 말하자면 주인공은 '북벌론의 투사投射'에 '자신의 투사投射'
를 투영投影함으로써 자신의 모순을 포착할 수 있을 것이다.

작가는 무엇을 말하고 있는가?

1에서 정사와 연암의 동질성을 암시하고 있다.

2와 3에서 북벌론자와 연암의 동질성을 암시하고 있다.

북벌론자들이 민중의 정서(배따라기)를 겁탈하여 북벌론의 우상
을 창조하고 있다면, 연암은 장복의 눈물을 겁탈하여 사단칠정론
의 우상을 강화하고 있다. 북벌론자들과 마찬가지로 연암은 중화
와 오랑캐를 차별하는 중화주의 부활에 부역하고 있는 것이다.

그러면 연암의 성찰은 어디까지 이르렀을까?

마지막 소현세자와의 이별장면을 보라.

연암은 북벌파에 대한 분노를 토로한다. 대상이 청나라가 아니
라는 점은 진일보한 모습이다. 그러나 아직 북벌론과 자신(북학)과
의 동질성을 모르고 있다. 투사(projection)와 투영(reflection). 이것
이 막북행정록 태학유관록 환연도중록으로 이어지는 성찰의 키워
드다. 연암은 투사投射만 할 뿐, 투영投影을 하지 못하고 있다.

◇◇

민생의 약탈자, 상생의 겁탈자

8월 6일 임자壬子.

아침에 갰다가 뒤늦게 더위가 맹렬하더니 낮에는 크게 비바람 치며 천둥과 번개를 치다가 저녁나절에 개었다.

1 시원한 새벽 어스름에 길을 떠났다. 마을 돈대에는 순의현계 順義縣界라 쓰였고, 또 수십 리를 가서 돈대를 보니 회유현계懷柔縣 界라 쓰여 있었다. 현성縣城은 길에서 혹은 십여 리 혹은 7~8리 떨 어져 있다고 한다.

수나라 개황開皇(수문제) 연간에 말갈이 고구려와 싸워서 지자 말 갈족의 부장 돌지계는 여덟 부족을 거느리고 부여성을 탈출하였 다. 돌지계가 그 여덟 부족을 통째로 바치며 귀순하자, 수문제는 그 곳에 순주順州를 두어서 말갈족을 수용하였다. 당태종은 오류 성五柳城을 다스려 돌궐의 추장 돌리가한突利可汗을 우위대장군으 로 삼아서 그들의 무리를 거느리고 와서 순주를 도독都督하게 하 였다. 당현종 때에는 탄한주彈汗州를 두었다가, 이후 귀화현歸化縣 으로 바꾸었다. 후당 장종莊宗 때 주덕위가 유수광을 쳐서 순주를 점령하였다. 생각하건대 순의順義와 회유懷柔 두 고을은 옛날 순주인 듯싶다.

우란산牛欄山이 서북 삼백 리에 뻗쳐 있는데, 옛 노인들의 전해 내려오는 말에 이런 이야기가 있다.

"옛날 그 골짜기에서 황금소[金牛]가 나와 신선들이 타고 노닐었다. 골짜기에는 마치 구유처럼 생긴 돌이 있는데 이름을 음우지飮牛池라 하며, 이 산을 일명 영적산靈蹟山이라고도 한다."

산 동쪽에서는 조하潮河가 백하白河와 합쳐지고, 동북에 호로산狐奴山이 있고, 또 서북엔 도산桃山 다섯 봉우리가 절벽처럼 서 있는 것이 마치 다섯 손가락을 세운 것 같다.

다시 수십 리를 가서 백하를 건넜다. 백하는 새문塞門 밖 석당령石塘嶺에서 발원하여 장성을 뚫고, 황화黃花의 진천鎭川과 창평昌平의 유하楡河 등 새문 밖의 모든 물과 합쳐져 밀운성密雲城 밑으로 지나간다. 원元나라 승상 탈탈脫脫은 일찍이 수리에 능한 자를 뽑아서 둑을 내고 논을 만들어 해마다 곡식 백여만 섬을 거두었다. 후에 명나라 태감太監 조길상이 땅을 몰수하여 자신의 장원으로 삼았다. 그리하여 세민細民들이 생업을 잃어버리자 백하의 수리도 마침내 폐지되었다. 금金나라 알리불斡離不이 순주順州에 들어와서 곽약사郭藥師를 백하에서 깨뜨렸다 하니, 여기가 곧 그곳이다.[27]

2 물살은 세차고 빛은 황탁黃濁한데, 대체로 변방의 물은 모두 황하黃河다.[28]

나루터에는 작은 배 두 척밖에 없는데, 모래톱에는 수백 대의 수레와 수많은 인마들이 강을 건너려고 서 있다. 여기까지 오는 길에 어떤 사람들이 막대를 가로 질러서 누런 궤櫃 수십 개를 나르고 있었는데, 혹은 뾰족하고 혹은 넓적하고 혹은 길쭉하고 혹

27
1문단은 순의와 회유.
중화는 순의順義와 회유懷柔로
말갈을 착취한다.
순의順義: 의義를 따르라.
회유懷柔: 우리와 함께 살자.
그러면 조선의 사대부들은 백성을 어떻게 착취하는가?

28
황하는 두 가지로 해석된다. 하나는 '황하' (고유명사)다, 또 하나는 '누런 물' (일반명사)다.

은 높다란 것들이다. 그 속에는 모두 옥그릇을 실었는데 회자국回子國에서 조공 바치는 것으로 북경에서 고용한 짐꾼들이 나르고 회자 너덧 사람이 짐꾼들을 거느리고 가는 판이다. 그 생김새는 벼슬아치인 듯하며 그 중 한 사람은 회자국의 태자라 하는데, 그 몰골이 웅건하지만 흉악하고 추하였다. 그들이 누런 궤짝을 배 속에 옮겨놓고 방금 삿대를 저어서 언덕에서 떠나려 하는 순간, 우리 주방廚房 사람들과 말몰이꾼들이 펄쩍 배에 뛰어 올라 말들을 포개어 놓은 궤짝 위에 세웠다. 배는 이미 출발하였고 언덕에 있는 회자는 놀라서 소리 치고 발을 구른다. 그러나 주방과 구종들은 조금도 두려움이 없이 먼저 건너려고만 한다. 내가 수역에게 말하니 수역이 크게 놀라 "빨리 내려." 호령한다. 회자들 역시 어지럽게 지껄여 대면서 배를 돌리게 하여 그 궤짝을 모두 내렸으나 한 마디도 우리나라 사람과 다투는 일이 없었다.[29]

3 중류中流에 이르렀을 때 갑자기 한 조각 검은 구름이 일어나 거센 바람을 품고 남에서부터 굴러 오더니 삽시간에 모래와 티끌을 날리며 연기와 안개처럼 하늘을 덮어서 지척을 분간하지 못할 지경이다. 배에서 내려 하늘을 쳐다보니, 검푸른 구름들이 주름을 잡듯 겹겹이 쌓인다. 독기를 품은 듯 노염 피는 듯 번갯불이 구름 사이를 뚫고 나오면서 올올이 번쩍이는 금실이 천 송이 만 떨기를 이루는데 천둥벽력이 겹겹이 휘감으며 마치 검은 용이라도 뛰어나올 듯싶다. 밀운성을 바라보니 겨우 몇 리밖에 남지 않았기에 채찍을 날려서 말을 몰았으나, 바람과 우레가 더욱 급해지고 빗발이 내리치는 것이 마치 사나운 주먹으로 후려갈기는 듯 형세가 험악하여 재빨리 길가 낡은 사당으로 뛰어 들었다.

29
연암은 조선 하인들을 나무란다. 그러나 결과는 무엇인가? 회자국 사람들이 모두 내렸다. 이제 이以夷制夷. 오랑캐(하인들)를 앞세워 오랑캐(회자)를 제압한 것이다. 이것이 변방을 다스리는 중화의 물, 황하黃河다.

동편 월랑月廊에 두 사람이 책상을 사이에 놓고 교의에 걸터앉아 바삐 문서를 다루고 있었다. 문서는 밀운성 역리驛吏가 오가는 역말들을 적는 것이다. 하나는 한자로 쓰고 또 하나는 만주 글자로 번역되었는데, 그 중에서 내 눈에 얼핏 '조선朝鮮'이란 글자가 보이기에 들여다보았다.

　"황제의 명령을 받들어 북경에 있는 병부에서 조선 사신들에게 건장한 말을 주어서 어려움이 없게 하며, 또한 그들의 행로에서 필수품을 공급하여 접대에 소홀함이 없도록 하라. 운운"

　뒤이어 사신이 비를 피하여 들어오자 나는 수역에게 그 종이를 보이매 수역이 사신에게로 가져갔다. 사신이 그 사람들에게 물었더니, 그들은 이렇게 대답한다.

　"저희들은 모르는 일입니다. 저희들은 다만 오가는 문서를 장부와 맞춰볼 따름입니다."

　그 문서에 이른바 건장한 말이란 찾아보기도 어렵거니와 설령 그런 말을 준다 해도 너무 날쌔서 탈 수도 없을 것이다. 그 말들은 불과 한 시간에 70리를 달리니, 이른바 비체법飛遞法이라는 게 그것이다. 길에서 역마가 달리는 것을 보니, 앞 말이 선창하듯이 달려 나가면 뒷말은 마치 범을 쫓듯이 뒤따라 달린다. 산골과 벼랑을 울리는 듯 말들이 일시에 굽을 떼어 바위며 시내며 숲이며 덩굴을 가리지 않고 훌훌 휘달리는 말발굽소리가 마치 북 치는 듯 소낙비가 퍼붓는 듯하다. 우리나라 사람들은 마치 쥐처럼 말라비틀어진 과하마 따위를 타면서 견마 잡히고 부축하여서도 떨어지지나 않을까 두려워하는 판인데, 하물며 이렇게 날뛰는 역마야 누가 능히 탈 수 있겠는가. 만일 황제의 명령으로 억지로 이를 타게 비체법飛遞法! 연암은 그 '귀신같은 말 타기'를 절절하게 설명한다. 그러나 연암이라는 선비의 비체법은 무엇인가?
사신은 황제가 제공한 말과 각종 편의를 포기하였다. 연암은 그 점을 감쪽같이 감추어버리고 있다.

한다 해도 도리어 걱정거리일 것이다.[30] 황제가 측근을 보내어 우리 사신을 영접하게 하였다는데, 길이 서로 어긋나 방금 이곳을 스쳐지나간 모양이다.

4 비가 좀 멎기에 다시 길을 나섰다. 밀운성 밖을 감돌아서 7~8리를 갔다. 별안간 건장한 되놈 몇 명이 모두 건장한 나귀를 타고 오다가 손을 내젓는다.

"가지 마시오. 5리쯤 앞에 시냇물이 크게 불어서 우리도 모두 되돌아오는 길이오."

그리고는 채찍을 이마에까지 들어 보이며 다시 말한다.

"물이 이만큼이나 깊은데, 당신네들은 날개라도 돋쳤나요?"

이에 서로 돌아보며 망연자실한 채 모두 길 가운데서 말에서 내렸다. 위에서는 비가 내리고 아래로는 땅이 질어서 잠시 쉴 곳조차 없다. 통관과 우리 역관들을 시켜서 물을 가보게 하였더니, 그들이 돌아와서 보고한다.

"물 깊이가 두어 발이나 되어 어찌할 수 없습니다."

수많은 버드나무들이 음습하고 바람결이 몹시 서늘하여 하인들의 홑옷이 모두 젖어서 덜덜 떨지 않는 자가 없다. 비가 잠깐 개자 길 왼편 버드나무 저편에 새로 지은 조그만 행전行殿이 보이기에 곧 말을 달려 그리로 들어가서 물이 빠지기를 기다리기로 하였다. 대개 연경으로부터 길가에 삼십 리마다 반드시 행궁이 하나씩 있는데, 창고며 곳간까지 다 갖추어 있다. 그런데 이미 행궁 하나를 지나왔는데 십 리도 못 되는 이곳에 또 이 행궁을 둔 것은 무슨 까닭인가.[31] 그 제도의 웅장함과 사치함과 현란한 품이 여느 목수 따위의 솜씨가 아닌 듯싶었지만, 내 몸이 춥고 배가 고파서 두루

8월 8일자 일기 서두에 '웅장한 사당들이 산등성이나 물과 부딪치는 자리에 세워졌다'는 이야기가 나온다. 8월 9일자 일기에서는 '행궁 앞이 물살이 가장 세다'고 한다. 인간의 두려움을 겨냥한 황제의 지배전략이다.

구경할 경황이 아니었다.

바야흐로 해는 홍라산紅螺山에 걸렸다. 천 개의 봉우리에 겹겹이 쌓인 푸른빛이 한 덩이 붉은 빛으로 물들고, 아계丫髻 서곡黍谷 조왕曹王 여러 산들이 금빛 구름과 은빛 안개 사이에 둘러싸였다.「삼국지三國志」에 "조조曹操가 백단을 지나 유성柳城에서 오환烏桓(부족 이름)을 격파하였다" 하여 그 산 이름을 조왕曹王이라 하였으니 여기가 곧 조왕曹王이다. 유향劉向의 「별록別錄」에 "연燕에 서곡黍谷이란 땅이 있으나 추워서 오곡이 나지 않았는데, 추연鄒衍이 피리를 불어서 온기가 생겼다.[燕有黍谷 寒不生五穀 鄒衍吹律 而溫氣至]"라고 하였다. 「오월춘추吳越春秋」에 "북쪽으로 한곡寒谷을 넘었다."하였으니, 여기가 곧 한곡寒谷이다. 내 어렸을 때 과체시科體詩를 짓다가 '추연이 서곡에서 피리를 불었다'는 고사를 쓴 적이 있는데, 이제 눈으로 그 서곡산을 바라보게 된 것이다.[32]

5 역관이 제독과 통관 등에게 물었다.

"이제 해가 저물어 가는데 더 이상 물을 건널 수도 없고 뒤로 돌아가도 밥 지을 곳이 없으니 어찌하면 좋겠는가?"

통관 오림포烏林哺가 대답하였다.

"여기는 밀운성에서 겨우 5리 밖에 안 되는 곳이니 부득이 돌아가 성으로 들어가서 강물이 빠지기를 기다리는 게 좋겠습니다."

오림포는 나이가 70이 넘어서 추위와 배고픔을 못 견디는 모양이다. 요새 북쪽의 길을 제독 이하 사람들이 모두 가본 경험이 없어서 길을 모른다. 게다가 해가 저물어 사람의 그림자도 드물어지자 길을 분간하지 못함은 저들 청나라 관리들도 우리와 다를 바 없다. 내가 먼저 밀운성에 이르렀는데 길가의 물이 벌써 말의 배

32
추연은 오행五行에서 오덕五德과 상극相剋의 개념을 창안하였다. 유향은 상생相生의 개념을 도출하였다. 자연(목 화 토 금 수)의 법칙을 인간학에 억지로 끼워 맞춘 음양오행설의 탄생. 그리하여 '중화와 오랑캐' '군자와 소인배' 로 갈라진 이분법세상이 탄생한다.
그럼에도 순례자 연암은 사기꾼들의 성지에 감개무량하여 옛 성인들과 자신을 동일시하고 있다. 그러니 앞서 이이제이와 비체법으로 중화의 앞잡이 노릇을 하는 일그러진 '자아' 를 바라볼 리가 없다.

까지 닿았다. 성문에서 말을 세우고 일행을 기다려서 함께 들어가니, 뜻밖에 쌍 등과 쌍 촛불 등을 들고 와서 맞이하는 이가 있고, 또 기병 10여 명이 앞에 와서 환영하는 듯이 보였다. 밀운성 지현知縣이 몸소 마중 나온 것이다. 통관이 먼저 가서 주선한 것이 불과 몇 마디 말이 끝나기 전인데 이처럼 그 거행이 재빠르다.

비록 왕자나 공주의 행차라 하더라도 민가에 머무르지 못하는 것이 중국의 법이므로, 사신단의 숙소는 반드시 점방이 아니면 사당이다. 이제 이 고을에서 우리 일행의 숙소로 정해진 곳은 관제묘인데, 지현은 사당 문까지 와서 곧 돌아갔다. 관제묘는 인마人馬를 들일 수는 있으나 사신이 묵을 만한 곳은 아니다. 그러나 밤이 이미 깊어 집집마다 문을 닫아 걸어버린 마당이다. 오림포가 여러 집을 돌면서 백 번 천 번 두드리고 부르고 한 끝에 겨우 나와서 응대하는 이가 있었으니, 다름 아닌 소씨蘇氏의 집이었다. 소씨는 이 고을 아전이었는데, 집이 훌륭하기가 행궁이나 다름없다. 그 주인은 이미 죽고 다만 열여덟 살짜리 아들이 있는데, 눈매가 수려한 것이 속세의 풍상風霜을 겪지 않은 모양이다. 정사가 불러서 청심환 한 개를 주니 그는 무수히 절하면서도 몹시 놀라서 두려워하는 기색이다.

입장을 바꾸어보면 가히 알만하다. 막 잠이 들었을 때 요란하게 문을 두드리는 소리에 일어나 보니, 사람 지껄이는 소리와 말 우는 소리가 요란한데 모두 생전 처음 듣는 소리였을 것이다. 급기야 문을 열자 벌떼처럼 뜰에 사람들이 가득 차 있었다. '대체 이 사람들은 어디서 온 사람들일까?' 조선 사람이라고는 이곳에 온 일이 없으므로, 그들은 아마 안남安南 사람인지 일본 사람인지 유구琉

球 사람인지 섬라暹羅(태국)사람인지 분간하지 못하였을 것이다. 뿐만 아니라, 우리가 쓴 모자는 둥근 테가 몹시 넓어서 머리 위에 검은 우산을 쓴 꼴이니 '이 무슨 해괴한 갓인고!' 했을 것이다. 우리가 입은 도포는 소매가 몹시 넓어서 춤추듯 너풀거리니, "이 무슨 옷이랴, 이상한지고." 했을 것이다. 우리 말소리도 남남喃喃 니니呢呢 각각閣閣 하니, "이 무슨 야릇한 소리인가!" 했을 것이다. 처음 보면 비록 주공周公의 의관이라도 놀라자빠질 일이거늘, 하물며 우리나라 제도가 몹시 거창하고 고색창연함에랴. 그리고 사신 이하의 복장들이 모두들 구분되어 역관들과 비장들, 그리고 군뢰들의 복장이 제각각이다. 더구나 역졸과 마두들은 어떤가? 맨발에다가 가슴을 풀어 헤치고는 얼굴은 햇볕에 그을리고 옷은 해져서 엉덩이를 가리지 못한다. 그 꼴로 왁자하게 지껄이며 대령하는 소리는 너무도 길게 빼니, 처음 보는 그들로서는 "이 무슨 예법이랴. 이상 야릇한지고." 하지 않을 수 없을 것이다. 그리고 그들은 우리가 함께 온 한 나라 사람임을 모르고 아마도 남만南蠻 북적北狄 동이東夷 서융西戎 등 동서남북 오랑캐들이 함께 제 집에 쳐들어온 줄로 알았을 것이니, 어찌 놀랍고 떨리지 아니하리오. 이거야말로 백주 대낮이라도 넋을 잃을 일이거늘, 하물며 아닌 밤중임에랴. 비록 깨어 앉아 있을 때라도 놀라울 것이거늘 하물며 잠결에 닥쳤음에랴. 더군다나 열여덟 살 약관의 어린 사내가 아닌가. 비록 산전수전을 지겹도록 겪은 여든 살 노인일지라도 필시 놀라서 와들와들 떨며 졸도하지 않을 수 없을 것이다.[33]

6 역관이 와서 정사에게 보고했다.

"밀운성 지현이 밥 한 동이와 채소며 과실, 돼지·양·거위·오리

33
5문단은 약탈과 겁탈.
정사는 한밤중에 민가에 쳐들어갔다. 연암은 무엇을 하는가? 침입을 당한 소씨를 농성하나. 그러나 사신단의 모습을 '동서남북 오랑캐' 운운하면서 중화주의를 주입하고 있다. 또 하나의 투사(projection)다. 위정자들은 민중을 약탈하고, 선비들은 언어도단으로 민중을 겁탈하여 그들의 프레임을 강화한다.

고기, 차와 술 등을 보내왔고, 또 땔나무와 말먹이도 보내왔습니다."

정사가 말했다.

"그래, 땔나무나 말먹이는 받지 않을 이유가 없다. 그러나 밥과 고기 등은 주방이 있는데, 남에게 폐를 끼칠 필요가 있겠는가. 받든지 안 받든지 간에 부사님과 서장관 나리께 여쭈어 결정짓는 게 옳을 거야."

수역이 조심스럽게 아뢰었다.

"연경에 들어오면서부터는 동팔참東八站으로부터 으레 음식을 제공받습니다. 다만 이렇게 익힌 음식을 제공하지 않았을 뿐입니다. 지금 뜻밖에 길이 막혀 이곳에 머물러 뜻밖의 음식을 받게 되었지만, 저들이 주인의 도리로서 제공한 것인즉 무슨 이유로 그를 물리칠 수 있겠나이까?"

이러던 차에 부사와 서장관이 들어와서 말했다.

"이건 황제의 명령도 없은즉 어찌 받을 수 있겠습니까. 마땅히 돌려보냄이 옳겠습니다."

그러자 정사가 드디어 쐐기를 박았다.

"그렇겠소."

정사는 곧 명령을 내려 음식을 받기 어려운 뜻을 전하게 하였다. 결국 여남은 명의 아랫것들은 끽 소리도 못하고 돌아가 버렸다. 서장관이 하인들에게 정사의 지시를 하달하였다.

"만일 한 줌의 땔나무나 말먹이라도 받는다면 반드시 무거운 벌을 내릴 것이다."

잠시 후 조달동이 와서 군기대신 복차산福此山이 당도하였다고 보고한다. 황제가 특별히 군기대신을 파견하여 사신을 맞게 하였는데, 군기대신은 바른 길로 덕승문에 들어가는 시각에 우리 일행은 이미 동직문을 통과하였으므로 서로 어긋나게 된 것이다. 그리하여 복차산은 밤낮을 헤아리지 않고 뒤를 쫓아 온 것이다.

"황제께옵서 사신을 학수고대하고 계시오니 반드시 초아흐렛날 아침 일찍 열하에 도달하여 주시오."

군기대신은 두세 번 거듭 부탁하고 가버렸다. 군기軍機란 마치 한나라의 시중侍中과 같아서 늘 황제 앞에 앉아 있다가 황제가 명령을 내리면 하나하나 의정대신에게 전달한다. 비록 계급은 낮으나 황제를 지근거리에서 보필하는 알짜배기 직책이므로 '대신大臣'이라 부르는 것이다. 복차산의 나이는 스물 대여섯쯤 되는데 키는 거의 한 길쯤이고 허리가 날씬하고 눈매가 가늘어서 매우 풍치가 있어 보였다. 그는 말이 끝난 뒤에 화고花糕라는 떡 하나를 먹고는 곧 말을 달리며 떠나버렸다.34

◼7 벽돌이 깔린 대청은 넓게 툭 트였으며 탁자 위의 물건들은 가지런히 정돈되어 있었다. 하얀 유리그릇에 불수감佛手柑이라는 과일 세 개를 담았는데 맑은 향내가 코를 찌른다. 10여 개의 교의는 모두 무늬목으로 만들었으며, 서편 바람벽 밑에는 등자리와 꽃방석·양털보료 등이 깔려 있고, 구들 위에는 붉은 털방석을 깔았으되 길이나 너비가 알맞게 되어 있고, 침대 위에 깔린 자리는 말총으로 쌍룡을 수놓았는데 오색이 찬란하였다. 두 하인이 그 위에 누워 있음을 보고 시대를 시켜 깨웠으나 곧 일어나지 않아서 시대가 크게 호통을 쳐서 쫓아버렸다. 나는 피로를 이기지 못하여 잠깐 그 위에 누웠는데, 별안간 온 몸이 가려워 견디기 어렵기에 한

34
6문단은 순의順義의 악탈자. 법도를 어기고 민가에 침입한 사신은 법도를 내세워 밥그릇을 걷어차 버린다.
그러면 청나라는 어떤가?
소씨의 집은 숨겨진 사신단의 숙소. 숙소와 음식 등 편의를 제공할 주인은 지현과 군기대신이다. 그러나 그들은 베풀지 않고 '사신의 구걸'을 기다린다. 사신은 왜 구걸하지 못하는가? 순의順義. 의를 따르는 것이 사신의 사명. 오랑캐에게 구걸하는 것은 '대역죄'이기 때문이다.
연암은 어찌할 것인가?

선비들은 걸핏하면 '이와 벼룩 같은 미천한 존재'를 들먹인다. 싸가지 없는 선비들에 대한 미천한 이와 벼룩들의 통렬한 보복이다.

번 긁자 굶주린 이들이 더덕더덕하였다. 곧 일어나 옷을 털자 후두둑 떨어진다.[35]

시대에게 물었다.

"밥은 익었느냐?"

시대는 겸연쩍은 표정으로 대답하였다.

"애당초 쌀을 올리지 않았답니다."

곧 닭이 울 시각이어서 한 그릇 물이나 한 움큼 땔나무도 구할 곳이 없으니, 비록 저 사자 이빨처럼 흰 쌀과 말발굽처럼 쌓인 은銀이 있다 하더라도 밥을 익힐 방법은 없었다. 그리고 부사의 주방은 낮에 비가 내리기 전에 냇물을 건넜으므로 영돌永突-상방의 건량고지기-이 부사와 서장관의 주방을 겸하였으나 밥을 지을 기약은 아득하기만 하다. 하인들은 모두 춥고 굶주려서 곤한 잠에 빠지지 않은 자가 없었다. 나는 그들을 채찍으로 갈겨 깨웠으나 잠깐 일어났다가는 픽 쓰러져버리는 통에 할 수 없이 몸소 주방에 들어가 보았다. 주방에는 영돌이 홀로 앉아 허공을 쳐다보면서 긴 한숨만 뿜어낸다. 나머지 사람들은 모두 종아리에 고삐를 묶은 채 맨 바닥에 누워서 우뢰처럼 코를 골고 있다. 어렵사리 수숫대 한 움큼을 얻어서 밥을 지으려 했으나 한 가마솥의 쌀에 반통도 못 되는 물을 부었으니 쌀이 끓어서 익는 것은 어림 반 푼어치도 없는 일이다. 잠시 후 마침내 밥을 받아 본즉 쌀이 설었는지 익었는지는 고사하고 쌀에 물이 스며들지도 못 하였다. 하여 아예 밥 한 숟갈을 뜨지 못한 채 정사와 함께 술 한 잔씩을 마시고 곧 길을 떠났다.[36]

이때 닭은 서너 홰를 쳤다.

36
7문단은 회유懷柔의 겁탈자. 대청에 깔린 가재도구들은 휘황찬란하다. 그 다음에는 하인들은 이가 득실득실한 존재들로 낙인을 찍어버린다. 역시 중화주의의 투사(projection)다. 그렇게 기선을 제압한 연암은 주방으로 들어가 회유라는 명분하에 약탈을 시작한다. 그렇게 피눈물 나게 지은 밥을 양반 놈들은 설어서 먹지 못하겠다고 한다. 밥 좋아하는 니들이나 배터지게 먹으라고.

창대가 어제 백하를 건너다 말굽에 밟히면서 말발굽 쇠붙이에 깊은 상처를 입은 발등이 몹시 쓰려서 신음하고 있으나, 창대 대신 견마를 잡을 자도 없어서 낭패였다. 그렇다고 한 발짝도 내딛지 못하는 창대를 중도에다 떨어뜨리고 갈 수도 없는 일이었다. 별 수 없이 비록 잔인하기 짝이 없으나 기어서라도 뒤를 따라 오게 하고 스스로 고삐를 잡고 성을 나섰다.

사나운 물결이 길을 휩쓸고 간 뒤라 길가에 뒹구는 돌들이 이빨처럼 날카로웠다. 등불 하나를 들었지만, 거센 새벽바람에 꺼져버렸다. 그리하여 다만 동북쪽에서 흘러내리는 한 줄기 별빛만을 바라보며 전진하였다. 앞 시냇가에 이른 즉, 물은 이미 많이 빠졌으나 아직 말 배꼽에 닿았다. 창대는 몹시 춥고 주린데다 발등에 상처를 입은 몸으로 잠도 자지 못하는 채 또 차가운 물을 건너게 되었으니 참으로 걱정이다.[37]

37
8문단, 사기꾼은 아름답다. 발을 다친 졸개를 팽개쳐버리고 가는 몰염치한 선비. 그러나 이럴 때 선비의 글을 너무나 유려하기만 하다.

민중을 등진 선비들의 고산구곡가

8월 7일 계축癸丑.

아침에 비가 조금 뿌리다가 곧 개다.

1 목가곡穆家谷에서 아침 식사를 하고 남천문南天門을 나섰다. 성城은 큰 고개 정상에 있는데 정상 오목한 곳에 문을 만들었다. 이름은 신성新城이다.

옛날 흉노족 갈족 선비족 저족 강족 등 다섯 오랑캐가 할거하던 오호五胡시대 후조後趙의 왕 석호石虎가 단요段遼를 추격하였는데, 단요가 후연의 모용황과 함께 역습하여 석호의 장수 마추麻秋를 쳐서 죽인 곳이 곧 이곳이다.[38]

2 여기서부터 잇달아 높은 고개를 넘게 되었는데, 오르막은 많으나 내리막이 적어지는 것으로 보아 지세가 점차 높아짐을 알겠다. 물결은 더욱 사나웠다. 창대가 이곳까지 이르렀는데 통증이 더욱 심해져서 부사의 가마에 매달려 울며 하소연하더니 또 서장관에게도 호소하였다고 한다. 이때 나는 먼저 고북하古北河에 도착하였는데 부사와 서장관이 쫓아와 창대의 참혹하고 민망한 꼴이 차마 못 볼 지경이라면서 나에게 창대를 구원할 좋은 방도를 생각해

38
오랑캐(창대)의 역습을 예고하는 복선이다. 결말은 내일 일기에서 볼 것이다.

보라 권고하였다. 그러나 나는 정말로 어쩔 도리가 없었다. 이윽고 창대가 엉금엉금 기다시피 따라 왔다. 도중에 누군가의 말을 얻어 타서 여기까지 올 수 있었으리라. 나는 창대에게 돈 2백 닢과 청심환 다섯 알을 주어서 나귀를 세내어 뒤를 따르게 하였다.[39]

3 드디어 냇물을 건넜다. 이 물은 일명 광형하廣硎河. 곧 백하의 상류다. 변방에 이를수록 물살은 더욱 사나워진다. 수레와 말들이 다투어 건너려고 웅기중기 서서 배를 기다린다. 제독과 예부낭중이 손수 채찍을 휘두르면서 이미 배에 오른 사람들까지도 몰아쳐 내리게 하고는 우리 일행을 먼저 건너게 하였다.

저녁 무렵 석갑성石匣城 밖에서 밥을 지었다. 이 성의 서쪽에 궤짝[匣]처럼 생긴 돌이 있어서 역 이름도 '석갑'이라 하였다고 한다. 옛날 유수광이 도망치다가 사로잡힌 곳 또한 이곳이다.[40]

식사가 끝나자마자 곧 출발하였다. 날은 이미 어두워지기 시작하고, 산길은 심한 굴곡이 거듭되었다. 일찍이 왕기공王沂公이 거란에 올린 서한 중에, '금구정金溝淀에 이르러 산속으로 들어가 꼬불꼬불한 길을 오르고 또 오르는데 이정표나 척후도 없으므로 말을 달린 시간으로 계산하여 대략 90리쯤 가자 고북구에 이르렀다.'고 하였다. 금구정이 지금 어디인지를 알 길이 없으나, 장성 밖의 노정에 대해서는 옛사람들도 잘 몰랐던 모양이다.[41]

때마침 대추가 반쯤 익었는데 마을마다 대추나무로 울타리를 이루었다. 어떤 대추나무 밭들은 마치 우리나라의 청산 보은과 같고, 대추알은 모두 한 줌이 넘을 만큼 컸다. 그리고 밤나무 역시 숲을 이루었으나 밤톨이 매우 작아서 겨우 우리나라 상주의 것과 비슷하였다. 옛날 소진蘇秦이 연문공燕文公을 설득하고자 "연燕의

39
어쩔 도리가 없었다는 치졸한 변명을 보라.

40
연암은 유수광처럼 도망치다가 결국은 궤짝에 갇혀 사로잡히고 말리라.

41
왕기공은 부정공(부필)과 함께 (조선의 북벌파와 같은)송나라의 주전파로서 거란에 대하여 적대적인 인물. 거란에 도움이 되는 지리정보를 제공할 리가 없다.

소진은 전국칠웅시대 진에 대항하여 나머지 6국의 합종연횡을 이끌어내었던 설득의 귀재. 소진의 말은 오직 설득을 위한 감언이설일 뿐인데, 연암은 동기를 살피지 않고 풍설(시장의 우상)을 맹신한다.

43
연암은 '남녀'라고 말하지 않는다. 선비가 아닌 남자는 남자구실도 못하는 등신이기에.

44
연암은 대추와 이빨에 대한 경전의 우상을 간파하였다. 그러나 연암이 보지 못한 것은 고북구 사람들의 모방본능. 그래서 깃털을 사랑하는 자신의 혹을 바라보지 못한다.

북쪽은 밤과 대추가 잘 되는데, 이는 하늘이 내린 보고입니다." 하였으니, 아마 이는 고북구를 두고 이른 듯싶다.[42]

4 고북구에 들어서자 마을을 지날 때마다 선비와 여자들이 몰려들어 우리를 구경하였다.[處處邨坊 士女聚觀][43] 나이 지긋한 여자들은 반드시 목에 혹이 달렸는데, 큰 것은 거의 뒤웅박만 하고 서너 개가 주렁주렁 달린 이도 있었다. 여자들은 열에 일고 여덟은 모두 혹이 달려 있다. 젊은 여자들과 예쁜 부인들은 흰 분을 발랐으나 목에 달린 뒤웅박만한 혹을 가릴 수는 없었다. 남자 노인 중에도 커다란 혹이 달린 이들이 간혹 있다. 옛 기록에 이런 말이 있다.

"진晉나라 사람은 이가 누렇고, 험한 곳에 사는 사람은 목에 혹이 달린다."

"안읍安邑은 진晉나라 땅으로, 대추가 잘 되므로 그들은 단 것을 많이 먹어서 이가 모두 누렇다."

그런데 지금 이곳은 대추나무 밭이 이토록 많은데도, 여인들의 하얀 이가 마치 박씨를 쪼개 세운 듯하니, 대추와 이빨의 관계는 납득하기 어렵다.

그리고 『의방醫方』에 이런 이야기도 있다.

"산골짜기의 물은 마치 절구질하듯이 떨어지므로 오래 마시면 혹이 생긴다."

이곳 사람들이 혹이 많은 것은 험한 곳에 사는 까닭이리라. 그런데 유독 여인에게 많이 볼 수 있음은 또 어인 까닭인가.[44]

5 잠시 말을 쉬게 하고 성안을 둘러보니, 시전과 거리가 제법 번화하긴 하였으나 집집마다 문이 닫혔으며, 문밖에는 양각등을

달아 총총한 별들과 어울려 그윽한 운치를 자아낸다. 이미 밤이 깊었으므로 두루 구경하지 못하고 술을 사서 조금 마시고 곧 길을 나섰다. 어둠 속에서 수백 명의 군졸이 보이는데, 아마 검색하려고 지키고 있는 듯싶다. 세 겹의 관문을 나와서 곧 말에서 내려 만리장성에 이름을 새기려고, 패도를 뽑아 벽돌 위의 짙은 이끼를 긁어내었다. 붓과 벼루를 꺼내어 바닥에 벌여놓고 사방을 살펴보았으나 물을 얻을 길이 없었다. 아까 술 마실 때 밤길을 가다가 마시려고 몇 잔 남겨 둔 술이 있기에, 이를 모두 쏟아 밝은 별빛 아래에서 먹을 갈고, 찬 이슬에 붓을 적시어 수십 글자를 썼다. 때는 봄도 아니요 여름도 아니요 겨울도 아닐뿐더러 아침도 아니요 낮도 아니요 저녁도 아닌, 금신정중지절金神正中之節에다 첫닭이 울려는 시각이니, 이 어찌 우연한 일이겠는가.[45] 다시 작은 고개에 올랐더니, 초승달은 이미 졌는데 시냇물 소리는 더욱 가까워지고, 어지러이 솟은 봉우리들은 수심에 잠긴 듯 울울하다. 바위들은 모두 범이 엎드린 것 같고, 기슭마다 도적이 숨은 듯하여, 때마침 우수수 바람이라도 불어오면 머리카락이 스산하게 곤두선다.

이때의 느낌을 기록한 '야출고북구기夜出古北口記'가 산장잡기에 있다.[46]

6 물가에 다다르니 길이 끊어지고 물이 질펀하고 아득하여 갈 곳을 찾을 수 없는데, 너댓 채 허물어져가는 집들이 물에 기대어서 있었다. 제독이 달려가서 말에서 내려 손수 문을 두드렸다. 백번, 천 번 거듭 부르고 호통을 치자 주인이 더듬거리며 주저하더니 마침내 응대하여 문을 열고 나왔다. 주인이 자기 집 앞에서 건널목을 가리키자 제독은 주인에게 돈 5백 닢을 주어 정사의 가마 앞

45
금신金神은 파괴와 살육의 신으로 성을 쌓고 연못을 파는 일을 관장한다. 최치원의 '토황소격문'을 보자.
"지금 금신金神의 계절을 맡아 수백水伯(물의 신)이 우리 군사를 환영하고 소슬한 바람은 (역적을 죽이는)엄숙한 살육의 위엄을 돋우어주고 새벽이슬은……"
연암은 최치원을 모방하여 오랑캐를 척살하는 결의를 다지는 중. 오랑캐는 누구인가? 마부 창대다. 조선의 백성들이다.

46
5문단은 야출고북구기의 전주곡. 그러므로 야출고북구기는 최치원처럼 '조선의 오랑캐(소인배)'들을 척살하는 출정가다.

48
말 다루는 기술을 터득했으니 마
부 창대 따위는 필요 없다는 말
이다. 이 때 터득한 마부의 도道
를 자랑하는 글이 '일아구도하
기'. 평생 씻지 못할 업보를 최고
의 자랑거리로 둔갑시키는 것이
선비들의 '비체법'이다.

을 인도하게 하여 마침내 물을 건넜다.[47]

무릇 한 강물을 아홉 번이나 건넜는데, 물속의 돌들은 이끼가 끼어서 몹시 미끄럽고 강물은 말의 배까지 차올랐다. 무릎을 바짝 오그리고 발을 하나로 모아 한 손으로 고삐를 잡고 또 한 손으로는 안장을 꽉 잡았더니, 견마잡이도 부축하는 이도 없건만 그래도 떨어지지 않는다. 내 이제 비로소 말을 다루는 데도 기술이 있음을 깨달았다.[48]

7 대체로 우리나라의 말 다루는 방법은 극히 위험하다.

옷소매가 넓은데다가 기다란 한삼까지 덧대었으니 그것에 두 손이 휘감겨서 고삐를 잡거나 채찍을 휘두를 때 거추장스러운 것이 '제1의 위험'이다. 그런 형편이므로 부득이 딴 사람으로 하여금 견마를 잡게 하여 온 나라의 말이 벌써 병신이 되어 버린다. 견마잡이가 말의 한쪽 눈을 가려서 말이 제 맘대로 걸을 수 없음이 '제2의 위험'이다. 말이 길에 나서면 그 조심함이 사람보다 더한데도 말의 뜻을 알아차리지 못하는 마부는 자신이 편한 땅을 디딤으로써 말발굽을 항상 옹색한 곳으로 몰아넣는다. 말이 피하려는 곳을 사람이 억지로 디디게 하고, 말이 원하는 곳이 디디고 있으면 사람이 억지로 밀어버리니, 말이 목을 구부려 물리치는 것은 다름 아니라 항상 사람에게 노여운 마음을 품은 까닭이니, 이것이 '제3의 위험'이다. 말의 한 눈은 이미 사람에게 가려졌고 나머지 한 눈으로 사람의 눈치를 살피느라 온전히 길만 보고 걷기 어려우므로 잘 넘어지기 일쑤다. 이는 말의 허물이 아닌데도 채찍을 함부로 내리치니 이것이 '제4의 위험'이다. 우리나라 안장과 뱃대끈의 제도는 워낙 둔하고 무거운데다가 끈과 띠가 너무 많다. 말은 이미 등에 한 사람을 실었는데 입에 또 한 사람이 매달려 있다. 이는 말한 필이 두 필의 힘을 쓰는 것이라 힘에 겨워서 쓰러지게 되니, 이것이 '제5의 위험'이다. 사람의 몸도 오른쪽이 왼쪽보다 나은 것을 보면 말 역시 그러할 것이다. 그런데도 말의 오른쪽 입아귀에 재갈을 물려서 아픔을 참을 수 없으므로 말은 어쩔 수 없이 목을 비틀어서 옆걸음질을 하면서 채찍을 피하려 한다. 그런 줄도 모르고 사람들은 그런 말을 사납고도 날랜 말이라 하여 기뻐하고 있으니, 이것이 '제6의 위험'이다. 마부는 언제나 말의 오른쪽 허벅지에만 채찍을 때리는데, 마부가 갑자기 채찍질하는 순간 말은 반사적으로 몸을 뒤쳐서 무심히 안장에 버티고 앉아 있던 사람을 떨어뜨리게 된다. 사람은 말의 탓이라 책망하지만 이 역시 말의 본의가 아니며, 이것이 '제7의 위험'이다. 문무를 막론하고 벼슬이 높으면 반드시 좌견을 잡힌다. 이것은 도대체 무슨 법이란 말인가. 우견도 좋지 않거늘 하물며 좌견임에랴. 짧은 고삐도 어지러운데 하물며 긴 고삐가 다 무엇인가. 사삿집의 출입이라면 위엄을 갖춘답시고 긴 고삐를 쓸 법도 하겠지만, 임금의 어가를 모시는 신하로서 다섯 길이나 되는 긴 고삐로써 위엄을 보이려 함은 옳지 않은 일이다. 이와 같은 처신은 문관도 불가한데 하물며 변방으로 나가는 무장임에랴. 이것이야말로 자승자박 격인 바, 이것이 곧 '제8의 위험'이다.[49]

▣ 무장이 입는 옷을 철릭이라 하는데 이는 곧 '군복'이다. 세상에 어찌 군복 소매가 중들의 장삼처럼 나풀거린단 말인가. 위에서 지적한 8가지 위험이 모두 넓은 소매와 긴 한삼 때문이거늘, 아직도 이러한 위험에 안주하고 있다니.

49
8가지 위험은 엉터리 승마론이다. 그러나 작가의 암호를 보라. 출발점은 '벌거벗은 임금님'의 옷이다. 견마, 눈가림, 분노, 끈, 재갈, 채찍, 고삐. 다름 아닌 백성들을 피눈물 흘리게 하는 기망과 억압의 굴레들이다.

아아, 답답한 일이도다. 설사 백락伯樂50을 오른쪽 견마잡이로 삼고 조부造父로 하여금 왼쪽에 따르게 한들 이 여덟 가지의 위험을 그대로 두는 이상 비록 준마가 여덟 필일지라도 배겨내지 못할 것이다. 옛날 이일李鎰이 상주에 진을 칠 때 멀리 숲 사이에서 피어오르는 연기를 바라보고는 군관 한 사람을 시켜 가보게 하였다. 그 군관은 좌우로 쌍견雙牽을 잡히고 거들먹거리며 가다가 뜻밖에 다리 밑에서 왜병 둘이 달려 나와 말의 배를 칼로 찔렀는데, 군관의 목은 이미 잘려져 있었다. 임진왜란 때의 일이다. 서애西厓 유성룡은 어진 정승인데, 그가 「징비록懲毖錄」을 지을 때 이 일을 기록하여 비웃었다. 그런데도 그 잘못된 습속을 그런 난리와 어려움을 겪고도 고치지 못하였으니, 참으로 심하도다. 습속을 고치기 어려움이여.51

❾ 내가 오늘 밤 이 강을 건너는 것은 천하에 위험한 일이다. 그러나 나는 말을 믿고 말은 제 발굽을 믿고 발굽은 땅을 믿어서 무사히 건넜으니,52 견마를 잡히지 않는 효과가 이와 같구나.

수역이 주부 주명신에게 말했다.

"옛말에 가장 위태로운 것은 맹인이 애꾸눈 말을 타고 밤중에 깊은 물을 건너는 것이라고 하였는데, 정말 오늘 밤 우리 일이 그러하구려."53

내가 끼어들어 한 마디 하였다.

"그것이 위험한 일이기는 하지만, 위험을 잘 아는 것이라곤 할 수 없소이다."

두 사람이 이구동성으로 되물었다.

"어째서 그렇단 말씀이오?"

"맹인을 볼 수 있는 자는 눈 있는 사람이라 맹인을 보는 사람은 위험하게 여길 것이외다. 그러나 맹인의 눈에는 어떠한 위험도 보이지 않는데 무엇이 위험하단 말이오." [54]

모두들 껄껄대고 웃었다.

별도로 '일야구도하기—夜九渡河記'가 「산장잡기」에 있다.

54
원문: 視盲者 有目者也 視盲者而自危於其心 非盲者知危也 盲者不見所危 何危之有
썩 내키는 번역은 아니다. 다만, 백성은 아무것도 보지 못하므로 마음대로 속이겠다는 말이다.

야출고북구기:
백성을 속이니 무외지경이요

야출고북구기夜出古北口記

　연경에서 열하로 가는 길은, 창평昌平을 경유하여 서북쪽 거용
관居庸關을 지나는 길과 밀운密雲을 거쳐 동북쪽 고북구古北口로
나가는 길이 있다. 고북구에서 장성을 따라 동쪽으로 산해관에 이
르기까지는 7백 리요, 서쪽으로 거용관에 이르기는 2백 80리다.
거용관과 산해관 사이에 고북구만큼 험준한 요새가 없다. 고북구
는 몽고가 출입하는 목구멍에 해당하는 곳인데, 겹겹이 관문을 만
들어 변방오랑캐의 위협을 제어하고 있다. 나벽羅壁의「지유識遺」
에 이르기를 "연경 북쪽 백 리 밖에 거용관이 있고, 거용관 동쪽
2백 리 밖에는 호북구虎北口가 있다"하였으니, 호북구가 곧 고북
구다. 당唐나라 때부터 고북구라 불러서 중국 사람들은 장성 밖
을 모두 구외口外라고 부른다. 구외는 모두 당나라 시절 해왕奚王
(오랑캐 해족의 추장)의 근거지였는데,「금사金史」에 따르면 여진족 말
로 유알령留斡嶺이라 칭한 것이 고북구다. 장성을 돌아가며 구口라
고 일컫는 지역이 백百여 곳에 이른다. 산을 의지해서 성을 쌓았는

데, 깎아지른 듯한 절벽과 깊은 골짜기가 입을 딱 벌린 아가리모양
이다. 물이 들이쳐서 성을 쌓을 수 없는 곳에는 정장亭鄣을 설치하
였다. 명나라 홍무洪武 연간에는 수어守禦 천호千戶를 두어 다섯 겹
으로 관문을 지키게 하였다.[55]

나는 무령산霧靈山을 끼고돌아 배로 광형하廣硎河를 건너 밤중
에 고북구를 빠져 나갔다. 때는 이미 삼경三更이라 겹겹이 싸인 관
문을 나와 장성 아래 말을 멈추고 성의 높이를 헤아려 보니 10여
길이나 되었다. 붓과 벼루를 꺼내어 술을 부어 먹을 갈아 성을 어
루만지며 글을 썼다.

"건륭 45년 경자 8월 7일 야삼경, 조선 박지원이 이곳을 지나다."

그리고는 이내 크게 웃으면서 말했다.

"나는 서생으로서 머리가 희어서야 한 번 장성 밖으로 나가보는
구나."

옛날 진시황 때 몽염蒙恬이 스스로 고백한 적이 있다.

"내가 임조臨洮(감숙성)에서 요동까지 만여 리를 산을 깎으며 성
을 쌓았는데, 그 사이에 부득이 지맥地脈을 끊지 않을 수 없었던
곳들도 더러 있었다."

지금 그 깎인 산과 메워진 골짜기를 보니 과연 몽염의 말을 믿
을 수 있겠다.[56]

아하! 여기는 옛날부터 백 번이나 싸운 전쟁터다. 후당後唐 장종
莊宗이 연왕燕王 유수광을 사로잡았을 때, 별장 유광준은 고북구
에서 승리하였다. 거란 태종太宗이 산 남쪽을 점령할 때 먼저 고북
구로 내려 왔다. 여진족(금나라)이 요遼를 멸망시킬 때 희윤希尹이
요나라 군사를 크게 격파한 곳이 바로 이곳이요, 또 그들이 연경

을 취할 때 포현蒲莧이 송나라 군사를 격퇴한 곳도 바로 이곳이다. 원나라 문종이 즉위하자 당기세唐其勢가 군사를 여기에 주둔했고, 산돈撒敦이 상도上都의 군사를 추격한 것도 여기다. 독견첩목아禿堅帖木兒가 쳐들어 올 때 원나라 태자는 이 관문으로 도망하여 홍송興松으로 달아났다. 명나라 가정嘉靖 연간 엄답俺答이 경사京師를 침범할 때도 이 관을 경유했다. 성 아래는 모두 날고뛰던 싸움터였는데, 지금은 사해가 군사를 쓰지 않는지라 오히려 사방이 산으로 둘러싸인 골짜기들이 매우 음삼陰森하다.[57]

때마침 상현이라 달이 고개를 넘어가려 하는데, 그 싸늘한 달빛이 숫돌에 버린 칼날 같았다. 조금 있다가 달이 더욱 고개 너머로 기울어지자 오히려 뾰족한 두 끝을 드러내어 졸지에 불빛처럼 붉게 변하면서 횃불 두 개가 산 위로 솟아나오는 것 같았다. 북두칠성은 절반 남짓 관문 안에 꽂혀졌다.[58] 사방에서 풀벌레 소리가 일어나고 긴 바람이 숙연하게 불어와 숲과 골짜기가 함께 우는데, 짐승 모양의 바위와 귀신 모양의 낭떠러지들은 마치 병장기들을 벌여 놓은 듯하다. 양쪽 산 사이에서 쏟아져 나온 강물이 부딪치는 소리는 마치 군마들의 말발굽소리와 징소리 북소리가 한데 어우러져 울리는 듯하다. 멀리 하늘 밖에서 학이 우는 소리가 대여섯 번 들리는데, 그 소리가 청아하고 길게 울리는 것이 피리소리 같다. 누군가 말했다.

"이것은 천아天鵝의 소리야."[59]

[후지後識][60]

우리나라 선비들은 태어나서 성장하고 늙고 병들어 죽을 때까

57
"아! 여기는 옛날부터 백번이나 싸운 전쟁터다."
연암은 만리장성의 전성시대를 향수한다.
"……골짜기들이 음삼하다."
평화로운 만리장성에 섭섭하다.
오랑캐를 때려잡고 싶다.

58
상현달과 북두칠성의 위치가 넌센스다. 또 무슨 거짓말을 하려는지.

59
순례자는 만리장성이라는 중화의 신전에서 '하늘의 뜻(계시)'을 듣고 있다.

60
보통 '후지'라고 부른다. 그러나 야출고북구기의 후지는 내용상 '본론' 이상으로 중요하다.
작가의 취지는 무엇일까?
앞부분은 만리장성 찬가다.
후지는 선비찬가다.
5일~7일의 일기는 투사投射라는 이름의 허위성찰이다. 야출고북구기와 일야구도하기는 허위의 경계넘기다. 투사投射에 의하여 소인배들을 찍어 누르고, 경계넘기로 탈출한다. 군자들만의 고고한 달빛세상으로.

지 강역疆域을 벗어나지 못한다. 근세의 선배로서 오직 노가재老稼齋 김창업과 내 친구 담헌湛軒 홍대용만이 중원의 한 모퉁이를 밟았다.

전국시대 일곱 나라 중에 연나라가 있었는데, 『서경』우공편에 나오는 구주九州 가운데 기冀(하북성)가 연나라의 본거지다. 천하를 놓고 본다면 연경과 기冀는 그야말로 한 귀퉁이에 불과하지만, 원·명을 거쳐 지금 청에 이르기까지 천자들의 도읍터가 되었으니 옛날의 장안이나 낙양에 못지않다. 소철蘇轍은 중국 선비지만 당시 수도인 개봉에 이르러 웅장한 궁궐, 창고, 성곽, 연못, 정원 등을 알게 된 것을 다행으로 여겼거늘, 하물며 조선의 선비로써 그 웅장하고 화려한 문물을 보았으니 얼마나 큰 행운이겠는가.[61]

내가 이번 여행을 더욱 다행으로 여기는 것은 장성을 나와 막북漠北에 이르게 된 것이니, 이는 선배들에게도 일찍이 없었던 일이다. 그러나 깊은 밤중에 노정을 따라가느라 마치 소경처럼 꿈결처럼 지나다 보니, 그 산천의 빼어난 기세와 성벽과 관방關防의 웅장하고 기이한 모습을 두루 보지 못했다. 마침 가을 달이 비끼어 비치고, 관내의 양쪽 절벽은 벼랑으로 깎아 섰는데, 길은 그 벼랑 사이로 이어져 있었다.[62]

나는 어려서부터 담이 작고 겁이 많아서 혹 낮에도 빈 방에 들어가거나 밤에 조그만 등불을 만나더라도 미상불 머리털이 곤두서고 혈맥이 뛰었는데, 금년 내 나이 44세건만 그 무서움을 타는 성질은 어릴 때나 다름없다.

오늘 한밤중에 홀로 만리장성 밑에 서 있는데, 달은 떨어지고 흐르는 강물은 흐느껴 울고 처량한 바람에 반딧불이 어지러이 날아

61
소철은 연암과 달리 화려한 문물 그 너머를 보았으리라.

62
만리장성의 숭배자는 하늘의 인도를 따라 중화의 천국으로 향하고 있다.

드디어 연암은 불가의 무외無畏
의 경지로 들어서고 있다.
그러나 78명의 사람들과 55필의
말들이 함께 가는 여행이다. 도대
체 무엇이 무섭단 말인가. 무서울
것이 없는데 무슨 무외지경無畏
之境인가.

든다. 눈앞에 펼쳐지는 정경들이 경이롭고 놀랍지 않은 것이 없고 기이하고 궤이하지 않은 게 없건만, 홀연히 두려운 마음이 사라지고 알 수 없는 홍취가 발발하여 공산초병公山草兵이나 북평호석北平虎石도 나를 놀라게 하지 못하니, 이는 더더욱 다행스러운 일이다.63

今中夜獨立於萬里長城之下 月落河鳴 風凄燐飛 所遇諸境 無非可驚可愕 可奇可詭 而忽無畏心 奇興勃勃 公山草兵 北平虎石 不動于中 是尤所自幸者也

다만 한스러운 일은, 붓이 가늘고 먹이 말라 글자를 서까래만큼 크게 쓰지 못하고, 또 장성의 고사故事를 시詩로 쓰지 못하는 것이다. 그러나 본국으로 돌아가는 날, 동리 사람들이 다투어 병술로 위로하며 열하의 행정行程을 물을 때에는, 이 기록을 내놓고 머리를 모아 한 번 읽고는 갑자기 책상을 탁 치면서 '멋지다!' 소리쳐 보리라.64

64
선비는 '해탈'을 자랑하고 싶다.
자기가 팽개쳐버린 백성들에게
말이다. 책상을 탁 치면서. 그러
면 그들은 창대를 버린 선비의 비
정함을 까마득히 모른 채 상투적
인 화려한 수사에 무한한 경외의
박수를 보내겠지.

일야구도하기:
말과 합일하니 무아지경일세

일야구도하기—夜九渡河記

1 물은 두 산 틈에서 나와 돌과 부딪쳐 사납게 싸운다. 그 놀라 어지러이 부서지는 물결, 분하고 노한 난파瀾波, 애원하는 여울이 내달아 들이받고 휘말려 곤두박질치고, 울며 으르렁거리며 부르짖고 고함치는 것이 의당 장성長城을 깨뜨려 부수겠다는 기세다.[65]

65
물의 기세氣勢를 묘사하는 동어
반복의 유창한 화법으로, 연암은
독자들의 기세氣勢를 제압하고
있다.

河出兩山間 觸石鬪狼 其驚濤駭浪 憤瀾怒波 哀湍怨瀨 犇衝卷倒 嘶
哮號喊 常有摧破長城之勢

만 승乘의 전차戰車, 만 대隊의 전기戰騎, 만 가架의 전포戰砲, 만 좌座의 전고戰鼓라 하더라도 그 우르르 쾅쾅 무너져 내리는 소리를 비유할 수는 없을 것이다. 모래 위에는 서대한 돌들이 우뚝우뚝 늘어서 있고 강 언덕엔 버드나무들이 어두컴컴하게 서 있는 것이 마치 물귀신들이 다투어 나와 사람을 조롱하는 듯, 좌우의 교룡蛟龍들이 사람을 붙잡고 움켜쥐기 시합이라도 하는 듯하였다.

2 혹자는 이렇게 말한다.

"여기는 옛 전쟁터라 강물이 저렇게 우는 거야."

그러나 그것은 틀린 말이다.[66] 강물 소리는 어떻게 듣느냐에 달려 있는 것이다. 내 집은 산골이라 문 앞에는 큰 냇물이 있는데, 해마다 여름철이 되어 갑자기 큰비가 내리면 시냇물이 넘쳐흘러 노상 전차 기마와 대포와 북이 울리는 소리를 듣다보니, 드디어 귀가 먹통이 되고 말았다.

내가 일찍이 문을 닫고 누워서 소리 종류를 비교하여 들어보았더니, 깊은 산 소나무가 퉁소 소리를 내는 것은 듣는 이가 청아淸雅한 탓이요, 산이 갈라지고 언덕이 무너지는 소리는 듣는 이가 분노한 탓이요, 뭇 개구리들이 다투어 우는 것은 듣는 이가 교만한 탓이요, 만 개의 피리가 번갈아 우는 것은 듣는 이가 노怒한 탓이요, 천둥과 우뢰가 잇달아 터지는 것은 듣는 이가 놀란 탓이요. 차를 끓이는 소리가 양반처럼 들리는 것은 듣는 이가 흥취를 아는 탓이요, 거문고의 궁宮이나 우羽 음조는 듣는 이가 슬픈 탓이요, 종이창에 바람이 스치는 소리는 듣는 이가 의심이 많은 탓이다. 모든 듣기[聽]는 '똑바로 듣는 것'이 불가하다. 흉중에 만들어놓은 소리를 귀가 들은 소리로 착각하는 것뿐이다.[67]

3 오늘 나는 밤중에 하나의 강을 아홉 번 건넜다.[68] 강은 새외塞外로부터 나와서 장성을 뚫고 유하楡河와 조하潮河, 황화黃花의 진천鎭川 등 여러 물과 합쳐져 밀운성 밑을 지나 백하白河가 된다. 나는 어제 배로 백하를 건넜는데, 그곳은 하류下流였다.

내가 아직 요동에 이르지 못했을 때 바야흐로 한여름이라, 행렬이 뜨거운 햇살을 받으며 가는데 홀연 큰물이 앞에 닥치는데 붉은 물결이 산같이 일어나 그 끝이 보이지 않았다. 이는 천리 밖에서 폭우暴雨가 내린 탓이다.[69]

67

주인공은 귀로 듣는 모든 소리를
'틀린 것'으로 단정해버린다. 일
반화의 오류다.

68

주자의 무이구곡가武夷九曲歌는
성리학으로 가는 9단계 노래다.
그 뒤에 율곡의 고산구곡가高山
九曲歌가 있고 수많은 선비들이
따라갔다. 일야구도하기는 '구곡
가(성리학)'를 풍자하는 글이다.

69

"백하는 하류다."
지도의 윗부분만 보고 하는 말로
서 위 일반화의 오류를 암시한다.
상류(근원)와 하류(현상)를 동시
에 바라보라.
"천리 밖에서 비가 내린 탓."
주인공은 공간적인 근원을 바라
본다. 그러나 어제 내린 비는 간
과하고 있다. 근원에는 '상류(공
간적 근원)'도 있고 '어제(시간
적 근원)'도 있는 것이다.

4 물을 건널 때 사람들은 모두 머리를 들어 하늘을 쳐다본다. 나는 사람들이 머리를 들어 하늘을 쳐다보는 것은 하늘에 기도하는 것이라 생각했는데, 나중에 알고 보니 그게 아니었다. 물이 소용돌이를 치면서 탕탕히 흐르는 것을 보면, 자기 몸은 물이 거슬러 올라가는 것 같고 눈은 강물과 함께 따라 내려가는 것 같아서 갑자기 현기증이 일어나면서 물에 빠지기 때문에, 그들이 머리를 들어 하늘을 쳐다보는 것은 하늘에 기도하는 것이 아니라 물을 피하여 보지 않으려 함이다. 또한 목숨이 경각에 달린 마당에 기도할 겨를이나 있겠는가.[70]

그토록 위험하다보니 사람들은 물소리는 듣지도 않고서 이렇게 말한다.

"요동벌은 평야라서 강물이 분노한 소리로 울지 않아."

그러나 이는 물을 알지 못하고 하는 소리다. 요하遼河가 물소리를 내지 않는 것이 아니라 단지 밤에 건너보지 않았기 때문이다. 낮에는 눈으로 볼 수 있으므로 눈은 위험한 데로만 쏠려서 두려움에 벌벌 떨며 눈으로 들어온 위험을 근심하는 판인데, 어찌 귀에 들리는 소리가 있겠는가.[71]

5 오늘 나는 밤중에 물을 건너는지라 눈으로는 위험한 것을 볼 수 없다. 그러니 위험은 오로지 듣는 것에만 쏠려서, 귀가 무서워 벌벌 떠는 바람에 걱정을 이기지 못하였다.

今吾夜中渡河 目不視危則危專於聽 而耳方惴惴焉 不勝其憂

나는 오늘에야 마부馬夫의 도道를 알았도다.[72]

눈을 감고 마음을 고요히 한 자[冥心者]는 귀와 눈이 누累가 되

70
무서운 물을 보지 않으려고 하늘을 본다. 두려움을 피하고자 하는 욕망(생존욕구)이다. 그 너머에는 두려움을 남에게 보이지 않으려는 존경욕구가 있다.

71
또 다른 궤변이다.
문제는 '평야 대 산 계곡' 인데,
대답은 '낮 대 밤' 이다.
여기까지 민중을 속이는 작업이다. 이제부터는 '자랑' 이다.

72
마부의 도道는 도道 각론이다.

선비의 도道로서 총론이다.
'눈을 감고 귀를 막고 살아라.'
이렇게 빌어먹을 철학이 조선 사
대부들의 도道다.

74
7일자 일기 '나는 말을 믿고 말
은 제 발을 믿고 ……' 와 같은 물
아일체의 경지다. 무엇을 위한 물
아일체인가? 비루한 인간들과의
차별화를 위함이다.

75
마부의 도道란 아무것도 아니다.
선비들이 이미 깨달은 도道 총론
(원리)을 말타기라는 각론에 적용
하면 그냥 되는 것이다. 그러므로
마부 따위는 있으나마나 한 하찮
은 존재다.

76
물에 빠진 사람은 지푸라기라도
잡는다는 속담과 같은 말이다.
살기 위해서라면 무서운 용이라
도 붙잡아야 한다. 그러려면 눈과
귀를 열고 똑바로 쳐다보아야 할
것이다.

77
주인공은 말한다.
눈을 감고 귀를 막고 살라고.
작가는 말한다.
귀와 입을 틀어막고 저 혼자 천년
만년 잘 먹고 잘 살라고.

지 않지만, 귀와 눈을 믿는 자는 보고 듣는 것이 더욱 많아지고
깊어져서 병이 되는 것이다.[73]

吾乃今知夫道矣 冥心者 耳目不爲之累 信耳目者 視聽彌審而彌爲之病焉

어제 마부 창대가 말발굽에 밟혀서 발을 다쳤기 때문에 뒤따라
오는 수레에 타라고 일렀다. 나는 하는 수없이 혼자 고삐를 늦추
어 강에 떠우고 무릎을 구부려 발을 모으고 안장 위에 앉았다. 한
번 떨어지면 강물이지만, 물을 땅이라 생각하고 물을 옷이라 생각
하고 물을 몸이라 생각하고 물을 내 성정이라 생각하며,[74] 마음속
으로 이미 한번 떨어졌다 각오했더니, 내 귓속에 강물 소리가 없어
져서 무릇 아홉 번이나 강을 건너는데도 아무런 걱정이 없이 익숙
한 자리에 앉고 누워서 기거하는 것 같았다.[75]

今吾控夫 足爲馬所踐 則載之後車 遂縱轡浮河 攣膝聚足於鞍上 一
墜則河也 以河爲地 以河爲衣 以河爲身 以河爲性情 於是心判一墜 吾
耳中遂無河聲 凡九渡無虞 如坐臥起居於几席之上

옛날 우禹임금이 강을 건너는데, 타고 있던 배가 황룡黃龍의 등
위에 올라타는 위험에 처하였다. 그러나 사생死生에 대한 분별이
먼저 마음에서 분명해지니, 용이거나 지렁이거나 크거나 작거나
간에 아무것도 거리낄 게 없었다.[76]

昔禹渡河 黃龍負舟至危也 然而死生之辨 先明於心 則龍與蝘蜓 不
足大小於前也

소리와 빛은 외물外物이라. 외물은 항상 이목에 누가 되어 사람
으로 하여금 똑바로 보고 듣지 못하게 하는 것이 이와 같거늘, 하
물며 인생을 살아가면서 겪는 세상은 그 험하고 위태로움은 강물
보다 심하여 보고 듣는 것이 문득 병이 되는 것임에랴.[77]

聲與色外物也 外物常爲累於耳目 令人失其視聽之正如此 而況人生涉世 其險且危 有甚於河 而視與聽 輒爲之病乎

　나는 장차 연암협으로 돌아가 앞 계곡의 물소리를 들으면서 이것을 시험해 보리라. 그리하여 교묘하게 처신하면서 스스로 총명하다고 자신하는 자들에 대한 경계로 삼으리라.[78]

吾且歸吾之山中 復聽前溪而驗之 且以警巧於濟身而自信其聰明者

78
총명하다고 자신하는 자'란 행동하는 지식인을 가리킨다. 주인공 연암은 말한다. 잘 난 척하지 말고, 공자왈 맹자왈을 맹신하며 얌전히 살라고.
결국 작가는 선비들의 적극적인 기망과 배신뿐만 아니라, 소극적인 현실도피주의를 함께 비판하고 있다.

'호질→합창→합일'의 꿈

8월 8일 갑인甲寅.

개다.

1 새벽에 반간방半間房에서 밥을 지어먹고 삼간방三間房에서 잠시 쉬었다[小憩]. 왕왕 산기슭에는 성대하게 장식한 묘당과 절 도관道觀을 보았는데, 간혹 99층 백탑도 있었다. 탑을 세우고 사당을 지은 자리를 살펴보니 빼어난 절경이랄 것도 없이 간혹 산등성이나 물과 부딪치는 가장자리에 자리한 것도 있었다. 이런 곳에다 거액의 돈을 투자하는 것은 도대체 무슨 연유인가? 이런 건물들은 손으로 꼽을 수 없을 만큼 많지만 그 건축기술의 웅걸함이나 조각기술의 공교함이나 단청기술의 찬란함은 모두 한 결 같아서 하나를 보면 백을 알 수 있으니, 일일이 기록할 필요도 없을 것이다.[79]

차츰 열하에 가까워지니 진상품을 실은 수레들이 사방에서 모여들었다. 수레와 말과 낙타가 밤낮을 가리지 않고 이어지는데 은은하면서도 꽝꽝 울리는 수레바퀴 소리가 마치 비바람 소리 같다.

2 창대가 별안간 말 앞에 나타나 절을 한다. 이루 말할 수 없이 기특하고 다행스러웠다. 개천에서 혼자 떨어진 후의 일이다. 고갯

79
반간방의 식사는 생존욕구, 삼간방의 여가[小憩]는 관계욕구다. 여가는 공짜다. 그러나 '관계'에서 한 발 나아가 존경욕구는 엄청난 투자를 요구한다. 황제는 그 욕망의 길목에 엄청나게 투자하고 있다.

마루에서 통곡할 때, 부사와 서장관이 이를 보고 측은히 여겨 말을 멈추고 주방에게 물었다.

"혹시 짐이 가벼운 수레가 있으면 저 이를 태울 수 없겠느냐?"

하인들이 "없소이다." 대답하자 부사와 서장관은 민망하면서도 그냥 지나쳐버렸다. 잠시 후 제독이 도착하자 창대는 더욱 비통하게 흐느껴 울었다. 제독은 말에서 내려 위로하고 그 곳에서 기다리다가 지나가는 수레를 세내어 타고 오게 하였다. 어제는 입맛이 없어 먹지 못하던 창대에게 제독이 친히 먹기를 권하였다. 오늘은 창대가 탔던 수레를 제독이 타고 제독이 탔던 나귀를 창대에게 준 덕택에 따라 올 수 있었다고 한다.[80] 창대가 그 나귀는 매우 날쌔어서 귓가에 바람 소리가 인다고 하기에 창대에게 물었다.

"그 나귀는 어디다 두었느냐?"

"제독이 저더러 이르기를, '네가 먼저 타고 가서 주인 영감을 찾아가되 만일 도중에 내리고 싶거든 지나가는 수레 뒤에 나귀를 매어 두라. 그러면 내가 뒤따라 가다가 찾을 테니 염려 말라.' 하더이다. 그리하여 삽시에 50리를 달려 고개 위에서 수레 수십 대가 지나가기에 나귀에서 내려 맨 마지막 수레 뒤에 매어 두었습니다. 수레꾼이 묻기에 멀리 고개 남쪽 지나 온 길을 가리켜 보였더니 수레꾼은 웃으면서 고개를 끄덕이더이다."

제독의 마음씨가 이토록 후덕하니 가히 감동할 일이다. 그의 벼슬은 회동사역관 예부정찬사낭중 홍려시소경이며, 정사품 중헌대부中憲大夫다. 이미 60에 가까운 나이임에도 외국의 일개 하인을 위하여 이토록 마음 씀씀이가 극진하다. 우리 일행을 보호하는 것이 본연의 직책이기는 하지만 신분의 고하를 막론하고 성심껏 손

80
7일자 일기에서 예고한 오랑캐의 반격이다. 연암이 좋아하는 덕德게임에서 오랑캐에게 KO패를 당한 것이다. 그러면 이제 연암은 어떻게 할 것인가?

81
처절한 자책이 보이지 않는다. 과
연 반성은 하고 있는 것일까?

님으로 받들어 직무를 수행함이 가히 대국다운 풍도라 칭찬하지
않을 수 없다. 창대의 발병이 조금 나아서 견마를 잡고 갈 수 있게
되었으니, 이 또한 다행한 일이 아닐 수 없다.[81]

3 삼도량三道梁에서 잠깐 쉬고 합라하哈喇河를 건너 석양 무렵
큰 고개 하나를 넘었다. 수많은 진공수레들이 앞 다투어 길을 달
린다. 나는 서장관과 고삐를 나란히 하며 가는데, 산골짝에서 갑
자기 호랑이 울부짖는 소리가 두어 번 들려온다. 그러자 그 많은
수레들이 모두 멈추어 함께 고함을 지르니 그 소리가 천지를 뒤흔
든다. 아아, 굉장하구나[壯哉].[82]

82
호랑이가 울부짖는다. 짐승들의
합창은 합일의 힘을 보여준다. 이
것이 물아일체 아니겠는가.

이때의 이야기 '만국진공기'[83] 가 「산장잡기」에 있다.

83
'만국진공기' 는 공작새인간을
자각하는 이야기다.

4 이곳에 이르기까지 걸린 시간은 총 4일. 4일 밤낮을 눈도 붙
이지 못한 터라 하인들 중 가다가 발길을 멈춘 자들은 모두 서서
잠자는 자들이다. 나 역시 졸음을 이기지 못하여 눈꺼풀이 무거워
져 마치 늘어진 구름장처럼 내리깔리고, 하품은 밀물이 밀려오듯
쉴 새 없이 쏟아진다.

혹은 눈을 뻔히 뜨고 사물을 보면서도 이상한 꿈속으로 빠져들
고, 혹은 남에게 말에서 떨어질라 일깨우면서도 정작 자신은 안장
에서 기울어지고, 혹은 우아한 여인이 나풀나풀 움직이는 지극한
쾌락에 잠기는가 하면, 혹은 가랑비처럼 몸과 마음이 허공을 떠다
니는 듯하여, 그 비할 데 없이 묘한 경지가 이른바 취중의 건곤이
요 꿈속의 산하다.

或眼開視物 而已圓奇夢 或警人墜馬 而身自攲鞍 或旖旎婀娜至樂存
焉 或簾纖巧慧 妙境無比 所謂醉裡乾坤 夢中山河

때는 가을이라 매미 소리가 가느다란 실 같은 소리를 뽑고, 꽃봉오리들이 어지러이 허공을 흩날리매, 그 명심冥心은 마치 단가丹家의 내관內觀과 같으며, 그 문득 깨어남은 선승禪僧이 돈오頓悟의 경지에 들듯 팔십일난八十一難이 삽시에 지나가고 사백사병四百四病이 홀연히 사라진다.

秋蟬曳緖空花亂落 其冥心如丹家內觀 其警醒如禪林頓悟 八十一難 頃刻而過 四百四病 倏忽以經

이런 경지야말로, 비록 추녀가 높다란 고대광실에 수척이나 되는 큰 상을 받고 수백 명의 꽃다운 시첩을 거느린들 감히 따라오지 못할 것이며,[84]

84 연암의 꿈은 불교의 천당을 능가하는 지락의 경지다.

當是時也 雖榱題數尺 食前方丈 侍妾數百 不與

(이런 경지야말로)차지도 덥지도 않은 구들에 높지도 낮지도 않은 베개를 베고 두껍지도 얇지도 않은 이불을 덮고 깊지도 얕지도 않은 술잔을 받으며 장주도 나비도 아닌 꿈을 꾸는 호접몽胡蝶夢을 바꿀[易] 것이다.[85]

85 연암의 꿈은 장자의 호접몽을 업그레이드[易] 한 꿈. 환연도중록에서 결실을 보게 될 '근대'를 암시하는 장기적인 복선이다.

(當是時也)易 不冷不溫之堗 不高不低之枕 不厚不薄之衾 不深不淺之杯 不周不蝶之間矣

길가에 바위를 가리키며 다짐하였다.

"내 장차 연암협에 돌아가면, 천일千日을 잤다는 희이선생希夷先生보다 하루를 더 잘 것이다. 우레 같은 소리로 코를 골아 천하 영웅들이 젓가락을 떨어뜨리고 놀란 미인들이 코끼리수레를 타고 달아나게 할 것이다. 그렇게 하지 못한다면 나 역시 저 바위와 같이 되리라."[86]

86 인간을 기망하는 혹세무민의 선비들을 모조리 쓸어버릴 것이다.

한번 꾸벅하고 깨어보니, 이 또한 꿈이었다.

5 창대가 가면서 이야기하기에 나 역시 대꾸하다가 가만히 살펴보니 잠꼬대를 자주 한다. 여러 날 동안 배를 주리고 추위에 떨다가 학질에 걸린 듯 인사불성이 되어 있었다. 밤은 이미 이경二更이다. 마침 수역과 동행하였는데, 그의 마부도 역시 추위에 벌벌 떨며 크게 앓으므로 수역과 나는 말에서 내렸다. 다행히 다음 참站이 5리 밖에 남지 않았다 하기에, 병든 두 마부를 각기 말에 태웠다. 흰 담요를 꺼내어 창대의 온몸을 둘러싸고 띠로 꼭꼭 묶어서 수역의 마두더러 부축하여 먼저 가라고 일렀다.

수역과 함께 걸어서 참에 이르자 밤은 이미 깊었다. 행궁이 있고 여염과 시전이 번화하였으나, 참의 이름은 잊어버렸다. 아마 화유구樺楡溝가 아닐까. 숙소에 들어 밥상을 받았지만, 심신이 피로하여 수저는 천근이요 혀는 백근이라 상에 가득한 채소며 고기들이 모두가 '잠'이었다. 촛불이 무지개를 만들다 혜성처럼 사방으로 꼬리를 뻗친다. 청심환 하나를 주어 소주를 사서 마시니, 술맛 또한 일품이다. 곧 훈훈히 취하매 퇴연히 베개를 이끌어 잠들었다.[87]

만국진공기:
원숭이에게서 바라본 자화상

만국진공기萬國進貢記

1 건륭 45년 경자년은 황제가 일혼이 되는 해다. 황제의 순행행렬은 남방을 거쳐 곧바로 북쪽 열하로 돌아왔다. 가을 8월 13일이 곧 황제의 천추절千秋節인데, 황제는 특별히 우리나라 사신을 행재소까지 불러 축하반열에 참석하도록 하였다. 나는 사신을 따라 북으로 장성을 빠져나와 밤낮을 가리지 않고 길을 달렸다. 도중에서 보니 사방에서 공물을 바치러 가는 수레들이 족히 만 대는 될 것 같았다. 수레에 실린 것 이외의 진공품들은 사람이 지고 낙타 등에 매달고 가마에 싣고 가는데, 행렬이 이동하는 모습은 마치 비바람 치듯 천지를 덮었다. 들것에 메고 가는 것들은 물건 중에서 더욱 정교하고 손상되기 쉬운 것들이다. 수레들은 각각 말이나 노새 예닐곱 마리가 끌고, 가마는 노새 네 마리가 끄는데 위에는 황금빛 작은 깃발에 '진공進貢'이란 글자를 써서 꽂았다. 진상품들은 모두 붉은 빛 양탄자와 여러 가지 빛깔의 모직 옷감, 대나무 삿자리나 등자리 등으로 포장하였는데, 속에 들어있는 진공품은 모두

88
천하의 수많은 사람과 자원들이
열하로 모여들고 있다. 자원들은
어떤 것들이며, 또 무엇을 위한
것일까?

89
짐작하건대, 불상일 것이다.

옥으로 만든 기물들이라 한다.[88]

2 수레 하나가 길에 넘어져 바야흐로 새로 싣고 있는데, 등자리 포장이 조금 떨어진 틈으로 금빛 칠을 한 궤짝이 보였다. 궤짝의 크기는 작은 정자 한 칸쯤 되는데, 가운데는 '자유리보○○일좌紫琉璃普○○一座'[89] 라고 씌어있다. 보普자와 일一자 사이에 두어 글자가 있으나 등자리 조각으로 덮여서 무슨 글자인지 알아볼 수 없었다. 유리그릇의 크기가 이 정도이니, 다른 여러 수레에 실은 짐들이 얼마나 큰 것인지 가히 짐작할 만하다.

3 날이 저물자 수레들은 더욱 길을 재촉해 달리는데, 횃불이 마주 비치고 방울 소리가 땅을 흔들며 채찍 소리가 벌판을 울린다. 범과 표범을 우리에 집어넣은 수레나 10여대나 되는데, 우리에는 모두 창문이 있고 크기는 범 한 마리를 넣을 만하다. 범들은 모두 쇠사슬로 목이 묶여 있는데, 눈은 누렇고 독살스러웠다. 바닥에 뒹굴고 있는 몸뚱이는 늑대같이 나지막하고 텁수룩한 털과 꼬리는 삽살개 같았다. 이 밖에 곰과 여우와 사슴 등은 이루 다 기록할 수 없었다. 사슴 중에도 붉은 굴레를 씌워 말 몰듯 몰고 가는 것은 길들인 사슴이다. 아라사鄂羅斯산 개는 높이가 거의 말만 하다. 온 몸의 뼈는 가늘고 털이 짧고 날씬하여, 우뚝 일어서니 여윈 정강이는 학같이 보이고, 꼬리는 뱀같이 놀며, 허리와 배는 가느다랗고, 귀로부터 주둥이까지는 한 자나 되는데 이것이 모두 입이었다. 능히 범이나 표범도 죽인다고 한다. 유난히 큰 닭이 있는데, 모양은 낙타와 같고 높이는 서너 댓 자나 되고 발은 낙타 발 같아서 날개를 치면서 하루 3백 리는 간다고 하는데, 이름은 타조라 한다. 낮에 본 것들이 모두 이런 종류들이었을 텐데, 위아래를

막론하고 행군에만 집중하다보니 무심코 지나치고 말았다.

날이 저물어 얘기를 들어보니 하인들 중에 표범 울음소리를 들은 자가 있었다. 드디어 부사와 서장관과 함께 범을 실은 수레를 가 보고서야 비로소 하루에도 수없이 스쳐지나간 수레들이 옥그릇이나 보물뿐만 아니라 사해 만국의 기이한 새들과 괴상한 맹수도 많았던 것을 알았다.

연극 구경을 할 때에 지극히 작은 말 두 마리가 산호수珊瑚樹를 싣고 전각 속으로부터 똑바로 뛰쳐나왔다. 말의 크기는 겨우 두자에 몸빛은 황백색인데, 갈기 털은 땅에 솔솔 끌리고 울음을 울며 뛰고 달리는 것이 제법 준마의 구색을 갖추었다. 산호수는 가지는 엉성하지만 말보다 컸다.⁹⁰

■4 아침에 행재소 문 밖으로부터 혼자 걸어서 사관으로 돌아오는 길이었다. 부인 하나가 태평차를 타고 간다. 얼굴에는 하얗게 분을 바르고 수놓은 비단 옷을 입었다. 수레 옆에는 한 사람이 맨발로 채찍질을 하면서 수레를 모는데 몹시 빨리 달렸다. 머리털은 짧지만 어깨를 덮었고, 머리털 끝은 모두 양털처럼 오그라들었는데, 금고리로 이마를 둘렀다. 얼굴은 붉고 통통하며 눈은 고양이처럼 둥글다. 수레를 따라가며 구경하는 자들이 북적이는 바람에 검은 먼지가 날려서 하늘을 덮었다. 처음에는 수레를 모는 자의 생김새가 이상하여 미처 수레 속에 있는 부인을 제대로 살펴보지 못했는데, 다시 한 번 자세히 들여다보니 이는 부인이 아니라 사람 형상을 한 짐승이었다. 털복숭이 손은 원숭이처럼 생겼고, 손에 쥔 것은 부채 같은데, 얼핏 보면 얼굴은 아주 예뻐 보였다. 그러나 자세히 살펴보니 노파처럼 요괴스럽고 사납게 생겼다. 키는 겨우

두 자 남짓한데, 수레 휘장을 걷어 올려서 좌우를 돌아보는 눈은 흡사 잠자리 눈 같았다. 대체로 이것은 남방에서 나는 것으로 능히 사람의 뜻을 안다고 한다. 누군가 말했다.

"이것은 산도山都(원숭이의 일종)다." 91

91
사람으로 분장한 두 마리 원숭이. 여인은 유한마담처럼 분을 바르고 비단옷을 입고 부채를 쥐고 있다. 수컷은 수레를 몰지만 말몰이꾼을 흉내 내지는 않는다.

[후지後識**]**

나중에 열하에서 몽고 사람 박명博明에게 이것이 무슨 짐승이냐고 물었더니 박명은 이렇게 대답하였다.

"옛날 풍승액豐昇額 장군을 따라 옥문관玉門關을 나와서 돈황燉煌으로부터 4천 리 떨어진 골짜기에 가서 하룻밤 노숙할 때였습니다. 아침에 일어나 보니 장막 속에 두었던 목갑木匣과 가죽으로 만든 가방이 없어졌습니다. 알고 보니 동행했던 막려幕侶들도 가방들을 잃어버렸답니다. 장졸들 중에 누군가 '이것은 야파野婆가 훔쳐간 것이다.' 하여 군사를 내어 야파를 포위했답니다. 야파는 모두 나무를 탔는데, 그 빠르기가 나는 원숭이 같았다고 합니다. 야파는 형세가 궁하여지자 구슬피 울더니 사람에게 붙잡히는 것보다는 모두 나무에 목을 매어 죽는 쪽을 선택했습니다.92 결국 잃어버린 물건들은 모두 찾았는데, 목갑과 가죽가방은 잠가 놓은 그대로 있었으며, 잠근 것을 열어보니 속에 기물들도 역시 없어지거나 상한 것이 없었답니다. 상자 속에는 붉은 분과 목걸이 머리꽂이 같은 패물들이 많았답니다. 아름다운 거울도 있었고 실과 바늘 가위와 자까지 있었는데, 야파는 여자들을 모방하여 치장하는 것을 낙으로 삼은 것이라 합니다." 93

황포黃圃 유세기가 나에게 막북에서 본 기이한 구경거리를 묻기

92
그들은 생존욕구(목숨)를 버리고 존경욕구(명예)를 선택하였다. 노자(도덕경44장)의 지족불욕知足不辱(비루함은 욕된 일이 아니다)을 공부하지 못한 탓이다.

93
화장과 모방은 동물의 본능이다. 그러니 사람이야 오죽하겠는가.

에 내가 타조이야기를 들려주었더니, 황포는 축하한다며 이렇게 대답하였다.[94]

"타조는 먼 서쪽 지방에 사는 기이한 새로써 중국 사람들도 말만 들었을 뿐 실물을 보지 못했는데, 박공께서는 외국인임에도 그 동물을 보셨군요."

또 산도山都이야기를 하였지만, 그것을 보았다는 사람은 아무도 없었다.

내가 열하로부터 돌아올 때에 청하清河에 이르러 시전에서 난쟁이 하나를 보았다. 키는 겨우 두 자 남짓한데, 배는 북만큼 커서 불쑥 내밀자 그림에서 본 포대화상布袋和尚 같았다. 입과 눈이 모두 아래쪽에 붙었고, 팔뚝과 다리도 없이 손과 발이 몸뚱이에 그대로 달렸다. 담배를 물고 뿜내면서 걸어가는데, 손바닥을 펴서 흔들면서 춤을 추었다. 사람을 보면 문득 크게 웃고 홀로 머리를 깎지 않고 뒤통수에 상투를 틀고 선도건仙桃巾을 걸쳤다. 무명 도포를 걸쳤는데 소매가 넓고 배를 통째로 드러내놓아 모양이 옹종한 것이 그야말로 형용할 수 없으니 조물주는 장난을 퍽이나 좋아하는 모양이다. 내가 이것을 황포에게 이야기했더니, 황포 유세기와 그 밖의 여러 사람들이 이구동성으로 말하였다.

"그것은 천생이물인天生異物人이 부르지만, 실은 사라가 재롱을 부리는 것입니다.[95] 지금 시장에 나가보면 많이 볼 수 있습니다."

此名天生異物人 而鼇弄者也 卽今市肆間多見之

내 평생에 열하에 있을 때보다 괴이한 구경을 많이 한 적이 없으나, 이름조차 모르는 게 많고 문자로 능히 형용할 수 없어서 모두 기록하지 못하는 것이 가히 한스러운 일이다.

비 내리는 날, 평계平溪 집에서 연암 쓰다.

94
황포 유세기는 깃털을 사랑하다가 소중한 딸을 저버린 아빠 '오셀로' 형 인간이다.

95
연암이 보았다는 '난쟁이'는 거짓말이다. 팔과 다리가 없이 손과 발이 몸에 붙었다면 담배를 입에 물고 뿜내면서 걸어가는 게 불가능하다.
그런데도 유세기 등은 '의문의 사물'을 '자라'라고 하면서 엉터리 지식을 자랑한다. 어쩔 수 없는 깃털인간이다. 그러면 연암은 깃털인간을 보면서 자신의 깃털을 자각(투영)하고 있을까?

외가마·쌍가마에 실린 청나라의 깃털

8월 9일 을묘乙卯.

개다.

아침나절 사시巳時에 열하 태학太學에 들어가 숙소를 잡았다. 거기까지 이야기를 오늘 일기에 쓰고, 오후의 이야기는 「태학유관록」에 쓴다.

1 이 날 닭이 울 무렵 먼저 떠나서 수역과 동행하였다. 도중에 난하灤河가 건너기 어렵다는 말을 듣고, 수역이 오는 사람마다 붙들고 난하의 소식을 물었다. 그들은 하나같이 대답했다.

"6~7일은 기다려야 배를 얻어 건널 수 있을 것입니다." 강가에 이르자 수레와 말들이 구름처럼 모인 것이 무려 수 천 수 만이다. 강폭은 넓고 물살은 거세어서 흙탕물이 소용돌이치며 흐르는데 행궁 앞이 가장 물살이 세다. 난하는 독석구獨石口에서 나와 옛 흥주興州 지경을 거쳐 북예北隸에 들어간다. 「수경水經」 주석에 이런 말이 있다.

"유수濡水는 어융진禦戎鎭에서 나와 사야沙野를 거쳐 굽이굽이 돌아서 1천 5백 리쯤 흘러 장성에 든다." [96]

96
"행궁 앞이 물살이 가장 세다."
물살이 가장 센 곳에 행궁을 만든 것이다. 숭배하라고 말이다.
"유수는 어융진에서 나와……"
유수濡水는 유가의 물이다.
어융진禦戎鎭은 오랑캐戎를 제압禦하는 진鎭이다.
유가의 모든 가르침은 오랑캐를 제압하는 목적에서 시작된다.

2 강가에는 겨우 작은 배 너덧 척이 있었다. 사람은 많고 배는 적으므로 건너기 어려울 것 같다. 말 탄 사람들은 모두 얕은 물길을 골라서 건너지만, 수레는 그리할 수 없었다. 열하로 오는 길에 석갑石匣에서부터 가마를 타고 가는 사람을 보았다. 10여 기병이 호위하는 가운데 네 명의 가마꾼이 어깨에 가마채를 메고 가는데, 5리에 한 번씩 말 탄 사람이 내려서 가마꾼과 교대하였다. 우리와 앞서거니 뒤서거니 가는데 병부시랑兵部侍郞의 행차라 한다. 가마는 녹색 우단羽緞으로 가리고 삼면에 유리를 붙여서 창을 내었으나, 탄 사람은 늘 깊숙이 들어앉았으므로 얼굴은 볼 수 없었다. 모자를 벗어 창 한 구석에 걸어 놓고 종일토록 책을 읽고 있다. 어제는 하인을 부르니까 하인이 상자 속에서 책 하나를 꺼내어 바쳤는데, 그 제목은 「오자연원록五子淵源錄」이었다. 창 안에서 손을 내밀어 이를 받는데, 그 팔뚝이나 손가락이 옥같이 희었다. 또 창 안에서 「이아익爾雅翼」 한 권을 내주는데, 그 목소리나 손길이 모두 여인 같았다. 이곳 강가에 이르자 가마에서 내리고 가마 안의 책을 꺼내어 하인들 품속에 나누어 간직하게 한다. 그 사람은 다시 말을 타는데, 참으로 미남자였다. 미목이 시원하고 몇 줄기 흰 윗수염이 듬성듬성하다. 가마는 휘장을 걷고, 말들은 모두 물에 둥둥 떠서 건넌다.⁹⁷

97
가마를 탄 미남자는 유가의 선비다. 수레에서 내려 말을 타고 강을 건넌다. 이미 최고의 vip가 아닌 것이다.

3 모자에 푸른 새 깃털을 꽂은 사람이 언덕 위에 서서 채찍을 들어 지휘하여 먼저 우리 일행을 건너게 하였다. 하여 비록 짐짝에다 '진공進貢'이니 '상용上用'이니 하는 글자를 쓴 깃발을 꽂은 것이라도 먼저 건너지 못하게 하였다. 간혹 먼저 뛰어오른 자가 있으면 차림새가 관원이라 하더라도 반드시 채찍으로 몰아내어 버린

다. 이 사람은 행재낭중行在郎中으로, 황제의 명을 받들어 건너는 일을 감독하는 자이다.

유독 4기의 쌍가마는 그 크기가 집채만큼 한데 곧바로 배 안으로 메고 들어가는 기세가 마치 무거운 산을 들어서 알[卵]을 누르는 듯하다. 낭중의 무리도 채찍을 거두고 한 걸음 물러서서 그들의 예봉을 피하는 눈치다. 그 가마꾼들의 눈에는 하늘도 없고 땅도 없고 물도 없고 사람도 없으니, 외국 사람이야 말할 것도 없다. 그들의 눈에는 오직 그들이 멘 가마만이 있을 뿐이다.

其輦轎者 不有天不有地 不有水不有人 亦不有他國人 只有其所輦轎而已

나는 알지 못하겠노라. 그 가마에 어떠한 보물이 들었기에 가마꾼들의 기세가 그렇게 당당한 것인지.[98]

강을 건너 10여 리를 가자 환관 셋이 와서 박보수와 더불어 말머리를 대고 몇 마디 수작하고는 곧 말을 돌려 가버린다. 또 다른 환관이 오림포와 나란히 말을 타고 가면서 무슨 이야기를 주고받는데, 오림포가 가끔 낯빛이 변하면서 놀라워하는 기색을 보인다. 박보수와 서종현이 말을 달려서 옆으로 다가가면 오림포가 손짓하여 가까이 오지 못하게 하는 것으로 보아, 무슨 비밀스런 이야기인 듯싶다. 그 환관 역시 말을 달려 가 버린다.

4 한 산모롱이를 지나가자 언덕 위에 돌을 깎아 세운 듯한 봉우리가 탑처럼 마주 서 있는데, 하늘의 기교한 솜씨를 자랑하듯 백여 길이나 솟아올라 쌍탑산雙塔山이라 한다. 환관들이 연달아 와서, 사행이 지금 어디까지 왔는지 알아보고 간다. 예부 관원들이 달려와 태학에 들라는 뜻을 미리 알려주었다.

98
4기의 쌍가마는 '천상천하유아독존天上天下唯我獨尊'. 4기는 사고전서를, 천상천하유아독존은 불상을 연상케 한다. 작가는 외가마와 쌍가마를 대조시키며, 외가마의 시대에서 쌍가마의 시대로의 변화를 보여준다.

며칠 동안 산길을 다니다가 열하에 들어가니, 궁궐이 장려하고 좌우에 시전이 10리에 뻗쳐 있는 게 실로 장성 밖의 큰 도시라 할 만하다. 바로 서쪽에 봉추산捧捶山 한 봉우리가 우뚝 솟았는데, 마치 방망이 같이 생긴 게 높이가 백여 길이요, 꼿꼿하게 하늘에 솟아올라 석양이 옆으로 비치며 찬란한 금빛을 뿜고 있다. 강희 황제가 이를 '경추산磬捶山'이라고 이름을 고쳤다고 한다.[99]

99
봉추산과 쌍탑산은 외가마·쌍가마의 또 다른 모습이다. 쌍탑산 봉추산 모두 금빛 찬란하다. 그러나 강희황제는 봉捧을 경磬으로 바꾸어 격을 낮추어버렸다.

5 열하성熱河城은 높이 세 길이 넘고, 둘레가 30리다. 강희 52년 (1713)에 잡석雜石을 얼음무늬로 쌓아올렸으니, 이른바 가요문哥窯紋 (송나라 때 만든 도자기 무늬)이 이것이다. 인가의 담장도 모두 이 법으로 고쳐 쌓았다. 성 위에는 비록 성가퀴를 쌓아올렸으나 담장과 다름이 없으며, 지나온 여러 고을의 성곽보다도 오히려 못하였다.

이곳에 삼십육경三十六景이 있는데, 한 나라의 옛 요양要陽 백단白檀 활염滑鹽 세 고을의 땅이다. 한경제漢景帝가 이광李廣에게 조칙을 내려 이르기를 "장군은 군사를 거느리고 동으로 달려 백단에서 수레를 멈추라."하였으니, 이곳이 곧 백단이다. 거란의 아보기阿保機가 활염滑鹽의 허물어진 성을 고쳐 쌓았는데, 세속 사람들은 이를 '대홍주大興州'라 일컬었다. 명나라 상우춘常遇春이 원나라 먀속乜速을 전녕全寧으로 몰아서 격파하고 대홍주로 나아가 머물렀다 하였으니, 여기가 바로 그곳이다.[100]

100
한나라 때 요양要陽 백단白檀 활염滑鹽. 원나라는 폐성을 고쳐 대흥주大興州를 만들었다. 명나라 때 시들하였던 열하를 청나라가 다시 삽질하고 있다. 청나라가 건설하는 열하는 무엇인가? 흥주興州라는 까마귀마을인가? 아니면 봉주鳳州라는 공작새마을인가?
[흥주 봉주는 환연도중록(8월 17일) 소철의 시에 나온다.]

6 지난 해에 태학太學을 새로 지었는데, 그 제도는 연경과 다름없다. 대성전과 대성문이 모두 겹처마에 황금빛 유리기와를 이었고, 명륜당은 대성전의 오른편 담 밖에 있다. 명륜당 앞 행각에는 일수재日修齋·시습재時習齋 등의 편액이 붙어 있고, 그 오른편에는 진덕재進德齋·수업재修業齋 등이 있다. 뒤에는 벽돌로 쌓은 대청이

있고 그 좌우에 작은 재실이 있는데, 그 오른편엔 정사가 들고 왼편엔 부사가 들었다. 그리고 서장관은 행각 별재別齋에 들고 비장과 역관은 한 재실에 모두 들었으며 두 주방은 진덕재에 나누어 들었다. 대성전 뒤와 좌우에 둘러서 있는 별당·별재 들은 이루 다 기록하기 어려울 만큼 많고 화려하기 그지없는데, 우리 주방으로 인해 많이 그슬리고 더럽혀졌으니 애석한 일이 아닐 수 없었다.[101]

101
연암은 우리 주방 사람들을 탓하지만, 그것도 역시 황제의 전략일 것이다.

太學留館錄

제 12장

태학유관록

우상의 제국, 아득한 조선의 영혼

깨어나라, 난설헌의 이름으로

가을 8월 9일 을묘乙卯.

사시巳時에 태학太學에 들었다. 사시 이전의 일은 이미 '막북행정록'에 적었고, 사시 이후의 것은 여기에 기록한다. 이날 몹시 더웠다.

1 말에서 내려 곧 후당으로 들어섰다. 한 노인이 모자를 벗고 교의에 걸터앉았다가 나를 보고는 교의에서 내려와 인사를 건넨다.

"먼 길 오시느라 노고가 많으십니다."

내가 답례를 하고 자리에 앉자, 노인이 내게 물었다.

"벼슬이 몇 품品이나 되시는지요?"

"선비의 몸입니다. 상국上國을 관광하고자 삼종형 대대인大大人을 따라 이곳에 왔습니다."

중국 사람들은 정사를 대대인大大人이라 하고 부사를 이대인二大人이라 부른다. 성명을 묻기에 글씨를 적어주었더니, 노인이 다시 물었다.

"영형대인令兄大人의 존명과 관직과 품계는 무엇입니까?"

"이름은 박명원이고, 품계는 일품이며 임금님의 부마로써 내대신

內大臣입니다.”

“영형대인께선 한림翰林(문인) 출신이십니까?”

“아닙니다.”

내가 대답하자 노인은 붉은 명함 한 장을 내밀며 “저는 비천한 사람입니다.”라고 말했다. 명함 오른쪽에는 작은 글씨로 '통봉대부 대리시경을 역임한 윤가전尹嘉銓'이라고 적혀있었다. 윤가전[자는 형산亨山이다]의 명함을 보면서 내가 물었다.

“공公은 관직을 그만두셨는데 왜 여기까지 오셨습니까?”

“황제의 명을 받들었답니다.”

윤형산이 대답하자 옆에 있던 한 사람이 인사를 한다.

“저 역시 조선 사람이올시다. 천명賤名은 기풍액奇豊額이고, 경인 년(1770) 문과에 급제하여 현재 귀주 안찰사로 있습니다.”

윤공이 물었다.

“이젠 사해가 한 집이 되었으니, 집을 나서면 아첨만 잘해도 동포형제가 되지요. 고려의 박인량은 정의[是]를 꾀했던 문지기[門望]였지요?”

方今四海一家 出門便是同胞兄弟 高麗朴寅亮 計是門望

“아닙니다. 주죽타(주이존)의 『채풍록採風錄』에 기록된 박모朴某가 저의 5대조이십니다.” 01

否也 朱竹坨採風錄所列朴某 是僕五世祖

기공이 말했다.

“과연 문망文望이 있는 (집안의)상경上卿이군요.” 02

果是文望上卿

윤공이 말했다.

01
첫 번째 동문서답이다.
연암은 윤공의 질문(高麗朴寅亮 計是門望)을 “고려 박인량은 귀가문이지요?” 로 착각한 것이다.

02
기공은 '문망文望' 으로 '문망門望' 에 대한 연암의 착각을 환기해주고 있다.

03
연홍배비燕鴻背飛는 燕鴻之歎와
같은 말이다.
마우불급牛馬不及은 風馬牛不相
及을 줄인 말이다.
연홍배비와 마우불급은 가는 길
이 다르다는 뜻으로 이념적 지평
의 차이를 말한다.

"명나라 어양 왕사진의 〈지북우담〉에 그 분의 시문이 상세히 수록되었습니다. 옛말에 '제비와 기러기는 가는 길이 서로 달라 만날 수 없고[燕鴻背飛], 발정난 말과 소는 서로 만날 일이 없다[馬牛不及]'하였는데, 지금 하늘의 연緣이 교묘하게 만남을 맺어주어 이 먼 변방에서 책 속에서도 미처 몰랐던 얼굴을 보게 되었군요."

王漁洋池北偶談 俱詳詩文 所謂燕鴻背飛 馬牛不及 今天緣巧湊 塞上萍水 係是書中雲仍

자리에 있던 어떤 사람이 탄식을 하며 말한다.

"그 분의 시를 암송하고 그 분의 책을 읽었는데 그 분을 모른다니 말이 됩니까?"

座有一人歎曰 誦其詩讀其書 不知其人可乎

기풍액이 말했다.

04
『시경』 대아 탕지십편에 있는 구
절. 文王曰咨 咨女殷商 匪上帝不
時 殷不用舊 雖無老成人 尚有典
刑 曾是莫聽 大命以傾
문왕이 은나라가 예로부터 내려
오는 구법舊法을 버림으로써 망
하였다고 지적한 글이다. 기풍액
은 유가의 수구적 태도를 반영한
이 글을 인용하여 박미를 조롱하
고 있다.

"비록 노성인은 가고 없지만, 그 분이 남긴 전형典刑[죄와 벌을 정한 법전]은 변함없이 남아있지요." 04

雖無老成人 尙有典刑

다시 기풍액이 물었다.

"귀국에서는 연성年成을 몇 개로 나눕니까?"

貴國年成 可有幾分

"6월에 강을 건너서 가을 추수가 어떤지는 잘 모르겠습니다. 올 때까지는 비도 때맞춰 내리고 바람도 선선했습니다." 05

05
두 번째 동문서답이다.
연암은 기풍액의 질문(貴國年成
可有幾分)을 "귀국의 올해 농사
는 어떻습니까?"로 알아들었다.
물론 '연성年成'은 작황이라는
뜻이 있다. 그러나 可有幾分을
볼 때, '연성年成'은 사계절 또는
24절기, 세종연간에 만들어낸 조
선의 역법 '칠정산七政算'에 대
한 질문이다.

六月渡鴨 西成尙遠 第來時雨調風潤

이 때 조금 전에 탄식했던 이가 자기를 소개했다. 이름은 왕민호王民皡. 거인舉人이다. 왕거인이 물었다.

"조선은 지방이 몇 개나 됩니까?"

朝鮮地方幾何

내가 대답했다.

"옛날 기록에는 5천 리라 적혀 있습니다.06 그러나 단군조선은 요임금과 같은 시대이며, 기자조선은 주나라 무왕의 봉국이고, 위만조선은 진나라 때 연나라 백성들을 이끌고 와서 세운 나라입니다. 그들은 모두 한 쪽에 치우쳐 터를 잡았기 때문에 5천리도 되지 않았을 것입니다. 고구려 백제 신라가 합쳐져 고려가 되었다고 하나 동서가 천리이고 남북이 3천리였지요. 중국의 역사에 기록된 조선의 인물이며 동식물 풍속에 대한 부분은 사실과 사뭇 달라서 기자나 위만조선의 기록에 불과할 뿐 지금의 조선은 아닙니다. 중국의 역사가들은 외국의 역사에 대해서는 간략하게 취급하고 있기 때문에 과거 기록을 답습하는 경우가 많습니다. 하지만 나라의 풍속은 시대마다 다르게 마련입니다. 우리나라는 오로지 유교를 숭상하여 예악과 문물이 모두 중화中華를 본받았으므로, 예로부터 '소중화小中華'라 하였으며, 나라의 법도와 사대부의 예의범절이 전혀 송나라와 다름없습니다." 07

왕거인이 말했다.

"가히 군자의 나라라 할 만 하구려."

윤공이 말했다.

"찬란한 태사太師의 유풍이 남아 있다니 가히 경탄할 일이외다. 그런데 주이존이 편찬한 『명시종明詩綜』에 선생의 선조어른의 작품이 실려 있다면, 그 분의 소전小傳이 없는 것은 무슨 까닭인지요?"

菀有太師之遺風 可敬可敬 綜所有 令尊先公 何無小傳

"비단 저의 선조의 자호와 관작이 빠진 것뿐만이 아닙니다.08 소전이 있다 하여도 잘못 기록된 부분이 많습니다. 저의 5대조의

06
세 번째 동문서답이다.
연암은 왕민호의 질문(朝鮮地方幾何)을 "조선 땅은 크기가 얼마나 됩니까?"로 착각한 것이다.

07
연암은 '소중화'를 자랑한다. 그것이 우리의 영혼을 파먹는 재앙인지도 모른 채.

08
네 번째 동문서답이다.
앞서 '첫 번째 동문서답'에서 연암은 5대조 박미가 주죽타의 '채풍록'에 실려 있다고 하였다. 그러나 주죽타의 '채풍록'은 없다.[박미는 손치미의 '조선채풍록'에 있다.] 혹시 연암이 주죽타의 '명시종'을 '채풍록'이라 잘못 말한 것이 아닐까? 그런 생각으로 윤공은 "명시종에 박미의 작품이 있다면, 왜 소전(이름 등)은 없는 것일까요?"라고 물었다. 그러자 연암은 박미의 글이 '명시종'에 실렸는지는 따져보지도 않고 박미뿐만 아니라 다른 인물들의 소전까지 잘못되었다고 한다.

휘는 미溦요, 자는 중연仲淵이며, 호는 분서汾西입니다. 문집 네 권이 국내에서 간행되어 있고, 명나라 만력萬曆 때 어른이시며, 소경왕昭敬王의 부마로 금양군錦陽君이요, 시호는 문정공文貞公이라 합니다."

非特僕之先人闕漏字號官爵 其有小傳者 還不免訛謬 僕之五世祖諱溦 字仲淵 號汾西 有文集四卷 行于方內 明萬曆時人 昭敬王駙馬錦陽君謚文貞公

윤공은 필담했던 종이들을 품속에 거둬 넣으며 말했다.

"이것으로 틀리거나 누락된 곳을 보충해야겠습니다."

왕공이 말했다.

"다른 잘못된 곳도 바로잡아 주셔야죠."

기공이 말했다.

"이거야말로 하늘이 준 기회입니다."

윤공 왕공 기공의 요청에 내가 대답했다.

"제 기억력이 분명하지 못하니 책을 놓고 고증했으면 좋겠습니다."

기공이 왕 거인을 돌아보며 무어라 수작하더니 윤공과도 서로 오래 이야기를 주고받은 끝에, 이윽고 왕 거인이 '명시종明詩綜'이란 석 자를 써서 심부름꾼을 불렀다.

"이리 오너라."

한 소년이 앞에 와 손을 모으고 절한다. 왕 거인이 제목이 적힌 쪽지를 주자 소년은 받아 들고 빠르게 뛰어나간다. 아마도 다른 곳에 빌리러 간 모양이다. 그 청년이 곧 돌아와 꿇어앉아서 고한다.

"없습니다.[無有]"

기공이 또 한 사람을 불러 그 종이쪽지를 주자, 곧 돌아와서 '유소有所'운운한다. 왕 거인이 말했다.

"변방이라 원래 책방이 없답니다.09 [塞外元無書肆]"

내가 말했다.

"우리나라에 이달李達이란 사람이 있는데, 그의 호號는 손곡蓀谷입니다. 그런데 그의 호를 딴 사람의 이름으로 알았는지, 이달의 시詩를 싣고, 또 따로 손곡의 시를 실었더군요."

세 사람은 크게 웃으면서 서로 돌아보며 말했다.

"맞아요, 맞아. [是也是也]10 치이鴟夷와 도주陶朱가 애당초 범려范蠡 한 사람이듯이 말이죠."

윤공이 갑자기 일어서면서 붉은 명함 석 장과 자기가 지은 「구여송九如頌」한 권을 내밀며 나에게 말했다.

"선생의 수고를 빌려 영형대인께 전하여 아뢰고자 하옵니다."

替勞尊體 轉謁令兄大人

그러자 다른 두 사람도 모두 황급히 일어서며 말했다.

"윤대인께서 곧 조정에 나가서야 하므로 후일 다시 만납시다."

윤공은 이미 모자와 복장을 갖추어 조주를 걸치고는 나를 따라 나와 정사의 방 앞에 이르렀다. 정사의 방 앞에 잇는 출문出門은 길목이라 나 역시 두서頭緒를 종잡을 수 없었다. 아까 자리에서 일어설 때 다른 두 사람은 윤공이 곧 조정에 나간다 하였고 윤공이 명함을 주면서도 너무나 간솔簡率해서 나는 윤공이 곧바로 나를 따라올 것이라고는 생각지도 못하였다. 정사는 밤낮으로 시달린 나머지 겨우 눈을 붙였을 것이고, 부사와 서장관은 내가 소개할 처지가 아니다. 더욱 난감한 것은, 조선의 사대부들은 참으로 지체 높은 체 하는 속물근성이 대단하여, 중국 사람을 보면 만인滿人

09
연암은 책을 가져오라 한다. 그러나 책(명시종)에 박미 작품이 없으면 얼마나 무안하겠는가. 그래서 중국인들은 쇼를 하고 있다. 심부름을 보내는 척하면서 서점에 '명시종'이 없다고 하여 무마한다. 그것을 모르는 연암은 계속 '썰說'을 풀고 있다.

10
세 사람은 어이가 없어서 조롱하고 있다. 한 번은 이름으로 썼다가 한 번은 호로 썼다가 한 것을 두고 시비를 따지는 딱한 선비 같으니라고.

11
다섯 번째 오해(동문서답)다.
연암은 왜 헷갈리는가?
앞서 윤공의 당부(선생의 수고를
빌려 영형대인께……)는 명함과
책을 정사께 전해 달라는 말이다.
그러나 연암은 "인사를 시켜 주
십사."라고 알아들었고, 급기야
사단이 벌어진 것이다.

12
1문단은 동문서답과 자랑.
연암은 치부(소중화 등)를 자랑
한다. 소중화를 자랑하는 선비가
한문을 모르겠다고 하기는 싫었
으리라. 그렇게 수모를 당하고서
도 한없이 오리지널 깃털들을 흠
모한다. 그들이 자신을 조롱하는
줄도 모르고.

인지 한인漢人인지 따지지도 않고 싸잡아 되놈으로 취급해버린다.
윤공이 뜰에 서서 기다리고 있으니 일이 매우 난처하게 되었다.[11]
어쩔 도리 없이 내가 들어가서 정사에게 고하자, 정사가 대답하
였다.

"나 혼자서 만날 수는 없으니 어쩌면 좋겠는가!"

나는 하는 수 없이 뜰에서 기다리고 있는 윤공에게 둘러대었다.

"정사께서 밤낮을 가리지 않고 먼 길을 오시느라 매우 피로하므
로 삼가 맞이하지 못하여, 차후에 몸소 찾아가 인사를 드린다 하
옵니다."

"그렇군요."

윤공이 짧게 대답하고는 한 번 읍하고 나가는데, 그 기색을 살
펴보니 매우 머쓱한 모양인지 표연히 가마를 타고 가버렸다. 그가
탄 가마를 보니 휘황찬란하다. 10여 명의 수행원들이 모두 비단옷
에 수놓은 안장을 하고 가마를 호위하고 가는데, 향내가 멀리까지
풍긴다.[12]

2 잠시 후 수역이 들어와 사신에게 고하였다.

"청나라 통관이 우리 당번역관에게 '귀국에서도 부처를 공경합
니까? 사찰은 얼마나 되는지요?'라고 물었답니다. 사사로운 문제가
아닌 건 같은데, 무어라 대답하오리까?"

이에 삼사가 의논하여 수역에게 지침을 내렸다.

"조선은 부처를 숭배하지 않으므로, 시골엔 혹 절이 있으나 서울
이나 도회에는 없다고 대답하라."

잠시 후 군기장경軍機章京 소림素林이라는 자가 시관으로 들어왔
다. 삼사는 캉에서 내려와 동면東面하여 앉았다. 지세地勢를 따른

것이다.[13] 소림이 구두로 황제의 조서를 전하였다.

"조선 정사는 이품二品 끝의 반열에 서도록 하라."

황제 생일 축하연에서 앉을 자리를 미리 일러주는 것인데, 이품은 전에 없던 과분한 은총이라 한다. 소림은 편연翩然히 몸을 돌려 가버렸다. 이번에는 예부에서 전갈이 왔다.

"조선사신이 오른쪽 반열에 오름은 전례 없는 은전이니, 의당 '황은이 망극 하옵니다.'하는 예禮가 있어야 할 것인즉, 그러한 뜻의 글월을 예부에 내면 곧 황제께 올리겠소."

정사가 예부의 관리에게 대답했다.

"작은 나라의 신하가 사신으로 와서 황제의 지극한 은총을 입었으니 황감하기 그지없으나, 사사로이 사례함은 도리에 어긋날 것이니 어찌하면 좋겠소?"[14]

예부 관리가 말했다.

"무상無傷합니다."

예부에서는 글을 올리라고 계속해서 독촉한다. 대저 황제는 나이가 많지만, 권좌에 오른 지가 오래되어 권력을 손바닥 보듯 꿰뚫고 있을 뿐 아니라 총명함이 쇠하지 않고 기력이 왕성하게 넘쳐난다. 그리하여 중원을 꼼짝 못하게 틀어쥔 다음에는 제왕의 도道가 나날이 교만해져서 의심이 많고 난폭하고 살벌하고 가혹하여 희로喜怒가 무상하다. 조정 중신들은 모두 황제의 목전에서 미봉彌縫을 최상책으로 여겨서 황제의 마음을 미리 기쁘게 하는 것만을 당세의 의義로 삼는 일이 비일비재하다. 지금 예부가 정문呈文을 다급하게 재촉하는 것이 대체로 '곡의승봉지사曲意承奉之事'(뜻을 왜곡하여 황제를 떠받드는 일)이자 '미점거조微覘擧措'(비유 맞추기 식 일처리)

로써 그 (감사를 표하라는)지의旨意 역시 순전히 예부에서 나온 발상
이라고 한다.

당번 역관이 말했다.

"지난번에 심양에 사신으로 갔을 때도 글월을 올려서 사례한 일
이 있사오니, 이번 일도 그와 다를 것이 없을 듯하옵니다."

이에 부사와 서장관이 서로 의논하여 초안을 작성하여 예부에
올려 즉시 황제에게 바치게 하였다. 예부에서는 다시 지침을 알리
는데, 내일 오경五更(새벽4시경)에 궐내에 들어가서 황은에 사례하라
고 한다.[15]

3 저녁 식사가 끝난 뒤에 다시 윤공의 처소를 갔더니, 왕공은
이미 다른 방으로 옮겨 갔다. 마침 기공이 가운데 방에 있기에 윤
공과 더불어 기공의 방에서 이야기하였다. 윤공은 친절하고 공손
하고 즐겁고 소탈한 인물이다. 윤공이 내게 말했다.

"아까는 몹시 바빠서 이야기를 마치지 못하였으니, 바라건대
『명시종』의 누락되고 잘못된 곳을 일러주시면 보완하도록 하겠습
니다."

내가 대답하였다.

"우리나라 선배들은 바다 저 한 편 구석에서 태어나 늙어 죽도
록 한 곳을 떠나지 못하여 겨우 하잘것없는 시편詩篇들 뿐인데도
큰 나라의 책에 실리게 되었으니 실로 영광스러운 일입니다. 그러
나 우물에 빠져 죽은 모수毛遂나 좌중을 놀라게 했던 진공陳公처
럼 동명이인이 있다는 것이 문제입니다. 우리나라 선배유림 중에
율곡栗谷 이이李珥 선생이 있고, 월사月沙 이정귀라는 상공이 있는
데『명시종』에는 이정귀의 호가 '율곡'으로 되어 있습니다.[16] 월산

15
2문단은 사신과 연암의 연극.
사신은 "사사로이"라는 가당치
않은 명분으로 사례를 거부한다.
그러나 정사의 '거부'는 명분을
쌓는 과정일 뿐이며, 결국 당번
역관이 적절한 명분을 제공해주
었다.
연암이라는 선비는 곳곳에서 거
짓말을 하고 있다. 크게는 숭명대
의를 옹호하는 것이며, 작게는 정
사를 보호하는 것이다.

16
이정귀의 「율곡시장栗谷諡狀」을
환기하면서 '10만양병설' 등 율
곡의 행적에 대한 의문을 제기하
고 있으리라.

대군月山大君은 왕자인데 이름이 어여쁠 '정婷'이어서 여자로 오인한 것 같습니다. 허봉許篈의 누이동생(이름은 초희楚姬)의 호는 난설헌蘭雪軒인데, 그 소전에는 여관女冠이라 하였습니다. 우리나라엔 원래 도교의 사당이 없는데, 여관女冠이라 함은 잘못입니다. 또한 그녀의 호를 경번당景樊堂이라 기록하였는데, 이는 더욱 잘못된 일입니다. 난설헌이 김성립金誠立에게 시집갔는데, 김성립의 얼굴이 못생겨서 그 벗들이 성립을 놀리느라 그녀가 두번천杜樊川-당나라의 시인, 이름은 두목이며 호는 번천이다-을 연모한다고 조롱한 것입니다. 규중 여인이 시를 읊는다는 것부터가 본시 아름답지 못한 일인데, 더구나 두번천을 연모한다고 전해지고 있으니 어찌 원통한 일이 아니겠습니까."

윤공과 기공은 모두 크게 웃었다. 그러자 문 밖에 종놈들은 무슨 까닭인지도 모르면서 모두들 따라 웃는다. 이른바 남의 웃음소리만 듣고 따라 웃는다는 격인데, 그들의 웃음이 무엇을 의미하는지는 모르지만 나 역시 웃음을 참을 수 없었다.[17]

4 영돌永突이 데리러 왔기에 일어섰다. 두 사람이 문 밖까지 나와 전송하여 주었다. 때마침 달빛이 뜰에 가득하고, 담 너머 장군부將軍府에서는 이미 초경初更(밤9시경)이라 넉 점을 치는 야경 소리가 사방으로 울린다. 상방上房에 들어가니 하인들이 휘장 밖에 누워 코를 골고 정사도 이미 잠들었다. 짧은 병풍 하나를 세워 나의 잠자리를 남겨 놓았다. 일행 모두가 닷새 밤을 꼬박 새우며 달려온 터라 다들 깊이 잠든 모양이다. 정사 머리맡에 술병 둘이 있기에 흔들어 보니, 하나는 비고 하나는 차 있었다. 달이 이처럼 밝은데 어찌 마시지 않을 수 있는가. 조용히 술잔을 가득 부어 마시고

17
오직 깃털자랑 밖에 모르는 연암은 영혼이 담긴 시詩를 이해하지 못한다. 그래서 자랑(난설헌)을 부끄러워 하다가 조롱거리가 되어버렸다.
"…나 역시 웃음을 참을 수 없었다."
교묘한 트릭이다. '종놈들의 까닭도 모르는 웃음'이라는 거짓말로 중국 사대부와 종놈들로부터의 조소嘲笑를 은폐함이다.
이쯤 되면, 공자새마을에 갔다가 쫓겨난 가짜공작새(까마귀) 꼴이다.

는, 등불을 끄고 방에서 나왔다. 홀로 뜰 가운데 서서 밝은 달을 우러러보고 있노라니 담장 밖에서 '할할'하는 소리가 들린다. 장군부에서 낙타가 우는 소리다. 명륜당으로 나가보니, 제독과 통관들이 각기 탁자를 끌어다 둘씩 붙여 놓고는 그 위에서 잠들었다. 저들이 비록 되놈이라지만 무식해도 너무 무식하다. 그들이 누워 있는 탁자는 곧 공자 같은 성인들에 대한 제사를 거행할 때 쓰는 탁자인데, 어찌 감히 이를 침상으로 사용할 수 있으며, 또 어찌 차마 누워 잠을 잔단 말인가.

오른편 행각에 들어가니, 역관 세 사람과 비장 네 사람이 한 구들에 누워 자는데 목덜미와 정강이를 서로 걸치고 아랫도리는 가리지도 않았다. 모두들 천둥소리처럼 코를 고는데, 마치 쓰러진 병에서 물이 쏟아지는 소리나 나무를 켜는데 톱니가 긁히는 소리, 혹은 혀를 끌끌 차며 사람을 꾸짖는 소리, 혹은 끙끙거리며 남을 원망하는 소리처럼 들렸다. 만 리 길을 함께 달려오면서 한솥밥을 먹은 사이이니, 그 정분이야말로 친형제와 다름없을 게 아닌가. 그런데도 그들이 잠든 모습은 동상이몽이고, 그 속내는 초楚와 월越처럼 멀게만 느껴졌다.[18]

담뱃불을 붙이고 나와 홀로 뜰 가운데에 섰다. 어디선가 개 짖는 소리가 표범 소리처럼 들려온다. 장군부에서 바라를 치는 소리가 마치 깊은 산골짜기에서 들리는 접동새 소리 같았다. 뜰 가운데를 배회하며, 혹은 뜀박질도 해보고 혹은 발자국을 크게 떼어보기도 하면서 달그림자와 서로 희롱하였다. 명륜당 뒤 늙은 나무들의 무성한 잎사귀에 서늘한 이슬이 방울방울 맺혀 가지가지마다 구슬구슬들이 달빛에 반짝인다.

18
또 다시 투사(projection)다. 연암은 자신의 관념(중화주의)을 천것들에게 이전시켜놓고 조소嘲笑하고 있다.

담장 밖에서 또 삼경을 알리는 두 점을 쳤다.

아아, 애석하구나. 이렇게 아름다운 달밤에 함께 희롱할 사람이 없다니.[19] 이 시각에 어찌 우리 일행들만 잠들었으랴. 도독부都督府의 장군도 잠들었으리니, 나도 곧 방에 들어가 쓰러지듯 잠자리에 들리라.

19
여태껏 연암은 이태백의 '월하독작'을 읊으며 달과 희롱하며 합일의 경지를 노닐어 왔으리라. 그런데 지금 문득 '인간'과 희롱하고 싶다. 깃털선비가 중국인들에게 조롱을 당하고, 그 분풀이로 조선 놈들을 싸잡아 매도해버렸으니, 공작새마을에도 까마귀마을에도 친구가 없는 '모자란 까마귀' 신세다. 그렇다면 연암은 이제 난설헌의 시詩를 다시 읽어보지 않겠는가.

난설헌(1563~1589)은 허균의 누나다. 아버지 허엽許曄은 동인의 영수였지만, 1580년 사망하면서 급격하게 세력이 약화된다. 오빠 허봉許篈은 선조 16년(1583) 율곡을 탄핵했다가 갑산으로 귀양길에 오르고 선조 21년(1588) 금강산에서 객사한다. 다음 해 난설헌은 27세의 나이로 불꽃같았던 비애의 생애를 마감한다. 15세에 김성립과 결혼하여 두 아이를 낳지만 시어머니는 '시인 며느리'를 냉대하였고, 속 좁은 남편은 똑똑한 아내를 버려둔 채 과거시험 공부를 한다는 핑계로 기생집만 들락거린다. 두 아이가 죽고 뱃속의 아이까지 유산하고 친정집은 가세가 점점 기울어가는 상황에 난설헌은 '몽유광상산시'로 죽음을 예고한다. 광해군11년(1618) 남동생 허균이 역모죄로 능지처참을 당함으로써 그녀의 집안은 완전히 몰락한다. 난설헌의 시는 인간이다. 여자, 가족, 그리고 억압받는 민중이다.

人間願別金誠立   인간세상에서 어서 김성립과 사별하고
地下長隨杜牧之   지하세상에 가서 영원히 두목을 따르리.

남편에 대한 원망과 두 번천에 대한 연모를 담은 이 시詩로 난설헌의 이름을 끄집어낸 작가는 「피서록」에서 다시 난설헌의 시를 앞세우고 조심스럽게 허균 이야기로 옮아간다.

楊花渡口杏花紅   양화나루 살구꽃이 붉게 피고
八道歌謠東國風   팔도의 노랫소리 조선의 국풍이라.
最憶飛瓊女道士   최고의 추억은 비경 같은 여도사가
上梁曾到廣寒宮   광한궁에 올라 상량문을 지은 것이라네.[20]

20
난설헌은 전설 속의 선녀 허비경 許飛瓊의 이름[飛瓊]으로 (선녀가 아니라)여도사를 자칭한다. 또한 8살 때 지었다는 '광한궁백옥루 상량문'으로 남자들의 권위에 도전하고 있다.

덧붙여 작가가 더 이상 발설하기 어려웠을 난설헌의 시詩 중에서 몇 수만 더 게재한다.

〈채련곡采蓮曲〉

秋淨長湖碧玉流	가을은 맑은 호수 위를 벽옥처럼 흐르는데
蓮花深處 蘭舟	연꽃 밭 깊은 속에 난주蘭舟를 매어놓았네.
逢 隔水投蓮子	물 건너 임에게 연꽃 씨를 던졌는데
或被人知半日羞	혹여 누가 보았을까 한나절을 얼굴 붉혔네.[21]

21
2행 난주蘭舟는 자신蘭만의 이상적 세계舟다.
3행 '물 건너 임'은 현실이라는 울타리 너머에 있는 임이다.

〈규원閨怨〉

月樓秋盡玉屛空	달빛 누각 늦가을 녘에 고운 병풍 쓸쓸한데
霜打蘆洲下暮鴻	서리 내린 갈대숲에 저녁기러기 내려앉았네.
瑤瑟一彈心不見	거문고 뜯어보아도 텅 빈 가슴 외로운데
藕花零落野塘中	들판 연못에 연꽃잎만 하염없이 떨어지네.[22]

22
1~2행은 법도(병풍)와 외로운 자아(기러기)의 대조다.
3~4행은 일탈하지 못하는 좌절감의 토로다.

〈감우感遇〉

東家勢炎火	동가東家의 세도가 불길처럼 성하던 날
高樓歌管起	높은 누가에 풍악 소리 울렸건만
北隣貧無衣	북쪽 이웃들은 가난하여 헐벗은 채
枵腹蓬門裏	주린 배를 안고 오두막에 쓰러졌네.
一朝高樓傾	하루아침에 가문이 기울고 나서는
反羨北隣子	오히려 북쪽의 가난한 이웃이 부럽도다.
盛衰各遞代	흥망성쇠는 세월 따라 바뀌는 것이니
難可逃天理	하늘의 이치를 거스르지는 못하는구나.[23]

23
가문의 운명에 대한 감회를 여과 없이 토로하고 있다.

◇◇

〈출새곡出塞曲〉

昨夜羽書飛	간밤에 깃털 꽂은 편지 날아와
龍城報合圍	용성이 포위됨을 전해주었네.
寒笳吹朔雪	차가운 피리소리 눈보라에 울리는데
玉劍赴金微	옥검을 빼어들고 금미산으로 내달리네.
久戍人偏老	오랜 수戍자리 고생에 청춘은 늙어가고
長征馬不肥	끝없는 전쟁에 군마도 여위었구나.
男兒重義氣	사나이는 의기를 중히 여기나니
會繫賀蘭覬	부디 하란산 적의 목을 베어 개선하소서.[24]

24
어떤 비평가들은 출새곡과 축성원을 표절이라고 한다. 그러나 표절을 해서라도 민중의 아픔을 대변해 준 선비가 있었던가.

〈축성원築城怨〉

千人齊抱杵	모든 백성들이 달공이 쳐들고
土底隆隆響	땅바닥 다지니 땅 밑까지 쿵쿵거리네.
努力好操築	노력해 잘 쌓긴 하지만
雲中無魏尙	운중 땅의 위상 같은 사또 없구나
築城復築城	성 위에 또 성을 쌓으니
城高遮得賊	높은 성벽이 도적을 막아내겠지.
但恐賊來多	하지만 더 무서운 적들이 몰려와
有城遮未得	성이 있어도 막지 못하면 어찌 할거나.[25]

25
성곽의 허구성 비판이다. 조선의 성곽은 안보용이 아니다. 안보논리용이다.

〈몽유광상산시夢遊廣桑山詩〉

碧海浸瑤海	푸른 바닷물이 구슬 바다에 스며들고
靑鸞倚彩鸞	푸른 난새는 채색 난새에게 기대었구나.
芙蓉三九朶	부용꽃 스물 일곱 송이가 붉게 떨어지니
紅墮月霜寒	달빛 서리 위에서 차갑기만 해라.[26]

26
죽음을 예언한 시다. 푸른 난새는 민족의 영혼이다. 채색 난새는 중화주의다. 부용삼구芙蓉三九는 난설헌의 나이(3×9)다.

소중화·신중화의 대결,
아득한 홍길동전

8월 10일.[27]

개다.

1 새벽에 영돌이 나를 깨웠다. 당번 역관과 통관이 모두 문 밖에 모였다며, 연방 늦었다고 재촉한다. 나는 겨우 눈을 붙였다가 다시 떠드는 소리에 잠이 깨었다. 시간을 알리는 야경 소리가 아직도 들려온다. 노곤한 몸에 달콤한 졸음으로 옴짝달싹할 생각이 없는데, 아침 죽이 이미 머리맡에 놓여 있다. 억지로 일어나서 따라가 보니 광피사표光被四表[28]라 적힌 패루가 있다. 등불 아래 좌우의 시전市廛이 보이나, 황성과는 비할 바가 아니며 심양·요동에도 미치지 못한다.

궁궐 앞에 이르렀으나 아직 먼동이 트지 않았으므로 통관이 사신을 인도하여 큰 사당에 들어가 쉬게 하였다. 지난해 새로 지은 관제묘다. 첩첩이 싸인 누각 깊숙이 자리 잡은 전당, 회랑과 겹겹이 늘어선 행랑, 정밀한 조각과 현란한 단청을 중들이 몰려들어 앞 다투어 구경하고 있다. 사당 안 이곳저곳에 연경의 벼슬아치들

27
오늘 일기는 '병진丙辰'이라는 간지가 없다. 어제 '칠정산七政算' 질문에 대답하지 못했다는 자책일까?

28
서경書經에 나오는 '光被四表 化及萬方(빛이 사방을 덮고 교화가 만방에 미친다)'을 표방한 제호다. 우리나라 '광화문' 역시 여기서 따온 간판이다.

이 와서 머물러 있고, 각국에서 온 왕자들도 여기에 많이 묵고 있다고 한다.

당번 역관이 와서 어제 내린 황제의 교지를 부연하였다.

"어제 예부에서 알린 것은 다만 정사와 부사의 사은謝恩만을 말하는 것입니다. 이는 황제가 명을 내려 정사·부사만을 오른쪽 반열에 참여하도록 한 것이므로 서장관이 사은하는 일은 아마도 없을 듯합니다."

이에 서장관은 관제묘에 머물고 정사와 부사만 입궐하기에 나도 따라 들어갔다. 모든 전각에는 단청을 꾸미지 않고 단지 '피서산장'이라 편액만을 붙였다. 오른편 곁채에 예부 조방朝房이 있어서 통관이 그곳으로 인도한다. 한인漢人 상서尙書 조수선曹秀先이 교의에서 내려와 정사의 손을 잡고 매우 반긴다.

"대인大人께서는 이쪽으로 앉으시죠."

사신은 손을 들고 사양하며 주인이 먼저 앉기를 청하였으나, 조공曹公 역시 손을 내저으며 극구 사신이 먼저 앉기를 청하였다. 사신은 4~5차례나 사양하다가 조공의 청을 뿌리치지 못하여 먼저 캉[炕]에 올라앉았다. 조공이 비로소 교의에 걸터앉아 서로 인사를 나누었다. 우리 사신의 의관은 조공의 모자와 의복에 비기면 가히 호방한 선인仙人이라 할 수 있겠다. 그러나 말이 통하지 못하고 접대가 서툴러서 인사하는 태도가 뻣뻣하고 서먹하여, 저들의 세련되고 은근한 솜씨에 비하면 어색하기 이를 데 없다. 정사가 서장관의 거취를 묻자 조수선이 대답하였다.

"오늘 사은엔 함께 하지 못하지만, 후일 축하반열에 함께 가는 것은 무방할 것입니다."

조공은 대답을 마치고는 곧 일어나 가버렸다. 통관이 또 아뢰
었다.

"만인滿人 상서尚書 덕보德甫가 들어옵니다."

사신이 문에 나와서 맞아 인사를 하였다. 덕보 역시 답례를 하
며 머뭇머뭇 멈추어 선 채로 말했다.

"오시는 길에 무탈하셨는지요? 어제 황상의 '특별한 속내[異數]'
를 알아들으셨는지요?"

사신이 대답했다.

"망극한 황은皇恩에 어찌할 바를 모르겠습니다." 29

덕보는 껄껄 웃으면서 무어라 지껄였으나, 그 말소리가 목에 걸리
는 듯 퍽퍽하여 '옹甕'인지 '앙盎'인지 분간하기 어려울 정도이다. 대
개 만주 사람들의 발음은 이런 식이다. 덕보 역시 말을 마치고 곧
가버리고, 이번에는 내옹관內饔官이 요리 세 접시를 내어 왔다. 백
설기와 돼지고기 구이와 과실 등이다. 떡과 과실은 누런 쟁반에 담
고, 돼지고기는 은쟁반에 담았다. 곁에 있던 예부낭중이 말했다.

"이는 황제의 아침 수랏상에서 하사한 '세 그릇'입니다."

얼마 안 되어 통관이 사신을 인도하여 궐문 밖에 나아가 삼배구
고두三拜九叩頭(세 번 절하고 머리를 아홉 번 조아리는)의 예를 행하고 돌
아오더니 곧 나갔다. 어떤 사람이 앞에 나와서 읍하며 말했다.

"이번 황은皇恩이야말로 아주 특별한 은전입니다. 그러니 귀국은
의당 예단禮單을 더 보내야 할 것이오. 그러면, 사신과 종관從官에
게도 특별상품이 추가될 것입니다.30

그는 예부우시랑禮部右侍郎 아숙阿肅인데, 만주인이다. 사신은 조
방朝房에 다시 들어가고, 나는 먼저 나왔다.

29
역시 동문서답이다. 조선사신을
2품 반열에 앉게 한 황제의 '속
내'는 예禮를 표하라는 것인데,
사신은 시치미를 뚝 떼고 대답한
다.

30
'황제에게 예단을 바쳐라.'
이 메시지를 전달하기 위해서 한
인상서 만인싱시 예부시랑 이띤
사람 등 무려 네 사람이나 등장
하였다.
어제 연암의 동문서답과는 정반
대 패턴이다. 모르면서 아는 체
하는 것이 연암의 중화주의라면,
알면서도 모르는 체 하는 것이 정
사의 중화주의다.

2 대궐 밖에는 수레와 말들이 빽빽이 들어서 있다. 말들은 모두 담을 향하여 즐비하게 늘어섰는데, 굴레도 없고 고삐도 없는 것이 마치 목마를 세워놓은 것 같았다. 문 밖에서 갑자기 사람들이 좌우로 갈라서는데, 갑자기 소란한 소리가 뚝 끊겼다. 누군가 말했다.

"황자皇子가 오십니다."

어떤 사내가 말을 탄 채 궐내로 들어가는데, 따르는 사람들은 모두 말에서 내려 걸어간다. 황륙자皇六子 영용永瑢이다. 하얀 얼굴에는 얽은 자욱이 낭자하고, 작고 낮은 콧날에 광대뼈가 몹시 크며, 눈은 흰 자위가 크고 눈꺼풀은 세 겹인데, 어깨가 넓고 가슴이 떡 벌어져서 체격이 건장하긴 하나, 귀티라고는 전혀 없어 보인다. 그러나 그는 학문과 서화에 능하여 사고전서四庫全書 총재관을 맡고 있으며, 백성들의 신망이 두텁다고 한다. 내 일찍이 강녀묘姜女廟에 들어갔을 때, 그 벽에 새겨진 황삼자皇三子와 황오자皇五子의 시詩를 보았다. 황오자의 호는 등금거사藤琴居士이며, 시가 몹시 쓸쓸하고 글씨마저 가늘어서 재주는 있으나 황가皇家의 중후한 기상을 엿볼 수 없었다. 등금거사는 호부시랑 김간金簡의 생질이요, 김간은 김상명金祥明의 종손이다. 상명의 조부는 본시 의주사람으로 중국에 들어갔는데, 옹정雍正 연간에 상명은 벼슬이 예부 상서에 이르렀다. 간簡의 누이동생이 귀비貴妃가 되어 건륭제의 총애를 받았는데, 건륭제는 다섯째 아들에게 뒷일을 맡기려 하였다. 그런데 등금거사가 일찍 죽어 버리자 지금은 영용이 황제의 총애를 독차지하여 지난해에 서장西藏에 가서 반선班禪을 맞아왔다 한다. 죽은 황자가 읊은 시詩는 뜻이 몹시 스산하고, 남은 황자의 것도 귀

기貴氣가 전혀 없으니, 황가의 앞날이 심히 염려된다.[31]

가산嘉山 사람 득룡得龍은 마두로 연경에 드나든 지 40년이어서 중국말에 능숙하였다. 이 날 많은 사람들 틈에서 멀리 있는 나를 부르기에 사람들을 밀치고 가보니, 마침 한 늙은 몽고왕蒙古王과 손을 마주잡고 한창 이야기를 나누는 중이었다. 몽고왕은 모자에 붉은 보석을 달고 공작의 깃털을 꽂았으며, 나이는 여든 하나요, 키는 6척 장신이다. 허리는 구부러지고 한자 남짓한 커다란 얼굴은 거무튀튀하고 몸을 부들부들 떨며 체머리를 흔드는 것이 마치 금방 거꾸러질 썩은 나무토막 같은데, 전신의 원기元氣를 모두 입으로 토해내는 듯하다. 그러니 그가 설사 묵돌冒頓이라 한들 누가 두려워하겠는가. 따르는 자가 수십 명이건만 누구 하나 부축하는 이가 없다. 또 다른 몽고왕이 있는데,[32] 건장하고 기운이 세어 보이기에 득룡과 함께 가서 말을 붙이니, 그는 내 갓을 가리키며 무엇인지 묻고는 대답도 채 마치기 전에 가마를 타고 휙 가버린다. 득룡이 그들 귀인들에게 일일이 찾아가 읍하고 말을 붙이니, 모두 읍으로 답례하며 대꾸하여 준다. 득룡이 나에게도 저와 같이 해보라 하나, 내 처음이라 어색할 뿐 아니라, 또 관화官話가 서툴러서 어찌할 수 없었다. 곧 관제묘에 들어갔더니, 사신은 벌써 나와서 옷을 갈아입고 있었다. 드디어 함께 관館으로 돌아왔다.[33]

3 아침 식사가 끝난 뒤에 후당後堂으로 들어갔다. 왕 거인王擧人 민호民皥가 나와 맞는다. 왕 거인의 호는 곡정鵠汀이며 산동도사山東都司 학성郝成과 한 방에 거처한다. 학성의 자는 지정志亭이요, 호는 장성長城이다. 곡정이 우리나라 과거제도를 물었다.

"어떠한 문자로 어떠한 글을 지어 바치는지요?"

31
사고전서와 라마교는 청나라의 두 개의 우상. 황육자 영룡은 미래권력자로서 우상을 관리하고 있다.

32
몽고왕은 하나가 아니다. 그것은 몽고의 분열을 의미하며, 곧 청나라의 줄 세우기 전략이다.

33
2문단은 1문단의 정사의 연극을 '진심'으로 포장하기 위한 연암의 연극이다. 연암은 황태자가 귀기가 없다니 매도한다. 득룡은 능수능란하게 몽고왕과 외교를 한다. 황태자나 몽고왕은 조선의 하인배와 동급이라는 말. 정사의 죽화주의를 오랑캐들에게 투사(projection)하고 있다.

나는 그 대략을 일러 주었다. 또 혼인에 대한 예식을 묻기에, 나는 이렇게 대답하였다.

"관冠·혼婚·상喪·제祭는 모두 주자朱子의 가례家禮를 따릅니다."

"가례는 주자가 완성하지 못한 책이어서 중국에서는 반드시 그것만을 좇지는 않습니다."

다시 곡정이 말했다.

"귀국은 아름다운 곳이니 원컨대 몇 가지 경치를 듣고자 합니다.[貴國佳處 願聞數事]"

"우리나라는 비록 바다 한쪽 구석에 자리 잡았으나, 네 가지 미덕이 있답니다.³⁴ 유교를 숭상함이 첫째 아름다움[佳]이요, 땅에 물난리가 날 걱정이 없음이 두 번째 아름다움이요, 어염魚鹽(물고기와 소금, 생필품을 말한다.)을 다른 나라에서 빌리지 않음이 셋째 아름다움이요, 여자가 두 지아비를 섬기지 않는 것이 네 번째 아름다움입니다."³⁵

그러자 지정이 곡정을 돌아보며 무슨 말을 주고받더니, 이윽고 곡정이 말한다.

"정말 좋은 나라입니다."

그러나 지정이 다시 캐물었다.

"여자가 지아비를 바꾸지 않는다니, 어떻게 온 나라가 모두 그럴 수 있다는 말입니까?"

"온 나라의 미천한 백성이나 하인들까지 모두 그러하다는 것은 아닙니다. 명색이 선비 집안이라면 아무리 가난하다 하더라도 평생 과부의 절개를 지켜 변하지 아니하며, 이러한 기품이 비복과 천민에게까지도 미쳐서 저절로 풍속을 이룬 지 4백 년이 되었습니다."

34
동문서답이다. 연암은 곡정의 청을 "귀국의 미덕 몇 가지만 들려주시기 바랍니다." 라고 착각한 것이다.

35
조선의 4가지 미덕 중 유교와 절개는 어제 자랑한 소중화의 다른 표현이며, 그것은 미덕이 아니라 재앙일 것이다.

"재가를 금하는 법령이 마련되어 있습니까?"

"명문화된 법령은 없습니다."

이번에는 곡정이 중국이야기를 하였다.

"중국에서도 이 풍속이 막심한 폐단을 이루어서, 어떤 이는 혼
례 예물만 교환하고 초례醮禮를 이루지 않았거나, 또는 혼례는 올
렸지만 아직 첫날밤을 치르지 아니하였는데도, 불행히 남자가 죽
으면 평생토록 과부로서 절개를 강요하는 사례들이 있습니다. 그
러나 이런 경우는 나은 편이죠. 심지어 아이가 뱃속에 들었을 때
집안끼리 언약을 하였다가 불행히 남자가 죽으면, 여자는 차라리
독약을 마시거나 목을 매달아 합장하여 달라고 하고 있으니, 이는
예禮에 크게 어긋나는 일입니다.

이러한 폐단이 막대하다보니, 군자들은 그런 것을 시분尸奔(시신
과의 결혼)이라 조롱하기도 하고, 절음節淫이라 부르기도 합니다.[36]
나라에서도 국법으로 정하여 그 부모를 처벌하지만, 풍습을 막지
는 못하였답니다. 그러나 요즘 들어서는 양식이 있는 집안이라면,
여자가 성년이 된 후에야 혼인을 하고 있습니다."

곡정의 말이 끝나자 내가 한 마디 하였다.

"「유계외전留溪外傳」에 보면, 효자가 간肝을 내어서 그 어버이의
병을 낫게 한 일이 있으며, 조희건趙希乾은 가슴을 갈라 염통을 꺼
내다가 잘못하여 그 창자에 상처가 나자 창자를 한 자 정도 잘라
내어 삶아서 그 어머니의 병을 고쳤으나, 나중에 그 상처가 아물
어 아무런 일이 없었다 하니, 이를 본다면 손가락을 자른다든지
똥을 먹는 정도의 일은 전혀 대단한 일도 아니며, 엄동설한에 죽
순을 캐내었다거나 얼음 구멍에서 잉어를 잡았다거나 하는 일들

36
절개의 역설. 절음節淫은 절개라
는 우상과의 간음. 왕곡정은 〈호
질〉의 '학문의 화냥질' 의 의미를
정확히 꼬집어주고 있다.

도 아주 하찮은 일에 불과합니다."

지정이 말했다.

"최근에도 산서山西에서 어떤 효자의 정려旌閭를 세웠다는데, 정말 이상한 일이군요."

곡정이 말했다.

"눈 속에서 죽순을 캐고 얼음구멍에서 잉어를 잡은 일이 진실이라면, 이는 천지의 기운이 온통 문란해진 것이지요."

모두들 한바탕 크게 웃었다. 지정이 말했다.

"송나라가 망할 때 육수부陸秀夫는 임금을 업고 바다에 들어가 죽었고, 명나라의 방효유方孝孺는 영락제가 선대황제를 축출하고 황위에 오르는 즉위조서를 쓰는 것을 거부하다가 십족十族이 멸하는 벌을 달게 받았으니, 후세 사람으로서 충신열사가 되는 것은 참으로 어려운 노릇입니다."

곡정이 말했다.

"천지가 개벽한 지 오래 되어서, 특별히 충격적인 일이 아니면 이름을 빛내지 못할 것이니, 남화노선南華老仙(장자)이 '한숨이나 지으면서 어찌 효도를 논하랴' 했던 것이 이를 두고 말이지요."

곡정의 말을 듣고 내가 말했다.

"조금 전 왕王선생께서 '천지의 기운이 온통 문란하다'고 하신 말씀이 옳습니다. 이런 식으로 계속 가다가는 절의節義를 배척하자는 논의가 다시 세상에 나올 것입니다." [37]

곡정이 화제를 바꾸었다.

"그렇습니다. 귀국 부인의 의관 제도는 어떠합니까?"

나는 대강 치마·저고리와 쪽머리 하는 법을 이야기하고, 원삼圓

37
연암의 진부한 인식을 드러내는 발언이다. 절의節義를 타도하라는 것이 〈호질〉의 주제인데, 배척될 것을 염려한다.

衫·당의唐衣를 탁자 위에 대충 그려서 보였더니, 두 사람이 모두 좋다 하였다. 지정이 약속이 있어서 잠시 다녀오겠다고 양해를 구하고 밖으로 나가자, 곡정은 지정을 대단히 칭찬한다.

"지정은 무인武人이지만, 문학에 해박하여 당대에 보기 드문 인물입니다. 지금 사품四品 병관兵官이지요. 혹시 귀국 부인들도 전족을 합니까?" 38

"아닙니다. 중국 여자들이 궁혜(전족용 가죽신)를 신은 모습은 차마 눈 뜨고 볼 수 없더군요. 뒤뚱거리며 걷는 꼴이 마치 보리씨앗을 뿌리는 사람처럼 왼쪽 오른쪽으로 기우뚱거려, 바람도 없는데 저절로 쓰러지곤 하니 이게 무슨 꼴입니까."

"참으로 안타까운 일입니다. 그런 처절한 모습을 마치 장수가 적의 머리를 쌓아 전공을 자랑하듯 하니 가히 말세라고 할 것입니다. 명나라 대에는 전족을 시킨 부모를 처벌하기도 하였고, 청나라 대에 와서도 법령으로 엄격하게 금하였으나, 끝끝내 이를 막을 수 없음은 대개 남자는 따르고 여자는 따르지 않아도 된다는 법39 때문일 것입니다."

"모양도 흉하고 걸음도 불편한데, 여자들은 왜 전족을 선호합니까?"

"달단족 여자와 섞이는 것을 수치로 여겨……"

곡정은 그 부분을 지워 버리고는 다시 써 나갔다.

"……그래서 죽기 살기로 버티는 것입니다."

"여기 오는 길에 삼하와 통주 사이에서 늙은 거지 여인이 머리에 가득히 꽃을 꽂고 발을 싸맨 채 말을 따라오면서 구걸하는데, 마치 오리가 배불리 먹은 것처럼 뒤뚱뒤뚱 넘어질 듯하니, 내가 보기

38
'여자의 절개'를 자랑했던 연암은 전족을 한탄한다. 둘 다 그 뿌리가 『시경』의 '군자해로 부계육가'와 같은 '군자 만들기'에 있음을 모른다.

39
한족의 저항으로 청나라 황실이 한족에게 허용한 '십종십부종十從十不從'이라는 타협책.
1. 男從女不從: 남자는 따르되, 여자는 따르지 않는다.
2. 生從死不從: 살아서는 따르되, 사후에는 따르지 않는다.
3. 陽從陰不從 4. 官從隷不從 5. 老從少不從 6. 儒從釋道不從 7. 娼從優伶不從 8. 仕宦從婚姻不從 9. 國號從官號不從 10. 役稅從文字言語不從
그러나 이것들은 청 황실의 양보가 아니라 명나라 우상의 부활을 위한 계략이다.

에는 도리어 달단족 여자보다도 흉하더군요."

"그러니까 세 가지 재액災厄이라 하는 거죠."

"세 가지 재액災厄이라뇨?"

"남당南唐 때 장소랑이 송宋나라에 사로잡혀 왔는데, 궁녀들이 그녀의 작은 발을 부러워하면서 앞 다투어 헝겊으로 발을 팽팽하게 싸매더니 마침내 풍속이 되었답니다. 원元 대에 이르자 전족은 이미 장성 밖의 오랑캐들과 차별화하는 심벌이 되었으니, 명明대에 이르러선 이를 법으로 금했으나 아무런 소용이 없었지요. 그래서 지금 달단족 여자들이 한족 여자들의 전족을 회음誨淫(남자의 음탕한 마음을 돋우는 것)이라 조롱하고 있으니, 참으로 원통한 일입니다. 이것이 이른바 족액足厄(발에 가해진 재액)이지요."

"그러면 두 번째 재액은요?"

"명나라 홍무洪武 연간에 고황제高皇帝(명태조 주원장)가 신락관으로 행차하였는데, 한 도사가 실로 망건을 떠서 머리칼을 싸매는 것을 보게 되었죠. 거울 앞에서 망건을 써 본 태조는 크게 기뻐하여 마침내 온 천하에 그것을 쓰도록 명령하였답니다. 그 뒤부터 실 대신 말총으로 만든 망건이 유행하면서, 머리에 말총으로 졸라맨 자국이 낭자하게 남게 되었으니, 이게 바로 두액頭厄(머리에 가해진 재액)입니다."

나는 웃으면서 그의 변발을 가리키면서 물었다.

"이 번쩍번쩍하는 이마는 무슨 액厄입니까?" 40

곡정은 별안간 슬픈 낯빛으로 고개를 끄덕이더니, 곧 내가 쓴 글자를 모두 까맣게 지워 버렸다.

"이 담배는 만력萬曆 말년에 양절·절동·절서 지방에 널리 퍼졌

40
족액足厄은 명나라의 것이 그대로 계승되었다. 그러나 두액頭厄은 바뀌었다. 망건에서 변발로.

태학유관록 | 우상의 제국, 아득한 조선의 영혼

는데, 사람을 헤치는 천하의 독초입니다. 먹어서 배가 부르는 것도 아니건만, 천하의 좋은 밭에 갈아서 이문이 좋은 곡식과 다름없고, 부인이며 어린아이들까지도 즐겨 피우지 않는 이가 없을뿐더러, 그 좋아하는 정도가 저 기름진 고기나 또는 차나 밥을 능가하더군요. 쇠붙이와 불이 입을 뜯질하니, 이 또한 세운世運이지요. 이보다 더한 변이 어디 있겠습니까. 선생께서도 이것을 즐기시는지요?"

내가 그렇다고 대답하자, 곡정이 다시 말한다.

"저는 이걸 좋아하지 않습니다. 전에 한 번 시험 삼아 피어 보았더니, 곧 취하여 쓰러질 것 같고 구역질이 나서 죽을 뻔했습지요. 이것이 입에 가해진 재액으로 곧 구액口厄입니다. 귀국에서도 응당 누구나 담배를 피우겠죠."

"네. 그러나 부형이나 어른 앞에서는 감히 피우지 않습니다."

"그럴 테죠. 남 앞에서 독한 연기를 내뿜는 것 자체가 불손한 일이거늘 하물며 부형 앞에서야 감히 하겠습니까."

"뿐만 아니라 어른 앞에서 긴 담뱃대를 입에 무는 것이 몹시 거만스럽고 무례하기 때문입니다."

"담배는 조선에서 나는 토종土種입니까. 아니면 중국에서 수입하는 것입니까?"

"만력 연간에 일본에서 들어왔지만 지금은 토종으로서 중국 것과 다름없답니다. 청淸이 아직 만주滿州에 있을 때 담배가 우리나라에서 들어왔는데 그 씨앗이 본시 일본으로부터 왔으므로 남초南草라 부른답니다."

"담배는 본래 일본에서 나온 것이 아니라 서양 선박에서 나온 것입니다. 아미리사아亞彌利奢亞(아메리카)의 임금이 여러 가지 풀을 맛보다가 이것으로 백성들의 입병을 낫게 하였답니다. 사람의 비장脾臟은 토土에 속하므로 허냉虛冷하여 습기가 차면 벌레가 생기고, 그것이 입에까지 번지면 즉사한답니다. 그러므로 불로써 벌레를 쳐서 목木을 이기고 토土를 도와 나쁜 기氣를 이겨내고 습기를 제거하는 데 신기한 효험이 있다 하여 영초靈草라 부른답니다."

"우리나라에서도 남령초南靈草라고 부르고 있습니다. 만일 그 신기한 효험이 이와 같다면, 수백 년 동안 온 세상이 다 함께 즐겨 피우는 것도 역시 운수인가 봅니다. 선생이 방금 역설하신 '세운지론世運之論'이 딱 이것에 들어맞습니다. 만일 이 풀이 아니었더라면, 세상 사람들이 모두 입병으로 죽었을는지 누가 알겠습니까."

"저는 그것을 즐기지 아니하여도 나이 예순에 아직 입병이란 없고, 지정 역시 즐기지 않습니다. 서인西人들 중에 허황한 사기꾼들이 많아 교묘하게 어부지리漁父之利를 챙기는 데, 어찌 그 말을 다 곧이듣겠습니까." 41

敝不嗜烟 行年六十 未有此病 志亭亦不嗜烟 西人類多誇誕 巧於漁利
安知其言之必信然否也

이윽고 지정이 돌아왔다. 곡정의 필담을 보면서 '저는 담배를 즐기지 아니하여도……지정 역시 즐기지 않습니다.'라는 구절에 먹으로 크게 동그라미를 치면서 말한다.

"그거 아주 독하지요." 42

모두들 한바탕 웃었다.

4 왕곡정과 하직하고 숙소로 돌아오니 군기대신이 황제의 명령을 받들고 와서 사신에게 전한다.

41
담배의 원산지는 아메리카(亞彌利奢亞). 그러나 교묘하게 어부지리를 챙기는 사기꾼들은 아메리카인들이 아니다. 그러면 서인西人은 누구인가?
라마교의 티베트인들이다. 일신수필 서문의 '유교와 불교의 찌꺼기들을 주워 모아 거짓을 창조하는 저들이다.

42
담배가 독하다는 말이 아니다. 담배풍속으로 만들어내는 우상의 위험성을 말함이다.

"서번(티베트)의 성승聖僧 반선을 만나보지 않겠는가."

정사가 대답하였다.

"황제께서 작은 나라를 중국과 다름없이 인정해주시니, 중국 사람이라면 스스럼없이 오가도 무방하지만, 다른 나라라면 어느 외국인과도 함부로 사귀지 못하는 것이 작은 나라의 법도입니다."

군기대신이 가버린 뒤 사신들은 얼굴에 수심이 가득하다. 당번 역관은 허둥지둥하며 덤벙대는 게 마치 술 취한 사람 같다. 비장들은 공연히 성을 내며 황제를 원성하였다.

"황제는 참으로 고약하네. 반드시 망할 거야, 아무렴 망하고말고. 어쩔 수 없는 오랑캐들이야. 명나라 때라면 어찌 이런 일이 있겠는가."

수역은 그 황망한 중에서도 비장들을 핀잔한다.

"지금 춘추대의를 논할 자리가 아닐세."

얼마 후 군기대신이 다시 말을 달려와 황제의 명령을 구두로 전갈한다.

"반선은 중국 사람과 일체이니 즉시 가서 만나보라."

이에 사신들이 서로 의논하는데, 어떤 사람은 "가서 만나면 결국 더 곤란한 상황에 빠질 것이다."하고, 또 어떤 사람은 "글을 예부에 보내어 이치를 따져 봅시다."라고 한다. 당번 역관은 말끝마다 "예, 예."소리만 할 뿐이었다. 이 때 나는 마음속으로 이런저런 생각들이 스쳐갔다.

'이거 정말 좋은 기회인데.'

그러고는 손가락으로 허공에 동그라미를 그리며 다가올 일들을 상상해보았다.

'아주 재미있는 일이야. 지금 만일 사신이 황제의 뜻을 거부한다는 상소를 올린다면 의롭다는 명성이 천하를 울릴 것이고 나라의 이름을 크게 빛낼 터이지. 그렇게 되면 황제는? 조선을 칠 것인가. 아니면 사신을 귀양 보낼 것인가. 만일 사신이 귀양을 간다면 나또한 의리상 혼자 돌아갈 수는 없는 일. 아마 서촉이나 강남 땅을 밟게 될 테니, 이 어찌 호화찬란한 낭만이 아니겠는가.'

나는 마음속 기쁨을 이기지 못하여 곧 밖으로 뛰어나가 동상東廂 밑에 서서 건량마두 이동二同을 불러내었다.

"얼른 가서 술을 사오려무나. 돈일랑 아끼지 말아라. 내 이제부터 너와 이별이다."

술을 마시고 들어갔지만 아직도 결론이 나지 않았다. 예부의 독촉이 성화같아서 비록 명나라 하원길夏原吉과 같이 배짱 두둑하고 느긋한 사람이라 하더라도 지금 형국에서는 종종걸음으로 쫓아가 황명을 받들지 않을 수 없는 노릇이다. 결국 사신들이 어쩔 수 없이 황명을 따르고자 안장과 말을 정돈하기 시작하는데, 그 사이에 해는 이미 기울었다.⁴³ 오후부터 날씨가 몹시 후덥지근하던 차에 사신들이 행재소 대궐문을 거쳐 성을 돌아서 서북으로 향해 반도 못 갔을 무렵에, 별안간 황제의 명령이 떨어졌다.

"오늘은 이미 늦었으니, 사신은 돌아가서 다른 날을 기다리라."

이에 서로 돌아보며 놀라서 되돌아섰다.

5 이른 바 성승聖僧이란 서번의 승왕僧王이다. 반선불班禪佛이라고 부르는데, 또 장리불藏理佛이라고도 한다. 중국 사람들은 대개 그를 존중하고 믿어서 활불活佛이라 칭한다. 그는 스스로 말하기를 "42대 전신轉身으로서 전신前身은 중국에서 많이 태어났고, 나

이는 지금 마흔 셋이오." 한다. 지난 5월 20일에 열하로 초대되어 와서 따로 궁궐을 짓고 스승으로 섬기는 것이다.

혹자는 이렇게 말한다. 본래 승왕(반선)을 따르는 무리들이 많았으나 중국으로 들어오는 길에 하나 둘 낙오하였다. 그래도 끝까지 따라온 사람들이 수천 명이나 되며, 그들은 모두 이상한 기계를 몰래 감추고 들어와 있는데, 오직 황제만 깨닫지 못한다고 한다. 이 말은 공연히 소동을 일으키려고 지어낸 유언비어 같은데, 또 어떤 자는 저잣거리에서 아이들이 부르는 '황화요黃花謠'라는 노래가 바로 그 증거라고 한다. 그 노래가사는 욱리자旭離子가 지었는데 이런 구절이 있다.

"붉은 꽃이 다 떨어지고 누런 꽃이 피는구나.[紅花落盡黃花發]"

붉은 꽃이란 (청나라의)붉은 모자를 가리키는데, 몽고와 서번은 모두 누런 모자를 쓴다.

또 이런 노래도 있다고 한다.

'원래는 옛 물건이니, 누가 주인인가.[元是古物誰是主]'

이 두 노래를 보건대 모두 몽고를 비유하는 노래다.[44] 몽고는 마흔여덟 부족이 모두 강성한데, 그 중에서도 토번吐蕃이 가장 사납다. 토번은 서북의 오랑캐이며 몽고의 별부別部로서 황제가 가상 두려워하는 세력이다.

박보수가 예부에 가서 상황을 살피고 돌아와 고하였다.[45]

[朴寶樹往探禮部 而回爲言]

"황제께서 말씀하시기를, '그 나라는 예禮를 알건만 사신은 예를 모르는구나.' 하더군요."[46]

44
욱리자는 원명교체기에 주원장의 책사였던 유기劉基(1311-1375). 그러므로 청나라의 붉은 모자를 노래할 이유는 없다.
그러면 紅花 黃花는 무엇인가?
紅花는 라마교의 홍모파紅帽派, 黃花는 황모파黃帽派를 말한다. 원 세조 쿠빌라이(1215~1294)와 파사팔의 만남으로 원과 홍모파의 밀월이 시작되는데, 명나라와 함께 황모파가 티벳불교의 주류로 부상한다.[반선시말 참조] 원명교체기에 홍화(홍모파)는 원나라의 꽃, 황화(황모파)는 명나라의 꽃. 그런데 청나라에서 황화요가 다시 유행한다는 것은 황교(황모파)가 청나라의 손을 잡았음을 의미한다.
청나라의 속내는 무엇일까?
1. 대내전략: 유언비어(몽고의 부활)로 위기의식을 조장한다.
2. 대외전략: 티벳의 깃털을 이용하여 몽고를 지배한다.

45
박보수는 청나라통관. 조선사신을 위하여 저쪽 사정을 파악한다는 것은 이미 넌센스다.

46
조선은 이미 청나라를 새로운 주인으로 모시고 있다. 그럼에도 표면적으로는 '숭명대의'를 부르짖는다. 황제의 말씀은, 부질없는 쇼를 그만하라는 뜻이다.

[皇上謂該國知禮 而陪臣不知禮]

박보수 등 통관들이 모두 가슴팍을 치며 울부짖었다.

"이제 우리들은 죽었습니다그려."

이는 통관 무리들이 몸에 베인 버릇이라 한다. 비록 털끝만한 작은 일일지라도 황제의 명령이라면 문득 죽는다고 야로를 하기가 일쑤인데, 하물며 반선을 만나러 가는 중도에 돌아가라 함은 마음에 언짢음을 뜻함에랴. 또 예부에서 전하는 말 중 '예禮를 모르네.' 라는 구절은 곧 불평을 표현한 말인즉, 통관들이 가슴을 치며 우는 것도 공연한 공갈은 아닐 것이다. 그러나 그 행동거지가 흉측하고 왈패스러워 사람들로 하여금 요절하게 한다. 우리나라 역관들도 두렵기는 마찬가지일 테지만, 눈썹 하나 까딱하지 않았다.[47]

저녁에 예부에서 황제의 조칙을 알려왔다.

"내일 식후나 모레 아침에 황제께서 사신을 만나실 것이니, 일찍 서둘러서 늦지 않도록 하라."

6 저녁을 먹은 뒤에 윤형산을 찾았다. 마침 홀로 담배를 피우다가 손수 담배를 말아 불을 붙여서 내게 권한다.

"영형 대인께서 옥체 강녕하십니까?"

"황상 덕택에 무탈하십니다."

형산은 또 「계림유사鷄林類事」에 대해서 묻기에 나는 이렇게 대답하였다.

"그것은 열수洌水 지방의 방언方言과 같은 것입니다."[48]

此如洌水之間方言也

다시 윤공이 물었다.

"귀국에 「악경樂經」이 있다는데 정말 그렇습니까?"

貴國有樂經云 然乎

마침 기공이 들어오더니 '악경'이라는 두 글자를 보고는 비슷한
질문을 던졌다.

"귀국에 또 안부자顔夫子(안회)가 지은 책이 있으나, 중국에 오는
사람이 이 두 책을 지니고 오면 압록강을 건너지 못한다는 말을
들었습니다. 정말 그렇습니까?"

貴國有顔夫子書 入中國者 載此二書 則不能渡鴨綠江 然乎

나는 두 공에게 이렇게 반문하였다.

"공자가 계신데 회回가 어찌 감히 책을 지었겠습니까? 또 진시황
이 '시詩'와 '서書'를 모두 불살랐는데, 어찌 '악경'만 빠질 수 있었겠
습니까?"

子在 回安敢著書 且秦焚詩書 寧得樂經獨漏哉

기공이 말했다.

"그렇게 믿습니까?" 49

49
조선에는 '악경'과 안회의 책에
비길만한 금서禁書가 있을 것이
다.
무엇일까?

信然乎

내가 다시 말했다.

"중국은 문명이 집중되는 곳이니, 만일 우리나라에 참으로 이 두
가지 책이 있어서 가져오려는 자가 있었다면, 그것은 모든 신령이
두호할 일이거늘, 어찌 물을 건너지 못하였겠습니까?"

中國文明之所萃 若敝邦 眞有此二書 載以行者 尤百靈呵護 寧不利涉

윤공이 대답했다.

"맞습니다. 그러니까 「고려지」는 일본으로 나간 거죠."

是也 高麗志出日本

내가 되물었다.

50

'고려지'라는 책은 두 가지로 모두 현존하지 않는다. 하나는 1091년 중국에 사신으로 갔던 이자의에게 송나라 철종이 구입을 요청했던 128책에 포함된 책으로 전7권이다. 다른 하나는 원나라 사신 왕약이 지은 고려건문록으로 전4권이다.
"몇 권 말씀입니까?"
연암은 '7권짜리냐? 4권짜리냐?'를 묻고 있다.

51

난원蘭畹도 무공련도 '청정쇄어'도 모른다. 다만, '쇄어瑣語'는 소설이다. 조선의 소설로서 금서禁書는 무엇인가? 아마도 허균의 〈홍길동전〉일 것이다.

52

연암의 가능성과 한계를 동시에 보여준다.
1. 가능성: 연암은 세상 밖에서 중화의 동굴을 바라보고자 한다.
2. 한계: 오늘은 8월 10일. 달에서 본 지구의 모습은 초승달에 불과하다. 시각의 한계를 넘는 작업은 아직도 부족하다.

"「고려지」라뇨? 몇 권 말씀입니까?" 50

高麗志幾卷乎

윤공이 대답했다.

"(그게 아니라)난원蘭畹 무공련武公璉이 초초抄한 「청정쇄어蜻蜓瑣語」에 있는 고려서목高麗書目 말입니다." 51

是蘭畹武公璉所抄蜻蜓瑣語 有高麗書目

기공이 나를 이끌고 밖으로 나와서 달을 구경하는데, 달빛이 대낮처럼 밝았다. 내가 말했다.

"저 달에 또 하나의 세계가 있다면, 달에서 지구를 바라보는 자가 있어서, 그 난간 밑에 의지해 서서 우리처럼 지구의 빛이 달에 가득함을 구경할 테죠?" 52

기공이 난간을 치면서 감탄하였다.

"그것은 참으로 기이한 말씀이구려."

황금전각, 그 너머의 유랑민들

8월 11일 정사丁巳.

개다.

1 새벽에 사신이 궁궐로 들어갔다. 만주인 상서 덕보德保가 사신에게 간단히 한훤지례寒喧之禮[53]를 하고는 말했다.

"내일은 의당 황제께서 부르실 것입니다만, 오늘이라고 부르지 않으리라 단정할 수는 없으니까 잠깐 대기실에 앉아서 기다리십시오."

사신이 모두 대기실에 들어가니 황제가 또 어제와 똑 같이 어찬御饌 세 그릇을 보내왔다. 나는 궁궐 밖에 나가서 천천히 걸어 다니면서 구경하였다. 거리는 어제 아침보다 더 혼잡하여 검은 먼지가 흩날리고, 길가 다방과 주점에 수레와 말이 가득하다.

새벽바람에 일어나 돌아다닌 탓인지 속이 출출하여 혼자 사관으로 돌아오는데, 도중에 준마를 타고 지나가는 젊은 중을 만났다. 흑공단으로 지은 방관方冠을 쓰고 공단으로 지은 도포道袍를 입었는데, 수려한 얼굴과 말쑥한 의관이 중으로 썩기에는 대단히 아까웠다. 의기양양하게 지나가던 젊은 중은 커다란 노새를 타고 오는 어떤 사람과 마주쳤다. 두 사람은 잠시 말 위에서 서로 손잡

53
한훤지례寒喧之禮; 날씨가 춥고 더움을 말하며 나누는 인사

고 반기는 듯하더니, 별안간 두 사람은 얼굴에 노기를 띠고 으르렁 거리기 시작하였다. 목소리를 높이며 욕설을 퍼붓던 두 사람은 이 내 말 위에서 서로 멱살을 잡고 주먹질을 하였다. 중은 두 눈을 사 납게 부릅뜨며 한 손으로 가슴을 움켜잡고, 또 한 손으로 머리를 팬다. 노새를 탄 사람의 몸이 기울어지는가 싶더니 모자가 벗겨져 줄이 목에 걸렸다. 그 역시 몸집이 다부지기는 하지만 머리와 수 염이 약간 희끗희끗한 게 아무래도 젊은 중에게 조금 꿀리는 모양 이다. 두 사람은 서로 뒤엉켜 안장에서 떨어져 땅바닥에 나뒹굴었 다. 처음엔 노새 탔던 자가 중 위에 올라탔으나, 곧 중이 위로 올 라탔다. 그러나 그들은 제각기 한 손으로 가슴을 움켜쥐고 얼굴에 침만 뱉을 뿐, 피차 더 이상은 때리지는 못하였다. 노새와 말은 마 주 우두커니 서 있고, 두 사람은 덩어리가 되어 엎치락뒤치락 길바 닥을 나뒹군다. 둘러서서 구경하는 사람도 뜯어 말리는 자도 없으 니, 서로 얼굴을 쳐다보면서 헐떡거릴 뿐이다.[54]

어느 과일가게에 들어갔는데, 마침 햇과일이 산더미처럼 쌓여 있다. 중국돈 16닢이 우리 돈 1전과 같은데, 중국 엽전 일백 닢을 주어 배 두 개를 사고 나왔다.[55]

2 과일가게 밖으로 나오자 맞은편 술집 깃대가 펄럭이고, 은주 전자와 술병이 처마 밖으로 춤을 추듯 유혹한다. 우람하게 뻗은 푸른 난간에 걸린 금빛 현판이 햇빛에 아롱지며, 좌우 푸른 깃발 에 적힌 글씨가 선명하다.

| 神仙留玉佩 | 신선은 옥과 패물을 맡기고 |
| 公卿解金貂 | 공경은 금배지와 담비옷을 벗는다.[56] |

54
전쟁1: 두 사람은 서로 씩씩거리 며 힘만 빼고 있을 뿐 어느 쪽도 이득이 없다.

55
전쟁2: 교환거래.
가게주인은 돈을 벌고, 연암은 맛 있는 배를 먹는다.

56
옷을 벗어라. 체면과 격식을 버리 고 허심탄회하게 대화하라.

누각 밑에는 두어 대의 수레와 말 몇 마리뿐인데, 누각 위에서 들리는 사람들의 잡담 소리는 마치 벌과 모기떼처럼 윙윙거린다. 누각 위로 올라갔다. 수십 개의 탁자에 서너 명씩 혹은 대여섯 명씩 끼리끼리 둘러앉았는데, 모두 몽고나 회족들이었다.

몽고 사람들은 모자라기보다는 마치 우리나라 쟁반 같을 것을 머리에 얹었는데 그 위에는 양털장식으로 온통 누렇게 물들였다. 혹은 갓을 쓴 자도 더러 있었는데, 그 모양은 우리나라 전립과 같았다. 어떤 자들은 등나무나 가죽으로 만들어 안팎에 금을 입혔고, 어떤 자들은 오색 빛깔 구름무늬를 그렸다. 모두 누런 상의에 붉은 바지를 입었다.

회족들은 대개 붉은 옷을 입었으나, 검은 옷을 입은 자들도 많았다. 붉은 모직으로 고깔을 만들어 썼는데, 모자가 너무 길어서 다만 앞뒤에 차양을 달았다. 그 모양은 마치 물속에서 갓 나온 돌돌 말린 연잎 같고, 또 약초를 가는 데 쓰는 쇠 방아처럼 두 끝이 뾰족하여 가볍고 부박해서 우스꽝스러워 보인다.

내가 머리에 쓴 갓은 이른바 갓이란 벙거지이다. 은으로 술을 새기고 꼭지에 공작 깃털을 꽂았으며 턱을 수정 끈으로 매었으니, 저 두 오랑캐들의 눈에 어떻게 보일 것인가. 술집에는 만주족이고 한족이고 간에 중국 사람이라곤 한 사람도 없었다. 두 오랑캐들의 생김생김이 사납고도 투박해서 올라온 것이 후회가 되기는 하였지만, 이미 발을 들여놓은 터라 그 중 좋은 탁자를 골라서 앉았다. 술 심부름꾼이 와서 주문을 청하였다.

"몇 냥兩어치 술을 드릴까요?"

"넉 냥만 가져 오려무나."

심부름꾼이 가서 술을 데우려 하기에 내가 제지하였다.

"데우면 안 돼. 찬 술을 그대로 가져와."

심부름꾼이 웃으면서 술을 가지고 와서 작은 잔 둘을 탁자 위에 놓기에 나는 담뱃대로 쓸어 엎어 버렸다.

"큰 술잔을 가져 와."

그리하여 커다란 술잔을 가져오자 나는 넉 냥의 술을 모두 부어서 대번에 다 들이켰다. 뭇 되놈들이 서로 돌아보면서 놀라지 않는 자가 없었다. 아마도 내가 호쾌하게 마시는 것을 장하게 여기는 모양이다. 중국의 술 마시는 법이 매우 얌전하여서, 비록 한여름이라도 반드시 데워 먹을뿐더러 심지어 소주까지도 끓여 마신다. 술잔은 은행 알만 한데, 그것도 술이라고 이빨에 대어서 조금 마시고는 탁자 위에 남겨 두었다가 다시 마시지, 단번에 쭈욱 들이키는 법이 없다. 되놈들도 마찬가지다. 큰 종지나 사발에 따라 마시는 일은 아예 없다. 내가 찬 술을 주문해서 무려 넉 냥을 단숨에 마신 것은, 저들을 두렵게 하기 위하여 일부러 대담한 척하는 것으로 실상 겁쟁이 짓이지 용기가 아니었다. 내가 찬 술을 주문할 때 여러 되놈들 중 3분의 1은 이미 놀라자빠지더니, 단번에 마시는 것을 보고는 크게 놀라서 나를 두려워하는 기색이 역력하다. 주머니에서 8푼을 꺼내어 심부름꾼에게 술값을 치러 주고 나오려는데, 여러 되놈들이 모두 탁자에서 일어나 머리를 조아리며 다시 한 번 앉기를 권한다. 그 중 한 사람이 제 자리를 비우며 나를 붙들어 앉힌다. 저들은 호의로 나를 부르지만, 나는 벌써 등에 땀이 배었다.

내 어릴 적에 하인들이 모여서 술 마시는 것을 보았는데, 그들의 주령酒令 중에 이런 이야기가 있었다.

"자기 집 대문을 지나가면서도 들어가지 않다가, 나이 일흔에 득남하더니, 등이 땀에 솟는구려."

過門不入 七十生男子 汗出沾背

내 본디 웃음을 참지 못하는 성미라 그 이야기를 듣고는 사흘 동안 허리가 시큰거릴 정도로 웃어댔는데, 오늘 아침 만리타국의 변방에서 뭇 되놈들과 더불어 술을 마시매 만일 주령을 세운다면 '등에 땀이 솟는구려.[汗出沾背]'하여야 마땅하리라.[57]

한 되놈이 일어나 술 석 잔을 부어 탁자를 두드리면서 마시라 한다. 나는 일어나 그릇에 남은 차茶를 난간 밖으로 던져버리고는, 그 석 잔을 모두 부어 단숨에 쭈욱 들이켰다. 몸을 돌려 한 번 읍 한 뒤 큰 걸음으로 층계를 내려오는데 모발이 절절浙浙한 것이 누군가 뒤를 따라오는 것 같았다. 나와서 길 가운데 서서 위층을 쳐다보니 웃고 지껄이는 소리가 요란하다. 아마 내 말을 하는 모양이다.[58]

3 사관에 돌아오니 점심때가 아직 멀었기에 윤형산의 처소에 들렀더니, 조정에 나가고 없었다. 바로 옆 방 기풍액마저 보이지 않아 왕곡정을 찾았다. 곡정이「구정시집毬亭詩集」서문 한 수를 보여주는데, 글도 변변치 못할 뿐더러 강희제와 지금 건륭제를 마치 요·순임금이나 되는 듯 노골적으로 칭송한 글이다. 미처 다 읽기도 전에 창대가 와서 궁궐의 상황을 알려주었다.

"아까 황제께서 사신을 불러 접견하셨는데, 지체하지 말고 반선을 만나보라 명하셨답니다."

서둘러 밥을 먹고 의주 비장과 함께 궁궐에 들어가 사신을 찾

57
過門不入: 13년의 각고 끝에 치수 사업에 성공하여 왕위에 오른 우왕禹王은 여교女嬌라는 여인과 결혼하였다. 그러나 8년 동안 집 앞을 3번 지나갔을 뿐, 한 번도 들어가지 않았다.
七十生男子: 이미 생식능력이 없는 70세에 아들을 보았다는 말. 아내의 불륜을 의미한다.
결국 하인들의 주령酒令은 우왕의 고사(過門不入)에 아내의 불륜을 덧붙였다. '과문불입'은 춘추대의의 실천. '대의大義'를 추구하다가 아내를 잃어버리고는 등줄기에 식은땀이 흐른다.
연암의 주령은 무슨 말인가? 오랑캐를 쳐부숴야 한다는 '대의大義'에만 급급하다가 패가망신이다.

58
2문단은 술전쟁[전쟁3]과 조롱.
전쟁1은 '소통부재'가 원인이다. 한참을 싸우고 난 다음에야 그들은 '허망한 싸움'을 자각한다.
전쟁2(교환거래)는 소통의 기술이다. 사회적 존재로서 함께 살아가는 이유다.
전쟁3은 전쟁1과 같은 망각이다. 연암은 이유도 모르면서 싸워 이기려고 한다.
하인들은 '칠십생남자'로 '과문불입'이라는 거짓말을 일깨워주고 있다.

았으나, 사신은 이미 반선의 처소로 가고 없었다. 곧 궐문을 나오
니 황육자皇六子가 궐문에 이르러 말에서 내린다. 말을 문 밖에 매
어 두고는 시종들과 더불어 바쁜 걸음으로 들어간다. 어제는 말
을 탄 채 그대로 들어갔는데 오늘은 말에서 내려 걸어가다니. 이
는 도대체 무슨 까닭인가.59

궁성을 끼고 왼편으로 돌아드니, 서북쪽 일대의 궁궐과 사찰들
이 한눈에 들어온다. 장엄하게 펼쳐진 누각들 중에 4,5층이나 솟
은 누각들도 있다. 이른바 '배를 타고 상강湘江을 굽이굽이 돌아드
니 형산衡山 아홉 봉우리가 펼쳐지네.'라는 격이다. 여기저기 늘어
선 막사에서 숙위宿衛 장정들이 모두 나와 나를 보더니, 내가 혼자
서 방황하고 있음을 알아보고는 서로 다투어 멀리 서북쪽을 가리
켜 준다. 냇물을 따라 올라가자 물가에 흰색 군막이 수없이 늘어
섰는데 모두 몽고족 용병들이다. 북녘으로 눈을 돌려 멀리 하늘가
를 바라보매 두 눈이 별안간 어지러워진다. 공중에 우뚝 솟은 황
금빛 건물이 구름 속에 들어가 햇빛에 눈이 부신 까닭이다. 강에
는 거의 1리나 되는 다리가 놓였으며, 붉은색 푸른색 단청이 그려
진 난간 위를 오고가는 사람들의 모습이 아련한 그림 같다. 막 다
리를 건너려는 순간 한 사람이 손을 휘저으며 모래사장을 급히 달
려오는데, 건너지 말라는 것 같다. 나는 몹시 조급해진 마음에 말
을 채찍질하지만 오히려 더디게만 느껴진다. 말에서 내려 강을 따
라 올라가니, 돌다리가 있고 그 위에 우리나라 사람들이 많이 오
고간다. 문을 들어서니 기암괴석이 층층이 쌓였는데, 그 교묘한
솜씨는 신출귀몰할 지경이다.

마침내 사신과 당번역관을 마주쳤다. 그들은 궐내에서 바로 왔으

므로 내게 미처 알리지 못한 것을 애석히 여기던 차에 뜻밖의 조우에 반가우면서도, 모두들 내게 관광 벽癖이 심하다고 놀려댄다.

북경에서도 숲 속에 자주·다홍·초록·파랑 등 여러 빛깔의 기와지붕들이 보인다. 더러는 정자나 누각 꼭대기에 금빛 호로병을 세운 것도 있지만, 지붕 위에 금기와를 올린 것은 여기가 처음이다. 이 전각에 덮은 기와가 비록 순금인지 도금인지는 알 수 없으나, 두 개의 2층짜리 대전大殿과 다락, 그리고 세 개의 문이 금기와를 덮었다. 그 나머지 정자와 누각들은 여러 빛깔로 된 유리기와를 덮었는데, 금기와에 비기면 무색하여 보잘 것이 없다. 옛 시인들은 곧잘 "옥섬돌이여 금지붕이여."하고 떠들어대었지만, 그들이 본 것이 과연 오늘 내가 보는 것만큼이야 하겠는가.

옛 사적 중에 나타난 기록으로는 "한성제漢成帝가 조비련 자매를 위하여 누각을 지었는데 그 체砌를 모두 구리로 한 다음 황금을 입혔다." 하였다. 그러나 체砌란 곧 문지방을 이름이니, 한성제의 황금 누각은 고작 문지방에 구리를 입힌 다음 그 위에 금가루를 칠한 것에 불과한 게 아닌가. 또 어느 역사책에서는 "바람벽 가운데엔 띄엄띄엄 황금항黃金缸을 박고 남전산藍田山에서 나는 옥과 진주와 비취로 날개를 달았다."하였다. 그러나 '항缸'이란 벽 가운데 가로지르는 막대이니, 황금항黃金缸이란 고작 바람벽에다가 금띠를 두른 것에 불과한 것이다. 그런데도 영인伶人 현伭이나 반맹견班孟堅의 무리들은 몇 번이나 힘주어 '황금黃金'이라는 글자를 되풀이하였으니, 천 년 뒤에 책을 펼치면 눈부시게 휘황찬란한 광경인 듯 보이게 묘사한 것이다. 그러나 만일 조비련趙飛燕 자매가 열하의 이 전각들을 보았다면, 자매는 필시 침대에 쓰러져 울고불고

앙탈하며 밥도 먹지 않았을 것이다. 설사 한성제가 애첩들에게 화려한 황금누각을 선물하고자 하였다고 치자. 황제를 둘러싼 안창安昌·무양武陽의 무리들이 모두 유자儒者인지라, 반드시 옛 경서를 이끌어다 붙여서 이를 반대했을 것인즉, 천하의 한성제라 한들 어찌할 것인가. 설령 황제의 뜻대로 되었다 치자. 그러면 그 휘황찬란한 황금전각을 제아무리 반맹견의 필력이라 한들, 그것을 어떻게 표현할 것인가.

나는 알지 못하겠다.

"황금 전각이 어리어리하구나."

라고 썼다가는 곧 지워버렸을 것이다.

"황금 대궐이 하늘 높이 솟았다."

라고 썼다가 한 번 읊어보고는 곧 지워버렸을 것이다. "2층 대궐을 세우고 기와에 황금을 도금했다."라거나 "임금께서 황금전黃金殿을 세웠다."라고 하여도 달라질 게 없다. 비록 양한兩漢의 문장가라고 하여도 언제나 마땅한 소제小題를 짓지 못하여 전전긍긍하지 않을 길이 없었으니, 이는 천고의 작가들이 남긴 한恨이다.

사실화[界畵]기법으로 저 궁실을 잘 그린다고 하더라도, 궁실에는 사면이 있고 또 안팎이 있으며 또 덧놓이고 겹친 곳도 없지 않다. 그러므로 비록 서양의 그림이 제아무리 교묘하다 한들, 다만 한 면만 그릴 뿐 나머지 세 면은 그릴 수 없을 것이요, 밖은 그려도 속은 그릴 수 없다. 복전複殿·첩사疊榭·회랑回廊·중각重閣은 단지 그 날아갈 듯한 처마와 아련한 대마루를 모사했을 뿐이요, 그 파고 새김이 섬세하여 털끝 같아서 그림으로는 이를 그려 낼 수 없는 것이 곧 천고의 화가畵家들이 남긴 한恨이리라.[60]

60
한성제는 애첩들에게 사랑을 '표현' 하고자 황금누각을 지었다. 연암은 그 황금누각을 (글과 그림으로)표현하기 어렵다고 한다. 최고의 표현법은 무엇인가? 글과 그림이 아니라 황금누각 그 자체다. "천고의 작가들이 남긴 한恨" "천고의 화가들이 남긴 한恨" 이렇게 멋진 말씀으로 분위기를 끌어올린 연암은 절정에서 공자님 말씀을 등장시킨다.

그러기에 우리 공부자孔夫子께서는 이미 이 두 가지에 대하여 탄식하여 가로되, "글월은 말을 다할 수 없고, 그림은 뜻을 다할 수 없다.[書不盡言 畵不盡意]"라고 하셨던 것이다.[61]

중국 천지에 사찰과 도관道觀이 무려 1만을 헤아리지만, 금을 입힌 것은 다만 산서 오대산에 있는 금각사金閣寺가 유일하다. 당대종唐代宗 대력大曆 2년(767) 재상 왕진王縉이 중서성에 부첩符牒을 내려서 오대산의 중 수십 명을 사방에 풀어 시주를 모아 금각사를 짓게 하였다. 구리쇠로 기와를 굽고 금을 입히는 비용이 수만금이었는데, 그렇게 지은 집이 아직도 남아 있다 한다. 지금 이 기와 역시 구리쇠로 주조한 다음 금을 입혔을 것이다.

내가 요양의 시장통에서 잠시 쉬고 있을 때 행인들이 모두들 다투어 물었다.

"황금을 휴대하고 오시지 않았습니까?有黃金帶來否"

그러면 나는 대답하였다.

"금은 조선의 토산품이 아니오.金非土産"

내 대답에 그들은 모두 비웃었으며, 심양·산해관·영평·통주를 지나칠 때에도 모두들 금을 묻지 않는 자가 없었다. 내가 번번이 이와 같이 대답하면, 그들은 문득 자기 머리에 쓴 모자를 가리키면서 말한다.

"이게 동금東金이랍니다.這是東金"[62]

연암협에 있는 우리 집이 송도松都에 가까워서 가끔 그 곳에 드나들었는데, 송도는 곧 연상燕商(연경에 드나드는 상인)을 키우는 곳이다. 해마다 칠팔월서부터 시월까지 사이에 금값이 폭등하여 한 푼 쭝에 엽전으로 마흔다섯 닢 또는 쉰 닢씩 한다. 우리나라에서 금

61
『주역』계사편 제12장 '주석'의 한 구절(書不盡言 言不盡意). 작가는 言을 畵로 살짝 바꾸어버렸다. 원문을 확인하라는 신호다.
子曰 書不盡言 言不盡意
공자 가로되, 글은 말을 다하지 못하고 말은 뜻을 다하지 못한다.
然則 聖人之意 其不可見乎
그런즉 성인의 뜻을 어찌 알겠나
子曰 聖人立象 以盡意…
공자 가로되, 성인은 象象을 세워 뜻을 다하고…
여기서 '象象'이란 '우상偶像'을 말한다. 글과 말로 표현하지 못하는 '사랑'을 감동적으로 전달해주는 것이 '象象'이다. 그래서 청나라 황제 역시 호화찬란한 황금전각을 건설한 것이다.
연암은 書不盡言 言不盡意 그 너머를 바라보지 못하였다. 자신을 오랑캐들과 끊임없이 싸우게 만드는 우상을.

62
행인들의 질문(有黃金帶來否?)은 왜 황금 띠[黃金帶]를 두르지 않았느냐는 질문이다. 그러나 연암은 팔려고 가져온[帶] 금이 있느냐?'라는 질문으로 오해하였다.
"이게 동금이랍니다.這是東金"
동東은 조선이 아니다. 동東은 두 등頭쯢의 절음으로 '제사장'을 의미한다.[구외이문 20, '여음리동두등절麗音離東頭쯢切' 참조]

64

성천 금광은 조선의 대규모금광이다. 성천은 조선시대 중국사신을 맞이하던 '성천객사'가 있는 곳. 성천객사는 조선최고로 규모가 크고 화려한 건축물. 그래서 작가는 「구외이문」에서 '44. 강선루'를, 「옥갑야화」에서 성천 비류강을 언급한다. 열하의 황금전각을 통해서 조선의 '황금전각'을 바라보는 뜻이다.

은 별로 소용이 없다. 이품二品 이상의 사대부들의 의관에 금관자나 금띠를 사용한다지만, 수요가 얼마 되지 않을뿐더러 그마저도 흔히들 서로 빌려 쓰곤 한다. 또 시집가는 색시들의 가락지나 머리장식용으로 금을 사용하지만 그 양도 얼마 되지 않는다. 사정이 이러한즉 금은 천賤하기가 흙이나 다름없을 것이거늘, 그 귀貴함이 이러함은 어인 까닭일까.63

내가 압록강을 건너기 전에 박천博川 땅에 이르러 말을 길가에 세우고 버드나무 밑에서 땀을 식히고 있을 때였다. 등짐을 짊어진 남자와 머리에 인 여자들이 떼를 지어 가는데, 모두 8~9세 되는 사내와 계집아이들을 데리고 마치 흉년에 유리걸식하러 가는 것 같기에 이상히 여겨서 물었더니, 그들은 이렇게 대답했다.

"성천成川 금광으로 가는 것이옵니다." 64

그 기계器械를 보니, 나무바가지 하나, 포대 하나, 끌 하나일 뿐인데, 끌로 파내어 포대에 담아 바가지로 이는 것이다. 온종일 흙 한 포대만 일면 별로 애쓰지 않아도 밥을 먹을 수 있으며, 조그만 계집아이들이 더욱 잘 파서 일뿐더러, 눈이 밝아서 금을 잘 얻곤 한다. 나는 그들에게 물었다.

"하루 종일 하면 금을 얼마나 얻는가?"

"그건 운수에 달렸지요. 하루에 여남은 알을 얻는 날도 있고, 재수가 없으면 서너 알에 그치며, 운수가 대통하면 삽시에 부자가 된답니다."

"그럼, 그 황금알은 어떻게 생겼던가?"

"거의 피 낱알만큼 합지요."

이는 농사짓기보다 이익이 나은 것으로 한 사람이 하루에 얻는

금이 적어도 예닐곱 푼쯤은 되어서 돈으로 바꾸면 두세 냥이나된다. 비단 농사꾼들 태반이 농토를 떠나올 뿐 아니라, 사방의 건달패와 놈팽이들까지 몰려들어 저절로 십여만 명이 들끓는 부락이 이루어졌다. 사람이 몰려들자 쌀이나 기타 생필품들이 필요하여 술과 밥, 떡과 엿 등을 파는 장사꾼들이 산골에 가득 차 있다한다.[65]

나는 알지 못하겠노라. 그 금이 어디로 가는 것이며, 그렇게 금이 많은데도 그 값이 더욱 오르는 것은 무슨 까닭인지. 이제 이황금전각에 물들인 것이 우리나라 금이 아니라고 어찌 장담할 수있으랴. 청나라가 조선의 진상품목록에서 제일 먼저 금을 면제하여 준 것은, 금이 조선에서 나는 물건이 아니기 때문이었다. 이제만일 간상배가 법을 어기고 가만히 이를 팔다가 혹시 청의 조정에알게 된다면, 큰 사단이 일어날 것이다. 뿐만 아니라 황제가 이미황금으로 지붕을 칠하였으니 우리나라에 금광을 열지 않으리라고누가 장담하겠는가.[66]

대臺 위의 작은 정자와 누각의 창호를 도배한 것은 모두 우리나라 종이였다. 창틈으로 들여다보니 아무 것도 없이 텅 비었고, 혹은 교의·탁자·향로·화병 등이 모두 운치 있어 보인다. 사신들이하인들을 문 밖에 남겨 두고서 함부로 들어오지 말도록 엄명하였는데, 조금 뒤에 모두 대臺 위로 기어 올라왔다. 역관과 통관들이크게 놀라서 꾸짖어 쫓아내려 하자, 그들이 투덜대었다.

"저희들이 감히 함부로 들어왔겠습니까. 문지기가 오히려 저희들이 들어가지 않을까 걱정하는 듯해서 올라온 것이옵니다."

별도로 「찰십륜포」와 「반선시말」이라는 글이 있다.[67]

65
토머스 모어는 〈유토피아〉에서 '양이 사람을 잡아먹는다.' 고 토로하였다. 그러나 연암은 '우상이 농민을 내쫓는다.' 라고 말하고 있다. 황금은 중화주의라는 우상을 만들고, 우상은 농민의 땅을 빼앗는다. 쫓겨난 유랑민들은 입에 풀칠이라도 하려고 황금을 캐러 다닌다.

66
"나는 알지 못하겠노라."
書不盡言 言不盡意. 그 너머를 바라보지 못한 연암은 황금전각 그 너머를 보지 못하고 있다. 유랑민들을 바라보면서도 그들의 '빼앗긴 땅' 을 바라보지 못한 것이다.

67
「찰십륜포」는 찰십륜포에서 반선을 만난 이야기다. 그러나 연암은 지금 건물 밖에 있다. 연암은 과연 반선을 만났을까?

4 정사가 황제를 알현한 경위를 이야기하였다.

아침나절 황제의 어찬이 내려진 뒤 조금 지나서 사신을 접견하겠다는 명령이 내려졌다. 통관이 인도하여 정문 앞에 이르니 그 동쪽 협문에 여러 신하들이 서 있거나 혹은 앉아 있는데, 덕보 상서와 낭중 몇 사람이 와서 사신의 출입을 주선하는 절차를 지시하고 갔다. 이윽고 군기대신이 황제의 뜻을 받들어, "그대의 나라에도 사찰이 있는가? 그리고 관제묘는 있는가?"라고 묻더니, 잠시 후 황제가 나와 문 안의 벽돌을 깔아 놓은 위에 앉았다. 교의와 탁자도 없이, 단지 평상에 황색 융단을 깔았으며, 좌우의 시위는 모두 황색 옷을 입었으며 모두 엄숙한 표정이었다. 먼저 회족의 태자가 앞으로 나와 몇 마디 아뢰고 물러간 뒤에, 사신과 세 통사를 호명하자 모두 나아가 무릎을 꿇었다.

"국왕國王께서는 평안하신가?"

황제의 물음에 사신은 공손히 대답하였다.

"평안하옵니다."

"그대들 중 만주 말을 잘하는 이가 있는가?"

상통사上通事 윤갑종尹甲宗이 만주어로 대답하였다.

"약간 아옵니다."

그러자 황제는 좌우를 돌아보며 기뻐하며 웃었다. 황제는 모난 얼굴에 희맑으면서 약간 누런빛을 띠었으며, 수염은 절반이 백발이다. 나이는 예순쯤 보였으며, 애연히 춘풍화기를 지진 얼굴이다. 사신이 반열에 물러나자, 6~7명의 무사가 차례로 들어와 활을 쏘는데, 화살 하나를 쏘고는 반드시 꿇어앉아서 기합을 외친다. 그리하여 과녁을 맞힌 자가 두 명인데, 과녁 한복판에는 짐승 한 마리가 그려져 있다. 활쏘기가 끝나자 황제가 내시들과 함께 물러가기에 사신도 역시 물러갔다. 문 하나를 채 나오기도 전에 군기軍機가 와서 황제의 전갈을 전한다.

"사신은 곧장 찰십륜포로 가서 반선을 만나라." [68]

68
4문단은 황제를 만난 이야기. 황제를 만나는 풍경이 그럴싸하다. 그러나 이것은 정사가 나중에 이야기해준 것을 받아쓴 것이다. 비유하자면 왕이 스스로 쓴 '조선왕조실록'인 셈이다.

[5] 살피건대, 서번西番은 멀리 사천四川·운남雲南 변방에 있는데, 이른바 서장西藏의 땅이다. 대체로 변방에 있어서 중국과는 거리가 더욱 멀었다. 강희 59년(1720)에 책망아라포원策妄阿喇布垣이 납장한拉藏汗을 유인하여 죽이고 그 성城과 연못[池]을 점령하여 묘당을 헐어 버리고 번승番僧을 해산시켰다. 그리하여 도통都統 연신延信을 평역장군平逆將軍으로, 갈이필噶爾弼을 정서장군定西將軍으로 삼고는 장병將兵을 보내어 새로 봉한 달라이라마[達賴剌痲]로 하여금 서장 일대를 완전히 평정하게 하여 황교黃敎를 진흥시켰다

소위 황교라는 것이 어떤 도道인지는 알 수 없으나, 몽고 제 부족이 숭배하는 교이다. 그런 연유로 서장이 혹시 침략 당할 걱정이 있으면, 강희 황제 때부터 친히 육군六軍을 거느리고 영하寧夏까지 이르러 장수를 보내서 구원하여 난亂을 진정시킨 것이 한두 번이 아니었다. 건륭 을미년(1775)에 삭락목索諾木이 금천金川에서 반기叛起하였을 때도 들었을 때, 황제가 서장 길이 막힐까 우려하여 아계阿桂를 정서장군으로, 풍승액豊昇額·명량明亮을 부장副將으로, 해란찰海蘭察·서상舒常을 참찬參贊으로, 복강안福康安·규림奎林 등을 영대領隊로 삼아 군사를 이끌고 쳐서 평정하였으니, 이 수고 역시 서장을 위함이다.

대저 서장의 땅은 황제가 친히 보호하는 곳이요, 그 사람은 천자가 스승으로 섬긴다. 또 황黃으로 그 교의 이름을 지은 것은, 혹

시 황제黃帝·노자老子의 도道를 의도한 것이 아닌가 싶다. 서장 사람들의 옷과 갓은 모두 황색인데, 몽고 사람이 이를 본받아서 역시 황색을 숭상한다. 그렇다면 시기심이 많고 사나운 황제가 어찌하여 유독 황화요黃花謠만은 시기하지 않는 것인가!

액이덕니額爾德尼는 서승西僧의 이름이 아니다. 서번 땅에도 그런 이름이 있으니, 괴이하고도 황당하여 그 이유를 찾기 어려운 일이다.[69]

사신은 비록 억지로 나아가 반선班禪을 보았으나 마음속으로는 불평을 품었으며, 당번 역관들은 오히려 일이 커지는 것이 두려워 급급히 미봉彌縫하는 것을 다행으로 여겼고, 하인들은 모두 마음속으로 번승의 목을 베고 황제를 욕하고 비방하였다. 만방萬邦 공통의 군주라면 한 가지의 거조擧措(거행과 조치)라도 진정성이 없는 것은 용납되지 않는 법이다.

태학에 돌아오자, 중원의 사대부들치고 내가 반선을 만나 본 것을 영광이라며 부러워하지 않는 자가 없었다.[70]

及還舘中 中原士大夫 皆以余得見班禪 莫不榮羨

또한 그 도술道術의 신통함을 극구 칭찬하지 않는 자 없었으니, 그들의 희세부회希世傅會(세태에 영합하는 태도)의 풍조가 이와 같다.[71]

亦莫不極口贊美 其道術神通 其希世傅會之風如是

대저 옛 세상이 끝났을 때, 도道의 오융汚隆과 인심의 숙특淑慝은 상도上導 여하에 달려 있는 것이다.[72]

夫終古世 道之汚隆 人心之淑慝 莫不由上導之也

학지정郝志亭의 집에서 약간의 술을 마셨다. 이날 밤은 달이 유난히 밝았다. 지정과 주고받은 이야기는 「황교문답」에 실렸다.

69
황제와 반선의 전쟁(거래)이다. 반선은 황제에게 '깃털'을 바치고, 황제는 반선에게 '왕국'을 봉해준다.

70
태학의 선비들은 부러워하지 않았다. 반선을 만났다고 거짓말하는 연암을 조롱했다.

71
연암은 '정사의 저항'을 사실처럼 호도하였으며, 결정적인 왜곡이 황제를 만나는 장면과 '찰십륜포'다. 조선의 숭명대의에 부역하는 것이 연암의 희세부회. 물론 청나라 선비들도 마찬가지다. 청나라 선비들은 태학에 있다는 자체가 〈호질〉에서의 "남의 무덤(명나라)을 파내는 유학자"인 것이다.

72
汚隆: 더러워짐과 융성함
淑慝: 맑아짐과 사특해짐
上導: 위에서 인도하다.
연암은 아직도 '도심道心과 인심人心'이라는 중화의 프레임을 선전하고 있다.

기려천奇麗川은 만주 사람이다.[73] 그는 성격이 몹시 교만하여 윤형산을 노골적으로 멸시하는 태도였다. 형산은 모르는 체하면서 늘 겸손하게 처신하였다. 어느 날 여천이 나에게 말했다.

"전에 어떤 사람[74]이 산동에 포정사布政司로 부임하였는데, 탐관으로 이름이 자자했답니다. 그 사람이 어느 날 다음과 같은 주련柱聯을 관청 대문에다 붙였지요."

視民若子　백성 보기를 자식 대하듯 하고
立法如山　법은 산과 같이 세우 세우리.

"그런데 그날 밤 누군가 그 끝에다 이렇게 적어놓았답니다."
'소와 양도 어버이 것이고 곡식창고도 어버이 것이니, 우리는 오직 자식 된 도리를 지킬 뿐이라. 보물도 여기서 생기고 재산도 여기서 불어난다. 이것을 어찌 산의 본성이라 하겠는가.'

—「피서록」 서두—

'시민약자視民若子'는 '君-臣-民'의 관계를 '祖-父-子'와 동일시하겠다는 선언이다. 이른 바 군사부일체君師父一體의 다른 표현이다. 입법여산立法如山은 '시민약자視民若子'와 같은 기만의 법도(상부구조)의 토대 위에 만들어진 전정 군정 환곡 따위의 법률(하부구조)을 엄격하게 집행하여 마구 착취하겠다는 노골적인 협박이다.

윤형산의 정곡을 찌르는 민중의 소리를 보라.

'백성보기를 자식 대하듯 한다는 것은 곧 임금을 어버이처럼 받들라. 백성들의 재산을 모두 독차지 하겠다는 도둑놈 수작이 아니냐.'

땅은 『열하일기』의 배경인 착취의 현실. 「도강록」 '글 읽는 쥐새
끼들의 나라'는 땅을 직접적으로 언급하지 못하였지만, 「피서록」
서두에 실었다는 것은 『열하일기』의 출발점이 '땅'에 있음을 확인
해준다.

모든 것은 임금의 것이니, 임금은 제멋대로 토지사용료를 올리
는 것이 전정田政이며, 제멋대로 군포軍布를 부과하는 것이 군정軍
政이다. 환곡換穀은 고리대금업이 되어버린 지 이미 오래다. 이래저
래 집과 농토를 잃은 농민들을, 연암은 성천금광으로 몰려든다. 땅
을 잃은 농민들이 캐어낸 좁쌀 만 한 금가루들을 모아 황제는 황
금전각을 짓는다. 황금전각은 춘추대의의 우상을 만들고, 우상은
다시 백성들의 땅을 빼앗는다. 우상 만들기와 착취의 악순환. 이
러한 문제의식은 「허생전」 제3막에도 반영되어 있다.

"양羊들이 사람을 잡아먹는다."

일찍이 토머스 모어는 「유토피아(1516)」에서 영국의 엔클로저
enclosure를 이렇게 한탄하였다. 그러나 셰익스피어는 「리어왕
King Lear」에서 농민들의 땅을 빼앗고 길거리로 내몬 것은 우상
이라고 지적한다. 「리어왕」 1막4장 딸들에게 쫓겨난 리어왕을 꾸짖
는 광대의 이야기를 보라.

광대: (켄트에게 모자를 주면서)여기 내 닭털 모자를 받아라.

켄트: 이 닭털모자는 아무 소용이 없어. 바보야.

광대: (리어에게)아저씨, 아무것도 아닌 것은 아무 소용없나요?

리어: 못 쓰고말고, 아무것도 아닌 것(nothing)에서는 아무 것

◇◇◇

도 생기지 않는 법이니까.

광대: (켄트에게) 제발 저 아저씨에게 '당신의 소작료(rent of land)도 그 꼴이 되었어.'라고 말해 줘.

광대는 깃털이라는 우상(nothing)의 힘을 강의하고 있다.

"당신의 소작료(rent of land)도 그 꼴이 되었어."

중세의 왕과 영주들은 농민에게 땅을 경작하게 하고 소작료(rent of land)를 받았다. '소작료'라는 언어는 '아무것도 아닌 것(nothing)'이지만, 그 패씸한 언어 때문에 사람들은 그 땅을 왕과 영주들의 소유물이라고 생각한다. 그런 봉건적 관념에 익숙해져버린 리어왕은 딸들에게 왕국을 나누어주었고, 땅을 상속받은 악마들(딸들)은 아버지를 폭풍이 휘몰아치는 황야로 쫓아낸다. 당신이 쫓아낸 농민들처럼 어디 한 번 피눈물 흘려보라고 말이다.

반선시말:
'원-명-청'에 놀아난 티벳의 눈물 ⁷⁵

반선班禪 액이덕니額爾德尼는 서번西番 오사장烏斯藏 의 대보법왕 大寶法王이다. 서번은 사천·운남 지경 밖에 있으며, 오사장은 청해 靑海 서쪽에 있는데, 당나라 시대 토번吐蕃 땅으로 황중湟中에서 5천여 리 떨어진 곳이다. 혹자는 '반선은 곧 장리불藏理佛이며 이른 바 삼장三藏이 바로 그 땅'이라고 한다. 반선 액이덕니는 서번 말로 광명光明과 신지神智를 지닌 법승法僧라는 뜻이다. 그는 말하기를 자기 전신은 '파사팔巴思八'이라 하는데, 그의 말에 허황되고 이상한 점이 많으나, 도술道術은 고명해서 때때로 징험이 있다고 한다.

대저 파사팔의 내력은 대략 이러하다.

토파土波의 어느 계집이 새벽에 나가서 물을 긷다가 웬 물 위에 떠 있는 수건을 발견하였다. 그녀는 그것을 주워 배에 둘렀는데, 얼마 후에 수건이 점점 기름으로 엉키며 이상한 향기가 나고 먹었더니 맛이 달콤하였다. 그러자 곧 사내 생각이 나면서 무언가 이상한 느낌이 들었는데, 결국 파사팔을 낳았다. 파사팔은 태어날 때부터 신성했다.

원나라 세조 쿠빌라이(1215~1294)가 사막에 있을 때였다. 파사팔이 어려서부터 능히 「능가경楞伽經」 등 불경을 만 권이나 왼다는 소문을 듣고 사신을 보내어 초청하였다. 과연 파사팔은 지혜롭고 명랑하며 전신이 향기롭고 걸음걸이는 천신 같으며 목소리 또한 청아하여, 황제는 마치 여래를 만난 듯 기뻐하였다. 당시 요姚·사史 같은 뛰어난 인재들도 스스로 파사팔에게 못 미친다고 인정하였다.

파사팔은 소리와 문자에도 정통하여 몽고의 새 글자(파스파문자)를 만들어 천하에 반포하매 황제는 파사팔에게 대보법왕大寶法王이란 호를 하사하였다. 이는 불교의 존칭일 뿐 국토를 가진 왕의 작위는 아니었지만, 법왕이라는 이름이 여기서 시작된 것이다. 파사팔이 죽자 황제는 '황천지하일인지상선문대성지덕진지대원제사皇天之下一人之上宣文大聖至德眞智大元帝師'라는 칭호를 하사하였다. 그 후 청산압마淸繳壓魔라는 놀이가 생겼는데, 군사 수만 명을 내어 비단 바지와 수놓은 도포를 입고 수레나 말에는 깃대를 달고 비단일산을 만들어 금주金珠와 보옥과 비단으로 장식하여 황성을 에워싸고 사문四門을 지나게 하였다. 그 다음에는 다시 서번과 한漢의 음악을 울리며 비단일산 행렬을 맞이하여 궁중으로 들이는데 이것을 파사팔교巴思八敎라 하였다.

그러나 이 교는 본래의 불교와는 크게 달라, 기괴하고 요란해서 귀신의 도까지 뒤섞여 있었다. 이런 날에는 황제와 후비와 공주들까지 모두 소식素食(고기가 없는 식사)을 해 가면서 비단일산을 맞아서 땅에 엎드려 절하고 억조창생들의 복을 비는데, 이것은 이른바 타사가아打斯哥兒가 파사팔巴思八을 만나는 놀이다. 이 놀이를 벌이는 날에는 심지어 집을 파산하고 재산을 탕진하면서까지 만리 길을 와서 구경하는 자들도 있었다고 한다. 원나라 말년에 이르기까지 해마다 이렇게 풍조가 벌어졌으니, 원나라가 파사팔교를 숭봉한 것이 이 정도였다.

파사팔과 동시대에 담파澹巴가 있었고 그 뒤에 가린진加璘眞이 있었는데, 이들은 모두 서번 중으로서 은밀한 술법을 지니고 있었다. 그러나 그들은 모두 기이한 파사팔교로써 능히 다른 사람의 마음을 꿰뚫어보고 황제의 마음속까지 알아맞힌다고 하여, 황제가 그들을 모두 스승으로 삼았다. 그러나 당시까지는 남의 몸을 빌려서 환생한다는 이른 바 투태탈사投胎奪舍라는 말은 없었다.[76]

홍무洪武(명나라 태조) 초년 황제가 서번 여러 나라에 널리 유시를 내렸다. 이에 오사장烏斯藏에서 먼저 사신을 보내어 조공을 하였다. 그 왕은 난파가장복蘭巴珈藏卜이라는 중으로 오히려 황제의 스승[帝師]이라고 자칭했다. 이때 서번 여러 땅의 '황제의 스승'이나 '대보법왕'이라는 이름은 이미 자기 나라를 가진 국왕의 칭호가 되어 있었으니, 한漢나라 당唐나라의 선우單于·가한可汗과도 같은 칭호였다. 황제는 제사帝師라는 이름을 국사國師라는 이름으로 바꾸어 옥으로 된 인장을 하사하였는데, 황제가 친히 옥의 품질을 살펴서 아름다운 것으로 만들어 출천행지出天行地 선문대성宣文大聖 등의 칭호를 새겼으나 역사가들은 이 사실을 기록하지 않았다. 이 인장에는 황제의 옥새처럼 쌍룡이 얽힌 모습이 그려져 있었다. 그 후에도 서번 여러 나라를 법왕이니 제사帝師니 하는 호칭을 사용하면서 더욱 경쟁적으로 사신을 중국에 보내었으니, 그 이름이 천자의 뜰에까지 오르내린 자가 무려 수십 국에 이르렀다. 황제는 이들을 모두 국사로 바꾸어 봉하였으며, 그 중 일부는 대국사라 칭하여 특별히 총애하였다.

명나라 성조成祖 연간(1403~1424)에는 부마를 보내어, 서번의 중 탑립마嗒立麻를 맞고자 법가法駕와 반장半仗을 하사했는데, 참람 하게도 천자의 행차와 다름없었다. 또한 연회를 베풀고 금은보화 와 비단을 하사한 것이 이루 헤아릴 수 없을 정도였다. 고제高帝 와 고후高后를 위하여 절을 세워 복을 빌었는데, 이때에 경운卿 雲과 감로甘露의 상서로운 기운과 조수鳥獸·화과花果의 길조가 나 타났다. 이에 성조가 크게 기뻐하여 탑립마를 '만행구족십방최승 등여래대보법왕萬行俱足十方最勝等如來大寶法王'에 봉하고, 금으로 짜 고 구슬로 꿴 가사를 하사했으며, 그를 따르는 무리들을 모두 대 국사에 봉했다. 탑립마의 비법은 신통함이 요술과 같아서 능히 눈 깜짝할 사이에 작은 귀신을 보내어 만 리 밖에 있는 귀한 물건을 가져오는 등 현란하고 기괴하고 요망하기가 사람의 상상을 초월할 정도였다.

당시 서장 각지에는 대승大乘이니 대자大慈니 하는 법왕의 칭호 를 얻은 자들도 있었고, 또 천교闡敎·천화闡化라는 다섯 교왕이 있 었다. 이 다섯 교왕이 조공을 바치러 보낸 사신들이 서령西寧·조황 洮潢 사이를 쉴 새 없이 들락거리니 중국황실에서도 그 비용이 여 간 부담스러운 일이 아니었다. 그러나 황제들의 속내는 넉넉한 대 접으로 그들을 어리석게 만들고, 이쪽저쪽에 왕호를 봉하여 제각 기 조정에 조공하게 함으로써 그 세력을 남모르게 분열시키려는 책략이었다. 그런데도 서번 사람들은 이것을 깨닫지 못했을 뿐 아 니라, 중국이 주는 상금을 탐내어 조공하는 것을 오히려 이로운

고제는 한나라 유방이며, 고후는 유방의 황후인 여태후를 말한다.

법왕들과 황제의 밀월이다.
황제는 대외적으로 티벳을 분열
시키고 몽고를 제압하는 동시에
대내적으로 백성을 우민화한다.
법왕들은 황제의 책봉으로써 티
벳의 지배권을 확보한다.

일로 여겼다.[78]

정덕正德 연간(1505~1521)에는 중관中官을 보내어 오사장의 활불을 초빙하느라, 내탕고의 황금을 모두 탕진하였다. 황제·황후와 왕비와 공주들은 서로 다투어 패물이나 노리개·머리꽂이 같은 보물을 내어 그를 맞는 비용으로 쓴 것이 몇 만 금에 이를 정도였다고 한다. 활불은 온 지 10년 만에 돌아가기로 되어 있었는데, 돌아갈 기한이 되자 활불은 어디론가 자취를 감추어 찾아 볼 수도 없었고, 받은 보옥은 다 없어져 빈손으로 도망쳤다고 한다.

만력萬曆 연간(1572~1620)에는 또 신승神僧 쇄란견조鎖蘭堅錯라는 자가 있었는데, 역시 중국에 통하여 활불이라 일컬었다 한다.

이상 서번 이야기의 대략은 일찍이 한림서길사翰林庶吉士 왕성王晟이 나에게 말해준 반선의 시말始末이다.

왕성의 집은 영하寧夏로 본래는 채씨蔡氏의 아들인데, 자기 말로는 그 숙부가 차茶를 팔기 위하여 자주 국경 밖으로 왕래하면서 서번의 사정을 익혔다고 한다. 또 왕씨는 대대로 서방西方의 관리로 있었는데, 왕성은 어려서부터 꽤나 오사장의 시말에 정통하였다. 왕성은 금년 초 평생 처음으로 북경에 들어와 4월 회시會試에 몇 등으로 합격했고, 전시殿試에 13등으로 붙었다. 경서와 사기에 두루 통달하고 기억력이 뛰어난 사람으로 내가 우연히 유리창에서 만나 그의 뜻을 살펴보니, 자못 자기도 기이한 인연으로 여기는 것 같았다. 또 그는 북경에 처음 온 터라 교우관계도 넓지 못하고 숨기고 경계해야 할 일이 무엇인지도 알지 못하는 터였다. 이튿날 왕성은 천선묘天仙廟로 나를 찾아와서 서번 중에 대한 일을 매우 자세히 말해 주었다. 그는 필담筆談도 물 흐르듯 하여 자신의 식견과 운치를 자랑하는 듯하나, 그의 말을 역사의 기록에 고증해 보면 실지 기록과 비슷하다.

그는 또 다음과 같은 이야기도 해 주었다.

"파사팔이 중국에 들어온 이래 중국에 온 승려들 중에는 혹 어진 자도 있고 혹 그렇지 않은 자도 있었는데, 일찍이 활불이란 칭호는 없었습니다. 활불이라는 칭호는 명明나라 중기 때부터 비롯된 것으로, 그 때까지는 비록 그들은 승왕僧王이라 불리기는 했지만 모두 처자를 거느리고 있어서 그 아들로 대를 잇게 했답니다. 아들이 승왕이 되기 위해서는 따로 황제의 승인을 받아야 하는 번거로움이 있었지만, 그들은 특별히 (자동으로 아들에게 왕위가 승계될 수 있도록)자신의 아내를 책봉해 달라고 중국에 요청한 적이 없었으며, 중국 또한 그들에게 모든 점에서 극진하게 예우하면서도 유독 책봉만을 아니 한 것은 대개 그 왕들이 승려이기 때문이었을 것입니다.[79]

그런데 유독 오사장만은 명明나라 중기부터 법승들이 스스로 왕위를 승계하여 중국으로부터 봉호를 받는 번거로움이 없었으니, 이른 바 대법왕大法王·소법왕小法王이라는 제도가 있었던 덕택입니다. 대법왕이 죽을 때는 소법왕에게 '아무데 아무개의 집에 아이가 태어날 때 이상한 향기가 날 것이니 그것이 바로 나다.' 하고 유언을 한다는 것입니다. 유언을 남긴 대법왕이 죽은 후 대법왕이 말한 아무개 집에서 아이가 태어나면, 아이의 살에서 과연 향기가 나는가를 알아보고 나서 즉시 의장을 꾸미되, 보배로운 일산과 구슬을 늘어뜨린 양산, 옥가마·금수레를 갖추어 가지고 가서 그 아

79
세자책봉은 가장 중요한 지배수단이므로 쉽게 포기하지 않았을 것이다.

이를 수건에 싸서 맞아오게 되는데, 이것은 애당초 파사팔이 향기
로운 수건에 감촉되어 태어났기 때문이라 합니다. 아이를 길러서
소법왕으로 옹립하고 종전 소법왕을 대법왕으로 모시는데, 지금의
반선인 대보법왕은 이미 14대째 환생한 법왕으로서 원元·명明 대
에 있었던 신통한 승려들은 모두 그의 전신이라 합니다.[80]

반선은 중국으로 오는 도중에 원나라 시절에 타사가아打斯哥兒
가 파사팔의 교를 맞을 때의 고사故事를 조목조목 거론하면서, 이
번에 자기를 맞이하는 의식은 초라한 의장과 악기를 써서 위의를
갖추지 못했다고 불평했습니다. 그래서 운휘사雲麾使와 난의鑾儀
십이사十二司의 수레와 의장을 모두 내어 태상법악太常法樂과 청진
악淸眞樂과 흑룡강고취黑龍江鼓吹 성경고취盛京鼓吹 등 모든 음악을
동원하여 교외에 나가 그를 영접하였답니다."

내가 물었다.

"법악法樂이 무엇입니까?"

"상세히 모릅니다."[未之詳也]

"청진악은 무엇입니까?"

"회자의 70현 비파입니다.[回子七十絃大瑟]"

"흑룡강고취란 무엇입니까?"

"12공용적자와가등이라 하는데, 그 악기는 상세히 알지 못합니
다.[81] [十二孔龍笛刺窩哥登 未詳其器]"

"운휘사雲麾使와 난의鑾儀란 어떤 것입니까?"

"재야에 묻혀있는[不齒] 노마路馬(임금의 말)입니다.[不齒路馬]"

이때 주周 거인擧人이 옆에 있다가 훈상訓象·훈마訓馬·정편靜鞭
·골타骨朶·종천樴薦·비두篦頭·선수扇手·반검班劍 등을 열서列書하

는데 그 종목이 수없이 많았다. 그가 이내 먹으로 지워 버려서 알
수 없게 되었다.

    왕한림王翰林의 자는 효정曉亭이다. 효정은 또 이렇게 말했다.
    "반선이 중국으로 오는 도중에 내각內閣에게 말하기를 '조왕趙王
이 보운전寶雲殿 동편 마루에서 나를 위하여 금강경을 쓰던 중, 겨
우 29자를 쓰자 때마침 가경문嘉慶門에 화재가 났다. 조왕은 놀라
서 쓰던 글을 마무리하지 못하였다고 하나 천하의 보배가 되었다.
지금 그 글씨는 어디에 있느냐?'라고 물었는데, 내각의 학사學士가
황제께 전했답니다. 조왕이란 조맹부趙孟頫를 말하는데, 패엽貝葉
에 29자를 옻으로 썼는데, 세상에서는 무슨 까닭에 29자만 있는
지 모르고 있었습니다. 이 글씨는 성안사聖安寺 부처 뱃속에 감춰
져 있었는데, 명明 천계天啓 연간에 강남 지방의 '축祝'씨 성을 가진
큰 장사치가 부처 몸뚱이를 고쳐 만들다가 이 글씨를 몰래 빼돌렸
다고 합니다. 강희 연간에 황제가 남방으로 순행하는데 이과李果
라는 늙은 선비가 이 글씨를 갖다가 바치매, 드디어 이것은 비부秘
府에 보관되고 무근전懋勤殿에는 황제가 모사摹寫한 글씨를 비치하
였습니다. 창정滄亭에 이르러 반선에게 글씨 탑본搨本을 보여주었
더니, 반선은 '진품이 아니다. 글씨의 힘이 고르지 못하다' 하였답
니다. 그래서 패엽에 쓴 진품을 보였더니 기뻐하면서 '이 글씨야말
로 진짜다.' 하였답니다.
    다시 반선이 말하기를, '영락천자永樂天子가 나와 함께 영곡사靈
谷寺에서 분향을 하는데, 천자의 수염이 아름다워서 그 수염을 쥐
어 품속으로 넣다가 갓끈을 건드려 구슬 두 개가 떨어져 없어졌

지. 천자가 노하여 태감太監 위방정魏方庭을 꾸짖었는데, 이때 유리국
사琉璃國師가 흰 코끼리를 타고 따라 와서 육환장六環杖으로 사문갈
체寺門揭諦를 때리자 갈체揭諦가 무서워서 울부짖었지.[82] 국사가 손
바닥으로 그 눈물을 받자 구슬 두 개로 되었고, 태감도 이로써 꾸지
람을 면했다.' 하였답니다. 제가 이런 일을 안 것은 유걸劉傑의 〈오운
비기五雲秘記〉에 실린 말을 읽고서입니다. '오운비기는 역대의 재앙과
상서, 제왕들의 장수와 요절을 모두 점괘占卦처럼 적어둔 책으로 금
서禁書가 되어 민간에서는 얻을 수 없고 오직 비부秘府에 보관되어
있을 뿐인데, 반선은 어디에서 이것을 알았을까요?[83]

반선이 또 말하기를, '정덕천자正德天子가 나를 표방豹房(표범동물원)
에서 만났다.'라고 했는데, 정덕 연간(1506~1521)에는 활불이 중국에
들어온 적이 없답니다. 그것은 증거들이 있고 옛 전기에도 그렇게 적
혀 있습니다. 그러나 오랫동안 끊겨 있던 수백 년 간의 일을 알 수가
없으니, 그럼으로써 반선을 일러 곧 파사팔의 후신이다 혹자는 탑립
마다 하고 혹자는 전대의 활불들이 모두 반선이 윤회로 탄생한 것
이다 하는데, 그 진위를 억지로 단정할 수는 없는 것입니다."

열하에 있을 때 몽고인 경순미敬旬彌가 나에게 말했다,
"서번西番은 옛날 삼위三危(나라 이름) 땅으로 순舜임금이 삼묘三
苗를 삼위로 쫓아 보냈다는 곳이 바로 그 땅입니다. 이 나라는 셋
으로 되어 있으니, 하나는 위衛라 하여 달뢰라마達賴喇嘛가 사는
데 옛날의 오사烏斯요, 하나는 장藏이라 하여 반선라마班禪喇嘛가
사는데 옛날 이름도 역시 장藏이요, 다른 하나는 객목喀木이라 하
여 서쪽으로 더 나가 있는 땅으로서 이곳에는 대라마大喇嘛는 없

고 옛날의 강국康國이 바로 이곳입니다. 이 땅들은 사천四川 마호
馬湖의 서쪽에 있어 남으로는 운남雲南으로 통하고 동북으로는 감
숙甘肅에 통하여 당나라 원장법사元裝法師가 삼장三藏으로 들어갔
다는 곳이 바로 이 땅입니다. 원장이 갈 적에는 이 땅에 사람이 없
었고 큰물을 건너갔었는데, 그가 돌아올 적에는 물은 말라버리고
마을이 생겼답니다. 당나라 중기에는 갑자기 토번吐蕃이란 큰 나라
가 생겨서 중국의 걱정거리가 되었습니다. 그러나 부처숭상은 알
지 못하였으며, 원나라 초년에 불교가 북쪽으로 흘러들면서 번승
番僧들이 들어왔는데, 그를 파사파巴斯巴[원주—파巴와 팔八은 음이
같으므로 곧 파사팔巴思八이다.]라고 불렀으나, 그것은 별호일 뿐
이름은 아니었습니다. 그는 큰 신통력神通力이 있어서 원나라 초기
에 제사帝師로써 대보법왕을 봉했고, 그가 죽은 뒤에는 그의 조카
로 대를 잇게 했습니다. 명나라 초년에 여러 법왕들이 중국에 왔
을 때 영락제 성조成祖는 당나라의 전례를 따라서 우대하였는데,
그 중들 역시 요술을 할 줄 알아서 예우는 더욱 높아졌습니다.

　지금의 라마는 대체로 명나라 중기 때부터 시작되었습니다. 종
객파宗喀巴라는 이상한 중[84]이 있었는데, 그는 먼 곳으로부터 서
장으로 들어온 자로서 이상한 술법이 있어 한 번 보면 사람마다
놀라 자빠졌다고 합니다. 그는 또 남의 몸을 빌려 다시 태어난다
는 투태탈사라는 말도 하였는데 모든 법왕들은 그를 스승으로 삼
아 그의 제자의 반열에 들기를 달게 여겼습니다. 종객파는 두 제
자에게 그 대를 전했는데, 첫째는 달뢰라마達賴喇嘛이고, 둘째는
반선액이덕니班禪額爾德尼라고 했습니다. 달뢰라마는 이제 7대를
거듭 환생했고, 반선라마는 4대째 태어났다고 합니다. 청나라 천

84
종객파(1357~1419)
티베트의 종교개혁가로서 라마
교 황모파黃帽派의 개조開祖다.
13세기 원나라가 티벳의 라마교
를 국교로 정하고 라마승들에게
붉은 모자를 하사하였다. 그 이후
라마승들은 원나라 황실과 함께
점점 부패하고 이후 종객파宗喀
巴가 티벳불교 개혁에 나선다. 그
러나 그 때는 이미 명나라가 일어
나며 우리자의 황화요가 유포되
고 있었으니, 종객파의 황모파黃
帽派(황교)는 다시 중국의 책략에
말려들고 만다.
연암이 티벳의 역사에서 배우고
자 하는 것은 '예속'의 위험성이
다. 강대국의 '책봉'을 구걸하는
대통령들을 경계하라.

총天聰(청 태종의 연호) 연간에 반선은 동방에 성인이 난 것을 알고 큰 사막을 넘어 사신을 보내서 조공을 해왔는데, 그 이후에도 해마다 사신들을 보내서 조공을 바치기 시작했습니다. 강희 때에 인조仁祖는 그를 중국으로 모시려 하였으나 일찍이 오지 못 했습니다. 지난해에는 만수절萬壽節이 오면 입근入覲을 자청하기에 넉넉히 예우를 해 주었습니다.

대체로 라마교는 이름은 중이라 하지만, 실상인즉 도교道敎였습니다. 정신이나 술법이나 주문呪文 같은 것이 도가道家와 비슷하고, 그 글의 넓고 깊은 것과 과장해 말하는 것은 오히려 도가를 능가할 정도입니다. 달뢰라마와 반선 외에 또 호도胡圖와 극도克圖란 자가 있는데, 모두 그의 제자로서 역시 5·6대 이상 환생했다는 자들도 많다고 합니다. 이들은 국왕의 스승으로서 신통력은 없고, 다만 선리禪理에 대해서 잘 말했다고 합니다."

경순미는 다시 한 번 말했다.

"중의 이름을 가졌어도 실상은 도교라 하는 말은 곧 이것을 두고 하는 말입니다." [85]

그러나 경순미의 말은 분명하지 못한 점이 있으며, 왕성王晟의 말과는 크게 다른 점들이 있다. 왕성의 말로는 명의 중엽에 특이한 중이 있어 종객파라고 했는데, 그 수제자는 달뢰라마요, 다음은 반선액이덕나 하였다. 또한 '천총 때에 반선이 큰 사막을 넘어 조공하러 왔다.' 하였으니, 천총은 명나라 중엽으로부터 1백여 년이나 되었고, 지금까지는 또 1백여 년이 되었으니, 한 사람이 지금까지 살아온 것인가? 아니면 4대째 환생해서 한 이름을 답습한 것인가? 그리고 소위 호도니 극도니 하는 자는 또 누구의 제자라는 것인가?

85
경순미는 라마교는 '중의 옷을 입은 도사'라고 한다. 일신수필 등에서 도사는 '도사의 옷을 입은 선비'였다. 라마교를 이용하여 황제가 추구하는 것이 또 다른 춘추대의라면, 황제에게 라마교는 '중의 옷을 입은 선비'일 것이다.

내가 경순미에게 물었다.

"국왕의 스승으로서 선리禪理를 잘 말하는 자는 누구를 가리킨 것입니까?"

그러나 순미는 모두 대답하지 않고 말을 돌려버렸다.

돌아오는 길에 장성長城 아래에서 어떤 나그네를 만나 서번 일을 물었더니, 그는 이렇게 대답하였다.

"서번은 옛날 토번吐蕃 땅으로, 장교藏教를 숭상하고 있으니 역시 황교黃教라고도 부르는데, 본래 그 나라의 풍속이 그러한 것으로, 중이란 명칭은 그들 스스로 붙인 것이 아니라 중국 사람들이 중이라 부르는데 실상 불교와는 판이하게 다른 것입니다."

오늘날 중국의 불교는 없어진 지 이미 오래되었다. 내가 열하에 있을 때 조정의 귀관貴官들까지도 도리어 나에게 반선의 모습을 물어 보았다. 대저 친왕親王이나 부마나 또는 조선 사신이 아니고서는 반선을 볼 기회가 없기 때문이다. 이미 연경燕京으로 돌아오자 날마다 유황포兪黃圃·진입재陳立齋 등 여러 사람들과 어울렸는데, 그들은 일찍이 한 마디도 반선의 말을 하지 않았다. 내가 혹시물어보면 번번이 이렇게 대답하였다.

"그건, 원·명 시대에나 있었던 일입니다."

"우리들은 자세히 알지 못합니다."

어느 날 태사太史 고역생高棫生과 단가루段家樓에서 술을 마시다가 고 태사가 반선의 말을 바야흐로 꺼내려 하는데, 그 자리에 풍병건馬秉健이란 자가 있다가 눈짓을 하자 고역생은 대화를 뚝 끊어버렸다, 매우 괴이한 일이다. 그 일이 있은 다음 한참 후에 들은 이야기다. 산서山西에 사는 포의布衣 하나가 일곱 가지 조목으로 상소를 올렸다. 그 중 한 가지가 반선의 이야기였는데, 황제가 크게 노하여, '살가죽을 벗겨 죽여라.' 했다고 한다. 우리나라 역부驛夫들 중에는 선무문宣武門 밖에서 형벌장면을 본 자들이 많다고 한다. 이후로는 나 역시 반선의 이름을 감히 입에 담지 못하였으니 비록 유황포나 진입재처럼 서로 친한 사이에도 마찬가지이며, 더구나 산서 포의가 누구인지 성명도 알아볼 수 없었다. 어떤 사람은 상소를 올린 자는 거인擧人 장자여張自如라고 한다.[86]

서번의 시말은 대체로 왕효정의 이야기만큼 자세한 것이 없는데, 술을 뿌려서 불을 껐다느니 파도를 무릅쓰고 바다를 건넜다느니 하는 이야기들은 모두 난파欒巴나 달마達摩의 사적과 같은 것이므로 여기에 쓰지 않는다.

후지

옛날의 제왕들은 자기가 배운 뒤에 그 사람을 신하로 삼았으므로 더욱 성스러웠고, 천자로써 필부匹夫를 벗 삼되 자기의 높은 위상이 깎이지 않으므로 더욱 크게 되었다. 후세에는 이러한 관행이 없어졌는데, 유독 호승胡僧이나 방술方術 또는 사이비 도道와 같은 이단들에 대해서는 자기 몸을 낮추는 것을 부끄러워하지 않음은 무엇 때문일까. 내가 이제 그 일을 목격했거니와, 찰십륜포의 황금전각은 황제로서도 능히 거처하지 못할 터인데, 저 반선은 무엇이기에 감히 안연晏然히 점령하고 있을까?

혹자는 이렇게 말한다.

"원·명 이래로, 당唐나라 때의 토번 난리를 경계하여 반선이 오기만 하면 문득 봉하여 그 세력을 쪼개어 놓고, 그들을 신하로 대우하지 않았으니, 역시 유독 지금에 와서만 그런 것은 아니다."

그러나 이것은 그렇게 볼 게 아니다. 원나라 명나라 초기에는 그럴 수밖에 없었는지도 모른다. 그러나 원나라 황제가 그의 제사帝師에게 '황천지하일인지상선문대성지덕진지皇天之下一人之上宣文大聖至德眞智'라고 호를 내렸다. 일인—人이란 천자를 가리킨 말이니, 천자는 만방萬邦에서 함께 임금으로 받드는 터에 천하에 어찌 다시 천자보다 높은 자가 있단 말인가. '선문대성지덕진지'는 공자를 가리킨 말이니, 백성이 생긴 이래로 어찌 다시 공자보다 어진 자가 있단 말인가. 원세조元世祖는 사막에서 일어났으니 족히 괴이할 것도 없을 것이다. 그러나 명나라 초년에 맨 먼저 이승을 찾아 왕자들의 스승으로 섬기게 하고, 널리 서번의 중을 불러서 높이 대접하였다. 그러면서도 그것이 스스로 중국의 체면을 구기는 줄을 깨닫지 못하고 지존至尊을 깎고 선성先聖을 욕 뵈며 참다운 스승을 억누르기를 서슴지 않았다. 나라를 세우는 시초부터 이와 같이 자제들을 가르쳤으니, 이것은 또 무슨 더러운 짓인가.

대저 그 술법이란 능히 오래 살고 오래 본다는 것으로 이른 바 투태탈사投胎奪舍인데, 이것으로 세속 임금들의 마음과 귀를 흐리고 말았을 뿐이다.[87]

혹자는 말한다.

양梁·진陳의 제왕들은 자기 몸을 버리고 불가佛家의 종이 되었으니, 중이 천자보다 높아진 지가 오래되기는 하였지만, 황금 궁전을

87
인과관계의 도착倒錯이다. 세속 임금들이 도사들을 이용하여 우상을 만들어 백성들의 마음과 귀를 흐리게 한 것이다.

지었다는 말은 들어보지 못했다고.

중존평어.

중존씨仲存氏는 말한다.

"이것은 대저 모두 의심스러운 것을 전하는 글이다. 그러나 훗날 역사를 쓰려면 부득이 반선을 위해서 전傳을 써야 할 것이다. 그러나 시간이 흐르고 사건이 지나가버리면 이 글만큼 상세하게 쓰기가 쉽지 않을 것이다. 다만 외국 사람의 사사로운 기록이라서 청나라 오랑캐들이 참고자료로 삼는 일은 없을 것이니, 애석한 일이다."[88]

찰십륜포:
반선을 보지 못한 연암의 반선이야기

찰십륜포札什倫布

반선班禪 액이덕니額爾德尼를 찰십륜포에서 보았다. 찰십륜포란 서번西番의 언어로 대승大僧이 거처하는 곳이란 말이다. 피서산장에서 궁성을 끼고 돌아가면 오른쪽으로 반추산盤捶山이 보이고, 거기서 북쪽으로 십여 리를 가서 열하熱河를 건너면 산을 개척하여 만든 동산이 나온다. 언덕을 뚫고 산기슭을 절개하여 산 뼈다귀만 드러낸 모습이 마치 자연적으로 언덕이 갈라지고 석벽이 쪼개지면서 떨어진 바윗돌이 포개져서 십주삼산十洲三山을 이룬 듯하다. 짐승이 입을 벌리고 새들의 날갯짓에 구름이 흩어지며 우레가 터지는 듯한데, 공중에는 다섯 개의 무지개다리가 걸려있다. 다리에서부터 계단으로 길을 만들었다. 계단이 끝나는 지점에 용과 봉항을 새겨놓았다. 길을 따라 흰 돌로 된 난간이 꼬불꼬불 문까지 이어지고, 두 개의 일각문一角門에는 몽고 병사들이 지키고 있다. 문을 들어서니 땅바닥에는 벽돌을 깔아 계단으로 세 개의 통로를 만들었다. 흰 돌로 된 계단난간에는 구름과 용을 수놓고 세 개의 통로는 다시 한 다리에서 만난다. 다리에는 다섯 개의 구멍이 있고 축대의 높이는 다섯 길이나 되었다. 다리 위에는 난간을 둘러 무늬 있는 돌에 해마海馬나 기린 같은 짐승들을 새겼는데, 비늘과 뿔과 갈기와 발굽들은 모두 돌의 무늬를 따라서 그렸다. 축대 위에는 두 개의 전각이 있는데, 전각들은 모두 2층 처마에 황금기와를 이었다. 지붕에는 여섯 마리 용이 걸어 다니는 듯 조각되었는데 모두 황금으로 만든 것이다. 둥그런 정자와 굽은 정사亭榭, 복층으로 된 누각과 전각, 드높은 헌함, 층층이 세워진 행랑들은 모두 푸른빛·초록빛·자줏빛·남빛으로 된 유리기와를 이어 억천만금의 비용을 들였다. 채색은 신기루蜃氣樓를 능가했고, 아로새긴 솜씨는 귀신도 부끄러워할 정도이며, 장엄하기는 우레를 핍박하는 듯하고, 그윽하기는 새벽녘과 같았다.

동산 가운데는 새로 어린 소나무를 심었는데 산골짜기에 접해서 모두 곧고 이미 한 길이나 자랐다. 나무에는 종이를 묶어 심은 날짜를 표시하였다. 섞어 심은 기이한 화초들은 모두 처음 보는 것으로 그 이름도 알 수 없는데, 바야흐로 죽도竹桃가 만개하였다. 라마승 수천 명이 모두 붉은 선의禪衣를 걸치고 누런 좌계관左髻冠을 쓰고 팔뚝을 내놓고 맨발로 문이 메어지도록 몰려든다. 그들의 얼굴은 모두 칼로 깎은 듯 반듯하며 검붉은 피부에 코가 크고 눈이 오목하며 턱이 넓고 곱슬 수염에 손과 발은 사슬로 묶여있고 귀에는 금고리를 달고 팔뚝에는 용 문신을 새겼다.

전각 안으로 들어가니 북쪽 벽에 어깨높이 정도 되는 연꽃모양의 침향목沈香木 탁자가 놓였는데, 반선은 남쪽을 향해서 가부좌를 틀고 앉아 있다. 머리에는 황금빛 우단으로 만든 관을 썼는데,

관 위에 가죽신처럼 생긴 장식이 말갈기처럼 얹어져서 그 높이가
두 자 남짓이나 되었다. 몸에는 황금실로 짠 선의禪衣를 둘렀는데
소매가 없이 왼쪽 어깨에 걸쳐서 온몸을 감쌌다. 오른편 옷깃 겨
드랑 밑으로 오른 팔뚝을 드러냈는데 장대하기가 다리만 하고 살
갗은 누런빛이었다. 얼굴빛은 누렇고 둘레가 예닐곱 뼘이나 되는
데, 수염은 없고 코는 쓸개를 떼어 달아맨 것 같으며 눈썹은 두어
치나 되고 흰 눈동자가 겹으로 되어 음침하고 어두침침하였다.

　왼쪽에는 낮은 탁자가 있는데, 두 명의 몽고왕이 무릎이 닿을
만큼 바짝 다가앉았는데, 얼굴은 모두 검붉은 빛이었다. 그 중 하
나는 코가 뾰족하고 이마가 툭 튀어나오고 수염이 없었으며, 한
명은 각진 얼굴에 수염은 올챙이처럼 꼬불꼬불하고 누런 옷을 입
었다. 두 사람은 무어라 중얼거리면서 서로를 쳐다보더니 다시 머
리를 들고 무언가를 경청하는 듯했다. 라마승 두 명이 오른편에
시립하여 서 있고, 그 아래쪽에 군기대신軍機大臣이 서 있다. 군기
대신은 황제를 모실 때는 누런 옷을 입었는데, 반선을 모실 적에는
라마승의 옷으로 바꾸어 입었다.

　내가 방금 황금기와가 햇빛에 번쩍이는 것을 보다가 전각 속에
들어간 터라, 실내의 침침한 분위기와 황금 옷 때문인지 반선의 살
갗은 샛노랗게 되어 마치 황달병 환자와 같았다. 누런 피부가 퉁
퉁 부어서 터질 듯 빵빵한데, 살집만 많고 뼈는 적어서 청명하고
영특한 기운이 없으니, 비록 몸뚱이가 방안에 가득하나 위엄이 없
고 흐리멍텅한 모습이 마치 물귀신 그림을 보는 것 같았다.

　황제가 내무관內務官을 보내어 사신에게 조서詔書를 내리기를, 오
색 비단 한 필을 가지고 반선을 만나라는 것이었다. 내무관은 손

수 비단을 세 곳에 나누어 사신에게 주었는데, 이 비단 이름은 '합달哈達'이라 한다. 대저 반선은 스스로 자기의 전신前身이 파사팔巴思八이라 한다. 파사팔의 어머니가 파사팔을 낳을 때 향내 나는 수건을 물고 낳았으므로 반선을 보는 자는 반드시 수건을 '잡는' 것이 관례로 되어 있어, 황제 역시 반선을 만날 때마다 누런 수건을 잡는다고 한다. 애당초 군기대신이 말하기를, 황제도 머리를 조아리고 황육자皇六子도 머리를 조아리며 부마도 머리를 조아리니 사신도 응당 가서 절하고 머리를 조아려야 한다고 했다. 그러나 사신은 이를 흔쾌히 받아들일 수 없어서 이미 예부와 한바탕 실랑이가 있었던 마당이다.

"고두례叩頭禮는 천자의 처소에서나 하는 것인데, 어찌 천자에 대한 예절을 번승番僧에게 할 수 있겠소!"

"황제도 스승의 예절로 대우하는데, 사신으로서 황제의 조칙을 받들고자 한다면, 같은 예로 대우하는 것이 마땅하지 않겠습니까?"

사신이 기꺼이 가지 않으려고 굳이 서서 항의하자, 상서尚書 덕보德保는 노해서 모자를 벗어 땅에 던지고, 몸을 던져 방바닥에 쓰러지면서 큰 소리로 "빨리 나가시오, 빨리 나가시오."하면서 사신에게 손가락질까지 하였다.

방금 군기대신이 무슨 말을 하는데 사신은 못 들은 것 같았다. 제독提督이 사신을 인도하여 반선班禪 앞에까지 이르자, 군기대신이 두 손으로 수건을 받들고 서서 사신에게 준다. 사신은 수건을 받아 머리를 꼿꼿이 들고 반선에게 주었다. 반선은 앉은 채로 수건을 받으면서 조금도 몸을 움직이지 않고 수건을 무릎 앞에 놓자 수건이 탁자 아래까지 늘어졌다. 차례로 수건 받기를 마친 다음 반선은 다시 군기대신에게 주니, 군기대신이 수건을 받들고 반선의 오른편에 시립하여 섰다. 사신이 막 돌아서려 하는데 군기대신은 오림포烏林哺에게 눈짓을 하여 중지시켰다. 이것은 사신에게 보내는 (반선에게 고두례叩頭禮를 올리라는)신호였는데, 사신은 그것을 아는지 모르는지 머뭇머뭇 물러서더니 검은 비단에 수놓은 요를 깐 몽고왕의 아랫자리에 앉았다. 앉을 때 조금 허리를 구부리고 소매를 들고는 이내 앉아버리자, 군기대신은 얼굴빛이 황급해 보였지만 사신이 이미 앉아버린 다음이라 숫제 못 본 체했다. 제독이 나누어 주다가 한 자 남짓 남은 수건을 반선에게 올리면서 조심스레 머리를 조아리자, 오림포 이하 모두들 공손히 머리를 조아렸다.

차茶를 몇 순배 돌린 뒤에 반선은 소리를 내어 사신이 온 이유를 묻는데, 말소리가 전각 안을 울려 독 속에서 소리를 지르는 것 같았다. 그는 빙그레 웃으면서 머리를 숙여 좌우를 고루 둘러보더니, 미간을 찡그리고 눈동자가 눈 속에서 반쯤 드러나면서 눈을 가늘게 뜨고 속으로 굴리는 것이 시력이 나쁜 사람 같았다. 눈동자는 더 희어지고 흐릿하여 더욱 정광精光이 없어 보였다. 라마승이 반선의 말을 받아서 몽고왕에게 전하자, 몽고왕은 군기대신에게 전하고, 군기대신은 오림포에게 전하며, 오림포는 우리 역관에게 전하니, 이것은 오중五重의 통역이다. 상판사上判事 조달동趙達東이 일어나 팔뚝을 걷어붙이며 "만고에 흉악한 사람이로군. 제 명命에 죽을 리가 없을 거야."하기에, 내가 눈짓으로 제지하였다.

라마승 수십 명이 붉고 푸른 모직과 붉은 탄자와 서장 향香과 조그마한 금 불상을 메고 와서 등급대로 나누어 주었다. 군기대신이 받들고 있던 수건으로 불상을 감쌌다. 사신은 그 다음에 일어서서 나왔는데, 군기대신은 반선이 하사한 모든 물건을 펴 보고는 황제께 보고하기 위하여 말을 타고 달려갔다.

찹십륜포의 문을 나와 5~60보쯤 가서 절벽을 등지고 소나무 그늘 모래 위에 둘러 앉아 밥을 먹는데, 사신이 고민을 토로하였다.

"우리들이 반선을 볼 적에 예절이 소홀하고 거만해서 예부의 지시대로 못했는데, 저이는 천자의 스승인지라 앞으로 우리에게 해가 없을 수 없을 것이야. 그가 준 선물들을 물리친다면 불공하다 할 것이요, 받자니 명분에 어긋나는 일인즉 장차 어찌하면 좋겠는가."

당시의 일은 창졸간에 벌어진 일이라 반선의 선물을 받는 것이 마땅한지 않은지를 생각할 여유도 없었다. 또한 모두 황제의 조서에 매인 일인데다가 저들이 행사를 번개 치고 별 흐르듯이 삽시간에 끝내버리는지라 우리 사신들로서는 저들의 인도에 따를 수밖에 없었으니, 흙으로 뭉치고 나무로 깎은 허수아비나 마찬가지였다. 게다가 통역은 5중의 준역重譯이 되어 피차의 통관이 도리어 귀머거리 벙어리가 되는 판이니, 마치 허허벌판에서 갑자기 괴상한 귀신을 만난 듯 도무지 상황을 헤아릴 수 없는 지경이었다. 사신은 비록 상황에 대처할 수 있는 교묘한 화술과 숙련된 솜씨가 있었지만 장황스레 늘어놓을 수도 없었고, 저들 역시 능히 사신을 다스리지 하지 못한 것도 그 부득이한 상황 때문이다.

정사가 말했다.

"지금 우리가 머무는 곳은 태학관이라 불상을 가지고 들어갈 수는 없으니, 우리 역관을 시켜 불상 둘 곳을 찾아보게 하라."

이때 서번인西番人·한인漢人 할 것 없이 구경꾼들이 몰려들어 성처럼 사신일행을 에워싼다. 군뢰軍牢들이 몽둥이를 휘두르며 쫓았으나 흩어졌다가는 다시 모여들었다. 모자에 수정 구슬을 달거나 푸른 깃을 꽂은 궁중의 근신近臣들이 와서 그 속에 섞여 있었다. 우리는 그들이 염탐하는 것도 모르고 있었는데, 영돌永突이 큰 소리로 나를 불러 일깨워주었다.

"사신께서 좋지 않은 기색으로 마당에 나앉아서 오랫동안 잘잘못을 의논하고 수군대시는 것이, 저 사람들에게 공연히 의심을 사지 않을까요?"

내가 돌아다보니 엊그제 황제의 조서를 전하던 소림素林이 내 등 뒤에 서 있다가 여러 사람 틈으로 빠져나가 말을 타고 달려가는 것이다. 여러 사람 중에 또 두 사람이 말을 타고 달려가는데, 자세히 보니 그들은 모두 환관 나부랑이들이다. 박불화朴不花가 원元에 들어갔을 때부터 원의 내시들은 우리나라 말을 많이 배웠고, 명明나라 때에도 얼굴이 잘생긴 조선 고자들을 시켜 내시들에게 조선말 공부를 시켰으니, 지금 우리를 엿보고 간 두 사람도 어찌 조선말을 배우지 않았다고 할 수 있으랴. 소림과 같이 있던 푸른 깃을 꽂은 자도 와서 말을 세우고 자못 오랫동안 있다가 갔는데, 그 왕래가 하도 빨라서 마치 날아가는 제비와 같았다. 사신과 역관들은 이 자들이 와서 엿듣는 것을 이제야 깨달았고 반선에게 받은 불상도 미처 처치하지 못했으므로 자리를 파하고 돌아가지도 못하고 모두 묵묵히 앉아있는 판이다.

황제가 어원御苑에서 매화포梅花砲(불꽃놀이)를 한다고 사신을 불러들였다. 전각은 처마가 겹으로 되었고, 뜰에는 황금빛 장막을 치고 전각 위에는 일월과 용봉을 그린 병풍과 보물들을 진열하여 심히 엄숙했다. 일천 명의 관리들이 계급 순으로 섰는데 반선이 혼자 먼저 의자에 앉으니, 일품─品 보국공輔國公들과 조정의 고관들이 모두 탁자 아래로 나아가서 모자를 벗고 머리를 조아렸다. 반선이 손수 한 번씩 이마를 어루만져 주자 그들은 일어서서 나가면서 다른 사람들에게 자랑스러운 표정을 지었다. 잠시 후 천자가 황금빛 작은 가마에 오르자 칼 찬 5~6명의 시위侍衛들이 길을 인도한다. 풍악은 퉁소 한 쌍, 젓대 한 쌍, 징 한 쌍, 비파·생황·거문고와 서양의 철현금 두세 대와 박자판 한 쌍이요, 의장儀仗도 없이 따르는 자는 백여 명쯤 되었다. 황제의 가마가 앞에 이르자, 반선은 천천히 의자에서 일어나 몇 발짝 옮기더니 동쪽을 향해 만면에 즐거운 미소를 짓는다. 황제는 반선이 있는 자리로부터 4~5칸 떨어진 곳에 이르러 가마에서 내려 서둘러 반선을 쫓아가 두 손으로 반선의 손을 잡더니, 황제와 반선은 서로 손을 흔들면서 마주 보고 웃고 이야기를 한다.

황제는 갓 꼭지가 없는 붉은 실로 짠 모자에, 검정 옷을 입고, 금실로 짠 두꺼운 방석 위에 평좌平坐하였다. 반선은 금 삿갓에 황금빛 옷을 입으며, 금실로 짠 두꺼운 방석 위에 가부좌跏趺坐를 틀고 앉았다. 두 사람의 방석과 무릎이 서로 닿을 듯 가까이 앉아서 자주 몸을 기울여 서로 이야기를 나누는데, 그럴 때마다 두 사람은 서로 웃음을 띠고 즐거워했다.

자주 차를 올리는데 호부상서 화신和珅은 천자에게 바치고, 호부시랑 복장안福長安은 반선에게 바쳤다. 복장안은 병부상서 융안隆安의 아우로서 화신과 더불어 시중侍中으로 조정에서 위세를 떨치는 인물이다.

날이 이미 저물자 황제가 먼저 일어서더니 반선이 일어나 황제

태학유관록 | 우상의 제국, 아득한 조선의 영혼

와 함께 마주 서서 악수를 하고 얼마 있다가 등을 돌리고 각각 탁자에서 내려섰다. 황제는 이내 안으로 들어가는데 나올 적의 차림대로 돌아가고, 반선은 황금 가마를 타고 찰십륜포로 돌아갔다.

중존씨仲存氏는 이렇게 말했다.

"「목천자전穆天子傳」을 비롯하여 한나라의 동방삭전東方朔傳」「비연외전飛燕外傳」「서경잡기西京雜記」등은 궁중의 비밀을 적은 책이면서도 모두 궁중 밖에서는 참견할 것이 못되는 여관女官(궁녀)들이 쓴 책이므로 일체 이것을 패관기서稗官寄書로 취급된다.[89] 그럼에도 그 책들은 족히 당시 제왕들의 취미와 행동을 엿볼 수 있을 것이었는데, 여기에 실린 연암의 글은 무엇이라 일컬을는지 모르겠다."

그는 또 이렇게 말하였다.

"중국의 사대부들로서 반선을 만나 보지 못한 자는 도리어 우리에게 반선의 모습을 묻는데, 이것은 그들이 자신의 이목을 더럽히지 않고 반선의 모습을 알고자 함이다.[90] 그런데도 우리는 그들의 외설된 일에 이끌려서 아무 거리낌 없이 하였으니, 가히 수치스럽기 짝이 없는 일이다."[91]

89
"궁중 밖에서는 참견할 것이 못되는 궁녀들이 쓴 책이므로" 연암이 찰십륜포 안으로 들어갔는지 아닌지는 밖에 있는 독자들이 참견할 바 아니라는 말.「찰십륜포」의 진실을 암시한다.

90
중국 선비들이 묻는 이유는 연암의 거짓말에 대한 추궁이다.

91
진정 수치스러운 일은 무엇인가?
1. 끝없이 백성을 기망하려는 사대부들의 태도다.
2. '가히 구치스럽기 짝이 없는 일' 이라는 고정관념이다.

우상은 칼보다 강하다

8월 12일 무오戊午.

개다.

1 새벽에 사신이 조반朝班에 들어가 연희를 관람하였다. 나는 몹시 졸음이 쏟아져 또 다시 드러누워 속편하게 잤다. 아침밥을 먹고 천천히 걸어서 대궐에 들어갔더니 사신은 한 참 전에 조회에 참석하였다. 당번역관과 여러 비장들은 떨어져 남아 궐문 밖 낮은 언덕 위에 머물러 있었고, 통관들 역시 이곳에 앉아서 들어가지 못하고 있었다. 음악 소리가 담장 안 지척咫尺에서 새어 나오기에 작은 문틈으로 엿보았으나 아무 것도 보이지 않았다. 담장을 돌아 싶어 보를 가자 작은 일각문이 있는데, 한 쪽은 열려 있고 또 한 쪽은 닫혀 있다. 내가 슬쩍 들어가려 하자 군졸 몇이 막아서며 멀찌감치 문 밖에서 바라보기만을 허용한다. 문 안 사람들은 모두 문을 등진 채 즐비하게 섰는데, 틈이 없이 빽빽하고 몸을 움직이지 않아 마치 목우木偶(나무인형)를 세워놓은 듯이 엿볼 만한 작은 틈도 없었다. 다만 사람들 머리 사이 빈 틈으로 은은히 한 더미 푸른 산이 보이는데, 울창한 소나무 잣나무가 잠깐 눈을 돌린 사

이 별안간 어디론지 사라져 버린다. 또 채삼彩衫에 수포繡袍를 입은 자가 얼굴에는 붉은 연지를 바르고 허리 윗부분이 사람들 머리 위로 헌걸차게 솟았는데, 아마 초헌軺軒(벼슬아치들이 타는 수레)을 탄 것 같았다. 무대는 맞은편에 있는데 거리는 멀지 않으나 깊숙하고 아득하여 마치 꿈속에 진수성찬을 만난 것처럼 먹어도 맛을 알지 못하는 꼴이었다.[92]

2 문지기가 담배를 달라기에 곧 내어 주었다. 또 한 사람이 내가 오랫동안 발꿈치를 들고 서 있는 것을 보고는 걸상 하나를 가져다가 그 위에 올라서서 보라고 하기에, 나는 한 손으로 그의 어깨를 잡고 또 한 손으로 문지방을 짚고 섰다. 연극배우들은 모두 한인漢人의 의관을 입었으며, 4~5백 명이 번갈아 몰려들었다가 물러서면서 일제히 노래를 부른다. 걸상 위에 디디고 서 있자니 마치 횃대 위에 오른 오리마냥 오래 서 있을 수가 없어서, 돌아와서 작은 언덕의 나무 그늘 밑에 앉았다.[93]

3 이 날은 몹시 더웠으나, 구경꾼들은 빽빽하게 둘러서 있었다. 그들 중에 수정꼭지를 여러 개 단 사람이 있었으나, 그가 어떤 관원인지는 알 길이 없었다. 한 청년이 문을 나와 걸어가는데, 사람들이 모두 그를 피한다. 그 청년이 탁 발걸음을 멈추고 군졸에게 무슨 말을 하였다. 돌아보니 몹시 사나워 모습이라 사람들은 모두 두려워 엎드렸다. 두 군졸이 채찍을 갖고 와서 사람을 몰아내자, 회자回子 하나가 앉았다가 발끈하여 일어나서 두 군졸의 면상을 치고 한주먹에 때려 눕혔다. 청년 관원은 당황하여 눈만 흘기다가 어디론가 가버렸다.[94]

4 사람들에게 물어보니 수정꼭지 단 자는 호부상서戶部尚書 화

제대로 보지 못한 연극. 그러나
얼핏 사라져간 '명나라의 옷' 이
보인다.

2문단은 무대와 객석이다.
객석에서는, 연암은 담배를 주어
이자를 빌렸다.[전쟁의 기술1]
무대에서는, 거대한 매스게임이
펼쳐진다. 산장잡기(만년춘등기)
에서 연암은 소회를 피력한다.
"연극임에도 기율의 엄격함이 이
러하거늘, 이 법을 군진에 적용한
다면 누가 감히 넘보겠는가. 그러
나 덕에 있는 것이지 법에 달린
것이 아니거늘……"
연암의 사유는 객석의 '자율'과
무대 위의 규율 사이에서 방황하
고 있을 것이다.

전쟁의 기술2: 회자(주먹)와 관원
(권력)의 대결이다. 회자의 기습펀
치에 서슬 퍼런 권력은 슬며시 꽁
무니를 빼고 있다.

신和珅이라 한다. 눈매가 맑고 수려하고 준엄한 예리하였으나, 다만 덕德이 부족한 그릇이었다. 나이는 이제 서른하나다. 화신은 본래 난의사鑾儀司 호위 군졸 출신인데 성격이 몹시 교활하고 아첨을 잘하여 불과 대여섯 해 사이에 실세로 자리를 잡았다. 구문九門을 통제하는 제독으로서 병부상서兵部尚書 복융안福隆安과 함께 언제나 황제의 좌우에서 보필하며 조정을 장악하였다. 이시요李侍堯가 해명海明에게 뇌물을 준 것을 적발하고, 우민중于敏中의 집을 몰수하고, 아계阿桂를 내친 것이 모두 화신의 힘이었는데, 이 일들은 모두 올봄과 여름 사이의 일이었다. 사람들은 모두 화신을 똑바로 바라보지 못하고 곁눈질로 바라본다고 한다.⁹⁵

95
전쟁의 기술3: 화신은 어떻게 황제의 마음을 사로잡았을까?

황제가 이제 여섯 살 나는 딸을 화신의 어린 아들과 약혼시켰다. 황제는 나이가 들자 성격이 점차 조급해지고 노염이 잦아져 좌우를 매질하는 일이 허다하다. 황제가 어린 딸을 가장 사랑하는 것은 아는 궁인들은 황제가 크게 성낼 때마다 어린 딸을 껴안고 와서 황제 앞에 놓는다. 그러면 황제가 노염을 그친다고 한다.⁹⁶

96
궁인들은 '황제가 좋아하는 딸'을 바친다. 그러면 화신은 황제에게 무엇을 바쳤을까?
내일 일기를 보라.

5 이날 조회 반열에는 차와 음식이 세 차례나 내려졌다. 사신 역시 조신朝紳들과 일례一例로 떡 한 그릇을 배급받았다. 누런 것과 흰 것 두 층으로 괸 것이 네모가 반듯하였다.[黃白二層 四面方正] 빛깔은 마치 누런 밀랍 같은데, 빽빽하고 기름져서 칼이 잘 들지 않았다. [色如黃蠟 堅密細膩 不入刀剉] 떡의 위층은 더욱 윤기가 나고 기름기가 흐르는 것이 옥玉과 같았다. 떡 위에는 한 선관仙官을 세웠는데 수염과 눈썹이 생동하는 듯 도포와 홀笏이 화려하고 선명하였다.⁹⁷ 그 좌우에는 또 선동仙童을 세웠는데 그

97
수레제도의 '가루 빻는 수레'와 비슷하다. 2층과 '네모 반듯'은 유가의 세계관이며 인간관이다.
"칼이 잘 들지 않았다."
우상은 칼보다 강하다. 서양 격언(펜은 칼보다 강하다)의 이유를 말해준다.
우상은 어떻게 창조하였나?
도가의 철학(선관仙官과 선동仙童)을 훔쳐다가 만들었다.

조각이 몹시 기이하고 정교하였다. 모두 밀가루에다 설탕을 섞어 만든 것이다.

무덤에 묻는 허수아비를 만드는 것도 옳지 않다 하였거늘,[98] 하물며 '사람'을 차마 먹을 수 있겠는가.[作俑且不可 況人可食乎]

사탕 10여 가지를 곁들여 담은 것이 한 그릇, 또 양고기가 한 그릇이다. 또 조신朝紳들에게 채색 비단과 수놓은 주머니 등을 내렸는데, 사신에게는 채단 다섯 필과 주머니가 여섯 쌍, 코담뱃대 하나를, 부사와 서장관에게는 각기 조금씩 줄여 차등을 두어 하사하였다.[99]

저녁에는 약간 흐려서 달빛이 없었다.

98
『맹자』 '양혜왕' 편에 있다.
仲尼曰 始作俑者 其無後乎
주인공은 통론(공자 가로되, 허수아비를 처음 만든 자는 후손이 없으리라.)에 따라 공자님 말씀을 받아들여 '사람'을 먹지 못한다. 작가의 해석은 무엇인가? '우상을 만들라.' 11일자 공자님 말씀(書不盡言 言不盡意)의 연장이다. 후술한다.

99
선물들은 청나라의 두 개의 옷(우상)이다. 채단과 수놓은 주머니는 도교철학을 훔쳐 만들어낸 유가의 옷이며, 코담뱃대는 불교를 훔쳐 만들어낸 황교의 옷이다.

梁惠王曰 寡人 願安承敎 孟子對曰 殺人以梃與刃 有以異乎 曰無
以異也 以刃與政 有以異乎 曰無以異也 曰庖有肥肉 廐有肥馬 民
有飢色 野有餓莩 此는 率獸而食人也 獸相食 且人惡之 爲民父母
行政 不免於率獸而食人 惡在其爲民父母也 仲尼曰 始作俑者 其
無後乎 爲其象人而用之也 如之何其使斯民 飢而死也

양혜왕: 과인이 편안히 가르침을 받기를 원합니다.
맹자: 몽둥이와 칼로 사람을 죽이는 것이 차이가 있습니까?
양혜왕: 차이가 없습니다.
맹자: 칼과 정치로 사람을 죽이는 것이 차이가 있습니까?
양혜왕: 차이가 없습니다.
맹자: 임금의 푸줏간에는 살진 고기가 있고 마구간에는 살진 말이 있는
데, 백성들은 굶주리고 들판에 굶어죽은 시체가 널렸다면, 이것은 짐승
을 몰아서 사람을 잡아먹게 한 것입니다. 짐승끼리 서로 잡아먹는 것도
사람들은 미워하거늘, 백성의 부모가 되어서 정치를 하되 짐승을 몰아
다가 백성을 잡아먹게 한다면, 이것을 어찌 백성의 부모라 하겠습니까.
공자(중니) 가로되, "허수아비를 만듦으로써 장차 '무無'가 뒤따르느니
라." 하였으니, 그것(無)을 상象으로 삼아서 사람을 능히 부릴 수 있기
때문입니다. 이렇게 하는 것이 어찌 백성으로 하여금 굶주려 죽게 하는
것과 같단 말입니까?[100]

100
[통론]
공자 가로되, "처음으로 허수아
비를 만든 자는 그 후손이 없을
것이다." 하였으니, 이는 사람의
형상을 장례에 사용하기 때문입
니다. 어찌하여 백성으로 하여금
굶주려 죽게 한단 말입니까?

　　이상은 『맹자孟子』양혜왕편에 대한 암묵적인 연암의 해석이다.
통론과 정반대로 해석하는 논거는 무엇일까?
　　이어지는 구절에서 양혜왕은 (제齊나라에 패하고 진秦나라에 땅을 빼앗
기고 초楚나라에 당한)모욕에 복수할 수 있는 비결을 묻는다. 맹자가
제시한 비결은 '인仁'이다. '인仁'을 베풀라. 그러면 백성들은 우애와

효도와 충성과 신의로 살아갈 것이다. 그 다음 그들로 하여금 몽둥이를 들게 한다면, 견고한 갑옷과 예리한 무기로 무장한 진나라 초나라를 매질할 수 있을 것이다.

7월 11일자 일기에서 본 『주역』 계사편 제12장 주석(子曰 書不盡言 言不盡意 然則 聖人之意 其不可見乎子曰 聖人立象 以盡意……)을 생각하라. 『맹자孟子』 양혜왕편은 공자의 '상象'이 우상偶像임을 확인해주는 동시에 '인仁'의 실체를 보여준다.

'인仁'이란 백성을 기망함으로써 평화를 추구하는 것이다. 적어도 그것은 백성들을 짐승들에게 잡아먹히게 하는 것이나 굶어죽게 하는 것보다는 훨씬 나을 것이므로. 어쩌면 그것은 공맹이 살았던 시대적 상황에서는 최선의 선택이었을지도 모른다.

천문학에서 바라본 중화의 동굴

8월 13일 기미己未.

새벽에 비가 잠시 뿌리다가 마침내 쾌청하였다.

1 사신들은 만수절 축하반열에 참가하러 오경五更(새벽4시경)에 대궐로 들어갔다. 나는 잠을 푹 자고 나서 아침에 일어났다. 내가 걸어서 대궐 밑에 이르자 사람들이 누런 보자기로 싼 꾸러미 일곱 개를 궐문 앞에 두고 쉬고 있었다. 짐 속에는 옥으로 만든 그릇과 골동품과 사람 키만 한 금부처가 들어있었는데, 이들은 모두 호부상서 화신의 진상품이라 한다.[101] 이 날도 황제는 음식을 세 차례나 내렸는데, 또 사신들에게는 도자기로 만든 차 주전자와 찻잔세트, 실로 뜬 빈랑檳榔 주머니 하나, 칼 하나, 자양차紫陽茶가 담긴 구리 호리병 하나씩을 주었다.

2 저녁에는 키가 작은 환관이 와서 모난 구리 항아리 하나를 가져왔는데, 통관이 차茶라고 하였다. 환관이 돌아간 다음 누런 비단으로 봉한 항아리를 열어보니 색깔이 황색이면서도 술과 같이 약간 붉은 색이 감돌았다. 서장관이 말했다.

"고로 이것은 정말 황봉주黃封酒야."

그러나 맛이 달고 향기가 풍기는 것이 전혀 술 같지가 않았다. 술병을 다 따르자 여지荔支 10여개가 떠오르는데, 모두들 이구동성으로 말했다.

"이건, 여지로 빚은 술이야."

각자 한 잔씩 마셔보고는 다시 모두들 말한다.

"참 좋은 술이구나." [102]

비장과 역관들이 한잔씩 손에 들었으나 마시지 않는 자도 있으며 대번에 들이키는 이가 없다. 너무 취할까 봐 겁먹은 것이다. 통관들 역시 목을 내밀며 침을 흘린다. 수역이 남은 것을 얻어서 주었더니 돌려가며 맛보고는, 모두들 칭찬을 아끼지 않는다.

"좋은 궁중 술이구나."

"벌써 취했구먼, 취했어."

이날 밤 기공奇公을 방문하여 한 잔을 따라서 보였더니, 기공은 깔깔대면서 말했다.

"이건 술이 아니라 여지즙荔支汁이랍니다."

기공이 소주 대여섯 잔을 내어 거기다가 타니, 맑은 빛깔 매콤한 맛에 특이한 향기가 더욱 진동한다. 대저 이는 여지 향기가 술기운을 타고 더욱 깊은 향내를 발산하는 까닭이다.

지난 번 제사를 지내며 꿀물을 마시고 향기를 논한 것이나 지금 여지즙을 마시고 취한다고 말하는 것이, 곧 종소리를 듣고서 해를 헤아린다거나 매실나무를 바라보고 갈증을 해소한다는 것과 무엇이 다르겠는가.[103]

向之飮蜜水而論香 嘗荔汁而言醉者 卽何異聞鍾揣日 望梅止渴耶

102
안데르센의 동화에서 '벌거벗은 임금님'을 바라보면서 사람들은 이구동성으로 말한다.
"참 좋은 옷이로구나!"

103
'꿀물'은 7월 27일자 술 대신 꿀물로 음복한 이야기다.
聞鍾揣日은 소식蘇軾의 시 이야기. 장님에게 태양은 구리쟁반 같다고 하였더니, 장님이 쟁반을 두드려 태양의 소리라 하였다.
望梅止渴은 삼국지 이야기. 조조가 행군하던 중 지친 병사들에게 '저 산 너머 매실나무가 있다'고 하자 병사들은 침을 꼴깍 삼켜서 갈증을 해소하였다고 한다.
이상 3가지 이야기가 주스를 마시고 취한 이야기와 같은가?
꿀물을 마신 아이들은 '향기'를 논하지만, 어른들은 주스를 마시고 그냥 취해버린다. 동굴에 갇혀 있기 때문이다.
그 차이를 모르는 연암은 동굴에서 벗어나지 못할 것이다.

❸ 이날 밤, 달빛이 유난히 밝았다. 기공과 함께 명륜당明倫堂을 나가 달빛을 밟으며 난간 밑을 거닐었다. 나는 달을 가리키면서 말했다.

"달의 몸뚱이는 언제나 둥글어 햇빛을 빙 둘러 받고 보니, 이 때문에 지구地球에서 본 달은 찼다가 기울었다 하는 것이 아닐까. 오늘 저녁 온 세계가 일제히 저 달을 본다면, 보는 장소에 따라서 달은 살지고 여위며 깊고 옅음이 차이가 있지 않을까. 별은 달보다 크고, 해는 지구보다 크되, 눈에 보이는 크기는 멀고 가까움에 따르는 것이 아닐까. 이와 같은 설說을 믿는다면, 태양과 지구와 달 등은 모두 허공에 둥둥 떠 있는 저 별들과 같은 게 아닐까. 별에서 지구를 바라보아도 역시 마찬가지가 아니겠는가. 지구에서 출발한 선線이 태양을 잇고 달을 연결하여 반짝반짝 하는 것이 마치 저 하고河鼓와 같지 않겠는가.[104]

지구 표면에 붙어 있는 가지가지의 만물들은 모두 모양이 모두 둥글둥글할 뿐 하나도 방형方形은 볼 수가 없다. 유독 방죽方竹과 익모초益母草 줄기가 네모이기는 하지만, 이것 역시 방형方形은 아니잖아요. 방형方形의 물건은 찾으려 해도 찾을 수 없거늘, 어찌 유독 땅덩어리를 논함에는 방형方形이라고 하는 것인가요. 만일에 땅덩어리를 네모졌다고 하면, 저 월식月蝕을 할 때 달을 검게 먹어 들어가는 테두리가 왜 활처럼 휘는 것인가요. 땅덩이가 정방형이라는 논자들은 의義를 논하여 체體를 인정하지만, 땅덩이가 둥글다고 주장하는 자들은 형形을 믿고 의義는 인정하지 않죠. 요컨대 대지는 그 체體는 둥글되, 그 의義는 네모반듯하다고 말할 수 있지 않을까요?[105]

104
하고;河鼓: 은하수 가운데 독수리자리를 이루는 세 개의 별.
여기까지 김석문의 '삼환부공설'을 인용한 연암은 이제 새로운 인간관·세계관을 자랑한다.

105
지구는 둥글다. 이제 방형方形의 인간관 세계관을 전제로 하는 유가는 무너질 때가 되었다.

해와 달은 오른쪽으로 수레바퀴처럼 돌고 도는데, 도는 궤도가
해는 크고 달은 작아서 도는 주기週期가 속도가 늦고 빠름이 있어
해가 저물고 달이 기우는 것이 각각 일정한 규칙이 있는 것이거늘,
해와 달이 땅을 둘러싸고 왼편으로 돈다는 말은 우물에 갇힌 시
각이 아닐까요. 땅덩이의 본체는 둥글둥글 허공에 걸려 사방도 없
고 꼭대기도 바닥도 없는데, 역시 쐐기처럼 돌다가 햇빛을 처음 받
은 곳을 날이 샌다고 말하는 것이 아닐까요. 지구가 더 돌아서 처
음에 해와 마주 대한 곳이 점점 떨어지고 멀어져서 정오正午도 되
고 하오下午도 되고 밤과 낮이 되는 게 아닐까요. 비유하건대, 창에
뚫린 구멍으로 한 줌의 햇살이 스며든다고 합시다. 창 아래 맷돌
을 놓고 광선이 비치는 자리에 먹으로 표시를 해 둔 다음 맷돌을
다시 돌리면 먹 자국은 햇살 비치는 그 자리에 그대로 있을까요.
아니면 서로 물리치며 멀어져갈 것인가요. 맷돌이 한 바퀴 돌아
다시 그 자리에 돌아오면, 잠시 햇살과 먹 자국은 마주 포개어졌
다가는 또 다시 떨어지게 될 것이니, 지구가 한 바퀴 돌아 하루가
되는 것도 이런 이치가 아닐까요. 또한 등불 앞에 놓인 물레를 가
만히 보면, 물레바퀴가 돌아갈 때 물레바퀴의 군데군데가 불빛을
받고 있지만, 그렇다고 저 등불이 물레바퀴를 따라 돌아가는 것
은 결코 아닐 것입니다. 지구의 밝고 어두움도 역시 이런 것이 아
닐까. 그런즉 해와 달은 애당초 뜨고 지는 것이 아니요, 또 가고 오
는 것도 아닌데도, 사람들은 땅은 움직이지 않는다고 철석같이 믿
고 움직이지 않는다고 말하고 있으니, 인간의 미혹함이 이 지경인
가요. 명백한 이론을 찾지 못하여, 이 땅의 춘·하·추·동을 가리
켜 그 방위에 따라 노는 것이라 하였지요. 그러나 논다는 것은 진

퇴進退를 말함이요, 승강乘降을 말하는 것이니, 그 '방위에 따라 노는 것이라 하면서 어찌 '돌지 않는다' 하는 것인지요. 저 미혹한 자들은 이렇게 말하겠지요. 땅덩이가 돌 때 땅 위에 실렸던 물건들은 다 엎어지고 자빠지고 기울어져 떨어질 것이라고. 만일 쏟아져 떨어진다면 어느 땅에 떨어질 것인가. 그들의 논거를 믿어봅시다. 그렇다면, 저 허공에 달린 별들과 은하銀河는 기氣를 따라 돌아가면서 무엇 때문에 떨어져 쏟아지지 않고 그대로 있을까요. 움직이지도 돌지도 않고 생명도 없는 덩어리 물건이라면, 어째서 썩지도 부서지지도 흩어지지도 않고 그대로 남아 견딜 것인가요. 땅덩이 표면에 생물들이 붙어서 사는데, 둥근 공과 같은 물체의 표면에다 발을 붙이고 어디서나 머리에 하늘을 이고 있는 것이지요. 비유하건대, 수많은 개미와 벌들이 혹은 수직 바람벽을 기어오르기도 하고, 혹은 천장에 매달려서 사는 것을, 누가 바람벽에 가로 붙어 섰다고 할 것이며, 누가 천장에 거꾸로 붙어 섰다고 할 것인가요. 지금 이 땅 밑에도 응당 바다가 있을 터인데, 만일에 땅 거죽에 붙어 사는 생물들이 떨어지지 않을까 의심을 한다면, 저 땅 밑 바다는 누가 둑을 쌓아 물이 쏟아지지 않고 그대로 있을 것인가요. 저 하늘에 총총한 별들은 그 크기가 얼마나 클 것이며, 그 표면은 지구와 다름없지 않을까요. 아마도 표면이 있고 생물이 붙어살고, 그렇지 않을까요. 생물이 있어서 각기 세계를 열고 서로 새끼를 낳아 키우며 살지 않을까요.[106]

지구는 둥근 원이라서 본래 음양이 없는데, 해로부터 불기운을 받고 달로부터 물 기운을 얻어, 마치 살림꾼이 동쪽 집에서 불을 빌리고 서쪽 집에서 물을 얻는 것과 같이 한 쪽은 불이요 또

106
지동설과 중력에 대한 가설이다. 지구와 달과 태양이 돈다는 것으로 주역의 대전제인 '팔괘八卦'를 부정하고 있다.

태학유관록 | 우상의 제국, 아득한 조선의 영혼

한 쪽은 물이라 하여 이를 소위 음양이라 한 것이 아닌가요. 여기에 억지로 오행五行이라 이름 붙여 저마다 서로 상생한다 하고 서로 상극한다고 하나, 큰 바다에 풍랑이 일 때 불꽃이 너울너울 타오르는 것은 또 무슨 까닭인가요. 얼음 속에 사는 누에가 있고, 불 속에 사는 쥐가 있고, 물속에 사는 물고기가 있다 하지만, 저들 생물들은 어디건 자기가 사는 곳을 제각기 땅이라 여길 것입니다.[107]

만일에 달 속에도 세계가 있다면, 어찌 알겠습니까. 오늘 밤 어느 두 명의 달나라 사람이 난간머리에 마주 서서 지구 빛의 차고 기욺을 논하고 있을지.[108]

■4 기공은 껄껄대며 말했다.

"기이하고도 기이한 이야기에요. 땅이 둥글다는 이야기는 서양 사람들이 처음 말했지만 땅덩이가 돈단 말은 하지 않았는데, 선생의 이 학설은 선생이 터득한 것인가요? 아니면 어느 스승으로부터 들으신 것인가요?"

"사람의 일도 모르는 터에 하늘 일을 어찌 알겠습니까. 나는 본디 도수학度數學에 어둡습니다. 비록 칠원옹漆園翁 (장자)처럼 같은 심오한 경지에 오른 분도 아득한 우주에 관한 지식은 논하지 않았더군요. 이것은 실로 내가 터득한 지식이 아니라 귀동냥이랍니다. 내 친구 중에 담헌湛軒 홍대용洪大容이라는 사람이 있는데, 그의 학문은 편협하지 않아서 일찍이 나와 함께 달구경을 하면서 장남삼아 이런 이야기를 하였답니다. 대체로 황당하여 종잡기 어려우나 비록 성인의 지혜를 지닌 분이라 하더라도 그의 학설을 깨뜨리기는 어려울까 합니다."

107
지구와 달과 태양은 돈다. 그러므로 '하늘은 양, 땅은 음, 해는 양, 달은 음, 강한 것은 양, 약한 것은 음, 높은 것은 양, 낮은 것은 음'이라는 『주역』은 애당초 거짓말이다.

108
10일자 일기의 "지구 빛이 달에 가득함을 구경할 테죠"에서 진일보한 표현이다. 연암은 이제 동굴을 바라보고 있을까?

기공은 크게 웃으며 물었다.

"남의 꿈속으로 달려가 만나기는 불가한 일이고, 혹시 담헌 선생의 저서는 몇 권이나 되는지요?"

"아직 저서는 없습니다. 선배 되시는 김석문金錫文이란 분이 일찍이 삼환부공설三丸浮空說을 펼쳤는데, 그 친구(홍대용)가 장난삼아 이 학설을 부연하였습니다. 그러나 그 역시 실제 관찰하여 터득한 지식도 아니요, 또 일찍이 남더러 꼭 이것을 믿어 달라고 한 적도 없었습니다. 나 역시 오늘 밤 달구경을 하다가, 문득 그 친구 생각이 나서 한바탕 연설하였는데, 마치 내 친구를 만난 것 같습니다."

대저 여천麗川은 한인漢人과는 다르기 때문에, 담헌이 일찍이 항주杭州 선비들과 어울렸던 옛 일들을 터놓고 이야기할 수는 없었다.[109] 기공은 또 나에게 물었다.

"김석문 선생이 지은 시詩 중에서 아름다운 몇 구절만 들려주실 수 없을까요?"

"그에게 아름다운 시구가 있다는 말은 못 들었습니다."

5 기공은 나를 이끌고 자기 방으로 들었다. 벌써 촛불을 네 자루나 켜 놓고, 큰 교자상에 음식을 잘 차려 두었다. 특별히 나를 위해서 차린 것이다. 향고香糕 세 그릇, 각색 사탕 세 그릇, 용안육龍眼肉·여지荔支·낙화생落花生·매실梅實을 담은 것이 서너 그릇, 주둥이와 발이 달린 채로 요리한 닭·거위·오리고기가 있다. 또 통돼지를 껍질만 벗기고 용안육·여지·대추·밤·마늘·후추·호도·살구씨·수박씨 등을 섞어 쪄서 떡처럼 수육을 만들었는데, 맛은 달고 매끄러우면서도 너무 짜서 먹기는 어려웠다. 떡이나 과실들은 모두 자 넘어 높이 괴었다. 잠시 뒤에 다 철거하고, 새로 채소와 과

109
우물 안 개구리 같은 중화주의를 비판하던 연암은 또 다시 편견의 동굴 속으로 기어들고 있다. 이유는 무엇일까?
천문학에서 바라본 중화세계는 편견의 동굴이었다. 그러나 그 자각이 진정성을 갖기 위해서는 새로운 세계관이 필요하다.
천문학을 통해서 연암은 현재의 모순을 바라보지만, 새로운 패러다임을 내다보지 못하고 있다. 편견을 대체하는 것이 다양성이라면, 그 다양한 존재들을 묶어주는 결합의 법칙 또한 천문학에서 읽어내야 할 과제다.

실만 두 접시를 차렸다. 소주 한 주전자를 사지고 조금씩 술잔을 따르면서 조용히 이야기를 나누었다.[110]

이 때 나눈 이야기는 「황교문답黃敎問答」에 실었다.

닭이 두 차례나 홰를 치고 나서야 자리를 파하고 숙소에 돌아왔다. 잠을 이루지 못하여 이리 뒤척 저리 뒤척 하는데, 하인들이 벌써 일어나라고 깨운다.[111]

110
기공이 준비한 밥상은 두 부분으로 이루어져 있다. 하나는 동물적 욕구를 위한 밥상이며, 다른 하나는 사회적 욕구를 위한 밥상이다. 전자(생존욕구)를 위한 음식은 기껏해야 과일접시 하나, 나머지 성대한 음식은 모두 후자(존경·관계욕구)를 위한 것이다. 밥상은 새로운 결합의 법칙을 암시한다.

111
연암의 각성을 촉구하는 민중의 소리다.

1대3결혼의 법칙,
잃어버린 돈과 글자

8월 14일 경신庚申.

개다.

1 삼사는 밝기 전에 대궐에 들어가고, 혼자서 늘어지게 잠을 잤다. 아침에 일어나 윤형산尹亨山을 찾아갔다가, 거기서 다시 왕곡정王鵠汀을 찾아가 함께 시습재時習齋로 들어가서 악기를 구경했다. 거문고나 비파는 모두 길고도 폭이 넓어서, 붉은색 무늬비단에 솜을 넣어 만든 싸개로 감싸고, 다시 오랑우탄 털로 만든 융단으로 포장하였다. 종鍾과 경磬은 모두 시렁에 매달려 있는데, 역시 두툼한 비단으로 감쌌으며, 비록 축어柷敔 따위의 하찮은 악기라 하더라도 모두 특별한 비단으로 집을 만들어 보관하였다. 대략 거문고와 비파 등속은 크기도 가장 크고 칠 역시 가장 두껍게 하였다. 젓대와 퉁소 등속은 궤짝 속에 넣고 단단히 채워져 있어 구경할 길이 없었다. 곡정이 말했다.

"악기보관은 매우 까다로워 습기 있는 곳을 피해야 되고, 또 너무 건조하면 악기를 못 쓰게 됩니다. 거문고 위에 앉은 티끌은 사자학獅子癊이라 하고, 거문고 줄에 묻은 손때는 앵무장鸚鵡癉이라 하며, 생황笙簧의 부는 구멍에 말라붙은 침은 봉황과鳳凰過라하고, 종이나 경에 달라붙은 파리똥은 나화상癩和尙이라 한답니다.[112]

그 때 웬 미소년 하나가 바쁘게 들어와 눈을 부릅뜨고 나를 보더니 내 손에 든 작은 거문고를 빼앗아 황급히 싸개로 포장하였다. 곡정은 매우 염려스러운 얼굴로 내게 눈짓하여 나가자고 하였다. 그러자 그 소년은 별안간 웃으면서 나를 붙들고 청심환을 달라 한다. 나는 없다고 대답하고는 곧바로 밖으로 나왔다. 그 아이는 몹시 부끄러운 기색이다. 사실인즉, 내 허리 전대 속에는 청심환 10여 개가 있었지만, 소년의 무례함이 괘씸하여 주지 않았던 것이다. 소년은 곡정에게 한 번 읍하고는 가버렸다. 내가 누구냐고 물었더니 곡정이 말했다.

"윤 대인을 따라서 북경에서 온 아이랍니다."

"그는 악기와 무슨 관계가 있는가요?"

"아무런 상관이 없습니다. 단지 청심환을 우려내려고 선생을 속인 것이니, 마음에 거리끼실 것 없습니다."[113]

2 내가 무심코 문 밖을 나섰더니, 수백 필의 말 떼가 문 앞을 지나간다. 한 목동이 가장 큰 말에 올라앉아 수숫대 한 개비를 쥐고 따라간다. 또 소 3~40마리가 지나가는데, 코도 꿰지 않고 뿔도 잡아 묶지 않았으며, 뿔은 모두 길게 자라 한 자 남짓이나 되고 빛깔은 대개 푸른색이다. 거기다가 당나귀 몇 십 마리가 따라간다. 목동이 절구 공이만한 막대기를 들고 맨 앞의 푸른 놈을 힘껏 한 대 후려갈겼더니 그 소가 씩씩거리며 달려가는데, 모든 소들이 그

112
사자학獅子癊: 사자의 학질
앵무장鸚鵡癉: 앵무새의 풍토병
봉황과鳳凰過: 봉황의 허물
나화상癩和尙: 고승 화상和尙의 문둥병
거문고의 병 이름은 모두 고상한 이름들이다.

113
악기와 아이가 대조적이다.
악기는 아름답지만, 아이는 무례하다. 그러나 아이의 '무례'는 나름대로 합리적인 행동이 아닐까?

왜 조선 말[馬]은 한심한가?
혹시나 '굴레'를 지적하는 것인
가? 그러나 연암은 그 반대방향
으로 가고 있다.[연암이 간과한
굴레이야기는 후술한다.] 이어지
는 '목마론'을 보라.

뒤를 따라가는데 마치 대오가 행진하는 듯하였다. 이는 대개 아침
나절 방목하기 위하여 몰고 나서는 것이다. 한가하게 걸어가다가
살펴보니, 집집마다 대문을 열고 말과 나귀 소와 양 등을 몇 십 마
리씩 몰아 내놓는다. 돌아와서 사관 밖에 매어 둔 우리나라 말들
을 보니, 참으로 한심한 꼴이다.[114]

　내 일찍이 정석치鄭石癡[원주: 이름은 철조哲祚이며 바른 말을
하는 관리로서 술을 잘 마시고 서화에 능하다.]와 더불어 우리나
라 토종말 가치의 귀천貴賤에 대하여 논한 적이 있다. 내가 먼저
말했다.

　"불과 몇 십 년 내에 베갯머리에서 조그마한 담뱃대 통을 말구
유로 삼아 말을 먹이게 될 것이야."

　"그게 무슨 말씀입니까?"

　"가을 닭으로 시작하여 번갈아 씨를 받아서 4~5년을 지나고 나
면, 베개 속에서 꼬꼬댁 하는 꼬마 닭이 되는데 이놈을 침계枕鷄라
고 부른다네. 말도 역시 종자가 점점 작아지는 것인즉, 조금씩 작
아지다가 결국엔 침마枕馬가 되지 않으리라고 어찌 장담하겠는가."

　석치가 큰 소리로 웃으며 말했다.

　"우리가 해마다 늙어 가면서 새벽잠이 자꾸만 없어지는 터에 베
개 속에서 닭 울음소리를 듣게 되겠군요. 게다가 침마枕馬를 타고
뒷간으로 가도 누가 말리지 않겠군요. 그러나 말 흘레붙이는 것을
기피하는 풍속이 생겨서 우리나라의 말들은 수놈 암놈 할 것 없
이 모두 동정으로 늙어 죽을 판이 아닙니까. 우리나라의 말이 그
래도 수만 필은 되는데, 그 놈들에게 흘레를 붙이지 않고서야 어
떻게 번식을 하겠습니까. 그리하여 국내에서 해마다 수만 필의 말

을 잃는다면, 몇 십 년 못 가서 침마枕馬고 무엇이고 간에 씨가 말라버리지 않겠습니까." 115

우리는 서로 희롱하며 웃었다.

3 실상 내가 연암燕巖이라는 곳에 거처한 것은, 일찍부터 목축牧畜에 뜻을 두었기 때문이다. '연암燕巖'은 첩첩산중에 자리 잡고 있어서 양쪽이 거친 골짜기이므로 물과 풀이 매우 좋아서 말·소·노새·나귀 등 몇 백 마리를 치기에 넉넉하였다. 나는 일찍이 이에 대하여 다음과 같이 논한 적이 있다.

우리나라가 이토록 가난한 것은 대체로 목축하는 방법을 터득하지 못한 까닭이다. 우리나라에서 목장이라야 가장 큰 곳으로 다만 탐라耽羅가 있을 뿐인데, 그 곳의 말들은 모두 원 세조元世祖(쿠빌라이)가 방목한 종자다. 그 후 4~5백 년을 내려오면서 종자를 한 번도 개량하지 않다 보니, 비록 처음에는 용매龍媒·악와渥洼116와 같은 우수한 종자일지라도 나중에는 과하果下·관단款段과 같은 꼬마 말이 될 것은 필연적인 이치다. 이 과하마와 관단마를 궁궐을 지키는 장사壯士들에게 내주고 있으니, 고금 천하에 이런 느림뱅이 꼬마 말을 타고 적진을 향하여 달리는 꼴이 어디 있을 것인가. 이것이 첫째로 한심한 일이다.117

마구간에서 키우는 말부터 장수들이 타는 말에 이르기까지 토산 말이란 하나도 없고 모두가 요동·심양 등지로부터 사들인 말들이니, 한 해에 생산되는 말은 4~5필에 지나지 않는 형편이다. 만일 요동·심양 길이 끊어지는 날이면 어디에서 말을 들여올 것인가. 이것이 둘째로 한심한 일이다.118

임금이 행차할 때면 많은 백관들이 말을 빌려 타거나 혹은 나

115
연암의 종자개량론.
물론 모두 근거 없는 엉터리다.
정석치는 어이가 없어서 너스레를 떤다. '평생 홀레 한 번 못해 보고 죽어갈 말들의 운명' 이 걱정이다.

116
용매는 『한서』 예악禮樂지에 "천마가 오니 용龍이 될 매개다." 라는 글에서 유래한 이름이다. 악와는 『사기史記』 '악서樂書' 에 "한무제가 악수 가운데서 신마를 얻어 태일지가를 지었다." 하여 신마神馬를 가리키는 이름이다.

117
첫째 한심한 일은 작다는 것이다.
'큰 것은 아름답다' 라는 편견이다.

118
둘째 한심한 일은 장수들의 말은 100% 수입산. 물론 거짓말이며, 첫째와 자가당착이다.

120

넷째 한심한 일 역시 셋째와 마찬
가지다. 화려한 어가행렬과 사대
부들의 과시용이라면 말이든 수
레든 없어서 좋을 일이다.

귀를 타고 어가御駕를 뒤따르는 식으로 의전儀典을 치르고 있으니, 이것이 셋째로 한심한 일이다.[119]

문신들로서 수레를 탈 수 있는 자 이상은 말을 탈 일도 없고, 또 말을 키우기도 곤란하여 아예 탈 말을 없애 버렸고, 자제들은 걸어 다니는 대신 겨우 조그만 나귀나 타고 다닌다. 옛날에는 백 리의 강토에 불과한 나라에서도 대부大夫쯤 되면 수레 열 대쯤은 되었는데, 우리나라는 둘레가 몇 천 리가 되는 나라이니 경卿·상相쯤 되는 사대부라면 수레 백 대 쯤은 갖추어야만 할 것이다. 그런데 지금 우리나라 사대부 집안에 단 몇 대의 수레인들 가지고 있을 것인가. 이것이 넷째로 한심한 일이다.[120]

삼영三營의 초관哨官들은 백 명 졸개를 거느린 장이지만, 말 한 필 가질 형편이 못 되어 한 달에 세 번씩 치르는 훈련에 임시로 삯말을 세내어 탄다. 삯말을 타고 전쟁에 나간다는 소리가 이웃 나라에 퍼지면 어쩌자는 것인가. 이것이 다섯째 한심한 일이다.

서울의 영營에 있는 장수들이 이런 지경이라면, 팔도八道에 배치되어 있는 기병들은 이름만 있을 뿐 실체는 없을 것임은 가히 짐작할 수 있는 일이다. 이것이 여섯째 한심한 일이다.[121]

국내에 있는 역마는 모두 토산마로서 그 중에서 좀 낫다 싶은 놈이라도 한번 사객使客(사신)을 치르고 나면 말은 죽지 않으면 병이 들고 만다. 왜 그러는가? 사신이 타는 쌍가마가 이미 무거운데 네 명의 교군轎軍이 좌우에 몸을 실어 가마가 흔들리지 않게 한다. 말 등에 실린 짐이 이토록 무거우니, 부득불 빨리 달리지 않을 수 없다. 빨리 달릴수록 짐은 점점 가중되니 무게를 견디며 구차스럽게 달리느라 말은 죽지 않으면 병들 수밖에 없다. 그리하여 날마

다 말은 죽어나가고 말 값은 날마다 오른다. 이것이 일곱째 한심한 일이다.[122]

말 등에다 짐을 싣는다는 것은 천하에 틀려먹은 노릇이다. 그런데도 우리나라에서는 수레가 국내에서 다니지 않으므로 관청이나 민간에서 짐이란 짐은 오직 말 등에만 의지하는데, 말이야 죽든 살든 많이 싣기에만 급급하다보니 부득불 뜨거운 여물죽을 많이 먹인다. 그렇게 '먹은 힘'을 취하다보니 말 정강이가 약해지고 발굽은 물렁물렁해져서 한 번만 흘레를 붙고 나면 하체를 못 가누게 된다. 그리하여 흘레를 금禁하는 풍속이 생겼으니, 이러고서야 말은 어디서 생길 것인가.[123]

이는 다름이 아니라, 말을 다루는 방법이 틀렸고, 말을 먹이는 방법이 옳지 못하며, 좋은 종자를 받을 줄 모르며, 담당 관리들이 공구功駒(말 사업)에 무식하기 때문이다. 그리하여 책임을 맡고 부임한 자들마다 국내엔 '좋은 말'이 없다고 떠든다. 어찌 국내엔 '말'이 없단 말인가. 이런 한심한 일이 이루 다 손꼽을 수 없을 정도다.

첫째, 말을 다루는 솜씨가 틀렸다는 말은 무엇을 말함인가. 무릇 생물들의 성질이란, 사람과 같아서 고달프면 쉬고 싶고, 답답할 때엔 시원한 곳을 찾으며, 굽으면 펴고 싶고, 가려우면 긁고 싶다. 그 녀석들이 비록 사람을 모시며 먹고 마시고 하지만, 때로는 스스로 유쾌함을 구하고 싶을 때가 있는 법이다. 고로 말 역시 이따금 굴레와 고삐를 풀고 물이 질퍽한 시원한 곳에 풀어놓아 괴롭고 울적한 기분을 달래주어야 한다. 이것이 곧 생물의 성질에 따라 그 뜻을 맞추어 주는 것이거늘, 우리나라에서 말 먹이는 법은 어떤가? 오직 북띠나 굴레가 풀릴 것만 염려하여 꽉 졸라 묶을 분

122
일곱째는 과로사와 가격폭등. 역시 사실무근이다. 쌍가마는 조선시대 최고계급이 타는 가마로서 두 마리 말이 가마 앞뒤에서 끌고 구종과 교군 등 많은 인력이 전후좌우에서 옹위한다. 말의 입장에서 보면 가장 호강스러운 일이다. 빨리 달릴 이유도 죽어나갈 이유도 없다.

123
여덟째 역시 엉터리다. 그런데 "흘레를 금하는 풍속이 생겼다"는 말을 주목하라. 앞서 정석치와의 대화에서는 '종자개량'을 위해서 흘레를 금해야 한다고 주장하지 않았던가. 그러나 지금은 반대로 풍속은 이미 생겼고 정석치처럼 말의 씨가 말라버릴 것을 걱정하고 있다. 문제는 말이 아니라 인간이다. 과도한 노동과 '흘레결핍'이다.

말의 자유를 보장하라. 좋은 말
씀이다. 그러나 과연 말 다루는
사람들은 연암만큼 '말의 욕망'
을 몰라서 말을 억제하겠는가.

아니라, 빨리 달릴 때에도 견마를 잡혀 고통을 벗어날 수 없고 잠시 휴식을 취할 때도 긁거나 땅에 뒹구는 낙樂을 얻을 수 없다. 사람은 말과 소통하지 못하여 툭하면 욕질이나 퍼부으므로 말은 언제나 사람을 원망하고 분노한다. 이런 것이 말을 다루는 솜씨가 틀렸다는 것이다.[124]

둘째, 말을 먹이는 방법이 옳지 못하다는 말은 무엇을 말함인가. 무릇 목마른 고통은 밥을 굶주린 고통보다도 심한 법이다. 우리나라 말들은 아직까지 찬 물을 마시지 않는다. 말의 성질인즉 익힌 음식을 가장 싫어하는데, 말에게 더운 것은 병이 되어 열이 나기 때문이다. 콩이나 여물죽에 소금을 뿌리는 것은 물을 마시도록 하려는 것이요, 물을 마시게 하는 것은 오줌을 잘 누도록 함이요, 오줌을 잘 누도록 하는 것은 몸에 지닌 열을 풀게 함이다. 냉수를 먹이는 것은 정강이를 튼튼하게 하고 발굽을 단단하게 하기 위함이거늘, 우리나라 말들은 삶은 콩과 끓인 죽을 먹어, 하루를 달리면 벌써 병들어 열이 나고, 한 끼라도 죽을 못 먹으면 평생 허虛하고 노곤하여 느림뱅이가 되고 만다. 이것은 모두가 더운 죽을 먹인 탓이다. 군마에게 더운 죽을 먹이는 것은 더욱 실책이다. 이런 것들을 일러서 말 먹이는 방법이 틀렸다는 것이다.[125]

엉터리다. 초식동물은 하루 종일 풀을 뜯는다. 노동을 위해서는 부득이 단시간에 칼로리를 공급하는 조치가 필요하고, 그것이 여물죽이다.

셋째, 종자를 잘 받지 못한다고 하는 것은 무엇을 말함인가. 말이란 어떻든 커야지 작은 종자는 못 쓰는 법이요, 건장해야지 약해선 못 쓰며, 준수해야만 되지 노둔해서는 못 쓰는 법이다. 말에다가 무거운 짐을 싣고 먼 길을 달리지 않는다면 모르겠지만, 무거운 짐을 먼 곳까지 날라야 한다면 이러한 토종마로는 단 하루의 보통 집안일도 치러 내지 못할 것이다. 또한 나라의 무비武備와 군용軍容을 고려하지 않는다면 모르겠으나, 만일 무武를 갖추고 전투를 치러야 한다면 이러한 토종말로써는 단 하루의 전쟁도 감당하지 못할 것이다.[126]

지금 같으면 양국(조선과 청나라)이 태평하므로 암놈 수놈 아울러 몇 십 필쯤 청구한다 해서 저 큰 나라에서 이까짓 것을 아끼지는 않을 것이다. 만일 외국이 말을 구하여 사사로이[중화주의에서 조선은 국가도 아니다] 기르는 것을 의심의 빌미가 된다면, 해마다 심부름꾼을 시켜서 은밀히 사들일 수도 있다. 어찌 심부름꾼이야 없겠는가. 그리하여 서울 근교에 널찍한 수초지水草地를 골라 10년 동안을 두고 새끼를 쳐 가면서 점차로 탐라를 비롯한 국내의 여러 군데에 목장에 퍼뜨려 종자를 바꾸어야 할 것이다.

새끼를 번식하는 방법으로서는 응당 「주례周禮」와 「월령月令」을 따라야 한다.

「주례周禮」는 "무릇 말은 수컷[特]의 비율은 4분의 1로 해야 한다."라고 하였다.[周禮 凡馬特居四之一] 그 주석注釋에 이르기를 "본능을 향한 욕망은 서로 비슷하며, 동물은 기氣를 합하면 마음이 하나가 된다."라고 하였다.[注曰 欲其乘之 性相似也 物同氣則心一] 정사농鄭司農은 "4분의 1이라는 말은 암컷 세 마리에 수컷 한 마리다."라고 하였다.[127] [鄭司農曰 四之一者 三牝而一牡]

「월령月令」에 따르면 "봄철에 발정난 종우種牛와 종마種馬를 암컷들과 함께 목장에서 놀게 해준다." 하였다.[按月令 季春之月 乃合累牛騰馬遊牝于牧] 진혜전秦蕙田은 말하기를 "유인庾人은 종마를 씀에 있어서 과로를 피하여 기운과 혈기를 안정되게 할 것이요, 교인校人은 여름에는 수컷을 쫓아내어 암말이 떳떳하게 잉태할

126
다시 '종자개량론' 이다. 오류의 원인은 '큰 것은 아름답다' 라는 편견에 있다. 무엇을 위한 음모인가?

127
숫말과 암말은 3대1이다. 그들은 흘레를 하면 마음도 하나가 된다. 가당찮은 말씀이다. 소외된 두 마리 수컷은 어찌하라고.

수 있도록 한다."[128] 하였다.[秦蕙田曰 庾人佚特用之不使甚勞 所以安其氣血 校人夏攻特 以牝馬方孕]

고로 수컷을 쫓아내서 암놈 곁에 못 가도록 하는 것을 말 번식의 기본으로 삼아야 한다.[129] [故攻去其特 勿使近牝 以爲蕃馬之本] 이것이 모두 옛 임금들이 때를 맞추어 만물을 길러 만물이 타고난 성정을 누리도록 했던 뜻이다.[130] [皆先王順時育物 能盡物性之義]

지금 중국에서는 매년 봄날 새싹이 푸릇푸릇 돋을 때 수놈 목에 방울을 달아서 내놓아 흘레를 붙이는데, 수놈 임자는 흘레의 대가로 은銀 오전을 받는다. 그리하여 태어난 말이나 노새가 준수한 수놈이면, 또 다시 은銀 오전을 받는다. 그러나 낳은 새끼가 준수하지 않거나 털빛이 좋지 못하고 성질이 길들이기 어려울 때는, 반드시 그 아비말의 불알을 까서 종자를 퍼뜨리지 못하게 한다. 또한 낳은 새끼들 중 큰 수컷들을 골라 성질을 어질게 개량한다.

우리나라의 목장을 감독하는 관리들은 이런 생각을 못하고, 덮어놓고 토산말로만 종자를 받는다. 그리하여 낳으면 낳을수록 종자는 자꾸만 작아지게 되어 필경 똥통이나 나뭇짐 한 짐도 변변히 건지지 못할 만큼 되었으니, 하물며 군국軍國의 수요를 감당할 수 있으랴. 이런 것들이 곧 종자를 잘 받지 못한다는 것이다.

넷째, 담당 관리들이 목마에 무식하다는 말은 무엇을 말함인가. 우리나라 사대부들은 서민들의 일을 멀리한다. 옛날 어떤 이는 사람들이 모인 자리에서 비복에게 말에게 콩을 좀 더 주라는 말을 했다가 사람이 좀스럽다는 이유로 이조吏曹 전랑銓郞의 벼슬을 잃은 일이 있다. 요즘은 어떤 학사가 평소에 말을 좋아하여 말을 잘

128
유인庾人과 교인校人을 주목하라.
유인(곳간지기)은 질특佚特(방탕한 숫놈, 종마)를 후원하고, 교인(선생님)은 못난이 숫말[特]을 쫓아낸다.

129
남녀칠세부동석을 비유한다.
3명의 여자를 한 명의 남자가 차지하기 위해서 2명의 남자를 격리하는 것. 이것이 교육의 기본이다.

130
여기서 만물이란 사대부 남자만 말할 뿐, 나머지 남자와 여자는 해당이 없다. 오직 사대부만을 위해서 재경부장관(곳간지기)은 양식을 관리하고, 교육부장관(교인)은 수컷들을 격리한다.

고르는 법이 백락伯樂이나 다름없었는데, 사람들은 이렇게 놀렸다고 한다.

"옛적에는 양고기 잘 굽는 도위都尉가 있다더니, 지금은 말 잘 다루는 학사가 다 있었구먼."

사농공상이라는 위계질서의 지엄함이 이 지경이다.

목축을 나라의 큰 정책으로 고려하지 않고, 도리어 수치로 삼아 하인들의 손에만 맡겨 두고 있으니, 비록 그 직책은 감목監牧이라고는 하지마는 사람은 유품流品이어서, 목마에 대한 지식이라고는 조금도 없다. 이것은 능력이 없어서가 아니다. 학문으로 인정하지 않기 때문이다. 이런 것들이 관리들이 말 사업에 대하여 무식하다고 하는 것이다.

옛날 당나라 초기에 암컷 수컷이 섞인 말 3천 필을 적수赤水의 언덕에서 사로잡아 농우隴右에다 옮기고는 태복太僕 장만세張萬歲로 하여금 감목하게 하였다. 정관貞觀으로부터 인덕麟德[131]에 이르는 동안에 말은 70만 필로 번식되었다. 측천무후則天武后 때는 말이 줄어들었으나, 당 현종唐玄宗 때까지도 24만 필이 남아 있었다. 그리하여 왕모중王毛仲·장경순張景順 등을 한구사閑廐使로 삼아 10여 년을 먹인 결과 다시 43만 마리로 불었다. 개원開元 13년725에는 현종이 동쪽으로 가서 태산泰山에 제사할 때, 말 몇 만 필을 털빛에 따라 대열을 지어 놓았는데 멀리서 바라보면 비단필처럼 보였다고 한다.[132] 이것은 모두 담당 관직에 적당한 사람을 얻었기 때문이다. 참으로 말을 좋아하고 말을 잘 먹일 줄 아는 자를 얻어 목마행정을 맡긴다면, 비록 '말 잘 치는 학사라는 기롱譏弄을 들을망정, 태복 벼슬감으로서는 안성맞춤이라고 할 수 있을 것이다.

131
정관과 인덕은 모두 당태종 이세민의 연호로서 정관은 627~649년간에, 인덕은 664~665년간에 사용되었다.

132
중국 황제들은 왜 말과 수레를 중시하는가?
우상을 창조하는 중요한 수단이기 때문이다.

4 어떤 한 사람이 찾아와 '연암 박노야가 어느 분인지' 물었다. 기공의 하인들이 나를 가리키자 그는 나에게 인사를 하며 안면에 반가운 기색을 띠는데, 마치 옛 벗을 만난 듯이 말했다.

"저는 광동안찰사 왕노야汪老爺의 관헌입니다. 저희 노아께옵서 지난 날 선생님을 뵙고는 너무나 기쁜 나머지 내일 정오쯤 꼭 다시 찾아뵙겠다고 하시면서, 절강산産 부채에 금칠로 손수 그린 서화를 올리겠다고 하십디다."

"전일은 왕공汪公의 과분한 사랑을 입고서도 아무런 대접을 못했는데, 먼저 귀한 선물까지 받는다는 것은 예의라 할 수 없을 것입니다."

"제가 이번에 갖고 온 것은 아닙니다. 노야께서 오실 적에 몸소 지니고 오시겠답니다. 내일 정오에는 선생님께서는 부디 출타하시지 말아 주셨으면 합니다."

나는 고개를 끄덕이며 대답했다.

"약속하지요. 그런데 댁은 고향이 어디고, 존함은 무엇신지요."

"저는 강소 사람이고, 성은 누屢, 천명은 일왕—旺이며, 호는 원우鴛玗라 한답니다. 일찍이 왕노야를 좇아 광동에 들어가서 살고 있답니다. 그런데 선생님은 귀국을 떠나신 지가 몇 해나 되셨는지요?"

"금년 오월에 고국을 떠났소."

누屢가 말했다.

"우리 광동에 비하면 오히려 문 앞 정원이나 다름없군요. 귀국 황제의 원호元號는 무어라 부릅니까?"

"그게 무슨 말씀이오?"

"원년元年 기호紀號 말이외다."

"우리나라는 중국의 기원을 받들어 쓰는데, 어찌 따로 연호가 있겠소. 금년이 곧 건륭 45년이죠."

"귀국의 임금은 중국과 대등한 천자가 아니옵니까?"

"만국이 한 천자를 받들고, 천지가 모두 대청大淸이요, 해와 달이 모두 건륭인가 봅니다만."

"그러시다면 관영寬永이니 상평常平이니 하는 연호는 어디에서 난 것이옵니까?"

"그게, 무슨 말씀이오?"

"제가 바다에서 표류해 온 귀국의 배에서 보았는데, 관영통보寬永通寶라는 돈을 잔뜩 실었습디다."

"그건 일본사람들이 참칭한 연호이지, 우리나라의 것은 아니오." 133

133
애당초 제기된 문제는 관영과 상평이다. 그러나 관영만 가지고 넘어간다. '논점일탈' 이다.

누는 고개를 끄덕인다. 나는 누의 행동거지와 언어를 유심히 살폈다. 외모는 풍아하지만, 어딘지 무식해 보인다. 당초 그가 따지는 바가 무슨 깊은 뜻이 있었던 것이 아니요, 돈이란 워낙 금물이지만, 저쪽이 묻는 것이 금물禁物을 따지자는 것도 아니다. 정말 우리나라를 천자의 나라인 줄 알았던 까닭에 응당 지금 연호를 물었던 것이다. 그가 말한 '귀국 황제'라는 한 마디로 벌써 그의 무식이 탄로 난 것이다. 오직 관영이니 상평이니 하는 것들을 우리나라 연호로만 알았지, 그것이 참칭이라는 것은 모르는 모양이다. 우리나라의 표류한 배가 돈을 실었다는 점은 그다지 괴이한 일도 아니지만, 다만 배에 가득 실린 것이 관영통보일 리가 있겠는가. 그는 필시 관영통보를 보고는 혹시 또 상평통보를 본 것으로 혼

134
누壺가 제기한 화폐이야기에서
주인공은 계속 '논점일탈의 오
류'를 저지르고 있다.
누壺는 관영통보와 상평통보를 말
하는데, 연암은 관영이 일본 돈이
라는 핑계로 상평을 덮어버린다.

동하여 모두 우리나라 돈인 줄 알았으리라. 그는 정말 우리나라가
중국의 연호를 쓰는 줄 몰라서, 돈을 보고는 우리나라에도 연호
가 있는 줄 알았던 것이지만, 속내를 떠보려는 간교한 의도는 아니
었다. 차를 다 마신 누壺가 거듭 당부한다.[134]

"내일은 부디 출타하지 말아 주십시오."

내가 고개를 끄덕인즉, 그는 곰곰 석별의 아쉬운 빛을 보이면서
한 번 읍하고 가버린다.

나는 수역에게 물었다.

"돈을 금하는 것은 대체 무슨 까닭이오?"

"특별히 약조된 일은 없습니다. 다만 당전唐錢을 금하였고, 또
작은 나라로서 사사로이 돈을 주조하는 것은 당연히 비법非法이
죠."[135]

내가 말했다.

"옛날 제齊나라 태공太公은 경중輕重 구부九府를 설치하였지만,
주周의 천자가 이를 금한 적이 없었네. 또 돈을 근래에 와서 쓰기
시작한 것은 숙종 경신년庚申年(1680)이니 올해가 벌써 101년인즉,
아마도 청淸나라 초기에 두 나라가 맺은 약조에도 이런 금법이 들
어 있지 않았던 것이지. 우리나라는 세종 때 돈을 한번 만들어서
약 7, 8년 동안 쓰다가 민간에서 불편하다고 하여 다시 저화楮貨를
사용하였고, 인조 때 와서 두 번째로 돈을 만들었다가 사용이 중
단되었지. 그러나 그것은 모두 민간에서 불편하다 해서 그랬던 것
이지, 대국이 두려워 그랬던 것은 아니네. 지금 북도 지방은 돈을
금하고 무명을 돈 대신 쓰고 있는데, 그것은 국경이 가까워서 그
런 것이요, 관서지방은 의주에 이르기까지 압록강변의 여러 고을

들이 아직 한 번도 돈을 금한 적이 없지. 이것은 알쏭달쏭한 일이네. 그런데 우리나라의 표류된 배에 실린 돈은 무슨 이유로 금하겠는가." 136

수역이 말했다.

"그러나 지금 사역원司譯院은 몇 년간은 비상책으로 중국 돈을 통용하는 것보다 좋은 방법은 없습니다.137 우리나라 은銀은 자꾸만 귀해지고 중국 물건 값은 날로 비싸지니, 이로 말미암아 역원의 손해는 막심하지요. 은 한 냥으로 중국 돈 7초鈔를 바꾸는 실정이니, 만일 중국 돈을 통용한다면 우리나라에서는 돈을 만드는 수고를 덜고 돈은 저절로 헐해질 것이니, 이익이 막대할 것입니다."

주 주부가 말했다.

"조선통보朝鮮通寶는 한漢의 오수전五銖錢보다도 더 비싸답니다. 가장 오래되고 신통하다 하여 점치는 돈으로 사용되고 있습니다."

내가 말했다.

"무엇을 일러 가장 오래되고 신통하다 하는 것이오?"

주주부가 대답했다.

"조선통보는 기자조선 시대의 돈이라 중국 사람들이 보면 응당 진귀한 보물로 여기는데, 애석하게도 가지고 오는 게 불가능했죠."

내가 말했다.

"조선통보는 세종 때 만든 돈이네. 기자 때에 어찌 해서체가 있었겠는가. 송宋나라 동유董逌가 쓴 「전보錢譜」에 우리나라 돈으로 삼한중보三韓重寶·삼한통보三韓通寶·동국중보東國重寶·동국통보東國通寶 네 가지만 있고 조선통보가 없다네. 이로 추정해보면 가히 알겠지만, 그 돈은 오래된 돈이 아니라네." 138

136
연암은 성문법만 보고 불문법을 보지 못한다. 그러면서도 화폐의 필요성을 부정하지는 못한다. '화폐를 발행하지 못한다면, 일본이 발행한 화폐를 쓰는 것은 무방하지 않겠나?' 기가 막힌 발상이다.

137
중국이 화폐발행을 남발하여 인플레로 환율인하(원화상승)가 일어나고 있다. 수역은 외화매도거래만 바라보고 손실을 운운한다. 한 술 더 떠서 돈을 없애버리자 한다.
그들이 바라보지 못하는 '화폐의 기능'은 무엇인가?

138
다시 '논점일탈'이다.
문제는 '오래되고 신통한 돈'이다. 대답은 '오래된 돈' 뿐이다. 작가는 '신통'을 묻고 있다.
'화폐의 신통한 기능은 무엇인가?'

만주글자는 소통의 범위를 광범
위하게 확대해 줄 것이다. 또 한
가지. 황제는 한자만이 유일한 문
자라는 유가의 불문율을 깨뜨린
것이다.
그런데 우리는 왜 한글을 쓰지
못하는가? 우리는 왜 조선통보를
사용하지 못하는가?

140
만주글자는 좋은데, 청나라는 그
것까지도 춘추대의에 악용하고
있다.

141
세자를 책봉하러 온 노유령이 탐
욕을 부려 약탈한 돈은 무려 은
13만 냥이나 되어 호조의 재정
이 바닥나고 서로西路의 백성들
이 곤궁에 빠질 정도였다고 한다.
그런데도 연암은 순진하게 부끄
러워한다. 탐욕스러운 사람일수
록 아름다운 깃털로 포장하려는
'상대성 원리'를 모른다.

5 오후에는 세 분 사신이 대성전大成殿에 배알하였다. 주자朱子
는 석차를 높여 십철十哲 아랫자리에 모셔져 있는데, 위패位牌들은
모두 붉은 칠을 하여 반짝반짝 윤이 나는데, 금자金字로 위판을
썼는데 옆에 만주글자로 병기되어 있다.[139] 대성문 바깥벽에는 검
은 비석을 둘러 세우고, 강희·옹정과 지금 황제의 훈시를 새겨놓
았다. 또한 친히 지은 학규學規를 새겨 두었다. 마당에 있는 비석
은 작년에 세웠다는데, 역시 황제가 세운 것이라 한다. 대성전 뜰
가운데에는 향정香鼎을 두었는데, 높이가 한 길 남짓 되고 강철을
조각한 솜씨는 말할 수 없이 정교했다. 전각 안에는 위패 앞마다
작은 향로 한 개씩을 두었는데, 모두 '건륭乾隆 기해제己亥製'라 새
겨져 있다. 위패 앞마다 붉은 색 구름무늬 비단으로 휘장을 드리
웠고, 양쪽 행랑채 안에도 위패들 있는데, 위패 앞에 차려 놓은 양
식은 본전의 것과 마찬가지로 장엄하고 화려한 품이 이루 다 형용
할 수 없었다.[140]

6 삼사는 돌아오는 길에 각자 청심환 몇 알과 부채 몇 자루씩
을 추사시鄒舍是와 왕민호王民皥 두 거인擧人에게 보냈다. 숭정崇禎
갑술년(1634) 6월 20일에 명나라 환관 노유령盧有齡이 칙사로 우리
나라로 왔는데, 성균관에 참배를 하면서 그 자리에 참가한 유생들
에게 백금 오십 냥을 내놓은 일이 있었다. 이제 우리 사신들이 큰
나라에 와서 성묘를 배알하면서 두 거인에게 겨우 환약과 부채 따
위를 선물로 보낸다는 것은 정말 부끄러운 일이다.[141]

나는 몸소 두 선비가 있는 숙소를 찾아가 말했다.

"창졸간에 나선 나그네의 처지라, 아무 것도 지닌 것이 없어 변
변하지 못한 환약과 부채를 올렸으니 부끄럽기 짝이 없습니다."

두 거인은 허리를 굽히고 사양한다.

"주인된 도리로 안내한 것뿐인데, 무슨 수고랄 것이 있겠습니까. 여러분께서 이토록 분에 넘치는 선물을 주시니 충심으로 감사하옵니다."

저녁을 치른 뒤에, 왕곡정王鵠汀이 학도 아이를 시켜 붉은 종이 편지 쪽지를 한 장 보내 왔다.

"왕민호는 삼가 연암 박노선생朴老先生께 청을 드리나이다. 수고스럽겠지만 여기 천은天銀 두 냥을 보내오니, 청심환 한 알만 팔아주시면 감사하겠습니다."[142]

나는 곧 보내온 은을 돌려보내면서 진짜 청심환 두 알을 보냈다.

7 저녁 어스름녘에, 황제로부터 사신은 황성皇城으로 돌아가라는 명령이 떨어졌다. 일행은 부산하게 밤이 이슥하도록 길 떠날 치장을 차렸다. 밤에 기려천奇麗川과 작별하는데, 여천이 말했다.

"18일에 열하를 출발하여 25일에는 북경에 도착해서, 26일부터 사흘 동안은 두루 작별 인사를 다니고, 9월 6일에는 선산에 성묘를 갔다가 9일에는 집으로 돌아올 것입니다. 그리고 11일에는 귀주貴州로 떠날 터인데, 떠나기 전날 집에서 기다릴 터이니 꼭 왕림해 주십시오."

여천의 청에 나는 응락하고, 다시 왕곡정에게 작별을 고하러 들렀다. 곡정은 눈물을 지으면서 말했다.

"이 밤에 길이 이별을 하면, 또 뵈올 기약이 없겠소이다. 더구나 다가올 밝은 달밤에는 그 심회를 어찌하오리까."

이는 전일, 추석날 달밤에 명륜당에서 만나 이야기를 하자고 약속하였기 때문이다. 다시 학지정郝志亭의 처소를 찾았더니, 지정은

142
아침에 연암은 '무례無禮한 아이'에게 '모욕'을 주었다. 연암이 그렇게 예禮를 좋아하는 인간이라면 선물을 주지 않아도 좋다. 돈 받고 팔면 되잖아. 왕곡정의 돈은 무엇을 의미하는가?
화폐의 매개기능이다. 무엇을 매개하는가? 공작새인간과 까마귀인간의 가치를 매개한다.
그러면 글자란 무엇인가?
소통이다. 공작새인간과 까마귀인간을 연결하여 더 좋은 인간세상을 만들어주는 신통한 힘일 것이다.

다른 곳에 자러 나가고 없어 서운하기 짝이 없었다. 이어서 윤형산尹亨山에게 들렀더니, 형산 역시 눈물지으며 말했다.

"내 나이 늙고 보니, 이제는 아침 저녁 풀잎에 맺힌 이슬이나 다름없는 신세랍니다. 선생은 아직 한창 연령이니, 또 다시 연경 걸음이 계시게 된다면 응당 오늘 밤 생각을 아니할 수 없을 것입니다."

그러고는 술잔을 들어 달을 가리키며 말을 이었다.

"저 달 아래 이 이별을 하매, 다른 날 만 리 밖에 계신 선생이 그리울 적엔 저 달을 보고 선생을 대하듯 하리라. 보아하니 선생은 술도 잘 드시고, 또 한창 시절에는 꽤나 호색을 즐기셨을 텐데, 원컨대 이제부터는 계戒를 지켜 입단入丹하시옵소서.143 저는 18일에 연경으로 돌아갈 것입니다. 만일 선생께서 그 때까지 귀국하시지 않으셨거든, 다시 한 번 찾아 주십시오. 동단패루東單牌樓 둘째 골목[衚衕] 둘째 집 대문 위에 대리시경大理寺卿 편액이 붙어 있는 것이 곧 저의 집이올시다."

마침내 악수를 하고 작별하였다.

143
호색을 버리고 계戒를 지켜라.'
윤형산은 끝내 명나라의 옷을
벗지 못한다. 그리하여 이듬 해
(1781년) '문자옥文字獄'에 걸려
형장의 이슬로 사라진다.
무례한 아이를 모욕한 연암 역
시 윤형산과 같은 깃털인가. 연암
은 자기 궁둥이에 달린 공작새깃
털을 보았을까? 그리고 이제 한
글과 조선통보를 가지고 건설할
'까마귀와 공작새들의 세상'을
바라보고 있을까?

"말 머리엔 굴레를 씌우고 소 코엔 코뚜레를 꿴다."

장자莊子는 이렇게 말하였으니, 코뚜레풍습은 옛날부터 있었음을 짐작할 수 있겠다. 우리나라 소는 태어난 지 겨우 7, 8삭이 되면 벌써 코를 꿴다. 송나라 왕안석의 시에는 이런 구절도 있다.

牛若不穿鼻 미련한 저 소, 코뚜레를 꿰지 않는다면
豈肯推入磨 맷돌방아인들 제대로 찧을 수 있겠나.

그러니 하물며 수레를 끌거나 밭을 갈려면 어떠하겠는가. 그런데 책문에 들어온 뒤 열하에 이르기까지 집집마다 기르는 소가 최소 7~8두 이상이고, 어떤 집들은 30~40두나 됐다. 그런데도 밭을 갈거나 수레를 끌 때도 소들은 모두 뿔을 묶어서 부리지, 코를 꿴 놈은 하나도 없었다. 소들은 유난히 크고 어린 아이 하나가 수십 마리를 몰고 다니며 방목을 한다. 방목하는 소들은 코를 꿰지도 않고 뿔도 얽매지 않았으니, 중국 사람들의 소 치는 기술은 우리보다 월등하다. 그런데 코를 꿰지 않는 것은 고금의 차이가 있단 말인가.[144]

—「피서록」에서—

144
'굴레와 코뚜레'는 사람에 대한 억압의 비유임을 간과한 의문이다.

연암은 장자의 말씀을 인용하여 굴레와 코뚜레를 합리화 한다. 굴레와 코뚜레의 당위성을 역설한 왕안석의 시詩와 같은 맥락이다. 마소의 굴레와 코뚜레를 가지고 장자와 왕안석은 인간을 억압하는 이데오르기를 창출하고 있는 것이다. 그러나 연암이 과연 「장자」를 제대로 읽었는지 다시 한 번 『장자莊子』를 보자.

河伯曰	하백이 물었다.
何謂天 何謂人	무엇이 천天이고 무엇이 인人입니까?
北海若曰	북해 약이 대답했다.
牛馬四足	소와 말은 네 발을 가졌으니
是謂天	그것이 천天이다.
絡馬首穿牛鼻	말은 굴레를 씌우고 소는 코뚜레를 뚫었으니
是謂人	그것이 인人이다.
故曰	옛 말에 이르기를
無以人滅天	인위의 무無는 천성을 죽이고
無以故滅命	작위의 무無는 천명을 죽이고
無以得殉名	득得의 무無는 명名을 좇아 죽게 하나니.145
謹守而勿失	삼가 지켜서 잃지 않는 것,
是謂反其眞	이를 일러 '참 나로 돌아감'이라 하느니라.

— 『莊子』 '秋水篇'—

145
통상의 해석은 다음과 같다.
(無以人滅天) 인위로써 천성을 죽이지 말고 (無以故滅命) 기교로써 천명을 죽이지 말고 (無以得殉名) 득得으로써 명名을 좇아 죽지 말라 하였나니.

과연 장자다운 인간관이다. 인간을 구속하는 굴레는 우상(나쁜 무無)이다. 이에 비하여 왕안석은 굴레를 씌우고 코뚜레를 꿰지 않으면 맷돌방아도 돌리지 못하는 게 인간이라고 한다. 여기서 도가道家와 유가儒家의 차이가 극명하게 드러난다. 도가道家가 해방의 철학인 반면, 유가儒家는 기망과 억압의 이데오르기다. 문제는 현실이다. 어떻게 도가道家의 정신을 구현할 것인가?

돈과 글자. 거기에 1대 3 결혼의 법칙과 같은 기망의 법칙을 대체할 수 있는 더 좋은 결합의 법칙이 있을 것이다.

口外異聞

제13장

구외이문
낙원을 찾아가는 60고개

낙원을 찾아가는 60고개

1. 반양盤羊[01]

반양은 사슴의 몸에 가는 꼬리와 두 개의 밥그릇 같은 뿔이 달렸으며 등에는 주름무늬가 있다. 밤이면 뿔을 나무 위에 걸쳐서 우환을 예방한다. 모양은 마치 노새처럼 생겼으며 떼를 지어 다니며, 더운 날씨에 먼지와 이슬이 뒤범벅된 뿔 위에 풀이 자라곤 한다. 혹은 영양羚羊이라 하고, 혹은 완양羱羊이라 부른다. 한나라 허신許愼이 지은 〈설문說文〉에, "영양羚은 큰 양羊인데 뿔이 가늘다." 하였고, 송나라 육전陸佃의 〈비아埤雅〉에는, "완양羱羊은 오나라 양과 같이 생겼으며 몸집이 크다."하였다. 이번 만수절을 맞이하여 몽고에서 이를 진상하자 황제는 반선班禪에게 공양하였다.[02]

盤羊 鹿身細尾兩角盤背上有麑文 夜則懸角木上以防患 狀若騾 群行
暑天塵露相團 角上生草 或曰羚羊 或曰羱羊 說文羚大羊而細角 陸佃
埤雅羱羊似吳羊而大 今萬壽節 蒙古來獻 皇帝以供班禪

2. 채요彩鷂와 호접蝴蝶

강희 40년(1701년) 황제가 구외에서 피서를 하고 있을 때, 날리달

01
본장 「구외이문」과 15장 「금료소초」는 작가의 표지로서 기문奇文이다. 1차 독서에서는 두 개의 기문을 건너뛰어 '태학유관록-환연도중록-옥갑야화' 순으로 읽어도 좋을 것이다.

02
반양(학명 Argali)과 영양(Antelope)은 다르다. 영양은 사슴처럼 날씬하지만, 반양은 뭉툭하고 구부러진 뿔이 특징이다. 〈설문〉은 왜 영양羚을 사슴이라 안 하고 양이라 했을까? 그러고 보면 반양이야말로 양 중의 양이 아니겠는가. 7월 30일자 '반산盤山' 처럼 반양은 밥그릇 모양이다. 반양은 '몽고인→황제→반선' 에게로 갔다. 그러면 반선은 무엇을 줄까?

번두인喇里達番頭人이 채요彩鷂 한 조롱과 파란 날개가 달린 호접 한 쌍을 바쳤다. 채요는 범을 사로잡을 수 있으며, 호접은 새를 잡는다고 한다.[03] 이 기록은 이상貽上 왕사정의 〈향조필기香祖筆記〉에 나온다.

康熙四十年 帝避暑口外 喇里達番頭人 進彩鷂一架靑翅蝴蝶一雙 鷂能擒虎 蝶能捕鳥 見王貽上香祖筆記

03
날리달번두인喇里達番頭人은 라마국[喇里]의 첫 번째[達番頭] 사람[시]. 라마교의 지도자다. 채요(아름다운 깃털을 지닌 매)와 호접은 각각 불가와 도가를 이용한 '우상'이다.
반양과 채요·호접을 함께 보면 청나라 황제의 보인다. 반선은 우상을 바치고, 몽고는 밥그릇을 바친다.

3. 고려주高麗珠

중국 사람들은 우리나라 진주[東珠]를 보배롭게 여겨서 고려주高麗珠라 부른다.[04] 빛이 맑고 담백하기가 차거硨磲(하얀 조개)와 같으며, 모자 이마 중앙에 한 알을 박아서 남북을 나타낸다.[05] 우리나라 진주로서 무게가 8푼 이상이면 벌써 보물로 인정된다. 황제가 가진 것은 무게가 7돈이나 되는데, 이로써 악몽을 누르는 보물로 삼았다. 황후의 것은 6돈 4푼인데 흰 가지처럼 생겼다. 건륭 30년(1765년)에 황후가 그 진주를 잃어버렸는데, 회회족 출신의 후비가 고자질하여 수사한 끝에 궁중 호위 군졸 집에서 찾아내었다. 황후는 곧 폐출되어 냉궁冷宮에 갇히었다. 귀주 안찰사 기풍액도 모자 끝에 고려주를 달았으나 빛깔이 별로였다. 기풍액이 말했다.

"이 진주는 무게가 6~7리釐인데 값은 40냥입니다."

"이 진주는 우리나라 산이 아닙니다. 더러 대합조개를 먹다가 입속에서 발견되기도 하는데, 그것을 육주陸珠라 하나 너무 가늘어서 보배라고 할 것도 없습니다. 부녀들의 머리꽂이와 귀고리에 붙인 것은 대체로 왜산倭産으로서 붉은 색을 귀중품으로 친답니다."

04
동주東珠의 동東은 조선(우리나라)이 아니다.[8월 11일자 동금東金처럼.] 고려주高麗珠 역시 고려의 진주가 아니다. 그러나 주인공의 말이므로 주인공의 해석을 따른다.
[20. '여음리동두등절' 참조]

05
남북: 모자의 앞뒤 또는 사회적 지위. 그러므로 고려주는 지위상징으로서의 재화.

내 이야기를 듣더니, 기풍액이 껄껄 웃으며 말했다.

"아닙니다. 이것은 조개껍질을 둥글게 간 것일 뿐, 진주가 아닙니다. 동주東珠가 귀한 까닭은 패기貝氣가 없이 스스로 천연적인 보배로운 빛깔을 내기 때문이지요."

이 말은 매우 일리가 있는 말이다. 그러나 나는 알지 못하겠다. 동주東珠가 어느 곳에서 나는 것인지. 또 누가 캐어내어 이 넓은 중원에 퍼뜨리는 것인지.06

06
연암은 동주 즉 고려주를 조선의 진주라고 생각한다. 그러나 기풍액의 대답은 다르다. 연암은 어디서 나는 것인지 누가 공급하는지 모르겠다고 한다. 이것이 연암의 한계다. 그 가짜진주가 무엇을 창조하는지를 바라보지 못한다.

中國人寶東珠 以爲高麗珠 色淡白如硨磲 今帽前簷端嵌安一箇 以表南北 東珠八分已上爲寶 皇帝有東珠七錢重 爲鎭夢魘寶 皇后東珠六錢四分重 形如白茄子 乾隆三十年 皇后失東珠 回后讒 皇后搜得東珠鑾儀衛卒家 后遂廢幽之冷宮 貴州按察使奇豊額帽簷東珠 色殊不佳 奇言珠六七顆 價銀四十兩 余言珠非土産 或有食蛤得之牙頰間 謂之陸珠 瑣細不足珍 婦女簪珥所粧 皆倭珠 有紅光可寶 奇按察笑曰 否也 這是蠣房磨圓 非珠也 所寶東珠者 無貝氣 自有天然寶光 此言殊有理 然吾未知東珠産於何處 而誰能探之而遍於天下乎

4. 숭정상신崇禎相臣

명나라 숭정제가 재위한 17년 동안 갈아치운 재상은 무려 50명이나 된다. 변방을 지키는 장수가 조금이라도 조정의 뜻을 어기면 가차 없이 그 머리를 잘라 구변九邊에 돌렸다. 당시 공직규율의 엄격함이 역대에 보기 드물 정도였지만, 역시 패망의 운수는 거스를 수 없었다.07

07
인과관계의 오류.
엄격한 규율이 패망을 막지 못한 것이 아니다. 그것이 패망을 재촉한 것이다.

崇禎十七年間 相臣拜罷五十人 邊帥少失廷旨 輒傳首九邊 當時師律之嚴 歷代所罕 而亦無補於勝敗存亡之數

5. 이상아伊桑阿와 서혁덕舒赫德

강희 연간의 재상으로서 업적과 문장과 학문을 두루 갖춘 이를 물으면 모두 이상아伊桑阿를 꼽는다. 이상아는 만주인으로 강희 무진戊辰(1688년)에 예부상서에 올라 15년간 재상의 자리에 있다가 86세에 죽었다. 시호는 문단文端이며 63세에 송나라 구양수의 사례를 본받아 30번이나 사직서를 올렸으나 수리되지 않다가 그 사의辭意가 갈수록 더욱 간절하였으므로 황제는 마침내 윤허하였다. 근년에 공덕이 큰 재상으로는 서혁덕舒赫德이 으뜸인데, 역시 만주 사람이다. 서혁덕은 재상에 오른 지 40여 년 만인 지난해에 죽었으니, 나이는 88세이며 사람들은 그를 송宋나라 충신 문로공文潞公에 비유한다.[08]

康熙時相業文章學問 皆推伊桑阿 滿洲人 康熙戊辰 以禮部尙書大拜 在相位十五年 卒年八十六 諡文端 六十三 援歐陽乞休 章三十上 彌出彌懇 得請 近歲相業之盛 舒赫德爲首 舒亦滿洲人也 處相府四十餘年 去歲卒 年八十八時 人比之文潞公

6. 왕진묘王振墓

지난해 즉 건륭 기해己亥(1779년)에 왕진王振의 무덤을 서산西山에서 찾아내어 그 관을 부수고는 죄를 물어 시신을 갈가리 찢고 그 일당들의 무덤 20여기를 모두 파헤쳐 목을 잘랐다.

그런데 〈명사明史〉에는, "영종황제가 몽고족에 쫓겨 토목보土木堡에 피신하였을 때, 왕진의 가산을 실을 수레가 천여 대나 되었는데, 적병에게 사면이 포위되어 일시에 종관從官과 장병들이 모두 함몰되었다."[09] 하였으니 왕진이 어찌 혼자서 포위를 뚫고 빠져나갈 수 있었겠는가. 또한 왕진의 집안이 멸족을 당하고 부하인 마순馬順이 도륙을 당하고, 왕진의 조카 왕산王山까지 사지가 찢긴 채 저자거리에 매달렸다는데, 어찌 왕진의 무덤이 있었겠는가.

천순제天順帝로 복위한 황제는 왕진을 복권하고 사당을 세워 제사하였다고 한다. 그렇다면 그의 무덤이 남아 있었다는 것도 괴이한 일은 아니리라.[10]

10
물론 그럴 리는 없을 것이다. 사당을 지어 왕진을 복권한 것이 명나라의 춘추대의라면, 없는 무덤을 파헤쳐서 역적의 목을 참수하였다는 이야기는 청나라의 춘추대의다.

去年乃乾隆己亥 得王振墓於西山 剖其棺 數其罪而磔之 並掘其黨與二十餘塚 皆斬之 按明史 駕至土木 振輜重千餘兩 敵四面追之 一時從官及兵將皆沒 振安得獨脫 且當時族誅振家 歐殺馬順長 磔振侄王山於市 則其黨與安得有墓 天順旣復位 復振官爵 立祠祀之 然則振之有墓亦無足恠也已

7. 조조수장曹操水葬

건륭 무진戊辰(1748년) 장하漳河에서 고기잡이를 하는데, 물에 빠진 사람이 허리가 끊어진 채 물 위에 떠올랐다. 황제가 군졸 수만 명을 풀어 그 강 옆을 파서 물을 덜어내고 강물을 살펴보니, 물속에는 수만 개의 쇠뇌에 화살이 메워져 있고 그 밑에는 무덤이 있었다. 무덤을 파서 관棺을 열었더니, 은해금부銀海金鳧를 갖추고 황제를 사칭하는 면류관과 옷차림을 하고 있었으니, 곧 조조曹操의 시신이었다. 황제가 친히 관제묘의 소열昭烈 황제 유비의 소상 앞에 나아가 시신(조조)의 무릎을 꿇리고 목을 참수하였다. 이 거사는 비단 천고 신인神人의 분을 씻은 것뿐만이 아니라, 70총塚의 의혹을 작파한 쾌거라 할 것이다.[11]

11
72의총설: 조조가 후대에 자신의 무덤이 발굴되는 것을 두려워하여 72개의 가짜무덤을 만들라고 유언하였다는 설. 한나라 후예(유비)의 정통성이 〈삼국지〉의 춘추대의인 이상, 조조는 역적일 수밖에 없다. 역사가들은 조조의 유언을 조작하여 조조 스스로 역적임을 인정하게 한 것이다. 청나라는 한 술 더 떠서 없는 무덤을 만들어내고 있다. 그런데 조조의 시신을 참수한 장소는 관제묘. 관우와 유비의 자리는 이미 뒤바뀌어 있으니, 관우와 조조의 위상이 극렬한 대비를 이루고 있다.

乾隆戊辰 漁於漳河 泅水者腰斷浮水 帝發卒數萬 塹河傍 別疏之 視

河中 萬弩俱張 其下有塚 遂掘得其棺 銀海金鳧具帝者冕服 乃曹操屍
也 帝親至關廟昭烈像前 跽其屍而斬之 此擧非但雪千古神人之憤 快破
七十塚之疑

8. 위충현魏忠賢

　명나라 숭정崇禎 초년에 위충현魏忠賢을 봉양鳳陽에 귀양 보내고
그의 재산을 몰수하려 하였다. 그러자 위충현은 군졸을 거느려
몸을 옹위하매 황제가 진노하여 충현을 체포하라고 명하였다. 충
현은 죽음을 면치 못할 것을 짐작하고 스스로 목매어 죽었다. 충
현의 시신은 갈갈이 찢겨져 하간河間에 뿌려졌으니, 어찌 충현의
무덤이 있겠는가.

　강희 때 강남도감찰어사 장원張瑗이 상소를 올렸다.

　"황상께옵서 지난해 남으로 거둥하실 때 명령을 내려 악비岳飛
의 묘를 정비하라 명하시면서 더불어 우겸于謙의 비碑에 제를 하
사 하셨습니다.[12] 폐하의 은덕으로 이제 두 신하의 충忠은 일월日月
에 빛날 것이며, 의義는 산하山河에 떨칠 것입니다. 그들의 충의를
표창하고 널리 알리는 것은 온 천하에 그들의 기풍을 보여주려는
것인바, 소신이 명을 받들어 서성西城을 순시하던 차 서산西山 일대
를 거쳐 향산香山 벽운사碧雲寺에 이르렀을 때였습니다. 절 뒤에 높
은 집을 둘러싼 담장이 몇 리를 뻗어있는 것이 화려한 섬섬옥수
같은 비단이 뻗쳐 있는 듯 금벽金碧처럼 휘황찬란하였습니다. 이는
명나라 역당 위충현의 무덤이었습니다.[13] 그 위에 하늘같은 두 개
의 비碑가 나란히 우뚝 솟았는데, 다음과 같은 비문이 합서合書되

12

악비岳飛(1103~1141): 금나라에
의하여 북송이 멸망한 후 고종을
옹위하여 남송을 세운 한족의 영
웅. 송의 옛 영토를 회복하자는
주전파로서 주화파와 대립하다
가 결국 처형 당하고, 남송은 금
에 조공을 바치는 굴욕적인 협상
을 체결한다.
우겸于謙(1398~1457): 앞서 왕
진과는 반대로 명나라 영종(정통
제)이 몽고족에게 붙잡히자 새 황
제(경태제)를 옹립하여 황도를 방
어하였다(8월 20일 일기참조).
1457년 몽고가 영종을 석방함으
로써 복위한 영종(천순제은 우겸
을 대역죄로 서형하였다.

13

위충현(1568~1627): 천계제
(1620~1627)가 된 주유교의 어
머니를 모셨던 환관. 주유교가 황
위에 오르자 황제의 유모 여인 객
씨의 애인으로 둔 덕택에 권력을
장악하였다. 1627년 숭정제가 등
극하자 자살하였으나 사후에 걸
형傑刑에 처해졌다.

어 있었습니다.

'흠차총독 동창관기판사 장석신사 내부공용고상선감 인무사례감 병필총독 남해자제독 보화등전 완오위공충현지묘'

황도가 지척인 이곳에 이 따위 더럽고 추악한 자의 자취와 참람한 제도가 남아 있은즉, 장차 어찌 대돈大憝을 징계하며 공법公法을 밝히겠사옵니까. 하물며 당장 명을 받들어 〈명사明史〉를 수찬修纂케 하여 무릇 명말明末에 화를 입은 충직하고 어진 모든 신하들의 전傳을 바로세우지 않음이 없는 바, 밝은 하늘 햇빛 아래 어찌 간악한 잔당들이 한치 앞을 내다보지 못하고 대담하게도 하늘을 침을 뱉는 짓을 용서하겠나이까. 우러러 바라옵건대 폐하께서 지방의 유사有司에게 칙명을 내리시어 그 비를 엎고 무덤을 쓸어버리게 하옵소서. 소신 그 해당 성城의 관원들과 함께 명을 받들어 비석을 엎고 무덤을 훼손하여 평지로 밀어버리겠습니다."

이것으로 따진다면 의당 왕진王振의 무덤도 있었을 것이다.[14] 이에 나는 아울러 지적하건대, 명말의 풍조와 법도가 지엄하였던 것으로 보이지만, 기강紀綱이 무너졌음이 이와 같은 것이다.[15]

崇禎初 謫魏忠賢于鳳陽 籍其家 忠賢擁徒衆 上震怒 命逮 忠賢知不免 自經死 磔忠賢屍於河間 然則忠賢安得有墓 康熙中 江南道監察御史張瑗疏言 皇上前歲南巡 命修岳飛之墓 賜題于謙之碑 誠以此二臣者 忠貫日月 義壯山河 故表而揚之 風示天下 臣奉命巡視西城 前往西山 一帶查閱 至香山碧雲寺 寺後峻宇繚墻 覆壓數里 鬱蔥綿亘 金碧輝暎 乃故明逆璫魏忠賢之墓也 墓上有二穹碑 屹然並立 合書 '欽差總督東廠官旗辦事掌惜薪司內府供用庫尙膳監印務司禮監秉筆總督南海子提督保和等殿完吾魏公忠賢之墓' 畿輔近地 尙留此穢惡之蹟 僭越之制 何以儆大憝昭公法哉 況當奉旨纂修明史 凡明季被禍忠良諸臣 無不立傳 光天化日之下 豈容奸孽餘黨 膽大潑天 目無三尺 仰祈天威 勑地方有司

14
왕진의 무덤이 없는 것과 마찬가지로 위충현의 무덤도 있을 리 없다.

15
'숭정상신'과 같은 안과관계의 오류. 기강이 무너져서 명나라가 망한 게 아니다.
'숭정상신'에서부터 많은 인물들에 대한 역사적 재평가가 이루어지고 있다. 그리하여 재정립하고자 하는 청나라의 춘추대의는 무엇일까?

仆碑劉墓 奉旨交與該城官員 仆毀劉平 由是觀之 王振亦應有墓 余兹
並錄之 以見明季尚法之嚴 而紀綱不立 有如此者

9. 양귀비사楊貴妃祠

청淸이 나라의 기틀을 세우는 토대는 오로지 어짊[賢]을 표창하
고 악을 단죄하는 법으로써 천하 민심을 얻는 데 있었다.

그런데 계주 반산에 안녹산의 사당이 있음은 물론, 동탁董卓·조
조·오원제·황소 따위의 역신들의 사당이 왕왕 있으니, 어찌하여
그들의 사당을 헐어 버리지 않는 것인지 참으로 이해할 수 없는
일이다. 구외口外 길가에 양귀비楊貴妃의 사당이 있고 사당 안에는
안녹산의 소상塑像도 나란히 서 있다. 마두배들이 들어가 보니 양
귀비의 상은 요염하기가 마치 살아 있는 듯하고, 안녹산의 상은
뚱뚱보에다 희멀건 배가 드러난 것이 지극히 추한 모습이라 한다.
이와 같이 음흉한 자들의 사당을 헐어 버리지 않는 것은 이것을
거울삼아 후세 사람들을 경계하고자 함인가.[16]

淸之立國 專以表賢瘴惡之典 服天下心 而薊州盤山 有安祿山廟 董卓
曹操 吳元濟 黃巢輩 往往有廟 而何不所在毀撤 是未可曉也 口外路傍
有楊貴妃祠 並塑祿山 馬頭輩入見之 貴妃像妖艶如生 而祿山像胖大
皤然露腹 備極醜態云 不毀此淫祠者 所以鑒戒後人歟

10. 초사樵史

〈초사樵史〉 한 권은 누가 지은 것인지 모르겠으나 명明 황실이
망한 연유를 기록하여 그 비분悲憤함을 우언으로 표현한 것이다.

그 중 여인 객씨客氏 이야기와 웅정필熊廷弼을 죽인 사건에는 자못
이상한 이야기가 많았다. 또 만력萬曆(신종의 연호)이 조선을 구원하
다가 나라의 창고가 텅 비어 인민이 유리걸식하게 되었는데, 조정
신하들이 어쩔 줄을 모르고 있던 판에 어떤 요망한 자가 당시 재
상에게 광산 채굴을 주장하여 흔쾌히 시행하는 바람에 인민이 더
욱 곤궁하여 모두 도적으로 변했으며, 결국 망국에 이르렀다고 하
였다.

그 내용에 비통하고 애절한 이야기들이 많았는데 정사正使와 함
께 읽으며 나도 모르게 눈물을 떨구었다. 갈 길이 바빠서 베끼지
못하였는데, 이 책은 금서禁書라서 오직 이 등본 한 권이 있을 뿐
이라 한다.[17]

17
〈초사樵史〉란 나무꾼(재야학자)
이 기록한 역사라는 뜻. 그래서
'금서'라 하지만 여인객씨와 웅
정필 사형 등 명나라의 멸망원인
을 바라보는 시각은 앞서 청 황
실의 입장과 다르지 않아 보인다.
아마도 '나무꾼의 역사'로 위장
한 황실의 홍보용 책이리라.

樵史一卷 不知何人所著 記明室亂亡之由 以寓悲憤 其載客氏及殺熊
廷弼事 頗多異聞 又咎萬曆自救朝鮮 府庫空虛 人民流離 而在朝之臣
罔知所措手 有一妄人 言采礦于時相 遂欣然行之 民益大困 皆化爲盜
賊 以至於亡 言多悲切 與正使讀之 不覺涕零 第緣行忙 未之謄 此係禁
書 只此謄本云

11. 주각해塵角解

오직 천자만이 가히 예禮를 논할 수 있는 것이다.[18] 지금 황제(건
륭제)가 『월령月令』을 고쳤으니, 이것이 곧 그 구절을 증명하는 사
례이다.

내 연암초당에 일찍이 푸른 사슴이 와서 앞 냇물을 마시는데,
머리가 마치 물레처럼 생겼기에 살금살금 다가가서 자세히 털과
뿔을 살펴보려는데 사슴이 놀라 뛰어가 버려서 상세히 보지 못하

18
'수레제도'에서 본 중용28장에
나오는 말이다.
非天子 不議禮 不制度 不考文
천자가 아니면 예를 논하지 못하
고 제도를 만들지 못하며 문장을
상고하지 못한다.

고 말았다. 이제 내 장성 밖을 나와 날마다 황제에게 진상하는 사슴 떼를 구경하였는데, 큰 놈은 노새와 같고 작은 것은 나귀만 하였다. 장성 안으로 돌아와 한 약방에 앉아 있는데 성기면서도 길이가 4~5자나 되는 사슴뿔[鹿角]이 집안에 가득 차 있었다. 이것을 모두 녹용鹿茸이라 하기에 나는 점포 주인에게 물었다.

"이것은 미용麋茸(순록의 뿔)이요, 녹용을 좀 보여 주시오."

그러자 주인이 웃으며 말했다.

"미麋는 녹鹿의 큰 놈이란 말을 들어보지 못했습니까. 녹鹿의 큰 놈이 미麋라면 미麋의 작은 놈은 녹鹿일 것인즉, 그 뿔이 무엇이 다르겠습니까."

"하지녹각해夏至鹿角解, 즉 하지에 사슴의 뿔이 빠진다 했으니, 〈주역周易〉은 구괘姤卦라 하여 처음 음기陰氣가 생기는 때이므로 그 때 사슴뿔은 보음제補陰劑가 되는 것입니다. 동지미각해冬至麋角解, 즉 동지에는 순록의 뿔이 빠진다 했으니 〈주역周易〉은 복괘復卦라 하여 처음 양기陽氣가 생기는 때이므로 그 때 순록의 뿔은 보양제補陽劑가 되는 법인즉, 둘의 효과와 쓰임은 아주 다른 것이오."

"선생은 아직 새로 나온 책력을 보지 못하셨군요. 벌써 『월령月令』이 고쳐졌답니다. 황제께서 일찍이 미麋와 녹鹿의 뿔에 대하여 의문을 품었던 바, 온 천하에 명하여 이름에 녹鹿 변이 들어간 것으로서 뿔이 돋친 놈은 모두 사로잡아다가 남해자南海子에서 기르되 따로 갈라놓고 서로 흘레붙지 못하게 하였습니다. 하지에 이르러 미麋나 녹鹿은 동시에 뿔이 빠지고, 동지에 뿔이 빠진 놈은 주麈(고라니) 하나뿐이었습니다.[19] 그래서 황제는 곧 동짓달 『월령月令』의 '십일월령미각해十一月令麋角解'를 십일월령주각해十一月令麈角解로

19
트릭이다. 순록이 동지에 뿔이 빠진다는 것은 본래 서식하는 환경에서 그렇다는 것인데, 황제는 환경을 바꾸어놓고 하지에 뿔이 빠진다고 한다.

20

그리하여 미麋는 녹鹿의 범주에 포함되었다. 녹鹿의 확장은 무엇을 말함일까?
오랑캐황제도 천자가 될 수 있다. 오랑캐 문자도 문화도.……무엇보다도 '인부지이불온'을 실천하는 군자가 아니라도 얼마든지 충신이 될 수 있을 것이다. 황제와 기꺼이 짝짜꿍만 한다면.

21

복종시킬 수 있느냐 없느냐의 문제가 아니다. 애당초 경전은 황제를 위한 선물이다. '1. 반양'에서 경전은 처음부터 엉터리였다. 청나라 황제는 엉터리경전을 다시 엉터리로 고치고 있다. 결국 '주각해'는 '4.숭정상신'에서부터 '9.양귀비사'까지 역사재정립의 결론이다.

고쳤답니다." [20]

이것으로 본다면 우리나라 관북에서 나는 녹용鹿茸은 반드시 녹용이라 할 수 없을 것인데, 그럼에도 불구하고 국내의 녹용이 날이 갈수록 귀해지니 어찌 탄식하지 않을 수 있으랴. 나는 문득 주인에게 물었다.

"주麈(고라니)라는 것은 어떻게 생겼습니까?"

"아직 보지는 못했습니다만 누군가 앞은 녹鹿인데 뒷태는 말이라 합디다."

대략 월령을 고치는 것은 천자의 위세가 아니면 온 천하 사람들의 마음을 복종시키는 어려울 것이기 때문에, 『중용』은 "오직 천자만이 예를 논할 수 있다." 하였을 것이다. [21]

惟天子可以議禮 今皇帝改月令可徵焉 余燕巖艸堂 嘗有蒼鹿來飮前澗 頭如紡車 欲詳觀其毛角 徐往臨觀 鹿大驚超去 竟不得詳 今出長城外 日閱貢獻鹿群 大者如驟 小者如驢 及還入塞 坐一藥舖 見鹿角扶疎 長皆四五尺 充溢棟宇 皆稱鹿茸 余曰 此皆麋茸耳 願得鹿茸 舖主大笑曰 豈不聞麋鹿之大者乎 鹿之大者爲麋 則麋之小者爲鹿爾 角豈有異哉 余曰 夏至鹿角解 在易爲姤 一陰生 爲補陰之劑 冬至麋角解 在易爲復 一陽生 爲補陽之劑 功用顯殊 舖主曰 足下未見時憲書耶 已改月令矣 萬歲爺嘗有疑麋鹿之茸 令天下凡文字之持鹿傍而有角者 皆生致之 養之海子 中區而別之 不相亂倫 及夏至 麋與鹿 皆同時解角 冬至解角者 麈爾 遂改十一月令麋角解曰麈角解 由此觀之 我國關北所出鹿茸 未必是鹿茸 而國中鹿茸日貴 可勝歎哉 余曰 麈形何如 舖主曰 未曾見 或曰 前鹿後馬 大約改月令 非天子之威勢 無以服信天下 故曰唯天子可以議禮

12 하란록荷蘭鹿

그 점포 주인이 또 말하기를,

"녹鹿 중에도 극도로 작은 놈이 있답니다."

하더니 스스로 제 주먹을 보이며 말한다.

"이 정도에 불과하더군요. 일찍이 하란荷蘭(네덜란드)에서 바쳐 온 녹鹿 한 쌍을 보았는데, 푸른 바탕에 흰 무늬가 놓여 있었습 디다." [22]

舖主又道 鹿亦有至小 自視其拳曰 不過如許 曾見荷蘭貢鹿一雙 蒼質雪斑

22
네덜란드 사슴이 풍자하는 것은 언어의 우상. 주먹 만 한 사슴을 녹鹿이라 하면서, 고라니는 어찌 주麈라 하는가.

13. 사답炸答

나는 또 포주에게 물었다.

"이 점포에 희귀한 약료藥料를 전부 구비하고 있습니까?"

"초목금석草木金石을 막론하고 이름만 말씀하시면 무엇이든 보여 드리겠습니다."

"갑자기 생각하려니 희귀한 진품 이름이 떠오르지 않습니다."

주인이 동쪽 바람벽 아래 붉은 궤짝을 가리키며 말한다.

"이 속에 사답炸答 하나가 있습니다. 참으로 희귀해서 얻기 어려운 약재이지요."

"사답이라니, 도대체 어떤 물건입니까."

주인은 웃음을 지으며 일어나면서 말한다.

"구경하시는 것이야 무슨 방해가 되겠습니까."

하면서 궤를 열더니 둥근 돌 하나를 끄집어낸다. 크기는 두어

되들이 바가지와 같고 모양은 흡사 거위 알처럼 생겼다. 나는 급하게 따져들었다.

"이건 수마석水磨石 아니오! 무슨 장난하자는 것입니까."

"어찌 감히 오만 무례한 행동을 하겠습니까. 이건 타조 알인데 이름조차 모르는 괴상한 병들을 다스릴 수 있답니다."[23]

余問 舖中藥料希奇俱全否 舖主曰 無論艸木金石 指名要看 輒敢奉正
余曰 稀奇珍品 偶未思名 舖主指東壁下紅漆樻子曰 這裡砑荅一枚 眞
是稀奇難得之料 余問砑荅何物 舖主笑而起曰 第不妨觀看 開櫃出一團
石 大如數升匏子 形似鷲卵 余曰 此水磨石也 何相戲耶 舖主曰 何敢故
慢無禮 這是駝卵 能治難名奇疾

23
사답砑荅솜은 비석[砑]에 새겨진 대답. 극장의 우상이다. 백성들의 불만이 제왕들이 겪는 질병이라면, 우상은 만병통치약.

14. 입정승入定僧

장성 밖 백운탑白雲塔의 돌 감실 속에 요遼나라 때에 참선에 들어간[入定] 중이 있는데, 그의 육신肉身은 아직까지 허물어지지 않아서, 약간 온유한 윤기가 흐르는데, 다만 눈을 감은 채 숨을 쉬지 않을 뿐이라고 한다.[24]

長城外白雲塔石龕中 有遼時入定僧 肉身至今不壞 微溫柔澤 但瞑目無
氣息

24
그들은 죽은 사람을 두고 참선중이라 한다. 부처가 되고 성인군자가 된다는 것은 곧 '자아의 죽음'이다.

15 별단別單

북경 하류층 중에 글자를 아는 자는 매우 드물었다. 소위 필첩식筆帖式이라 부르는 서반序班(청나라 하급관리)에는 남방의 가난한 집 자식들이 많은데, 얼굴은 초췌하고 피골이 상접하여 중후한 자는 하나도 없다. 비록 봉급을 받는다고 하지만, 쥐꼬리 월급봉투로 만리타향에서 나그네로 지내자니 그 생활양식이 미천하여 빈궁한 뗏국물이 얼굴에 넘쳐흐른다. 사행이 서책이나 필묵을 매매하는 데는 언제나 이 서반배序班輩들이 주재하는데, 거간꾼 노릇을 하여 구전을 뜯어먹는다. 또한 역관배들이 중국의 비밀을 알려면 서반배로부터 정보를 얻어야 하는데, 서반배들은 황당한 거짓말을 지어낸다. 그들이 말재간으로 지어내는 새롭고 기이한 이야기들은 모두 괴괴망측한 것들로 역관배들의 주머니를 우려내려는 수작일 뿐이다. 시정時政을 물으면 쓸 만한 것은 숨겨버리고 쭉정이들만 골라서 역대에 유례가 없는 천재시변天災時變이나 요망하고 해괴한 인물들을 만들어낸다. 심지어 변방에 적이 침입하였다든지 백성이 원망이 극에 달하여 일시적인 소요가 일어난 것을 마치 위망지화危亡之禍가 박두한 것처럼 장황하게 기록하여 역관에게 준다. 역관은 이것을 사신에게 바치고, 서장관이 이를 취사선택하여 마치 현장에서 보고 들은 사건처럼 꾸며서 별단別單 보고서를 작성하니, 사신들의 불성실함이 이와 같다. 임금께 고하는 것이 얼마나 근엄한 일이거늘, 함부로 돈만 허비하여 허황하고 맹랑한 이야기들만 사들이고 있으니, 이것이 바로 사신들이 어명을 어긴다는 자료라 할 것이다. 사신들이 심부름하는 꼴이 백년을 이와 같이 하였다.[25]

가히 우려되는 것은 이 따위 문서가 불행히 유실되어 저들의 손에 넘어간다면 우리에게 돌아올 피해가 얼마나 막심하겠는가. 비록 이번 열하에 왕래한 일이야 모두 목격한 일이어서 가장 사실적인 기록이라 할 수 있겠지만, 그러나 먼저 보낸 장계狀啓에 첨부하

25
가난한 서반배들이 용돈을 벌기 위해서 이렇게 위험한 글을 지어낼까?
관내정사(7월27일)에서 본 계문란이야기를 돌이켜보자. 계문란이야기는 북벌론을 위한 거짓말이며, 그것은 조선의 작품이라고 볼 수밖에 없다. 허황하고 맹랑한 이야기를 조선 사대부들이 지어내고 있다면, 어떻게 해야 할까?

여 올린 1~2건 중에는 입단속 하여야 할 내용이 없지 않은즉, 강을 건널 때까지는 극히 조심해야 할 것이다.

내 소견으로는 저들의 정세에 관한 이야기는 허실虛實을 막론하고 장계에 붙이되, 사신이 보내는 문건은 모두 언문諺文으로 써서 보내고 장계가 도착되는 대로 정원政院에서 다시 번역하여 임금께 올리는 것이 묘책일 것이다.[26]

北京卑流 解字者甚鮮 所謂筆帖式序班 多是南方竄人子 顔貌憔悴尖削 無一厖厚者 雖有廩食 爲凉薄 萬里羇旅 生理蕭條 艱難貧窘之色 達於面目 使行時書冊筆墨賣買 皆序班輩主張 居間爲駔儈 以食剩利 且 譯輩欲得此中秘事 則因序班求知 故此輩大爲謊說 其言務爲新奇 皆恠恠罔測 以賺譯輩贐銀 時政則隱沒善績 粧撰秕政 天災時變 人妖物恠 集歷代所無之事 至於荒徼侵叛 百姓愁怨 極一時騷擾之狀 有若危亡之禍 迫在朝夕 張皇列錄 以授譯輩 譯輩以呈使臣 則書狀揀擇去就 作爲聞見事件 別單書啓 其不誠若此 告君之辭 何等謹嚴 而豈可浪費銀貨 買得虛荒孟浪之說 以爲反命之資耶 使价頻繁 百年如此 所可慮者 此等文書 不幸閪失遺落彼中 其爲患害 當復如何 雖以今番熱河往來 言之事 皆目擊 雖最爲實錄 然先來狀啓附奏一二事件 不無忌諱 則渡江之前 無非飮氷之日也 愚意彼中消息 無論虛實 附奏先來者 皆以諺書狀啓 到政院 翻謄上達爲妙耳

16 등즙교석藤汁膠石

왕삼빈王三賓의 말에 의하면,

"진滇(운남성)과 검黔(귀주성) 지방에 돌을 붙이는 덩굴식물이 있는데 이름은 '양도등羊桃藤(키위나무)'이다. 그 즙汁을 내어 돌을 붙여서 산중山中에 공空을 가로질러[架] 대들보[梁]를 만들면 비록 수십 길이라도 끊임없이 이어지는 것이 호지교판糊紙膠板 같아서 검주黔州 사람들은 이를 '점석교黏石膠(돌을 붙이는 풀)'라 부른다." [27] 한다.

그 말이 몹시 황당하긴 하지만 시어머니처럼 기록하여 다른 이의 참고로 삼으려 한다.

王三賓言 滇黔中 有續石籐 名羊桃籐 取汁膠石 山中架空造梁 雖數十丈 聯續不斷 如糊紙膠板 然黔人呼黏石膠云 其言殊極荒唐 姑錄之 以資他考

17. 조라치照羅赤

몽고역언蒙古譯言으로 필도치必闍赤란 서생書生이다. 팔합식八合識이란 사부師傅(스승)다. 우리나라 삼청三廳의 하예下隸를 조라치照羅赤라 하는데, 이는 응당 고려의 옛 습속이다. 그때는 외올어畏兀語(위구르어)를 많이 배웠은즉, 조라치照羅赤라는 것도 필시 몽고말일 것이다.[28]

蒙古譯言必闍赤者 書生也 八合識者 師傅也 我國內三廳下隸 號照羅赤 此當因襲高麗之舊 麗世多習畏兀語 照羅赤者 必蒙語也

18. 원사천자명元史天子名

〈원사元史〉를 읽어보면 천자의 호와 이름부터 몹시 이상하여 늘 읽기 어려운 것이 한恨이었다. 구외에 폐찰廢刹 하나가 있는데, 원 나라 때 세운 것이다. 동강난 비석에 내력이 적혀 있는데, 원 나라 여러 황제의 공덕이다. 성길사成吉思(징기스칸)란 태조太祖요, 와활태窩濶台란 태종太宗이요, 설선薛禪이란 세조世祖요, 완택完澤이란 성

종成宗이요, 곡률曲律이란 무종武宗이요, 보안독普顔篤이란 인종仁宗
이요, 격견格堅이란 영종英宗이요, 홀도독忽都篤이란 명종明宗이요,
역련진반亦憐眞班이란 중종中宗이다.[29]

看元史 自天子號名殊不類 常恨艱讀 口外有一廢刹 元舊也 斷碑有歷
敍元諸帝功德 有曰 成吉思者 太祖也 窩潤台者 太宗也 薛禪者 世祖也
完澤者 成宗也 曲律者 武宗也 普顔篤者 仁宗也 格堅者 英宗也 忽都
篤者 明宗也 亦憐眞班者 中宗也

19. 만어蠻語

만어蠻語의 애막리愛莫離는 중국어의 유숙연有宿緣이요, 낙물혼落
勿渾은 중국어의 몰염치沒廉恥요, 예락하曳落河는 만어滿語의 장사
壯士다.[30]

蠻語 愛莫離者 華語有宿緣也 落勿渾者 華語沒廉恥也 曳落河者 滿
語壯士也

20. 여음리동두등절麗音離東頭登切

역졸이나 말몰이꾼 따위들이 배운 중국말은 모두 그릇되고 방
자한 무뢰배들의 말이다. 그 한심한 무뢰배들은 자기들이 항상 쓰
는 말을 이해하지 못한다. 냄새가 몹시 고약한 것을 고려취高麗臭
라 하는데, 이는 고려 사람들이 목욕을 하지 않으므로 발에서 나
는 땀내가 몹시 나쁜 까닭이다. 그리고 물건을 잃고는 동이東夷라
하는데, 이는 곧 동이가 훔쳐 갔다는 말이다. 려麗의 음은 리離요,
동東은 두등頭登의 절음切音이다.

그러나 우리나라 사람들은 이를 알지 못한 채 나쁜 냄새가 나면 "고려취高麗臭!"라 하고, 누군가 물건을 훔쳐 가면 "동이東夷다!"라고 떠들어댄다. 결국 동이東夷는 소매치기의 호칭이 되어버렸으니, 어찌 한탄할 일이 아니랴.[31]

驛卒刷驅輩 所學漢語 皆訛螯 渠輩語 渠輩不覺而恒用也 臭之甚穢 曰高麗臭 謂高麗人不沐浴 足臭可惡也 有失物則曰東夷 謂東夷偸去也 麗音離 東頭登切 我人殊不識此 聞臭之不善 則稱高麗臭 疑人偸物 則稱某也東夷 東夷遂爲偸物之號 可勝嘆哉

31
麗音離.
그러므로 高麗臭는 고리취高離臭. 高高는 숭고함, 리離는 분리. 따라서 고리취는 차별화 또는 존화양이의 냄새다.
東頭登切.
그러므로 '동이東夷'는 '두등이頭登夷'. 제사장[頭登]이 훔쳐간다[夷]는 말이다.
제사장[頭登]은 제사를 통하여 고리高離(존화양이)의 풍속을 창조한다. 그 풍속[空, 無]으로 백성의 재산[色, 有]을 훔쳐간다.

21. 병오을묘원조일식丙午乙卯元朝日食

건륭황제가 등극하는 날, 향안香案 앞에서 머리를 조아리며 천몽天夢—전날 밤 황제의 꿈에 옥황상제께서 백년장수를 하사하셨다 한다.—에 감사를 올렸다. 황제는 향안 앞에서 머리를 조아리며 하느님께 고하였다.

"원컨대 돌아오는 을묘년(1795년)에 이 자리를 양위하겠습니다. 그렇게 되면 저의 재위 햇수는 황조皇祖(강희제)보다 한 해가 적을 것이옵니다."

금년에 흠천감欽天監(기상대장)이 황제께 주청奏請하였다.

"6년 후인 병오년(1786년)에 원조당일식元朝當日食이 있고, 다시 10년 후인 을묘년에도 원조당일식이 있을 것이옵니다."

그러자 황제는 계획변경을 언급하였다.

"만일 을묘년에 선위禪位한다면 새 천자 원년元年에 일식을 맞이할 테니, 그로 인하여 원조조하元朝朝賀는 정지되어 버릴 것이다. 이는 옛날 송나라 고종高宗이 선위하여 명분을 지킨 것과 같으나,

고종의 속내는 당금인當金人(금나라와의 전쟁)을 회피하고자 하는 의도였다. 그러나 만일 선위를 미루어 을묘년을 지나면 짐의 재위 햇수가 황조皇祖보다 도리어 두 해가 많아질 것이니, 그것이 안타까울 따름이다."

이 이야기는 지극히 요망한 것으로 황제의 말이라 단정할 수는 없을 것이다. 자고로 제왕들이 등극하여 시간이 지나다보면 사방에서 다투어 부절符節과 서옥瑞玉을 바치는 무리들이 엎드려 황제의 의중을 받들어 경축을 꾸며서 교무지사矯誣之事하는 일이 없었던 것은 아니다.[32] 그러나 어찌 오늘 미리 미래의 일식을 점쳐가면서까지 선위할 해를 앞당기고 미루고 한단 말인가. 이는 필시 중원의 간사한 아첨꾼 무리들이 한낱 옛 성인聖人의 구령지몽九齡之夢을 빌려서 황제에게 종루지혐鐘漏之嫌을 씌우려 하는 것이다.[33]

32
부절符節과 서옥瑞玉: 하늘의 뜻을 상징하는 신표
교무지사矯誣之事: 일을 꾸며서 남을 기만함

33
구령지몽九齡之夢: 주나라 무왕과 무왕의 고사. 문왕이 꿈 이야기를 하기를 "나는 100살을 살고 너는 90을 산다고 하였는데, 내가 너에게 세 살을 주겠다." 하였는데, 과연 무왕은 93살을 살았다고 한다.
종루지혐鐘漏之嫌: 삼국지 위지 전예전 鐘鳴漏盡而夜行[시간을 알리는 종이 울리고 누수漏水가 다하여도 밤길을 걷는다는 말로 늙어서까지 벼슬에 연연함을 비유의 금언으로 야배했다는 혐의.
"간사한 아첨꾼들이 옛 성인의 구령지몽을 빌려서……종루지혐을 씌우려 하는 것이다."
연암은, '성인의 구령지몽' 자체가 건륭제의 꿈처럼 만들어진 이야기임을 모른다.

皇帝卽位之日 叩頭香案 以謝天夢 上帝錫帝百齡 帝復詣香案前 叩頭謝天曰 願以來乙卯歲傳位 俾御極之年 少皇祖一歲 至今年欽天監奏 後六年丙午歲元朝當日食 後十年乙卯元朝當日食 皇帝變計言 乙卯年若禪位 則新天子元年 適當日食 元朝朝賀 因此當停 是若宋高宗以禪位爲名 而其實不欲當金人也 若又挨過乙卯 則是御極之年 反多于皇祖二歲 以是不安云 此說極妖妄 必非皇帝之言也 自古帝王 御宇旣久 則四方爭獻符瑞 群下希旨飾慶 不無矯誣之事 而豈若今日預占未來之日食 進退其禪傳之年歲耶 此必海內奸佞之徒 借聖人九齡之夢 以文皇帝鍾漏之嫌耳

22. 육청六廳

열하 태학의 대성문 밖 동쪽의 벽감壁坎은 건륭 43년(1778년) 설치된 것인데, 거기에 다음과 같은 황제의 유시가 있다.

"황성 동북 4백 리에 열하가 있다. 그곳은 고북구 이북으로 곧 우공禹貢 때는 기주冀州의 변두리였으며, 우虞[하나라]와 은殷·주周 때는 유주幽州 지경이었다. 진秦·한漢 이후에는 판도版圖에 들지 않았으며, 원위元魏 때에 안주安州·영주營洲 두 고을이 세워졌고, 당唐은 영주도독부가 있었으나 내지內地에 관청을 둔 것에 불과하였다. 요遼·금金과 원元에 이르러 비로소 고유의 이름이 붙여졌지만, 옛 땅은 곧 황폐해지고 말았다. 명明은 대령大寧을 포기하여 남의 땅으로 보았다. 청나라는 선대 황제들이 승덕주承德州를 세웠으니, 이제 의당 주州를 부府로 승격시키고 그러한 취지에 맞추어 시설을 증설하고, 그 나머지 육청六廳도 각각 다음과 같이 승격 개편한다. 객랄하둔청喀喇河屯廳은 난평현灤平縣으로, 사기四旗는 풍녕현豐寧縣으로 고치고, 팔구청八溝廳은 그 땅이 비교적 넓으므로 평천주平泉州를 하고, 오란합달청烏蘭哈達廳은 적봉현赤峰縣으로, 탑자구청塔子溝廳은 건창현建昌縣으로, 삼좌탑청三座塔廳은 조양현朝陽縣으로 각기 고쳐서 나란히 승덕부承德府에 관할에 둔다." 34

熱河太學大成門外東壁坎 置乾隆四十三年上諭曰 京畿東北四百里熱河地方 在古北口以北 卽禹貢冀州邊末 而虞及殷周 幽州之境也 秦漢以來 未入版圖 元魏時 建安營二州 唐有營州都督府 然不過僑置治所於內地 遼金及元 始鄕其名 而古地旋荒 明棄大寧 視爲別域 向者曾設承德州 今宜陞爲府 卽以同知改設 而其餘六廳 如喀喇河屯廳 改爲灤平縣 四旗 改爲豐寧縣 八溝廳 其地較廣 改爲平泉州 烏蘭哈達廳 改爲赤峯縣 塔子溝廳 改爲建昌縣 三座塔廳 改爲朝陽縣 並屬承德府統轄云云

34
청나라는 열하를 승덕주로, 다시 승덕부로 승격하였다. 또한 6청을 두었다가 현으로 변경하였으며, 태학을 설치하였다. 하여 열하는 명실공히 중화의 땅이 되었으니, '땅의 주각해' 라 할 것이다.

23. 삼학사성인지일三學士成人之日

미곶彌串(압록강변 지명)첨사僉使(무관벼슬) 장초張超의 일기에 "학사 오달제와 윤집은 정축년(1637년) 4월 19일에 살해되었다."라고 하였으므로, 양가는 일기를 근거하여 19일에 제사를 올린다. 정축년은 명明 숭정崇禎 10년이었으며, 두 학사가 살해를 당한 때는 청인들이 심양에 있을 때였다. 학사 홍익한은 그 일기에 실리지 않아서 '성인成仁한 날'이 미상이므로 두 학사를 따라 19일에 제사를 올린다. 이제 청인이 엮은 청 태종 문황제文皇帝의 사적을 열람해보니, "숭덕崇德 2년(1637년) 3월 갑진甲辰에 조선의 신하 홍익한 등을 죽임으로써 맹세를 깨뜨려 군사를 일으키고 명을 편들어 의병을 일으킨 죄를 다스린다."라고 적혀 있다.

숭덕은 곧 청 태종의 연호이며 3월 갑진은 간지를 따져 보면 초엿새다. 소위 '등等'이란 글자를 보건대 오달제와 윤집 두 학사가 화를 당한 것도 응당 같은 3월 초엿새일 것이다.[35]

彌串僉使張超日記 吳學士達濟 尹學士集 以丁丑四月十九日被害云 故兩家據日記 以十九日祭之 丁丑乃皇明崇禎十年 而兩學士遇害 於淸人之在瀋陽時也 洪學士翼漢 不載日記 則不詳其成仁之日 的在何辰 故亦從兩學士 祭以十九日 今覽淸人所撰淸太宗文皇帝特書 崇德二年三月甲辰 殺朝鮮臣洪翼漢等 以正敗盟搆兵倡議祖明之罪 崇德 乃淸太宗年號 而三月甲辰 考之日干 爲初六日 以所謂等字觀之 吳尹兩學士之遇害 亦當同是三月初六日也

24. 당금명사當今名士

지금 해내海內의 이름난 선비로서 양국치梁國治·팽원서彭元瑞 기

[35] 연암의 추론은 오류다. 홍익한은 '맹세를 깨뜨리고……의병을 일으킨 죄'로 죽었지만, 오달제와 윤집은 죄도 없이 죽음을 자처하였다. 그러므로 날짜가 다를 것이다. 그럼에도 우리 역사는 뭉뚱그려서 '3학사의 살신성인'이라 한다. 무엇을 위한 '살신성인'인가? 북벌론이라는 우상을 창조하기 위한 살신성인이다.

균紀昀(호는 효람曉嵐) 오성흠吳聖欽 대구형戴衢亨과 그의 형인 심형心亨 등은 모두 오吳 땅의 사람이다. 축덕린祝德麟·이조원李調元 두 사람은 촉蜀 땅의 면죽인綿竹人이다. 내게 대심형이 쓴 주련柱聯 한 쌍이 있는데, 이렇게 적혀 있다.

開帙群言守其雅　책을 펴니 모든 언어들이 우아함을 지키고
撫琴六氣爲之淸　거문고를 켜니 육기가 청淸을 위하누나.[36]

當今海內名士 梁國治 彭元瑞 紀昀號曉嵐 吳聖欽 戴衢亨 其兄心亨 俱吳人 祝德麟 李調元 並蜀綿竹人 余有戴心亨所書柱聯一對 開帙群言守其雅 撫琴六氣爲之淸

36
명나라의 책들은 우아함(춘추대의)를 잃지 않고, 그 옛날 중화주의를 창조했던 오나라 촉나라의 문인들은 청 황실을 위하여 기氣를 모은다.

25. 명련자봉왕明璉子封王

인조 갑자년(1624년) 귀성부사龜城府使 한명련韓明璉은 평안병사平安兵使 이괄李适과 함께 반란하여 군사를 이끌고 대궐에 들어왔다가 패하여 달아나다가 모두 사로잡혀 주살誅殺 당하였다. 명련明璉의 두 아들 윤潤과 난瀾은 눈 위에 짚신을 거꾸로 신고 달아났는데, 건주建州에 들어가 장군이 되어 13년 후 청태종을 따라 동쪽으로 왔다고 한다.[37] 이는 당시 전설傳說이므로 그 진위를 알지 못하였는데, 이제 새로 간행된 〈태종실록太宗實錄〉을 보니, 과연 "조선 장수 한명련이 그 부하에게 피살당하였으매 그 아들 윤의潤義가 와서 항복하기에 의義를 이친왕怡親王에 봉하였다."라고 적혀 있다.

아마 난瀾이 이름을 의義라 고친 듯싶다.[38] 〈소대총서昭代叢書〉

37
병자호란을 말한다. 역사적 배경을 보자.
1619년(광해11). 명나라를 돕는다는 명분하에 도원수 강홍립을 파병하지만, 강홍립은 예정된 시나리오에 따라 청에 항복한다.
1620년. 강홍립과 10여명의 장수를 제외한 포로들이 귀환한다.
1623년. 인조반정.
1624년. 이괄의 난.
1627년. 정묘호란.
1636년. 병자호란.

38
'潤義가 항복했다' 는 것은 윤潤이라눈 의사[義]가 항복했다는 말이다. 조선에서는 역적이라 하지만, 그들은 의사義士라 한다. 누구의 말이 맞는 말인가?

중 '시호록諡號錄'에 의당 그의 이름이 실려 있을 테니, 뒷날 응당 상고해 보리라.

아아, 슬프도다. 우리 조선이 나라 세운 지 4백 년 동안 흉악한 역적으로 주살誅殺을 당한 자들이 없지 않았지만, 이 두 역적처럼 군사를 일으켜 대궐을 침범한 자는 일찍이 없었던 일이거늘, 그 흉측한 역적의 서자[孽]새끼들이 오랑캐에게 투항하여 오랑캐 군대를 등에 업고 창궐하여 이와 같은 치욕에 이르렀도다. 당시 건주는 조선에서 도망친 망명자들의 깊숙한 소굴이 되었으니, 평소부터 변문경비의 엄하지 못함과 압록강변 방어의 엉성함이 족히 짐작되는 터였다. 그러므로 '강린빙능強隣憑陵(이웃 강대국을 믿고 도발함)'의 문란한 풍조가 우려되는 상황임에도 불구하고, 부리는 장졸의 이름이 아무개인지도 알지 못하였던 즉, 하물며 그들의 재주와 용맹과 계책이 어디서 나오는지 어찌 알겠는가.[39] 이 따위 무리들이 큰 적을 꺾고야 말겠노라고 헛소리를 치면서 한쪽 손으로 대의大義를 붙들려고 하고 있으니, 아아, 참으로 딱한 일이도다.

仁廟甲子 龜城府使韓明璉 與平安兵使李适同叛 擧兵犯闕 兵敗走 皆擒誅 明璉二子潤瀾 雪上倒着芒鞋 亡入建州爲將 其後十三年 從淸太宗東來云 此出當時傳說 其眞僞未可知 今覽新刊太宗實錄 果言朝鮮將韓明璉爲其下所殺 其子潤義來降 封義怡親王 瀾似改名爲義 昭代叢書中諡號錄 當載其名 後當考 吁 我朝立國四百年來 不無凶逆之誅殄 而未有如兩賊之擧兵犯闕者 其凶醜遺孽 投虜爲將 借兵猖獗 至於此極 當時建州爲逋逃之淵藪 而足想平日邊門之不嚴 沿江守禦之疎虞 强隣憑陵 而其用事將率之姓名 不識誰某 則何況其材勇謀猷之所出乎 如此而徒欲以空談摧大敵 隻手扶大義 嗚呼難矣哉

26. 고아마홍古兒馬紅

고아마홍이라는 자는 곧 의주의 관노官奴 정명수鄭命壽이며, 강공렬姜功烈이라는 자는 도원수 강홍립姜弘立이다.

그들은 모두 이름을 고치고 오랑캐에 투항하였는데, 명수는 가장 흉악하여 자기 부모의 나라를 모욕하기를 그칠 줄 몰랐다. 필선弼善 정뇌경鄭雷卿이 분통을 이기지 못하여 명수를 죽이고자 그 원리院吏 강효원姜孝元과 모의한 바, 사람을 시켜 명수의 간악한 행적들을 청인淸人에게 고발하였다. 그러나 청인들은 도리어 고발장을 올린 자를 참수하고 정뇌경과 강효원도 사형에 처하였는데, 명수로 하여금 형 집행을 감독하게 하여 극히 참혹하였다. 그 후 청인들은 명수 역시 우리나라에서 저지른 죄가 컸음을 깨닫고 참형에 처하였다.

강홍립은 광해군 때에 도원수都元帥가 되어서 심하深河전투 후에 오랑캐에게 항복하였다. 인조반정仁祖反正 후 그의 가족을 전부 도륙한다는 소문을 듣고는 크게 노하여 오랑캐군사를 이끌고 평산平山에 이르렀다.[40] 조정에서는 부득이 홍립의 가족들을 군영 앞에 내세웠다. 홍립의 숙부 강진姜縉이 홍립을 꾸짖자 홍립이 크게 부끄러워하였다.[41] 얼마 후 만주인들도 홍립의 거짓을 깨닫고, 드디어 조선과 강화講和를 맺고는 떠나버렸다. 청나라는 홍립을 조선에 남겨 조선 법에 따라 처리를 하도록 하였으나, 조정은 청인의 힘이 두려워 홍립을 죽이지 못하고 양화楊花 나루터에 있는 정자에 거처하게 하였다. 홍립은 나라 사람들을 볼 면목이 없어서 방안을 나가지 못하고 긴 한숨 소리만 토해내다가 5~6년 후 그 일가 친척들에 의하여 목이 매달려 죽었다고 한다.[42]

40
정묘호란을 말한다.

41
강홍립은 단지 부끄러운 척 하였을 것이다. 가족들의 안위를 위하여.

42
강홍립은 기만의 역사에 희생된 비운의 인물. 그러나 더 슬픈 것은 왜곡된 역사다.
"홍립이 크게 부끄러워하였다."
"나라 사람들을 볼 면목이 없어서"
하나같이 강홍립의 마음을 왜곡하고 있다. 사마천이 형가의 마음을 왜곡하듯이. 숭명대의를 부활시키기 위하여.

古兒馬紅者 義州官奴鄭命壽也 姜功烈者 都元帥姜弘立也 皆改名投
虜 命壽最凶惡 陵虐其父母之邦 無所不至 鄭弼善雷卿不勝忿 欲刺殺
命壽 與其院吏姜孝元謀 乃使人告命壽諸姦利事于淸人 淸人斬上書者
而鄭雷卿 姜孝元坐死 使命壽監刑 極甚慘酷 後淸人亦覺命壽稔惡於本
國 遂斬之 姜弘立光海時爲都元帥 深河之役 降於虜 及仁朝改玉 聞其
家誅夷 大怒引虜兵至平山 朝廷不得已送弘立家屬于軍前 其叔父緝 責
弘立 弘立大慙 旣而滿洲知弘立詐 遂講和而去 留置弘立 聽本國調度
朝廷畏滿洲强 未敢顯誅弘立 出居其楊花渡江亭 無面目以見國人 不出
房闥 但聞長吁聲 後五六年 其家人縊殺之

27. 동의보감 東醫寶鑑

우리나라의 책으로서 중국에서 출판된 사례는 좀처럼 찾아보기
어렵다. 그런 차에 오직 동의보감 25권이 널리 퍼졌는데, 그 판본
은 매우 정묘하였다. 우리나라는 의약이 널리 보급되지 못하고 토
산 약재조차 미미하여 우리 선조대왕은 태의 허준과 선비출신 의
원인 정작 고옥 이하 의관 양예수·김응택·이명원·정예남 등에게
명하여 편찬국을 설치하여 책을 저술하게 하였다. 왕실창고에 보
관된 처방전 500권을 꺼내어 참고자료로 삼게 하였다. 선조 병신
년(1596년)에 시작된 저술작업은 광해군 3년 경술년(1610년)에 완료되
었는데, 때는 만력 38년이었다.[43]

중국에서 간행된 책의 서문은 자못 통렬한 내용이었는데, 내용
은 다음과 같다.

「동의보감은 명나라 시대에 조선 양평군 허준이 지은 책이다.
조선의 풍속을 살펴보건대 조선은 문자를 알고 독서를 좋아한다.
허씨 또한 명문세족으로서 만력 연간에 허봉許篈 허성許筬 허균許

[43]
이상 도입부는 주인공 연암의글
로써 '동의보감' 이야기다.

筠 삼형제가 모두 문장으로 일세를 풍미하였으며 누이 허난설헌 역시 이름을 날렸는데, 난설헌은 3형제보다도 더 뛰어났으니 중국 주변의 여러 나라들 중에서 가장 걸출한 인물이다.[44]

동의東醫란 무슨 말인가?

나라가 동쪽에 있기 때문에 의醫자 앞에 동東을 붙인 것이다. 옛날 이동원이 『십서十書』를 저술하였는데, 이는 북의北醫로써 강소 절강 지방에 성행하였고, 원나라 단계丹溪 주진형이 『심법心法』을 저술하였는데 이는 남의南醫로써 관중 지방에 널리 보급된 예가 있다. 이제 양평군이 구석진 변방에서 능히 책을 지어 중국에서 널리 성행하고 있으니, 학문이란 족히 전할 수 있느냐가 문제이지 땅에 매달려 논할 것은 아니다.

보감寶鑑이란 무슨 말인가?

햇볕이 해묵은 음기를 뚫고 들어가 응어리를 녹이고 살과 가죽을 파고드는 것처럼, 사람이 그 책을 펴기만 하면 훤하게 광명을 볼 수 있음이 마치 거울과 같다는 말이다. 옛날 나옹羅益의 저서 『위생보감衛生寶鑑』과 공신龔信의 저서 『고금의감古今醫鑑』이 모두 감鑑이라 이름 하였으나, 잘난 체한다는 혐의를 씌우지는 않았다.

곰곰이 따져보면 사람에게는 다섯 개의 장기[五藏]가 있고, 병은 칠정七情에서 자라나는 것이니, 그 사이에 주고받음이 원활한지, 병의 감염이 깊은지 얕은지, 증상의 변화가 통하는지 막히는지, 열흘간의 맥막동태가 부浮 중中 침沉 3부 중 어디에 있는지, 이런 점들을 자세히 살펴보면 밭고랑이 갈라진 것과 같이 넘나들 수 없으면서도, 화톳불을 환하게 피워놓은 듯 서로 가릴 수 없는 이 치다.

44
중국에서 간행된 책의 서문은 '허준' 보다는 이미 허균 형제들에게 초점을 맞추고 있다.

대황大黃이라는 약재가 체한 곳을 뚫어준다는 것만 알고 그것이 가슴을 차게 한다는 점을 모르거나, 부자附子라는 약재가 허한 곳을 보補하는 것만 알고 몸에 독을 남긴다는 사실을 모른다면 병을 제대로 다스릴 수 없을 것이다. 그러므로 뛰어난 명의는 병을 고치는 데 병이 들기 전에 미리 예방한다. 병에 걸리고 나서야 비로소 치료하는 것은 아주 하책에 불과하다. 그나마도 다시 아무것도 모르는 돌팔이의원에게 몸을 맡기고 있으니, 어찌 병이 나을 수 있겠는가. 심지어 사리사욕을 밝히는 자들은 병이 없는 멀쩡한 사람을 치료하였다고 공을 내세우고, 초보자들은 배우기 위하여 사람을 희생시키기까지 한다.

'대역물약지점大易勿藥之占'과 '남인무항지계南人無恒之戒'라는 말은, 일찍이 이와 같은 모리배들을 까발리기 위해서 한 말인 모양이다.[45] 일찍이 편작이 말하기를,「사람들의 고질병은 '병의 종류가 많다'고 말하는 것이고, 의원들의 고질병은 '치료법이 적다'고 한탄하는 것이다」라고 하였으니, 헌원씨軒轅氏와 그의 신하 기백崎伯 이래 대대로 명의들이 이어져왔던 바, 오늘에 이르기까지 그들의 저술들이 산더미처럼 쌓여 왔으니, 치료법이 적다고 걱정할 필요는 없을 것이다. 그런데도 의술이 효험이 있느니 없느니 하고들 있으니, 이것이 어찌 옛 사람들이 각자 어지러운 소견을 말한 탓이겠는가. 그 중에 정밀하지 못한 자들의 설說은 상세하지 못하고, 한 가지에만 집착하는 자들은 도道를 도적질하여[賊乎道], 사람의 병病을 치료하려 하나 환자의 마음[心]을 치료하지 못하고, 사람의 마음을 치료하려 하나 환자의 뜻[意]과 소통하지 못하기 때문이다.[46]

45
大易勿藥之占은 『주역』'무망괘'의 내용을 집약하는 구절로 '약을 쓰지 않는 게 최고의 건강법'이라는 말이다.
南人無恒之戒는 『논어』 자로편에서 공자가 인용한 '남인南人의 말(無恒之戒)'이다.
작가는 勿藥之占과 無恒之戒를 동일시하고 있다. 물약勿藥과 마찬가지로 무항無恒은 좋은 것이다. 그러나 공자 맹자는 반대로 항심恒心이 없으면 '쓸모없는 사람'이라고 한다. 후술한다.

46
공자·맹자는 주역을 왜곡하여 편견이라는 마음의 병을 만들어내었다. 그 상부구조에 기초하여 착취의 세상이 건설되었으니, 그 병을 치유할 수 있는 처방전은 〈동의보감〉이 아니라 〈홍길동전〉일 것이다.

이제 이 책[編]을 보니, 제일 앞에 내경內景을 두어 병의 근원을 추적하였고, 다음에 외형外形을 두어서 병의 말단을 상술하고, 다음에 잡병雜病을 두어서 그 증상들을 설명하였다. 마지막으로 탕구湯灸를 두어 그 처방을 제시하였다. 중간중간에 인용한 책으로는 편작의 『천원옥책天元玉冊』으로부터 근래의 『의방집략醫方集略』에 이르기까지 무려 80여종이나 되는데, 모두 우리 중국 선비들의 책이며 조선의 것은 세 종류에 불과하다. 옛 사람들이 이루어놓은 법을 따르되, 능히 신통하고 명료하게 양자 사이를 원함을 더하고 빼고 하여 인간에게 광명을 베풀었으니, 그 업業은 이미 궁궐에 보고되어 상벌賞罰이 내려져 국수國手로 일컬어졌다.[47]

살펴보건대 그 책은 비각秘閣[48]에 보관되어 세간에서는 찾아보기 어렵다. 전에 차사醝使를 지낸 산좌山左 왕공王公이 월월에 절개를 세우러 갔을 때, 의원들이 잘못이 많음을 가엾게 생각하여 사람을 도성에 보내어 초록鈔錄을 가져오라 하였는데, 아직 발행되지 않아서 과거에 준하여 처리하였다. 덕德을 따르고 경經을 밝히는 좌군한문左君翰文은 내 총각친구인데, 개연히 출판하여 전傳을 널리 알리고자 마음먹었다.[49] 비용으로 300여 꿰미[緡]를 약조하였는데, 안색을 보니 전혀 인색한 기색이 없었다. 대체 그의 마음인즉 인간을 구제하고 물건을 이롭게 하자는 마음이며, 그의 사업인즉 음양을 조화시키는 사업이다. 천하의 보물은 마땅히 만민이 함께 공유해야 할 것이니, 좌군의 인仁이야 말로 참으로 위대하다.[50]

출판이 완성되자 나에게 서문을 부탁하매, 기꺼이 이 서문을 쓴다. 때는 건륭 31년 병술년(1766년) 난추蘭秋 상순. 호남의 소양·예릉·홍령·계양의 현사縣事였으며, 경오년·임신년·계유년·병자년 4

47 양자(유산자와 무산자)의 조화를 도와주는 책. 그것이 무엇이겠는가.

48 비각秘閣은 규장각이다.

49 좌군한문左君翰文은 좌파임금左君의 한문翰文(편지글). 즉 세종대왕의 한글이다.
전傳은 〈홍길동전〉이다.

50 〈홍길동전〉은 천하의 보물이다. 그 보물을 공유할 수 있게 한 좌군(세종대왕)의 한글은 위대한 인仁이다.

차례 과거시험에서 호남·광동의 향시동고관鄕試同考官을 역임한 번우番禺에 사는 능어凌魚가 찬撰하다.」[51]

우리 집에는 좋은 판본이 없어서 매번 우병憂病이 있을 때마다 주변에서 빌려서 보는데, 이번에 이 판본을 보니 사고 싶은 생각이 굴뚝같았다. 그러나 문은 5냥을 변통하기가 어려워 못내 아쉽고 섭섭한 마음으로 돌아오면서 능어의 서문이나마 베껴서 훗날 고찰의 자료로 삼고자 한다.

我東書籍之八梓於中國者 甚罕 獨東醫寶鑑二十五卷盛行 板本精妙 我國醫方未廣 鄕藥不眞 我宣祖大王命太醫許浚與儒醫鄭古玉磋及醫官楊禮壽 金應澤 李命源 鄭禮男等 設局撰集 出內府醫方五百卷 以資考據 書始於宣廟丙申 而成於光海三年庚戌 實萬曆三十八年也 其所刊弁卷之文 頗疎暢 東醫寶鑑者 乃明時朝鮮陽平君許浚所撰也 按朝鮮俗素知文字 喜讀書 許又世族 萬曆間 釣筬筠兄弟三人 俱以文鳴 女弟景樊才名 復出厥兄之右 九邊諸國 最爲傑出者也 其言東醫者 何 國在東 故醫言東也 昔李東垣著十書 以北醫而行於江淛 朱丹溪著心法 以南醫而顯于關中 今陽平君僻介外蕃 乃能著書 行於華夏 言期足傳 不以地限也 言寶鑑者何 日光穿漏 宿陰解駁 分肌劈腠 使人開卷 瞭然光明似鑑也 昔羅益之著衛生寶鑑 龔信著古今醫鑑 皆以鑑名 不嫌夸也 竊嘗論之 人惟五藏 病止七情 其間禀受有偏全 漸染有淺深 證變有通塞兩候 脉動有浮中沉三部 諦而察之 如歠斯劚 莫可越也 如燎斯晣 莫可蔽也 知大黃可以導滯而不知其寒中 知附子可以補虛而不知其遺毒 罔攸濟矣 是以至人 治病於未起之前 不治於旣成之後 病旣成而始治 策斯下矣 而復委決於庸醫 豈有瘳哉 甚而懷私利者 以無疾人爲功 初從事者 至於費人爲學 大易勿藥之占 南人無恒之戒 若早爲此輩發覆也 扁鵲有言 人之所病 病疾多 醫之所病 病道少 然自軒岐以後 代有名醫 迄今著述之繁 幾於汗牛充棟 不患其少矣 而術有驗有不驗 豈古人各以所見爲說歟 擇不精者 語不詳 執於一者 賊乎道 欲療人之病而不療人之心 欲療人之心而不通人之意故也 今觀是編 先之以內景 泝其源也 次之以

外形 疏其委也 次之以雜病 辨其證也 終之以湯灸 定其方也 中所援引
自天元玉冊以暨醫方集略 計八十餘種 率吾中土之書 其東國所撰者 不
過三種而已 循古人之成法 而能神而明之 補缺憾於兩間 播熙陽於四大
業已上獻闕廷 見推國手矣 顧書藏秘閣 世罕得窺 前銜使山左王公 建
節臨粵 憫時醫多誤 專人赴都鈔錄 未及梓行 隨以事去 順德明經左君
翰文 予總角交也 慨然思錄版 廣其傳 約費三百餘緡 畧無吝色 蓋心則
濟人利物之心 事則調陽燮陰之事 天下之寶 當與天下共之 左君之仁大
矣 刻成 屬予爲序 遂喜而書其端 時乾隆三十一年 歲在丙戌蘭秋上浣
原任湖南邵陽醴陵興寧桂陽縣事 充庚午壬申癸酉丙子四科湖廣鄉試同
考官番禺凌魚撰 余家無善本 每有憂病則四借鄰閈 今覽此本 甚欲買取
而難辦五兩紋銀 齎悵而歸 乃謄其凌魚所撰序文 以資後攷

28. 심의深衣

우리나라 사람들이 "심의深衣는 반드시 마포麻布(삼베)로만 만들고 면포綿布(무명)로는 만들지 않는다."라고 하는 것은 틀려먹은 말이다.

마麻로 짠 것은 응당 마포麻布라 말하며, 저苧로 짰다면 응당 저포苧布라 말하며, 면綿으로 짰다면 응당 면포綿布라 말한다. 따라서 방언方言(조선말)에서 포布의 훈訓은 보保(보자기)이다.[원주: 고급 관리를 촌구석으로 좌천하는 식의 퇴행적 번역이다.] 다시 말하면, 布자를 공부할 때 '보자기 포布'라고 말한다. 그러면서도 유독 마麻를 짜는 집을 가리킬 때만 포布를 전용명사로 사용하는데, 이로 말미암아 마포麻布를 파는 시전을 포전布廛이라 하면서, 저포苧布를 파는 시전은 저포전苧布廛이라 부르고, 면포綿布를 파는 집은 아예 구별할 이름조차 없는 것이다. 52

52
언어의 사회성을 부정하는 독단적인 발언들이다.

53

전세목田稅木 대동목大同木은 조선후기 쌀 대신 면포로 징수하는 대표적인 조세. 연암은 3정에 의한 수탈의 현실을 도외시한 채 글자만 보고 '대포에 부과되는 세금'이라고 하지만, 전세목과 대동목은 '대포로 내는 세금'이다.

방언으로는, 면화綿花를 목화木花라고 한다. 따라서 '짠 면'을 '목木'이라고 하며, 그래서 모르는 것이 면포綿布라는 것이 바로 대포大布라는 점이다. 면포綿布를 대포大布라 하지 않으므로 그것을 파는 시전을 백목전白木廛이라 부른다. 그리하여 대포에 부과되는 두 가지 세금을 전세목田稅木 대동목大同木이라 하였으니,[53] 포布 중의 큰 것을 별개의 물건으로 취급함으로써 이와 같은 호칭이 관청의 공문서에까지 올라 온 나라가 쓰고 있는 것이다.

어째서 대포大布라 이르는가?

순수한 바탕의 물건이라 하여 포백지분布帛之文(베와 비단의 무늬)이라 칭하였으니, 면綿은 곧 직물의 대본이다. 오채五采의 찬란한 무늬를 꾸미기는 어려우나, 그 바탕이 검소하고 빛이 순수하여 무문지문無文之文(무늬 아닌 무늬)이 있어서 〈춘추좌전春秋左傳〉에서 "대포지의大布之衣"라고 한 것이 바로 이것이다. 『예기禮記』에서는 "완차불비完且不費 선의지차善衣之次"[54]라 하였으니, '완차불비'라는 것은 면포綿布를 말하며, '대포지의'란 곧 심의深衣이다.[55]

중국의 삼승포三升布는 면綿에다 양털을 섞어 함께 실을 뽑아 포布를 짠 것이다. 우리나라 상인들은 삼승포를 사다 파는 곳을 유독 청포전靑布廛이라 하는데, 청포전은 겸하여 대포大布를 팔면서 말하기를 '대보大保' 또는 '문삼승門三升'이라 하면서 두 배 가격을 받는다. 그런데도 백목전白木廛에서 이를 살펴서 따지지 못하는 것은 그 이름과 실질의 핵심을 간파하지 못하기 때문이다.

중국의 상복은 모두 면포로 쓴다. 이번에 여행하는 동안 길에서 마주친 상주들 중에 마포를 입은 사람은 하나도 볼 수 없었고, 두건 역시 모두 면포였다. 때는 바야흐로 한여름 철이라 땀과 기름

이 뒤범벅이 되어 흥건히 젖은 두건은 저절로 꺾여서 수그러져 있었다.[56]

내가 입고 있는 옷은 면포로 만든 겹옷인데, 중국 사람들이 자세히 들여다보더니 매우 정밀하게 짜인 올을 진지하게 여겨 심의深衣를 만들 옷감으로 구하는 이가 많았다. 내가

"중국엔 왜 가늘게 짠 면포가 없는 것입니까?"

하고 물으면, 그들은 모두 탄식하면서 대답한다.

"중국은 대체로 각양각색의 비단옷을 입어서 대포大布로 만든 옷을 수치로 여기는 터라, 옛 성인의 심원한 '불비지제不費之制'를 처박아 놓고 쳐다보지 않는 지가 이미 오래되었습니다. 그러므로 비록 자루나 주머니를 만들기 위하여 때때로 베틀에 넣어서 포를 짜기는 하지만, 워낙 엉성해서 감히 '선의지차善衣之次'로 삼을 수는 없답니다."[57]

"선의善衣란 어떤 옷인지요?"

"선의善衣란 것은 좋아하는 옷[好衣]입니다. 천자로부터 서민에 이르기까지 제각기 좋아하는 고급 옷 한 벌씩은 가지고 있어서 귀천을 나타내는 문장文章으로 삼는답니다.[58] 그러나 심의深衣란 것은 귀천이나 남녀, 길흉의 구별이 없는 평등한 복장입니다. 대포大布로써 만들었다는 것은 곧 검소함을 밝히는 것이니, 어찌 이것을 선의지차善衣之次라 하지 않겠습니까."[59]

우리나라 유가儒家에서는 더욱이 심의深衣를 중히 여겨서, 그림을 그리고 입으로 설명을 해 가면서 서로 자기 말이 옳다고 분분하게 다투는 일이 허다하다. 소매와 깃 따위를 놓고 한 치 한 푼의 차이를 내세워 서로 자신이 귀하다며 우쭐댄다. 그러나 정작 마포

56
연암은 암묵적으로 우리나라 베옷이 예법에 틀린 것임을 주장하고 있다. 그러나 '땀과 기름으로 뒤범벅이 된 두건'은 연암의 한계를 암시한다.

57
옛날에는 대포가 좋은 옷감이었지만, 지금 중국인들은 비단에 밀려서 쳐다보지도 않는다. 그렇다면 '대포(면포)로 만든 것이 심의'라는 어리석은 주장을 깨달아야 할 것이다.

58
보통 문장紋章이라 하며, 지위상징의 표지를 말한다.

59
여기서 선의지차는 '선의에 버금가는 옷'이다.

와 면포 중에 어느 포로 짠 것인지도 모르고 있으니, 어찌 천하에 가소로운 일이 아니겠는가.[60]

我國深衣之必以麻布而不以綿布者 非也 織麻則當曰麻布 織苧則當曰苧布 織綿則當曰綿布 乃方言訓布爲保 補外翻 讀布曰保布 獨織麻之家 專名爲布 由是而麻布之市曰布廛 苧布之市曰苧布廛 至於綿布則無以區別 方言綿花曰木花 遂名織綿曰木 殊不識綿布者 乃大布也 不名綿布爲大布 而號其市曰白木廛 以至兩稅之賦大布而曰田稅木 大同木 布之大者 遂爲別件物事 以此號 登於官府文簿 通國行之 何謂大布也 純素之物 稱布帛之文 而綿乃織之大本也 不可以絺繡五采 其質儉而其色純 有無文之文 故曰大布之衣者是也 曰 完且不費 善衣之次 完且不費者 綿布之謂也 大布之衣 卽深衣也 中國三升布 雜羊毛於綿 而同繰爲布者也 我國市人轉賣三升布者 獨名靑布廛 兼賣大布曰 大保 亦曰門三升 以博倍價 而白木廛 不得察糾者 不核名實之故也 中國衰服皆綿布 今行道路所逢衰服者 無一麻布所着 頭巾亦皆綿布 時方夏天 膏汗凝漬拉垂 余今所着綿布裌衣 中國人閱視之 頗珍其縷績精密 多求其深衣之資 余問中國何獨無細織耶 皆歎曰 中國擧服綾緞綺縠 耻衣大布 則古聖人深遠不費之制 閣而不講者久矣 故雖爲橐爲囊 時入機杼而嶵莽 不堪作善衣之次 余問善衣何衣也 答曰 善衣者 好衣也 自天子達於庶人 皆有上件好衣 爲文章以表貴賤 夫深衣者 貴賤同服 男女同服 吉凶同服 縫以大布者 昭其儉也 豈不是善衣之次乎 我東儒家 尤重深衣 而圖之說之 爭辨紛紜 袪袷之間 膠守分寸 麻綿之間 不識何布 豈非可笑之甚者乎

60
조선 양반들은 소매 깃 따위를 내세우며 우쭐댄다. 연암 자신은 한물 간 옷(면포)을 입고 진짜 심의를 입었노라 우쭐대고 있다. 진정 안타까운 일은, 케케묵은 경전을 뒤적이며 무엇으로 짠 것이 심의深衣냐를 따지는 태도다.

29. 나약국서羅約國書

"건륭44년(1779년) 12월 나약국羅約國 가달假㺚이 황제 폐하께 글을 올립니다. 신㾼이 들은 바로는 삼황三皇이 처음 나오고 오제五帝가 그 뒤를 이어 억조창생 위에 강림하사 대천입극代天立極 하였다 하는 바, 어찌 중화에만 군주가 있고 오랑캐들에게는 임금이 없으란 법이 있겠습니까? 하늘과 땅은 호탕浩蕩하여 한 사람이 혼자 주인이 될 수는 없는 것이요, 우주는 광대曠大하여 한 사람이 독차지할 수는 없습니다. 천하는 곧 천하 인민의 천하이지, 한 사람의 천하가 아닌 것입니다.

신臣이 사는 나약국은 성과 연못은 불과 수 백 리요, 강토는 3천 리를 넘지 않습니다만 언제나 지족지심知足之心을 가지고 살고 있습니다.[61] 폐하께서는 중원을 차지하고 앉아 만승萬乘의 주인이 되었으니, 성과 연못이 몇 천 리요, 강토가 몇 만 리에 뻗어 있습니다. 그런데도 폐하께서는 오히려 무염지욕無厭之慾(지족지심의 반대말로 염치없는 욕심)을 품고 매양 남의 강토를 집어삼킬 생각만 하니, 하늘이 살기殺氣를 뿜어 귀신이 울부짖고 통곡하고 땅이 살기를 뿜어 용과 범이 달아나 숨고 사람이 살기를 뿜어 천지가 뒤집혔습니다.

요堯와 순舜은 도덕이 있으매 온 세상이 조공을 바쳤고, 우禹와 탕湯은 은혜를 베풀었음에 만국이 손을 잡고 섬겼습니다. 그러나 진시황秦始皇은 자주 흉노를 정벌하다가 죽어서 그의 몸뚱이는 어포魚鮑가 되었고, 거란은 중원 땅을 크게 유린하다가 몸이 소금에 절인 제파帝豝가 되고 말았다 합니다. 덕을 쌓으면 전자처럼 우러름을 받고, 악을 저지르면 후자와 같이 되는 것입니다. 길흉화복吉凶禍福은 뿌리와 가지처럼 서로 맞닿아 있어서, 그 신信은 춘하추동春夏秋冬과 같으며, 그 폭暴은 뇌정벽력雷霆霹靂과 같은 것인데. 그래도 (천자라는 지위만을 믿고)처신을 삼가지 않을 것입니까.

(이치에)순응하는 자라 해서 반드시 생명이 보장되는 것도 아니며, 역행하는 자라 해서 반드시 멸망을 당하는 것도 아니다. 이것

61
'3천리'로 보아 '나약국'은 누군가 조선을 염두에 두고 쓴 글이다. 누구일까?

이 폐하의 생각이라면 인리人理가 그 상常을 거스르고, 그럼으로써 천도天道가 그 행行을 거스르게 하자는 것인데, 그렇다면 신臣은 무슨 마음으로 순천부順天府(북경)를 향하여 머리를 숙이고 무릎을 꿇겠습니까?

비록 폐하께서 친히 육사六師(친위군)의 정예를 인솔하고 수택지간水澤之間을 왕래하는데 행여 하란산賀蘭山(감숙성에 있다) 기슭에서 서로 만난다면 채찍을 들고 문안인사를 올리고 말 위에서 천하를 논할 것입니다. 구름 같은 먼지를 만리에 일으키며 범이 뛰어오르고 용이 날아올라 자웅을 겨루게 될 것입니다.

대저 전쟁이란 두 편이 다 이길 수 없고 복福은 쌍방에 이르지 않는 법이니, 군대를 해산하고 전쟁을 중지하는 것만 못할 것입니다. 산 자의 아픔과 죽은 자의 고통을 해소하고 병사들의 가난을 덜어준다면, 신은 마땅히 해마다 조공을 바치며 대대로 신하라 칭하겠습니다. 반대로 그러지 않으신다면, 우리도 문文을 논하자면 공맹孔孟의 경술經術을 알고 있으며 무武에 대해서라면 강태공姜太公과 손자孫子의 도략韜略을 알고 있는 바,[62] 어찌 중국에게 양보만 하고 있겠습니까? 원하옵건대 폐하께서 깊이 살펴주옵소서. 이에 대신 다리마多里馬를 보내어 폐하의 붉은 섬돌 아래 배알하게 하여 삼가 충심을 표하는 바, 지극한 정성은 하늘을 덮고 감격의 눈물은 땅을 적시옵니다."[63]

역관 조달동이 별단別單을 준비하던 중 이 글을 어느 서반序班으로부터 입수하였는데, 밤이 되자 나에게 보여주었다. 서장관 역시 와서 내게 말한다.

"아까 나약국서를 보셨습니까? 세상사가 무섭게 돌아가고 있습

62
도략韜略은 강태공의 〈육도六韜〉와 손자의 전략(손자병법)을 합한 말이다.

63
나약국은 제법 당돌하게 청나라에 '호혜평등'을 요구하는 듯하다. 그러나 황제가 보살펴준다면 붉은 섬돌 아래 배알하겠다는 결론은 실망스럽다.

니다."

내가 말했다.

"세상사는 접어두시오. 다만 천하를 염려해서 말하건대 원래 나약국이란 없는 것이오. 내가 20년 전에 일찍이 별단 중에서도 이와 같은 문서를 보았는데, 역시 황극달자黃極㺚子라 칭하는 자의 오만한 글이었소. 선배들이 둘러앉아 한 번 읽어보고는 매우 북방을 우려하였소. 혹자는 청淸나라를 대신할 자가 '황극달자'라고 말하기까지 하였소. 이제 이 국서를 본즉 가감 없이 그것과 비슷하오. 서반배들은 모두 강남江南의 가난뱅이[64] 집안의 자식들로서 객지에 떠돌다보니 무뢰배가 되어 이 따위의 터무니없는 소리를 조작하여 우리 역관들을 기망하여 공비公費 은냥깨나 우려내는 것이오. 별단에는 비록 보고 들은 사건을 싣는 것을 허용하지만, 실은 모두 노상에서 주워들은 뜬소문뿐이오. 어찌하여 해마다 이런 허황한 이야기들을 돈 주고 사는 것이며, 매번 사행 때마다 거짓 글월을 어전에 주청할 자료로 삼는단 말입니까. 내 소견으로는 별단 중에 포함된 구입한 자료를 없애버리는 게 좋을 것입니다."[65]

서장관은 시원하게 그래야겠다고 수긍하였지만, 조 역관은 자못 자신의 의견을 고집하였다. 나는 조역관에게 일렀다.

"그대는 나이가 젊어서 잘 이해하지 못할 것이네. 우리나라 사대부들은 춘추春秋에는 백지와 다름없을 정도로 무식하면서도 존화양이尊華攘夷 공담空談을 해 온 지가 1백여 년이네. 중국 인사들인들 어찌 이런 마음이 아니겠는가. 그래서 연갱요年羹堯·사사정査嗣庭·증정曾靜 따위들[66]이 상서로운 일을 보고는 재앙이라 하고, 좋은 치적을 악정이라고 기망하여 온 세상을 선동하고, 문서로 찍

64
앞서 '15.별단'과 마찬가지로 가난한 서반배들의 글은 아닐 것이다.

65
앞서 '15.별단'에 비하여 구입한 자료를 없애버리자는 주장은 고무적이다.

66
연갱요·사사정·증정 등은 모두 '문자옥文字獄'에 희생된 선비들이다.

67

가난한 서반배들의 글이라 하다
가 명나라를 향수하는 세력의
허탄한 짓이라고 한 걸음 물러
서 있다.
진실은 무엇일까?
조선의 북벌론자들의 작품일 것
이다.

68

중류격즙中流擊檝: 〈진서晉書〉
'조적전傳祖狄'에 나오는 고사.
오랑캐에 쫓겨 양자강을 건너 남
으로 도망가던 조적이 강 중류에
서 노를 치며 중원의 회복을 맹
세하였다.

어내어 유포하기를 마치 망국의 위험이 아침저녁 사이에 곧 들이
닥칠 듯이 조작한 것이지.[67] 그러면 우리 역관들은 허탄한 소리에
속아 넘어가 바보 놀음을 하는 것이네. 삼사三使는 오랫동안 깊숙
한 숙소에 앉아 소일꺼리가 없어서 울적하던 차, 걸핏하면 자네들
을 불러 새로운 소문을 물으면 자네들은 길에서 주워들은 이야기
를 엮어서 사신들의 답답한 가슴을 확 풀어주지. 사신은 아무 것
도 이해하지 못하면서도 점잖게 수염을 쓸어 올리고 부채를 부치
면서, '오랑캐 놈들의 운수가 백년을 넘을 수 있으랴.' 하고는 문득
울컥 하는 심정이 복받쳐 중류격즙中流擊檝을 생각하고 있으니 참
으로 허망하기 짝이 없는 일일세.[68] 그리고 더구나 먼저 보내는
군관은 밤낮 없이 말을 달리느라 하루의 절반은 말 등 위에서 잠
과 꿈으로 지내는 형편이니, 혹시 저들 국경 안에서 문서를 떨어뜨
리기라도 한다면 닥쳐올 화禍는 또 어찌할 것인가."[69]

서장관은 크게 한바탕 웃었으나 곧 크게 놀라면서 조 역관에게
무어라 경계警戒하는 모양이다. 나는 모르겠다. 그 후 별단에서 무
엇을 빼고 무엇을 남겼는지.

乾隆四十四年十二月 羅約國假獚上書皇帝陛下 臣聞三皇首出 五帝
繼作 臨御億兆 代天立極 豈特中華之有主 而抑亦夷秋之無君乎 乾坤
浩蕩 非一人之獨主 宇宙曠大 非一人之能專 天下乃天下人之天下 非
一人之天下也 臣居羅約之方 城池不過數百里 封疆不越三千里 而常有
知足之心 陛下統據中原 爲萬乘之主 城池數千里 封疆數萬里 猶懷無
厭之慾 每含並吞之意 天發殺氣 神號鬼哭 地發殺氣 龍虎遁藏 人發殺
氣 天地翻覆 堯舜有道 四海入貢 禹湯施恩 萬方拱手 秦皇數伐 匈奴體
化 鮑魚契丹 大躊中土 身爲帝犯 積德則如彼 稔惡則若此 吉凶禍福 相
根相條 其信如春夏秋冬 其暴如雷霆霹靂 可不愼哉 順之者 未必保其
生 逆之者 未必獲其殃 此人理之舛其常 而天道所以違其行也 臣獨何

心 抑首跪膝於順天之府乎 雖陛下親率六師之輕銳 往來於水澤之間 而
相逢於賀蘭山下 擧鞭問平安 馬上論天下 雲沙萬里 虎跳龍躍 一雄一
雌之秋也 夫戰無兩勝 福不雙至 不如罷兵休戰 解生靈之疾苦 弭甲兵
之艱難 臣謹當年年奉貢 世世稱臣 不然 則論文而有孔聖 孟賢之經術
語武而有太公 孫子之韜略 寧肯多讓於中國哉 顧陛下熟察焉 斯遣大臣
多里馬 祇謁丹墀 恭暴赤心 誠切戴天 感涕徹地 趙譯達東將修別單 得
此於序班 夜以示余 書狀亦來語曰 俄見羅約國書乎 天下事大惶恐 余
曰 天下事姑舍是 但恐天下元無羅約國 吾於二十年前 曾於別單中 見似
此文書 亦稱黃極猍子慢書 先輩圍坐一讀 深以北方爲憂 或謂代淸者極
也 今見此書 似無加減 序班輩皆江南儓人子 羈旅無賴 類作此等危妄語
以賺我譯 公費銀兩 別單雖許 聞見事件 皆是道聽塗說 奈何逐年買謊
語 每行沽僞撰 以備莫重奏御之資乎 愚意則別單中合當商量去就 書狀
大以爲然 趙譯頗分疏 余謂趙譯曰 君年少不解事 我國士大夫 白地春
秋 空談尊攘 百有餘年 中州人士 亦豈無此心乎 所以年羹堯 查嗣庭 曾
靜輩 指祥瑞爲災咎 誣治績爲疵政 皷扇四海 播騰文字 有若危亡之象
迫在朝夕 我譯樂其誕而自愚 三使久處深舘 鬱鬱無消遣之資 輒招君輩
問新所聞 則摭拾道途 博暢幽襟 使臣全不理會 掀髯抪簠曰 胡無百年之
運 慨然有中流擊檝之想 其虛妄甚矣 又況先來軍官 晝夜疾馳 半是馬
上睡夢 或致彼境遺落 其爲禍患 當復如何哉 書狀大笑且大驚 戒趙譯
云云 未知其後存拔之果如何耳

30. 불서佛書

불씨佛氏의 책이 처음 중국에 들어온 것은 불과 42장章이다. 그
후 불경이라고 부르는 것들은 태반이 위魏·진晉 시대의 문인들의
손으로 만들어진 것이다. 이런 사업은 요진姚秦 때 왕성[盛]하고
소량蕭梁 때 치열[熾]하게 진행되어, 당唐에 이르러서는 거의 구비
되어 유가儒家의 전적典籍과 맞먹게 되었다.

광성자는 황제黃帝의 스승. 남곽
자기와 묘고야산인은 『남화경』
에 나오는 도사. 장저는 『논어』에
나오는 은사.

공자(BC551~479)와 석가
(BC563~483)의 생존연대는 비
슷하다. 연암은 석가 이전의 인물
들을 들이대어 불교보다 도교·유
교가 먼저라고 주장한다. 석가의
선배들을 깡그리 무시한 것이다.

결승結繩은 노끈묶음으로 문자
이전의 문자. 결승지치로 돌아가
자는 것은 '자연으로 돌아가자'
는 말이다.
그러나 '북진묘기'에서 보았듯
이 이것(무위자연)은 '도사의 옷
을 입은 선비'들에 의하여 왜곡
된 도가사상이다.

대체로 상고시대 이래 이미 이와 유사한 학문이 있었다. 황제黃帝·광성자廣成子·남곽자기南郭子綦·묘고야산인藐姑射山人·허유許由·소부巢父·변수卞隨·무광務光·장저長沮·걸익桀溺 등의 학문이 그러하다.[70] 그러나 이들을 가리켜 부처라 부른 이도 일찍이 없거니와 또한 일찍이 그들은 아무런 저서를 남기지 않았으므로 후세인들은 단지 불씨佛氏가 오랑캐 땅에서 나왔다는 것만 알뿐, 중국 땅에서 먼저 이 도道가 있었다는 것은 알지 못한다.[71]

공자孔子는 이르기를,

"吾道一以貫之 우리 도는 하나로 꿰뚫는다."

하였고, 노자老子는,

"聖人抱一 성인은 하나의 도를 껴안는다."

하였으며, 불씨佛氏는,

"萬法歸一 만 가지 법法은 하나로 귀결된다."

하였으니, 이른바 만법귀일萬法歸一은 우리 유가의 이일만수理一萬殊(이치는 하나이지만 만 가지로 응용된다.)와 함께 집약적인 경구로서 그 뿌리는 서로 다르지 않은 것이다. 세상에 떠도는 불교 서적이란 모두가 〈남화경南華經〉의 전주箋注에 불과하고, 남화경은 곧 〈도덕경道德經〉의 전소傳疏에 불과한 것이다. 저들(석가와 노자)은 모두 뛰어난 자질을 타고나서 정情과 양量이 탁월하였을 텐데, 어찌 인의예악仁義禮樂이 모두 천하를 다스리는 대경大經인 줄 몰랐으리요. 불행히 그들은 말세에 태어나서, 본질은 사라지고 무늬[文]만 난무하는 세태에 눈살을 찌푸리며 상심하다 보니, 울컥 하는 심정에서 유有(문명)를 버리고 결승지치結繩之治로 돌아가자 하였던 것이다.[72] 그들의 이른바 성인과 단절하고 지혜를 폐기하고 도량형度量衡

을 파괴해야 된다는 따위의 이야기는 모두 세태와 풍속에 분개해서 나온 말들이다. 3천여 년 이래 그 책을 배척한 자가 단지 한 사람뿐만이 아니었건만 그 책들은 두루 상존尚存하고 있다. 그 책들이 비록 남아 있기는 하지만 천하의 치란治亂을 다스리는 일과는 아무런 관계가 없거늘, 저 한창려韓昌黎는 맹자가 일찍이 양자楊子 묵자墨子를 배척함을 희미하게나마 보고는 노자와 불씨를 배척하는 것을 자기의 교조로 내세웠다. 맹자가 본령을 양자·묵자를 배척하는 데 둠으로써 아성亞聖(맹자의 호칭으로 공자 다음의 성인)이 된 것도 아니건만, 한창려는 곧 노자와 불씨의 책을 불사름으로써 맹자를 계승하려고 하였으니, 나는 모르겠다. 그 책을 불사르는 것이 어쩌면 한창려의 본령이 아니었는지도.[73]

佛氏書初入中國者 不過四十二章 其後號佛經者 太半作于魏晉間文人之手 盛于姚秦 熾于蕭梁 大備于唐 幾與儒家典籍等 盖自上世 已有似此學問 黃帝 廣成子 南郭子綦 藐姑射山人 許由 巢父 卞隨 務光 長沮 桀溺 未曾號其人爲佛 而亦未嘗著有其書 故後世但知佛氏之出自夷狄 而殊不識中土先有此道也 孔子曰 吾道一以貫之 老子曰 聖人抱一 乃佛氏則曰萬法歸一 所謂萬法歸一 與吾儒理一萬殊 其守約之旨 未始不相似也 世間所有佛書 都是南華經箋註 南華經乃道德經之傳疏 彼皆天資超絶 情量卓異 豈不知仁義禮樂俱爲治天下之大經哉 不幸生値衰季 蒿目傷心於質滅文勝 則慨然反有慕于結繩之治 其如絶聖棄智剖斗折衡之類 皆憤世嫉俗之言也 三千年來 排之者亦不一人 而其書竟亦尚存 其書雖存 竟亦無關於天下之治亂 韓昌黎依俙見孟子之距楊墨 乃以闢老佛爲家計 孟子本領非直距楊墨 爲亞聖 乃韓昌黎直欲火其書 以繼鄒聖 未知果有火其書本領否也

31. 황명마패皇明馬牌

상서원尚瑞院에 보관되어 있는 나라 마패馬牌는 짙은 황금빛 무늬 없는 비단에 오목烏木을 축軸으로 하여 만든 두루마리다. 길이는 두 자 네 치이며 폭은 다섯 치 남짓한데, 가장자리에는 이룡螭龍을 중앙에는 안장을 갖춘 붉은 말 한 필을 수놓았다. 거기에 다음과 같은 황제의 어지御旨를 적어놓았다.

"공무로 가는 사람이 역을 지나갈 때 이 부험符驗을 나누어 소지하고 가서 맞추어보게 하면 역원은 응당 마필을 교부받을 것이다. 이 부험이 없이 임의로 마필을 지급하거나 법에 따르지 않고 사사로이 말을 교부한 자는 모두 중죄인으로 다스릴 것이니, 마땅히 이에 준하여 시행하라. 홍무洪武 23년(1390년) 월 일."

글자는 모두 검정 실로 수를 놓았고, 연호 위에는 옥새玉璽가 찍혔는데, 옥새의 글자는 제고지보制誥之寶였다. 옥새 왼편에는 '통자70호通字七十號'라는 가는 글씨가 있는데, 그 아래로 연결한 폭幅에는 간인間印을 위하여 작은 옥새 절반이 찍혀 있다. 또 적마赤馬 한 필을 그린 두루마리에는 '통자67호通字六十七號', 청마靑馬 한 필을 그린 두루마리에는 '통자68호通字六十八號', 적마赤馬 두 필을 그린 두루마리에는 '달자30호達字三十號'라고 쓰여 있다. 대체로 이것들은 홍무洪武 경오년(1390년)에 군산도群山島에서 배로 출발하여 금릉金陵으로 조회할 때에 내린 마패의 네 종류이다.

또 적마赤馬 두 필을 그린 두루마리 하나는 만력萬曆 27년(1599년) 월일에 내린 '달자16호達字十六號'이며, 또 적마赤馬 두 필을 그린 또 다른 두루마리는 '달자30호達字十三號' [74] 로서 제고制誥와 연호를 모두 검정 실로 수를 놓고 네 가장자리에 이룡螭龍을 수놓고 그 위에 옥새를 찍은 것이 모두 홍무연간의 제도와 같다. 왼편에 가늘게 쓴 통通자와 달達자 호號자 모두 수를 놓지 않은 것은 아마

74
만력연간의 달자30호는 홍무 연간의 것과 중복이다.

도 임시로 '제○○호'라고 써서 옥새의 반인半印을 찍어서 내준 것이리라.[75]

'홍무통자67호'의 청마 이하 여덟 필 말들은 모두 안장과 굴레를 그리지 않았으니, 대체로 만력 기해년(1599년)에 요양遼陽 길이 막혀서 가도椵島에서 배를 타고 등주登州에 내려 북경으로 조회 갈 때 하사한 마패의 두 종류이다. 두루마리는 모두 붉게 칠한 가죽통에 넣어서 주석 장식을 붙이고는 다시 사슴 가죽 주머니에 저장하였는데, 당시 사신이 돌아올 때 이를 환납하지 않았다. 왜 그랬을까? 명明의 관례를 깨고 외국 사신이 수로水路로 조회를 가는 경우에는 예외규정을 두었기 때문인가.[76]

이번 열하 행차에도 역시 말을 내 주라는 황제의 지시가 있었은즉 응당 이런 마패를 내주었을 것 같은데, 도중에 서로 어긋나서 그런지는 모르겠으나 부험(마패)을 맞추어 보는 절차를 보지 못하였다.[77]

尙瑞院所藏皇明馬牌 深黃無紋綾 烏木軸一卷 長二尺四寸 廣五尺有咫 沿邊刺繡螭龍 中繡鞍具赤馬一疋 制誥皇帝聖旨 公差人員 經過驛分持此符驗 方許應付馬疋 如無此符 擅便給驛 各驛官吏不行執法 循情應付者 俱各治以重罪 宜令準此 洪武二十三年月日 字皆黑線刺繡 年號上安玉璽其文曰 制誥之寶 左旁細書 通字七十號 下方聯幅 安小璽之半 又赤馬一疋一軸 通字六十七號 又靑馬一疋一軸 通字六十八號 赤馬二疋一軸 達字三十號 盖洪武庚午由群山島發船 朝金陵時 所賜符驗四度也 又赤馬二疋一軸 萬曆二十七年月日 達字十六號 又赤馬二疋一軸 達字十三號 制誥及年號黑線刺繡 四沿螭龍 上安璽寶 皆同洪武制 左旁細書 通達幾字號 皆不刺繡 似是臨時寫其第幾字號 皆具書印半璽出給也 洪武通字六十七號 靑馬以下八馬 皆無鞍勒 盖萬曆己亥遼陽路梗 由椵島至登州下陸 以朝北京時 所賜符驗二度也 每一軸 貯朱漆皮筒 鍮錫粧飾 更貯鹿皮囊 未知當時使還 不爲還納 何也 抑皇明舊例 外國使

75
주인공의 판단은 틀렸다. 위조된 마패일 것이다.

76
터무니없는 추측이다.

77
조선 조정은 명나라 마패를 자랑하지만 청나라 마패는 공개하지 않는다.

臣由水路朝天者 因爲頒給歟 今此熱河之行 亦有給馬之旨 則似當傳給
符驗而道次互違 未見其應付勘合之何樣制度也

32. 합밀왕哈密王

동직문東直門을 나가서 열하를 향하여 채 몇 리를 못 갔을 때,
북경의 가마꾼 30여 명이 어깨에 가마채를 메고 발을 맞추어 행진
하는 것을 보았다. 회회국回回國 사람 십여 명이 가마를 뒤따르는
데 얼굴이 사납고 코가 크며 눈은 푸르고 머리와 수염이 억세게
보였다. 그 중 두 사람은 눈매가 맑고 고우며 복색이 가장 화려하
였다. 붉은 전립을 썼는데, 좌우 가장자리 끝을 돌돌 말아 붙이고
앞뒤는 뾰족하게 총처럼 튀어나온 것이 마치 아직 터지지 않은 연
꽃 잎사귀 같았다. 이리저리 곁눈질 하며 경망하게 촐싹대는 것이
가소로웠다. 마두배들은 억지추측으로 회회국 태자라 하였다. 앞
서거니 뒤서거니 하면서 함께 가는 사나흘 동안 때로는 말 위에서
담배도 서로 나누어 피우고 하다 보니, 그들의 행동거지가 자못
공순恭順해졌다. 하루는 한낮이 되어 너무 덥기에 말에서 내려 삿
자리 집 아래서 쉬고 있는데, 두 사람이 뒤따라 들어와서 의자를 마
주하고 앉더니 나에게 이렇게 물었다.

"만주어를 할 줄 아십니까? 몽고어를 할 줄 아십니까?"

나는 조롱삼아 대답하였다.

"양반兩班이 어떻게 만주어 몽고어를 알겠소?"

그러고는 곧 글로 써서 회회국의 내력을 물었더니 한 사람은 머
리를 흔들면서 다른 한 사람을 쳐다보는 것이 아주 까막눈인 모양

이다.[78] 다른 한 사람이 흔쾌히 붓을 잡더니 한참 생각에 잠기다가 겨우 한 글자를 쓰는데, 인간의 온갖 가난과 괴로움과 고통의 표정을 다 지은 끝에 자칭 합밀왕哈密王이라 한다. 동행인을 가리키면서 역시 번왕蕃王 12부 운운하는데, 그 대답에 전연 문리文理라고는 없어서 도대체 이해를 할 수가 없다. 다시 내가 물었다.

"가지고 온 물건들은 무엇입니까?"

"모두 황제께 진상하는 옥그릇들입니다. 그 중에 가장 큰 것은 자명종自鳴鍾입니다."

소위 번왕蕃王이라는 사람은 행랑에서 차茶를 꺼내더니 하인을 시켜 끓여 서로 나누어 마셨다. 나에게도 한 잔 권하는데, 그의 내심은 필시 '특별한 차茶'라는 표정이었지만, 그 향기와 빛깔을 보건대 황성 안에서 대수롭지 않게 볼 수 있는 행상들이 파는 물건이었다.[79] 화로와 다기들은 모두 붉게 칠한 가죽으로 겉을 씌워서 주렁주렁 허리띠에 달린 장식품처럼 요대에 매달아 등에 짊어지는데, 극히 간편해 보였다. 나는 차를 마신 뒤 먼저 일어나 채찍을 한 번 내리쳐 말을 타고 떠났다.

이튿날 아침 또 강가에서 만나자 나는 중국말로 물었다.

"합밀왕의 나이는 얼마나 됩니까?"

그 역시 중국말로 대답하였다.

"서른여섯입니다."

번왕은 더욱 중국말을 잘하여 합장을 2번 한 다음 한 손바닥을 펴서 스물다섯 살이란 것을 표시했다.[80]

〈당서唐書〉에 따르면, 회흘回紇은 일명 회골回鶻이라 하였다. 〈원사元史〉에는 외올아부畏兀兒部가 있는데, 외올畏兀은 곧 회골回鶻이

78
그들은 까막눈이 아니다. 연암이 만주어 몽고어를 기피하듯 그들은 중국어(한자)를 기피하기 때문이다.

79
'대수롭지 않은 물건' 이 바로 그들이 창조한 유행이다.

80
중국말을 잘 한다지만, 번왕은 여전히 바디랭귀지다.

합밀왕

273

며, 회회回回는 회골回鶻의 전성轉聲이다. 〈고려사〉를 보면 원元나라가 고려 사람으로 하여금 외오아畏吾兒 말을 교습敎習하게 했는데, 외오아畏吾兒란 곧 외올畏兀의 전성이다. 합밀哈密은 한나라시대 이오伊吾에 속한 땅이요, 당唐 대에 와서는 이주伊州에 속한 땅이다.

고려 말 설손偰遜이란 자가 곧 회골 사람인데, 원나라에서 벼슬하다가 공주公主를 따라 동으로 와서 고려에서 벼슬을 하게 되었다. 회골인으로서 조선에서 벼슬을 한 자로는 설장수偰長壽가 있는데, 곧 설손의 아들이다.

出東直門 向熱河 行不數里 皇城脚夫三十餘人 扁擔接武而行 回子十餘人殿後 面貌獰獰 高鼻綠瞳 髮鬚强磔 其中兩人眉眼明秀 服着最華 戴猩猩氈笠 卷其左右兩簷 則前後簷尖銃 如未敷荷葉 顧眄之際 輕佻可笑 馬頭輩臆稱回回國太子 與之後先作行者三四日 時於馬上換烟相吸 其動止頗爲恭順 一日停午極暑 下馬憩路中簟屋下 兩人後至 亦下馬對椅而坐 問我滿洲話否 蒙古話否 我戲答曰 兩班安知蒙滿話 卽書問回回來歷 一人掉頭視他 似全塞矣 一人欣然操筆 沉思良久 縬下一字 備盡人間艱難辛苦之狀 自稱哈密王 指其伴來者 亦稱蕃王十二部云云 所對全無文理 不可解矣 問擔來何物 則皆進貢玉器 而其中最大者 自鳴鍾云 所稱蕃王 解囊出茶 使其從人烹瀹相飮 亦勸余一椀 意其必異茶也 視其香色 乃皇城中尋常行賣之物也 爇爐鎗椀 皆以朱漆皮革爲外套 纍纍如帶錡腰帶背負 極其簡便矣 茶後先起 一鞭跑去 明朝又相逢於河邊 以漢話問哈密王年紀多少 亦以漢話對三十六 蕃王尤善漢話 合掌二次 張其一手 稱二十五 按唐書回紇 一名回鶻 元史有畏兀兒部 畏兀 卽回鶻也 回回者 卽回鶻之轉聲也 高麗史元使高麗人 敎習畏吾兒語 畏吾兒 又畏兀之轉聲也 哈密 漢時伊吾地 唐時伊州地 麗末偰遜者 回鶻人也 仕於元朝 從公主東來 因仕於麗朝 其仕於本朝者 偰長壽 卽遜之子也

33. 서화담집徐花潭集

서화담선생徐花潭先生 경덕敬德의 수학數學은 송나라 소옹邵雍 강절康節[81]과 비슷하다. 시詩 같은 것 문장文章 같은 것들 몇 편이 있지만, 볼 만한 것은 없는데도 건륭황제가 편찬하는 『사고전서四庫全書』에 편입되었다.

徐花潭先生敬德數學 類康節 有詩若文若干篇 無可觀 而編入四庫全書中 今皇帝所著

34. 장흥루판長興鏤板

오늘날의 오사란烏絲欄(검은 줄을 친 종이)은 곧 옛날의 편죽編竹이다. 옛날에는 글자를 모두 대쪽에다가 칠로 쓰고 가죽끈으로 엮었는데, 이른바 간책簡冊이다. 그 모양은 오사란(검은 칠을 한 난간)과 같았는데, 공자가 『주역周易』을 읽는데 가죽끈이 세 번이나 끊어졌다는 이야기가 바로 이것이다. 한 무제漢武帝가 일찍이 하동河東을 건너다가 책 다섯 상자를 잃어버렸는데, 다행히 장안세張安世가 탁월한 기억력을 발휘하여 다시 책을 만들었다는 이야기로 보아서 그 때는 루판鏤板[판본]이 없었음을 가히 알겠다. 후세에 루판鏤板이 시작된 것은 후당後唐 명종明宗 때인데, 명종은 오랑캐 출신으로 목불식정目不識丁이었으나 장흥長興연간(930~933)에 구경九經을 루판鏤板으로 새겼으니, 그 공로야말로 한漢대의 홍도석경鴻都石經보다 못하지 않을 것이다.[82] 명종은 당시 사대부들의 길흉지례를 한탄하면서 명혼기복지제冥婚起復之制를[83] 지적하여 말하였다.

"선비가 효도와 우애를 높이는 것은 풍속을 돈독하게 함이거늘, 지금 아무런 전쟁도 없는 마당에 복상 중에 있는 상주를 관리로

81
소옹은 유가의 역학易學을 해괴한 '숫자 운명학'으로 '발전' 시킨 인물. 그 운명학으로 중화주의를 민간에 유행시킨 혁혁한 공로자가 서화담. 이제 서화담은 청나라의 신중화주의 건설에 다시 한 번 기여할 것이다.

82
홍도석경鴻都石經
홍도는 도서보관소이며, 석경은 태학太學에 경서를 새겨 세운 비석

83
명혼冥婚: 죽은 자의 결혼
기복起復: 기복출사起復出仕의 줄임말로 3년상이 끝나지 않은 상주가 벼슬을 하는 것.

기용하는 게 있을 수 있는 일인가. 또 혼인은 길한 의례이거늘 어찌 죽은 사람에게 이것을 쓴단 말인가."

명종은 곧 유악劉岳에게 명하여 문학과 역사에 정통한 선비들을 뽑아서 그 의례를 정비하게 하였다. 이에 태상박사太常博士 단옹段顒과 전민田敏 등이 함께 작업에 착수하였으나, 이들은 모두 야비한 자로서 그 책을 정비한다는 것이 고작 당시 자기 집안에서 행하고 있는 풍속을 베끼는 것에 불과하였다.[84]

지금 취진판聚珍板 편집 작업은 호부시랑戶部侍郎 김간金簡이 감독하고 있다.[85]

84
결국 장흥루판의 공로는 공작새문화(사대부들의 의례)를 까마귀들에 보급한 것이다.

85
취진판聚珍板은 『사고전서四庫全書』가 워낙 방대하여 극히 일부만을 취사선택하여 만든 보급판.
한나라의 홍도석경, 당나라의 장흥루판의 바통을 이어받나 '취진판' 은 청나라의 신중화주의를 구석구석에 전파할 것이다.

今之烏絲欄 卽古之編竹也 古者文字 皆以漆書之竹片 以韋編之 所謂簡冊 其形如烏絲欄 孔子讀易 韋編三絶者是也 漢武帝渡河東 亡書五篋 幸賴張安世誦而錄之 其無鏤板可知 後世鏤板 始於後唐明宗 明宗胡人 目不知書 然其九經鏤板 乃在長興中功 不在鴻都石經之下 帝歎當時士大夫吉凶之禮 有冥昏起復之制 曰儒者所以隆孝悌而敦風俗 且無金革之事而起復可乎 婚姻吉禮也 如之何其用於死者 乃詔劉岳 選文學通知古今之士 共刪定之 太常博士段顒田敏等 皆鄙俚 增損其書 不過當時家人所常傳習者 卽今聚珍板刻字 戶部侍郎金簡所監董

35. 주한周翰·주앙朱昂

사람이 젊은 시절에는 살아갈 날이 창창하여 마치 자기는 늙을 날이 없을 듯 착각하여 말을 하는 사이에 노인을 가벼이 여기고 욕되게 하고 업신여기기 일쑤다. 이것은 비단 품행이 좋지 못한 젊은이들의 경박한 짓일 뿐 아니라 복록福祿을 걷어차 버리는 일인즉 삼가지 않음은 불가하다.

찬성贊成 민형남은 나이 칠십이 넘어서 손수 접과接菓를 하였는데, 마을에 사는 젊은 명관들이 웃으며 말했다.

"公猶復百年計耶 공은 아직도 백년지계를 꾀하는 것이오?"

공公이 대답했다.

"政爲君輩留贈耳 군君들을 위한 정치를 남겨줄 것이네."

그 후 공이 향년 94세에 이르도록 여러 명관들의 제삿날이 되면 공公은 언제나 손수 적과摘菓를 하여 제사를 도왔다.[86]

옛날 송宋나라 양대년楊大年이 약관弱冠일 적에 주한周翰과 주앙朱昂 두 사람과 함께 한림원翰林에 있었는데, 이 두 사람은 이미 머리가 하얗게 세어 있었다. 매번 일을 논할 때마다 양대년은 그들을 업신여기며 말했다.

"두 노옹老翁은 도대체 하는 일이 무엇입니까?"

그러면 주한은 자못 참지 못하여 이렇게 말했다.

"君莫欺老 竟當留白贈君 그대는 늙은이를 기망하지 말게나. 필경 이 백[白]을 그대에게 물려줄 것이네."[87]

주앙이 말했다.

"莫留贈他 免得他人還又欺他 물려주지 마시오. 다른 사람이 또 다른 사람을 기망하는 악순환은 면해야죠."

훗날 양대년은 과연 나이 오십도 못 살고 죽었다.[88]

열하의 태학에는 늙은 훈장 한

사람이 있었는데, 바로 왕곡정王鵠汀이다. 곡정은 민가民家의 어린 아이 호삼다胡三多에게 글을 가르쳤는데, 삼다의 나이는 겨우 열세 살이었다. 또 기하旗下 사람으로 왕라한王羅漢이란 자가 있었는데, 나이 73으로 삼다에 비하면 한 갑자를 더 먹은 무자년(1708

86
민형남의 장수비결은 무엇일까? 政爲君輩, 백성을 위한 정치가 아닌 군주들을 위한 정치다.

87
백白은 ①노인의 백발 ②비결(政爲君輩)이다.

88
양대년은 왜 단명하였을까? 백白을 물려받지 못했기 때문이다. 임금을 위한 정치를 해야 장수할 텐데, 백성을 위한 정치를 하느라 단명한 것이다.

년)생이다. 왕라한 역시 곡정에게 강의講義를 받는데 매일 이른 새 벽 삼다와 함께 책을 끼고 앞서거니 뒤서거니 문門에 이르러 곡정 에게 인사를 고한다. 곡정이 혹시 담론하느라 여가가 없을 때면, 왕라한은 주저 없이 삼다에게 고개를 숙이고 청하여 한 차례 강 의를 받고 돌아간다. 곡정은 이렇게 말한다.

"저 노인은 손자가 다섯이고 증손이 둘이나 있는데, 날마다 몸 소 와서 강의를 듣고서는 돌아가 여러 손자들에게 되돌려 가르친 답니다. 그의 근실한 태도가 이같이 놀랍습니다."

노인은 수치스럽다 하지 않고 젊은이는 업신여기지 않으니, 중국 이 예의가 바르다는 것은 알고 있었지만, 이런 변방의 풍속이 이다 지도 순淳함에 더욱 감탄하지 않을 수 없었다.

어느 날 호동胡童이 붉은 첩지帖紙와 문은紋銀 두 냥을 가지고 와서 나에게 주었다.

敬托同學庚弟胡 轉丐朝鮮朴公子淸心元一兩丸 謹具薄幣 以代羊鴈 物些情深 義重海內

삼가 동학同學이자 띠 동갑 아우 호胡에게 맡겨 조선 박공자께 전하건대 청심환 한두 개를 청하옵니다. 삼가 변변찮은 돈을 갖 추어 양과 기러기로 삼고자 하는 바,[89] 재물은 약소하오나 깊은 정情으로 의義를 중원[海內]에 베풀어주시길 당부합니다.

나는 그 돈을 돌려보내면서 청심환 두 알을 꺼내어 주었다. 왕 라한의 이른바 '동학경제호同學庚弟胡'라 함은 곧 호삼다를 가리킨 말이니 더욱 포복절도할 일이다.[90] 그러나 유난히 스스로 혼후渾 厚한 태도는 주앙이 양대년에게 퍼부은 독설과는 자못 특별하기

89
〈주례〉를 보면, 상면례相面禮로 써 제후는 호랑이 가죽을, 경卿 은 새끼 양을, 대부大夫는 기러기 를, 사士는 꿩을, 상민은 오리를, 상인과 장인은 닭을 선물하라고 한다.
결국 왕라한은 자신과 연암을 경 卿과 대부大夫의 반열에 올려놓 고 있다.

90
'동학경제호同學庚弟胡'는 호삼 다가 아니라 호동胡童이며, 그것 은 왕라한의 손자를 말한다.

에, 여기에 함께 기록하여 젊은이들이 늙은이를 업신여기는 풍조
에 대한 경계로 삼고자 한다.[91]

人於年少時 前程甚遠 若無可老之日 言語間易 觸侮老人 非但惡少
輕薄 類不福祿延長 不可不愼 閔贊成馨男年踰七耋 手自接菓 里中諸
少年名官 笑之曰 公猶復百年計耶 公曰 政爲君輩留贈耳 其後公享年
九十四 諸名官諱日 公輒手自摘菓以助祭 昔楊大年弱冠 周翰 朱昂 同
在翰林 兩人時已皤然 每論事 楊侮之曰 兩老翁以爲如何 翰頗不堪謂
曰 君莫欺老 竟當留白贈君 昂曰 莫留贈他 免得他人還又欺他 後楊果
不及五旬 熱河太學 有老學究曰王鵠汀者 敎授民家小兒胡三多 年十三
復有旗下王羅漢者 年方七十三 較三多爲先甲戊子生 講義於鵠汀 每日
淸晨 與三多挾書後先踵門 朝鵠汀 鵠汀或談論無暇 則輒轉身屈首於胡
童 跽受一遍而去 鵠汀云 彼有五孫二曾孫 身自日來講義 歸而轉授衆
孫 其勤實如此 然而老者不恥 稚者不侮 中州禮義之盛 日有聞矣 而邊
末風俗之淳 盒可見耳 一日胡童持一帖砑紙二兩紋銀而來 以示余 其帖
曰 敬托同學庚弟胡 轉丐朝鮮朴公子淸心元一兩丸 謹具薄幣 以代羊鴈
物些情深 義重海內 余還其銀而覓給二丸 所謂同學庚弟胡者 胡三多也
尤爲絶倒 然殊自渾厚 頗異於朱昂之毒呪楊大年 並記之 以爲年少侮老
之戒

91
주앙이 독설로 양대년은 '백白'
을 물려받지 못하여 일찍 죽었다.
그러나 그만큼 '임금을 위한 정
치가 사라졌을 것이니, 세상은 좋
아졌을 것이다.
그러나 왕라한은 무엇을 하고 있
는가?
명나라의 후예들(왕곡정과 호삼
다)에게 배워서 '백白'을 배워서
청나라의 후예들에게 전수하고
있다.

36. 무열하武列河

역도원酈道元의 〈수경水經〉 주석에 "유수濡水는 동남으로 흘러 무
열수武列水로 들어간다."라고 하였으니, 유수는 오늘의 난하灤河요
무열수는 오늘의 열하이다.[92] 열하熱河라는 이름이 〈수경水經〉에
없는 것을 보면, 아마도 무열武列의 전성轉聲인 듯싶다. 그 근원은
셋이니 하나는 무욱리하武郁利河에서 나오고, 또 하나는 석파이대
石巴伊臺에서 나오며, 또 하나는 탕천湯泉에서 나와 하나로 합쳐져

92
눈에 보이는 거짓말이다. 유수(=
열하)는 상류, 무열수(=난하)는
하류. 그런데 연암은 '유수는 난
하 무열수는 열하'라고 뒤집어버
린 것이다.
무엇을 암시하는 복선인가?

열하가 되어 산장을 끼고 남쪽으로 흘러 난하로 들어간다고 한다.

우리 사행이 줄달음질로 열하에 들어왔을 때 혹자들은 여기서 곧장 조선으로 돌아가자는 논의가 있었던 바, 사신은 담당 역관에게 미리 동쪽으로 돌아갈 노정을 강구하도록 하였다. 역관이 통관에게 물었더니 통관배들은 깜짝 놀라면서 말했다.

"산 뒤는 모두 달자㺚子들이 사는 지방이라 의무려산醫巫閭山을 껴안고 동북으로 돌아가는 길 어간에서 반드시 달자를 만나 뜯기고 노략질을 당할 것입니다. 우리네 중토인中土人도 이 길을 아는 자가 없습니다. 비록 몽매한 황제께서 여기서 직접 돌아가라 하였더라도 사신은 예부에 정문을 올려 이 길을 모면해야 할 것입니다." [93]

역관은 다시 물어볼 자가 없어 답답해하고 있었는데, 마침 한 늙은 장경章京이 일찍이 이 길을 가 본 적이 있어서 역력히 가르쳐 줄 수 있다 하였다. 장경에게 종이와 붓을 내주며 쓰게 하였더니, 그는 한자를 전연 몰라 하늘만 우두커니 쳐다보다가 땅바닥에 손으로 금을 긋고 모래를 모아 산 모양을 만들고 다시금 검불을 잘라 배를 만들어 건너는 형상을 만들었다. 그러다가 붓을 잡고 재빨리 글씨를 쓰는데 곧 만주 글자였다. 아무도 이를 알아보는 자가 없어서 함께 구경하던 사람들이 한바탕 폭소를 터뜨렸다. 내가 마침 그 종이를 가져다가 왕곡정에게 보였더니, 곡정 역시 해석하지 못하여 왕라한王羅漢에게 보였다. 나한이 말했다.

"제가 비록 이 글을 이해는 하지만 한자로 번역하기는 어렵습니다. 제가 사는 이웃에 봉천인奉天人이 손님으로 와 있는데, 아마 이 길을 잘 알 듯합니다. 내일 그에게 물어 상세히 적어서 갖고 오겠습니다."

그러고는 이내 종이를 품속에 집어놓고 가버리더니, 이튿날 그
는 과연 자세히 적어 가지고 왔다.[94]

"열하로부터 30리를 가면 평대자平臺子요, 또 30리를 가면 홍석
령紅石嶺요, 또 25리를 가면 황토량黃土梁이요, 또 15리를 가면 서륙
구西六溝에 이른다. 여기가 곧 승덕부承德府의 경계로서 경계비가
있는데, 여기서 20리를 가면 상운령祥雲嶺이 있고, 칠구七溝까지 30
리, 또 봉황령鳳凰嶺까지 30리, 평천주平泉州까지 20리, 대묘참大廟
站까지 35리인데, 여기가 평천주의 경계이다. 여기서 양수구楊水溝
까지 40리, 쌍묘雙廟까지 25리, 송가장宋家庄까지 30리, 건창현建昌
縣까지 30리, 장호자長鬍子까지 30리, 야불수夜不收까지 25리, 공영
자公營子까지 20리, 담장구擔杖溝까지 30리인데, 여기가 곧 건창현
建昌縣의 경계이다. 여기서 또 행호자대杏湖子臺까지 10리, 날마구
喇麻溝까지 25리, 대영자大營子까지 15리, 조양현朝陽縣까지 25리, 대
릉하大凌河까지 25리인데, 다시금 강을 건너서 망우영蟒牛營까지 25
리, 장가영張家營까지 30리, 만자령蠻子嶺까지 25리, 석인구石人溝까
지 25리인데 여기가 조양현朝陽縣의 경계이다. 여기서부터 육대변
문六臺邊門까지 30리, 최가구崔家口까지 30리요, 또 20리를 지나면
의주성義州城인데, 대릉하大凌河를 건너 금주위錦州衛로 나오면 광
녕廣寧으로 가는 길路이다.[95] 운운."

酈道元水經註 濡水東南流 武列水入焉 濡水 今灤河 武列水 今熱河
熱河之號 不著於經 則似是武列之轉聲 其源有三 一出武郁利河 一出石
巴伊臺 一出湯泉 同會爲熱河 抱山莊南行入灤河云 我使趲程行 旣入
熱河 或有自此徑還之議 使臣使任譯 預講東還路程 任譯探於通官 通
官輩大驚曰 山後皆猠子地方 抱醫巫閭而北東繞轉 道途間 必遭猠子所

94
이전 글(주한·주앙)에서 왕라한
의 정체를 알았다면, 연암은 왕라
한에게 의지한 것이 잘못이다. 늙
은 장경이 그림으로 그려준 '악
도'를 왕라한이 품에 넣어 갖고
가버렸다. 그러면 왕라한이 집에
서 써온 '악도'는 무엇인가?

95
목적지는 '광녕廣寧의 세상이다.
그러나 왕라한이 가르쳐준 길은
과거로 회귀하는 길. 대능하大凌
河를 건넜다가 다시 건너오는 것
이 증거이리라.
낙원으로 가는 길은 '27.동의보
감'에서 보여준 〈홍길동전〉의 길
일 텐데, 연암은 허균의 이상과
현실을 연결하는 단서를 찾아내
지 못하고 있다.

刓略 俺等中土人 無有識此路者 雖蒙皇旨 自此徑還 使臣呈文禮部 懇
免此路可也 任譯更無向人探問處 方納悶 有一老章京曾經行者 能歷
歷言之 而給紙筆 使之開錄 則目不識漢字 仰視天 俯畫地 手扱沙作山
形 復截芥爲舟渡狀 然後操筆疾書 乃滿字 無解見者 觀者皆大笑 余偶
以此紙 示王鵠汀 鵠汀亦不能解 以示王羅漢 羅漢曰 吾雖知之 漢字翻
謄則難 俺鄰舍有奉天人來客者 似當識此路 明日問諸此人 詳錄以來也
因納紙懷中而去 明日果爲詳錄而來 自熱河三十里至平臺子 三十里至
紅石嶺 二十五里至黃土梁 十五里至西六溝 此是承德府交界處 有交界
碑 自此二十里至祥雲嶺 三十里至七溝 三十里至鳳凰嶺 二十里至平泉
州 三十五里至大廟站 平泉州界 自此四十里至楊樹溝 二十五里至雙廟
三十里至宋家庄 三十里至建昌縣 三十里至長鬚子 二十五里至夜不收
二十里至公營子 三十里至擔杖溝 此乃建昌縣界也 自此十里至杏湖子台
二十五里至喇麻溝 二十里至蝴蝶溝 十五里至大營子 二十五里至朝陽縣
二十五里至大凌河再渡 二十五里至蟒牛營 三十里至張家營 二十五里至
蠻子嶺 二十五里至石人溝 朝陽縣界 自此三十里至六臺邊門 三十里至
崔家口 二十里過義州城渡 大凌河出錦州衛 由廣寧路云云

37. 옹노후雍奴侯

내가 어릴 때 『사기史記』를 읽다가 "한漢나라가 구순寇恂을 옹노
후雍奴侯에 봉하였다."라는 대목을 매우 괴이하게 여긴 적이 있다.
후侯로 봉할 이름이 그렇게 없어서 하필이면 옹노후라 하였을까?
이제 알고 보니 옹노는 곧 어양漁陽 우북평右北平에 있는 지명이다.
내가 오는 길에 연燕·계薊로 들어와서 어양과 북평으로 나갔지만,
옹노가 오늘날 어떤 이름으로 바뀌었는지를 알 수 없었으니, 어쩌
면 그 땅을 지나왔는지도 모를 일이다. 옹노는 또 택澤 수數의 이
름으로서 〈수경水經〉 주석에는 "사면에 물이 둘러싸인 곳을 '옹雍'

이라 하고, 흐르지 않는 곳을 '노奴'라 한다."하였다.[96]

童子時讀史 竊怪漢封寇恂爲雍奴侯 侯號何限而何必曰雍奴侯 按雍
奴地名 在漁陽右北平 余曩入燕薊 道出漁陽北平 今未知雍奴變作何名
而儂亦經行其地否也 雍奴又數澤名 水經注 四面有水曰雍 不流曰奴

96
노奴는 하인을 지칭하는 글자. 그
래서 수경 주석은 덕이 없다는 뜻
으로 '물이 흐르지 않는 곳'으로
풀이한다. 그러한 경전을 믿느니,
단순하게 해석하자.
옹노후는 '하인奴을 꺼안는 雍 제
후侯'라고 말이다.

38. 심恣

〈한서지리지漢書地理志〉에 "청하군淸河郡에 사제현恣題縣이 있다."
하였는데, 내가 막북에서 고북구로 돌아오는 길에 밤에 청하현에
묵었으나 사제현이 어디 있는지 알 길이 없었다. 요컨대 청하의 근
방일 것이다. 당나라 안사고顔師古가 〈한서지리지〉에 주注를 달기
를, "恣는 사莎의 옛 글자이다."[97] 라고 하였다.

漢書地理志 淸河郡有恣題縣 余行自漠北 還入古北口 夜宿淸河縣 今
不知恣題何在 而要之淸河近境 顔師古注 恣古莎字

97
왜 사제현을 못 찾는가?
연암이 찾는 것은 〈한서지리지〉의
'恣題縣'이다. 그러나 '恣'(골풀
심恣의 옛 글자)이라는 글자를 몰
라서 '사제현莎題縣'을 찾고 있다.
주注 따위를 믿고 말이다.
이제 옹노후를 보라.
雍의 '향乡'은 옹뿔이며, 옹뿔
은 '물이 흐르는川 마을邑'이다.
그런 마을에서 새隹를 꺼안는 것
이 옹雍이라는 글자라면, 이제 인
간(奴)을 꺼안으라는 게 옹노후다.

39. 순제묘順濟廟

〈동서양고東西洋考〉에 다음과 같은 기록이 있다.

"오대五代 시대 민閩(복건성)의 도순검都巡檢 임원지林願之의 여섯
째 딸이 진진晉 천복天福 8년(943년)에 태어났는데, 송宋 옹희雍熙 4년
(987년) 2월 29일에 신선이 되어 하늘로 올라갔다. 그녀는 늘 붉은
옷을 입고 바다 위로 날아다니기 때문에 마을 사람들이 사당을
지어 모셨다. 송宋 선화宣和 연간 계묘년(1123년)에 급사중給事中 노
윤적路允迪이 사신으로 고려로 가는 도중에 폭풍을 만나 다른 배
들은 모조리 침몰했는데 다만 노윤적이 탄 배는 여신이 돛대에 강

림하여 무사하였다. 사신이 돌아와 이 일을 조정에 아뢰었더니, 특별히 순제順濟라는 묘호廟號를 내렸다." [98]

오늘날 천주당天主堂에 붉은 옷을 입은 여상女像이 바다와 구름 사이를 날아다니는 그림이 붙어있는데, 아마 그 여신아 아닌가 싶다.

東西洋考 五代時 閩都巡檢林願之第六女 生于晉天福八年 以雍熙四年二月二十九日昇仙 常衣朱衣 飛翻海上 里人祠之 宋宣和癸卯 給事中路允迪使高麗 中流遇風 鄰舟俱溺 獨路舟 神降于檣無恙 使還奏于朝 特賜廟號順濟 今天主堂所畫朱衣女像 飛翻海雲間 似爲其神也

40. 해인사海印寺

합천 가야산伽倻山에 있는 해인사海印寺는 신라 애장왕 때에 창건되었다. 유명한 가람이나 사찰들은 흔히 서로 이름을 본따서 붙이는 경우가 많지만 해인사만은 그렇지 않다. 중국 순천부順天府(북경) 서해자西海子 위에 옛날 해인사가 있었는데, 명나라 선덕宣德 연간에 다시금 중건하여 대자은사大慈恩寺라 이름을 고쳤다가 뒤에 폐하였다. 우리나라의 해인사는 곧 천여 년 전에 이룩된 고찰古刹인즉, 연경의 해인사는 응당 신라 때 창건된 절보다 뒤의 것으로 생각된다. [99]

陝川伽倻山海印寺 刱自新羅哀藏王時 名藍巨刹 多相沿襲號名 而此獨不然 中國順天府西海子上 舊有海印寺 皇明宣德間 重建 改名大慈恩寺 廢爲廠 我國海印寺 乃千餘年舊刹 則燕中海印 想應在新羅所刱之後也

41. 사월팔일방등四月八日放燈

중국의 방등放燈놀이는 대보름날 밤에 있는데, 14일부터 16일까지 한다. 우리나라의 방등놀이는 반드시 사월 초파일에 하는데, 이날이 부처의 생신이라는 이유보다는 아마도 고려 때의 풍속을 그대로 따른 것 같다. 석가여래釋迦如來는 정반왕淨飯王의 태자로서 주소왕周昭王 24년 갑인 4월 8일에 태어나서 42년 임신 그의 나이 19세에 태자의 자리를 버리고 출가出家하여 도를 닦다가 목왕穆王 3년 계미년에 도道를 완성하였다.[100]

中原放燈 在上元夜 自十四至十六 我國放燈 必于四月八日 謂佛生辰
此似仍麗俗 釋迦如來 淨飯王之太子 生於周昭王二十四年甲寅四月八日
四十二年壬申 太子年十九 棄位出家修道 至穆王三年癸未 道成

42. 오현비파五絃琵琶

양염부의 '원궁사元宮詞'는 이렇다.

北幸和林幄殿寬	북방 화림에 거둥하니 천막궁궐이 널찍한데
句麗女侍婕妤官	고려여인들이 첩여가 되어 시중드네.
君王自賦明妃曲	군왕은 스스로 명비곡[101]을 부르고
勅賜琵琶馬上彈	비파를 하사하여 마상에서 타게 하는구나.

〈고려사高麗史〉'악지樂志'에 실린 내용을 보면, "비파琵琶라는 악기는 줄이 다섯이다."라 하였은즉, 첩여婕妤들이 탔다는 비파는 반드시 다섯줄일 것이다.[102] [원주: 온광루잡지縕光樓雜志에 있다.]

100
주소왕(재위BC996~977)은 석가(BC563~483)보다 약 400년 이전의 인물. 주인공의 오류는 무엇을 암시하는가?
〈고려사〉에 "최이崔怡(고려무신정권의 권력자 최우)가 방등행사를 사월초파일로 옮기게 하였다"는 대목이 있다. 최우는 대몽항전을 위하여 '팔만대장경'에 착수한 인물이다.
최우는 무엇을 위하여 죽음의 항전을 불사하였을까?

101
명비곡明妃曲: 명비는 한나라 때 흉노로 잡혀간 미녀 왕소군의 다른 이름으로 명비곡은 왕소군의 비애를 읊은 노래.

102
고려에서 사용된 비파는 서역에서 들어온 향비파(5현)와 중국에서 개조된 당비파(4현) 두 가지. 비파는 불교음악과 함께 유입된 것이며, 4현으로의 개조는 '중화화된 불교'를 의미한다. 고려는 '중화화된 불교'로 무장하여 항전을 하지만, 원나라 역시 불교음악으로 풍악을 울리며 고려 여인들을 울리고 있다.

楊廉夫元宮詞云 北幸和林幄殿寬 句麗女侍婕妤官 君王自賦明妃曲
勑賜琵琶馬上彈 按麗史樂志所載樂品 琵琶絃五 則婕妤所彈 斯五絃矣
輼光樓雜志

43. 사자獅子

명明 도종의陶宗儀의 〈철경록輟耕錄〉에 이르기를,

"나라에서 매양 여러 왕과 대신들을 모아 여는 잔치를 '대취회大
聚會'라고 일렀다. 이날에는 여러 짐승을 만세산萬歲山에 풀어놓는
데, 범·표범·곰·코끼리 따위를 각각 따로 배치한 연후에 비로소
사자를 등장시킨다. 사자는 몸뚱이가 짧고 작아서 흡사 집에서 기
르는 황색 삽살개처럼 생겼는데, 모든 짐승들이 사자를 보면 무서
워서 땅에 납작 엎드려 감히 쳐다보지도 못한다. 기氣로써 상대를
제압하는 것이 여차하다."라고 하였다.

내 일찍이 만세산에 가 보았으나 기르는 짐승이라고는 볼 수 없었
으니, 모두 서산원西山苑과 원명원圓明苑 등지에 두었기 때문이다. 그리
고 열하에서 본 이상한 새와 짐승들이 적지 않았건만, 하나도 그 이
름을 알 수 없었다. 날마다 길들인 곰과 우리에서 키운 범 따위를 보
았는데 모두 귀를 드리우고 눈을 감아 언제나 가련한 꼴을 하고 있었
다.[103] 더욱이 사자를 보지 못한 것은 가히 한스러운 일이다. 최근 백
년 사이에는 사자를 진상하는 자가 아무도 없었다고 한다.

輟耕錄言 國朝每宴諸王大臣 謂之大聚會 是日盡出諸獸於萬歲山 若
虎豹熊象之屬 一一別置 然後獅子至 身才短小 絶類人家所畜金毛猱狗
諸獸見之 畏懼俯伏 不敢仰視 氣之相壓也如此云 余嘗至萬歲山 不見
所畜諸獸 則皆置之西山及圓明諸苑 而熱河所見奇禽獸不爲不多 然率
不識其名 日見馴熊豢虎類 皆帖耳闔眼 常作可憐之態 尤以未見獅子爲

103
곰과 범 따위의 동물들을 키우면
서 길들여 놓은 결과. 인위적으
로 기氣를 죽여 놓고 사자가 기氣
로 제압했다고 선전하는 만세산
대취회가 사라졌으니, 청나라의
대안은 무엇일까?

可恨 然百年內 亦絕無來獻者云

44. 강선루降仙樓

우리나라 성천成川에 있는 강선루降仙樓의 현판은 미만종米萬鍾 중조仲詔(명나라 말기의 서예가)가 쓴 것이다. 그의 필법은 미원장米元章에 못지않으며, 그의 석벽石癖(특이한 돌을 좋아하는 병)은 미원장을 능가하였다.

〈간재필기艮齋筆記〉에 다음과 같은 이야기가 있다.

"방산房山(하북성에 있다)에 돌이 있는데, 길이가 세 자 너비가 일곱 자이며 빛깔이 푸르고 윤기가 났다. 중조가 이것을 작원(勺園 하북성에 있다)으로 끌어 올 생각으로, 중륜重輪(무거운 바퀴)를 달고 4말이 말이 끄는 수레 10대와 말 40마리와 인부 1백여 명을 동원하여 7일 만에 비로소 산을 나왔다. 그리고 다시 5일 만에 양향良鄕(하북성에 있다)까지 갔으나, 도상에서 공력이 바닥나서 더 이상 움직이지 못하고 밭두둑 사이에 눕혀 놓고는, 짐과 수레들을 담장으로 둘러싸고 초막으로 지붕을 덮었으니, 이 때 오고간 편지까지 있어서 한때 미담美談으로 전해지기도 하였다."

내가 북경을 구경할 때, 민閩(복건성) 출신인 오문중吳文仲이 그린 미만종의 괴석 그림책 1권을 팔러 온 사람이 있었다. 하나는 영벽석靈壁石이요, 하나는 방대석方臺石이요, 하나는 영덕석英德石이요, 하나는 구지석仇池石이요, 하나는 연주석兗州石이요, 기타 비비석非非石·청석靑石·황석黃石 등이 있는데 모두 기괴한 형상이었다. 그 책에 자기가 지은 담원湛園이라는 시詩가 있었다.

主人心本湛	동산 주인은 마음씨가 본디 맑아
以湛名其園	맑을 담을 써서 그 이름을 지었다네.
有時成坐隱	때로는 여기 앉아 은자가 되었다가
爲客開靑罇	손님이 오는 날 술 항아리 열어야지.
閒雲歸竹渚	한가한 저 구름은 대나무 물가로 돌아가는데
落日映松門	떨어지는 해는 소나무 문에 비치누나.
登臺候山月	높은 대에 다시 올라 묏달을 맞이하니
流輝如晤言	흐르는 달빛은 친구처럼 속삭이네.

만종萬鍾이 벼슬살이로 사방에 다닐 때도 오직 돌만을 쌓았을 뿐인즉, 역시 명사名士라 아니할 수 없다. 우리나라 사람들은 오직 미원장뿐만 알지 미중조는 모르기에 특별히 기록해둔다. 다만 미만종의 편액은 무슨 인연으로 강선루에까지 오게 되었는지를 알지 못하겠는 바, 뒷날 연구를 기다릴 일이다.[104]

我國成川降仙樓 米萬鍾仲詔所書 其筆法不下米元章 而石癖則過之 艮齋筆記 房山有石 長三尺廣七尺 色靑而潤 仲詔思致之勻園中 車重輪 馬十駟 百夫曳之 七日始出山 又五日始達良鄕 道上工力竭 因臥之田間 繚垣衛之 葭屋覆之 有往復報答之書 一時傳爲佳話 余遊燕中 有以閩人吳文仲所畵米太僕奇石一卷來賣者 一靈壁石 一方臺石 一英德石 一仇池石 一兗州石 又有號非非石 靑石 黃石 皆奇形怪狀 有自題湛園詩 主人心本湛 以湛名其園 有時成坐隱 爲客開靑罇 閒雲歸竹渚 落日映松門 登臺候山月 流輝如晤言 萬鍾宦遊四方 所積惟石而已 則盖亦名士也 東人惟知米元章而不識米仲詔 故特記之 但未知樓額何緣得到 亦俟後攷

45. 이영현李榮賢

〈태학지太學志〉를 보면,

"융경隆慶 원년(1567) 황제가 국학國學에 거둥했는데, 조선 배신陪臣 이영현李榮賢 등 6명이 각기 자기 등급에 맞는 의관을 갖추어 이륜당彝倫堂 밖 문신반열 다음다음 자리에 섰다."하였다. 당시 참반을 했다면, 응당 관館에 머무는 사신 이상일 터인데, 어째서 6명이나 참석했던 것인가? 지금은 이영현은 누구 가문의 조상인지도 모르며, 또 함께 참석한 이들의 성명도 모른다. 선배 만운萬運은 옛날의 일을 많이 알고 있으므로 이것을 적어두었다가 한 번 만나서 물어봐야겠다.[105]

太學志 隆慶元年 駕幸國學 朝鮮陪臣李榮賢等六員 各具本等衣冠 赴彝倫堂外 文臣班次之次 其時參班 當以使价留舘 何至六員之多也 今 莫識李榮賢爲誰家祖先 而隨參諸員 又無姓名可攷 先輩萬運多識故事 姑錄之 以待一訪

105
이영현은 명종 상중에 명나라 사신들에게 '치상治喪에서의 변례'를 문장으로 잘 진술하여 사신들이 탄복하였다는 기록이 있다. 명나라 황제가 6명 참반을 허용한 것은 이영현의 예법에 대한 포상. 예법은 중화주의를 널리 유포하는 일등공신이기 때문이다.

46. 왕월시권王越試券

왕월王越의 과거 시험지가 바람에 실려 날아가다가 우리나라에 떨어졌다. 그 종이를 주년사奏年使 편에 중국으로 보냈는데, 중국에서는 기록하기를 유구琉球라고 잘못 기록하였다. 당시 왕월은 소위 풍력風力(바람을 일으키는 신통한 능력)이 있다고 해서 헌직憲職(사법기관의 직책)에 천거되었다.[106] 일찍이 〈낭야만초瑯琊漫鈔〉를 읽었는데, 다음과 같은 이야기가 있다.

「성화成化(1465~1487) 연간에 태감太監 왕고王高가 휴가를 얻어서 집에 있을 때, 병부상서 아무개가 찾아와서 뵙기를 청하였다. 공교

106
「동란섭필」에 왕월의 과거시험 답안지가 회오리바람에 실려 하늘을 날아와 조선의 경복궁 간의 대간의대臺에 떨어졌다는 이야기가 있다. 그 답안지를 명나라에 전하자 황제는 왕월의 '사람을 움직이는 힘'을 인정하여 헌직憲職을 맡겼다고 한다. 왕월의 힘은 '바람을 일으키는 힘'이 아니라, '사람을 움직이는 힘'이다

성화연간에 황권을 농단한 3인방
(왕직 왕월 진월)이야기다. '낭아
만초' 의 왕고는 곧 왕직汪直으로
보인다. 왕직은 진월에게 병부상
서 마문승을 모함하게 하여 마문
승을 유배보냈다.

108
명말 청초의 재야학자 황종희의
〈명이대방록〉에 다음과 같은 구
절이 있다.
"吾雖老矣 如箕子之見訪 或庶幾
焉 내 비록 늙었으나 무왕이 기
자를 '견방見訪' 한 것처럼 혹시
누가 찾아올까 기대해본다."

109
왕고의 '견방見訪' 의 의미를 알
아 맞춘 대답이다.

110
吾豈敢은 논어 '술이' 편 33장.
子曰 若聖與仁 則吾豈敢 抑爲之
不厭 誨人不倦 則可謂云爾已矣
공자 가로되, 성聖과 인仁의 경지
라면 내 어찌 감히 바라겠느냐.
단지 배움을 싫어하지 않고 가르
침을 권태롭지 않는 정도라면 내
그러하다 하겠노라.

111
「동란섭필」에 나왔듯이, 왕월의
힘은 '사람을 움직이는 힘' 이다.
왕월은 '견방見訪' 으로 병부상
서의 실수(귀공은 성인이외다)를
유도하였고, 작가는 공자의 '사
람을 움직이는 힘' 을 풍자하고
있는 것이다.

롭게도 도어사都御史 왕월王越과 호부상서 진월陳鉞이 당도하였다. 왕고王高가 잠깐 뜸을 들이다가 나오더니 여러 사람 앞에 읍揖하고 앉아서 말하였다.[107]

"옛날 왕진王振이 관직에 있을 때 육경六卿이 수시로 사사로이 찾아왔기 때문에 사람들은 왕진이 권력을 농단한다고 뒷말이 무성하였습니다. 지금 제공諸公이 이렇게 '견방見訪'[108]하였으니 어찌 밖에서 보는 사람들이 '고高'를 논하지 않겠습니까? 또 제공諸公이 '고高'를 방문하였는데, '고高'가 어떤 사람인지 모른단 말입니까?"

그러자 병부상서가 재빨리 대답하였다.

"귀공은 성인이외다."[109]

이 말을 들은 '고高'는 얼굴빛이 싹 변하면서 호통하였다.

"크고 변화무쌍한 경지를 일러 성聖이라 하는 바, 일찍이 공자公子께서도 '吾豈敢 내가 어찌 감히'라고 말씀하셨거늘, '왕고王高'가 어떤 사람이건대 감히 성인이라 하는 것인가."[110]

좌중은 두려워 벌벌 떨며 기氣가 막힐 듯하였다.」

그 당시 병부상서는 비록 그 이름은 명시되지 않았지만, (망령된 언동을 하였다는)공론은 피하기 어려울 것이다. 그런즉 왕월의 이른바 '풍력風力'은 어디에 있단 말인가.[111]

王越試券 爲風所漂 飛落我國 以其券付奏年使 而中國記載 誤稱琉球 當時以越謂有風力 擢居憲職 嘗見琅瑘漫抄 成化間 太監王高休沐 有兵部尚書某往謁之 會都御史王越 戶部尚書陳鉞 亦至 高良久始出 揖諸公坐 謂曰 昔王振用事 六卿多通私謁 人以爲擅權 今諸公見訪 安知外人不議高耶 且諸公訪高 不識以高爲何如人 兵部曰 公聖人也 高作色曰 大而化之之謂聖 孔子尚曰則吾豈敢 王高何人 敢謂聖人 衆惴不能出氣云 其時兵部 雖隱其姓名 公議難掩 則至於王越所謂風力安在

47. 천순칠년회시공원화天順七年會試貢院火

천순天順7년(1463년) 2월에 회시會試를 볼 때 공원貢院에 불이 났
는데, 감찰어사 초현焦顯이 대문을 걸어 닫아 출입을 못하게 하는
바람에 수험생 90여 명이 불에 타서 죽었다.[112]

天順七年二月 舉會試 值貢院火 監察御史焦顯 因鏁其門 不容出入
舉子焚死者 九十餘人

112
누구의 '소행' 인지 추적하기 어
렵다. 아마도 왕월의 신통력이 아
닐는지.

48. 신라호新羅戶

북경 동북방 군현은 비단 고려장高麗庄이 많을 뿐 아니라, 당唐
총장總章(당 고종의 연호) 연간에도 신라호新羅戶에 관아를 설치하였
는데, 지금 양향良鄕에 있는 광양성廣陽城이 바로 그것이다.[113]

燕之東北郡縣 非但多高麗庄 唐總章中 以新羅戶 置僑治良鄕之廣
陽城

113
사마광(1019~1086)의 『자치통
감』에 다음 이야기가 있다.
"해족奚族의 추장 이시쇄고가 부
락민 5,000帳을 이끌고 항복
해 왔다. 조서를 내려 이시쇄고를
귀의왕에 책봉하여 귀의주를 도
독케 하고, 그 부락을 '유주' 지
경에 포함시켰다."
자치통감 '주석'을 보자.
高宗總章中 以新羅降戶置→歸義
州於良鄕縣廣陽城 後廢 今復置
以處李詩部落 당 고종 총장 연간
에 신라항호新羅降戶(?)에 귀의
주를 설치했는데 그곳은 양향현
광양성이다. 후에 폐되었다가, 지
금 다시 설치했는데 '이시'의 부
락민들의 거처다.
新羅降戶는 무슨 말인가?
①신라에 항복해 온 해족.
②신라에서 당에 투항한 사람.
이상의 내용에 대한 논쟁은 아직
도 분분하다.
연암의 메시지는 무엇인가?
'주석'을 믿지 말라.

49. 증고려사證高麗史

주곤전朱昆田은 죽타竹垞 주이존朱彝尊의 아들이다. 그에 의하면,
"원나라 순제順帝가 북으로 달아나 응창應昌에 머물러 있을 때
태자 애유지리납달愛猷識里臘達이 황위를 물려받아 화림和林으로
옮겨가 연호를 선광宣光으로 고쳤다. 고려에서는 그를 북원北元이
라 불렀으며, 신우辛禑는 일찍이 그 연호를 받들었다. 그때가 명明
홍무洪武 10년(1377년)이다. 그 이듬해 두질구첩목아豆叱仇帖牧兒가
즉위하자 북원은 고려에 사신을 보내어 이를 통고하였다. 이어서
또다시 '원元'을 천원天元이라 고친 뒤 고려에 통고하였다. 이상은

모두 정인지鄭麟趾의 〈고려사高麗史〉에서 실린 것인 바, 순제를 이어서 '원元'을 세운 것[建元]이 선광으로 그치는 게 아니다."하였다.

대저 순제라는 칭호는 중국이 칭한 이름이지만, 혜종惠宗이라는 묘호廟號는 중원에서 쫓겨난 원元이 마지막 왕에게 붙인 시호諡號다. 그 후 고작 선광의 시호가 소종昭宗이라는 것밖에 몰랐었는데, 그렇다면 천원天元의 즉위는 역사가가 생략한 것이며, 주곤전은 누락된 사실들을 〈고려사〉를 근거로 증명한 것이다.[114]

朱昆田竹坨之子也 其按元順帝北走 駐蹕應昌 太子愛猷識里臘達嗣立 徙和林改元宣光 高麗稱爲北元 辛禑嘗奉其年號 時洪武十年也 明年豆叱仇帖木兒立 北元遣使告高麗 繼又以改元天元 告高麗 具見鄭麟趾高麗史 則繼順帝而建元者 非止宣光矣 盖順帝之稱中國所號 而惠宗廟號 殘元所諡 其後僅識宣光之諡昭宗 則天元之立 史家之所略 而所以據麗史爲證也歟

50. 조선모란朝鮮牡丹

〈육가화사六街花事〉에 다음과 같은 이야기가 있다.

"하포모란荷包牡丹은 '본초本草'에[115] 일명 조선모란朝鮮牡丹이라 하였다. 꽃은 승혜국僧鞵菊(부자附子의 별칭)과 비슷하지만 진한 자줏빛이다. 그것을 모란牡丹이라는 부르는 것은, 그 잎이 서로 비슷한 까닭이다. 북경 괴수사가槐樹斜街에 있는 자인사慈仁寺·약왕묘藥王廟 등 꽃가게에서 늘 팔고 있다."

이른 바 하포荷包라는 것은, 중국인들이 수놓은 둥근 주머니를 서로 선물하면서 '하포'라고 말하는데, 곧 주머니의 이름이다. 승혜국이 어떤 모양인지 모르겠으나, 요컨대 승혜국僧鞵菊과 모란牡丹

은 모두 풀꽃[草花]일 것이다.[116] 이름부터가 이미 조선모란인데도 우리 조선에서는 유독 볼 수가 없다. 어찌된 일인가?[117]

六街花事云 荷包牡丹 本草一名朝鮮牡丹 花似僧鞋菊而深紫色其以 牡丹名者 因其葉相類也 京師槐樹斜街 慈仁寺藥王廟花市 恒有之 所 謂荷包者 中國人以繡圓囊 相贈遺曰 荷包 卽囊名也 僧鞋菊 未知何狀 要之皆草花也 旣名朝鮮牡丹 而我東獨不見 何也

116
승혜국은 다년생풀이지만 모란
은 관목이다.

117
어찌된 일인가?
하포모란은 금낭화金囊花. 우리
나라 산지에 두루 분포하는 다년
생 풀꽃으로 볼록한 복주머니 모
양의 자주색 꽃이다.
조선에 조선모란이 없는게 아니
다. 지천으로 널려있다.

51. 애호艾虎

단옷날 조선 공조工曹에서는 궁선애호宮扇艾虎를 진상한다.〈계암 만필戒盦漫筆〉에 이르기를 "단오일端午日에는 연경에 있는 관료들에게 궁선을 하사하는데, 대나무살에 종이를 붙여서 모두 영모翎 毛(새와 짐승)를 그리고 오색 실로 애호艾虎(쑥호랑이)를 얽어서 둘렀다."라고 하였으니, 단오端午날의 애호는 역시 중국의 묵은 풍속이다.[118]

118
엉터리 결론이다.
'조선모란'이 동절기 복주머니
풍속을 반영한 이름이라면, 단오
애호는 조선의 여름철 선물풍속
이다. 아름다운 것은 중국의 것이
아니라 우리 것이다.

端午日 工曹進宮扇艾虎 戒庵漫筆 端午 賜京官宮扇 竹骨紙面 俱畵 翎毛 五色線纏繞 艾虎云 端午艾虎 卽亦中國舊俗

52. 십가소十可笑

〈대두야담戴斗夜談〉에 이런 이야기가 있다.

「북경에 전해 내려오는 열 가지 가소로운 것들이 있는데, 광록 시光祿寺(궁중요리담당기관)의 찻물[茶湯], 태의원太醫院의 약방문藥方 文, 신악관神樂觀(도교음악관)의 기도祈禱, 무고사武庫司의 창칼, 영선 사營繕司(토목공사기관)의 작업현장, 양제원養濟院의 옷과 양식, 교방

사敎坊司의 여자[婆娘], 도찰원都察院(법집행기관)의 헌법기강[憲綱], 국자감國子監의 학당, 한림원의 문장이 그것이다. 오래된 한漢나라 속담에 "수재를 천거하는 자가 글을 모르고, 효렴孝廉을 가르치는 자가 애비를 버린다."는 격이다.」[119]

조선 속담에도 "관저복통官猪腹痛(관청 돼지가 배 앓는다.)"이라 하였으니, 이는 곧 '월시진척越視秦瘠(월나라가 진나라의 가난을 보듯 무심한 태도)'과도 같은 말로서 유명무실하다는 뜻이다. 한漢 대의 효렴孝廉이 이미 그랬거늘, 그 후세야 볼게 있겠는가.[120]

119
〈대두야담〉은 10가지 역설逆說이다.

120
관저복통과 월시진척은 뜻이 다르다. 주인공은 역설逆說의 의미를 모르고 있다. 그러므로 효를 잘 가르치는 한나라가 최악의 효孝의 나라였음을 모른다.

戴斗夜談 京師相傳十可笑 光祿寺茶湯 太醫院藥方 神樂觀祈禳 武庫司刀鎗 營繕司作場 養濟院衣粮 敎坊司婆娘 都察院憲綱 國子監學堂 翰林院文章 猶漢世諺稱擧秀才不知書 察孝廉父別居之謂也 我東諺有云 官猪腹痛 猶言越視秦瘠也 其名存實無 漢世孝廉 猶然 何况後世乎

53. 자규子規

원元나라 지정至正 19년(1359년)에 자규子規(접동새)가 거용관居庸關에서 울었다 한다. 이 관은 황성과의 거리가 70리인데, 연경팔경 중에 거용첩취居庸疊翠가 그 하나이다. 원나라 왕운旺惲이 이르기를,

"진시황이 장성을 쌓을 때 고용된[庸] 일꾼들이 이곳에서 거처[居]하였다 하여 거용居庸이라 칭하였다. 훗날 모용수慕容垂가 모용농慕容農을 열옹蠮螉의 요새로 파견하였는데, 열옹蠮螉은 곧 거용의 와음訛音(와전된 소리)이다."하였다.

내 일찍이 한 번 거용관을 보려고 했으나, 왕복 1백 40리나 되는 길을 하루에 다녀오기는 어려울 것 같아 그만두었는데, 지금에 와서는 한스럽기 짝이 없다.[121]

121
두견새(자규) 설화를 보자.
어느 날 시체 하나가 강물에 떠내려 오더니 망제 앞에 이르러 눈을 떴다.
"저는 형주에 사는 별령鱉靈이라 합니다. 실족하여 강물에 빠졌는데 어떻게 흐르는 물을 거슬러 여기까지 오는지 모르겠습니다."
망제는 하늘이 보낸 현인이라 생각하여 별령에게 모든 국정을 맡겼다. 그러나 별령은 망제를 배반하였고, 화병으로 죽은 망제의 영혼은 두견새가 되어 밤마다 '불여귀不如歸(돌아가고 싶다.)' 라고 울부짖었다.
'돌아가자. 만리장성이 없는 태초의 낙원으로.'

元至正十九年 子規啼於居庸關 關距皇城七十里 燕都八景 居庸疊翠
其一也 元王惲以爲始皇築長城時 居息庸徒於此地 遂稱居庸 慕容垂遣
慕容農 出蠮螉塞 即居庸之訛音云 余嘗欲一至居庸 而往返爲一百四十
里 則有難於一日中周旋 故止焉 至今爲恨

54. 경수사대장경비략慶壽寺大藏經碑略

　"국가에서 불법佛法을 숭상하고 신봉하여 큰 절을 세울 때엔 반
드시 경장經藏을 안치한다. 천하의 명필들을 불러 모아 글을 쓰고,
황금반죽으로 본을 떠서 그 위엄을 보이고, 천하에 판각기술자들
을 선발하여 좋은 목재에 판각하여 책을 찍어서 널리 전한다.[122]
수도에 있는 모든 절에는 날마다 반승飯僧들이 단좌端坐하여 떼를
지어 불경을 독송하고 종소리 나팔 소리가 밤낮으로 끊이지 않는
다. 해마다 한두 번 칙사를 보내면, 역마를 타고 향과 폐백을 받들
고 온 천하를 두루 돌아다니게 하는데, 역시 이와 같이 정성을 다
하는 것은 온 항하사恒河沙(갠지즈강 모래알 같은)의 세계가 모두 복
을 받게 하고자 함이다.[123]

　어허! 지극하도다.於虖至矣

　고려는 예로부터 시서예의지국詩書禮義之國이라 불렸던 바, 황원
皇元 소유의 천지다. 세조황제가 은대지례恩待之禮를 맺었으니, 역
시 최고의 우애로 특별히 부자계왕父子繼王에게 나란히 이관貳館을
하사하였다.[124] 지금 왕[원주-충선왕忠宣王]도 역시 총명과 충효로
써 황제와 황태후의 사랑을 받아왔던 바, 대덕大德 을사년(1305년)
에 불경 일장一藏을 대大 경수사에 시주함으로써 미덕으로 황은에
보답한 것이다. 이 절은 유황裕皇(원세조의 조부)의 복을 비는 곳으

122
황금 목재 인재 등 소중한 자원
들이 엉뚱한 곳에 쓰이고 있다.

123
민중의 복이 아니라 지배계급의
복을 위해서다.

124
부자계왕은 고려 24대 원종(재위
1260~1274)과 25대 충렬왕을 말
한다. 두 왕이 아들들을 원의 부
마駙馬로 내준 것에 대한 사례로
여관방 두 개를 하사하였다는 조
롱이다.

로서 수도의 여러 사찰 중에 가장 오래된 사찰이다. 황경皇慶(원元 인종의 연호) 원년(1312년) 여름 6월에 황제께서 나에게 일러 글을 짓고 돌에 새기게 하셨다. 왕의 이름은 장璋인데, 현賢을 구하고 선善을 행하며 덕德과 문文을 겸비하였다. 세조를 받들어 황제의 생질로서 고려의 세자가 되자 원나라에 숙위宿衛로 들어와 포상과 직책을 받았고, 성종成宗 때에는 공주의 배필로 선발되었다. 대덕 말년에는 지금 황제(인종)를 따라 내란을 평정한 바, 무종武宗을 세우는데 공로를 인정하여 '추충규의협모좌운공신推忠揆義協謀佐運功臣 개부의동삼사태자태사開府儀同三司太子太師 상주국부마도위 심양정동행중서성우승상上柱國駙馬都尉瀋陽征東行中書省右丞相'이 되어 고려국왕에 봉하였다. 또한 지금 황제(인종)가 즉위하면서 책훈策勳으로 '태위太尉'를 위 직함에 더하였다." [125]

이 비문은 원나라 정거부程鉅夫가 지은 것인데, 거부의 문집인 〈설루집雪樓集〉에 실려 있다. 비문은 기풍譏諷(비웃음과 풍자)을 많이 내포하고 있는데, 개우盖寓(숨겨진 우언)는 모두 외국을 찬撰하는 문장에다가 나름의 소신을 살짝 피력한 것들이다. [126] 이 비문이 〈고려사高麗史〉에 반드시 실려 있지는 않을 것이므로, 그 대략이나마 여기에 수록한다.

國家崇信佛法 建大佛寺 必置經藏 叢天下之工書者 泥黃金繕寫 以示其嚴 選天下之善鋟鋟者 刊美木傳刻 以致其廣 京師諸寺 日飯僧端坐 群誦 撞鍾吹螺 晝夜不絶 歲又一再遣使 乘驛奉香幣 徧天下亦如之 斯盡恒河沙界 並受其福 於虖至矣 高麗古稱詩書禮義之國 皇元之有天下也 世祖皇帝結之恩 待之禮 亦最優異 父子繼王 並列貳館 今王 忠宣王又以聰明忠孝 爲皇帝皇太后所親幸 大德乙巳 乃施經一藏 入大慶壽寺 歸美以報于上寺 爲裕皇祝釐之所 於京城諸刹 爲最古 皇慶元年夏六月 謂某爲文勒之石 王名 璋 好賢樂善 有德有文 逮事世祖 以皇甥爲世子

25대 충렬왕(재위1274~1308). 비妃는 원세조의 딸 장목왕후莊穆王后(齊國大長公主). 그 외 2명의 고려인 구비舊妃가 있다.
26대 충선왕(재위1308~1313). 초명 원諏 휘는 장璋이다. 비妃는 원나라 진왕晉王 감마라甘麻剌의 딸 계국대장공주薊國大長公主와 3명의 고려인 비妃가 있다. 충렬왕이 정치에 흥미를 잃고 있던 1298년 충선왕이 왕위에 올랐으나 계국대장공주와의 불화로 원나라의 미움을 사 7개월 만에 충렬왕이 복위하였다. 1305년 원나라 성종이 죽고 황위쟁탈전이 일어났는데, 충선왕은 승자가 된 무종을 도운 공로로 1308년 심양왕瀋陽王에 봉해졌고, 같은 해에 충렬왕이 죽자 귀국하여 다시 왕위에 올랐다.

충선왕은 자주성을 회복하기 위한 의지를 보여주었다. 그러나 근본적인 문제는 원은 오랑캐라는 편견이다. 그 편견을 극복하지 못하는 이상 삼별초의 저항이건 그 반대편이건 아무런 의미가 없다.

入宿衛 被賞識 成宗朝選尙公主 大德末年 從今上平內難 立武宗有功 爲推忠揆義協謀佐運功臣 開府儀同三司 太子太師 上柱國駙馬都尉瀋王 征東行中書省右丞相 嗣高麗國王 今上卽位 策勳加太尉 碑程鉅夫所撰也 在雪樓集 辭多譏諷 盖寓諸外國撰述 以微見其志 麗史未必見載 故截錄其略

55. 황량대誑糧臺

동악묘東岳廟에 5리 못 미친 곳에 황량대荒涼臺가 있다. 그러나 틀렸다. 〈징안객화長安客話〉에 보면,

"당 태종이 고구려를 정벌할 때 일찍이 이곳에 군사를 주둔하고 거짓으로 창고를 설치하여 적인敵人을 속였다. 그래서 사람들은 이곳을 황량대誑糧臺라 불렀다."

라고 하였으니, 그 말이 옳은 것 같다.[127]

未及東岳廟五里 有荒涼臺 非也 長安客話 唐太宗征高勾麗 嘗屯兵于此 虛設囷倉 以疑敵人 故俗因呼其地曰誑糧臺 其說似是

127
"그 말이 옳은 것 같다."
그러나 '이 말'과 '그 말'은 배타적인 주장이 아니다. 문제는 '황량대荒涼臺가 어디냐?'가 아니라 '황량대가 무엇을 위한 시설이냐?'라는 점이다.
황량대는 속이기 위한 시설이다. 누구를 속이는가? 적국(고구려)이 아니다. 적인敵人(중국의 민중)을 속이는 시설이다. 그렇다면 고려의 팔만대장경은 무엇인가?
……

56. 호원이학지성胡元理學之盛

중국 이학理學이 융성하기로는 오랑캐 원나라 때보다 더 한 적은 없었다. 그리고 두 가지 이상한 일이 있는데, 하나는 원 개국 초기에 도사이면서 유학을 말한 일이고, 다른 하나는 승려이면서 유학을 행한 일이다.

中國理學之盛 莫尙于胡元之世 而又有兩異事 元開國之初 道士之儒言 釋氏之儒行也

첫 번째, 장춘진인長春眞人으로 불리는 도사 이야기다. 장춘진인

은 구처기邱處機는 자가 통밀通密이며 등주登州 사람이다. 금金나라 황통皇統 무진년(1148년) 5월 19일에 태어나서, 정우貞祐 을해년(1215년)에 금金나라 왕이 불렀으나 듣지 않았으며, 기묘년(1219년)에 송宋에서도 사신을 보내어 불렀으나 역시 응하지 않았다. 같은 해 5월에 몽고 태조(징기스칸)가 내만乃蠻(몽고의 별부)에서 손수 쓴 조서를 근시(측근)를 시켜 보내 초청을 하자 마침내 응하였다. 철문관鐵門關을 경유하여 수십 국의 땅 1만여 리를 걸어 설산雪山에서 황제를 만났다.

구처기는 천하를 통일하는 비결로서 제1은 살인을 즐기지 않는데 있다고 대답하고, '큰 사냥'을 그만두라 간언하며 곧 대안을 말하되 "천도天道는 생명을 사랑하는 것입니다." 하였다.

징기스칸이 물었다.

"정치의 비결은 무엇입니까?"

"경천애민敬天愛民에 있습니다.[敬天愛民]"

"수신修身의 도道는 무엇입니까?"

"마음을 맑게 하여 욕심을 적게 갖는 것입니다.[淸心寡欲]"

"장생長生의 약藥은 무엇입니까?"

"유有는 위생지경衛生之經이며, 무無는 장생지약長生之藥입니다.[128][有衛生之經 無長生之藥]"

그 이후 황제가 그를 불러 함께 앉을 때마다 황제에게 권하는 말은 모두 자慈와 효孝에 관한 이야기들이었으니, 어찌 도사의 입에서 나온 유가의 말이라 아니하겠는가.[129]

이때 몽고는 중원 땅을 마구 유린하여 특히 하남북河南北이 더욱 혹심하였는데, 인민들은 죽거나 사로잡혀 포로가 되는 것 밖에

128
기존 번역서들은 "위생지경은 있어도 장생지약은 없습니다."라고 해석한다. 그러나 그것은 하나마나 한 말이다.

129
자慈와 효孝를 가르친 것은 곧 무無를 가르친 것이며, 유有와 무無는 도교철학의 골격이다. 문제는 무엇인가? 그것이 인간을 기망하는 나쁜 무無라는 점이다.
결국 구처기의 정체는 '도사의 옷을 입은 선비'다. 도가철학을 훔쳐다가 민중을 억압하는 제왕에게 팔아먹는 것이 유가의 본령이므로.

는 달리 목숨을 부지할 곳이라곤 없었다. 구처기는 연경으로 돌아와 그 문도들을 시켜 첩牒을 가지고 가서 전벌戰伐의 살육장에서 아직 살아남은 자들을 불러 구제하였다.[130] 이 위인들로 말미암아 노비가 되었다가 양민의 신분을 되찾은 사람, 거의 죽다시피 하다가 다시 살아난 사람이 무려 2~3만 명이나 되었다. 이 이야기는 〈원사元史〉에서 뽑은 것이다.

長春眞人邱處機 字通密 登州人 長春 其號也 生于金皇統戊辰五月十九日 貞祐乙亥 金主召不起 己卯 宋亦遣使召之 又不起 是年五月 蒙古太祖自奈蠻 遣近侍持手詔致聘 遂赴召 踰鐵門關 經數十國地萬餘里 見帝於雪山 首以一天下者 在不嗜殺人爲對 諫止大獵 則曰天道好生 問爲治之方 對以敬天愛民 問修身之道 則對以淸心寡欲 問長生之藥 則曰有衛生之經 無長生之藥 每召就坐 勸帝者皆慈孝之說也 豈非道士而儒言者乎 是時蒙古踐蹂中原 河南北尤甚 民罹俘戮 無所逃命處 機還燕 使其徒持牒 招求於戰伐之餘 由是爲人奴者得復爲良 與濱死而得更生者 毋慮二三萬人 此出元史

두 번째, 승려 해운국사海雲國師 이야기다. 해운국사의 이름은 인간印簡인데, 산서山西 영원寧遠 사람이다. 나이 열한 살에 능히 중생에게 대의大義를 강의하여 중생의 흉凶을 제도하였던 바,[131] 금나라 선종宣宗은 그에게 통원광혜대사通元廣惠大師라는 호를 내렸다. 영원성이 함락될 때 해운은 스승인 중관中觀과 함께 원군에게 사로잡혔는데, 곧 원나라 태조 성길사成吉思(징기스칸)가 사신을 보냈다. 사신이 대사에게 "노장로老長老 소장로小長老 개가호皆可好."라고 안부를 물으며 환영하였다 하여, 이후 사람들은 모두 해운국사를 소장로라고 불렀다.[132]

해운은 대관인大官人 홀도호忽都護를 만날 때마다 이렇게 말했다.

"공자孔子는 성인이므로 마땅히 세상에서 봉封하여야 할 것인

130
병주고 약주는 격이다. 징기스칸은 구처기가 가르쳐 준 무無(장생지약)를 응용하여 자慈와 효孝를 가르침으로써 '큰 사냥'을 하고 있다. 제자(징기스칸)가 벌이는 살육의 현장에서 스승(구처기)은 구원이라는 미명하에 또 다시 인간을 기망하고 있다.

131
열한 살 해운국사는 대의大義를 강연하여 흉凶을 제도하였다. 아직 해운국사는 그 대의가 더 큰 흉凶이라는 것을 모르고 있다.

132
징기스칸은 대의를 가르치는 해운국사를 환영한다.

133
'유가의 부역자들을 죽여라.'
결국 해운국사는 열한 살 시절의
해운국사가 아니다. 철학을 훔쳐
다가 민중을 기망하는 사기꾼들
에 대한 심판자로써 구처기의 반
대편이다.

134
틀렸다. 주인공은 해운국사의 메
시지(선비들을 모두 죽여라)를 알
아듣지 못하고 있다.

바, 안자 맹자의 후예들로부터 주공周公과 공자의 학문을 추종하는 자들까지 모두 제사지내야 할 것입니다. 또한 그들 모두는 마땅히 '잘못된 역할[差役]'을 면하여야 할 것인 바, 그 업業을 계속 복무하는 것을 끊어야 할 것입니다." [133]

이상은 왕만경의 '구급탑九級塔비문'에 있는 이야기인즉, 어찌 승려가 선비행세를 한다고 아니하겠는가.[134]

又海雲國師名印簡 山西之寧遠人也 年十一 能開衆講義濟衆凶 金宣宗賜號通元廣惠大師 寧遠城陷 與其師中觀皆被執 元成吉思皇帝 元太祖 遣使語大師曰 老長老小長老皆可好 自是天下皆稱小長老焉 海雲每言于大官人忽都護曰 孔子聖人 宜世封以祀顔子孟子之後及習周公孔子之學者 宜皆免差役以勤服其業從之 此見王萬慶所撰九級塔碑文 豈非釋氏而儒行者歟 玆並錄之

57. 배형拜荊

내가 북경으로 오는 도중 풍윤현을 지날 때 그 동북편에 진왕산秦王山이 있었다. 산에는 가시나무[荊]만 무성하게 자라고 있었는데, 다음과 같은 이야기가 전해진다.

「당 태종이 진왕秦王으로 있을 때 이 산에 올라 가시나무를 보고는 깜짝 놀라서 말하였다.

"이 가시나무는 어린 시절 동네 훈장이 내게 글 읽기를 가르칠 때 쓰던 회초리다."

태종은 말에서 내려 절을 하였는데, 가시나무들은 모두 머리를 늘어뜨려 땅으로 향嚮하고 있는 것이 마치 제사지낼 때 부복頫伏하는 모습이었다.」

지금도 그 가시나무들은 그 때처럼 고개를 숙이고 있다.[135]

余嘗過豊潤縣 其東北 有秦王山 惟荊叢生 相傳唐太宗爲秦王時 登此山 見荊愕然曰 此 里師授吾句讀時 所用朴也 下馬拜之 荊皆垂首嚮地 如類伏狀 至今猶然

58. 환향하還鄉河

풍윤豊潤과 옥전玉田 사이에 환향하가 있다. 무릇 모든 물은 모두 동쪽으로 흐르고 있는데, 유독 이 강만은 서쪽으로 흐른다. 〈연산총록燕山叢錄〉에 보면, 「송나라 휘종徽宗이 이 강 다리를 지나다가 말을 멈추고 사방을 돌아보면서 처연히 말하기를, "이곳을 지나면 점차 대막大漠에 가까워지겠지. 나는 어떻게 이 강물처럼 고향으로 돌아갈 수 있을까?"[136] 하고는 먹지도 않고 갔다.」고 한다.

어떤 이는 이르기를, "이는 석소주石少主가 지은 이름인데 지금까지도 사람들은 그대로 부른다."고 한다.

석소주라면 아마도 석진石晉(석경당石敬瑭이 세운 후진後)의 젊은 임금인 중귀重貴를 말함일 텐데, 그 역시 거란에 포로로 잡혀 갈 때 응당 이곳을 지났을 것이다.[137]

豊潤玉田之間 有還鄉河 凡水皆東流 而獨此河西流 燕山叢錄 宋徽宗過河橋 駐馬四顧 悽然曰 過此漸近大漠矣 吾安得似此水還鄉乎 不食而去云 或曰 石少主所命之名 而人至今呼之 石少主者 似是石晉少主重貴 而亦爲契丹所虜 當過此也

135
가시나무는 회초리다. 회초리는 스승이다. 황제는 스승에게 절하고, 스승은 황제에게 고개를 숙인다. 그리하여 황재와 학문의 야합이 탄생하였고, 그 이후 천년의 역사에서 황제와 스승은 회초리로 인간을 지배하여 온 것이다.

136
고향(태초)으로 가기 위해서는 거꾸로 흐르는 물에 몸을 실어야 할 것이다. 그 물은 풍윤과 옥전 사이. 그래서 작가는 옥전에서 〈호질〉을 썼고, 다시 그 지점에서 「옥갑야화」를 쓸 것이다.

137
석중귀石重貴(914~964)
오대五代 후진後晉의 출제出帝 또는 소제少帝로 불린다. 석경당石敬瑭 형의 아들로써 석경당의 뒤를 이어 황제가 되었다. 그러나 거란에 대해 손자라 할 뿐 신하라 하지 않자 거란이 결국 동맹을 끊어버렸다. 개운開運(석중귀의 연호) 초년 일찍이 두 차례에 걸쳐 서란의 공격을 격퇴했지만, 개운 3년(946) 거란에게 포로로 잡혀 북쪽으로 끌려감으로써 후진은 마침내 멸망하고 말았다.
석중귀의 한계는 무엇인가?
"거란에 대해 손자라 할 뿐 신하라 하지 않자"
오랑캐를 섬길 수 없다는 알량한 '대의명분' 이다.

59. 계원필경桂苑筆耕

〈당서唐書〉 '예문지藝文志'를 보면,

"신라 최치원의 계원필경桂苑筆耕은 4권이다."라고 하였는데, 후세의 저서가들이 인용한 서목書目에는 어찌 그 이름이 없단 말인가. 책이 없어진 지 응당 오래되었도다.[138]

唐書藝文志 有新羅崔致遠桂苑筆耕四卷 而後來著書家引用書目 無見焉 書亡當久

138
오늘날 최치원의 글은 일부가 전해진다. 그러나 그것은 중화의 길일뿐 우리의 길이 아니다. 우리는 새로운 낙원을 찾아야 한다.

60. 천불사千佛寺

밀운密雲에서 덕승문德勝門으로 들어갈 때였다. 길이 몹시 질척거리고 양 떼가 앞을 막아서 더 갈 수 없었다.[139] 말에서 내려 역관 홍명복과 함께 길가에 있는 천불사千佛寺에 들러서 잠시 쉬었다. 부처 앉은 자리는 천 개의 연꽃이 둘러싸고, 연꽃을 천 개의 부처가 감싸고 있다.[140] 천존불天尊佛 24구軀와 18나한羅漢은 모두 우리나라에서 진상한 것이라 하는데, 이는 유동인劉同人의 〈경물략景物略〉에 근거한 이야기다. 이와는 달리 작자미상의 〈녹수잡지淥水雜識〉에는 교응춘喬應春의 비문에 의거하여 태감太監 양용楊用이 주조한 것이라 한다.

自密雲入德勝門 時路甚泥濘 群羊且塞路 不可行 遂下馬 與洪譯命福入路傍千佛寺少憩 佛座繞千蓮 蓮繞千佛 尊天諸佛二十四軀及十八羅漢 皆我國所進云 此據劉同人景物略爲說 而殊不識淥水雜識 已據喬應春碑 爲太監楊用所鑄也

'139
덕승문. 덕德이 승리하는 세상은 좋은 세상이 아니다.

140
부처는 천 개의 연꽃이. 연꽃은 천 개의 부처가 감싼다. ……모든 인간은 존엄하다. 이것이 연암의 유토피아다. 덕이 없는 오랑캐와 소인배들이 존중받는 세상 말이다.

『주역』(25)무망괘 无妄卦

无妄 元亨利貞 其匪正 有眚 不利有攸往

[初九] 无妄 往 吉.

[六二] 不耕 穫 不菑 畬 則利有攸往

[六三] 无妄之災 或繫之牛 行人之得 邑人之災

[九四] 可貞 无咎

[九五] 无妄之疾 勿藥 有喜

[上九] 无妄 行 有眚 无攸利

무망无妄은 '원元—형亨—이利—정貞'이다.[141] 순응하지 않으면 재앙이 있어, 거스르면 이롭지 않다.

[초구] 무망으로 가면 길吉하다.

[육이] 밭을 갈지 않고 거두고 개간하지 않고도 좋은 밭을 얻는 것이 곧 무망의 복이다.

[육삼] 무망의 재앙이란 매어 놓은 소를 행인이 취함으로써 마을사람의 화禍가 되는 이치다.

[구사] 순응하면 허물이 없다.

[구오] 무망의 병에는 약을 쓰지 않는 게 최선이다.

[상구] 무망에 행하면 재앙이 있어서 이로울 바가 없다.

141
元亨利貞 : '원元(탄생)—형亨(성장)—이利(결실)—정貞(죽음)'이다.

무망无妄은 자연의 흐름이다. 무망은 길하다. 그것은 복을 주지만, 때로는 재앙을 가져다준다. 그러나 약藥을 쓰지 말라.

무망괘는 약藥을 경계한다. 그런데 그 약藥이 덕德을 닦는 약藥이라면 주역은 무어라 할까?

『**주역**』 (32)항괘恒卦

恒 亨 无咎 利 貞 利有攸往

[初六] 浚恒 貞 凶 无攸利

[九二] 悔亡

[九三] 不恒其德 或承之羞 貞 吝

[九四] 田无禽

[六五] 恒其德 貞 婦人吉 夫子凶

[上六] 振恒 凶

항恒은 성장亨에 허물이 없고 貞에 이롭다.

[초육] 항恒이 지나치면 끝이 흉하여 이롭지 않다.

[구이] 후회는 없어진다.

[구삼] 항심으로 덕을 닦지 않으면, 혹시 망신을 당하고 끝이 괴로울지도 모른다.

[구사] 사냥하는 데 새가 없다.

[육오] 항기덕恒其德이면 정貞하니 부인婦人은 길吉하지만 부자夫子는 흉凶하니라.

[상육] 항恒이 흔들리면[振] 흉凶하니라.

항恒은 좋은 것이다. 그러나 지나치면 나쁘다. 무망无妄과 마찬가지로 길흉화복의 원인이다. 그러므로 함부로 남용할 만병통치약이 아닐 것이다.

그러나 유가에서는 '항상심'을 성찰의 궁극적인 목표로 삼았다. "14 입정승"처럼 '죽은 인간'에 최고의 가치를 부여한 것이다.

◇◇

『논어』 자로子路편

子曰	공자 가로되
南人有言曰	남인이 말하길
人而無恒	사람이 항심恒心이 없으면
不可以作巫醫	무의巫醫 노릇도 할 수 없다 하였으니[142]
善夫	참으로 좋은 말이로다.
不恒其德	항상 덕을 닦지 않으면
或承之羞	혹시 망신을 당할지도 모르니[143]
子曰	공자 가로되
不占而已矣	이는 점괘를 따질 필요도 없으리라.

142
제1설이다. 제2설은 한나라 정현鄭玄과 다산 정약용의 해석이다. "항상심이 없는 사람은, 아무리 뛰어난 의원이나 무당도 치유할 수 없다."

143
공자는 주역 '항괘'에서 거두절미하고 '구삼九三(不恒其德 或承之羞)' 만을 인용하였다. 항恒은 무망과 마찬가지로 길흉화복의 원인임에도 '항恒은 항상 좋은 것'이라고 호도한 것이다.

『맹자』 양혜왕梁惠王편

無恒産而有恒心者 惟士爲能 若民 則無恒産 因無恒心 苟無恒心 放辟 邪侈 無不爲已 及陷於罪然後從而刑之 是罔民也

항산恒産없이 항심恒心을 갖는 것은 오직 선비만이 할 수 있습니다. 일반 백성들은 항산恒産이 없으면 항심恒心도 없습니다.[144] 진실로 항심恒心이 없으면 放蕩, 偏僻, 邪惡, 奢侈 등 못하는 것이 없습니다. 백성이 죄에 빠진 연후에 이를 刑罰에 처한다면, 이는 백성을 그물로 잡는 것입니다.

144
선비는 항심이 있는 존재이며, 백성들은 항산의 존재라는 이분법 철학이다.
결국 주역의 '항괘恒卦'는 공자와 맹자의 2단계 왜곡에 의하여 '차별의 철학'으로 전락하고 말았다.

일하지 않고 평온한 마음을 유지하는 것은 선비들만 할 수 있는 일이다. 일반인들은 열심히 일을 해야만 평상심을 유지할 수 있다. 그러니 백성들을 실컷 부려먹어라. 참으로 싸가지 없는 말이다.

"대역물약지점大易勿藥之占과 남인무항지계南人無恒之戒라는 말은, 일찍이 이와 같은 모리배들을 까발리기 위해서 한 말인 모양이다."

'약藥을 쓰지말라'는 말은 쉬운말이다.

'항恒이 지나치면 나쁘다'라는 말은 어려운 말이다. 작가는 이 두 가지를 붙여 놓음으로써 항恒에 대한 거짓말을 폭로한다.

무망괘는 말한다. '약藥을 쓰지 말라.'

항괘는 말한다. '항심恒心에 대한 집착을 버려라.'

그러면 공자·맹자의 말은 무슨 말인가?

공자: 人而無恒 不可以作巫醫

(제1설)항심이 없으면 무의노릇조차 할 수 없다.

(제2설)항심이 없는 자는 제아무리 뛰어난 무의도 어찌할 수 없는 구제불능의 인간이다.

그러나 연암은 무어라 하는가?

'사람들이 항심恒心을 최고의 가치로 여기지 않는다면[人而無恒], 우리는 지식을 팔아먹을 수 없다.[不可以作巫醫]'

단순히 지식을 팔아서 수업료를 챙기겠다는 이야기가 아니다. 인간을 군자와 소인배로 분리하는 차별세상을 건설하겠다는 것이다.

그러므로 공자·맹자의 차별세상을 엎어버려야 한다.

"신통하고 명료하게 양자 사이의 원한을 더하고 빼고 하여…"

〈홍길동전〉은 천하의 보물이다. 천하의 보물을 널리 퍼뜨리는 한글은 위대한 인仁이다. 그러나 밤마다 부잣집 담장을 넘어가는 '전근대적인' 방법으로 낙원을 건설할 수는 없지 않은가. 이제 「환연도중록」에서 새로운 길을 찾아야 할 것이다.

◇◇

還燕道中錄

제14장

환연도중록
귀로에서 바라본 석양 & 무지개

공자의 동굴을 탈출하라

가을 8월 15일 신유辛酉.

날씨가 맑고 잠깐 서늘하였다.

사신이 서로 대책을 논의하였다.

"이제 갑자기 연경으로 돌아가야 하는 처지이지만, 예부에서 우리 사신에게 통보도 없이 몰래 정문呈文을 고쳤다니, 이는 비단 당장으로서도 해괴한 일일 뿐 아니라 그대로 묵과한다면 장차 큰 폐단이 될 것인즉 다시 예부에 글을 제출하여 그들이 몰래 고친 것을 따진 연후에 길을 떠날 것이다."

그리하여 당번역관을 시켜서 예부에 글을 제출하자, 제독提督이 크게 두려워하였다. 대저 사신의 뜻이 먼저 덕상서德尙書의 귀에 들어갔기 때문이다. 상서 등이 크게 두려워하여 우리에게 위협을 가하였다.

"이것은 우리 예부에다 죄를 넘기자는 게 아닌가. 예부가 죄를 뒤집어쓴다면 너희 사신인들 무사하겠는가. 그리고 너희들이 황제께 올려달라고 제출한 정문呈文이야말로 표현이 모호하고 전혀 머리 숙여 감사한다는 내용이 없었다. 그래서 내가 너희들을 위하여

주도면밀하게 근거와 내용을 진술하여 영광과 감격의 뜻을 아뢰어 주었거늘, 너희들이 도리어 적반하장으로 나오는 것을 보니 제독의 죄가 막중하다."

덕상서는 아예 정문을 펼쳐보지도 않고 물리쳐버렸다. 사신이 제독을 불러 예부의 사정을 상세히 알아보니, 그 이야기가 몹시 장황해서 알아듣기 어려워 한참 동안 멍할 뿐이었다. 예부에서는 사람을 보내어 길을 떠나라 재촉하는데, 곧 사신이 떠나는 시간을 적어서 황제에게 아뢰겠다고 한다. 이렇게 출발을 재촉하는 것은 대개 다시 정문을 제출하지 못하게 하려는 수작이다.[01]

이에 대한 일은 「행재잡록」에 상세히 싣는다.

아침밥이 끝난 뒤에 곧 길을 떠났다. 이미 정오를 지난 시각이다. 상하삼숙桑下三宿[02]이라 하였거늘, 하물며 나는 우리 공자님에게 귀의하여 이미 엿새 밤을 지내지 않았던가. 또 더구나 그 자고 나온 곳이 신선하고 정려淨麗하여 더욱 저절로 의지할 수밖에. 내 일찍이 과거를 폐하여 하찮은 진사進士도 되지 못했으니, 비록 국학國學에 기거하며 수양하고 싶었으나 뜻을 이룰 수 없었던 터. 이제 홀연히 우리나라에서 만리나 떨어진 머나먼 변새 밖에서 지낸 '흥처육일興處六日'이 마치 고유固有한 일인 것만 같으니, 이 어찌 우연한 일이겠는가. 또한 우리나라 선비 중에 능히 멀리 이 중국의 한복판까지 유람한 이로서 신라의 고운孤雲 최치원崔致遠이나 고려의 익재益齋 이제현李齊賢 등이 있다. 그러나 그들은 비록 서촉西蜀·강남江南의 땅을 두루 밟았으나, 새북塞北에까지 올 이유는 없었다. 지금부터 천백 년 사이에 몇 사람이나 다시 이곳에 걸음을 할지는 모르는 일이지만, 나의 이번 걸음에는 왕기공과 부정공, 영

01
예부는 정문을 고쳤다. 그런데 사신은 그것을 고발하는 글을 예부에 올린다. 적당히 따지는 시늉만 하겠다는 것이다. 그런데도 연암은 또 정사를 변호한다.

02
후한서 양해襄楷전에 나온다.
浮居不三宿桑下 不欲久生恩愛精之至也
부거浮居는 뽕나무 아래에서 3일을 머무르지 않았다. 오래 머물러 은애恩愛의 정이 생기는 것을 막으려 함이다.
桑下三宿이라 했거늘 연암은 太學六宿이라. 멍청하게 수천 년을 공자의 품에서 놀고 있다는 작가의 질책이다.

역사는 '광인廣仁·삼분三坌·
쌍탑雙塔'으로 달려 왔으니, 廣
仁은 홍익인간을, 三坌은 유불선
을, 雙塔은 청나라의 태학과 황교
를 상징함일 것이다. 하둔河屯은
〈계림유사〉에 따르면 '하나'의
고어라고 한다.

빈潁濱 소철의 수레 자국과 말 발자국이 모두 눈앞에 선하였다.[03]

아아, 슬프다. 인간 세상에 정해진 기약이 없음이 이와 같을 줄
이야.[04] [噫 人生世間 其無定期若是]

광인점廣仁店·삼분구三坌口를 거쳐 쌍탑산雙塔山에 이르렀다. 말
을 멈추고 바라보니 우뚝 솟은 두 개의 참으로 기이하고 절묘하
다. 바위의 결과 빛깔은 우리나라 동선관洞仙館의 사인암舍人巖을
닮았고, 탑처럼 솟아오른 모습은 금강산의 증명탑證明塔 같았다.
마치 쌍둥이처럼 나란히 마주서서 밑 둥에서부터 꼭대기까지 일
정한 폭으로 솟아오른 두 개의 돌탑은 서로 의지하거나 부축하지
도 않고 치우치거나 기울어짐도 없는 것이, 그 정직하고 단정하고
엄숙하며 교려웅특巧麗雄特한 자태가 햇빛을 받고 구름 수증기에
휩싸여 비단처럼 찬란하다.

난하를 건너서 하둔河屯에서 묵었다.[05]

이날 모두 40리를 걸었다.

두 개의 우상을 든 청나라의 남과 여

8월 16일 임술壬戌.

개다.

아침 일찍 길을 떠나 왕가영王家營에서 점심을 먹었다. 황포령黃
舖嶺을 지날 때, 스무 살 남짓한 귀족 청년이 붉은 보석과 푸른 깃
으로 장식한 모자를 쓰고 검은 말을 탄 채 깃털을 나부끼며 길을
달려간다. 맨 앞에 오직 한 기마가 달리고 30여 명의 기병이 뒤를
따르는데, 모두들 금빛 안장과 준마에 모자와 옷들은 선명하고 사
치스러웠다. 어떤 자들은 활과 전통을 차고, 어떤 자들은 조총을
메고, 어떤 자는 다쟁茶鎗을 받들고, 또 어떤 사람은 향로를 높이
처들고 있다. 일행은 모두 번개처럼 달리면서도 '물렀거라' 하는 벽
제호령 한 마디 없이 말발굽 소리만 들릴 뿐이다.[06] 누군가 황제
의 친조카 예왕豫王이라 한다.

예왕 일행 뒤에는 힘센 노새 세 마리가 끄는 태평차가 따라간
다. 수레는 초록빛 천으로 밖을 가리고 사면엔 유리창을 내었으
며, 지붕에는 푸른 실그물로 얽고 네 귀퉁이에는 술을 드리웠다.
무릇 귀족들이 탄 가마나 수레는 모두 이런 것들로 꾸며서 자신

06
활과 조총은 신구 무기다. 다쟁과
향로는 신구 우상. 유교 춘추대의
와 황교의 우상이다.
그들이 왜 벽제호령을 하지 않는
지는 내일 일기를 보라.

지위표지. 공작새깃털은 그녀들을 한층 더 아름답게 장식해준다. 그러나 그 깃털 때문에 여인들이 잃어버린 것은 무엇인가?

08
여인들은 오줌 싸는 말과 노새를 다투어 구경한다. 그러나 그들은 '남자'를 다투어 차지하지 못한다.

09
여자와 남자의 비율은 『주례』 말 사육학에 따라 3 대 1이다. 여인들은 남자를 잃어버렸고, 남자은 여인을 잃어버렸다. 우리는 마권자馬圈子, 마굿간에 갇힌 망아지들이니까.

들의 지위를 표시한다.07 음영이 드리워진 수레 안에서 여인들의 소리가 흘러나온다. 이윽고 수레가 멈추고 노새들이 오줌을 싼다. 노새들을 따라 우리 말들도 오줌을 싸는데 수레에 탄 여인들이 차창을 열고 다투어 가며 얼굴을 내밀었다.08 보물로 장식한 머리 다발이 구름처럼 떨어지며 빛나는 옥구슬이 별빛처럼 흔들린다. 황금빛 꽃과 비취빛 옥구슬이 어우러지며 꿈속인 양 요염하리만치 예쁘고 고운 여인들의 자태가 마치 낙수洛水에 놀란 기러기 모습이다. 이윽고 여인들은 잠자코 창을 닫더니 표연히 길을 떠난다. 여인들은 모두 셋인데, 예왕을 모시는 궁녀들이다.09

마권자馬圈子에서 묵었다.

이 날 80 리를 걸었다.

만리장성을 넘으며 분열하는 자아

8월 17일 계해癸亥.

맑고 따뜻하다.

1 새벽에 길을 떠나 청석령靑石嶺을 넘었다. 황제가 장차 계주薊州 동릉東陵에 거둥할 예정이므로, 이미 도로를 닦아 놓았는데 교량 한가운데에는 치도馳道를 만들었다.[10] 각 고을에서 미리 역군을 징발하여 높은 데는 깎고 깊은 곳은 메우되, 맷돌로 다지고 흙손으로 바른 것이 마치 베 필을 펴놓은 듯싶다. 나무로 표지를 세웠는데 조그만 굴곡도 경사진 곳도 없다. 치도의 넓이는 두 길인데, 좌우에는 각각 한 길 남짓한 협로夾路가 있다. 『시경』에 이르기를, "주나라 길은 숫돌처럼 바르구나.周道如砥"라고 했는데, 이제 이 길이 숫돌처럼 되었으니 그 비용이 막대할 것이다. 흙을 메고 물을 지는 사람들이 곳곳마다 무리를 이루어서, 허물어지면 곧 흙으로 보수하고 한 번 말굽이 지나가면 곧 흙손질을 한다. 나무를 새끼로 어긋나게 묶어 치도 위로 다니는 것을 금하였는데, 우리나라 사람들은 반드시 그 나무를 거꾸러뜨리고 새끼줄을 끊어서 들어간다. 나는 곧 마부들에게 엄하게 주의하여 치도 밑으로 가도록

10
치도馳道는 황족과 귀족들만 다니는 길. 치도가 있기에 그들은 '물렀거라.' 호령하지 않는 것이다.

하였다. 법이 무서워서 그런 게 아니라, 사람으로서 차마 못할 일이기 때문이다.[11]

길 한편에는 반드시 몇 걸음마다 작은 돌탑을 쌓았는데, 높이는 어깨에 닿을 정도이고, 넓이는 대략 여섯 자쯤 되는데, 마치 성곽에 있는 치첩雉堞과도 같았다. 교량은 모두 난간을 만들었다. 돌난간에는 천록天祿이나 산예狻猊 같은 족속들이 입을 벌리고 앉아있는 모양이 살아 움직이는 듯싶다. 나무 난간은 단청이 맑고 광채가 눈부시다.

물이 넓은 곳에는 나무를 짠 광주리 같은 것이 있는데, 둘레는 한 칸 길이는 한 길쯤 되게 해서 자갈을 채워 물속에 꽂아서 다리 기둥으로 삼은 것이다. 난하灤河나 조하潮河에서 수십 척의 큰 배를 띄워 부교浮橋로 삼는 것과 흡사한 것이다.

2 삼간방三間房에서 아침밥을 먹으려고 우리 일행이 점방에 들어갔을 때, 어제 길에서 만난 예왕豫王이 관제묘에 들었는데, 관제묘와 점방은 아래위층이다. 예왕을 따르는 기병들은 모두 다른 점방에 흩어져 떡·고기·술·차 따위들을 사서 먹었다. 나는 우연히 관왕묘를 구경하기 위하여 걸어서 들어갔는데, 문에는 지키는 자도 없으며 뜰 안은 적막하여 인기척이라곤 없었다. 나는 애당초 예왕이 그 속에 머무른 줄을 몰랐다. 뜰 가운데에는 석류가 주렁주렁 달려 있고, 키 작은 소나무는 용이 서린 듯이 굼틀굼틀한다. 주위를 살피며 배회하다가 계단을 밟아 당璫으로 오르려는 즈음, 어떤 미소년이 모자를 벗어 빛나는 머리로 문밖으로 달려오더니 나를 보고 웃으며 맞이한다.

"신고辛苦."

이 말은 대개 '노고가 많습니다.'라는 뜻이니, 나는 이렇게 응답하였다.

"호아好阿."

이는 우리나라의 안부인사에 해당하는 말이다.

섬돌 위에는 아로새긴 난간이 있고, 난간 아래 두 개의 나무의자가 있고 그 가운데에 붉은 탁자가 놓여 있는데, 나를 청하여 "좌저座著"라고 한다. 이는 주인이 손님을 청하는 말인데, 혹은 "청좌청좌請坐請坐"라고도 하고, 혹은 "좌저좌저座著座著"라고도 하고, 혹은 "청청請請"이라고 청請을 연달아 부르기도 한다. 이는 정중하고도 간곡한 표현이다. 여기까지 오는 행로에 여러 민가에 들어갈 때마다, 주인들은 이렇게 않은 이가 없었으니 대저 그들이 손님을 접대하는 의례가 이러하다. 그 소년이 모자를 벗고 평상복을 입었기에 나는 처음에 그가 주승主僧이 아닌가 싶었는데, 상세히 살펴본즉 그가 곧 예왕인 듯하였다. 나는 그래도 시치미를 뚝 떼고 심상하게 바라보았더니, 그도 역시 교만하고 고귀한 태도를 나타내려하지 않았는데, 홍조를 띤 얼굴을 보니 아침술을 많이 마신 모양이다. 그는 곧 손수 술 두 잔을 따라서 나에게 권한다. 나는 연거푸 두 잔을 기울였다. 나에게 만주 말을 할 줄 아느냐고 묻기에 나는 모른다고 간단히 대답했다. 그가 별안간 난간에 몸을 구부리고 한번 토하자 술이 마치 폭포처럼 쏟아졌다. 그가 집안을 돌아보며 "시원하다."하더니 늙은 환관이 방안에서 담비 옷 한 벌을 갖고 나와 나에게 나가라는 손짓을 한다. 내가 곧 일어서서 나오다가 난간머리를 돌아보니 그는 아직도 난간에 구부려 앉아있다. 그의 행동은 몹시 경박하고 얼굴은 유달리 창백하여 조금도 위엄이 없는 존화양이의 망령은 끈질기게 연암을 사로잡고 있다.

것이 마치 시정잡배의 아들이나 다름없었다.[12]

아침밥을 먹은 후 곧 출발하여 몇 십 리를 나아갔다. 뒤에 백여 명의 기마가 멀리 산 아래를 달려가는데, 어깨에 매[鶻]를 얹은 10여 기의 기마가 산과 계곡 사이로 흩어져 갔다. 한 사람은 큰 송골매[鷹]를 안았는데, 그 다리는 마치 사냥개 뒷다리처럼 살지고, 누런 비늘이 정강이를 뒤덮었다. 검은 가죽으로 머리를 싸매고 눈을 가렸는데, 매[鷹鶻]의 족속들은 모두 눈을 가렸다. 이는 행여나 사물을 보고 함부로 날개를 퍼덕이다가 다리를 다치거나 겁을 먹는 것을 막으려 함이다. 또한 그렇게 함으로써 눈의 정기를 온전하게 보전하고자 함이다.[13]

13
거세된 맹금猛禽은 기마병들의 어깨에 매달려 우상(황실의 권위)을 창조하고 있다.

나는 말에서 내려 모래 위에 앉아 담배를 피웠다. 그들 중 활과 전통을 몸에 두른 자 하나가 역시 말에서 내려 담뱃대에 담배를 넣고는 불을 청한다. 내가 그에게 물었더니, 그는 이렇게 대답한다.

"황제의 조카 예왕께서 열다섯 살짜리와 열한 살짜리 황손 둘을 데리고 열하로부터 북경으로 돌아오시는 길에 사냥하시는 것이옵니다."

나는 재차 물었다.

"얼마나 잡았소?"

"사흘 동안에 겨우 메추리 한 마리를 얻었답니다."

등 뒤에서 별안간 수숫대 꺾이는 소리가 나더니, 기마 하나가 밭 가운데에서 나는 듯이 달려 나온다. 화살을 겨눈 채 안장 위에 엎드려 달리는데 하얀 얼굴이 눈처럼 눈부시다. 담배 태우던 자가 그를 가리키며 말했다.

"저이가 열한 살짜리 황손입니다."

토끼 한 마리를 쫓아 달리며 화살을 날리는데, 토끼는 모래 위를 달리다가 모래 위에 벌렁 누워서 네 발을 쳐들었는데, 기마들이 빨리 달리며 화살을 퍼부었지만 명중하지 못하였다. 토끼는 다시 일어나 산 아래로 내달린다. 백여 명의 기마가 달려가 에워싸니, 아득한 평원에 흙먼지가 일어나 공중을 가리고 총소리가 진동하더니, 홀연히 포위를 풀고 가버린다. 흙먼지 속에서 한 무리가 둥글게 선회하는가 싶더니 아득히 그 자취를 감추어버린다. 과연 토끼를 잡았는지는 모르겠으나, 말 달리는 법만큼은 어른 아이 할 것 없이 모두 천성天性을 타고났다.[14]

대저 책문에서 연산관連山關에 이르기까지는 높은 뫼와 험준한 재가 많고 숲이 울창하여 때때로 새들이 지저귀더니, 요동에 들어서서 연경까지 2천 리 어간에는, 공중에는 날아다니는 새가 끊이고 땅에는 달리는 짐승이 눈에 보이지 않았다. 때마침 장마가 들고 날씨가 찌는 듯한 날씨였건만, 벌레나 뱀을 보지 못하였다. 우거진 숲속을 지날 때에도 개구리 소리를 듣지 못하였으며, 두꺼비 뛰노는 것도 보이지 않았다. 벼가 한창 무르익어 갈 때에도 들판에 참새 한 마리가 없고, 물가의 모래톱이나 모래섬을 지날 때에도 흔한 물새 한 마리가 보이지 않았다. 다만 이제묘夷齊廟에 이르기 전 난하灤河에서 비로소 두 쌍의 갈매기를 보았을 뿐이다. 까마귀나 까치 솔개 따위는 흔히 사람들이 모여 사는 도읍에도 흔히 서식하는데, 연경에서는 그것도 보기 어려운 것이 우리나라에서 새들이 온통 공중을 뒤덮는 것과는 결코 비할 바가 아니다. 애당초 변방 밖의 수렵지역에는 반드시 금수가 많으리라 생각하였는데, 지금 이곳의 모든 산들이 점점 민둥산이 되어서 새 한 마리조

14
"모르겠으나 천성을 타고났다."
천자天子의 혈통답다는 말이며,
이것으로 앞서 '시정잡배'는 이미 무색해지고 있다.

차 볼 수 없게 된 것인가. 호로胡虜 새끼들이 수렵을 타고난 명命으로 믿어서 이와 같이 되었을 터. 그들은 장차 어느 곳에서 사냥을 할 것인가. 그러나 짐승들을 몽땅 다 잡아서 씨가 말라버렸을 리는 없을 터. 그렇다면 늪이나 못 같은 짐승들이 돌아간 별도의 땅이라도 있단 말인가.¹⁵

강희 황제가 황위에 오른 지 20년 만에 오대산에 놀러 갔을 때 범이 숲속에서 뛰어나오자 황제가 친히 쏘아서 죽였다. 그 때 산서山西 도어사都御史 목이새穆爾賽와 안찰사按察使 고이강庫爾康이 황제에게 고하여 그 땅 이름을 사호천射虎川이라 하고, 범의 가죽은 대문수원大文殊院에 남겨두어 지금까지 보존하고 있다. 그는 또 친히 화살 서른 개를 쏘아서 토끼 스물아홉 마리를 잡았다. 또한 송정松亭 사냥에서는 큰 범 세 마리를 쏘아 죽였는데, 그것을 그린 그림들이 민간에서 매매되고 있으니, 가히 신의 솜씨라 아니할 수 없다.

이제 보았듯이 여러 공자公子들이 사냥터에서 말을 달리고[馳] 달리는[驟] 것이 여차한즉 그 경쾌하고 호방한 몸놀림은 그들이 대를 물려 내려온 가법家法일 것이다. 만일 그 때 수수밭에서 범 한 마리가 뛰쳐나왔더라면, 비단 그들의 기쁨일 뿐만 아니라 만리를 걸어 온 나그네를 기쁘게 했으련만, 그것을 보지 못한 것이 한스러운 일이다.¹⁶

3 일행이 만리장성 밖에 이르러 장성을 바라보니, 산 능선을 연결하여 성을 쌓았기 때문에 아래위로 높낮이가 생기고 전후좌우로 구불구불하다. 장성의 요충지마다 '공심적대空心敵臺'를 세웠는데, 높이는 6~7장丈이며 너비는 14~15장丈이다. 무릇 굴곡이 심한

15
지천에 널려있는 게 새와 짐승이다. 그러나 새 한 마리를 못 잡는 천자의 족속들을 변론하기 위해서라면 '없다' 고 왜곡하는 것은 어려운 일이 아니다.

16
그리하여 새 한 마리 못 잡는 황족들은 호랑이 잡는 사냥꾼으로 둔갑하였다.

곳에는 40~50보마다 일대一臺가 있고 완만한 곳에는 2백 보마다 하나씩을 두었는데, 매 대臺마다 백총百總이 지키고 열 돈대를 천총千總이 지키게 하여 1~2리里 사이에 방울 소리가 서로 들린다. 한 사람이 경보를 울리면 좌우에서 횃불을 들어 수백리 사이의 구간을 나누어 전달한다. 이는 보는 즉시 신속하게 전달할 준비가 미리 되어 있는 덕택인데, 명나라의 장수 남궁南宮 척계광이 남긴 책략이라 한다.[17]

17
'공심적대空心敵臺'는 공연한 [空] 마음[心]에 적[敵]을 만들어 내는 대臺. 만리장성의 의미를 꿰뚫은 표현이다.

　전국시대 이른 바 여섯 제후가 천하를 호령하던 시절에도 장성이 있었다. 조趙나라 이목李牧은 흉노족 10만여 기병을 대파하여 죽이고 첨람襜襤족을 전멸시켰으며, 임호林胡와 누번樓煩 등을 격파하여 장성을 쌓았다. 대주代州의 병음산並陰山에서부터 고궐高闕에 이르기까지 요새를 쌓아 운중雲中 안문雁門 대군大郡 등의 고을을 설치하였다. 진秦나라는 감숙성의 의거義渠족을 멸한 뒤에 농서隴西 북지北地 상군上郡 등지에 장성을 쌓아서 오랑캐를 쫓아냈다. 연燕은 또 동쪽 오랑캐를 격파하여 영토를 천 리나 넓히고 장성을 쌓아 조양造陽에서 양평襄平에 이르기까지 상곡上谷 어양漁陽 우북평右北平 요동遼東 등에 군군을 설치하였다. 그리하여 진秦과 연燕 조趙 세 나라가 변방에 3개의 국경선을 그었으니, 그 때 이미 장성은 쌓아진 것이다. 삼국이 쌓은 장성을 연결하면 이미 북·동·서에 만 리를 뻗었다. 비로소 진秦나라가 제후들을 통합하여 천자가 되자 곧 몽염蒙恬으로 하여금 장성을 쌓게 하였다. 몽염은 지형을 따라 험한 곳을 이용하여 요새를 만들었으니, 장성은 임조로부터 요동까지 만 리에 이르게 되었다.

　그렇다면 몽염은 옛 성을 증수增修한 것인가? 아니면 연·조의 옛 성을 허물고 새로 쌓은 것인가? 훗날 몽염이 사약을 받아 자결하기 전에 의중을 털어놓았다.

"임조에서부터 요동에 이르기까지 만여 리에 이르는 성을 쌓으면서 그 사이에 지맥地脈을 끊지 않을 수 없는 곳들이 있었다."

또 사마천司馬遷은 북쪽 변방에 가서 진나라가 장성을 쌓으면서 산을 깎고 골짜기를 메웠다는 자리를 돌아보고는 몽염이 백성의 힘을 함부로 허비하였음을 책망하였다.[18]

그렇다면 이 성은 정말 몽염이 쌓은 것으로, 옛날 연·조의 것이 아니란 말인가![19]

성은 모두 벽돌로 쌓았으며 벽돌은 모두 한 틀에서 찍어 낸 것이라서 두께나 크기가 조금도 차이가 없다. 장성 밑바닥은 돌을 다듬어서 쌓되 땅 밑에 다섯 겹의 돌을 쌓고 땅 위에 다시 세 겹을 포개었다고 한다. 이따금씩 성이 무너진 곳이 있는데, 그 높이는 댓 길쯤이며 벽돌 사이에는 흙을 사용하지 않고 오직 석회를 사용하여 쌓았다. 석회는 종잇장처럼 얇아서 이어붙인 벽돌과 벽돌이 겨우 붙어있을 정도인데, 마치 나무에 아교로 풀칠한 듯싶다. 성벽의 안팎은 대패로 깎은 듯하며 아래는 넓고 위는 좁아서 비록 대포와 충차衝車로 공격하더라도 갑자기 깨뜨리기는 어렵게 되어 있다. 대저 그 바깥 벽돌들은 비록 허물어진 것들이 있으나 그 속에 쌓은 것은 그대로 남아 있기 때문이다.[20]

담핵痰核을 다스리는 방법으로 천년 묵은 석회에다 초를 타서 떡을 만들어 붙이곤 한다. 오래 묵은 석회로는 장성의 석회만큼한 것이 없으므로 으레 사신이 오가는 편에 이를 구한다. 내 일찍이 어렸을 때 주먹만큼 큰 석회를 본 적이 있었는데, 이제 와서 보

18
"산을 깎고 골짜기를 메웠다" 이것이 '산해관기'와 '아출고북구기'에서 연암의 인식이었다. "백성의 힘을 함부로 허비하였음을 책망하였다." 연암은 이제 비로소 사마천의 '한탄'을 이해하고 있다. 그러나 이것이 진정한 '몽염의 한탄'이라 생각한다면 그것은 큰 오산이다.

19
연암이 모르는 것은? 몽염은 시황제의 죽은 후 정권을 잡은 환관들에 의하여 적통 황태자와 함께 사형을 당한 인물이다. 그러므로 몽염이 무슨 말을 했든 진실성을 담보하기 어렵다. 사마천은 몽염의 말을 빙자하여 진시황의 죽음과 영호해의 집권을 정당화 한다. 영호해가 죽은 다음에는 '산해관기'에서 보았듯이 '망진자호' 같은 언어로 영호해의 죽음을 정당화한다. '오랑캐'를 모독하면서.

20
춘추대의는 무너지지 않는다. 시시때때로 옷을 갈아입을 뿐이다. 2문단에서 예왕을 시정잡배라 하였다가 호랑이 잡는 사냥꾼으로 묘사하듯이 능수능란한 글쟁이들의 힘으로.

니 결코 그것이 진짜 만리장성 석회가 아니었음을 알겠다. 연로에서 본 모든 성의 제도는 모두 장성과 다름이 없는데, 어디서 주먹처럼 큰 석회를 얻을 수 있겠는가. 또한 어찌 일부러 새외로 멀리 돌아서 그것을 구하였겠는가. 이는 우리나라 길가의 무너진 성 밑을 지나다가 주운 것에 지나지 않을 것이다.[21]

21
담핵痰核은 화병火病이다. 지배계급의 폭정에 시달리는 민중의 분노를 잠재우는 데는 만리장성 석회가 특효약이다. 연암은 가짜를 탓한다. 그러나 가짜면 어떤가. 오리지널이 가짜인데.

4 돌아오는 길에 고북구古北口에 들렀다. 10여일 전에 새문을 나갈 때에는 마침 밤이 깊어서 두루 구경하지 못하였으나, 지금은 한낮이다. 수역과 더불어 잠깐 모래벌판에 쉬다가 곧 첫째 관關으로 들어섰더니, 말 수천 필이 관문이 미어터져라 안으로 들어서고 있다. 둘째 관문을 들어갔더니 군졸 40~50명이 칼을 차고 나열해 서 있다. 또 두 사람이 의자를 맞대고 앉아 있다가, 내가 수역과 함께 말에서 내려 조용히 걸어가자 두 사람은 기쁜 얼굴로 재빨리 달려 와서 몸을 굽혀 절하며 노고가 많다고 인사한다. 한 사람은 머리에 수정관을 썼고 또 한 사람은 산호관을 썼는데, 그들은 모두 수비대의 참장叅將이라 한다.

석진石晉 개운開運 2년(945) 중원을 침입한 거란의 왕 덕광德光이 호북구虎北口로 돌아가다가, 진晉나라가 태주泰州를 치고 다시 군사를 돌려 남쪽으로 향하고 있다는 소식을 들었다. 덕광은 해거奚車(북방오랑캐의 수레)에 앉아 철요기鐵鷂騎(철갑옷을 입은 기병)에 명하기를, 모두 말에서 내려 진군晉軍의 녹각鹿角을 빼고 들어가게 하였다. 대개 장성長城을 돌아가며 구口라는 이름이 붙은 지명이 무려 수백에 이르는데, 태원太原(산서성에 있다) 분수汾水 북쪽에 역시 호북구라는 지명이 있다. 당시 덕광德光의 군사는 기역祈易(祈州와 易州)에서 북으로 향하던 길이었던 바, 이곳은 그 길이 아니다. 유단幽檀

(幽州와 檀州)의 호북구가 곧 이 관關이다. 당唐나라 선왕 중에 호虎라는 휘호를 가진 왕이 있어서 당唐은 호虎를 고쳐 고북구古北口라 하였다. 송인宋人이 지은 '사료행정록使遼行程錄'에 이르기를, "단주檀州로부터 북으로 80리를 지나고 거기에서 또 80리를 가서 호북관虎北關에 이르렀다."하였으니, 단주의 고북구 역시 호북구라고 불렀던 것이다.[22]

22
"이 곳은 그 길이 아니다."
궤변이다.
"단주의 고북구 역시 호북구…"
역시 궤변이다.

송宋나라 선화宣和 3년(1121)에 금인金人이 요나라를 고북구에서 깨뜨렸고, 가정嘉定 2년(1209)에 몽고가 금金에 침입하여 고북구에 이르자 금나라는 거용관居庸關으로 물러갔다. 원元나라 치화致和 원년(1328) 태정제泰定帝(야손철목이也孫鐵木爾)의 아들 아속길팔阿速吉八이 상도上都에서 임금이 되어 길을 나누어 군대를 파병하여 연燕의 철첩목아鐵帖木兒를 대도大都(북경)에서 토벌하였는데, 당시 탈탈목아脫脫木兒는 고북구를 지키다가 상도의 군대를 맞아 의흥宜興에서 싸웠다. 명明나라 홍무洪武 22년(1389) 연왕燕王으로 하여금 고북구로 출사出師하여 내안불화乃顏不花를 이도迆都에서 치게 하였고, 영락永樂 8년(1410)에는 고북구 소관구小關口와 대관大關의 외문을 메워서 겨우 사람 하나 말 한 필만 드나들게 만들었다.[23]

23
만리장성의 살벌한 전쟁사. 이제 고북구의 평화를 보라.

지금 고북구 관문은 오중으로 되어 있으나, 그 어느 문도 폐쇄하지 않고 열어두었다. 대략 이 관문은 천고의 전장으로서, 천하가 한 번 전란이 나면 곧 백골白骨이 산처럼 쌓였으니, 그야말로 호북구라 이를만하다. 그런데 청나라의 시대가 된 지 1백여 년 동안 평화가 지속되어서, 사방에 칼과 갑옷이 부딪치는 전쟁소리가 없었으니 뽕나무 삼[麻]나무가 울창하고 멀리 개와 닭 울음소리만 평화롭게 들린다. 이와 같은 '휴양생식休養生息'이야말로 한漢·당唐 이후로는 일찍이 보지 못한 일이다.

나는 알지 못하겠노라. 청나라가 무슨 덕德이 있기에 이런 경지에 이르렀는지.[24] 숭고함이 극에 이르면 곧 허물어지는 것이 사물의 이치라 했던가. 이곳 백성들이 전쟁을 겪지 않은 지가 오래되었으니, 이제 곧 다가올 토붕와해土崩瓦解의 전화戰禍가 가히 근심스럽고 염려스럽도다.[25]

未知何德而能致之 崇極而圮 物理所然 民不見兵久矣 土崩瓦解 吁可慮哉

5 이 관關은 산 위에 자리 잡았는데, 비록 수많은 봉우리들로 둘러싸였으나, 오히려 큰 사막이 눈앞에 보인다. 〈금사金史〉를 보면, "정우貞祐 2년(1214)에 조하潮河의 물이 넘쳐흘러 고북구의 쇠로 만든 관문이 떠내려가 버렸다."하였다. 대저 오랑캐들이 중국을 만만하게 여기는 것은, 그들이 상류上流에 웅거하여 그 형세가 물동이를 세워 놓은 형상이기 때문이다.

다음은 내가 어렸을 때 어떤 노인에게 들은 '백곤伯鯀의 홍수洪水'라는 고사에 대한 이야기다.

"중국에 커다란 근심 두 가지가 있으니, 곧 물과 오랑캐가 그것이다.[26] 백곤은 재주가 뛰어난 사람인지라 그의 지혜는 저 북쪽 오랑캐들이 무엇을 믿고 날뛰는지를 알고도 남았으므로, 그는 유주幽州와 기주冀州를 트고 항산恒山과 대군代郡을 뚫어서 구주九州의 물을 끌어다가 사막에 댄 다음, 중국이 도리어 그 상류를 차지하면 오랑캐들을 능히 제압할 수 있으리라 판단하였다. 그리하여 당시의 사악四岳(제후들)도 백곤의 제안을 들어주어 한 번 시험해 보려 하였으니, 『서경』의 이른바 '가능성을 시험하다.'라는 구절이

24
청나라의 평화는 대단하다. 그러나 연암은 오랑캐의 덕德을 인정하고 싶지 않다. 그러면?

25
작가의 논거를 보라.
'극숭이비崇極而圮'는 한유의 시詩 "往在玄宗 崇極而圮(지난날 현종 때에는 숭배가 극에 이르렀다 무너졌네)"라는 구절.[후술한다.] 우상숭배에 의한 평화의 한계를 지적하는 말이다.
그러나 주인공은 '오르막 다음에는 내리막'이라는 뜻으로 이해하여, 평화기에 백성들이 전투력을 상실함으로써 패망한다는 논리를 전개하고 있다.
연암은 한유의 시를 제대로 이해하여야 할 것이고, 청나라의 덕이 당 현종과 같은 우상숭배[崇]임을 깨달아야 할 것이다.

26
역시 중화주의 프레임이다. 오랑캐는 만들어진 근심거리에 불과하다.

27

所謂試可乃已者是也
가능성을 시험하였다는 것은 도정정신일 것이다. 또한 왕이 신하의 제안을 들어주었다면 책임은 왕에게 있을 것이다.

28

所謂方命圮族者是也
우선 작가의 암시를 보라. 요堯임금은 백곤에게 치수를 맡겼다. 그 후 9년 후 순舜임금은 백곤을 죽이고 백곤의 아들 우禹에게 치수를 맡겼다. 그러므로 "우임금 역시 역행을"은 오류다. 무엇을 암시하는가?
"백곤의 재주가 너무 높아서…" 순임금이 백곤을 죽인 이유는 '능력을 두려워서'였다는 말이다.

29

所謂鯀湮洪水者是也
湮이란 글자는 '내릴 강'과 '넓을 홍'으로 쓰인다. 고로 湮水는 강수降水도 되고 홍수洪水도 된다. 곤연홍수鯀湮洪水를 곤연강수鯀湮湮水로 본다면, "백곤이 물을 막아 저수지를 만들었다."라는 말이다.

30

백곤은 9년 동안 사업을 추진하던 중 순임금에 의하여 죽었다. 순임금은 다시 우에게 맡겼고, 우는 13년이 걸렸다. 성경잡지 '상루필담'에서 요임금은 저항성이 있는 아들 단주를 버리고 순임금을 선택하였다. 순임금은 백곤과 같은 능력자를 죽였다. 순임금의 뒤를 이은 우왕은 자신의 아버지를 완전히 지워버렸다.

31

백곤의 홍수는 황하유역에서의 일이다. 오랑캐 지역까지 물을 댄다는 것은 비약이다. 그러면 노인은 무엇을 암시하는가?
두 이야기를 투영(reflection)하라는 말이다. 몽염의 만리장성이나 백곤의 치수는 모두 자연을 거스르는 행위다. 진시황이 죽은 후 사마천은 몽염을 비판한다. 그러나 다음 왕조는 계승한다. 순임금은 백곤을 죽이고 그의 사업을 계승하였다. 죽이고 계승하기. 그것이 중국식 '죽음과 부활'이다.

곧 그것이다.[所謂試可乃已者 是也]²⁷

요堯임금은 물을 거꾸로 흐르게 하는 것이 옳다고 여기지는 않았지만 백곤의 변설이 몹시 강력하므로 반박을 하지 못하였다. 우禹임금 역시 역행을 당연시 하지는 않으면서도 백곤의 재주와 지혜가 너무 높아서 감히 무어라 못하였으니, 『서경』의 이른바 '명을 어겨 국가를 무너뜨린다.'라는 구절이 곧 그것이다.[所謂方命圮族者 是也]²⁸

대저 백곤이라는 위인은 고집스럽고 꼿꼿할 뿐 아니라, 제 의견만 주장하며 오직 오랑캐 문제만 중국만세의 골칫거리로 생각하여 오랑캐를 퇴치하려다 일어날 우환은 둘째로 제쳐두었다. 그래서 지형도 생각하지 않고 공사비도 계산하지 않고 기어코 개울을 파서 물을 거슬러 흐르게 하였으니, 이른바 물이 역류逆流하는 것을 일러 강수湮水라 하고, 강수湮水란 것은 곧 홍수洪水이다. 그리하여 깎고 메우고 뚫고 물을 채우고 하는 사이에 지세가 점점 높아져서 흙이 저절로 메워지게 되었으니, 『서경』의 이른바 '백곤이 물을 막아 홍수가 났다.'라는 말이 곧 그것이다.²⁹ [所謂鯀湮洪水者 是也]

백곤은 무슨 마음으로 여기를 메워서 커다란 침몰을 일으키는 죄를 범하고 말았는가? 또 당시의 사악과 대신들은 어찌하여 한목소리로 그를 천거하였으며, 또 요임금은 어쩌다가 9년 동안이나 두고 보면서 그가 실패하기를 기다렸을까?³⁰

아아, 슬프다. 백곤이 만일 이 사업에 성공하였더라면, 중국은 오랑캐도 막고 물을 막아 일거양득이 아닌가. 만세에 길이 누릴 찬란한 공로와 위업은 당연히 우禹임금보다도 높이 추앙되었을 것." ³¹

이상이 백곤의 홍수에 대한 노인의 변증인데, 지금 이곳 지형을 살펴보니 백곤의 계획이나 노인의 논변은 허황한 것임을 알겠다. 이백李白의 시에 '황하의 물은 하늘에서 내려온다.黃河之水天上來'라고 하였으니, 그 지형이 서쪽이 높아서 황하가 마치 하늘에 닿는 것 같다는 말이다.[32]

　관내關內 점방에서 점심을 먹었다. 점방의 벽 위에 황제의 어필로 쓴 칠언절구 한 수가 붙어 있었다. 이는 공민孔敏에게 내린 것이다. 황제가 일찍이 남쪽으로 순행하였다가 곧장 열하로 돌아올 때 공씨孔氏 일족들이 나와서 우러러 배알하기에 황제가 이 시를 지어 위로와 격려를 하였다. 그리하여 공씨 문중의 어른인 공민이 이에 발문을 달았는데, 황제의 은악恩渥을 성대히 칭송하고 총령寵靈을 과장하여 포장한 것으로 곧 돌에 새겨 여러 장을 찍어내고는 이 점주店主에게 한 벌을 주고 갔다고 한다.[33] 시詩는 졸렬하나 글씨는 뛰어났다. 점주가 나에게 이를 사라고 조르기에 시험조로 그 값을 물었더니, 은자 30냥을 부른다.

　6 식사가 끝난 뒤 곧 출발하여 셋째 관문으로 들어섰다. 양편 벼랑에 석벽이 깎아지른 듯이 천 길 높이로 서 있는데, 그 사이에 수레 한 대가 지나갈만한 길이 나 있다. 그 아래에는 깊은 골짜기인데 커다란 바위들이 첩첩이 쌓여있다. 송나라의 왕기공王沂公 증曾과 부정공富鄭公 필弼이 일찍이 거란에 사신 갈 때 역시 이 길을 경유하였다. 그의 행정록行程錄 중에 '고북구는 양편에 험준한 절벽이 있고 그 사이에 겨우 수레 하나가 다닐만한 길이 있다.'라고 하였으니, 가히 그들의 경험을 실감할 수 있겠다.

　어느 퇴락한 절에서 쉬고 있는데, 거기에 소철蘇轍의 시가 새겨져 있었다.

32
이백은 말한다. '천자의 권력은 하늘에서 내려온다.' 그러나 연암은 시詩를 이해하지 못한다. 노인의 말도 알아듣지 못한다.

33
공씨孔氏 일족은 공자의 제자들. 〈호질〉에서 '남의 묘혈을 파내는 유학자들'로서 청나라에게 명나라의 비결을 전수하고 있다.

34
흥주는 까마귀 마을. 봉주는 공
작새 마을. 유토피아는 그 사이에
있을 것이다. 생존욕구를 추구하
는 까마귀인간들과 존경욕구에
목마른 공작새인간들이 함께 하
는 마을에 말이다.

어지러운 산들이 뒤엉켜 길이 없나 했더니
가느다란 길이 시냇물을 감돌아 가네.
꿈속인 양 촉도를 찾아가는데
흥주의 동쪽 봉주의 서쪽이라네. 34

亂山環合疑無路　　小徑縈回長傍溪

彷佛夢中尋蜀道　　興州東谷鳳州西

〈송사宋史〉를 보면, 원우元祐(1086~1094)연간에 소철蘇轍이 형 소식
蘇軾 대신 한림학사가 되어 얼마 후 임시로 예부상서를 맡아 거란
에 사신으로 가게 되었다. 사신 가는 길에 같은 객관에 묵었던 시
독학사侍讀學士 왕사동王師同이 소순과 소식의 문장 및 소철이 지
은 '복령부茯笭賦'를 능히 외웠다 했으니, 이 시가 바로 문정공文定公
(소철의 시호)이 사신으로 여기를 지나며 지은 시이다.

　7 절에 살고 있는 중은 겨우 둘 뿐이고, 뜰 난간 밑에 오미자 두
어 섬을 말리고 있기에, 내 우연히 몇 낱알을 주워서 입에 넣었다.
한 중이 조용히 지켜보다가 별안간 크게 노하여 눈을 부릅뜨며 호
통하는데, 그의 행동거지가 몹시 흉패凶悖하였다. 나는 곧 일어서
서 난간 가에 의지하였는데, 일행 중 마두馬頭 춘택이 마침 담뱃불
을 붙이러 들어섰다가 그 꼴을 보고는 크게 노하여 중놈 앞으로
다가서며 꾸짖었다.

　"우리 노야老爺께서 더운 날씨에 찬물 생각이 나서, 이 자리에 가
득 널린 것들 중에서 불과 몇 알 씹어 자연히 침을 돋우어 갈증을
해소하려 함이거늘, 너 이놈 도적 대머리에다 양심도 없는 녀석아.
하늘에도 높은 하늘이 있고, 물에도 깊은 물이 있거늘, 이 도적놈
은 당나귀처럼 높낮이도 분간하지 못하고 깊고 얕은 것도 측량할

줄 몰라서 이와 같은 무례를 저지르느냐. 이 당나귀 같은 도적놈아, 이게 무슨 짓거리냐."

그러자 중놈은 모자를 벗어 던지고 입가에는 흰 거품을 물고 어깻죽지를 흔들며 까치걸음으로 앞으로 나서며 소리친다.

"너희들 노야老爺가 나와 무슨 상관이냐. 하늘처럼 높으신 분이니 네놈이야 두려워하겠지, 나는 두려울 게 없어. 제 아무리 관노야關老爺가 신령이 되어 나타나고 태세太歲[35]가 문에 들었다 하더라도 난 두려울 게 없어."

춘택이 곧 그에게 뺨 한 대를 치고는 이어서 우리나라 욕지거리를 마구 퍼부었다. 중은 그제야 뺨을 손으로 가리고 비틀거리며 들어가 버린다. 나는 목청을 높여 춘택을 질책하여 요단을 일으키지 못하게 하였다. 춘택은 분기를 삭이지 못하여 씩씩거리는 것이 그 자리에서 끝장을 보고 말 기세였다. 또 한 중은 부엌문에 서서 바라보는데, 웃음을 머금을 뿐 누구 편을 들지도 않았을 뿐 아니라 말리려 하지도 않았다. 춘택은 다시 한 주먹으로 그 중을 자빠뜨려 엎고는 호통을 친다.

"우리 노야老爺께옵서 이 일을 만세야萬歲爺 앞에 여쭙는다면, 네놈의 이 대갈통이 박살나든지, 아니면 이 절간을 확 쓸어버리고 깨끗한 평지가 되고 말 것이다 이놈아."

중은 옷을 툭툭 털고 일어나며 욕설을 퍼붓는다.

"너희 노야老爺가 공짜로 오미자를 훔치고, 또 너 같은 방자幇子를 시켜 도리어 바리때 같은 난폭한 주먹을 날리니, 이게 무슨 도라냐."

기색을 살펴보니, 중은 점점 풀이 죽어가고, 춘택은 더욱 격분하여 욕설을 쏟아낸다.

35
太歲神: 음양가陰陽家의 8神 중의 하나로서 목성에 붙여진 이름이다. 해마다 간지의 방향으로 운행하는데, 이 신을 향하여 길사를 행하면 복을 얻는다고 한다.

"그게 무슨 공짜라는 것이냐. 기껏해야 한 말이 되겠느냐, 한 되가 되겠느냐. 그까짓 오미자 한 알 때문에 우리 노야老爺의 산처럼 높으신 위신을 깎았단 말이냐. 만일 황상皇上께서 이 일을 아신다면 네놈의 그 빛나는 대갈통을 댕강 쪼개 버릴 것이다. 우리 노야께서 만세야께 아뢸 때 네놈들이 비록 우리 노야를 두려워하지 않는다 하더라도 어디 만세야萬歲爺까지 두려워하지 않는지 두고 보자."

중은 더욱 기가 죽어서 다시 앙갚음의 말도 내뱉지 못한다. 춘택이 무수히 욕설을 퍼부어대다가 점점 기세등등해지더니 만세야萬歲爺를 팔아먹는다. 그 시각 아마도 만세야의 두 귀가 간질간질 했을 것이다. 춘택의 말 중에 황제를 칭하는 것은 가히 허장성세虛張聲勢라 할 것으로서 보는 사람으로 하여금 포복절도하게 할 일이건만, 저 미련한 중은 그것을 곧이 믿고 만세야萬歲爺라는 석 자를 듣자 마치 뇌성이나 귀신을 본 것처럼 벌벌 떨 뿐이었다. 춘택이 벽돌 하나를 뽑아서 중에게 던지려 하자, 두 중은 모두 웃음을 지으며 달아나 숨어 버렸다가, 곧 산사山楂 두 알을 갖고 와서 웃는 얼굴로 바치며 청심환을 요구한다.

그리고 보면, 애당초 벌어진 싸움은 청심환을 얻기 위한 수작이었던 것이었다. 그의 마음씨를 따져 본다면 가히 불량하다고 이를 만하다. 내가 곧 청심환 한 알을 주었더니 머리를 무수히 조아리는데, 실로 염치가 없었다. 산사는 크기가 살구만 한데 너무 시어서 먹을 수가 없었다.[36]

성인聖人은 사양하고 받고 취하고 주는 것을 엄중히 경계하였으니, "의義가 아니라면 비록 겨자씨 한 알이라도 남에게 주지 말고 [非其義也 一芥不以與人], 의義가 아니라면 겨자씨 한 알이라도 남에게 받지 말라 [非其義也 一芥不以取諸人]." [37] 하였다.

대저 '겨자씨 한 알'이라 함은, 천하에 지극히 미세하고 지극히 가벼운 물건으로 만물 중에서 손꼽을 것도 없을 것이다. 세상에 어찌 그런 '겨자씨 한 알'을 가지고 사양하고 받고 취하고 주는 것의 이치를 거론한단 말인가. 그런데도 성인은 이와 같이 심각한 논설을 펼쳤으니, 그 겨자씨와 이치 사이에 대의大義와 그것을 막는 대렴大廉의 관계라도 있다는 것인가.

그러나 이제 오미자 사건을 겪고 보니, 비로소 성인의 '겨자씨 한 알'의 논설이 과연 비약이 아님을 깨달았다.

아아, 성인이 어찌 나를 속이겠는가. 몇 알의 오미자는 실로 '겨자씨 한 알'과 같은 물건이건만 저 미련한 중이 나에게 무례無禮를 범하였으니, 여기까지는 가히 횡역橫逆이라 이를 만하다. 그러나 이로 말미암아 다투기 시작하여 주먹다짐에 이르고 바야흐로 그들은 분한 마음을 이기지 못하여 피차 생사를 분간하지도 못할 지경이었다. 이쯤 되었다면 비록 몇 알의 오미자일망정 그로 인하여 생긴 화禍는 산더미처럼 컸으니, 천하에 지극히 미세하고 지극히 가벼운 물건이라도 하찮게 보아서는 안 될 것이다. 옛날 춘추春秋시대 종리鍾離에 사는 한 여인이 초楚나라 여인과 뽕 잎을 다투다가 두 나라의 전쟁을 일으킨 일도 있다. [38] 이 일에 비추어 보건대, 몇 알의 오미자는 벌써 성인의 '겨자씨 한 알'보다 많고 다툼의 옳고 그름은 초나라 여인의 뽕 잎 다툼과 다름없으므로, 만일 중놈들과 싸우는 도중에 목숨을 잃은 사변이라도 생겼더라면, 어찌 군사를 일으켜 문책하는 일이 일어나지 않으리라고 장담할 수 있으랴.

내 일찍이 학문이 거칠고 일천한지라, 애당초 능히 삼가지 못하

37
『맹자孟子』만장萬章편에는 芥가 아니라 슈(지푸라기)로 되어 있지만, 의미의 차이는 없다.

38
『사기』'오자서열전'에 나온다. 초楚와 오吳의 국경지대에서 종리(楚)와 비량지(吳) 마을 여인들 사이에 뽕잎 다툼이 일어난다. 그러나 그것을 전쟁으로 비화시킨 것은 초나라에 부모형제를 잃은 오자서의 복수심이었다.

39
整定: 오얏나무 아래서 갓끈을
고쳐 맨다.
納履: 참외밭에서 신발끈을 맨다.

40
연암 내면의 전쟁.
연암의 내면의 전쟁 역시 중과 춘
택의 싸움을 빼닮은 양상이다.
"의가 아니면 지푸라기 하나도
주지 말고 받지도 말라."
연암1: 치사하게 그런 식으로 시
비를 따지느냐. 성인의 말씀을 회
의한다.
연암2:『사기』에 실린 초나라 여
인의 고사를 인용하며 불의不義
를 반성한다. 하찮은 오랑캐에게
"공짜로 오미자를 먹었다는 모
욕" 을 자초했으나.
연암2는 다름 아닌 시비지심을
빙자하여 다투는 중과 춘택의 모
습이다. 앞서 싸움장면에서 연암
은 양쪽 모두에게 자신의 가치를
투사(projection)하여 비하하였다.
춘택의 허장성세라느니, 미련한
중놈이라느니, 염치가 없다느니.
그러나 연암은 투영(reflection)하
지 못한다. 중과 오랑캐의 행동이
성인聖人의 진면목이며, 중화의
망령에 사로잡힌 자아(연암2)임
을 모른다.

41
낙타가 뛰는 모습은 보지 못하
고 한가하게 걷는 모습만 보면서
'느리다' 라는 판단을 내렸다.

여 정관납이整冠納履39의 혐의를 당하여 공짜로 오미자를 먹었다
는 모욕을 자초하였도다.

이 어찌 수치스럽고 경계할 일이 아니겠는가.40

8 연도沿道에서 열하로 달려가는 빈 수레들이 날마다 몇 천 몇
만인지 모를 만큼 많았는데, 이는 황제가 장차 준화遵化 역주易州
등지에 거둥하는 까닭에 짐바리를 실으러 가는 것이다. 그리고 몇
천의 탁타橐駝가 떼를 지어 물건을 싣고 나가는데, 대저 이놈들은
하나같이 커서 작은 놈이 없으며, 색깔은 모두 엷은 담백색에 약
간 누런 깃털이 섞여 있다. 머리는 말과 비슷하지만 약간 작고 눈
은 양과 같고, 꼬리는 소와 같이 생겼다. 움직일 때에는 반드시 목
을 움츠렸다가 머리를 치켜드는데, 마치 날아가는 백로와 같았다.
정강이는 두 마디이고, 발굽은 두 쪽으로 쪼개졌다. 걸음걸이는
학 모양인데, 소리는 거위 소리 같았다.

옛날 당나라 가서한哥舒翰이 서하西河에 머무르고 있을 제, 그 주
사관奏事官이 장안에 갈 때마다 흰 탁타를 타고 하루에 5백 리를
달려갔다. 석진石晉 개운開運 2년 부언경符彦卿이 거란의 철요군鐵
鷂軍을 대파하였을 때, 거란 왕이 해거奚車를 타고 달아나는데 적
병이 급하게 추격해오자 덕광德光은 탁타 한 마리를 잡아타고 도
주하였다.

이제 탁타의 걸음걸이를 보건대, 몹시 더디고 둔하여 추격해오
는 기병을 따돌리기는 어려울 듯싶다. 그렇더라도 그놈들 중에서
석계륜石季倫이 탔던 소처럼 잘 달리는 놈도 있지 않을까.41

고려 태조 때 거란이 탁타 40마리를 바쳤으나, 태조는 거란이
워낙 무도한 나라라 하여 다리 밑에 매어놓았는데, 10여일 만에

모두 아사餓死하였다. 거란이 비록 무도한 나라라 할지라도 탁타
야 무슨 죄가 있겠는가. 대체 탁타는 하루에 소금 몇 말과 꼴 열
단을 먹는다. 우리나라는 마구간이 몹시 빈곤하고, 목노牧奴가 키
가 작아서 탁타를 기르기가 어려우며, 비록 탁타를 이용하여 물건
을 싣고자 하여도 읍내의 집들이 낮고 좁으며, 문과 길거리가 혼
잡하고 비좁아서 수용할 수 없는 형편이었으니, 실로 무용지물이
되고 말았던 것이다.⁴²

지금까지도 그 다리 이름을 '탁타교'라 하는데, 개성 유수부留守
府에서 3리쯤 떨어진 곳에 있다. 다리 곁에 돌을 세워 '탁타교橐駝
橋'라 새겼으나, 그곳 사람들은 탁타교라 부르지 않고 모두 '약대다
리若大多利'라 한다. 이는 사투리로서 약대若大는 탁타요, 다리多利
는 교량이다. 여기서 또 한 번 와전되어 '야다리野多利'라고 한다.

내 처음 중경(개성)에 놀러 갔을 때 탁타교를 물었으나, 어느 곳
에 있는지 아는 사람이 없었다.

아아, 심하도다. 방언方言이 뜻을 상실하였음이 이 지경이라
니.⁴³

甚矣 方言之無義也若是

이날 80리를 갔다.

42
"거란이 비록 무도한 나라라 할
지라도…"
낙타를 연민하는 양보화법으로
교묘하게 거란을 매도하고 있다.
"…무용지물이 되고 말았다."
'낙타(오랑캐) 죽이기'를 옹호하
는 또 하나의 거짓말이다.

43
주인공은 언어를 탓한다.
그러나 작가는 '말씀'을 탓한다.
아아, 심하도다. 바야흐로[方] 공
자님 말씀[言]이 정의[義]를 상실
하였음이 이 지경이라니.

唐承天命(당승천명)	당나라가 천명을 받들어
遂臣萬方(수신만방)	온 천하를 신하로 삼았으니
孰居近土(숙거근토)	누가 가까운 땅에 살면서
襲盜以狂(습도이광)	반란과 도둑질로 미쳐 날뛰랴.
往在玄宗(왕재현종)	지난날 현종 때에
崇極而圮(숭극이비)	숭崇이 극에 달하였다가 무너졌네.
河北悍驕(하북한교)	하북에서 사나운 역도들이 일어나고
河南附起(하남부기)	하남에선 이를 따라 반란을 일으키자
四聖不宥(사성불유)	네 선왕께선 용서치 않으시고 44
屢興師征(누흥사정)	여러 번 군사 일으켜 정벌하셨고
有不能克(유불능극)	다 평정하지 못한 경우엔
盆戍以兵(익수이병)	병졸로써 수비를 강화 하였네.
夫耕不食(부경불식)	남자들은 농사지어도 먹지 아니하고
婦織不裳(부직불상)	부인들은 길쌈하여도 입지 아니하며
輪之以車(수지이거)	그것들을 수레로 날려다가
爲卒賜糧(위졸사량)	병졸들의 군량으로 대어 주었네.

—한창려韓昌黎(한유)—

44
당나라 현종 다음의 숙종 대종
덕종 순종을 말한다.

당 태종(재위626~649)의 '깃털정치'는 6월 28일자 일기에 나타나 있다. 그 이후 6대 현종(712-756)에 이르러 당나라의 치세는 정점에 이르렀다. 그러나 안사(755년)의 난 이후 수십 년 이상 전쟁상태가 지속되었으니, 한유는 황제가 네 번이나 바뀌는 동안 군량미를 대느라 먹지 못하는 백성들을 한탄하고 있다. 작가는 한유의 시詩를 빌어 중화주의를 정리하고 있다. 우상숭배의 역사라고. 그것이 만리장성의 실체이며 '백곤의 총수'라는 고사로 백곤을 죽이면서 백곤을 계승한 우상을 우상화하는 모순의 역사다. 이제 어디로 갈 것인가? 만리상성이 없는 세상. 까마귀와 공작새들이 함께하는 마을을 찾아가야 할 것이다.

◇◇

인간의 재발견, 근대의 발견

8월 18일 갑자甲子.

맑다가 늦게 가랑비가 잠시 내리다 곧 그쳤다. 오후에는 큰 바람과 함께 천둥번개가 치며 소낙비가 쏟아졌다.

1 해 뜰 무렵 출발하여 차화장 사자교를 지나자 행궁이 있었다. 목가곡에 이르러 점심을 먹었다. 식사 후 곧 출발하여 석자령石子嶺을 지나 밀운에 이르자 종실 제왕諸王들과 보국공輔國公, 그리고 수천 명의 관원들이 뒤섞여 북경으로 돌아가는 행렬이 꼬리에 꼬리를 물고 이어졌다.

백하白河에 이르자 나루터에 모여든 사람들이 시끄럽게 다투는데, 한꺼번에 건너기가 어려우므로 바야흐로 부교浮橋를 만들고 있다. 배들은 대개 돌을 운반하는 것이었고 단지 한 척만이 사람이 타는 배였다. 앞서 이곳을 건널 때에는 군기대신이 나와 맞이하고 행재낭중은 호위하여 먼저 건너게 하고 환관들은 노정을 탐색하고 제독과 통관들은 기세당당하게 물가에서 채찍을 들어 지휘하는 것이 그야말로 산을 무너뜨리고 물을 메울 형세였다. 그러나 지금 연경으로 돌아가는 길에는 근신近臣들의 호위도 없거니와 황제 역시 한 마디 노면지유勞勉之諭(노고와 근면을 치하함)조차 없다. 아마도 사신들이 기꺼이 반선을 만나려 하지 않았던 탓일 것이니, 그리고 보면 '불승권여不承權輿'[45]의 탄식이 나올 만도 하다. 그들의 기색을 살펴보니, 갈 때와 올 때의 대우가 싹 달랐다. 저 백하白河는 지난 날 건넌 물이었으며, 저 모래 언덕은 지난 날 서 있었던 땅이었다. 제독의 손에 쥔 채찍이나 저 물 위에 떠 있는 배도 그때의 것이다. 그러나 제독은 입을 다물고 통관은 고개를 푹 숙였으니, 저 강산은 아무런 변함이 없건만 눈을 들어 보면 세태염량世態炎凉의 차이가 완연하다.[46]

46
청나라 관리들의 섭섭한 태도는 세태염량이 아니라 인과응보 내지 인지상정人之常情이라 할 것이다.

아, 슬프다. 대저 세勢를 믿기 어려움이 이런 것이구나. 세력이 있는 곳에는 미친 듯이 달려들지만, 눈 한번 깜짝할 사이에 시세가 변하고 일이 식어지면 의지할 곳도 기댈 곳도 사라져버린다. 마치 저 진흙에 빠진 소가 바다로 들어가듯이 잠기고 얼음산이 햇빛에 녹듯이 사라져가는 것이 천고의 도도한 이치이거늘, 어찌 슬픈 일이 아니겠는가.[47]

47
슬픈 일이 아니다. 연암은 세태염량이다 슬프다 하면서 부정적인 인간관·세계관으로 향하고 있다.

홀연 슬픈 구름이 사방을 덮으면서 바람과 우레가 크게 일었다. 비록 열하로 갈 때만큼 무섭지는 않지만, 갈 때나 올 때나 똑 같이 천둥번개가 치는 것은 매우 이상한 일이다. 천순天順 7년(1463) 밀운密雲과 회유현懷柔縣에 큰 비가 내려 백하의 물이 몇 길이나 불어나 밀운의 군기고軍機庫와 문서방文書房이 떠내려 간 일이 있다. 생각하건대 이곳은 옛 전쟁터라 눈이 먼 바람과 괴이한 비가 시도 때도 없이 발작하고 분노한 천둥번개가 괴로움과 원통함을 토해내는 것이리라.[48]

48
단순한 자연현상에 인간의 감정을 이입하여 억지 인과관계를 설정하고 있다. 음양오행설처럼. 그리하여 전쟁 때문에 오랑캐 때문에 하늘이 노했다. 라는 결론을 내리려는 것이다.

2 지나오는 물가 나루터마다 그들의 배는 그 제도가 제각각이

었다. 이곳 백하의 배는 우리나라 나루터에 있는 배와 같은데, 어떤 것은 여러 배의 허리를 톱으로 자른 노끈으로 묶어 하나의 배로 만든 것이 있었다. 이런 것이 하나만 있어도 괴이한 일이거늘, 셋이나 있음에랴.⁴⁹

글자를 만드는 방식으로는 상형象形이 가장 많다. 배 주舟 변에 붙여 도舠니 첩艓이니 작舴이니 항航이니 맹艋이니 정艇이니 함艦이니 몽艨이니 하는 따위가 모두 그 모양을 따라서 붙인 이름이다. 물건들은 모두 그렇게 이름을 붙인다.⁵⁰

우리나라에서는 작은 배는 걸오傑傲라 하고, 나룻배는 날오捏傲라 하고, 큰 배는 만장이漫藏伊라 하고, 곡식을 싣는 배는 송풍배松風排라고 한다. 또한 바다에 나갈 때는 당돌이唐突伊라 하고, 상류에 있을 때에는 물우배物遇排라 한다. 또 관서지방에서는 배를 마상이馬上伊라 일컫는다. 그 제도가 각기 다른데도, 오직 한 글자로 선船이라 한다. 또한 비록 도舠·첩艓·작舴·맹艋 등의 글자를 차용借用한 것들이 있지만, 그 이름들은 실물에 합당하지 않다.⁵¹

3 때마침 사오십 필의 기병이 회오리바람을 일으키며 달려오는데, 그 기세가 씩씩하고 용감하여 우리나라의 피로한 하인들과 쇠잔한 말들을 멸시하는 듯하다. 한 패거리가 우르르 배에 오르는데, 맨 꽁무니에서 달리는 기사 하나가 팔뚝에 푸른 매를 낀 채 채찍을 날려 단번에 배에 뛰어오르려다가 말 뒷발이 미끄러져 버렸다. 연달아 안장대와 매가 나부끼듯 물속으로 곤두박질쳤다. 한 번 떠밀리고 한 번 엎어졌다가 일어나려고 허우적거리는데, 엎치락뒤치락 하는 사이에 점점 기진맥진하여 하는 수 없이 잠시 물 속에 잠겼다가 이윽고 물 위로 솟아 지친 몸을 이끌고 배에 오른다.

49
제각각은 다양성이다. 묶는 것은 협력(결합)이다. 연암은 '더 큰 실체(entity)' 를 바라보지 못하고 있다.

50
舟만 상형문자일 뿐, 舟변에 다른 글자를 합하여 만든 나머지 글자들은 모두 회의문자다.

51
걸오 날오 만장이 송풍배. 얼마나 개성적인 이름인가. 또한 상형문자가 아닌 이상 배가 한자를 닮지 않은 것은 당연하다.

"자신을 과시하며 남을 업신여기
다가 …경계로 삼을 일이다."
'과시'와 '경계'는 연암 자신의
중화주의적 가치를 투사投射함
이다.
사천장군의 과시욕은 솔선수범
을 위한 존경욕구의 발로, 여기
서 깃털담론은 새로운 국면으로
접어들고 있다. 깃털은 타도의
대상이지만, 또한 건설(합일)의
주역이다.

53
부마장과 회유현은 사천장군 같
은 좋은 인재가 황제에게 충성한
다는 작가의 안타까움이다.

54
사천장군 같은 사람이 있기에 멋
진 기마대가 있고, 인간은 귀인처
럼 아름다울 수 있는 것이다. 전
제조건은 다양성과 실패에 대한
'관용'이다.

매는 마치 기름 항아리에 던져진 나방과 같고, 말은 오줌통에 빠진 쥐와 같았다. 말 탄 사람의 비단 옷과 화려한 채찍에서 물방울이 뚝뚝 떨어져 몸 둘 곳조차 없는 지경인데, 공연히 말을 채찍질하자 매만 더욱 놀라 날개를 퍼덕인다. 자신을 과시하며 남을 멸시하다가 금방 앙갚음을 받고 마는구나. 족히 경계로 삼을 일이로다.[52]

물을 건넌 뒤에 그 자를 따르는 기병에게 물었더니, 그 기병은 말 등에서 몸을 기울여 채찍으로써 진흙 위에다가 글씨를 써보였다.

"사천장군四川將軍입니다."

그 위인은 나이가 늙어서 그런지 아주 군세고 용맹해 보이지는 않았다. 부마장駙馬莊에 도착하여 숙소에 들었다. 객점은 성 밑에 있는데, 성은 곧 회유현懷柔縣이다.[53]

밤에 문을 나와서 편안하게 배회하였다. 때마침 20~30명 혹은 4백여 명의 기마들이 단체를 이루어 달리는데, 한 대열마다 등불 하나가 앞을 인도한다.[54] 그들은 모두 귀인貴人인 듯싶다. 수레와 말소리가 밤새 끊이지 않았다.

이날 모두 65리를 갔다.

극기복례—서산에 걸린 공자의 그림자

8월 19일 을축乙丑.

개었다. 간혹 비가 뿌리더니 늦게 더욱 맑아져 날씨가 몹시 뜨거웠다.

새벽에 회유현을 떠나 남석교에 이르러 점심을 먹었다. 처음으로 감柿枾을 맛보았는데, 그 모양이 사각형이며 받침대가 있는 것이 우리나라의 반시盤柿와 비슷하며, 달고 연하고 물기가 많았다. 감은 소주 반산盤山에서 많이 나는데, 온 산에 널려 있는 것이 모두 감과 배, 대추와 밤이다.[55]

임구林溝를 지나 청하淸河에 이르러서 숙소에 들었다. 이곳은 한길이어서 열하로 갈 때의 길이 아님을 알겠다. 한 사당에 들어갔더니 강희 황제가 쓴 금빛 편액이 걸렸는데, 편액에는 '좌성우불左聖右佛'이라 쓰여 있다. 좌성이라 함은 곧 관운장을 말함이니, 좌우의 주련柱聯에는 그의 도덕과 학문을 성대히 기술하였다. 대개 중국인들이 관공을 숭배한 것은 명明나라 초기부터인데, 그의 이름을 부르는 것조차 금기시하여 패관기서에서조차 모두 관모關某라 칭한다. 그리하여 명청明淸교체기 즈음에는 공이부첩公移簿牒[56]에서

55
7월 30일자 일기의 반산은 그들만의 밥그릇이었다. 이제 잃어버린 밥그릇을 찾아야 할 것이다.

56
공이부첩公移簿牒: 관공서의 문서와 장부

도 관성關聖 또는 관부자關夫子로 칭하기에 이르렀으니, 그 잘못되고 비루한 인습因襲을 답습하여 천하의 사대부들이 모두 그를 학문하는 이로 높여 왔던 것이다.

이른바 학문學問이란 무엇인가?

깊이 생각하고, 명확하게 변증辨證하고, 상세히 묻고, 널리 배우는 것이다. 덕성德性을 부질없이 존숭하는 것으로서는 부족하며, 학學을 물음[問]으로서 '다시' 도道를 찾아가는 것이다.[57]

慎思明辨審問博學也 德性不足以徒尊 則乃復道之以問學

옛날 하우씨夏禹氏는 아름다운 이야기에 절하고 촌음寸陰을 아꼈으며 안자顔子는 잘못을 반복하지 않고 분노를 남에게 옮기지 않았다. 그런데도 논자들은 그 두 사람의 마음을 '거칠다'고 평하였으니, 그들이 학문의 지극한 경지에 이르렀지만 마음에 조그마한 객기客氣가 남아 있었기 때문이다. 이러한 객기客氣를 완전히 제거하기 위해서는 필수적으로 '극기복례克己復禮'를 사용해야 한다. '기己'라는 것은 인간의 욕망으로서 이미 사私인 것이다. 그러므로 만일 터럭 하나라도 '기己'에 연루되어 있다면, 성인은 반드시 그것을 마치 원수나 도적으로 간주하여 기어코 잘라내고 깎아내어 죽여 없애버리려 하였다.

『서경書經』에 이르기를 "상나라와 싸워서 반드시 이겨야 한다.[戎商必克]"이라 하였다. 『주역周易』은 "고종이 귀방을 정벌하여 3년 만에 이겼다.[高宗伐鬼方 三年克之]"라 하였으니, 3년의 전란을 치르면서까지 반드시 이기고 말겠다는 것은, 진정 싸움을 이기지 못하면 나라가 나라 구실을 하지 못하기 때문이다.[58]

자기를 이긴 연후에야 비로소 예禮가 시작되는 것이니, 어떻게

57
변증법적인 접근이다.
정正: 덕德을 존숭한다.
반反: 학學을 묻는다.
합습: 새로운 도道를 찾아간다.
열하일기는 학學을 묻는 타도의 서사이며, 새로운 도道를 찾아가는 건설의 서사다.

58
이상 '극기克己' 비판. 공자의 극기는 결국 극타克他였다.

338
환연도중록 | 귀로에서 바라본 석양 & 무지개

복復을 수행할 것인가. 복復이라는 말은 터럭 한 올이라도 미진한 것이 없다는 말이다. 해와 달이 일식日蝕 또는 월식月蝕 상태에 있다가 원래의 둥근 상태로 돌아가는 것이나, 잃어버린 물건을 되찾았을 때 그 무게가 조금도 감소하지 않는 것과도 같은 것이다. 만약 3달덕達德이 아니라면 능히 이러한 학문을 이루지 못할 것이다. 비록 관공關公의 의義와 용勇이야말로 극기를 기다릴 필요도 없이 이미 예禮로 돌아온 경지에 있었겠지만, 지금 공을 학문한 사람으로 칭하는 것은 공이 『춘추春秋』에 밝았던 까닭이리라. 공은 일찍이 오吳·위魏의 참적僭賊을 엄격히 배격했던 즉, 그렇다면 어찌 망령되게 높여 준 '제帝'라는 칭호를 거리낌 없이 받아들일 수 있을 것인가. 그의 영혼이 천추에 살아 있다면 반드시 이런 따위의 명분에 어긋난 일을 받아들이지 않을 것이요, 만일 그의 영혼이 이미 사라졌다면 이렇게 아첨해 본들 무엇이 유익하리오.[59]

59
이상 '복례復禮' 비판이다. 공자는 '춘추'를 가르쳤고, 관우는 '춘추'를 실천하였다. 춘추란 무엇인가? 맹신이다.

오경박사는 성현의 뒤를 물려받았다 하여 동야씨 공씨 안씨 증씨 맹씨 등은 모두 성聖의 후예니 현賢의 후예니 칭한다. 그러나 관씨關氏와 박사博士 역시 성인의 후예라 하여 동야씨·공씨 사이에 놓는다는 것은 어불성설이다. 뿐만 아니라 저 운남성의 문묘文廟에는 왕희지王羲之를 주사主祀로 모셨으니, 그를 서성書聖이니 필종筆宗이니 하여 존숭함은 그야말로 아이러니가 아닐 수 없다.

성인의 도道가 더욱 멀어지고 오랑캐들이 바꾸어 가며 중국의 임금이 되어 제각각의 방법으로 천하를 교란시켜 정학正學이 아득한 것이 허리띠처럼 끊어지지 않을 뿐인즉, 어찌 알겠는가. 천년 후에는 저 『수호전水滸傳』이 역사책으로 둔갑해 있을지.

누군가 이렇게 말했다.

"남만南蠻·북적北狄이 줄곧 중국의 임금 노릇을 한다면, 왕우군王右軍을 문묘에 주사主祀함도 가능할 것이며, 『수호전』을 정사正史로 삼는다 하더라도 이상한 일이 아닙니다. 비록 공孔·안顔을 내쫓아 버리고 석가釋迦를 모신다 해도 나는 아무런 유감이 없을 거요."

서로 한바탕 크게 웃고 일어섰다.[60]

연경으로 돌아가는 관원들이 이곳에 이르자 더욱 늘어났다. 열하로 달리는 빈 수레들은 밤낮없이 이어졌다. 마부나 역군들 중에 일찍이 서산西山에 가 보았다는 자가 멀리 서남쪽 일대의 돌산을 가리키며 말한다.

"저게 바로 서산이지."[61]

구름 속에 출몰하는 백천百千의 봉우리들이 보일락 말락 하고 산 위에는 백탑이 뾰족하게 구름 사이로 솟아오른 풍경이, 병풍 속 봉오리들이 비취빛 물방울을 떨어뜨리듯 그림 속의 산 봉오리가 푸른빛을 두른 듯하다. 그 두 사람이 서로 수작하는 이야기가 들려왔다.

"저 수정궁水晶宮·봉황대鳳凰臺·황학루黃鶴樓 등에 붙어 있는 그림이 모두 저 풍경을 모방해서 만든 것이야. 강 남쪽에 넓은 호수湖水가 열리고 그 가운데 흰 돌을 깎아 다리를 만들었지. 수기繡綺니 어대魚帒니 십칠공十七空이니 하는 다리들이 모두 폭은 수십 보이고 길이는 백여 길인데, 굼틀굼틀 무지개처럼 드러누운 듯하고, 좌우에는 돌난간을 둘렀는데 용 모양의 배가 비단 돛을 달고 그 다리 밑을 오고간다네. 40리나 떨어진 곳에서 물을 끌어다가 호수를 만들고, 돌구멍으로 샘물을 뿜어내게 하여 옥천玉泉이라고

60
중화주의의 역설이다. 중화주의는 지독한 차별주의임에도 불구하고 결국 누가 왕이 되었건 누가 성인 노릇을 하건 무조건 충성하는 것이 춘추대의라는 기가 막힌 역설이다.

61
중화주의의 종말을 우회적으로 선언하고 있다.

부르지. 황제는 강남江南에 거둥할 때나 또는 막북漠北에 주필駐蹕할 때면 반드시 이곳에 와서 이 샘물을 마신다네. 이 샘의 물맛이 천하의 일품이라 연경팔경 중에서도 옥천수홍玉泉垂紅이 그 첫째라 한다네." 62

마부 취만翠萬은 이미 다섯 차례나 갔고 역졸 산이山伊는 두 번을 구경하였다 하기에, 이 둘과 함께 서산을 유람하기로 약속하였다.

62
호수를 만들고 무지개다리를 만들고 돌구멍으로 물을 뿜어 옥천(하늘 연못)을 만든다. 그들은 그렇게 하늘을 만들어, 하늘의 뜻을 빙자하여 인간을 지배하였다. 이것이 중화주의다.

의기투합―시정잡배들의 新호접몽

8월 20일 병인丙寅.

개다.

새벽에 잠깐 비가 뿌리다 곧 그쳤다. 약간 서늘했다.

1 해 뜰 무렵 떠나 20여 리를 가서 덕승문德勝門에 이르렀다. 문의 제도는 조양문朝陽門·정양문正陽門과 같으며, 황성에 있는 아홉 개의 문이 모두 같다. 땅바닥이 심하게 진창이 되어서 그 가운데에 한 번 빠진다면 빠져나오기가 어려울 것 같다. 양 수천 마리가 길을 가득히 메우고 가는데, 오직 몇 명의 목동이 몰고 갔다.[63]

2 덕승문은 원元의 건덕문建德門이다. 명明나라 홍무洪武 원년(1368)에 대장군 서달徐達이 지금의 이름으로 고쳤다 한다. 문 밖 8리 떨어진 곳에 토성土城의 옛 터가 있는데, 이것이 원대에 쌓았던 것이다. 정통正統 14년(1449) 10월 기미己未일에 먀선乜先이 상황上皇을 받들어 토성에 올랐다. 통정사참의通政司參議 왕복王復을 좌통정左通政으로 삼고, 중서사인中書舍人 조영趙榮을 태상시소경太常寺少卿으로 삼아 토성에 나와 상황上皇을 알현하였는데, 그 토성이 바로 이곳이다.

63
저 목동에게 양을 위임하라.

환연도중록 | 귀로에서 바라본 석양 & 무지개

『명사明史』는 다음과 같이 기록하고 있다.

「먀선이 상황을 끼고 자형관紫荊關을 깨뜨리고 곧바로 들어가 경사京師(수도)를 엿보았다. 병부상서 우겸于謙은 석형石亨과 함께 부총병 범광무范廣武를 거느리고 덕승문 밖에 진을 치고 먀선과 대치하였다.[64] 병부의 사무는 시랑侍郎 오녕吳寧에게 맡기고 모든 성문을 닫아걸고 몸소 전투를 독려하여 령슈을 내렸다.

"싸움에 임하여 군졸을 돌보지 않고 먼저 물러서는 장수가 있다면 그 장수를 벨 것이요, 장수를 돌보지 않고 먼저 물러서는 병사가 있다면 후대後隊가 전대前隊를 죽일 것이다."

이에 장병들은 각자 반드시 죽을 것을 각오하고 모두 명령을 따랐다. 경신庚申일에 적군이 덕승문을 염탐하기에 우겸은 석형石亨에게 명하여 빈 집에 군사를 매복하게 하고 기병 몇 명에게 시켜 적을 유인하게 하였다. 적이 기병 1만 명을 거느리고 들어오자 복병이 일어나 먀선의 아우 발라孛羅가 포탄에 맞아 죽었다. 서로 대치한 지 닷새 동안 먀선이 집적거렸으나 응하지 않았다. 싸움이 더욱 불리해지자 강화를 청하였으나 응해주지 않아 뜻을 이루지 못하자 먀선은 상황上皇을 옹위하여 북쪽으로 떠났다.」[65]

지금 덕승문 문 밖의 여염이나 시전은 번창하고 화려한 것이 정양문 밖과 다름없다. 태평성대가 오래 지속되어 이르는 모든 곳마다 이렇게 번창하였다.

2 서관에서 묵었던 역관·비장과 하인들이 모두 길 왼쪽에서 대기하다가 말에서 내려 다투어 달려와 손을 잡으며 그간의 노고를 위로한다. 유독 내원이 보이지 않는데, 그는 멀리 나와 맞이하기 위하여 홀로 먼저 밥을 먹고 착오로 동직문으로 출발한 바람에 서

64
'구외이문'을 돌이켜보자. 우겸于謙은 명나라 영종(정통제)이 몽고족에게 붙잡히자 새 황제(경태제)를 옹립하여 황도를 방어한 인물. 후에 몽고가 영종을 석방함으로써 복위한 영종(천순제)은 우겸을 대역죄로 처형하였다. 오늘 이야기는 우겸이 경태제를 옹립하여 몽고와 대항할 때의 이야기다.

65
2문단은 리더십이다. 전통적인 중화주의는 '인부지이불온'형 군신관계였다. 청나라의 신중화는 상호주의. 그러나 그것은 군주와 사대부의 강력한 담합으로서 개혁이 아니라 개악이다. 우겸의 리더십은 장수와 군졸의 상호주의. 연암의 주장은 군주와 백성의 상호주의다.

로 길이 엇갈렸다고 한다. 창대가 장복을 보더니, 그 동안 헤어져 쓸쓸하게 지낸 고통은 묻지도 않고 대뜸 말한다.

"너에게 줄 별상은別賞銀을 갖고 왔단다."

장복 역시 노고를 묻지 않고 미소 띤 얼굴로 손바닥을 움켜쥐며 물었다.

"상금으로 받은 돈이 몇 냥이냐?"

"천 냥이야, 당연히 너랑 반분해야지."

"넌, 황제를 보았니?"

"보고말고. 황제 말이야, 눈은 호랑이같이 생겼고 코는 화로 같고, 옷을 벗은 채 발가숭이로 앉아 있더군."

"황제가 머리에 쓴 것은 무엇이더냐?"

"황금 투구를 썼지. 그리고 나를 부르더니 커다란 잔에 술을 부어주며 '넌 서방님을 잘 모시고 험한 길을 마다 않고 왔다니 참으로 기특하구나.' 그러시더라고. 그리고 상사님은 일품각로 부사님은 병부상서로 높여 주셨지."

창대의 말은 황당한 말이 아닌 것이 없었지만, 비단 장복만 속은 게 아니라 하인들 중에 제법 사리를 안다는 자들까지 믿지 않는 사람이 없었다.[66]

3 변군과 조판사가 와서 매우 환영하였다. 서로 이끌어 길 옆 주루酒樓에 들어가는데, 파란 깃발에 쓴 글씨가 나부낀다.

서로 만나 의기투합하매 그대와 한잔하려고
말을 매고 수양버들가 높은 누각에 오르네.[67]

相逢意氣爲君飮　繫馬高樓垂柳邊

지금 수양버들에 말을 매고 높은 누각에 올라 술을 마시매, 고인의 작시作詩가 눈앞의 일을 집어낸 것에 불과하면서도 참된 뜻을 완연히 담아냈음을 알겠다.

5 누각은 아래위 모두 40여 칸인데, 아로새긴 난간과 그림 같은 기둥에 금빛과 푸른빛 단청이 휘황하게 빛난다. 분벽粉壁과 사창紗窓은 아득하여 마치 신선이 사는 집 같았다. 좌우에는 고금의 법서法書와 명화名畵가 많이 진열되어 있고, 또 술자리에서 읊은 아름다운 시구가 많이 붙어 있었다. 이는 대개 조신朝臣들이 공무를 끝내고 돌아오는 길에 해내의 명사들과 함께 석양에 모여들어 수레와 말들을 구름처럼 벌여놓고 술잔을 입에 물고 읊은 시詩들이다. 글씨를 평하고 그림을 논하면서 마침내 밤이 새도록 다투어 아름다운 싯구와 글씨와 그림들을 남긴다. 하루하루가 여차하니, 어제 남긴 것이 오늘 다 팔리곤 한다. 이런 술집을 알아주고 부러워하므로 술집들은 서로 다투어 의자·탁자·그릇·감상품 등을 사치하게 진열하고, 온갖 화초를 무성하게 장식하여 시상을 떠올리기 위한 볼거리를 제공한다. 뿐만 아니라 좋은 먹과 아름다운 종이, 보배로운 벼루, 부드러운 붓들을 빠짐없이 술집 가운데에 갖추어 놓는다.

옛날 양무구楊無咎가 어떤 기생집에 놀다가 조그만 바람벽에 절지매折枝梅 한 폭을 그려서 붙여놓았다. 그러자 왕래하는 사대부들이 이 그림을 보고자 몰려들었으므로, 그 기생집은 최고로 번성하였다. 그러나 그 후 누군가 이 그림을 훔쳐가 버렸고 그 다음에는 찾아드는 수레와 말이 점차 줄어들었다고 한다.

장일인張逸人은 일찍이 최씨崔氏의 주막 술독에 다음과 같은 시

詩를 적었다.

> 무릉성 깊숙한 곳 최씨 집 좋은 술
> 인간 세상에 없으니 하늘 위에나 있겠지.
> 구름 위를 노니는 도사가 한 말 마시더니
> 흰 구름 깊은 저 골짜기에 취하여 누웠더라.
>
> 武陵城裏崔家酒　　地上應無天上有
>
> 雲遊道士飮一斗　　醉臥白雲深洞口

68
세 개의 술집들의 깃털마케팅을 유효적절하다. 그러나 사회적 관점에서 그것은 중화주의와 같은 경계(편견)만들기다.

이후 이 술을 사려는 손님이 더욱 많아졌다고 한다.[68]

대략 중국의 명망 있는 사대부들은 기생집이나 술집에 출입하는 것을 꺼리지 않았으므로, 〈여씨가훈呂氏家訓〉에서는 다방과 술집에 드나드는 것을 경계하였다.

우리나라 사람들이 술 마시는 습관은 천하에 없을 정도로 지독하지만, 소위 술집이라고 하는 것들은 모두 깨진 항아리 같은 오두막에다가 문짝이라고는 널빤지를 새끼줄로 지도리에 얽어맨 꼴이다. 길가에 소각문을 내고 거적대기를 새끼줄로 묶어서 주렴으로 삼아 쳇바퀴를 등롱燈籠이랍시고 달아놓은 집은 반드시 술집이다. 시인詩人들은 흔히 청렴靑帘(푸른 주렴) 운운하는데 이는 모두 사실이 아니다. 나는 여태까지 큰 장대에 달아 놓은 술집 깃발이 지붕 위로 나부끼는 것을 본 적이 없다.[69]

69
중국 술집의 고아한 운치에 매료된 연암은 조선의 '소박한 술집'을 뭉개버린다. 그러나 소각문과 주렴 등은 또 다른 독특한 멋이 아닌가.

그러나 그들의 술 배는 너무나 커서 반드시 커다란 사발에 술을 따라 이맛살을 찌푸리며 한꺼번에 들이키곤 한다. 이는 술을 들이붓는 것이지, 마시는 게 아니다. 배를 불리는 것이지, 아취를 즐기는 게 아니다. 그러므로 한 번 마셨다 하면 반드시 취하게 되고,

취하면 언제나 주정을 하게 되고, 주정을 하면 언제나 치고받고 싸워서, 술집 항아리와 사발들을 남김없이 깨뜨려 버린다. 이른바 '풍류문아지회風流文雅之會'라는 것이 어떻게 생겨먹은 것인지 알 턱이 없다. 뿐만 아니라 도리어 풍류風流니 문아文雅니 하는 것들이 구복의 만족을 채우는데 소용이 없다고 비웃는다. 그러니 이런 중국의 술집을 압록강 동쪽에 옮겨놓는다 한들 하루저녁을 넘기지 못하고 그 고아한 그릇들은 죄다 박살이 날 것이고, 아름다운 화초들은 꺾이고 짓밟혀 버릴 것이다. 참으로 애석한 일이다.[70]

6 이주민李朱民은 풍류·문아를 지닌 선비로서 평생 중화를 연모하기를 굶주리고 목마른 사람처럼 하였지만, 유독 상정觴政에 있어서는 중국의 옛 법을 기꺼이 따르지 않아 술잔의 대소大小나 술의 청탁淸濁을 가리지 않고, 술잔이 손에 닿으면 곧 뒤집어 입에다가 원샷으로 털어놓곤 한다. 친구들은 이를 '복주覆酒'라 부르며 '아학雅謔'으로 삼곤 하였다. 이번 여행에 그 친구도 반당 자격으로 같이 오기로 되어 있었는데, 누군가 "술주정이 심하여 가까이할 수 없는 사람"이라고 고자질하는 바람에 함께 오지 못하였다. 그러나 나는 그와 함께 10년 동안을 마셨으되, 얼굴이 단풍 빛으로 물들거나 입으로 감을 토하는 것을 한 번 본 적이 없다. 오히려 마실수록 더욱 씩씩해지고, 다만 그의 술 털어 넣는 버릇이 자그만 허물일 뿐이다. 주민은 늘 저뢰抵賴[변명하며 신문訊問에 복종하지 않음]하는 뜻으로 이렇게 말했다.

"옛날 두자미杜子美도 술을 털어 넣었다오. 그의 시詩에 이르기를 '아이야. 이리 오너라. 손바닥 속의 술잔을 털어 넣어다오.呼兒且覆掌中杯'[71] 라고 하였으니, 입을 벌리고 누워 아이로 하여금 술을

710
연암의 깃털은 오직 '풍류문아지회風流文雅之會' 뿐이다. 이제 깃털을 바꾸어야 할 것이다.

71
두보杜甫의 '소지小至' 를 보라. 岸容待臘將舒柳[안용대랍장서류]山意衝寒欲放梅[산의충한욕방매]雲物不殊鄕國異[운물불수향국이]敎兒且覆掌中杯[교아차복장중배] 강 언덕은 버들가지 움틔우려 섣달을 기다리고/산은 추위를 뚫고 매화를 피우려 하네./자연은 향鄕과 국國의 차이를 두지 않건만/가르치는 아이(선생)는 구차하게 손바닥 안의 술잔을 비호하는구나.
문제는 4행이다. 주인공 연암은 통론에 따라 '술잔을 털어 넣어다오' 라고 해석하고 있다. 그러나 두보의 시는 기만의 교육에 대한 비판이다. 버들과 매화처럼 다양한 모습으로 피어나지 못하게 하는 죽음의 교육 말이다. 그 노예학교에서 탄생하는 것이 연암의 편견(풍류문아지회)이며, 그로 인한 희생양이 이주민이다.
시詩의 영역에서의 깃털의 반전이다. 이태백의 풍류에서 두보의 '인간' 으로. 인간의 편에서 재주를 부려라.

입에다 털어 넣는 게 아니겠는가."

온 자리에 모인 사람들이 배꼽이 빠지게 웃었다. 지금 만리타향에서 홀연히 옛 사람이 떠오른다. 어찌 알겠는가. 주민이 지금 이 시각에 어느 술집 어느 자리에 앉아서 왼손으로써 술잔을 움켜쥐고 이 만리타향을 유람하는 나그네를 생각하고 있는 것은 아닐런지.

7 갈 때에 들렀던 숙소로 돌아왔다. 바람벽에 붙었던 몇 폭의 주련柱聯과 좌우에 놓여 있던 생황笙簧·철금鐵琴 등이 모두 무양無恙하게 남아 있으니, '문득 병주를 바라보니 그 곳이 바로 나의 고향이요[却望幷州是故鄕].' ⁷² 라는 옛 시詩가 바로 지금의 내 심정을 말함일 것이다.

저녁 식사가 끝난 뒤 주부主簿 조명위가 자기 방에 기이한 노리개들을 진설하여 놓았다며 부르기에 나는 곧 그의 방으로 가 보았다. 문 앞에 화초 십여 분盆을 진열하였는데, 모두 이름을 모르는 것들이다. 흰 유리 항아리는 높이가 두 자가 됨직하다. 침향沈香으로 만든 가산假山 역시 높이 두 자쯤 되어 보인다. 석웅황石雄黃으로 만든 필산筆山의 높이는 한 자 넘고, 또 청강석靑剛石 필산도 있다. 대추나무 뿌리는 자연적으로 괴강성魁罡星 무늬가 그려져서 그것을 오목烏木으로 삼아 밑받침을 만들었는데 값은 화은花銀 30냥이라 한다.⁷³ 또 기서奇書 수 십 종이 있는데, 『지부족재총서知不足齋叢書』와 『격치경원格致鏡源』 등은 모두 값이 어마어마하다.

조군趙君은 20여 차례나 연행燕行을 하였으므로, 북경이 제집처럼 되었고, 또 한어漢語에 매우 익숙하고 물건을 매매할 때에도 심하게 에누리를 하지 않는 까닭에 단골손님이 많다. 손님들은 으레 그가 거처하는 방에 값비싼 물건들을 진열하여 청상淸賞(좋은 볼거

72
병주幷州는 흥주＋봉주. 그러면 연암은 '아취'에 매혹되어 잃어버린 막걸리 한 사발의 미학을 회복할 것인가?

73
흑단黑檀의 중심에 있는 검은 색 목재로써 문갑 등의 재료로 사용된다. 다양성내지 개성의 가치를 표현하는 대목이다.

리)을 제공한다. 그러던 차에 지난 어느 해 창성위昌城尉 황인점黃仁點)이 정사로 사신을 왔을 때였다. 건어호동乾魚衚衕에 있는 조선관朝鮮館에 화재가 나서 대상인들이 들여놓았던 물화들이 모두 불에 타버렸다. 조군의 방이 더욱 피해가 막심하였는데, 매매용 물건을 제외하고도 무릇 회록回祿(화재를 주관하는 신)을 만난 것들이 모두 희귀하고 기이한 골동과 서책들이어서 돈으로 계산하면 화은花銀 3천 냥에 이른다. 그것들은 모두 융복사隆福寺와 유리창琉璃廠의 물건으로 여러 단골손님들이 빌려서 진열한 것인즉, 그들은 보상을 요구하지 않았다. 그리고 또한 이 일로써 계戒를 삼지도 않았으니, 지금 그들이 빌려 진열하여 예전과 다름없이 마음과 눈을 즐겁게 한다. 대국의 풍속이 악착齷齪같지 않음이 이와 같은 것이다.[74]

8 밤에 서관에 묵었다. 여러 역관이 모두 내 방에 모여들었다. 약간의 주찬酒饌이 있었으나, 행역行役의 고단함 때문인지 전혀 입맛이 당기지 않았다. 여러 사람들이 모두 내 봇짐을 흘겨보는데, 아마 그 속에 무엇이 들었는지 궁금한 모양이다. 나는 창대를 시켜 보따리를 끌러서 속속들이 헤쳐 보게 했으나, 특별한 물건이 없고 다만 갖고 왔던 붓과 벼루가 있을 뿐이다. 그들에게 두툼하게 보였던 것은 모두 필담筆談·호초胡草와 유람일기遊覽日記였다. 그제야 여러 사람이 모두 석연하게 턱을 풀면서 말했다.

"난 정말 이상하더라고. 갈 때는 아무것도 없었는데, 돌아올 때는 어찌 그렇게 보따리가 부풀었는지."

장복 역시 몹시 섭섭한 표정을 지으며 창대에게 물었다.

"특별상금[別賞銀]은 도대체 어디 있는 거야?"[75]

[74]
작가는 18일자 '관용'에서 위임과 유한책임의 원리를 끌어내고 있다.
"시장에서는 화합을 볼 수 있고, 우물에서는 질서를 볼 수 있습니다. 서로의 물건을 비교해보고 두 사람의 뜻이 맞으면 거래하는 것이 시장의 도리이고, 물동이를 들고 차례를 기다리는 것이 우물가의 도리입니다."(「망양록」에서)
연암은 아담 스미스가 〈국부론(17776년)〉에서 제시한 '공명정대한 관찰자'를 시장과 우물가에서 찾아내고 있다. 화합과 질서의 유전자가 있는 것이 인간이라면, 목동의 사명과 유한책임에 의해서 새로운 인간사회를 설계할 수 있으리라.

[75]
이제 연암은 보따리를 풀 것이다. 인간다운 세상을 열망하는 백성들을 위한 근대의 보따리를 말이다.

熱河日記

金蓼小抄

제15장

금료소초
약방문으로 위장한 조선처방전

서序: 인간사회의 두 가지 병病

금료소초金蓼小抄 서序.

우리 조선의 의방醫方은 그다지 해박하지 못하고 약 재료도 변변치 못하여, 모두 중국의 것을 수입해다 쓰면서 항시 그것이 진짜인지 아닌지를 걱정해야 하였다. 해박하지 못한 의방으로 처방한 가짜 약을 쓰고 있으니, 병이 제대로 나을 리가 없는 것이다.

내가 열하에 있을 때에 대리시경 윤가전에게 물었다.

"근세 의서醫書들 중에 새로 나온 경험방經驗方으로 사서 갈 만한 책이 있습니까?"

윤경尹卿이 대답하였다.

"근세 일본에서 출판한 〈소아경험방小兒經驗方〉이 가장 좋은 책인데, 이 책은 서남쪽 바다에 있는 하란원荷蘭院에서 나온 것입니다. 또 〈서양수로방西洋收露方〉이란 책이 극히 정미하다고 하여 시험해 보았더니 그다지 효력이 없더군요. 대략 사방의 기후와 풍토가 각기 다르고, 옛날과 지금 사람들의 기품과 성질이 다른 까닭입니다. '방方'에만 따라서 약을 처방한다는 것은, '싸울 전戰'자도 모르는 조괄趙括[01]이 병법을 논하는 것과 무엇이 다르겠습니까.

[01]
조괄:전국시대 조나라 장군. 그의 아버지 조사趙奢는 자기 아들이 장수가 되면 조나라를 망칠 것이라 하였다.

바른 책을 추린다면, 〈금릉쇄사金陵瑣事〉에 역시 근세의 경험들을 많이 수록하였고, 또 〈요주만록蓼洲漫錄〉이란 책도 있습니다. 또 〈초비초목주苕翁草木注〉〈귤옹초사략橘翁草史略〉〈한계태교寒溪胎教〉〈영추외경靈樞外經〉〈금석동이고金石同異考〉〈기백후청岐伯侯鯖〉〈의학감주醫學紺珠〉〈백화정영百華精英〉〈소아진치방小兒診治方〉 등은 모두 근세의 저명한 학자들이 지은 책이어서 북경 책방에 가면 모두 있을 것입니다."

나는 연경으로 돌아와 〈하란소아방荷蘭小兒方〉과 〈서양수로방西洋收露方〉을 구해 보았으나 하나도 얻지 못하였다. 여타의 책들도 누군가는 월粵에 각본刻本이 있다고 말하지만, 책방들은 모두 그 제목조차 몰랐다. 우연히 〈향조필기香祖筆記〉를 들추다가 그 중에서 〈금릉쇄사金陵瑣事〉와 〈요주만록蓼洲漫錄〉의 기록을 발견하였다. 그 원서元書는 꼭 의방醫方에 관한 것만은 아니었으며, 이상貽上[〈향조필기香祖筆記〉]의 저자 황사정의 자의 소록은 모두 경험에서 근거한 것이었다. 나는 수십 가지 법칙을 발췌하고, 기타 지誌의 기록들과 '필기'에 실린 고방잡록古方雜錄을 함께 묶어서 이름을 붙여 가로되 〈금릉쇄사〉의 금金자와 〈요주만록〉의 요蓼자를 합하여 '금료소초金蓼小抄'라 하였다.

내 산중에는 의방이 없으며, 약료도 없다. 무릇 이질[痢]이나 학질[瘧] 02이라도 걸리면 내키는 대로 치료를 한다. 그 중 우연히 적중하는 것도 있기에 역시 이 글 아래에 부록으로 붙여 산거山居를 위한 경험방經驗方 03으로 삼고자 한다.

연암씨燕巖氏 쓰다.

02
이痢와 학瘧은 이질과 학질을 말한다. 병질엄广 속에 있는 利와 虐 자체를 주목하라. 세상에는 두 가지 병이 있다. 생존욕구[利]의 병과 지배욕망[虐]의 병이다.

03
산山은 인간세상이며, 물水은 학문과 법도. '산거를 위한 경험방'은 인간세상을 위한 경험철학이다.

吾東醫方未博 藥料不廣 率皆資之中國 常患非眞 以未博之醫命 非眞之藥 宜其病之不效也

余在漠北 問大理尹卿嘉銓曰 近世醫書中 新有經驗方 可以購去者乎 尹卿曰 近世和國所刻小兒經驗方 最佳 此出西南海中荷蘭院 又西洋收露方極精 然試之多不效 大約四方風氣各異 古今人稟質不同 循方診藥 又何異趙括之談兵乎 正績金陵瑣事 亦多錄入 近世經驗 又有蓼洲漫錄 又苕翡草木注 橘翁草史略 寒溪胎敎 靈樞外經 金石同異考岐伯侯鯖醫學紺珠 百華精英 小兒診治方 俱近世扁倉所錄 京師書肆中 俱可有之

余旣還燕 求荷蘭小兒方及西洋收露方 俱不得 其他諸書 或有粵中刻本云 書肆中俱不識名目 偶閱香祖筆記 得其所錄 金陵瑣事及蓼洲漫錄其元書 未必皆醫方 而貽上所錄 俱係經驗 余故拈其數十則錄之 餘外誌記及古方雜錄之載筆記中者 倂爲抄錄 目之曰金蓼小抄

余山中無醫方 倂無藥料 凡遇痢瘧 率以臆治 而亦時偶中 則今倂錄于下以補之 爲山居經驗方 燕巖氏題

본문: '욕망-학문-법도-질병-치유'의 원리

〈물류상감지物類相感志〉에 이르기를,

"산행山行에서 길을 잃을 염려가 있을 때는, 향충蟊虫 1목牧을 손에 쥐고 가면 길을 잃지 않는다." 04 하였다.

物類相感志 山行慮迷 握蟊虫一枚于手中 則不迷矣

〈유환기문遊宦紀聞〉에는 다음과 같은 기록이 있다.

정사수程沙隨가 '신허요통腎虛腰痛'을 다스리는 처방을 기록하였는데, 두충주杜冲酒를 침투시켜 임금[乾, 건룡]을 불에 구워서 빻아 체질하여 가루로 만들어 무회주無灰酒에 타서 마셨다.05

記程沙隨 治腎虛腰痛 杜冲酒浸透 灸乾搗羅爲末 無灰酒調下

또한 '식생냉심비통食生冷心脾痛'을 다스린 기록이 있는데, 케케묵은 주유朱臾[茱萸의 파자, 주자를 떠받드는 선비들] 5~60개를 물 한 잔에 달여서 찌꺼기는 버리고 즙을 취하여 평위산平胃散 3돈쭝을 넣어서 다시 달여 뜨겁게 복용한다.06

又記治食生冷心脾痛 用陳茱萸五六十粒 水一盞煎 取汁去滓 入平胃散三錢 再煎熱服

04
총론적인 선언이다.
蟊은 제사, 蟊虫은 제사장으로서 인간을 좀먹는 벌레들이다.

05
신허요통: 신장이 허하고, 허리가 쑤시는 증상. 그러나 문맥상 『주례周禮』의 3대1 법칙으로 인한 섹스 결핍증. 병을 치료하기 위해서는 왕(건룡)을 죽여라.

06
식생냉심비통: 날 것과 찬 것을 먹어서 생기는 병. 그러나 여기서는 사람을 잡아먹는 비정한 병. 신허요통이 피지배계급의 병이라면 식생냉심비통은 지배계급의 병. 병을 치유하기 위해서는 사기꾼들의 학문을 죽여라.

07

상常: 오상과 같은 의미.
백동꼬白東苽: 백동과白冬瓜가
아니다. 주인東을 탄핵白하는 고
苽. 날마다 저항의식을 불어넣어
야 살아날 수 있다.

또한 사수沙隨는 '상常'이 병들어 만성이 되었는데, 날마다 백동
고白東苽 세 사발씩을 먹고 나았다.⁰⁷

又沙隨常患淋 日食白東苽三大甌而愈

송나라 강린江隣의 〈기잡지幾雜志〉와 〈후청록侯鯖錄〉에 공히 다
음과 같은 이야기가 있다.

"옛 약방문에 쓰인 1냥은 지금의 3냥이다. 수隋나라 때 3냥을 합
쳐서 1냥으로 만들었기 때문이다." ⁰⁸

俱言古藥方一兩 乃今之三兩 隋合三兩 爲一兩

08

측정단위가 커졌다면, 옛날 3냥
이 지금 1냥에 해당한다.
모든 것은 거꾸로 뒤집혀져 있음
을 비유한다.

〈풍창소독楓窓小牘〉에 다음과 같은 기록이 있다.

동파東坡의 〈일첩록一帖錄〉에, 족질足疾은 위령선葳靈仙과 우슬牛
膝 두 가지 맛을 쓰는데, 가루로 만들어 꿀에 버무려서 환丸을 만
들어 공심空心에 복용하면 신효神效가 있다.⁰⁹

東坡一帖錄 足疾 用葳靈仙牛膝二味 爲末蜜丸 空心服 神效

09

족질足疾은 전족을 신는 중국 여
인들의 공작새병. 까마귀 욕망(우
슬)과 공작새 욕망(위령선)으로
환(합일)을 만들어 섭취하라.

수종水腫을 다스리는 처방으로는, 전라田螺(달팽이) 대산大蒜(큰마늘)
차전초車前草(질경이)를 쓰는데, 함께 빻아서 고약을 만들되 대병大餠
으로 만들어 배꼽 위에 붙이면, 물이 변으로 나와 즉시 낫는다.¹⁰

治水腫方 用田螺 大蒜 車前草 和研爲膏 作大餠 覆臍上 水從便出 卽愈

10

수종은 나쁜 물(법도)로 생기는
병. 달팽이처럼 옷을 벗고, 큰 마
늘로 정신을 자극하고, 질경이처
럼 끈질기게 저항하여 나쁜 물을
퇴치하는 것이 처방전이다.

수嗽(기침)를 다스리는 경험방으로는, 향연香櫞(레몬 씨)을 발라내
고 얇게 썰어 청주淸酒와 함께 갈아서 사기 탕관에 넣고는 황혼부
터 오경五更까지 푹 달인 다음, 달콤한 꿀 속에 날카로운 갈고리를

잘 버무려 두었다가 한참 잠에 곯아떨어졌을 때 소리쳐 일으켜서 숟가락을 사용하여 잘 꼬드겨서 먹이면 매우 효험이 있다. 또 남쪽으로 뻗은 부드러운 뽕나무 가지 한 묶음을 한 마디 길이로 잘라 놋쇠 솥[鍋]에 넣고, 물을 놋 사발[椀]로 다섯 사발을 붓고 한 사발로 줄어들 때까지 달여서 목이 마를 때마다 마신다.[11]

治嗽驗方 香櫞去核 薄切作細片 以淸酒同研 入砂罐內 煮令爛熟 自黃昏至五更爲度 用蜜拌勻 當睡中喚起 用匙挑服 甚效 又向南柔桑條 一束 每條寸折 納鍋中 用水五椀 煎至一椀 渴卽飮之

송나라 효종孝宗은 게[蟹]를 과도하게 먹어서 이질[痢]을 앓았다. 때마침 엄방어嚴防禦란 자가 있어서, 새로 캔 우절藕節(연뿌리)을 갈아서 더운 술에 섞어 마셨더니, 과연 나았다.[12]

宋孝宗食蟹過多患痢 有嚴防禦者 用新採藕節研細 熱酒調服 果愈

'안병생적장眼病生赤障'을 다스리는 방법으로는, 흰 달팽이[白螺] 1목牧을 잡아 껍데기[掩]를 제거해서, 황련黃連 가루에 버무려서 하룻밤 이슬을 맞혔다가 새벽에 고기가 녹아 고인 물을 취하여 눈에 떨어뜨리면 장애는 저절로 사라진다.[13]

治眼病生赤障者 用白螺一枚 去掩 以黃連末糝之 置露中一夜 曉取肉 化爲水 滴目則障自消

뼈나 물고기 가시에는 개의 침[犬涎]을 삼키고, 곡식 가시랭이가 목에 걸렸을 때는 거위의 침[鵝涎]을 넘기면 곧 쾌유된다.[14]

骨鯁 用犬涎 穀芒 用鵝涎灌之 卽愈

11
수嗽란 양반네들의 '에헴' 하는 헛기침을 말한다. 어떻게 치유하는가? 날카로운 갈고리를 달콤한 레몬과 꿀로 위장하여 먹여 죽인다. 또는 뽕나무와 오행五行(다섯 사발)의 물을 넣고 달여서 일행一行(한 사발)으로 만들어 마신다.

12
연꽃은 꽃과 잎이 쌍으로 자라며, 짝이 없으면 자라지 않는다. 우절藕節은 밥만 먹고는 살 수 없다는 연꽃의 속성을 대변하는 이름. 이利 편식으로 생긴 병[痢]을 '사랑'으로 치유해야 한다.

13
안병생적장은 눈병으로 생긴 붉은 막. 여기서는 편견의 장벽을 말한다.
치유법은 껍데기[掩]를 벗긴 달팽이[白螺]. 허위의 옷을 벗으라는 말이다.

14
동물 뼈는 장식이나 토테미즘, 문화적이다. 반면 곡식 가시랭이는 생존의 차원이다.
공작새 병에는 견연犬涎(까마귀의 침)을, 까마귀 병에는 아연鵝涎(공작새들의 침)을 각각 처방하고 있다.

15
물은 법이다. 황금가루 역시 법도를 만든다.[열하의 황금전각 참조] 법이 인간을 함정에 빠뜨릴 때, 필요한 것은 피의 혁명이다. 새들[鳥]의 지배자[甲]를 죽여라.

무릇 물에 빠진 사람이나 황금가루를 먹었을 때는 오리 피[鴨血]를 마시면 곧 낫는다.[15]

凡溺水及服金屑 用鴨血灌之 卽愈

16
이성폭증은 귓병. 전갈은 하느님을 빙자하여 거짓말을 일삼는 청지기들. 거짓청지기들을 죽여라.

이성폭증耳聲暴症에는, 전갈[全蝎]의 독을 없애고 가루로 만들어 술에 타서 귓구멍을 적시면, 소리가 들리며 낫는다.[16]

耳聲暴症 用全蝎去毒爲末 酒調滴耳中 聞聲卽愈

17
구기자는 나를 옭아매는 공자. 공자를 죽이고 책을 읽어라. 그러면 진리가 보일 것이다.

구기자枸杞子 기름을 짜서 등불을 켜서 책을 보면 능히 시력이 좋아진다.[17]

枸杞子榨油 點燈觀書 能益目力

18
독각대율獨殼大栗은 8월 1일자 일기의 '자금성 태화전에 홀로 기거하는 천자' 다.

금창상金瘡傷에는 독각대율獨殼大栗(외톨박이 밤)을 쓴다.[18] 황제[乾 건륭]를 갈아서 가루를 만들어 붙이면 곧 낫는다.

金瘡傷 用獨殼大栗 硏乾末敷之 立愈

19
후비유아는 '혹 자랑하는 처녀'의 공작새 병이다. 병을 치유하려면, 귀족의 옷[蝦蟆衣]과 쪽머리를 하는 봉미鳳尾, 고상한 취미[霜梅] 등 공작새문화를 타도해야 한다.

후비유아喉痺乳蛾(편도선이 혹처럼 부어오르는 병)에는 하마의蝦蟆衣와 봉미초鳳尾草를 잘게 갈아서 상매육霜梅肉과 따뜻한 술을 각각 조금씩 넣어 섞어서 다시 갈아 가지고 가는 베로 짜서 즙을 내어 거위 깃털로 찍어 환부에 바르면, 담痰을 토하고 곧 멍울이 사라진다.[19]

治喉痺乳蛾 用蝦蟆衣 鳳尾草 擂細入霜梅肉 羹酒 各小許調和 再硏 細布絞汁 以鵝毛刷患處 吐痰卽消

20
노사등: 겨울을 견뎌내다 하여 인동초忍冬草라 하고 학이 나는 모습을 닮아서 노사등이라 하고 노란 꽃과 하얀 꽃이 섞여 피어서 금은화라 한다.
악창 종기 따위의 공작새 병을 고치려면, 귀족들의 아름다운 우상을 생채로 갈아마셔라.

악창이나 종기의 독이 처음 돋을 때, 당귀當歸·황벽피黃檗皮·강활羌活을 가늘게 빻아서 노사등鷺鷥藤[20]을 생채로 찧어서 즙을 내어 섞어서 종기의 네 귀퉁이에 붙이면, 자연히 독기를 빨아내거나 한 군데로 모여 작게 뭉쳐져서 곧 터진다. 그러나 종기머리에 붙여서는 절대 안 된다.

惡瘡腫毒初起 當歸 黃檗皮 羌活爲細末 生鷺鷀膝搗汁 調傅瘡之四圍 自然收毒 聚作小頭卽破 切不可倂瘡頭傅之

〈필기筆記〉에 다음과 같은 이야기가 있다.

"송宋나라 시대 경산徑山에서 어떤 중이 사원으로 가는데 뱀에게 발을 물렸다. 함께 가던 중이 이를 치료하는데, 먼저 맑은 물을 길어다 씻고, 역수易水 몇 섬으로 하여금 곪은 농濃과 썩은 살을 다 없애 버리게 하였다. 상처 부위에 흰 힘줄이 나타나자 부드러운 비단으로 누르면서 약 가루를 상처 속에 골고루 집어넣었더니, 더러운 진물이 샘솟듯 솟아났다. 날이 밝으면 맑게 씻고 처음처럼 약을 바르기를 한 달 만에 독은 다 제거되고 살이 돋아서 예전과 같이 평화가 회복되었다. 그 약방문인즉, 향백지香白芷를 가루로 만들어 오리주둥이[鴨嘴]에 담아 담반膽礬과 사향麝香을 각기 조금씩 넣은 것이다.[21] 이는 〈담수談藪〉에 실린 글이다."

筆記云 宋時徑山僧行園 爲蛇傷足 一參方僧爲治之 先汲淨水洗之 易水數斛 令腐濃敗肉悉去 瘡上白筋見 乃挹以軟帛 以藥末勻糝瘡中 惡水泉湧 明日淨洗 敷藥如初 一月毒盡肉生 平復如舊 其方乃香白芷爲末 入鴨嘴 膽礬 麝香各小許 見談藪

혈산붕血山崩을 다스리는 데는 당귀當歸 1냥, 형개荊芥 1냥 술 한 종지와 물 한 종지를 달여 마시면 곧 그친다.[22]

治血山崩 當歸一兩 荊芥一兩 酒一鍾 水一鍾 煎服立止

21
중이 도를 닦으러 가는 길에 뱀에게 물려서 썩어 문드러진 세상이 되었다.
치료의 핵심은 정수淨水와 역수易水, 깨끗한 물과 혁명의 물이다. 약방문은 역시 황제(오리) 죽이기이다. 혁명을 일으켜라. 황제를 죽여라.

22
혈산붕은 여자들의 생리병. 그러나 여기서는 피의 혁명으로 선혈이 낭자한 세상.
처방약은 당귀와 형개. 당귀로써 태초의 세상으로 돌아가라. 형개荊芥로써 형벌[刑]의 법칙과 분배[介]의 법칙을 세워라.

23

무주는 서로 어루만지는 인간세상, 태학은 학문의 장이다. 태학의 주인공은 어린아이[倪]. 새로운 학문과 구원의 세상이 열리리라 기대한다.

무주撫州 상인이 이질[痢]에 걸려 매우 위급하였다. 태학생太學生 예모倪某가 당귀當歸 가루와 아위환阿魏丸으로 백곤탕白滾湯을 지어 내려 보냈는데, 3번 복용하고 쾌차하였다.[23]

撫州商人病痢危甚 太學生倪某 用當歸末阿魏丸之 白滾湯送下 三服而愈

24

태학생 예모의 처방전이 '태초로 돌아가자'였다면, 이번에는 황화(하늘의 꽃)과 지정(땅의 꽃)을 찧어 만든 자연법이다.

이질[痢]을 다스리는 또 다른 방법으로는, 황화黃花와 지정地丁(민들레)을 찧어 짜낸 자연즙과 술 한 잔에다 벌꿀을 조금 타서 먹으면 신효神效를 본다.[24]

又治痢方 黃花 地丁 搗取自然汁 一酒盞 加蜂蜜少許服之 神效

25

담이나 종기 혹과 같은 공작새 병은 온갖 화초들을 망라한 통합의 처방전을 제시한다.

습담종통濕痰腫痛으로 걸을 수 없을 때는, 염초薟草(도꼬마리), 목홍화木紅花·나복영蘿葍英·백금봉화白金鳳花·수룡골水龍骨·화초花椒·괴조槐條·창출蒼朮·금은화金銀花·감초甘草 등 열 가지 맛을 달인 물로 환부에 뜸을 들이고, 물이 조금 식으면 곧 씻어낸다.[25]

濕痰腫痛 不能行 用薟草 木紅花 蘿葍英 白金鳳花 水龍骨 花椒 槐條 蒼朮 金銀花 甘草 以上十味煎水 蒸患處 水稍溫 卽洗之

26

소장산기는 까마귀병. 오약烏藥 대 천문동天門冬의 비율은 6대 5로 처방하여 조화 속에 까마귀 속성을 보충하고 있다.

소장산기小腸疝氣를 다스리는 데는, 오약烏藥 6전과 천문동天門冬 5전을 백수白水에 끓여 먹으면 신효神效가 있다.[26]

治小腸疝氣 烏藥六錢 天門冬五錢 白水煎服 神效

27

소변은 소인배에 대한 편견이며, 불통은 소통장애를 말한다. 처방은 용안(왕의 눈)을 씹어 먹는 것이다.

소변불통小便不通을 다스리는 데는, 망초芒硝 1전을 가늘게 빻아 용안육龍眼肉으로 싸서 잘 씹어 넘기면 당장에 효력을 본다.[27]

治小便不通 芒硝一錢研細 以龍眼肉包之 細嚼嚥下 立效

금료소초 | 약방문으로 위장한 조선처방전

혹[瘤]을 다스리는 데는, 대나무로 혹의 봉오리를 받들어 찔러 조금씩 열어젖혀서 불순물을 긁어내되 피가 나지 않도록 한 다음, 동록銅綠을 잘게 빻아 헤친 곳에 넣어 막고 고약을 붙여 둔다.[28]

治瘤方 用竹刺將瘤頂 稍稍發開油皮 勿令見血 細研銅綠小許 放撥開處 以膏藥貼之

접골방接骨方으로는, 자라[土鱉]를 쓰는 데 새로 나온 기와를 이용하여 황제[乾]를 불에 구워서 반냥전半兩錢을 물에 담금질 한 다음 자연동自然銅·유향乳香·몰약沒藥·채과자인菜瓜子仁 등을 각각 같은 분량으로 넣어 가는 가루를 만들어 매번 복용할 때마다 한 푼 반씩 술에 타 마신다. 골절부위가 상체일 때는 식후에 복용하고, 하체일 때는 공심空心에 먹는다.[29]

接骨方 土鱉用新瓦焙乾半兩錢 淬次自然銅 乳香 沒藥 菜瓜子仁各等分 爲細末 每服一分半酒調下 上體傷食後服 下體傷空心服

역두면종疫頭面腫을 다스리는 방법으로는, 금은화金銀花 2냥을 걸쭉하게 달여 한 잔 마시면 곧 사라진다.[30]

治疫頭面腫方 金銀花二兩 濃煎一盞 服之 腫立消

바늘이 뱃속에 들어갔을 때는, 낙회櫟灰(참나무 또는 난간을 태운 재) 3전을 우물물에 타서 마신다. 또 자석을 항문에 갖다 두어 끌어 내리는 방법도 있다.[31]

針入腹 用櫟炭末三錢 井水調服下 又方 以磁石置肛門外引下

28
혹[瘤]은 대표적인 공작새 병. 대나무의 지조와 동록銅綠의 관록으로 깍듯이 예우를 갖추어 치료해야 거부반응을 일으키지 않아 피를 보지 않고 치료할 수 있다.

29
골절骨折은 사회질서의 붕괴. 별鱉은 물고기[魚]를 헤치는[散] 낚시꾼, 즉 나쁜 왕이다. 사회질서가 무너졌을 때, 왕을 죽이고 새로운 질서를 세워라. 상체(상부구조)가 무너졌다면 밥(후생)을 먹은 후에 바로 세우고, 하체(하부구조)가 문제라면 제로베이스에서 시작해야 한다.

30
역두면종은 황실의 화려한 건축물들. 금은과 같은 자원의 남용이자 우민화 수단이다.

31
배속의 바늘은 생존에 치명적인 병으로 땅을 빼앗는 법률. 낙회(궁궐 난간을 태운 재)를 우물물에 타서 마셔라. 우물물井水은 정전법. 궁궐을 불사르고 정전법을 타도하라.

형개荊芥 이삭[穗]을 가루로 만들어 3전을 술에 타서 마시면, 중풍中風이 바로 세워진다.[32]

荊芥穗爲末 以酒調下三錢 治中風立愈

32
형개荊芥는 형법과 민법. 그 이삭을 복용하여 굳건히 함으로써 중심적인 풍토風土를 바로 세운다는 말이다.

주마감走馬疳을 다스리는 데는, 와롱자瓦壟子를 쓴다. 감자蚶子(새꼬막조개)에 비하면 조금 작은데, 소금이나 간장에 절이지 않은 것을 쓴다. 불에 태워 남은 재를 찬 땅에 놓고 잔 두껑으로 덮어 두었다가 식자마자 끄집어내어, 맷돌에 갈아서 가루를 만들어 환부에 발라 스며들도록 한다. 또 다른 방법으로는, 마제馬蹄를 태운 재에 소금을 조금 뿌려 환부에 바르기도 한다.[33]

治走馬疳 用瓦壟子 比蚶子差小 用未經醬者 連內煆燒存性 置冷地 用盞盍覆候冷 取出碾爲末 糝患處 又一方 馬蹄燒灰 入鹽小許 糝患處

33
주마감은 담이 퍼져 생긴 병. 여기서는 달리는 자와 말 탄 자의 신분차별이다.
와롱자瓦壟子는 기와집에 사는 사람(왕). 마제馬蹄는 청 황제의 마제수馬蹄袖.
신분차별을 없애기 위해서는 황제를 죽여라.

두진흑함痘疹黑陷을 다스리는 데는, 침향沈香·유향乳香·단향檀香을 쓴다. 다소에 불구하고 방화하여 대궐을 불태우고, 아이를 안아 그 연기를 쬐면 즉시 일어난다.[34]

治痘疹黑陷 用沉香 乳香 檀香 不拘多少 放火盆內焚之 抱兒於烟上 熏之 卽起

34
두진흑함은 천연두로 얼굴과 몸에 붉은 반점과 피가 나고 빛깔이 검어지는 증세. 그러나 여기서는 위정자들의 부정부패[痘疹]로 당한 억울함.
민중의 궐기가 치유의 길이다.

악창惡瘡을 다스리는 데는, 동과冬瓜(겨울잠을 자는 달팽이) 한 개를 가운데로 잘라, 먼저 한 쪽의 머리를 곪은 부위에 붙인다. 후과候瓜가 열을 다 삭히고 나면 떼어내서 다시 나머지 한 쪽과 합하면 마침내 열이 사라진다. 또 다른 방문으로는, 마늘을 빻아 만든 떡을 쓴다. 환부에 얹고 뜸을 뜨면, 아프다는 놈도 있고, 아프지 않은 놈도 있다. 아픈 놈은 뜨고 아프지 않은 놈은 그만둔다.[35]

35
악창에 대한 두 가지 처방.
동과요법은 동과冬瓜를 죽인 다음 제후[候瓜]를 죽인다.
마늘 뜸 요법은 직접 제후를 죽인다. 곪은 놈을 뜸질하라. 아프다고 말하지 않을 때까지, 죽을 때까지.

治惡瘡 取冬瓜一枚中截之 先以一頭合瘡 候瓜熱削去再合 熱減乃已
又一方 用蒜泥作餠 瘡上灸不痛灸痛 痛者灸 不痛卽止

어린이 귀 뒤에 나는 부스럼을 신감腎疳이라 한다. 지골피地骨皮
를 가루로 빻아 굵은 놈은 뜨거운 물에 타서 씻고, 가는 놈은 참
기름에 섞어 문지른다.36

36
지골피는 구기자 뿌리의 껍질. 그
러나 여기서는 '토지문서' 다. 신
감이라는 병은 토지제도를 없애
버리면 낳는다.

小兒耳後生瘡 腎疳也 地骨皮一味爲末 麤者 熱湯洗之 細者 香油調擦

양광(광동廣東·광서廣西)과 운남雲南·귀주貴州 등지에는 벌레들의
독이 많은데, 왕[後]을 먹고 마시고 벼슬아치들을 씹으면 곧 독이
사라진다.37

37
왕과 조정중신들을 죽이면 탐관
오리들은 저절로 사라질 것이다.

兩廣雲貴 多有蟲毒 飮食後 咀嚼當歸 卽解

섭포주葉蒲州의 〈남암전南巖傳〉에 칼에 찔린 상처를 치료하는 약
방문이 있는데, "단옷날 벼슬아치들의 채마밭(문서)을 빼앗아 석회
를 섞어 절구질하고 쪄서 떡을 만들어 상처에 붙이면, 피가 곧 멈
춘다. 뼈까지 부서졌더라도 붙으니 효과가 기이하다."고 한다.38

38
사대부들의 토지를 몰수하는 것만
이 토지를 둘러싼 피의 투쟁을 해
결하는 처방이다. 또한 그것은 합
리적인 토지제도로 가는 길이다.

葉蒲州南巖傳治刀瘡藥方 端午日 取韭菜汁 和石灰 杵熟爲餠 用敷
瘡處 血卽止 卽骨破亦可合 奇效

혜이蘡苡(율무)는 일명 간주鶾珠라고도 한다.39

39
본초강목에 혜이인蘡苡仁이라 하
였는 바, '인仁은 재물을 착취하
는 수단' 라는 조롱이다.

蘡苡 一名鶾珠

〈계신잡지癸辛雜志〉에는 다음과 같은 이야기가 있다.
"목이 막히는 증상을 다스리는 데는, 장대帳帶(휘장과 띠)를 흩어

지게 하는 법을 쓴다. 오직 백반白礬 한 가지만을 쓰면 잘 되지 않을 때도 있다. 남포南浦의 늙은 의원이 가르치기를, 오리주둥이와 담반膽礬을 가늘게 갈아서 아주 독한 초에 섞어서 목을 적시라고 하였다. 어느 수레를 호위하는 늙은 병사의 아내가 이 병을 앓다 죽어 가는데, 이 법을 써서 약을 지어 목구멍으로 넘기자마자 빽빽한 가래를 몇 되나 토하여 효험을 보았다.40

40
목구멍이 막히는 증상이란, 우상 (휘장과 띠)으로 인하여 굶주리는 병.
목구멍을 뚫기 위해서는 '휘장과 띠'의 무늬 등을 지워버려야 하는데, 강력한 처방은 역시 왕(오리)을 죽이는 일이다.

癸辛雜志云 治喉閉 用帳帶散 惟白礬一味 或不盡驗 南浦有老醫 敎以用鴨嘴膽礬硏細 以嚴醋調灌 有鈴下老兵妻 患此垂殆 如法用之 藥甫下咽 卽大吐膠痰數升 立差

또 안장眼瘴(눈의 장막)을 다스리는 법으로는, 웅담熊膽을 맑은 물에 조금 풀어 섞어서 근막筋膜의 진토塵土를 죄다 씻어낸다. 빙뇌氷腦 한두 쪽을 쓰는데, 가려우면 생강가루를 소량 첨가하여 때때로 은수저로 찍어 눈에 떨어뜨리면 신기하게 낳는다. 충혈된 눈에도 역시 쓸 수 있다."41

41
눈병 역시 마찬가지다. 웅담으로 우상의 장막을 씻어내고, 빙뇌(황제의 뇌)를 약으로 써서 시력을 회복해야 한다.

又治眼瘴 用熊膽少許 以淨水略調盡去筋膜塵土 用氷腦一二片 痒則加生薑粉些少 時以銀筋點之 奇驗 赤眼亦可用

또 〈민소기閩小記〉에는 다음과 같은 말이 있다.

"연와燕窩에는 검은 것, 흰 것, 붉은 것 등 세 가지가 있는데, 그 중 붉은 것은 제일 구하기가 어렵다. 흰 것은 능히 담질痰疾을 고칠 수 있고, 붉은 것은 소아두질小兒痘疾에 좋은 것이다."42

42
연와는 해안바위틈에 있는 금사연(제비)의 둥지. 백색은 담질을, 홍색은 소아두질을 다스린다. 흑색烏은 어디에 좋을까?

閩小記云 燕窩有烏白紅三種 惟紅者最難得 白者能治痰疾 紅者有益小兒痘疾

당 태종唐太宗이 이질[痢]을 앓았는데, 여러 의원들이 효험을 보지 못하였다. 금오장사金吾長史 장보장張寶藏이 방문을 올렸는데, 그 방에 따라 젖[乳]을 필발蓽茇(후추과의 약초)에 달여 먹였더니 당장에 나았다.[43]

唐太宗病痢 諸醫不效 金吾長史張寶藏進方 以乳煎蓽茇 服之立差

주공근周公謹은 다음과 같이 기술하였다.

"괄창진피括蒼陳皮가 두창痘瘡 치료법에 대해서 말했다. 색色이 흑黑으로 뒤집히고 얼굴이 눌러 입술과 입이 얼음장처럼 냉랭해질 때, 용[用]의 처방을 쓴다. 개파리[狗蠅] 일곱 마리를 갈아 부수어 거르지 않은 술에 타서 조금씩 마시면, 차차 붉은 윤기가 돌며 전과 같이 회복된다. 겨울철에 개파리는 개의 귓속에 있다."[44]

周公謹述 括蒼陳皮 言治痘瘡 色黑倒 靨唇口氷冷 方用 狗蠅七枚 擂粹和醅酒 少許調服 移時卽紅潤如舊 冬月蠅藏狗耳中

두독상공내장痘毒上攻內障을 다스리는 데도 용[用]의 처방을 쓴다. 사태蛇蛻 1구를 깨끗하게 씻어 불에 쬐어 말린 다음 같은 양의 천화분天花粉을 넣어 가늘게 빻아 가루로 만든다. 양羊의 간을 구하여 속을 파내어 속에다가 뱀 허물과 천화분으로 만든 약 가루를 집어넣은 후 삼 껍질[麻皮]로 동여매고는 뜨물에 삶아서 썰어 먹으면 열흘이 못 가서 곧 낫는다.[45]

治痘毒上攻內障 方用 蛇蛻一具 淨洗焙燥 再用天花粉 等分細末之 取羊肝破開入藥末于內 麻皮縛定 泔水煮熟 切食之 旬日卽愈

43
유乳는 孚(낳다, 알)와 乙(제비)의 합성어로 '제비 알'이다. 필발은 검은 색 제비 집이다.
결국 위 세 가지 색깔의 연와 중 흑색鳥은 당 태종의 이질을 고쳤다.

44
방용方用의 처방전이다.
개파리는 개의 귀속에서 말을 한다. 개는 개파리의 말을 그대로 따라한다. '공자왈 맹자왈' 선비들을 죽이는 것이 두창의 처방전이다.

45
역시 방용方用의 처방이다.
두독상공내장은 '천연두 독이 눈(內障)에 퍼지는 증상'. 여기서는 유가의 병적인 가치.
사태蛇蛻와 마피麻皮는 유교적 가치를 만들어내는 선비의 옷과 상주의 옷.
선비와 상주의 옷을 벗기는 것이 잃어버린 눈을 되찾는 길이다.

병증이 깊어져서 기氣가 막힐 정
도다. 어찌할 것인가?
마늘의 강한 자극이 필요하다.
마늘을 섞어 인간세상(土)의 기운
을 일으켜라. 인간의 대지에 새로
운 물(법도)을 세워라.

한여름 더위를 먹어 기氣가 막혔을 때는, 큰 마늘 한 줌과 길바
닥의 볕에 뜨거워진 흙을 섞어 갈아서 익힌 후, 다시 새로 길어 온
물을 부어 걸러서 찌꺼기를 버리고 마시면 낫는다.[46] 이 이야기는
〈피서록避暑錄〉에 실려 있다.

卒然中暑氣閉 取大蒜一握 道上熱土雜研爛 以新汲水和之 濾去滓
灌之卽蘇 見避暑錄

47

단풍나무楓樹는 책을 말한다. 학
교에서 가르친 고상한 가치 때문
에 학생들은 조소증이라는 병에
걸린다.
인간세상[地]의 탁한 물[水]을 맛
보게 하는 것이 치료법이다.

단풍나무 버섯을 먹으면, 즉시 웃기 시작하여 그칠 수 없게 된
다. 도은거陶隱居의 본초本草 주석에 보면,

"땅을 파고 냉수를 부어 휘저어서 탁濁하게 만들었다가, 조금 뒤
에 이 물을 떠 마신다. 이것을 지장地醬이라 부르며, 여러 가지 버
섯 독을 치료할 수 있다."[47]하였다.

楓樹菌食之則笑不可止 陶隱居本草注 掘地以冷水 攪之令濁 小頃取
飮 謂之地醬 可療諸菌毒

48

우이편방偶以偏方: 한쪽에 치우침
으로써 반대쪽을 다스리는 처방.

〈향조필기香祖筆記〉에 다음과 같은 이야기가 있다.

"황생黃生 아무개는 여주盧州 사람이다. 우리 고을로 유람 와서
'우이편방偶以偏方'[48]으로 병을 치료하는데, 모두 효험이 있었다.
그 중에서 세 가지만을 적는다.

香祖筆記曰 黃生某盧州人 遊于吾郡 偶以偏方療疾皆效 記其三

적비積痞를 다스리는 방법으로, 껍질을 벗긴 큰 피마자[草麻] 1
백 50개와 괴목槐木 가지 일곱 치[寸]와 향유香油 반 근을 준비한
다. 피마자와 괴목 2맛을 함께 향유에 넣고 사흘 밤낮을 담가 탈
때까지 볶아서 찌꺼기를 버리고 비단飛丹 4냥을 넣어 고약을 만들
어 다시 우물 속에 사흘 동안을 담가 둔다. 사흘째 밤에 끄집어내

어, 먼저 피초皮硝 녹인 물로 환부를 씻고 이 고약을 붙인다.⁴⁹

治積痞方 用大萆麻去其殼 一百五十箇 槐枝七寸 香油半觔 二味同入 油內 浸三晝夜 熬至焦 去渣 入飛丹四兩 成膏 再入井中 浸三日夜取出 先以皮硝水 洗患處 貼之

치질痔疾을 다스리는 방법으로는, 대변을 본 뒤 감초甘草 끓인 물을 뒷물로 하고, 오부자五梧子와 여지초荔枝草를 사기 남비에 달인 물로 뒷물을 한다. 여지초는 일명 나하마초癩蝦蟆草라 하며 사시사철 언제나 앞면은 푸르고 뒷면은 하얀 삼 무늬인데, 누누이 이상한 냄새가 나는 것이 이 풀이다.⁵⁰

治痔方 便後以甘草湯盪洗過 用五梧子荔枝草二味 以砂鍋煎水 盪洗 荔枝草一名癩蝦蟆草 四季皆有之 面青背白麻紋 累累奇臭者是也

혈붕血崩을 다스리는 방법으로, 저종초豬鬃草 4냥을 동변童便과 청주淸酒 각 한 종지씩에 섞어 넣어 한 종지로 줄어들 때까지 되도록 달여서 따뜻하게 먹는다. 저종초는 사초莎草와 같고 잎은 둥글다. 깨끗하게 잘 씻어서 써야 할 것이다.⁵¹

治血崩方 用豬鬃草四兩 童便淸酒各一鍾 煎一鍾溫服 豬鬃草 如莎草而葉圓 淨洗用之

왕개보王介甫(왕안석)는 언제나 편두통에 시달렸다. 신종神宗 황제가 황궁의 비방을 하사하였는데, 새로운 나복蘿葍(무우)을 짜서 자연즙을 취하여 생룡뢰生龍腦를 조금 넣어 골고루 잘 섞은 뒤, 고개를 뒤로 젖히고 약 방울을 콧구멍에 떨어뜨린다. 왼쪽 머리가 아플 때는 오른쪽 콧구멍에 넣고, 오른쪽 머리가 아플 때는 왼쪽에 넣는다.⁵²

49
적비積痞는 배나 가슴이 걸리는 증세. 그러나 여기서는 '무뢰한[痞]을 양산[積]하는 병'.
괴목槐木은 회화나무. 옛날 조정 뜰에 3그루의 회화나무를 심어 삼공三公을 비유한다.
무뢰한(오랑캐)을 양산하는 병을 다스리기 위해서는 지체 높은 삼공三公을 죽여라.

50
여지초는 사시사철 청색 백색인 스님의 옷을 말한다.
치질에는 스님의 옷으로 항문을 닦아라. 치질은 불가의 참선 병이니까.

51
혈붕은 여자의 생리병. 그러나 여기서는 세상이 거꾸로 뒤집혀 피가 치솟는 병.
저종초豬鬃草는 돼지가 상투를 쓴 풀. 상투를 쓴 돼지들을 잡아다가 똥과 섞어서 가마솥에 넣고 끓여라.

52
편두통은 편견의 병이다.
처방전은 무의 자연즙과 생룡뇌. 자연법이라는 물에 왕의 두뇌를 담가야 한다.

王介甫常患偏頭痛 神宗賜以禁方 用新蘿葍取自然汁 入生龍腦小許
調勻 昂首滴入鼻竅 左痛則灌右竅 右痛則反之

원앙초鴛鴦草는 덩굴로 자라는 식물이며 황화와 백화가 마주보
고 핀다. 옹저종독癰疽腫毒(등창 따위의 종기의 독)을 치료하는 데 더
욱 묘한 효험이 있는데, 먹기도 하고 붙이기도 한다. 심존중沈存中
의 〈양방良方〉에 실린 금은화金銀花가 곧 이것이다. 또 다른 이름으
로는 노옹수老翁鬚라고도 하며, 〈본초本草〉 주석에는 인동忍冬이라
하였다. 〈군방보群芳譜〉에는 일명 노사등鷺鷥藤 일명 금차골金釵骨
이라고 하였다.[53]

鴛鴦草 藤蔓而生 黃白花對開 治癰疽腫毒尤妙 或服或傅 皆可 沈存中
良方所載 卽金銀花也 又曰 老翁鬚 本草注 忍冬 群芳譜 一名鷺鷥藤 一名
金釵骨

사재항謝在杭의 〈문해피사文海披沙〉에 이르기를,
"슬가蝨瘕는 황룡연수黃龍沿水로 다스리고, 응성충應聲蟲은 뇌환
雷丸과 쪽[藍]으로 다스리고, 식폐계충食肺系蟲은 달조獺爪로 다스
리고, 격식충膈食蟲은 남즙藍汁으로 다스리고, 얼굴에 나는 종기는
패모貝母로 다스린다."하였다.[54]

謝在杭文海披沙云 蝨瘕 黃龍沿水治之 應聲蟲 雷丸及藍治之 食肺
系蟲 獺爪治之 膈食蟲 藍汁治之 人面瘡 貝母治之

무창武昌 소남문小南門에 있는 헌화사獻花寺라는 절에 자구自究라
는 늙은 중이 있었다. 자구는 음식이 목이 걸리는 병에 걸려 죽었
는데, 죽음에 임하여 문도들을 불러 놓고 말하였다.

"내가 불행히 나사질羅斯疾[55]에 걸렸는데, 필시 가슴 사이에는 필시 무슨 빌미가 될 만 한 물건이라도 있는 모양이니, 죽은 뒤에 가슴을 갈라 본 다음에 입관을 해 주게나."

그 문도들이 그가 시키는 대로 하자, 과연 자구의 가슴에서 비녀 모양의 뼈 한 개가 나왔다. 이 뼈를 불경 공부하는 책상 위에 두었는데, 오랜 훗날 어떤 병사兵使가 이 방을 빌려 묵게 되었다. 병사의 부하들이 거위를 잡는데 쉽사리 거위의 목이 끊어지지 않았다. 우연히 책상 위의 뼈를 발견하여 그 뼈로 날개 죽지를 찌르자, 거위 피가 그 뼈를 적시고, 피 묻은 뼈는 홀연히 녹아버렸다. 그 후 그 부하 역시 목이 막히는 병에 걸렸는데, 전날의 일을 생각해내고는 거위 피를 몇 번 마시고는 마침내 쾌차하였다. 그리하여 그 이야기를 널리 전하여 '방方'으로 사람들에게 전수하였으니, 치유하지 못하는 자가 없었다.[56]

武昌小南門獻花寺老僧自究者 病噎食 臨終謂其徒曰 我不幸羅斯疾 胷間必有物爲祟 歿後剖視 乃可入斂 其徒如敎 得一骨如簪形 取置經案 久之 有兵師借寓 從者殺鵝 其喉未殊 偶見此骨 取以挑刺 鵝血淺骨 骨立消 後其徒亦病噎 因前事悟 鵝血可療 數飮之 遂愈 因廣其傳 以方授人 無不愈者

난산難産을 다스리는 방법으로는, 행인杏仁을 사용한다. 씨앗 한 알의 껍질을 벗겨서 한 쪽에는 날 일日 자를 쓰고 또 한 쪽에는 달 월月 자를 써서 꿀을 묻혀 찰싹 붙이고, 겉에는 볶은 꿀을 발라 환丸을 만들어 흐르는 맑은 물이나 혹은 술과 함께 마셔서 넘긴다. 이 방문은 이상한 중이 전한 것이다.[57]

治難産方 用杏仁一枚去皮 一邊書日字 一邊書月字 用蜂蜜黏住 外用熬蜜爲丸 滾白水或酒呑下 此方乃異僧所傳

55
나사질: 사문사문斯文(유교)을 퍼뜨리는[羅] 병[疾].

56
중 이야기는 복합적인 의미다.
1. 비녀 모양의 뼈가 중(공자?)을 사문斯文을 퍼뜨리는 사기꾼으로 만들어버렸다.
2. 그런데 그 '뼈' 로 인하여 '목이 막히는 병' 을 치유하는 비법이 탄생하였다.
1은 유가가 저질러 온 죄악으로써 유가를 타도해야 하는 이유다. 어떻게 유가를 타도하고 새로운 도를 건설할 것인가?
2를 보라. 유가의 시체를 잘 살펴보면 뼈(단서)가 있을 테니. 뼈(단서)는 무엇인가?
1과 2는 바로 주역 무망괘无妄卦「행인지득人之得이니 읍인지재邑人之災라.」에 대한 반론이다. 사기꾼들의 비법(뼈)을 주운 행인은 재앙이 아니라 등불을 밝힐 수 있는 것이다.
결국 우리가 건설해야 할 세상은 '인간을 긍정하는' 세상이다.

57
행인杏仁은 살구씨. 공자가 살구나무 아래서 강의를 하였으니, '공자의 인仁'을 비유한다.
그러므로 산産은 새로운 학문의 탄생이며, 공자의 인仁을 죽이는 것이 그 시작이다.
공자를 죽여서 음양을 뜻하는 日月을 써서 환을 만들어 꿀꺽 삼켜버려라.

손사막孫思邈의 〈천금방千金方〉에 이르기를,

"인삼탕人蔘湯은 모름지기 흐르는 물을 써서 달여야 하며, 고인 물을
쓰면 효험이 없다.58 이는 〈인삼보人蔘譜〉에 실려 있다."라고 하였다.

孫思邈千金方 人蔘湯須用流水煮 用止水則不驗 見人蔘譜

59
수매화水梅花는 곧 수매화水媒
花를 말한다. 수매화水媒花란 꽃
가루가 물 위에 떠서 이동하여 생
식이 이루어지는 꽃.
결국 이질[痢]을 치료하는 비법은
'생식을 매개하는 물'의 기능에
있다. 다름 아닌 자본주의를 암시
함이다. 그것이 '이질' 측면에서
의 새로운 세상이다.
그러면 '학질' 측면에서의 새로
운 세상은 무엇일까?

〈담포기談圃記〉에 이르기를,

"증노공曾魯公이 나이 70여 세에 이질[痢]에 걸렸는데, 향인鄕人 진
응지陳應之가 수매화水梅花를 납차臘茶를 써서 복용하도록 하여 곧
나았다."라고 한다. 그런데 수매화란 어떤 물건인지 알 수가 없다.59

談圃記 曾魯公七十餘病痢 鄕人陳應之 用水梅花臘茶服之 遂愈 但
不知水梅花 是何物

첨사僉事 장탁張鐸이 이르기를,

"비둘기는 능히 소아감기小兒疳氣를 피하게 한다. 비둘기를 방에
서 많이 길러서, 맑은 첫새벽에 어린이로 하여금 방문을 열고 비둘
기를 방생放生하게 하면, 그 기운이 얼굴에 전해져서 감기疳氣가 없
어진다."60 하였다.

60
비둘기[鴿]를 방생하라. 자유의
세상으로 가라. 합일[合]하는 새
[鳥]들의 나라로 가라.

張鐸僉事言 鴿能辟小兒疳氣 當多置房養之 淸晨令兒開房放鴿 其氣
著面則無疳氣

〈권유록倦遊錄〉에 이르기를,

"신가헌辛稼軒이 산질疝疾에 걸렸을 때 어떤 도인道人이 가르치기
를, 율무알[薏苡米]을 동쪽 벽 황토와 섞어 볶은 다음 삶아서 고
약을 만들어 먹으라 하여 몇 번 먹었더니 산질이 곧 사라졌다. 정

사수程沙隨도 이 병에 걸렸는데, 가헌이 이 방문을 전수해 주어서 역시 나았다." 하였다.⁶¹

倦遊錄 載辛稼軒患疝疾 一道人敎以薏苡米 用東壁黃土炒過 責爲膏服 數服卽消 程沙隨病此 稼軒以方授之 亦效

〈문창잡록文昌雜錄〉에 이르기를,

"정주통판鼎州通判 유응신柳應辰이 치어경법治魚鯁法⁶²을 전하였다. 거꾸로 흐르는 물 반 잔을 떠 놓고, 먼저 환자에게 병의 증세를 묻고 그로 하여금 대답하게 한다. 그 기운을 입안으로 빨아들인 다음, 동쪽으로 향하여 원元·형亨·이利·정貞을 일곱 번 암송하게 하여 그 기를 흡입하게 하고 물을 조금 마시게 하면 즉시 낫는다." 하였다.

文昌雜錄云 鼎州通判柳應辰 傳治魚鯁法 以到流水半盞 先問其人使之應 吸其氣入口中 面東誦元亨利貞七遍 吸氣入水 飮少許 卽差

수질水疾을 다스리는 법은, 배를 젓는 노[櫓]가 서로 마찰하는 데를 조금 긁어내고 또 배[艎] 밑에 묻은 진토塵土를 조금 긁어내어 타공舵工의 손바닥 섞어서 환을 만들어 소금물로 삼환을 삼키면 신효神效를 볼 수 있다.⁶³

治水疾 櫓槳交戛處 刮取少許 艎底塵土 和舵工掌垢爲丸 鹽湯呑下三丸 神效

61
산질疝疾은 곧 산山疾. 인간세상의 병을 다스리기 위해서, 도인은 비법을 알려주고, 신가헌은 전파하고 있다.

62
치어경법治魚鯁法은 생선가시를 다스리는 법. 그러나 생선(인간)의 재앙[鯁]을 다스리는 법이라면……. 거꾸로 흐르는 (혁명의) 물을 준비하라. 원형이정을 암송하라. 그리하여 새로운 '역易'을 창조하라.

63
수질水疾은 멀미병. 그러나 산질疝疾이 인간 고유의 병이라면, 수질水疾은 잘못된 법도.
새로운 법도는 무엇인가?
타공舵工은 배의 키를 조종하는 사람. 그러므로 새로운 법칙은 인간(타공)과 자본(배와 노)의 결합에 있다.

부附: 청나라와 조선을 위한 처방전

붙임[附]

얼굴에 나는 수지水痣는 속칭 무사마귀[武射莫爲]라 한다. 다스리는 방법은, 가을 바닷물로 씻으면 곧 없어진다. 나의 종제從弟 유원綏源 이중履仲이 8~9세 때 얼굴에 온통 수지로 덮어서 백방百方이 무효였는데, 어씨魚氏 성을 가진 늙은 의원이 가르쳐주기를[64] 8~9월의 바닷물로 몇 번 씻으면 낫는다고 하여, 당장에 효험을 보았다.

내가 11~12세 때 만면에 쥐젖[鼠乳瘢]이 가득했는데, 눈시울과 귓가가 더욱 심했다. 더덕더덕 밥티가 붙은 것 같아서 언제나 거울만 들여다보면 울화통이 터졌지만 백방이 무효였다. 때는 바야흐로 봄 여름철이라 가을 바닷물을 기다리기 어려워서 염정鹽井(=鹽田)의 물거품을 얻어서 물과 섞어 몇 차례 씻고 그대로 말렸더니, 신효神效가 있었다. 나는 이 방법을 널리 전하여 효험을 보지 못한 자가 없었다.[65]

왕곡정王鵠汀의 종복인 악가鄂哥는 나이가 스물 한 살이다. 얼굴이 깨끗하게 생겼었는데, 막 이질[痢]에 걸려 괴로움이 극심했으므로, 곡정은 나에게 우리나라 태의太醫에게 청해서 방方을 가르쳐

64
물고기처럼 자연스러운 인간. 공자왈 맹자왈에 물들지 않는 사람을 말한다.

65
어씨 노인의 치료법(자연법)을 전파하라.

달라고 부탁했다. 나는 간단히 대답했다.

"의사에게 물어볼 필요도 없소이다. 습지의 땅을 파서 지렁이[蚯蚓] 수십 마리를 잡아 백곤탕白滾湯에 넣어 끓여 즙을 짜십시오. 가슴이 답답하고 목이 마를 때마다 이 물을 많이 마시면 효험을 볼 것입니다."

곡정이 당장에 시험하여 곧 나았다.

목생穆生이란 자가 마침 학질[瘧]을 앓았다. 곡정은 나에게 데려와 보이고 방문을 청하였다. 나는 이슬에 생강즙을 타서 마시라고 가르쳐 주었더니, 목생은 사례를 하고 돌아갔다. 나는 그 이튿날 북경으로 출발하였기 때문에 이 처방으로 효험을 보았는지는 모르겠다.66 대체로 노강즙露薑은 학질을 다스리는 데 좋은 처방이다. 생강 한 뿌리를 빻아 즙을 내어 하룻밤을 이슬에 내어 두었다가, 해뜨기 전에 동향東向으로 앉아 마신다. 여러 번 시험했는데, 할 때마다 효험이 있었다.

고북구古北口 밖에 사는 사람들은 혹[瘿] 달린 사람이 많은데, 여자가 유달리 심하였다. 나는 곡정에게 한 가지 방문을 가르쳐 주었다.

"혹이 만일 담핵痰核이라면, 매 끼니마다 먼저 한 술을 떠서 손바닥 가운데 놓고는 둥글게 쥐고 있다가, 식사를 마친 후 손바닥 속의 밥에 소금을 조금 넣고 엄지손가락으로 섞고 으깨어서 상처에 오랫동안 붙이면 저절로 없어진답니다.67 그리고 밥은 찰기 없는 멥쌀로 쓴답니다."

해산을 빨리 시키는 데는, 피마자 한 알을 빻아서 발바닥 용천혈湧泉穴에 붙이면 순산을 한다. 순산한 뒤엔 곧 떼어 버려야 한다. 만일, 이를 잊어버리고 떼지 않으면 대하帶下에 살 우려가 있

66
악가鄂哥의 이질은 치료하였지만, 목생穆生의 학질은 자신이 없다. 이질[痢]은 배고픈 까마귀들의 병이지만, 학질[瘧]은 남을 학대(지배)하고자 하는 공작새병이기 때문이다.

67
혹은 대표적인 공작새병으로서 학질[瘧]이다. 그 병을 고치기 위해서는 밥의 신성함을 일깨워주어야 할 것이다.

앞에서 행인杏仁에 日과 月을 써서 삼키라 하였다. 그러나 그 인仁에도 쓸 만한 것(피마자)은 있으니, 새 세상을 열기 위하여 딱 한 번만 사용하고 버려라. 버리지 않으면 또 다시 띠[帶]의 지배를 받을 우려가 있다.

69
청정蜻蜓(잠자리)은 청靑 조정廷의 벌레들虫. 그들을 죽이는 것이 청나라의 광명[陽]의 길이며, 조선도 마찬가지일 것이다.

70
성경잡지에서 본 이백의 '월하독작' 과 비교해보라.
"三盃通大道 석 잔 술로 대도에 통하고/一斗合自然 한 말 술로 자연과 합일하니"
이백의 '자연과의 합일' 을 대체하는 '인간과의 합일' 이다.

다. [若忘未卽去 恐生帶下]68

양기를 돋우는 방법으로는, 가을 잠자리의 머리와 날개와 다리를 떼어 버리고, 곱게 갈아서 쌀뜨물에 반죽을 하여 환을 만든다.69 삼흡三合을 먹으면 아이를 낳을 수 있고, 한 되를 먹으면 노인도 젊은 여자를 사랑을 나눌 수 있다.70

이상의 글은 왕곡정에게 준 것들이다.

面上水痣 俗號武射莫爲 治方 秋海水洗 立消無痕 余從弟綏源履仲
八九歲時 滿面水痣 百方無效 有魚姓老醫 敎洗八九月海水 數洗立效

余十一二歲 滿面鼠乳癜 眼睫耳輪尤甚 纍纍如黏飯顆 照鏡輒大啼恚
百方無效 時方春夏 難等秋海水 取鹽井水泡 和水 數洗自乾 神效 余廣
其傳 無不收效

王鵠汀僕鄂哥 年二十一 貌頗佼好 方患痢苦劇 鵠汀問余請敎貴國太
醫 余曰 不須問醫 掘土濕處 得蚯蚓數十條 入白滾湯 取汁 煩渴引飮
以此水多飮之 當有效 鵠汀立試之 卽差

有穆生者 方患瘰 鵠汀引生示余請方 余言露薑汁 穆稱謝而去 翌日還
程 未知試此收效否也 盖露薑汁治瘰良方 取生薑一角 擦取汁 露置一
夜 日出前東向坐嚥下 屢試屢效

口外人多瘻 女子尤甚 余授鵠汀一方曰 瘻若是痰核則每飯時 先抄一
匙置掌中 團握飯畢 以鹽少許入掌中飯 以拇指擦爛貼之 久久自潰 飯
用粳米飯

催産方 取蓖麻子一箇 搗傅足掌中湧泉 順産 産後 須卽去之 若忘未
卽去 恐生帶下

壯陽方 取秋蜻蜓去頭翅足 硏極細 泔水和丸 三合 能生子 一升 老人
能媚少姬

已上書與王鵠汀

玉匣夜話

제16장

옥갑야화
하늘상자에 담아낸 인간극장

"우리가 알아야 할 것은, 오직 신과 천사들만이 사람들이 살아가는 인간극
장의 구경꾼이 될 자격이 있다는 점이다." ―프랜시스 베이컨―
『열하일기』란 조선백성들이 인간극장을 관조할 수 있도록 연암이 기획한
'인간극장'이며, 「옥갑야화」는 그 하이라이트다.

도입: 두 종류의 인간으로 갈라진 세상

01
옥갑玉匣은 존재하지 않는 지명이다. 가상세계에서 새로운 인간세계의 법칙을 선언하겠다는 표지다. 한나라의 종리권이 옥갑비결玉匣秘訣을 얻어 신선이 되었다는 이야기가 있다. 그러나 연암은 옥갑비결(하늘의 비결)을 가지고 인간세상으로 내려온다. 제우스신전의 불을 훔쳐다 준 프로메테우스처럼.

돌아오는 길에 옥갑玉匣에 도착하였다.[01] 여러 비장들과 침상에서 밤새 이야기를 나누었다. 연경은 옛날에는 풍속이 순후하여 역관배가 말하면 만금이라도 무난히 빌려주었는데, 요즘에는 그들이 모두 사기꾼이 되었으니 원인은 우리나라 사람들에게 있는 것이다.

■ 지금으로부터 서른 해 전의 일이다. 한 역관이 아무 것도 가진 것 없이 연경에 들어갔다가 돌아올 제 그 단골 주인을 만나 눈물을 글썽거렸다. 주인은 이상하게 생각하여 사연을 물었더니, 역관은 이렇게 대답했다.

"압록강을 건널 때에 은밀히 남의 은銀—포包를 초과하는 돈—을 가지고 왔다가 발각되어 제 것까지 모두 관官에 몰수되었습니다. 이제 빈손으로 돌아가 생활하기가 막막하여 차라리 이곳에서 죽고자 합니다."

말을 마친 역관이 곧 칼을 빼어 자결하려 하자, 깜짝 놀란 주인이 다급하게 칼을 빼앗으면서 말했다.

"몰수된 은이 얼마나 되는지요?"

"삼천 냥입니다."

"사내가 이 세상에 태어나지 않음이 걱정이지, 돈이 없는 게 뭐가 그리 걱정이겠소. 이제 이곳에서 죽고 돌아가지 않으면, 당신 처자식은 어떻게 살아가라는 거요. 내가 당신에게 만 금을 빌려 드릴 테니 5년 동안 벌면 아마 만 금은 남겠지요. 그때 원금만 나에게 갚아 주시오."

주인의 돈을 받은 역관은 그 돈으로 많은 물건을 사 가지고 돌아왔다. 그 당시에는 그 일을 아는 사람이 없었으므로 그의 재능을 신기하게 여기지 않는 이가 없었다. 그는 과연 5년 만에 큰 부자가 되더니, 곧 역원譯院의 명부에서 자기 이름을 빼버리고는 다시는 연경에 들어가지 않았다. 어느 날 그의 친구 하나가 연경에 들어가게 되자, 역관은 친구에게 당부하였다.

"연경에 가거든 아무개 단골 주인을 찾아주게. 그는 응당 내 안부를 물을 테니 자네는 내 집안이 몹쓸 전염병에 걸려서 만나서 몰살당했다고만 전해 주게."

그 친구가 너무나 황당한 기색을 보이자 역관은 다시 한 번 말했다.

"만일 그렇게만 하고 돌아온다면 마땅히 자네에게 돈 일백 냥을 주겠네."

그 친구는 연경에 가서 그 단골 주인을 만났다. 주인이 역관의 안부를 묻기에, 그 역관이 부탁한 대로 대답하였다. 주인은 곧 얼굴을 손으로 가리고 한바탕 슬피 울었다.

"아아, 하늘이시여. 무엇 때문에 이다지도 선량한 사람의 집에 이렇듯 참혹한 재앙을 내리셨나요!"

그리고는 그 친구에게 곧 백 냥을 내주며 당부하였다.

"그이가 처자와 함께 죽었으니, 당신이 고국에 돌아가시는 날 오십 냥으로 내 몫의 제물을 갖추고, 나머지 오십 냥으로 재齋를 벌여서 그의 명복冥福이나마 빌어 주시오."

친구는 몹시 아연했으나 벌써 거짓말을 하였는지라 하는 수 없이 백 냥을 받아 가지고 돌아왔다. 친구가 그 역관의 집을 찾았을 때는 벌써 역병疫病을 만나서 일가족이 모두 죽은 다음이었다. 그는 놀랍고 두렵기도 하여 그 일백 냥으로 그 단골 주인이 부탁한 대로 재를 드리고, 죽을 때까지 다시는 연행燕行을 가지 않기로 작정하였다.

"내 무슨 낯으로 그 단골 주인을 만나겠는가."

2 누군가 이런 이야기를 하였다.

"지사知事 이추李樞는 근세에 유명한 통역관이었다. 평소 입으로 돈 이야기를 한 적이 없었고, 40여 년을 연경에 드나들었으되 손에는 일찍이 은을 만져본 적도 없었으니, 근실한 군자君子의 기풍을 지녔다고 할 만하다."

3 어떤 이는 다음과 같은 이야기를 하였다.

당성군唐城君 홍순언洪純彦은 만력萬曆 연간의 유명한 통역관이다. 홍순언이 북경에 들어가 어떤 기생집에 놀러 갔다. 기생의 얼굴에 따라서 등급을 매겨 화대를 정했는데, 천금이나 되는 비싼 돈을 요구하는 기생이 있었다. 홍洪은 곧 천금을 주고 하룻밤 놀기를 청하였다. 그 여인은 바야흐로 방년 16세요, 절색을 지녔다. 여인은 홍과 마주 앉아 울면서 하소연했다.

"제가 애초 이토록 거금을 요구한 까닭은 실로 천하의 사내들이 모두들 인색하여 하룻밤에 천금을 쓸 자가 없으리라는 생각으로 당분간 욕을 면하려는 의도였습니다. 그렇게 포주를 속이면서 하루 이틀 보내는 동안, 행여나 천하의 의로운 남자가 나타나 이 몸을 속량하여 소실로 삼아주리라는 희망을 품게 되었지요. 그러나 제가 창관娼館에 들어온 지 닷새가 지났으나 감히 천금을 갖고 오는 이가 없더니, 이제 다행히 천하의 의기 있는 남자를 만나게 되었습니다. 그러나 공公은 외국 사람인만큼 법적으로 저를 고국으로 데리고 가기는 어려울 것이니, 이 몸은 한번 더럽힌다면 다시 씻기는 어려운 일입니다."

홍은 기생을 몹시 불쌍히 여겨서 기방에 들어온 사연을 물었더니, 여인이 대답하였다.

"저는 남경南京 호부시랑戶部侍郎 아무개의 딸이옵니다. 아버지께서 장물에 얽혀 집안이 몰락한 바, 기생집에 몸을 팔아서 아버지를 죽음에서 구한 것입니다."

"실로 그런 사연인 줄은 몰랐도다. 이제 내가 당신의 몸을 속량할 테니 몸값으로 얼마를 치르면 되는가?"

"이천 금이옵니다."

홍순언은 곧 그 돈을 치르고는 작별하였다. 여인은 홍을 은부恩父라 일컬으면서 수없이 절하고는 서로 헤어졌다.

그 후 언젠가 홍순언이 다시 중국에 갔는데, 길가에서 만난 사람들이 모두들 '홍순언이 들어오나요?' 하고 묻기에 홍은 괴이하게 여겼다. 연경에 이르자 어떤 사람이 길 왼편에 성대한 장막을 쳐놓고 홍을 맞이하였다.

"병부상서 석노야石老爺께서 어른을 모시라고 하옵니다."

홍순언이 사자를 따라 석씨石氏의 사저로 들어가니 석 상서石尙書가 맞이하여 공손히 절한다.

"은혜로운 장인丈人 어르신. 공의 따님이 오랫동안 아버님을 기다렸답니다."

석상서를 따라 내실로 들어가니, 그의 부인이 눈부시게 단장하여 마루 밑에 엎드려 절한다. 송구하여 어쩔 줄을 모르는 홍순언에게 석 상서가 웃으면서 말했다.

"장인丈人께서 벌써 따님을 잊으셨나요?"

홍은 그제야 비로소 그 부인이 지난날 기생집에서 속량했던 여인인 줄을 깨달았다. 그녀는 창관에서 나오게 되자 곧 석성石星의 계실繼室이 되었으니 귀부인이 된 몸이지만, 손수 비단에다가 군데군데 '보은報恩'이라는 두 글자를 수놓은 선물을 준비하여 홍순언을 기다려왔다. 홍이 고국으로 돌아올 때 그녀는 보은단報恩緞 외에도 각종 비단과 금·은 보화를 이루 헤아리지 못할 만큼 행장 속에 넣어 주었다. 그 뒤 임진왜란이 일어나자 석성이 병부에 있으면서 출병出兵을 강력히 주장하였으니, 이는 석성이 애초부터 조선 사람을 의롭게 여겼던 까닭이다.

■4 어떤 이는 또 이런 말을 하였다.

조선 상인들의 단골이었던 정세태鄭世泰는 연경의 갑부였다. 그런데 정세태가 죽자 그 집은 하루아침에 알거지가 되고 말았다.

그에게는 손자 하나가 있었는데, 뭇 사내들 중에 절색이었으나 어려서 극장에 몸이 팔렸다. 훗날 정세태 생전에 회계를 보던 임가 林哥라는 사람이 이름난 부자가 되었다. 어느 날 임가는 극장에서 연극하는 미남자가 정씨鄭氏의 손자임을 알고는 껴안고 흐느껴 울었다. 임가는 곧 천금을 주어 그를 속량하여 집으로 데려와 집안 사람들에게 타일렀다.

"너희들은 이 아이를 잘 대우하라. 이 아이는 우리 집 옛 주인이니 결코 배우의 몸이라 해서 천시하면 안 된다."

그 아이가 자라난 뒤에 임가는 그 재산의 절반을 나눠서 살림을 시켰다. 그는 몸이 살찌고 살결이 몹시 희며 얼굴이 수려하였는데, 아무런 하는 일 없이 그저 연鳶 날리기로 소일하며 성안에서 노닐 따름이었다.

5 옛날 북경에서 물건을 매매할 때는 일일이 포장을 끌러 확인하지 않고, 연경에서 단골 주인이 포장해 준 것을 그대로 갖고 와도 조금도 그릇됨이 없었다. 언젠가 어떤 상인이 흰 털모자를 구입하였는데 돌아와서 포장을 뜯어보니 모두 흰 두건이었다. 그러나 북경상인의 고의는 아닐 것이므로, 구입한 자는 북경에서 확인하지 않은 것만 후회할 따름이었다. 그런데 정축년(1757년)에 두 번이나 국상國喪을02 당하자 도리어 배나 되는 값을 받았다. 그러나 이는 역시 저들의 태도가 일이 옛날과 같지 않다는 전조前兆인 것이다. 근년에 이르러 상인들은 화물을 반드시 스스로 단속하지, 단골집 주인에게 맡기지 않는다고 한다.

02
숙종의 계비인 인원왕후와 영조의 비 정성왕후의 상喪이다.

6 어떤 이는 또 다음과 같이 말하였다.

변승업卞承業이 중한 병에 걸리자 곧 변리로 빌려준 돈의 총계를 파악하고자 모든 장부를 모아 놓고 집계를 하여본즉, 은銀이 모두 50여 만 냥이었다. 그의 아들이 승업에게 청하였다.

"이 돈을 분산한다면 빌려주고 거두어들이는 일이 번거로울 뿐 아니라 시일을 오래 끌면 돈을 떼여 축나고 말 테니 이제 그만 거두어들이는 게 상책일 것입니다."

그러자 승업은 크게 화를 내며 아들에게 말하였다.

"이 돈은 곧 만호萬戶에 이르는 한양 백성의 생명줄인데 어찌 하루아침에 끊어버린단 말이냐!"

그 후 승업이 나이가 들어 자손들에게 경계하였다.

"내 일찍이 공경公卿들을 섬겨본 적이 많은데 그들 중에 나라의 권세를 잡고서 자기의 사사로운 이익을 꾀하는 이 치고 그 권세가 삼 대를 가는 이가 없더라. 그리고 이 나라에서 돈놀이를 하는 사람들은 으례 우리 집을 기준으로 이자를 정하고 있으니, 이 또한 하나의 국론國論인 만큼, 돈을 분산하지 않는다면 장차 재앙이 일어날 것이다."

지금 승업의 유지를 받든 자손들은 다소 번창하였으나 백성들은 가난하게 되었으니, 승업이 만년에 재산을 많이 분산한 까닭이다.

7 나도 역시 승업과 관련된 이야기를 했다.

나는 일찍이 윤영尹映이란 이에게 변승업의 부富에 관한 이야기를 들었다. 그의 부富는 특별한 유래가 있다. 승업의 조부 대에는 돈이 몇 만 냥에 지나지 않았다. 승업의 조부는 일찍이 허씨許氏 성姓을 지닌 선비로부터 은 십만 냥을 얻어서 드디어 일국의 으뜸이 되었는데, 승업에게 이르러서는 조금 쇠퇴된 셈이다. 윤영은 변씨의 재산이 처음 일어날 때도 특별한 명운이 있었던 것 같다고 하였다.

내 생각에 변가卞家와 허생許生 사이의 일은 매우 이상한 일인데, 허생은 끝내 자기의 이름을 드러내지 않았으므로 세상에 그를 아는 이는 없었다고 한다.

이제 윤영의 이야기를 적으면 대략 이러이러하다.

옥갑야화 도입부 일곱 가지 이야기. 먼저 네 가지를 보자.

1. 은혜를 원수로 갚은 역관 이야기.
2. 금전을 멀리하는 역관 이추李樞 이야기.
3. 억울한 처녀를 속량한 홍순언 이야기.
4. 옛 주인의 아들을 속량한 임가林哥 이야기.

이야기들은 모두 선善과 악惡에 대한 이야기다. 주인공들의 캐릭터를 하나씩 짚어보자.

1. 은혜를 베푼 단골주인은 지극한 선善이다. 은혜를 원수로 갚은 역관은 천벌을 받아 마땅한 악惡이다.

   그러나 과연 단골주인을 선善이라 할 수 있을까?

   사기꾼에게 중국의 소중한 자원을 홀랑 갖다 바친 멍청이를 말이다.

2. 금전을 멀리하는 역관 이추李樞는 군자君子다. 그러나 돈을 멀리 하면서 저 혼자 고고한 달빛세계를 노니는 방관자를 어찌 선善이라 하겠는가!

3. 억울한 처녀를 속량한 홍순언은 천하의 사내대장부다.

   홍순언은 은혜를 베풀고 처녀는 보은하였으니, 그야말로 아름다운 이야기가 아닌가. 그러나 1번 이야기와 비교해보라. 사기꾼에게 중국의 소중한 자원을 홀랑 갖다 바친 멍청이와 무엇이 다르겠는가. 다행히 처녀는 은혜를 갚았고, 그것은 조선에 막대한 도움이 되었다. 그러나 그것은 결과론에 불과하다. 홍순언이 기생에게 거금 2천금을 던져준 행위는 조선의 소중한 자원을 내던져버린 멍청하고 무책임하고 파렴치한 행위다.

4. 옛 주인의 아들을 속량한 임가林哥 역시 홍순언과 대동소이하
   다. 소중한 자원을 쓰레기통에 처박아버린 것이다.

   이상 4가지 인간모델은 전부 우리가 청산해야 할 멍청하고 기만
적이고 무책임한 인간 군상들이다. 우리는 왜 이렇게 멍청한 '가치'
에 편력하는가? 다름 아닌 선善과 악惡이라는 편견 때문이다.

   그러면 어떻게 새로운 교과서를 만들어낼 것인가?

   작가는 교과서를 쓰기에 앞서 두 가지 사례를 제시한다.

   이야기5, 털모자와 두건 이야기.

   상인은 북경에서 털모자를 샀다. 조선에 들어와서 보니 초상집
두건이었고, 마침 두 차례 국상을 만나 대박이 터졌다. 대박의 요
인은 국상이라는 우연한 사건이다.

   그러나 두 차례 국상을 치를 두건이 부족할 만큼 한양의 상업이
허술하였을까?

   두 명의 왕후가 죽은 것은 1757년이다. 그 다음 해인 1758년(영
조33년) 새로운 예법을 규정한 〈국조상례보편〉이 완성된다. 영조의
야심작이 개봉박두를 앞둔 시기에 일어난 두 차례 국상은 새로운
상례喪禮을 선보이는 패션경연장이었으리라. 한양의 상인들은 미
처 새로운 상복喪服을 준비하지 못하였을 것이니, 때마침 잘못 사
온 흰 두건이 대박을 터뜨린 것이다.

   그런데 영조대왕은 왜 호화찬란한 초상문화를 일으키는가?

   춘추대의 전략이다. 예법을 지키는 아름다운 군자들을 만들어
내어 무너져가는 중화주의를 일으켜 세우고자 함이다.

◇◇◇

그러나 앞서 4가지 이야기에서 제시되었듯이, 아름다운 군자들이란 바보멍청이가 아닌가. 조선의 백성들을 모조리 바보멍청이로 만들어버리겠다는 말이다. 비법은 '유행'이다.

새로운 유행을 창조하라. 펄럭이는 옷을 입고 열심히 제사를 지내는 풍속을 창조하라. 더욱 복잡하고 화려한 상례절차를 만들어 공작새본능을 자극하라.

결국 '이야기5'는 과제를 제시하고 있다.

우리는 영조·정조처럼 백성을 기망하는 왕에게 조선의 운명을 맡길 것인가?

아니다. 응당 맞서 싸워야 할 것이다.

이야기6, 변승업 이야기.

변승업이 자손들에게 남긴 좌우명은 오늘날 포트폴리오 portfolio 투자론이다.

"분산투자하라."

그리하여 변승업 가문의 부富는 다소 증가하였다. 포트폴리오의 위험분산 기능 덕택이다. 그러나 변승업의 의도와는 달리, 백성들의 삶은 더욱 곤궁해졌다.

이유는 무엇인가?

대답은 〈허생전〉에 있다. 이제 〈허생전〉의 구조를 보자.

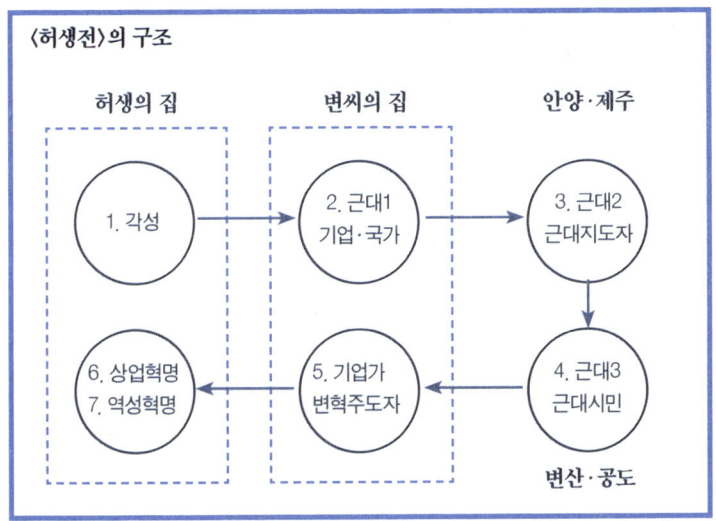

제1막: 아내에게 바가지를 긁히고 공자의 동굴을 탈출한다.

제2막: 변씨를 찾아가 1만 냥의 돈을 빌린다. 근대기업의 탄생이
　　　다. 또한 근대국가의 탄생이다.

제3막: 과일장사와 말총장사로 돈을 번다. 우리를 기망하는 가치
　　　와의 전쟁이며, 그것이 기업가의 사명이다.

제4막: 도적들과 함께 근대시민사회의 가능성을 실험한다.

제5막: '장사치의 역설'로 '기업가'를 선언한다.

제6막: 경영학 경제학 강의로 변씨(상인)을 계몽한다.

제7막: 상인혁명은 실패하였다. 이제 방법은 하나뿐이다.

제1막: 허생의 7년지병, 마누라의 3년지애

허생은 묵적동墨積洞에 살았다. 남산 밑 우물가에 오래 된 살구나무가 서 있고, 살구나무를 향하여 사립문이 열렸는데, 두어 칸 초가는 비바람을 막지 못할 정도였다. 그런데도 허생은 글 읽기만 좋아하여, 그의 처가 바느질품을 팔아서 겨우 입에 풀칠을 하였다.

어느날 허생의 처가 몹시 배가 고파서 울음 섞인 소리로 말했다.

"당신은 평생 과거를 보지도 않으면서, 글을 읽어 무엇 합니까?"

허생은 웃으며 대답했다.

"아직 공부가 부족하여 그렇소."

"그럼 장인바치 일이라도 못 하시나요?"

"장인바치 일은 본래 배우지 않았는데 어떻게 하겠소?"

"그럼 장사는 못 하시나요?"

"장사할 밑천이 없는 걸 어떻게 하겠소?"

처는 왈칵 성을 내며 소리쳤다.

"밤낮 글을 읽더니 기껏 '어떻게 하겠소?' 소리만 배웠단 말씀이오? 장인바치도 못한다. 장사도 못한다. 그러면, 도적질이라도 못 하시나요?"

허생은 읽던 책을 홱 덮어버리고 일어났다.

"아깝다. 내가 당초 글 읽기로 십 년을 기약했는데, 인제 칠 년인걸"

벼슬도 못한다. (농사도) 장인바치도, 장사도 못한다. 그런 바보천치를 깨우치고자 마누라는 특별한 시술을 한다. 소크라테스의 산파술이며 맹자의 문답법이다. 못한다. 못한다. 못한다. … 마누라는 최후의 일격을 날린다.

"그러면 도적질이라도 못 하시나요!"

사농공상의 위계질서(프레임) 밖으로 끌어내려는 것이다.

"아깝다. 내가 당초 글 읽기로 십 년을 기약했는데 …"

도대체 무엇이 아깝다는 말인가?

남아있는 3년인가? 아니면 잃어버린 7년의 세월인가?

『맹자』의 '7년지병七年之病 3년지애三年之艾'를 보라.

7년 묵은 병을 고치기 위해서는 3년 묵은 쑥이 필요하다. 그런데 요즘 천하를 얻겠다는 자들은 무턱대고 3년지애를 찾아다닌다. 싱싱한 쑥을 캐어다가 3년 동안 말려야 3한다.

맹자가 가르친 비밀은 무엇일까?

'도적질'이다. 3년지애. 맹자는 3년이면 비결을 깨우친다는데, 나는 7년을 방안에 처박혀 있었구나. 아깝다, 4년이여.

마누라의 산파술 덕택에 허생은 책장을 덮고 일어섰다.

마누라는 누구인가?

바느질 품삯으로 연명하는 이 땅의 민중이다.

허생은 누구인가?

민중의 밥을 염치없이 빼먹는 쥐새끼들(사대부계급)이다.

"도적질이라도 못 하시나요!"

허생에게 '위대한 도적질'을 주문하는 민중의 절규다.

제2막: 제물론 자아, 소요유 기업

특별히 아는 사람이 없었던 허생은 바로 운종가雲從街로 나가서 지나가는 사람을 붙들고 물었다.

"한양에서 제일 부자가 누구요?"

누군가 변씨卞氏라고 말해 주자, 곧 허생은 변씨 집을 찾아갔다.

"나는 집이 가난합니다. 조그만 시험을 한 번 해보려 하는데, 원컨대 군자[君]를 따르고자[從] 하는 바 1만 냥만 투자[借]하시오." [吾家貧 欲有所小試 願從君借萬金] 03

"좋소이다." [諾]

변씨는 두말없이 당장 만 냥을 내주었다. 허생은 감사하다는 한마디 인사도 없이 휙 나가 버렸다.

변씨의 자제들과 손님들은 기가 막혔다. 허생의 몰골을 보니 영락없는 거지였다. 허리를 두른 실띠는 술이 빠져 너덜너덜하고, 갓신은 뒷굽이 떨어졌으며, 쭈그러진 갓에 허름한 도포를 걸치고, 코에서 맑은 콧물이 흘렀다.

허생이 나간 다음 모두들 어리둥절해서 물었다.

"저이를 아시나요?"

03
'종군從君'은 『주역』 '혁괘革卦'에 나오는 말이다. 허생은 변씨를 '군자君子'로 지칭하면서 자신은 '소인小人'을 자임하고 있다. '군자 대 소인'의 관계에서 1만냥 투자[借]를 청한다. 성사되면 두 사람은 '상단商團 대행수'의 관계가 된다. 오늘날 재벌기업이 벤처사업가에게 투자하는 격이다.

옥갑야화 | 하늘상자에 담아낸 인간극장

"모르지."

"아니, 평생 누군지 알지도 못하는 사람에게 만 냥을 그냥 내던 저 버리고 성명도 묻지 않으시다니, 대체 무슨 영문인가요?"

변씨가 대답하였다.

"그건 너희들이 알 바 아니다. 대체로 남에게 무엇을 구求하러 오는 사람은 으레 자기 뜻을 대단히 선전하고, 신용을 자랑하면서 도 비굴한 빛이 얼굴에 나타나고, 말을 중언부언하게 마련이다.[04] 그런데 저 손님은 비록 행색은 궁색하지만, 말이 명료하고 눈을 자 신만만하게 뜨며 얼굴에 비굴한 기색이 없는 것으로 보아,[05] 재물 이 없어도 스스로 만족할 줄 아는 사람이다. 그런 사람이 해보겠 다는 일이라면 분명 작은 일은 아닐 터, 기왕 만 냥을 내줄 바에야 성명은 물어 무얼 하겠느냐?"[06]

[04]
변씨가 묘사하는 '남에서 구하러 오는 사람'의 모습은 『주역』 '혁 괘革卦'에 나오는 '군자표변君子 豹變'에 해당한다. 후술한다.

[05]
변씨가 묘사하는 허생의 태도는 『주역』 '혁괘革卦'에 나오는 '대 인호변大人虎變'에 해당한다.

[06]
변씨는 '사람 보는 법'을 자랑한 다. 그러나 그것은 이미 책에 있 는 것으로, 웬만한 사기꾼들은 다 안다. 허생이라는 사기꾼은 변씨의 '상식'에 맞추어 최적의 '프리젠테이션'을 구사한 것이다. 이상 변씨의 허술한 태도는 무엇 을 암시하는가?

『주역』 (49)혁괘革卦

革 己日 乃孚 元亨利貞 悔亡

[初九] 鞏用黃牛之革

[六二] 己日 乃革之 征 吉 无咎

[九三] 征 凶 貞厲 革言三就 有孚

[九四] 悔亡 有孚 改命 吉

[九五] 大人虎變 未占 有孚

　　　(象曰 大人虎變 其文炳也)

[上六] 君子豹變 小人革面 征 凶 居貞 吉

　　　(象曰 君子豹變 其文蔚也 小人革面 順以從君也)

혁革이란, 이미 때가 도래하여 마침내 뜻을 품었음이니, 원형의정의
회한은 사라지리라.

[初九] 황소 가죽으로 단단히 묶어야 한다.

[六二] 때가 되었다면 비로소 혁명하여 나아감[征]이 길하다. 허물은
　　　없으리라.

[九三] 나아감은 그 자체가 흉하고 끝이 위태로운 것이니, 혁명을 요
　　　구하는 소리를 3번 듣고 백성과 공감해야 할 것이다.

[九四] 회한은 사라진다. 백성들의 공감이 있다면 천명을 바꾸는 것
　　　이 길하다.

[九五] 대인이 호랑이처럼 변하면 점을 칠 필요도 없이 백성들의 신
　　　뢰를 얻을 것이다.

　　　(상왈象曰 대인호변大人虎變이란 그 낯빛이 빛남을 말한다.)

[上六] 군자는 표범처럼 변하고 소인은 단지 얼굴만 바꾸니, 나아가
　　　면 흉하다. 죽은 듯이 지내는 것이 길하다.

　　　(상왈象曰 군자표변君子豹變이란 얼굴에 무성하게 드러내는
　　　것이다. 소인혁면小人革面이란 순순히 군자를 따르는 것이다.)

우선 '혁괘革卦'를 명시하였다는 것은 혁명선언을 의미한다.

허생은 혁명을 위한 1만 냥의 종자돈을 투자하라고 제안한다.

"吾家貧 欲有所小試 願從君借萬金"

종군從君은, 변씨를 군자君子로 모시겠다는 말이다. [上六] 상왈 象曰 '順以從君也'를 인용한 표현이다. 그러므로 1만 냥 벤처프로젝트의 주인은 변씨이며, 허생은 변씨의 위임을 받은 대리인이다. 변씨는 자기 입으로 허생의 제의를 수락[諾]하였지만, 아직 '거래'의 의미를 모르고 있다.

변씨가 '1만 냥을 빌려준 이유'는 무엇인가?

허생의 태도는 [上六]군자표변君子豹變이 아니라 [九五]대인호변大人虎變이기 때문이다. 군자를 따르면 흉하지만, 대인을 따르면 길하다는 주역의 가르침을 따른 것이다.

그러므로 작가는 무엇을 암시하고 있는가?

주역은 이미 '군자'의 허위성을 알고 있다.

또한 주역은 군자를 능가하는 대인을 내세우지만, 그것도 역시 기만이다. '이런 사람(대인)은 진짜다. 대인을 따르라.' 이러한 선전 자체가 사기꾼들의 수법이기 때문이다.

그러므로 변씨의 또 하나의 한계가 『주역』에 대한 맹신이다. '얼굴이 이러이러한 사람은 믿을 만하다.' 이런 말은 우리를 교묘하게 지배하고 있는 기망이자 인간에 대한 편견이다.

결국 작가는 『주역』을 이용하여 『주역』에 기반을 둔 중화주의 타도를 선언하고 있다.

어떻게 썩어빠진 세상을 뒤집어엎을 것인가?

> 어느 날 장주는 자신이 나비가 되는 꿈을 꾸었다. 자유로이 **훨훨** 날아오르는 나비일러라. 스스로 하염없이 즐기면서도 자기가 장주임을 깨닫지 못했다. 그러나 문득 깨어나 보니 틀림없이 주周가 아닌가. 주가 나비의 꿈을 꾼 것인지, 아니면 나비가 주의 꿈을 꾼 것인지 알 길이 없다. 장주와 나비 사이에는 구별이 있을 게 아닌가. 이를 일러 '물화物化'라 한다.

장자莊子는 3인칭화법을 사용하여 스스로를 주周라 부른다. 마지막 행 '물화物化'라는 단어가 키워드. 자기가 객체인지 주체인지 모를 정도의 물아일체의 경지다. 호접몽에서 '시정잡배들의 신호접몽'을 찾아낸 연암은 이제 거대한 봉황새가 되어 구름 같은 날개를 퍼덕이며 구만리장천을 날아가지 않겠는가. 호접몽의 힘으로 거대한 세상을 뒤집을 것이라는 말이다.

어떻게 장자처럼 거대한 새가 될것인가?

돈을 빌려주는 것이다. 허생과 같은 훌륭한 기업가에게.

그것이 근대기업의 탄생이다. 변씨가 모르는 거래의 의미를 허생은 제6막에서 설명할 것이다.

제3막: 이利의 경영학, 용用의 인문학

1만 냥을 손에 쥔 허생은 자기 집에 들르지도 않고 바로 안성으로 내려갔다. 안성은 충청 전라 경상도 각지에서 온갖 재물들이 한양으로 올라오는 길목. 허생은 거기에서 온갖 과일들을 두 배의 값을 지불하고 닥치는 대로 사들였다. 허생이 과일들을 모조리 쓸어 담자, 금세 온 나라는 잔치나 제사를 못 지낼 지경이 되고 말았다. 얼마 안 가서 허생에게 두 배의 값을 받고 팔았던 상인들은 도리어 열 배의 값으로 허생의 과일들을 되사가게 되었다.

"만 냥으로 온갖 과일 값을 좌지우지했으니, 우리나라의 수준을 알 만하구나."

그는 다시 칼, 호미, 포목 따위를 가지고 제주도에 건너가서 말총을 죄다 사들이면서 말했다.

"몇 해 지나면 이 나라 사람들이 머리를 싸매지 못할 것이다."

과연 얼마 안 가서 망건 값이 열 배로 뛰어올랐다.

서른 개의 바퀴살이 살통에 모였으니

그 텅 빈 곳이 있어서

수레는 쓸모가 있다

진흙을 빚어서 그릇을 만드는데

그 텅 빈 곳이 있어서

그릇은 쓸모가 있다

창을 내고 문을 뚫어 집을 짓는데

그 텅 빈 곳이 있어서

집은 쓸모가 있다

고로, 유有의 가치가 있는 것은

무無가 그것을 쓸모 있게 만들기 때문이다.

유有는 눈에 보이는 현상세계, 무無는 보이지 않는 본질의 세계. 노자老子는 이 두 개의 세계를 이利와 용用으로 설명하고 있다. 노자의 철학에서 뽑아낸 경영의 비결은 무엇인가?

두 가지 물건을 주목하라.

제사용 과일과 망건은 모두 사대부들의 신분을 나타내는 상징재화. 다름 아닌 공작새의 깃털이다. 그러므로 허생의 비결은 다름 아닌 수요공급의 법칙, 상징재화로서 과일과 말총은, 가격을 아무리 올려도 소비자들은 소비를 줄이지 않는다. 그것을 간파한 허생은 과일과 말총을 독점한 다음 값을 터무니없이 올렸지만, 소비자(사대부)들은 울며 겨자 먹기로 값비싼 과일과 망건을 사지 않을 수 없었다. 그리하여 간단히 10배의 폭리를 거두어들인 허생은 한숨을 쉬며 탄식한다.

"만 냥으로 온갖 과일 값을 좌지우지했으니[以萬金傾之], 우리나라의 수준을 알 만하구나[知國深淺矣]."

수요공급의 법칙과 가격결정

오른쪽 그래프는 일반적인 재화의 수요공급의 법칙을 나타낸다. 공급곡선을 위로 이동시켰을 때, (수요공급의)균형점은 E1에서 E2로 이동하여 가격은 P1에서 P2로 상승한다. 그럼에도 불구하고 x축 y축과 점선으로 이루어지는 사각형의 면적(총수입)은 크게 변화가 없을 것이다. 가격을 올리더라도 총수입은 증가하지 않는다는 말이다.

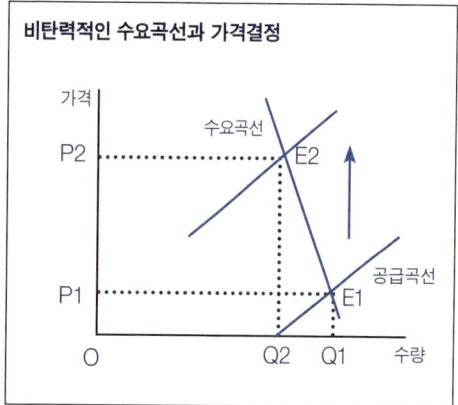

그러나 제사용 사과나 사대부들의 망건을 만드는 말총이 경우에는 사정이 다르다. 수요곡선이 수직선에 가까울 만큼 가파르기 때문이다. 바꾸어 말하면, 가격을 다섯 배 열 배를 올리더라도 의례를 목숨처럼 여기는 사대부들이 죽기 살기로 덤벼들기 때문이다.

두 번째 그래프에서 공급곡선을 이동시켜 가격을 P1에서 P2로 상승시켰을 때, 총수입(사각형의 면적)이 얼마나 증가하는지를 보라.

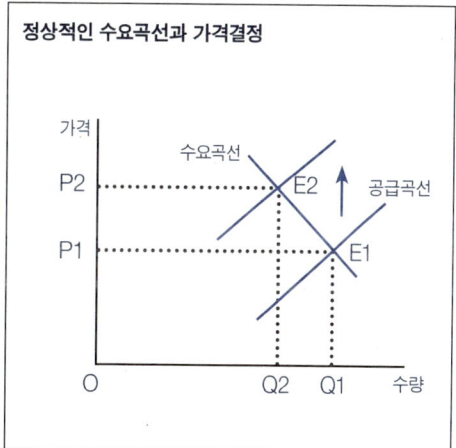

허생은 무엇을 한탄하고 있을까?

학교에서는 '우리나라 경제의 취약성'이라고 가르친다.

그러나 원문을 보라. 한탄의 대상은 국심천國深淺. '나라의 수준 (깊고 얕음)'으로서 양量이 아니라 질質의 문제다. 허생이 한탄하고 있는 것은 '취약한 경제'가 아니라 죽기 살기로 '명나라의 옷에 집착하는 제사를 지내고자 하는 '천박한 풍토'다.

결국 비결은 가죽신과 나막신. 천박한 인문학을 바라보라. 그러면 경영이 보일 것이다.

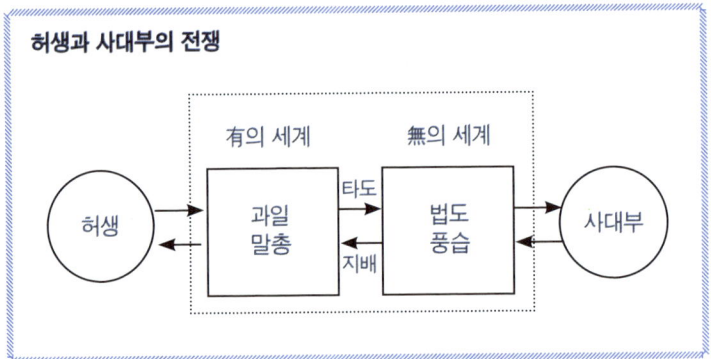

허생과 사대부의 전쟁

有의 세계   無의 세계

허생 → 과일 말총 →타도 법도 풍습 ← 사대부
      ← 과일 말총 ←지배 법도 풍습

허생의 경영은 무엇인가?

사대부들의 세상을 타도하기 위한 인문학과의 전쟁이다.

과일과 말총이 없으면 제사를 못하고 법도가 무너진다. 법도란 사대부들의 지배수단으로서 상부구조. 그 기만의 성을 지켜내고자 사대부들은 죽기 살기로 저항하고 있는 것이다.

제4막: 도적들에게 '인간'을 묻다

허생은 늙은 사공을 만나 말을 물었다.

"바다 밖에 혹시 사람이 살 만한 빈 섬이 없던가?"

"있습지요. 언젠가 풍파를 만나 서쪽으로 줄곧 사흘 동안을 흘러가서 어떤 빈 섬에 닿았습니다. 아마 사문沙門과 장기長岐의 중간쯤 될 겁니다. 꽃과 나무는 제멋대로 무성하여 과일 열매가 절로 익어 있고, 짐승들이 떼 지어 놀며, 물고기들이 사람을 보고도 놀라지 않습디다."

허생은 대단히 기뻐하며 말했다.

"자네가 만약 나를 그 곳에 데려다 준다면 부귀를 누리게 하겠네."

사공은 흔쾌히 승낙을 했다.

드디어 바람을 타고 동남쪽으로 가서 그 섬에 이르렀다. 허생은 높은 곳에 올라가서 사방을 둘러보고는 실망하여 말했다.

"땅이 천 리도 못 되니 무슨 큰일을 해 보겠는가? 그나마 토지가 비옥하고 물이 좋으니 돈 많은 늙은이는 될 수 있겠구나."

"텅 빈 섬에 사람이라곤 하나도 없는데, 대체 누구와 더불어 사신단 말씀이오?"

"덕이 있으면 사람이 절로 모인다네. 덕이 없을까 두렵지, 사람이 없는 것이야 근심할 것이 있겠나?"

이 때, 변산반도에는 수천의 도적 떼들이 우글거리고 있었다. 조정에서는 각 지방의 군사를 징발하여 수색을 벌였으나 좀처럼 잡히지 않았고, 도적들도 감히 나가 활동을 못해서 배고프고 곤란한 판이었다. 허생이 도적들의 산채를 찾아가 우두머리를 달래었다.

"천 명이 천 냥을 빼앗아 와서 나누면 하나 앞에 얼마씩 돌아가지요?"

"일 인당 한 냥이지요."

"모두 아내가 있소?"

"없소."

"논밭은 있소?"

군도들은 어이가 없어 웃어버렸다.

"땅이 있고 처자식이 있는 놈이 무엇 때문에 괴롭게 도적질을 한단 말이오?"

"정말 그렇다면, 왜 아내를 얻고, 집을 짓고, 소를 사서 논밭을 갈고 지내지 않는가? 그러면 도둑놈 소리도 안 듣고, 집에는 부부의 낙樂이 있을 것이요, 돌아다녀도 붙잡힐 걱정이 없을 것이고 길이 풍요를 누릴 텐데."

"누가 그것을 모르겠습니까? 다만 돈이 없어 못 할 뿐이지요."

허생은 웃으며 말했다.

"도둑질을 하는 사람들이 어찌 돈을 걱정하는가? 내가 흔쾌히 당신들을 위해서 돈을 마련하겠소. 내일 바다에 나와 보시오. 붉은 깃발을 단 것이 모두 돈을 실은 배이니, 마음대로 가져가구려."

허생이 돌아가자, 도적들은 모두 그를 미친놈이라고 비웃었다.

그런데 이튿날, 도적들이 바닷가에 나가 보았더니, 과연 허생이 삼십만 냥의 돈을 싣고 왔다. 모두들 크게 놀라 허생 앞에 줄지어 절했다.

"오직 장군의 명령을 따르겠소이다."

"너희들, 힘껏 짊어지고 가거라."

도적들은 다투어 돈을 짊어졌으나, 한 사람이 백 냥도 지지 못했다.

"너희들이 기껏 백 냥도 못 지면서 무슨 도둑질을 하겠느냐? 인제 너희들이 양민이 되려고 해도, 도적장부에 이름이 올랐으니 갈 곳이 없다. 내가 여기서 너희들을 기다릴 것이니, 한사람이 백 냥씩 가지고 가서 여자 하나, 소 한 필을 거느리고 오너라."

허생의 말에 도적들은 모두들 좋다고 흩어졌다.

허생은 몸소 이천 명이 1년 먹을 양식을 준비하고 기다렸다. 도적들이 모두 돌아오자 드디어 다들 배를 타고 그 빈 섬으로 들어 갔다. 허생이 도둑을 몽땅 쓸어 가서 나라 안에 시끄러운 일이 없었다. 그들은 나무를 베어 집을 짓고, 대를 엮어 울타리를 만들었다. 땅기운이 온전하기 때문에 백곡이 잘 자라서 한 줄기에 아홉 이삭이 달렸다. 3년 동안 먹을 양식을 비축해 두고, 나머지는 모두 배에 싣고 장기長岐로 가져가서 팔았다. 장기라는 곳은 삼십 만여 호나 되는 일본의 속주인데, 마침 흉년이 들어서 굶주리는 백성들을 구휼하고 은 백만 냥을 얻게 되었다.

허생이 탄식하면서 말했다.

07

학자들은 이상국 실험이라고 한
다. 틀린 말은 아닐 것이다. 그러
나 4막의 '실험'은 토마스 모어
의 〈유토피아〉에 비한다면 아무
런 내용이 없지 않은가. 그러면
무엇을 실험하였는가? 인간의 가
능성이다. 도적들이 갖고 있는 근
대시민으로서의 역량을 확인한
것이다.

08

문자와 의관은 시스템을 표현하
는 대유법. 결국 공도의 실험은
시스템이 없는 것으로 근대사회
에 대한 포괄적 실험은 아니었음
을 보여준다.

09

교과서는 "먼저 태어난 사람이
먼저 먹게 하라." 라고 번역하고
있다. 어이없는 오역이다. 〈허생
전〉은 물론 열하일기의 주제는
삼강오륜 타도다. 그러므로 이 문
장은 '장유유서長幼有序'를 타
도하라는 말이다. 우리 교육이 공
자님 프레임에서 하루속히 벗어
나길 촉구한다.

"이제 나의 조그만 실험이 끝났구나." 07

그리고는 남녀 이천 명을 모아 놓고 선언하였다.

"내가 너희들과 이 섬에 들어올 때엔 먼저 부富를 이룬 다음에 따로 문자를 만들고 의관衣冠을 새로 제정하려 하였다. 08 그런데 땅이 좁고 덕德이 박薄하여 나는 이제 여기를 떠나련다. 다만, 아이들을 낳거들랑 오른손에 숟가락을 쥐도록 가르치고, 하루라도 먼저 태어난 사람이 먼저 먹는 것을 양보하도록 하라. 09 [一日之長 讓之先食]"

그리고는 자신이 타고나올 한 척만 남기고, 나머지 배들을 모조리 불사르며 말했다.

"가는 사람이 없으면 오는 사람도 없을 테지."

배를 태운 허생은 이번에는 돈 오십만 냥을 바다에 던지며 말했다.

"바다가 마르면 주워 갈 사람이 있겠지. 백만 냥은 우리나라에도 쓸 곳이 없거늘, 하물며 이런 작은 섬에서랴!"

그리고 글을 아는 자들을 골라 모조리 함께 배에 태우면서 말했다.

"이 섬에 화근을 없애야 되지." 10

제5막: '장사치'의 역설

허생은 나라 안을 두루 돌아다니며 가난한 백성들을 구제했다. 십만 냥의 돈이 남긴 허생은 '이것은 변씨에게 갚아야지.' 하면서 변씨를 찾아갔다.

"나를 알아보시겠소?"

갑작스런 허생의 출현에 변씨가 깜짝 놀라서 말했다.

"그대의 안색이 나아지지 않은 걸 보니, 혹시 만 냥을 다 날린 것은 아니오?"

허생이 웃으며 대답했다.

"재물로 얼굴에 기름이 도는 것은 당신들 일이오. 만 냥이 어찌 道를 살찌게 하겠소? 내가 하루아침의 주림을 견디지 못하여 독서를 중도에 폐하고 말았으니, 당신에게 만 냥을 빌렸던 것이 부끄럽소."

허생이 십만 냥을 내놓자. 변씨는 대경해서 일어나 절하며, 십분의 일의 이자만 받겠다며 사양했다. 허생은 잔뜩 역정을 내었다.

"그대는 나를 장사치로 보는가!"[11]

11
학자들은 성리학적 관념을 극복하지 못하는 연암의 한계라고 지적한다. 통탄할 노릇이다. 연암은 성리학 그 다음 세상으로 가고자 변혁의 주체를 찾고 있는데 말이다. 성리학세상을 종식시키자면 상인혁명이 필요하고, 그러려면 상인은 '기업가'로 변신해야 한다. 허생은 선언한다.
'나는 상인이 아니라 기업가다.' 이 선언은 수많은 변씨(상인)들의 각성을 촉구함이다. 10%이자를 받는 채권자 개념을 넘어 채권자와 주주, 노동자 영업자가 하나되는 '기업'을 자각하라고.

제6막: 멀어져가는 상인혁명의 꿈

　변씨가 붙잡았지만 허생은 소매를 뿌리치고 가 버렸다. 변씨는 가만히 그의 뒤를 따라갔다. 허생이 남산 밑으로 가서 조그만 초가로 들어가는 것이 멀리서 보였다. 한 늙은 할미가 우물터에서 빨래하는 것을 보고 변씨가 말을 걸었다.

　"저 조그만 초가가 누구의 집이오?"

　"허 생원 댁이지요. 가난한 형편에 글공부만 좋아하더니, 하루아침에 집을 나가서 5년이 지나도록 돌아오지 않아, 부인은 집을 나간 날로 제사를 지냅지요."

　변씨는 비로소 그의 성이 허씨라는 것을 알고, 탄식하며 돌아갔다.

　이튿날, 변씨는 받은 돈을 모두 가지고 그 집을 찾아가서 돌려주려 했으나, 허생은 받지 않고 거절하였다.

　"내가 부자가 되고 싶었다면 백만 냥을 버리고 십만 냥을 받겠소? 당신은 가끔 와서 양식이나 떨어지지 않고 옷이나 입도록 하여 주오. 일생을 그러면 족하지요. 왜 재물 때문에 정신을 괴롭힐 것이오?"

　변씨는 그 때부터 허생의 집에 양식이나 옷이 떨어질 때쯤 되면 몸소 찾아가 도와주었다. 허생은 그것을 흔연히 받아들였으나, 혹 많이 가지고 가면 좋지 않은 기색으로, "나에게 재앙을 갖다 맡기면 어찌하오?"라고 말하고, 혹 술병을 들고 찾아가면 아주 반가워하며 서로 술잔을 기울여 취하도록 마셨다.

그렇게 몇 해를 지나는 동안에 두 사람의 정은 날로 두터워 갔다. 어느 날, 변씨가 5년 동안에 어떻게 백만 냥이나 되는 돈을 벌었던가를 조용히 물어 보자 허생이 대답하였다.

"그야 가장 알기 쉬운 일이지요. 조선이란 나라는 배가 외국에 통하질 않고, 수레가 나라 안에 다니질 못해서, 온갖 물화가 제자리에 나서 제자리에서 사라지지요. 무릇 천 냥은 적은 돈이라 한 가지 물종을 독점할 수 없지만, 그것을 열로 쪼개면 백 냥이 열이라, 또한 열 가지 물건을 살 수 있겠지요. 단위가 작으면 굴리기가 쉬운 까닭에, 한 물건에서 실패를 보더라도 다른 아홉 가지의 물건에서 재미를 볼 수 있으니, 이것은 보통 이利를 취하는 방법으로 조그만 장사치들이 하는 짓이오.[12]

그러나 만 냥을 가지면 족히 한 가지 물종을 독점할 수 있기 때문에, 수레면 수레 전부, 배면 배를 전부, 한 고을이면 한 고을을 전부, 마치 총총한 그물로 훑어 내듯 싹쓸이 할 수 있지요. 뭍에서 나는 만 가지 중에 한 가지를 슬그머니 독점하고, 물에서 나는 만 가지 중에 슬그머니 하나를 독점하면, 한 가지 물건이 한 곳에 묶여 있는 동안 모든 장사치들의 물건이 떨어지게 될 것이니, 이는 백성을 해치는 길이 될 것입니다. 장차 당국자들이 만약 나의 이 방법을 쓴다면 반드시 나라를 병들게 만들 것이오."[13]

"어떻게 내가 선뜻 만 냥을 내줄 줄 알고 나를 찾아와 청하였습

12
이상은 분산투자론(포트폴리오 이론)으로 변승업이 자식들에게 남긴 유지다. 결국 변승업은 백성을 살리겠다는 열정은 있었으나, '장사치' 마인드를 넘어서지 못하였던 것이다.

13
당시 독점의 폐해는 이미 상식이었다. 허생의 취지는 무엇인가? 국가에 의한 독점자본의 횡포. 즉 3정의 문란이다. 전정田政은 토지독점이다. 환곡換穀은 쌀의 독점이다. 군정軍政 역시 막대한 군포軍布를 거두어들인다. 결국 국가는 토지와 쌀과 포布의 독점자로서 이미 폐해가 심각하다.
"백성을 해치는 길이 될 것…"
"장차 당국자들이 이 방법을…"
허생은 '장차' 라는 말로 현재를 바라보라고 한다. 또한 '백성을 해치는 길' 이라는 말로 '백성을 살리는 길' 을 찾아보라 한다.

니까?”

허생이 대답했다.

“당신만이 내게 꼭 빌려 줄 수 있었던 것은 아니고, 능히 만 냥을 지닌 사람이라면 주지 않을 사람이 없을 것이오. [14] 내 스스로 나의 재주가 족히 백만 냥을 모을 수 있다고 생각했으나, 운명은 하늘에 매인 것이니, 난들 그것을 어찌 알겠소? 그러므로 능히 나를 쓰는 사람[能用我者]은 복 있는 사람이라, 반드시 더욱더 큰 부자가 되게 하는 것은 하늘이 시키는 일일 텐데 어찌 주지 않았겠소? 이미 만 냥을 빌린 다음에는 그(투자자)의 복福으로 일이 이루어지는 까닭에 하는 일마다 번번이 성공했던 것이니, 만약 내가 사사로이 했었다면 성패는 알 수 없었겠지요.” [15]

不必君與我也 能有萬金者 莫不與也 吾自料吾才足以致百萬 然命則在天 吾何能知之 故能用我者 有福者也 必富益富 天所命也 安得不與 旣得萬金 憑其福而行 故動輒有成 若吾私自與 則成敗亦未可知也

변씨가 이번에는 딴 이야기를 꺼냈다.

“지금 사대부들이 남한산성에서 오랑캐에게 당했던 치욕을 씻어 보고자 하니, 지금이야말로 지혜로운 선비가 팔뚝을 뽐내고 일어설 때가 아니겠소? 선생의 그 재주로 어찌 괴롭게 파묻혀 지내려 하십니까?” [16]

“어허, 자고로 묻혀 지낸 사람이 한둘이었겠소? 우선, 졸수재拙修齋 조성기趙聖期 같은 분은 적국에 사신으로 보낼 만한 인물이었건만 베잠방이로 늙어 죽었고, 반계磻溪 유형원柳馨遠 같은 분은 군량을 조달할 만한 재능이 있었건만 저 바닷가에서 소요하지 않았

14
어느 정도 자원배분의 효율성이 이루어지는 사회라면 허생과 같은 기업가에게 필요한 자본이 투자될 것이다. 자본주의 선언이다.

15
경영의 주체는 경영자가 아니라 기업이다. 고로 성패는 기업실체의 운명이며, 그것은 경영자보다는 투자자의 복에 달린 것이다. 그러면 허생이 돈을 빌린 것인가? 변씨가 허생을 고용한 것인가? 둘다 아니다. 자본과 경영의 결합으로 기업이 탄생한다. 그 기업이 자본과 경영을 고용한 것이다.

16
허생은 열심히 변씨(상인계급)를 설명하였지만, 변씨는 하나도 알아듣지 못했다. 국가의 횡포에 상인의 자본으로 맞서 싸우라는데, 변씨는 허생이 국가편에 서지 않는 것을 아쉬워한다.

옥갑야화 | 하늘상자에 담아낸 인간극장

소이까? [17] 지금의 집정자들은 가히 알만한 것들이지요. 나는 장사를 잘 하는 사람이라, 내가 번 돈이 족히 구왕九王의 머리를 살 만하였으되 바다 속에 던져 버리고 돌아온 것은, 도대체 쓸 곳이 없기 때문이었지요." [18]

변씨는 한숨만 내쉬고 돌아갔다. [19]

[17]
반계 유형원은 효율적인 생산으로 군량을 조달할 능력을 지닌 인물이다. 그러나 조선은 다른 능력자를 원한다. 백성의 고혈을 짜내는 착취기술자를.

[18]
답답한 재벌들아. 왜 돈 쓸 곳을 모르느냐!

[19]
결국 변씨는 국가의 횡포로부터 백성을 구하기 위해서는 쌀과 포布를 독점해야 한다는 허생의 암시를 간파하지 못했다. '장사치'의 한계를 넘지 못한 것이다. 변씨의 한계는 손자 변승업에게 이어져, 변승업은 자손들에게 분산투자를 유언한 것이다.
2막에서 제기된 '계약'의 의미와 기업실체에 관하여 부족한 설명은 이 장 말미에 〈베니스의 상인〉으로 보충한다.

제7막: 일어나라, 대역죄인의 이름으로

20
1649년 효종이 등극하면서 우암 송시열이 북벌계획을 수립한다. 이완은 북벌주무기관인 어영청 어영대장으로 발탁되어 북벌계획에 깊숙이 관여한다. 1667년(현종8) 군비축소방안으로 훈련도감을 폐지하자는 논의가 일어날 때, 이완은 강력반대 하였다.

변씨는 본래 정승 이완李浣[20]과 잘 아는 사이였다. 이완이 어영대장이 되어서 변씨에게 여염에 혹시 쓸 만한 인재가 없는가를 물었다. 변씨가 허생의 이야기를 하였더니, 이 대장은 깜짝 놀라며 말했다.

"기이하구나. 그게 정말인가? 그 사람 이름이 무엇이라 하던가?"

"그분과 만난 지 3년이 되었지만, 여태껏 이름도 모르옵니다."

"그이는 바로 기인일세. 당장 그 집으로 데려다 주게."

밤에 이 대장은 구종들도 다 물리치고 변씨만 데리고 걸어서 허생을 찾아갔다. 변씨는 이 대장을 문밖에 서서 기다리게 하고 혼자 먼저 들어가서, 허생을 보고 이 대장이 몸소 찾아온 연유를 이야기했다. 허생은 못 들은 체 딴청을 부렸다.

21
허생은 냉담하다. 허생이 변씨를 상대한 목적은 상인혁명에 있었는데, 그것을 깨닫지 못한 변씨는 조정 권력자를 데려왔으니.

"당신 차고 온 술병이나 어서 이리 내놓으시오."[21]

변씨가 술병을 꺼내자 허생은 마냥 술잔만 비우는 것이었다. 변씨는 이 대장을 밖에 오래 서 있게 하는 것이 민망해서 자주 말하였으나, 허생은 대꾸도 않다가 밤이 깊어서야 비로소 손님을 들게 하였다.

이완 대장이 방에 들어와도 허생은 자리에서 일어서지도 않았다. 이 대장은 몸 둘 곳을 몰라 하며 나라에서 어진 인재를 구하는 뜻을 설명하자, 허생은 손을 저으며 막았다.

"밤은 짧은데 말이 길어서 듣기에 지루하다. 너는 지금 무슨 벼슬에 있느냐?"

"대장이오."

"내가 와룡선생 같은 이를 추천하겠으니, 임금께 아뢰어 삼고초려三顧草廬를 하도록 할 수 있겠소?" ²²

"어렵소이다. 다음 계책을 원하옵니다."[難矣 願得其次]

"나는 제2의 의義를 배우지 못하였다." ²³ [我未學第二義]

허생은 외면하다가 이완의 간청에 못 이겨 말했다.

"멸망한 명나라 장졸들이 조선은 옛 은혜 있다고 하여, 그 자손들이 많이 우리나라로 망명해 와서 정처 없이 떠돌고 있으니, 너는 조정에 청하여 왕실의 딸들을 내어 모두 그들에게 시집보내고, 훈척과 권문귀족들의 집을 빼앗아서 그들에게 나누어주게 할 수 있겠느냐?"

"어렵소니다." ²⁴

"이것도 어렵다 저것도 어렵다 하면 도대체 무슨 일을 하겠다는 거요? 그럼 가장 쉬운 길이 하나 있는데, 할 수 있겠소?"

"말씀만 해 주시오."

"무릇, 천하에 대의大義를 외치려면 먼저 천하의 호걸들과 접촉하여 결탁하지 않고는 안 되고, 남의 나라를 치려면 먼저 첩자를 보내지 않고는 성공할 수 없는 법이다. 지금 만주 정부가 갑자기 천하의 주인이 되어서 중국 민족과는 친근해지지 못하는 판에, 조

22
와룡선생은 제갈공명을 말하며 '삼고초려'가 그것을 반증한다. 그러나 성경잡지 '고동록'에서 허호 또한 와룡선생이었다. 허호는 병자호란의 국치를 씻고자 조정의 관리가 찾아왔을 때 세 가지 계책을 일러주었다. 그러나 관리는 받아들이지 아니하였고, 허호는 관리를 크게 꾸짖은 다음 은신해버렸다고 한다.

23
삼고초려를 받아들이지 않은 것은 북벌론의 허구성이다. 이완이 차선책을 구하자 허생은 '제2의 의義'로 비틀고 있다. 니들이 부르짖는 북벌이 '제2의 의義'를 위한 것이었더냐!

24
숭명대의의 허구성이다. 결국 북벌은 '제2의 의義'를 위한 것도 아니다. '꽝'을 위한 것이다.

25

'되놈의 옷을 입어라.' 바꾸어 말하면, '명나라의 옷을 벗어라.' 허생은 1문답에서 북벌론의 허구성을, 2문답에서 숭명대의의 허구성을 노출시켰다. 3문답은 '옷'이다. 너들의 북벌론이란 옷을 벗지 않겠다는 수작이 아니냐?

26

결국 핵심은 옷(예법)이다. 이제 제1막을 돌이켜보라. 마누라의 요청에 '어찌하겠소?'로 일관하던 허생을 깨운 화두는 '도적질'이었다. 허생은 마누라를 흉내 내어 이완의 입으로 '예법과 옷'을 뱉어내게 하였다. 그러나 그뿐이다. 허생은 '도적질'을 깨달았지만, 이완은 자신을 지배하는 옷을 깨닫지 못한 것이다.

선이 다른 나라보다 먼저 섬기게 되어 저들이 우리를 가장 믿는 터이다. 진실로 당나라, 원나라 때처럼 우리 자제들이 유학 가서 벼슬까지 하도록 허용해 줄 것과, 상인의 출입을 금하지 말도록 할 것을 간청하면, 저들도 반드시 자기네에게 친근하려 함을 보고 기뻐 승낙할 것이다. 귀족의 자제들을 가려 뽑아 머리를 깎고 되놈의 옷을 입혀서 중국으로 보내시오.²⁵ 그 중 선비는 가서 빈공과에 응시하고, 또 서민은 멀리 강남에 건너가서 장사를 하면서, 저 나라의 실정을 정탐하는 한편, 저 땅의 호걸들과 결탁한다면 한번 천하를 뒤집고 국치國恥를 씻을 수 있을 것이다. 그리고 만약 명나라 황족에서 구해도 사람을 얻지 못할 경우, 천하의 제후諸侯를 거느리고 적당한 사람을 하늘에 천거한다면, 잘 되면 대국大國의 스승이 될 것이고, 못 되어도 백구지국伯舅之國의 지위를 잃지 않을 것이다."

이 대장은 힘없이 대답했다.

"사대부들이 모두 조심스럽게 예법을 지키려 하는데, 누가 변발을 하고 오랑캐의 옷을 입으려 하겠소?"²⁶

허생은 크게 꾸짖어 말했다.

"소위 사대부란 것들이 무엇이란 말이냐? 오랑캐 땅에서 태어나 자칭 사대부라 뽐내다니, 이런 어리석을 데가 있느냐? 의복은 흰옷을 입으니 그것이야말로 상주喪主들이나 입는 것이고, 머리털을 한데 묶어 송곳같이 만드는 것은 남쪽 오랑캐의 습속에 지니지 못한데, 대체 무엇을 가지고 예법이라 한단 말인가? 번오기樊於期는 원수를 갚기 위해서 자신의 머리를 아끼지 않았고, 무령왕武寧王은 나라를 강성하게 만들기 위해서 되놈의 옷을 부끄럽게 여기지 않았다. 이제 대명大明을 위해 원수를 갚겠다고 하면서, 그까짓 머리털 하나를 아끼고, 또 장차 말을 달리고 칼을 쓰고 창을 던지며 활을 당기고 돌을 던져야 할 판국에 넓은 소매의 옷을 고쳐 입지 않고 딴에 예법이라고 한단 말이냐? 내가 세 가지를 들어 말하였는데, 너는 한 가지도 행하지 못한다면서 그래도 신임 받는 신하라 하겠는가? 신임 받는 신하라는 게 참으로 이렇단 말이냐? 너 같은 자는 칼로 목을 잘라야 할 것이다." [27]

허생은 좌우를 돌아보며 칼을 찾아서 찌르려 했다. 이 대장은 놀라서 일어나 급히 뒷문으로 뛰쳐나가 도망쳐서 돌아갔다.

이튿날 다시 찾아가 보았더니 집은 텅 비어 있고, 허생은 간 곳이 없었다. [28]

[27]
역성혁명 선언이다.
조선의 만백성들이여, 칼을 들고 일어나라.

[28]
학교에서는 허생의 3가지 대답을 시사3책이라고 가르친다. 우리는 왜 바보교육을 버리지 못하는가?

후지: 연암의 영혼을 깨운 조선의 영혼

후지後識1.

혹자는 말하기를, "허생은 명나라의 유민이야."라고 한다. 숭정崇
禎 갑신년(1644년) 뒤로 명나라 사람들이 대규모로 조선으로 숨어
들었으니 허생도 혹시 그런 사람이라면 그의 성姓은 허씨가 아닐
지도 모른다.[29]

세간에는 다음과 같은 이야기도 전해진다.

판서判書 조계원趙啓遠이 일찍이 경상감사가 되어 순행차 청송에
이르렀을 때, 길 왼편에 웬 중 두 명이 서로 머리를 맞대고 드러누
워 있었다. 앞선 마졸들이 비켜라 고함을 쳐도 피하지 않고 채찍
으로 갈겨도 일어나지 않고 여럿이 끌어당겨도 움직일 수 없었다.
조 감사가 물었다.

"어디에 살고 있는 중들이냐?"

두 중은 일어나 앉아 한결 더 뻣뻣한 태도로 눈을 흘기고 한참
이나 뜸을 들이더니 이렇게 대답했다.

'너는 헛소리나 치면서 권력에 빌붙어 출세를 하여 감사의 자리
를 얻은 놈이 아니냐.'

조 감사가 중들을 보니 한 명은 낯빛이 붉고 둥근 얼굴이고, 또 한 명은 검고 길쭉한 얼굴이었는데, 말하는 태도가 자못 범상치 않았다. 가마에서 내려 그들과 이야기를 하려고 하자, 중이 말했다.

"따르는 자들을 물리치고 나를 따라 오너라."

그들을 좇아 몇 리를 따라가던 조 감사는 숨이 가빠지고 자꾸만 진땀이 흘러 좀 쉬어가자고 했더니 중들은 화를 내며 꾸짖었다.

"네가 평소에 여러 사람들과 있을 때는 언제나 큰소리를 치면서 몸에는 갑옷을 입고 창을 잡아 선봉을 맡아서 대명大明을 위하여 복수를 해서 치욕을 갚겠다고 떠들더니,30 이제 몇 리도 못 걸어서 한 자국에 열 번 헐떡이고, 다섯 자국에 세 번을 쉬려고 하니 이러고서야 어찌 요遼·계·의 벌판을 맘대로 달릴 수 있겠느냐."

어떤 바위 밑에 이르러 보니, 중들은 나무에 기대어 집을 만들고 땔나무를 쌓아 누울 자리를 만들어놓았다. 조 감사가 목이 몹시 말라 물을 청하였더니, 중이 말했다.

"에퀴, 귀하신 몸이니 또 배도 고프겠지."

그러면서 누런 좁쌀떡을 권하면서 솔잎 가루를 개천 물에 타서 주었다. 조는 이마를 찡그리며 마시지 못하자, 중은 큰 목소리로 호통을 쳤다.

"요동 벌은 물이 귀하므로 목이 마르면 말 오줌을 마시는 것이 일쑤렷다."

두 중은 부둥켜안고 엉엉 울면서 "손노야孫老爺, 손노야孫老爺."하고 부르짖더니, 조 감사를 훈계하기 시작했다.

"오삼계가 운남雲南에서 군사를 일으켜 강소와 절강 지방이 소란한 것을 너는 아느냐?"31

조 감사가 대답하였다.

"들은 적이 없소이다."

두 중은 탄식을 하면서 말했다.

"네 놈이 명색이 이 지방의 감사의 몸이거늘 천하에 이런 큰 일이 벌어지는 것도 듣지도 알지도 못하고 있으니, 한갓 헛소리만 쳐서 벼슬자리를 얻었을 뿐이로구나."[32]

"스님은 어떤 분이십니까?"

"질문할 필요 없어. 세상에는 우리를 아는 자가 있을 것이다. 너[汝]는 여기에 조금만 앉아서 우리를 기다리렷다. 우리가 우리 선생님을 모시고 와서 네[汝]에게 들려줄 이야기가 있다."[33]

[不必問 世間亦應有知我者 汝且少坐待我 我當與吾師俱來 與汝有言]

중들은 일어나 깊은 산 속으로 들어간다. 조금 뒤에 해는 지고 오래 지나도 중은 돌아오지 않는다. 조 감사는 밤늦도록 중이 돌아오기만 기다리고 있었으나 밤은 깊어 푸나무에는 우수수 바람 소리가 나면서 범이 으르렁거리는 소리만 들려온다.[34] 조는 기겁을 하고 거의 까무러쳤다. 조금 뒤에 여러 사람들이 횃불을 켜들고 감사를 찾아왔다. 조 감사는 낭패를 당하고 골짜기 속을 빠져나왔다. 이 일이 있은 지 오래 되어도 조 감사는 언제고 마음이 불안하여 가슴에 한을 품게 되었다. 뒷날 조 감사는 우암尤菴 송시열을 찾아가 물었다. 선생은 이렇게 대답하였다.[35]

"그 중들은 아마도 명나라 말년의 총병관들일 걸세."

조 감사는 또 다시 물었다.

"그 중들이 저를 가리켜 '너니 나니'하면서 허물없이 부르는 것

32
북벌론의 허구성을 지적한다.

33
일단 조계원이 알아들은 대로 해석한 것이다. 그러나 원문을 보면 '지아자知我者'가 있다. 다름 아닌 8월 4일자 도덕경70장의 구절이다. 핵심은 '아我'와 '오吾'의 구분에 있다. '아我'를 '자아'로 바꾼 해석을 보라.
"질문할 필요 없어. 세상에는 '자아'를 아는 자가 있을 것이다. 네가 여기 조금만 앉아서 기다리면 '자아'는 응당 우리 선생님과 더불어 같이 와서 너에게 이야기를 해 줄 거야."

34
북벌론자들을 꾸짖는 '호질'이다. 그러므로 중들의 스승은 호랑이(자연법). 자연(법)의 소리를 듣고 자아를 회복하라는 말이다.

35
조계원은 북벌론이 자신과 민중을 기망하는 우상임을 자각할 기회를 얻었다. 그러나 북벌론의 수괴인 우암 송시열을 찾아갔고, 송시열은 다시 조계원을 맹신의 동굴에 가두어버릴 것이다.

은 무슨 까닭입니까?"

[常斥我以爾汝者何]

"그들이 스스로 우리나라 중이 아님을 밝히는 것이고, 땔나무를 쌓아둔 것은 와신상담臥薪嘗膽을 의미함일세."

"그들이 통곡하며 '손노야'를 부르는 것은 무엇입니까?"

"손노야는 아마 태학사 손승종孫承宗[36]을 가리킨 듯싶네. 승종이 일찍이 병부상서로써 산해관에서 군사를 통솔한 적이 있었으니, 두 중은 아마 손孫의 부하장수인 듯하네."

후지後識2.[37]

내 나이 스무 살 때 서대문의 봉원사에서 글을 읽고 있었다. 그 때 절에 한 손님이 있었는데, 그는 음식을 적게 먹으며 정오가 되면 반드시 벽을 기대어 앉아서 약간 눈을 감은 채 용호교龍虎交를 시작했다. 나이가 자못 늙어보였기 때문에 나는 엄숙하게 그를 공경하였는데, 그 노인이 때때로 나에게 허생의 일과 염시도廉時道, 배시황裴時晃, 완흥군부인 등에 대한 이야기를 해 주었다. 몇 날 밤이나 계속되는 그의 이야기는 이상야릇하면서도 변화무쌍하여 참으로 들을 만 했다. 그는 자신의 이름을 윤영尹映이라고 하였다. 이 때가 병자년(1756년) 겨울이었다.[38]

그 후 계사년(1773년) 봄에 나는 평안도로 유람을 갔다. 성천 비류강에서 배를 띄우고 십이봉 아래에 이르렀다.[39] 거기에 작은 암자가 하나 있었는데, 윤영은 중 한 사람과 함께 기거하고 있었다. 나를 본 윤영은 뛸 듯이 반겼고, 우리는 서로의 안부를 물었다. 18

36
손승종은 병부상서로서 꺼져가는 명나라를 위하여 원숭환·조대수 등 충신들을 독려했던 인물. 그러므로 송시열의 판단(손노야=손승종)은 적절하다. 그러나 사기꾼들의 특기는 인의왜곡人意歪曲. 송시열은 '춘추대의에 대한 통한의 눈물'을 '춘추대의를 향한 애정의 눈물'로 왜곡하고 있다.

37
후지2는 박영철본에는 없고 '일재본'에 있는 것이다.

38
스무 살에 '계시'를 받았다고 생각하면 좋을 것이다.

39
구외이문 '강선루'가 성천 비류강에 있다. 1768년 영조대왕이 호화찬란한 강선루를 지었으니, 1773년 그 혹세무민을 위한 우상만들기의 현장에서 연암은 더 이상 지체할 수 없는 '소명'을 느꼈으리라.[태학유관록 8월 11일자 일기 참조]

년이란 세월이 지났지만 그의 외모는 전혀 늙지 않았다. 나이가 여든 살 쯤 되었을 테지만 걸음걸이는 날듯이 빨랐다.

내가 허생의 이야기에 한두 가지 모순되는 점이 있다고 묻자, 노인은 즉시 이야기를 끄집어내어 해설을 하는데 노인은 마치 어제 일처럼 또렷하게 기억하고 있었다.

"그 때 자네는 한창려韓昌黎의 글을 읽고 있었지.[40] 그 때 허생의 전기를 쓰겠다고 하던데 응당 글이 완성되었겠지?"

노인의 물음에 나는 아직 능력이 부족하여 손을 대지도 못했다고 이실직고 하면서 사과를 하였다. 내가 그를 '윤씨 어른'이라고 불렀더니, 노인이 말했다.

"나는 신가이지 윤씨가 아닐세. 자네가 뭔가 착각하고 있구먼."

뜻밖의 대답에 깜짝 놀라 그의 이름을 물었다.

"내 이름은 색嗇이라네."

"어르신 존함이 윤영尹映이신데, 어찌하여 신색辛嗇이라고 하십니까?"[41]

노인이 벌컥 화를 내며 말했다.

"자네가 착각을 하고서는 왜 남에게 이름을 바꾸었다고 하는가?"

내가 재차 따지려고 했더니, 노인은 더욱 골을 내며 푸른 눈동자가 형형하게 빛났다. 나는 그제서야 비로소 그 노인이 이상한 도술을 지닌 분임을 알았다. 그는 혹시 폐족廢族이거나 좌도左道(좌파지식인) 또는 이단異端으로서 남의 눈을 피하여 사는 무리인지도 알 수 없는 일이다.

내가 암자의 문을 닫고 나오자, 노인이 안에서 '쯧쯧' 혀를 차면

40
한창려는 당송8대가의 한 사람. '송이원귀반곡서送李愿歸盤谷序' 는 연암의 〈김신선전〉처럼 현실도피적인 지식인들에 대한 비판을 담은 글. 윤영 노인은 한창려의 이름으로써 재야 지식인들의 행동을 촉구하고 있다.

41
연암이 행동하지 않는 한, 윤영은 더 이상 윤영尹映이 아니라 고약하고 인색한 늙은이 신색辛嗇이다.

서 말했다.

"애처롭게 되었구나. 허생의 아내는 필경 또 다시 굶주리게 되었을 터이지." [42]

또 경기도 광주의 신일사라는 절에 한 노인이 있었다. 사람들은 약립笠(대나무삿갓) 이생원이라 부르는데, 나이가 구십이 넘었으나 힘은 범이라도 잡을 만큼 정정하고 바둑과 장기를 잘 두었다. 왕왕 우리나라 옛날이야기를 할 때면 마치 바람이 일 듯 거침없이 쏟아낸다. 그의 이름을 아는 사람이 없다고 하는데, 나이나 외모를 들어보면 윤영 노인과 아주 닮았다. 나는 그 노인을 한 번 찾아가보고 싶었으나 아직 뜻을 이루지 못하였다. [43]

세상에는 이름을 감추고 은거하면서 세상사를 깔보며 공손치 않게 사는 사람도 없지 않으니, 어찌 허생에 대해서만 그런 인물이 정말 있을까 하고 의심하랴.

평계平谿의 국화 아래서 한 잔 술을 마시고, 붓을 잡아 이 글을 쓴다. 연암.

42
허생이 없는 지금 지식인들의 굴종과 침묵으로 민중(허생의 수많은 아내들)은 필경 굶주리고 있으리라…그러면 허생은 누구일까?

43
윤영은 누구일까?
스무 살 때 서대문 봉원사에서 공부할 때 만났다. 18년 후인 1773년 성천 비류강에서 만났다. 그리고 광주 신일사에….
노인은 이따금씩 연암을 채찍질한다. '허생전'(열하일기)을 쓰라고. 그러나 그것은 쉽지도 않을뿐더러 위험천만한 일이다. 자꾸만 주저하는 연암을 일깨우는 노인은 아마도 연암 속의 또 다른 연암. 초자아(?)인지도 모른다.
그러면 허생은 누구인가?

조선하늘을 울어예는 죽서루아리랑

　여러 가지 요술 중에 술을 만들어 낸다는 주석酒石이 가장 요긴한 물건이다. 만일 참으로 이러한 돌이 있다면 의당 천하에 다시없는 보배가 될 것이다. 세간에는 이런 이야기가 있다.

　명明 천계天啓 연간(1620~1627)에 왜倭가 유구琉球를 쳐서 그 임금을 잡아갔다. 유구의 태자가 그 나라의 세보世寶를 싣고 아버지를 속량하러 가다가, 배가 풍파에 휩쓸려서 제주에 닿았다. 목사牧使 아무가 배에 무슨 물건이 실렸느냐고 물으니, 태자가 주천석酒泉石과 만산장漫山帳이 있다고 대답하였다. 주천석은 모양이 마뇌瑪瑙처럼 생겼는데 가운데가 물 한 잔 담을 만큼 오목하게 패였는데, 맑은 물을 채우면 곧 아름다운 술이 된다. 만산장은 바다거미의 실에다 약으로 물빛을 들여서 뜬 것인데, 적게 펼치면 집 하나를 덮을 정도이나 넓게 펼치면 산 하나를 덮을 수 있다. 또한 작은 것은 모기나 파리를, 큰 것은 뱀이나 이무기 따위가 침범하지 못하도록 막아준다. 목사가 그것을 달라고 청하였으나 태자가 거절하자, 목사는 군사를 내어서 배를 에워싸니 태자는 돌과 장을 모두 바다 속에 던지고 항복하였다. 목사는 배에 실은 물건을 다 몰수하고 태자를 죽였다. 태자가 죽음에 임하여 다음과 같은 시詩를 읊었다.

堯語難分桀服身	요의 말씀은 걸왕의 옷과 구별하기 어렵나니
臨刑何暇訴蒼旻	사형에 닥쳐 하늘에 호소할 틈이나 있었으랴.
三良臨穴誰能贖	어진 세 사람 죽어 가매 누가 속량할 것하며
二子乘舟賊不仁	두 자녀 배에 오르니 도적은 인이 없구나.
骨暴沙場纏有草	해골은 모래밭에 뒹굴고 거친 풀에 얽혔으니
魂歸古國吊无親	혼이 고향에 돌아간들 슬퍼할 혈육도 없도다.
竹西樓下滔滔水	죽서루 아래 출렁이는 저 물아
遺恨分明咽萬春	죽은 자의 원한은 분명 만년을 목메어 울리라.

이 사실은 이중환의 『택리지擇里志』에 실려 있는데, 목사는 감찰에 걸려서 사형을 선고받았다가 나중에 감형되어 멀리 유배를 갔다고 한다. 나는 일찍이 이 기록이 하나의 전설에 지나지 않으려니 하였는데, 만일 이 일이 사실이라면 목사의 죄악은 비록 목을 잘라 저자거리에다 매달아도 부족할 것인데, 지금 그의 자손들이 부귀를 누리고 있음은 어찌된 일인가.[44]

—「피서록」에서—

44
『택리지』에 실린 이야기가 사실이라면 제주목사의 자손들은 이미 패가망신하였을 것이다. 사실이 아니라는 말이다.[『택리지』 재조명의 필요성을 시사한다.] 그러면 이중환은 왜 이런 이야기를 창작하였을까?

후지後識1은 자아를 상실한 북벌론자들의 이야기다.

후지後識2는 연암의 '자아성찰'이다. 연암은 스무 살 무렵 윤영 노인을 만나 '허생' 이야기에 매료된다. 그 이후 '허생의 전기'를, 아니 '열하일기'를 완성하기까지 20년 이상 고뇌와 갈등과 싸워왔을 내면의 전쟁을 작가는 후지2에 담아내고 있다.

그러면 허생許生의 롤 모델인 허씨는 누구인가?

「태학유관록」 난설헌과 〈고려지〉 이야기는 충분히 허균의 〈홍길동전〉을 암시하고 있다. 그리고 「구외이문」의 '동이보감'으로 위장한 〈홍길동전〉이다. 〈홍길동전〉은 천하의 보물이라 하지 않았던가. 마지막으로 「피서록」 유구국 태자의 시詩다. 유구국 태자의 시詩는 왜 허균인가?

첫 번째 단서는 7행의 죽서루竹西樓. 강원도 삼척에 소재한 죽서루는 허균의 고향이다.

"어진 세 사람 죽어 가매 누가 속량할 것이며"

무덤에 묻힌 어진 세 사람은 허균의 아버지 허엽과 두 형 허성 허봉일 것이다. 3부자는 율곡을 비판하는 등 서인들의 독선에 맞서다가 죽어간 마당이다.

"두 자녀 배에 오르니 도적은 인仁이 없구나."

두 자녀는 허균과 난설헌. 남매는 성리학이라는 거대한 프레임을 거부하여 혁명의 배를 타고 물을 건너다 죽어간 것이다.

"죽서루竹西樓 아래 출렁이는 저 물아."

허씨許氏 일가 5부자의 원한을 천년만년 목 놓아 울어다오.

왜 유구국(오키나와)인가?

〈홍길동전〉의 율도국이 유구국이라는 설說에서 허균과 유구국의 인연을 무시할 수 없다. 또한 허균을 능지처참으로 몰아넣은 '역모혐의'에도 유구국이 개입되어 있다.[45] 소설에 따라 허균(또는 홍길동)이 유구국에 이상국을 건설하였다고 치자. 그 이상국은 춘추대의를 위하여 삼강오륜을 가르치는 나라가 아닐 것이다. 그런데.

"명明 천계天啓 연간(1620~1627)에 왜倭가 유구琉球를 쳐서 그 임금을 잡아갔다."

물론 이 부분은 1609년 일본 시마즈씨[島津氏]에게 정복당한 역사적 사실과 무관치 않다. 그러나 주목해야 할 것은, 천계天啓 연간(1620~1627)이 허균이 사형을 당한 바로 다음 시기라는 점이다. 왜倭라는 강대국이 침입하여 아버지를 잡아가버렸다는 것은, 춘추대의와 삼강오륜이 없는 낙원이 또 다시 중화의 지배권으로 편입되었다는 말이다. 다시 말하면 삼강오륜을 가르침으로써 윤리는 수단으로 전락하고 우리는 아버지를 빼앗겨버린다. 부부의 사랑을, 붕우의 신의를 잃어버린다.

이중환과 연암은 유구국의 이름으로 거꾸로 치닫는 조선의 현실을 토로하고 있다.

"애처롭게 되었구나. 허생의 아내는 필경 또 다시 굶주리게 되었을 터이지."

허생(허균)의 영혼이 죽어버린 이 땅에 민중세상은 열리지 않으리라. 그러기에 윤영은 연암이라는 선비를 혹독하게 질책하고 있다. 허균처럼 인간을 위한 열정의 글을 쓰라고. 민중을 위한 악마가 되라고.

'베니스의 상인'으로 읽는 허생전의 꿈

근대란? 돈을 빌리는 것이다.

돈을 빌린다는 것은 너와 나의 합일이다.

인간과 자원의 결합이다.

"그대는 나를 장사치로 보는가!"

제5막에서의 허생의 역설은 제2막 '빌림[借]'의 근대적 의의를 각성하지 못하는 조선의 상인계급에 대한 질책이다.

자본주의란 무엇인가?

돈의 융통이 원활하게 이루어지는 사회다. 그럼으로써 자원배분의 효율성을 극대화 할 수 있기 때문이다. 그러기 위해서는 '빌림[借]'은 사회적 자원의 위임으로 승화되어야 하며, 그 위임을 받을 사람은 지금까지 상인들과는 차원이 다른 지존 '기업가'라야 한다. 그것을 선언한 것이 '장사치의 역설'이다.

서구에서 돈과 '빌림[借]'의 의미를 가장 치열하게 성찰했던 작품은 셰익스피어의 「베니스의 상인」이다.

사건1: 안토니오는 돈을 빌렸다

상인 안토니오가 유대인 고리대금업자 샤일록에게 3천 더거트의 돈을 빌린다. 안토니오는 충직한 기독교도로서 '더러운 이자를 주고받는' 채권채무거래를 혐오하는 공작새인간. 그러나 친구 밧사니오가 벨몬트의 부유한 상속녀 포르티아를 꼬시러 갈 청춘사업 자금이 필요하다고 하자 어쩔 수 없이 더러운 고리대금업자에게 손을 내민 것이다.

사건2: 상선의 침몰. 드러나는 안토니오의 모순

공교롭게도 기다리던 안토니오의 상선들은 전부 바다에 침몰되어버렸다. 궁지에 몰린 안토니오의 편지를 보라.

> 사랑하는 밧사니오에게.
> 내 상선은 다 파선되었네. 투자자들(creditors)은 점점 사나워지고, 내 부동산은 턱없이 부족하다네. 유대인에게 써 준 차용증서는 지불기한이 지났네. …

안토니오는 패가망신하였다. 이 상황에서 안토니오를 괴롭히는 것은 두 부류다. 하나는 고리대금업자 샤일록이며, 또 하나는 투자자들(creditors)이다.

그런데 도대체 투자자들은 누구일까?

안토니오의 자금조달방식은 코멘다(commenda)라는 이름의 조합.46 투자자들은 코멘다의 조합원들이다. 그러나 코멘다가 진정한 '조합'이고 투자자들이 진정한 조합원들이라면, 상선들이 전부

46
코멘다(commenda)란?
이슬람세계에서 탄생한 동업조합으로서 지중해로 전파되어 해상무역에서 성행하였다. 중세 이자 금지법을 회피하기 위한 변칙적인 수단들이 다양하게 강구되었던 바, 코멘다 역시 이자를 거래하는 편법적인 수단 중의 하나였다.

파선된 상황에서 안토니오를 괴롭힐 이유는 없을 것이다.

"투자자들(creditors)은 점점 사나워지고…"

투자자들이 안토니오를 쫓아다니면 괴롭힌다는 것은 그 투자자들의 실체가 조합원이 아니라 채권자임을 보여준다.[47]

결국 '이자거래'를 혐오하는 안토니오는 조합이라는 이름하에 이자를 거래하고 있었던 것이니. 이것이 안토니오의 모순이며 나아가 '이자금지법'을 강요한 중세교회의 모순이다.

47
셰익스피어는 투자자들이 안토니오를 괴롭히는 것으로 안토니오의 '모순' 을 지적한다.
연암은 〈허생전〉 제5막의 '장사치의 역설' 로 변씨의 '한계' 를 지적한다.

사건3: 죽음의 서사에서, 부활의 서사로

이제 유대인에게 침을 뱉고 엉덩이를 걷어찼던 안토니오는 죽어야 할 것이다. 인간세상을 두 개의 세상—기독교사회와 유대사회—으로 갈라놓았던 중세교회와 함께 말이다.

그러나 벨몬트의 부유한 상속녀 포르티아는 기가 막힌 반전의 드라마를 기획한다. 제4막 재판장면을 보자.

판사(포르티아):	당신은 차용증서의 정당성을 인정하오? [Do you confess the bond?]
안토니오:	예, 인정합니다.[I do.]
포르티아:	그러면 샤일록, 그대가 자비를 베풀어야겠소.
샤일록:	자비를 베풀어야 할 의무가 있습니까?
판 사:	자비란 의무가 아니라 하늘에서 내리는 단비와도 같은 것이오. 그것은 주는 자와 받는 자 모두에게 내리는 이중의 축복으로서 최고의 미덕이며 왕관보다도 더 제왕답게 해주는 덕성인 것이오. …지상의 권력이 신의 권위에 근접할 수 있는 것은 엄격한 정의를 완화할 때 가능한 것이오. 정의만 내세운다면 이 세상엔 구제받을 자가 아무도 없다는 점을 명심하시오.

안토니오는 자기의 죄를 인정(confess자백)하였다. 그런데 판사는 선고를 유보한 채 샤일록에게 자비를 호소한다. 샤일록은 끝끝내 고집을 부린다. 판사는 어쩔 수 없이 1파운드의 살을 도려내라고 선고한다. 샤일록은 시퍼런 칼을 들고 안토니오에게 다가간다. 안토니오의 가슴에 막 칼을 들이대는 순간, 판사의 준엄한 목소리가 샤일록을 멈춰 세운다.

> "잠깐만 기다리시오! 이 차용증서에는 피는 한 방울도 준다는 말이 없소. 문구는 단지 '살 1파운드'라고만 적혀 있을 따름이오. 그러니 증서대로 샤일록은 1파운드의 살을 가져가시오. 그러나 살을 도려낼 때 단한 방울이라도 피를 흘린다면 당신의 목숨은 없는 것이며 …."

물론 이 판결은 궤변이다. 1파운드의 살을 준다는 계약에는 살을 도려낼 때 어쩔 수 없이 흘려야 하는 피까지 감수한다는 의사가 암묵적으로 내포되어 있으니 말이다.

포르티아는 왜 궤변까지 동원하면서 상인을 구원하였을까?

앞에서 포르티아가 피력하였듯이 '우리 모두의 구원을 위해서'다. 우리 모두의 구원을 위해서 자비를 베풀라. 샤일록에 대한 포르티아의 권고는 모든 투자자들을 향한 호소다. 근대시민사회의 기본적인 조건인 '관용'이라는 인문학적 가치를 경제경영학적으로 구현한 것이 다름 아닌 오늘날 주식회사를 탄생시킨 유한책임제도다.[48] 포르티아는 판결을 통하여 유한책임제도를 근간으로 하는 근대기업을 탄생시킨 것이며, 나아가 근대국가의 탄생을 의미한다.

[48] 열하일기에서 유한책임 선언은 마지막 날(8월 20일)의 일기에 있다. 또한 〈허생전〉 제6막에서 설명한 기업실체(entity)는 당연히 유한책임을 전제로 하는 개념이다.

다빈치의 부활, 근대적 실체의 탄생

이제 다빈치의 〈최후의 만찬〉을 보라.

〈최후의 만찬〉 레오나드로 다빈치 1497년 작

식탁에 나란히 앉아 있는 예수와 열 두 제자. 건물의 내부구조가 사선구도를 이루고 있고, 그 사선구도의 교차점에 예수가 있다. 소실점은 모든 것이 끝나는 지점인 동시에 새로운 시작의 점. 그 죽음과 부활의 점에서 우리는 다가오는 죽음 너머 예수의 부활을 예감하리라. 그런데 예수 머리 뒤의 창문으로 또 하나의 세상이 펼쳐져 있지 않은가. 이것이 다빈치가 '예수의 부활'을 소재로 그려낸 또 하나의 부활, 다름 아닌 인간의 부활로써 근대인간의 탄생이다. 그림은 말한다.

'천국은 죽음 너머의 세계가 아니다. 저 창문 너머로 보이는 저 낙원이 바로 인간이 건설해야 할 천국이다.'

결국 예수는 우리를 천국에 데려다 줄 메시아가 아니라 '예수와 12명의 아이들'이라는 그룹사운드를 이끌어줄 리더인 것이다. 예수가 이끌어야 할 '12명의 아이들' 역시 다빈치의 인간극장(최후의 만찬)을 보고 부활한 근대인간들이며, 거기에는 예수를 밀고하여 죽음으로 몰아넣은 배반자 유다까지도 포함되어 있다.

셰익스피어가 그려낸 안토니오의 부활은 일찍이 다빈치가 그려낸 예수의 부활을 정확히 투영하고 있다. 다빈치의 예수는 안토니

옥갑야화 | 하늘상자에 담아낸 인간극장

오라는 이름으로 대체되어 있고, 12명의 아이들은 작품의 나머지 모든 인물들이다. 심지어 안토니오의 '1파운드의 살'을 도려내고자 했던 샤일록까지도 베니스공화국이라는 낙원을 건설할 소중한 구성원이다.

셰익스피어, 연암, 그리고 깃털인간의 부활

포르티아는 하필이면 왜 허위와 모순의 인간 안토니오를 선택하였을까?

셰익스피어는 두 개의 공간—베니스라는 현실세계와 벨몬트라는 판타지세계—을 배경으로 하는 병렬구조를 채택하였다. 베니스는 하부구조, 벨몬트는 상부구조다. 상인 안토니오의 인격 역시 두 개로 분리되어 있다. 안토니오는 하부구조에서의 인격이며 친구 밧사니오는 상부구조에서의 인격이다.[49] 안토니오는 고대 로마의 민주주의를 종식시킨 율리어스 시저를 죽인 안토니우스의 이름이며 밧사니오는 가죽장사라는 뜻으로 성경(가죽표지)을 손에 든 사제를 뜻하는 이름이다. 중세의 암흑 속에서 고대의 영혼을 잃어버린 것이 안토니오라면, 그 영혼의 결핍을 셰익스피어는 '재산을 탕진해버린 밧사니오'로 그려낸다.

안토니오(밧사니오)는 어떻게 잃어버린 영혼을 회복하는가?

그것이 부유한 상속녀 포르티아를 꼬시러가는 이유다. 밧사니오는 3천 더거트의 돈을 들고 베니스를 탈출하여 벨몬트로 향한다. 포르티아를 아내로 얻기 위해서는 '납상자'를 골라야 하는데, 밧사니오의 현재상태는 허위의 '은상자'인간. 은상자인간을 납상자인간으로 개조하는 것은 바로 또 다른 친구 그리시아노. 그리시아

[49] 열하일기에서 쌍둥이판타지 〈속재필담·상루필담〉과 같은 쪼개기 방식이다.

노의 도움으로 밧사니오는 납상자를 골라 포르티아의 남자가 된다. 포르티아가 간직하고 있는 고대 그리스 여신의 숭고한 정신을 충전한 것이다. 포르티아는 밧사니오에게 자신의 모든 것을 상징하는 '반지'를 준다. 모든 사회적 자원을 납상자인간에게 '위임'한다는 뜻이다. 결국 포르티아는 부활한 영웅에게 '반지'를 위임하고, '유한책임'으로 상인을 구원한 것이다.

연암 박지원의 부활은 무엇인가?

「베니스의 상인」은 연극이라는 특성상 허위의 은상자인간에서 납상자인간으로의 각성과정을 연출하기가 곤란하다. 그래서 '상자 고르기 게임'이라는 코믹한 방식을 채용하였다.

반면 『열하일기』는 '까마귀와 공작새의 깃털전쟁'으로부터 시작하여 열하일기 전 과정이 각성의 드라마다. 그것을 압축한 것이 「옥갑야화」 제1막.[50] 허생은 마누라의 바가지를 듣고 깨어난다. 그러므로 「베니스의 상인」의 벨몬트 무대는 「옥갑야화」 제1막이다. 또한 베니스 무대에서 일어난 '근대의 탄생'은 「옥갑야화」 제2막 변씨로부터 돈을 빌리는 장면에 압축되어 있다. 물론 그 이야기는 나중에 제5막과 제6막에서 허생이 변씨를 계몽하는 형식으로 간단히 부연되었다.

여기서 우리가 간과하지 말아야 할 것은 '깃털의 죽음과 부활'이다. 연암이 또 다른 깃털을 포착하는 것은 8월 18일자 일기 사천 장군의 모습이다. 그러나 관내정사 마지막 날(8월 4일)부터 허위가 아닌 또 다른 깃털의 존재가 암시되고 있다.

"이 천하의 지락을 누구와 함께 할 수 있단 말인가."

「베니스의 상인」에서 안토니오의 깃털욕망이 은상자에서 납상

50
작품의 주제와 서사형식에서 〈호질〉은 〈햄릿〉과, 〈허생전〉은 〈베니스의 상인〉과 닮은꼴이다. 그러나 〈호질〉과 〈허생전〉은 압축파일이므로 〈햄릿〉등과 1대1 비교는 곤란하다. 〈햄릿〉〈오셀로〉〈리어왕〉〈맥베스〉〈베니스의 상인〉을 모두 합친 것이 열하일기다.

자로 부활하는 것과 마찬가지로 『열하일기』 역시 깃털욕망의 승
화를 성찰의 정점에 두고 있다. 인간은 호곡장론에서 연암이 말한
것처럼 '하늘을 이고 땅을 딛고 살아가는 존재'가 아니라, 더불어
살아가는 존재. 인간은 남에게 자랑하고 인정과 존경을 받고 싶은
사회적 동물이며, 거기에 허위와 영웅적인 희생정신이 함께 들어
있는 것이다.

셰익스피어의 모험, 연암의 이노베이션

근대사회를 이끌어갈 지도자(기업가)의 조건은 무엇인가?

먼저 셰익스피어의 납상자를 보자.

'나를 선택하는 자는 자기의 모든 것을 다 내놓고 모험을 해야
하느니라.'

> 모든 사물 속의 선은 이중성을 띠고 있다. 하나는 독립적인 실체로서
> 의 성질이며, 다른 하나는 한층 더 큰 실체의 일부나 일원으로서의 성
> 질이다. 이 중 후자의 가치가 더 위대하다고 할 수 있는데, 그것은 더
> 큰 실체의 본질을 유지하는 데 기여하기 때문이다. ……로마의 기근을
> 구제하라는 위임을 받은 폼페이우스에게 주위 친구들이 날씨가 나쁠
> 때 위험을 무릅쓰고 바다에 나갈 것까지 없다며 강력하게 반대하자,
> 폼페이우스가 말했다.
> "지금 내게 필요한 것은 살아남는 게 아니라, 떠나는 것이다."
> ─〈학문의 진보〉제20장 7절─

프란시스 베이컨은 근대적 실체(entity)와 함께 선善의 개념을 정
의하면서 근대사회를 이끌어갈 영웅의 조건으로 고대로마 영웅들

의 '모험'을 선언하였다. 베이컨의 근대철학이 그대로 「베니스의 상인」 에 반영되었음은 말할 필요가 없을 것이다.

연암은 「옥갑야화」 제3막에서 혁신(innovation)의 수행자를 선언하였다. 위임받은 사회적 자원을 가지고 낡고 병들어 더 이상 쓸모 없는 온갖 가치들을 파괴하고, 인간을 위한 더 좋은 가치를 창출할 수 있는 창조적 기업가를 제시한 것이다.[51] 또한 이것은 「베니스의 상인」 에서 포르티아가 단순히 모험을 상징하는 납상자인간을 선택하는 것보다는 훨씬 구체적인 조건이며, 그럼으로써 「옥갑야화」는 근대기업·국가의 탄생보다 근대사회의 원리와 메커니즘을 제시하는 데 중점을 두었다.

자원의 결합, 위임과 유한책임, 기업가의 조건 등의 관점에서 「옥갑야화」는 그 어느 것 보다도 근대사회의 원리를 충실하게 그려낸 최적의 설계도다. 그러한 조건들이 시스템으로서의 근대의 조건이라면, 그보다 우선되는 대전제가 인간에 대한 사랑이며 인간과 사랑을 통찰할 수 있는 근대적 각성이다. 「옥갑야화」가 근대의 풍경을 담아낸 '인간극장'이라면, 그 새로운 판도라의 상자를 여는 고지에 이르기까지 우리 모두가 함께 걸어온 여정이 『열하일기』다.

이제 근대는 가고 산업사회를 지나 탈산업사회, 지식정보사회, 또 다시 새로운 신화를 써야 할 시점인지도 모른다. 신화를 배우지 않으면 새로운 신화를 쓸 수 없는 법. 그러므로 연암 박지원의 『열하일기』는 해묵은 신화가 아니다. 우리는 위대한 유산을 물려받았고, 그것을 창조적으로 계승할 때 우리는 새로운 역사의 주인공이 될 것이다.

깨끗이 목욕하라

'유명결목세이이遺命潔沐洗而已'

연암이 유언을 보통 '깨끗이 목욕시켜 달라'라고 해석한다.

그러나 필자는 '깨끗이 목욕하라'라고 해석할 것이다.

결潔은 무엇인가?

결潔은 깨끗할 결, 목沐은 목욕할 목, 세洗는 씻을 세다. 공통분모는 물[水]이다. 결潔은 물로 결絜을 씻는 것이다. 결絜 역시 깨끗할 결이다. 결국 결潔은 '물[水]로 깨끗한 것[絜]을 씻어라'라는 말이다. 「맥베스」에서 마녀들이 "깨끗한 것은 더러운 것, 더러운 것은 깨끗한 것…"이라고 노래한다. 거꾸로 뒤집혀진 세상을 풍자하는 것이다.

목沐은 '인재[木]를 씻어라'라는 말이다.

세洗는 '선생[先]을 씻어라'라는 말이다.

이제 현실을 보자. 어릿광대 연암의 '아름다운 문장'에 한없이 열광하는 열하일기 담론의 교실을.

우리가 깨끗이 씻어야 할 것이 바로 그 '아름다운 인문학'이다.

대한민국 인문학, 깨끗이 목욕하라!

熱河日記